U0581736

梧桐雨

钟山风雨起苍黄，百万雄师过大江

朱宏　著

中国出版集团
中译出版社

图书在版编目（CIP）数据

梧桐雨 / 朱宏著. -- 北京：中译出版社, 2024.
9. -- ISBN 978-7-5001-8060-9
Ⅰ. I247.5
中国国家版本馆CIP数据核字第20241CK491号

梧桐雨
WUTONG YU

出版发行：中译出版社
地　　址：北京市西城区新街口外大街28号普天德胜大厦主楼4层
电　　话：010-68002494
邮　　编：100088
电子邮箱：book@ctph.com.cn
网　　址：www.ctph.com.cn

著　　者：朱　宏
责任编辑：刘　畅

印　　厂：河北文盛印刷有限公司
规　　格：710毫米×1000毫米　1/16
印　　张：24.5
字　　数：385千字
版　　次：2024年9月第1版
印　　次：2025年1月第1次

ISBN 978-7-5001-8060-9　　　　　　　定价：98.00元

版权所有　侵权必究
中　译　出　版　社

图书若有质量问题，请拨打以下电话进行调换。
电话：010-59625116

目　录

第二章　天亮了

第三章 现实与希望

引子

　　1982 年，有个叫路遥的年轻人，写了一篇名为《人生》的小说，发表在《收获》第三期上，反响很大，不仅斩获了 1981—1982 全国优秀中篇小说奖，而且在青年大学生中引发了一场关于"人生"的大讨论，报刊上也刮起了一阵讨论人生的意义与价值的微风。

　　我已届不惑，却仍然不知道，对于芸芸众生，人生的意义与价值究竟几何？于是博览群书，希望在其中找到答案。

　　扪心自问，我自己当然也属于芸芸众生之列，也难免浑浑噩噩，并不比任何人高明一丝一毫。

　　人活到不惑之年，对人生的种种相、众生的种种相，已看得比较透彻。即使仍然在为衣食奔波，忙忙碌碌，甚至愁眉苦脸之际，也还忘不了奥斯特洛夫斯基的那句名言："人的一生应该这样度过，当他回首往事的时候，不因虚度年华而悔恨，也不因碌碌无为而羞耻。"

　　回首往事，思考人生，想起自己曾读过弗洛伊德的书。由于读得潦草，只记得了一点"三我"理论的皮毛，似乎这个理论就事关人生与幸福，但究竟给出了怎样的答案，却是记不大清了。于是我翻箱倒柜，东搜西索，开始搜寻弗洛伊德那本厚厚的《梦的解析》。

　　突然，那本《梦的解析》因摆位不正，从桌上高高垒起的一摞书上滑了下来。在滑行过程中，书页突然像急着要说话一样，乱翻起来，翻出哗哗的声音，全无秩序。也就是这时，一张照片掉了出来，仿佛英雄现身一般，从天而降地脱离了书页的夹击，顿时飞扬开来。

　　这翻飞的照片，如同一片硕大而孤独的雪花，在空中翻卷。可关键的是，此时此刻，室内并没有风，连一点儿微弱的风也没有，它的飞舞便有了一种诡异，像一个活着的精灵，诡异得要命，我忍不住一阵心惊。待它终于停止了兀自的舞蹈，落到地上，我看清了，是一张两寸大小的照片。

那是一张近似四方的大脸，两鬓间似有一点花白的头发，看上去不仅不显老，还显出几分年轻人特有的成熟。最起码，那神态与气质，是光明和磊落的表现。一看到这张脸，我人生的过往便悬浮于半空开始滚动，像看电影一般，一幕幕精彩呈现。

我的人生故事，必须从这个四方大脸的男人说起，因为他是我的父亲。

第一章　烟雨江南

父亲

一想起我的父亲，眼前便像放电影一般，往事历历在目，真实可感。

我父亲是个读书人。起初，我年纪尚幼，并不知道何谓读书，只是认字、背书，后来我发现，通过读书得到的乐趣，远远超过那句"书中自有黄金屋，书中自有颜如玉"的诱惑性期待。

据父亲说，我们老周家，往上追溯可以说是书香门第，爷爷曾是教书先生，父亲三岁便开始读私塾，四岁开始认字，读《三字经》和《论语》。

而我则自认为更胜父亲一筹，小小年纪便迫不及待地将《红楼梦》找来看了。懵懵懂懂地一气乱翻，也搞不清什么子丑寅卯，也欣赏不了"颜如玉"之美，更不懂贾宝玉和林黛玉的爱情，只是对里面描述的南京的风土人情，感到很是亲切和有趣。不得不说，当年江宁织造府的风貌、南京人的方言土语，都被曹雪芹在《红楼梦》中写活了。比如第二十四回里的南京方言"韶"："贾芸听他韶刀（叨）得不堪，便起身告辞。"我这地道的南京人，在街头巷尾，几乎天天听大人们"韶"。早就明白这个字，既指闲聊，又指啰唆，可谓雅俗兼有。

又比如第十八回，黛玉被宝玉缠不过，只得起来道："你的意思不叫我安生，我就离了你。"这南京方言的"安生"，也是父亲常会对我这"捣蛋鬼"讲的口头语。南京人讲"安生"的意思就是安定，少惹是非，与《红楼梦》中的意思，一模一样。

再比如《红楼梦》中出现过多次的"嚼蛆"，除了南京方言，我从来都没有在其他方言中听到过，但《红楼梦》中却是一再出现。有第九回中的李贵断喝不止，急躁地说："偏你这小狗禽的知道有这些蛆嚼。"还有第五十七回黛玉啐道："你这几天还不乏，趁这会子不歇一歇，还嚼什么蛆。"

我也知道，"嚼蛆"在南京方言中，是比较粗俗的话，多少有点不堪。我也只在那些老头老太太的街谈巷议或拌嘴中听到过，所以我就此认为，林黛玉这样一位"闲静时如姣花照水，行动处似弱柳扶风。心较比干多一窍，病如西子胜三分"孤芳自赏的女子，嘴里竟也说得出此话。恐怕也只有曹雪芹这个"老南京"才能描写出来。想来，那位纤巧仿佛不食人间烟火的林妹妹，也是一个大雅中含大俗的小女孩。

都说初生牛犊不怕虎，小小年纪的我自然也难免俗，看到得意之处，竟还恬不知耻地将这点看法说给父亲听，立即遭到父亲的一顿斥骂："'少不看水浒，老不看三国；男不看西游，女不看红楼。'你偏偏什么都乱翻！《红楼梦》这本书，在清朝就是第一等的'淫书'，受到查禁！直到现在也只能是大人看的书，你个小孩子家家，捣蛋鬼，怎么也想起来去看它？"父亲说完狠狠瞪了我一眼，毫不客气地就收缴了我手中的书。

我稀里糊涂挨了一顿臭骂，只听到"淫书"两字，便想到父亲读的《古今贤文》中有"万恶淫为首"的句子，便对《红楼梦》更觉好奇。且暗自思忖，父亲的叱骂，多多少少与爷爷有关。因为，我曾听大人们在背地议论过：我们老周家祖上也算殷实，但偏偏到了爷爷这辈上，就折在了淫和烟上，没几年就把家业给败光了。那会儿的人一旦嫖上以后，也就免不了要去抽。抽什么？自然是鸦片。这个嫖和抽，就像是胳膊和肩膀连在一起，怎么都分不开。爷爷直到去世，唯一操心的都是有没有钱抽鸦片。结果他变卖家产祖业，沉溺于夜夜笙箫、日日笙歌的灯红酒绿中，很快便将祖业统统败光了，真应验了那句"万恶淫为首"的老话。害得父亲从此立下"一辈子不沾烟酒"的毒誓，且坚守到底，人性如此，冷暖自知，为了这份坚守，父亲的性格从此变得刻板、执拗，遇事爱刨根究底，偏要弄清是非曲直，否则决不罢休，甚至付出生命的代价，也是在所不辞。

不过，我看《红楼梦》这事，父亲似乎也并非要小题大做，上纲上线。因为，此后不久，我就发现，父亲并没有将此书销毁或藏起来，仅仅过了一段时间，就放回到书架上去了。这就给了我屡教不改的可乘之机。只要父亲不在家，我就又可以偷偷拿过来看了。

好在接下来的时间里，国民政府由重庆迁回了南京，南京重新做回了首都。一时沉浸在欢天喜地气氛中的父亲，已经无暇来过问我读什么书了。

当时，像父亲这样爱国的知识分子，谁不高兴呢？

短时间内，父亲甚至认为，苦难深重的大中国，从此便可走上国泰民安的康庄大道。于是，为了国民政府早日恢复元气，父亲投入紧张的重建国民政府的工作中去了。

令父亲万分失望的是，辛勤的操劳，并没有换来任何的成效。市面上甚至变得更加混乱不堪。

父亲当年正是为了追求民主自由，才加入了民盟组织，虽然没有举行宣誓仪式，却时刻在心中重温誓词，以守民主之盟魂，以持独立之盟格，以强诚直之盟性。爱国和民主早已成为他的信仰。一个秉持如此信仰的人，最不能忍受的便是祖国遭侵略，民族遇分裂，人民受苦难！

此时的父亲，已进入国民政府的铨叙部工作。一方面是忙得不可开交，另一方面是苦闷焦虑、心力交瘁。每天早出晚归不说，甚至常常要在办公室过夜，大哥周秉乾、大姐周秉悦一连几天见不到父亲。当然，他们也都没有时间来过问我读什么书了。弟弟周秉辰还小，也绝不会干涉哥哥读书这码事。这就给我偷读《红楼梦》提供了难得的机会。不到一年时间，我就将一整本《红楼梦》，囫囵吞枣、似懂非懂地读完了。

就在我刚读完《红楼梦》的时候，父亲给我们这个家庭带来了一个坏消息。

直到多年之后，我还记得，那天傍晚，父亲其实是很难得地准点下了班，和大家一起坐到了晚饭桌上，却突然发现，饭桌上，除了一盘青菜和一碗菊花脑汤，竟然没有一点荤腥。于是就破天荒地对母亲宋晓珍发了脾气。

父亲和母亲本是一对患难夫妻，结婚没两年就经历了艰险的战争时期，那会儿，他们已有了大儿子周秉乾。一家三口，先钻防空洞，后躲进德国人住的小花园里，风餐露宿，食不果腹，虽然保住了性命，却也几经生死才得以幸存。

1937年后，南京城内人口骤减，一时变得冷清起来。于是，家家户户都在暗地里忙着添丁增口。我们这个小家庭，自然也不例外，几年间，又添了女儿周秉悦，以及二儿子周秉坤、三儿子周秉辰，也就是大姐、我和小弟。在那个年月，添丁增口是要给家庭带来负担的。我父亲当然明白这个道理。但是，不论这个负担如何沉重，我们最终还是有惊无险地幸存了下来。由此便懂得再大的负担，自己也要勇敢地把它担起来。而不幸中的万幸，也让我们一家人刻骨铭心，变得更加珍惜生命，珍惜家庭和亲情。

特别推崇民盟早期领导人陶行知先生"知行合一"教育理念的父亲，显然是把"认真做事，脚踏实地"当成了座右铭。为了一家人的生计，他埋头工作，不论吃多大的苦，都咬紧牙关绝不放弃。由此，他也变得少言寡语，多干实事，宁可将苦闷和焦虑埋在心里，也绝不多言和抱怨，更不会轻易发脾气。

然而那天，他却忍不住冒火，说："晓珍，我总对你说，秉坤、秉辰正是长身体的年龄，每天总要给他们弄点鱼或肉吃。你却搞得这样素，是要我们都去鸡鸣寺吃斋饭吗？"

"我也正为这事情发愁，现在苛捐杂税越来越多，老百姓日子越过越苦，还搞发行金圆券的办法。此计一出，物价便噌噌地往上涨，钞票反倒越来越不值钱。昨天还能买两斤肉的钱，今天就只能买一根黄瓜了，明天连一颗青菜也买不起了。再过两天，部里发给你的那些薪水，怕是连我们一家吃的米都买不回来了！"母亲说完，竟委屈地哭了起来。

我看着母亲委屈地流泪，忍不住自己也想哭。于是，带着哭腔说道："爸，我喜欢妈做的菊花脑汤，泡泡饭，也能吃上一大碗！"

然而，我这两句为母亲解围的话，反而刺激了父亲，让父亲彻底爆发了："好个受命于危难、替党国'补天'的败类王云五，好个'金圆券币制改革'的馊主意。简直就是搜刮民脂民膏的败家子！"

一家人听了父亲的话，都有点丈二和尚摸不着头脑，偏要刨根问底不行。

于是，父亲拗不过大家的好奇心，只得详细地再说下去。我也就打起精神，听父亲用愤懑不已的语气说："战争结束后，老百姓都盼着过太平日子，打仗使金钱与物资大量消耗，生产萎缩，物资匮乏，物价飞涨，整个财政经济到了崩溃的边缘。无奈之下，政府只得自己挖肉补疮。把王云五这个脑满肠肥的大胖子，推出来当行政院的财政部长。而就是这个王胖子，面对通货膨胀不断加剧的经济形势，竟异想天开地要在全国进行新的币制改革，取消流通已久的法币，改为发行新货币——金圆券。"

父亲给这个家庭带来的坏消息，引发了全家人的担忧。特别是我，因为刚刚读完《红楼梦》，所以对父亲这番话的印象特别深。且一直认为，正是这番话，引出了周家嗣后发生的一切变故。

也正是父亲破天荒地对国府、对行政院财政部长王云五的这番痛骂，让我茅塞顿开，懂得了"通过苦读书换取功名"的祖训，真是奇蠢无比之事。

当然，那时候已经是1948年了。我们曾经也算殷实的老周家，家底早已经被爷爷吸鸦片败光，他当时的生活甚至潦倒得堪比乞丐，直到在一个风雪交加的冬夜，瘦骨嶙峋、带着满身陈旧尿味地倒毙于太平门的门洞内，给自己的人生做了个了断。

爷爷的死，也许类似当年那许许多多鸦片烟鬼的必然归宿，不足为奇。不过，他能用自己瘦骨嶙峋的躯体，留给后人一个触目惊心的警示，倒也不算是枉来人世，白走一遭。接班的父亲，只有一切从头开始，十七八岁便要出来代课教书，以养家糊口，硬是靠着发愤苦读，勤奋工作，才给老周家重新点燃起了生活的希望。就冲这一点，在我心里，便总保留着对父亲的敬畏之情。不论是面临一次次饥馑的威胁，还是各种挫折，我总在心里说，比比父辈经历的磨难，应该都算不得什么大事情。

梧桐雨

"山围故国周遭在，潮打空城寂寞回。淮水东边旧时月，夜深还过女墙来。"在我那有限的诗词积累中，最喜欢的是这首诗，原因就是它描写的南京石头城，能给我带来无尽的遐想。每每偶然想起它，总会再默念上一遍。随之，脑海中就会出现那张饱经风雨剥蚀的"鬼脸"，它逼真地高悬在石头城的城墙上，似乎亘古不变，千年不朽。

古时候，宽阔的江面，可以直接抵达石头城的城墙根下。江水日夜不停地拍打着墙体，发出轰鸣之声。路过这里的船家，仰脸就可以看到城墙上的"鬼脸"。都说它是坚守石头城的第一道屏障，对来犯的侵略者有着强大的威慑力。两千年过去了，城墙上的鬼脸，在白天的阳光下，已是一脸的疲惫和无奈，甚至满含沧桑。但是，若在月夜下观瞻，借着星光的映衬，还是不失其威严。

南京人习惯叫它"鬼脸城"？我起初不知道是何原因，多亏我通晓古今的父亲为我指点迷津，让我知道了"鬼脸城"就是石头城旧址。

父亲讲说完顺手从书架上拿了一本梁启超写的书递给我，且让小小年纪的我读《少年中国说》：少年智则国智，少年富则国富；少年强则国强，少年独立则国独立；少年自由则国自由，少年进步则国进步；少年胜于欧洲，则国胜于欧洲；少年雄于地球，则国雄于地球。

自父亲进入铨叙部工作，全家便搬到了中山门外的后庄定居下来。这里离孙中山长眠之地中山陵寝不远，也是南京著名的东郊风景区。

来年的春暖花开季节，我便和一群小伙伴到明孝陵的围墙外玩耍，发现那里有大片的桑树林。说来也奇怪，别的果树要开花后过上个把月才能吃到香甜的果子，这里的桑树不同，基本上是花和叶共同长出来。青翠欲滴的绿叶刚冒出芽子，花骨朵就长出来了，树叶长大了，桑果一旦成熟，就到了吃桑葚的时候。

那年月，虽然王云五的金圆券币制改革已经宣告彻底失败，王胖子也转眼间变成了"王罪人"，被迫引咎辞职，下台滚蛋，但全国的物价如同脱缰的野马，再也收不住缰绳。抗战前能买三千石米的钱，到此时只能买一粒米。它导致南京的许多老百姓拿着一沓钞票，竟买不到一两米下锅，只能眼睁睁等死。

饥肠辘辘的我等小伙伴，看见可以充饥的桑果，当然是一拥而上。大家不问青红皂白上树就摘，是果子就抓，放到嘴里就吃。我们哪里知道，青果子太涩，微红的果子也不甜。吃得满嘴乌紫，涩得眼泪直流，却欲罢不能。

不大一会儿，就引来了看园子的人。这个戴着草帽的老农民，先是用竹子抽打和驱赶我们。不承想，赶走了这个，又放过了那个。小伙伴与他玩起了"声东击西"的游戏，倒把他给搞得晕头转向。后来他才搞清楚，这群"厌蛋头"实在是饿坏了。于是，他主动对我们说："老汉我可怜你们这群'小把戏'，等桑葚长熟，我自会请你们白吃！这么大的林子，管你们吃饱也无妨。但是，像现在这样糟蹋，你们也吃不好，林子也都搞坏了。"一席话，总算止住了这群"饿死鬼"。

过了俩月，看园子的人果然兑现了承诺。让我们这帮"小把戏"来尝鲜。

他笑眯眯地告诉我们："你们捡那些深紫色的成熟的桑果吃，那才是熟的，又鲜又甜，还可填饱肚子。"我们当然是如法炮制，在桑树上挑深紫色的桑果吃，果然是又鲜又甜，一个个吃得喜笑颜开，肚子饱胀了才罢休。临走的时候还要把兜里都装满才行。那看园子的老农，其实也图我们给自己带来些热闹，驱走林子里常年的沉寂。

我们其实也绝不是白吃白占的逍遥自在。那手和牙齿上被桑果染成的紫色，便是抵赖不了的"罪证"。所以，一进家门，就被弟弟周秉辰逮了个正着，并向母亲告发了。母亲本以为我偷采了邻居家的桑果，立刻拿出鸡毛掸子，让我自己伸出手来，狠揍了几下说："我要让你长长记性，看你下次还敢偷？"

我痛得受不了了，就边哭边说道："我们没有偷！是因为饿得受不了，才央告看园子的老伯，拿了一些桑果给我们。我自己没敢独吞，你看我还想着你们和弟弟，装了一口袋回来，给你们吃。"说完，便将口袋里的桑果拿了出来。

母亲闻言，再看看我拿出来的桑果，那拿鸡毛掸子的手便抖得打不下去了。

接过我递过来的桑果时，眼泪竟流了下来。不过，她把桑果全给了弟弟周秉辰，让他也能填填肚子。

我家住的小院子，东面遥遥望得见紫金山（也叫钟山）；南面连着一大片竹林；西面出去就是中山门外的护城河，人们美其名曰"月牙湖"；北面从一条小路出去，就是一条柏油马路，路的两侧便是一排排丰满又恢宏的法国梧桐。夏天时，梧桐树粗枝密叶，笼罩着凉爽的绿荫。遇上雷阵雨，梧桐叶总是撑开宽大的绿手掌，让雨点打在上面发出脆响。万千绿掌便组成"交响乐"，不仅胜过雨打芭蕉的妙音，更有摄人心魄的气势。雷阵雨来得急、去得快，那"交响乐"便犹如天边滚滚而来，又随雨过天晴戛然而止，甚有气势。当地人总习惯地称它作"梧桐雨"。有诗云："秋窗频听梧桐雨，月院时闻桂子香；云遮秋月风吹冷，雨打梧桐叶落凉。"

这梧桐雨每每自紫金山之巅翻滚过来，洒落在月牙湖上，形成蒸腾的烟雾，自然地幻化出些许美景，令人流连忘返。无论是在转瞬即逝的春天，还是炎热无比的夏天，抑或是丹桂飘香、天高气爽的秋天，都会有梧桐雨显示其魅力。梧桐乃凤凰栖息之树，树荫下更是恋人牵手之地，加上温情脉脉的梧桐雨，更使其充满了爱和诗意，这也便是，我初来乍到就喜欢上这里的原因。

西面那条同样宽敞的梧桐树遮阴蔽日的路，被称为"苜蓿园大街"。这条路前面连接小营，后面接着马标等地，这些名字其实都与明朝时军队在这里驻扎有关。

苜蓿园是南京一处古地名。明代初年的时候，离中山门（当时叫朝阳门）不远的明故宫附近，部署了很多军队，军队需要养马作战，军马喜以苜蓿为食料，因此在明故宫附近、朝阳门外就出现了专门种植苜蓿的场所，后人也就称之为"苜蓿园"了。

其实，苜蓿是舶来品，与丝绸之路紧密相连。它起源于伊朗，是西汉时期张骞出使西域带回中国的。苜蓿是豆科植物，十分好养，根有固氮作用，蛋白质丰富，马匹和其他家畜喜欢食用，牲口吃了膘肥体壮。

苜蓿园大街东临月牙湖，西临明代古城墙，东望紫金山麓。月牙湖因湖面呈月牙形而得名。

入夜时分，天上有个月亮，水中有个月亮，地下水如月，天上月似水，波心荡月冷无声，水月交融人相亲，风景这边独好。

过去，人们还不叫它"月牙湖"，这个湖仅是明城墙护城河中的一段，水面宽阔，拱卫城墙。沿着护城河东岸，从逸仙桥南至中山门一线，由南向北分布着三个小村庄，分别叫前庄、后庄和三庄。我家坐落于后庄之地，就在月牙形弧线最突出的部位。

那里原来的老住户，都是在这块土地上辛勤耕耘、种植蔬菜的菜农。民国时，国府占用此地，建了一批公务员住房。父亲自进入铨叙部工作，便携全家搬到此处居住了。

南京的老人都知道，1925 年 3 月 12 日，伟大的民主革命先行者孙中山先生在北京逝世。根据其遗嘱"吾死之后，可葬于南京紫金山麓"，于是便在南京紫金山修建陵墓。从 1926 年春天开始动工，到 1929 年夏天建成。从空中往下看，像一座平卧在绿绒毯上的"自由钟"。从此，中山门至中山陵一带，便成了谒陵的专线，宽敞的柏油路两侧遍植法国梧桐，遮阴蔽日。

其后，又陆续修建了"美龄宫"等建筑，以及一批国民政府职员居住的公寓，当然也包括我们一家现在的居所。

进入中山门不远，就是明朝朱元璋所建故宫的旧址。这个旧址历经了战乱和太平天国的内讧早就焚毁，几无所存！后人只能从"朱棣迁都北京，乃仿照南京故宫样式建设了北京的故宫"这样的文字中去想象推演旧址上原有的宫殿。

严父慈母

我偷偷将《红楼梦》读完的事情，后来还是让父亲知道了。

那天，吃过晚饭，父亲将我唤到跟前，关上书房门。那一刻，我甚至已经做好了挨揍的准备，却听到父亲平静地说："坤儿，你本身就先天不足，身材既不如你大哥健壮，又比你小弟瘦弱。所以，你不能只看《红楼梦》这样缺少阳刚之气的书卷。"

这真是大大出乎我的意料。我怯生生地问父亲："该怎么为好？"父亲便说："从此后你给我临郑文公碑帖，其中自然饱含着深意，你只有临摹上一段时间后，自会明白！"

起初临帖，我只是依样画葫芦，父亲便让我写几张就是几张。不多不少，一切以完成任务为要。笔法上则是从描摹开始，先是追求形似、逼真，后来转而神似，刚劲有力。写得多了，也就体察弄懂了郑文公碑的风格，它是集众体之特长，既有篆书的笔法、隶书的体势、行书的纵逸风姿，又有楷书的端庄。方圆兼备、变化多端、雍容典雅，尤以刚劲恣肆为著。这大约就是父亲的深意所在了，我想。

数月后，我再次请教父亲。父亲的回答却又上了更高的层次。他说："我要你在一笔一画的磨炼中，格物致知，真正体悟出郑文公碑的雄浑凝重，大气厚实的风骨。"

我问："爸，什么是'格物致知'？"父亲没有立刻回答，而是从书架上拿了一本王守仁（王阳明）的《大学问》给我看。

于是，嗣后的日子就在这读书和一笔一画的习字中渐渐流逝着。

随着时间的推移，郑文公碑帖里那一笔一画的风骨，就深深地刻进了我的脑海中！

紫金山的巍峨、孙中山陵寝的庄严肃穆，在我那逐渐懂得欣赏的双眸里，也越发充满了苍劲的自然美和生命力。至于在梅花山上攀爬，在紫霞湖中戏水，在紫金山上听雄浑自然的松涛之声，皆成了我童趣快乐的根源。

每天，我都要和小伙伴贪玩到黄昏时节，才往家里跑。

此刻，月牙湖水映衬着夕阳，静静地闪着粼粼的光芒，岸边树林中几幢二层红瓦尖顶的房子，格外显眼。与周边其他房子不同的是，这几栋房子有高高的阁楼，阁楼上开着一扇扇漂亮的窗子。在我的记忆里，家里那间从不让小孩上去的阁楼，充满了神秘的色彩。虽然它的面积比客厅、卧室都要小很多，里面却似乎隐藏着发生惊心动魄大事情的玄机。

这几幢没有围墙的精巧房屋，建在一条南北走向的山岗上，四周的草地、竹林和繁杂的树群为它们增色不少。这里讲起来是后庄的地面，却也归属标营，离马标更不远。这些地名都与明太祖朱元璋当年在此驻跸、养马有关。经过标营向西拐进一条竹林夹道的石板小径，走十多分钟就可以走进这片幽静的住宅区，几栋别墅式的公寓小楼，错落有致地矗立在山坡上。我家便在 6 号楼内。

紫金山在侧可依，秀水环绕可傍。老辈人都说："这块地有龙脉之象，风水不同凡响。"因此，只要在此居住过的人，今后不论再迁居于何处，脑海里大约再也忘不掉这里的山水城郭。

有一次，我站在房前的台阶上远眺东边的紫金山。仿佛感到自己的身子飘浮起来，我一时忘记了这是饥饿引起的幻觉，甚至觉得自己是在向紫金山的山顶飞去，便问大哥周秉乾："山会向我飞来吗？"

大哥弹弹我的后脑勺，说："等你再饿上两天，你就会飞到山上去了。"

姐姐周秉悦在旁边插话道："我跟着妈在房前开辟了一块菜地，过几天包菜就能收了。妈说，以后我们就有菜糊糊吃了。你想成仙都不能了。"

大哥却说："日子总会好起来的。"

那时，我和父亲、母亲、大哥、小弟、姐姐，再加上保姆刘妈，全家一共七口人，虽然都是在忍饥挨饿度日，倒也并非愁眉不展。

就连妈妈也常会乐观地对我说："月有阴晴圆缺，人有旦夕祸福。生活就像那轮明月，间或险象环生，会一天天消瘦；间或温馨舒适，会一天天丰盈起来。"

而父亲则会用自己历劫后讲的话来激励我：活着便是幸运，希望就会降临！让我时刻相信，只要熬过暂时的困难，幸运就会降临。

事实证明，父亲、母亲对我的教诲很有道理。因为过了清明，雨水渐渐增多，春雷也已经响过了数遍，梧桐雨过天晴，太阳便更加艳丽，月牙湖开始沉浸在蔬菜的绿意和迎春花的嫩黄中。母亲和大姐开辟的小菜园子，已经能够自给自足。全家人吃着刘妈做的菜团子、菜糊糊，已经能够填饱肚子了。

春风吹绿了紫金山，也吹绿了房前的竹林。丛林枝头飞来了羽色各异的鸟儿。紫金山地区特有的花斑蝴蝶，飘飞于野花草丛之间，无声无息，宛若缕缕彩带。我带上秉辰弟弟和一帮小伙伴，经常与他们在林子里转悠很长时间，蝴蝶和小鸟是我们最亲密的伙伴，不玩痛快，我们就不回家。

因为护城河连着外秦淮河，河水最是清澈。而月牙湖这段，又正好与附近的三角草地形成一个宽阔的河湾，然后向西流去，所以这里更清爽。燥热的梅雨季还没有到来，从紫金山淌下来的溪流，夹着山藤和松脂的香气，汇聚到河湾。高涨的湖水使河湾变得更加宽阔，立刻就吸引了我等胆大、爱玩水的孩子，也招来了很多垂钓者。那时，周秉辰的胆子还很小，不敢靠近湖边，因为他相信老人说的话：河里有能拖人下水的妖怪。

大哥和我自然是不信奇谈怪论的。如得空，大哥喜欢钓鱼，常忙里偷闲带我和弟弟去河湾垂钓。每次不是钓上两条螺蛳青，就是几条野鲫鱼，给全家改善一下伙食。弟弟秉辰那时刚五六岁，却是机灵又懂事。泰迪狗蹲在岸边草地上，鼻子潮得发亮，神情比垂钓的大哥还要专注，两眼凶凶地盯着水面上的浮子。

每当大哥把鱼拎上来，它就扑过去对着草丛里亮闪闪的鱼，一阵乱叫。等我跳过去，将鱼放进篓子里，便会拍拍泰迪狗的头，训道："狂什么？乱叫什么！鱼窝子都给你弄搅和了！"

后来我才知道，大哥一边钓鱼，一边其实是通过湖面，查看对岸的动静，特别是注意从中山门方向进出的人员、车辆，一旦有情况会立刻抽身回家报警。

周家居住的这座小楼坐落在河湾的岗子边。居高临下，晴朗的夜晚，可以看见粼光闪闪的河面上，漂着一轮银白的月亮。这幢小楼在抗战胜利后，成了铨叙部职员的公寓，居住着几户铨叙部的职员及家人。父亲自进入国府铨叙部工作，立刻便被要求搬到这里居住，其最主要的原因，是对其严密管控的需要。

然而，往往事与愿违，保密局不知道的是，也就是在父亲进入铨叙部要害部门之后不久，中共南京特委书记陈红梅同志，冒着被杀头的危险，就已经派地下党员，与他取得了单线联系。

第一次接头，父亲按照约定，在玄武湖边那棵大柳树下的长凳上，与地下党的同志匆匆见了一面。父亲发现，来者四十出头的年纪，瘦高、精干，国字脸上架副近视眼镜，与自己有颇多相似之处，感觉很是投缘。于是，主动招呼，示意对方不必客套，有事但说无妨。

南鹞北鸢

越是父亲忙得不着家，我就越怀念过去。

每到清明时节，政府机关就会放两天假。几阵梧桐雨，洗去了天空中所有的灰霾，让其显得更蓝、更亮！雨后初晴，从紫金山飘过来的风，更像是在催促人们："你们可以到野外去放风筝了！"父亲便会立刻察觉我和弟弟秉辰早已心痒难耐、蠢蠢欲动，说："好风凭借力，送我上青天嘛！走，我们到'音乐台'放风筝去吧！"

父亲是放风筝的高手，每次都能把风筝放飞得又高又远，还会借机讲故事给大家听。他一边拉动着风筝线，一边对我说："在《红楼梦》里面，你一定看到，清明时节，贾宝玉会做采百草、放风筝、荡秋千等清明的游戏，其中，做得最多的游戏就是放风筝。保不准，曹雪芹描写的正是其童年时，作为风筝高手，在金陵城操弄南鹞、北鸢的情形。如同《红楼梦》第70回'林黛玉重建桃花社，史湘云偶填柳絮词'里面描写的，贾宝玉、林黛玉等人在大观园放风筝，也是那些'大蝴蝶''美人''大雁''软翅子大凤凰''大红蝙蝠'等，黛玉见风力紧了，过去将籰子一松，只听呼啦啦一阵响，登时线尽，风筝随风去了。黛玉因让众人来放。众人都说，林姑娘病根都放了去了，大家都放了吧。于是，丫头们拿过一把剪子来，铰断了线，那风筝飘飘摇摇随风而去，一时只有鸡蛋大，一转眼只剩下一点黑星儿，一会儿就不见了。"

往往听了父亲的故事，我和秉辰就放得更欢了。只不过会把手中的绳子拽得更紧，生怕风筝像在林黛玉手中那样，呼啦啦一阵响，就随风而去了。

父亲领着我们放得最多的就是鹞、鸢（鹰）风筝。它们在天空飞舞起来以后，就跟真的鹞和鸢一般，在天空不停地腾跃。当然我们也放过那些鲲鹏和苍鹰的风筝，但是，总比不过鹞和鸢那么生猛。鹞和鸢只要飞上了天，就立刻会成为风的朋友，随风摇曳，逍遥浪漫，带着你对自由的渴望，越飞越高，显得那么的逍遥快活。我真恨不得就放开手中的线，让它索性就飞到天上去吧！

多年后，我还记得，遇上星期天的闲暇时光，父亲会骑上脚踏车，带着我和秉辰，一前一后，去中山陵、明孝陵、灵谷寺和无梁殿游玩。

那无梁殿完全砖砌筑的拱顶，一弧连着一弧，居然固若金汤，除了每扇窗子里射进来缕缕阳光外，其他地方便更显得昏暗凝重。

这时，弟弟秉辰嚷嚷着肚子饿！

父亲只好领我们来到灵谷寺里面，问里面的僧人，有什么可以充饥。僧人看见还有两个孩子，便会心生怜悯慈悲之心，于是道一声"阿弥陀佛"，从后面拿出来两个菜饭团子，给我和秉辰吃。父亲接过来一看，一个大，一个小，就把大的给了我，把小的给了秉辰。

我听过大人说的"三岁看大，七岁看老"那句话，便知道，从小就要像父亲教育的那样，尊老爱幼，先人后己。于是，便学着"孔融让梨"的做法，把大的给了弟弟，自己要拿弟弟手中的小的。那秉辰显得更加憨厚和老实，也学着我谦让的做法，将手里的小饭团给了父亲吃。然后将我递过去的大饭团，一分为二，要与我共同分享。

父亲看了，自然很是欣慰。

秉辰的一张小嘴生得非常有趣，饭团含在嘴里，嘴角就朝上弯曲，嘟起来，就像一个翘起来嘟嘟叫的小喇叭。吃完了饭团，还把手指放进噘起来的小嘴里，吮着吮着，似乎没吃饱的样子。于是，心疼他的父亲便将自己手里的饭团也给了他。

回家后，我便将这个事告诉了母亲。母亲便数落父亲说："家义，你也奔波了一天，怎么能一点不吃，弄垮了身体，我们一家还指望谁？"

我于是听见父亲说："梁启超先生说，少年智则国智，少年富则国富；少年强则国强，少年独立则国独立……我们这般年纪了，还图什么？能给他们多吃一口，就多吃一口吧！这命运多舛的国家啊，将来就靠他们来改造了。"

邻居中有个医生叫李清泉，他的女儿，当时已长到四岁，生得伶俐可爱，就是皮肤有点黑，名字叫李晓燕，小名阿燕。阿燕一见到我，就缠着问我要饭团吃。秉辰就会老老实实地伸出小手，把自己新得到的零食，一颗糖或几颗花生米，给阿燕吃，阿燕当然是开心得不得了。而秉辰就只会吮手指或咽口水。但是，我见到了就会很生气，趁着周围没有大人，就揪住小黑丫头的小鬏鬏，教训她。所以，阿燕就经常来家告状，害得我总挨父亲的揍。

这时，母亲便会一把将我拉到身后，保护起来，做出母鸡护崽的样子。自从她信奉了基督教以后，不仅自己不再打骂孩子了，就连别人打骂孩子，她也绝不允许。有时甚至还会用友爱、和善的教义来训导几个孩子，这自然受到我和秉辰的欢迎。唯有一家之长的父亲感到有点始料不及。

照理说，我这样小小的年纪，还不应该有那样深的兄弟情分。加上我这个当哥哥的，又是天生的瘦弱，在性格上还有一点多愁善感。父亲都有所察觉，既反对我读《红楼梦》，又让我临摹郑文公碑帖，想在我身上多培养一点阳刚之气。但我就是这样不管不顾地时时护着弟弟秉辰，也不管他是不是领我的情。

后来的事实证明，我是狗拿耗子——多管闲事。因为，弟弟分给阿燕东西，那都是心甘情愿的。他们青梅竹马、两小无猜，友情单纯而笃深，远非大人可以理解。

南京的梅雨季，最是阴晴不定，原来晴朗的天空，突然就阴云密布，显出"山雨欲来风满楼"的情形，接着就飘起了清凉的"梧桐雨"，让人们提前感到秋天的凉爽。

那日，我看见父亲突然冒雨回了家，交给大哥一包东西，看似很重要，让大哥骑车送往他处。大哥离开以后，那阵雨却戛然而止。雨过天晴，一轮彩虹远远飞架于紫金山之巅。父亲看了分外开心，竟心血来潮，要带我到明孝陵去玩。

一路上父亲将我举过头顶，接着又让我骑在他的脖子上。父亲肩膀很宽，两臂也非常有力，扛着我依然健步如飞，乐得我简直合不拢嘴，一路笑个不停。我们一路来到明孝陵，父亲才将我放下来，对我说："明孝陵是朱元璋皇帝的陵墓，我就给你讲个'珍珠翡翠白玉汤'的故事吧。相传，明朝开国皇帝朱元璋，一次兵败安徽徽州，逃到休宁一带，腹中饥饿难熬，便命令随从四处寻找食物。一个随从找到一些逃难百姓藏在草堆里的剩饭、白菜和豆腐，因为别无他物，随从只得将剩饭、白菜和豆腐加水煮了，端给朱元璋吃。饥肠辘辘的朱皇帝，觉得味道十分鲜美，吃了非常高兴，问随从'这是什么美食？'随从顺口答'珍珠（剩饭）

翡翠（白菜）白玉（豆腐）汤'。战事转败为胜后，朱元璋下令随军厨师大量烹制'珍珠翡翠白玉汤'，犒赏三军。从此，这种'汤饭'（稀饭）的做法在南京百姓中广为流传。"

其实，这个故事在六朝古都金陵城早已是家喻户晓，我更是听父亲讲过多次。然而，这次听来，却莫名生出一种不祥的预感。

我于是反问："爸，你难道要我也学做'珍珠（剩饭）翡翠（白菜）白玉（豆腐）汤'喝？"

父亲却笑着说："难道不是吗？我要让你居安思危，有所警觉，你懂吗？孟子的《生于忧患，死于安乐》那篇文章，我已让你大哥读了多遍，你若读了，就会知道爸爸的用心。你从小家境优越，没有经过贫困、挫折的磨炼，不能说今后一直会这样。如今局势危急，如果有一天遇到了突发的情况，爸爸和妈妈都不在你身边，你一定要经得起磨难，吃粗茶淡饭也像吃'珍珠翡翠白玉汤'一样香甜。每一个人的遭际，都离不开国家的兴亡，忧患则生，安乐则亡。只要多识字、多看书，今后就一定可以有所作为。要记住，'天下兴亡，匹夫有责''少年强则国强'这么两句话。"

其实，当年的我对父亲的话，还是似懂非懂的，不过"天下兴亡，匹夫有责""少年强则国强"这么两句话，却是牢牢记在了脑海里。

时局的情况，身居铨叙部要职的父亲，岂能不知？再加上中共地下组织的同志，通过秘密渠道已经与他互通消息，所以他都略有所知。

多事之秋

我最喜欢南京城的秋天，梧桐染黄，丹桂飘香，仿佛成熟中预示着一切意料之中和意料之外的美好，都将如期到来。

经过一个夏天的日晒，又因为常常赤膊潜到水里去摸河蚌，我几乎变成了黑炭，皮肤被晒得乌漆麻黑，头发卷曲。南京本就是"三大火炉"之首，这里的孩子，即使再懂得避暑之道，也逃不脱玄武湖、月牙湖、紫霞湖、琵琶湖的诱惑，更何况，我还为全家肩负着解饥、开荤的责任。于是，处处留下我戏水、摸鱼捞虾的痕迹。所以，直到秋凉之后，母亲都洗不干净我身上的湖水腥味。秉辰是个旱鸭子，即使跟我到河边玩，也只能站在岸边地上泼水，用石片打水漂，或者老老实实地蹲在岸边，守着我们几个一起游水的孩子的衣服。他从来不沾水，说水比火可怕，说水里有蛇和鬼。其实他就属蛇，属的还是"水蛇"。

小孩子自然是缺乏诗意的，秋高气爽之余，大人会用一首首悲秋的诗歌，来表达心旷神怡的心绪。而这群小把戏，则是只想到摸河蚌、捞鱼虾，回去交给大人，就能得到大人奖赏的月饼、蜜饯吃，以及中秋节该吃到的许多零食。当年，肚子里没有油水的这群小屁孩，总觉得在端午节吃上粽子，额头上点个雄黄，画个"王"，项上挂花丝线编制的装着鸭蛋的兜兜，也是一件很有趣的事情。当然，经历过屁股晒得冒烟，人们热得像狗一样伸出舌头喘气的炎热夏季后，补充点甜食养养精神，也是必需的。

南京的秋老虎煞是厉害，紫金山林子里的蝉依旧鸣叫得震天响，母亲给每个孩子熬绿豆百合藕粉粥，一直会持续到八月底。那粥其实只能叫汤，因为里面大米很少，更没有红糖。因为，那年月，只有孕妇才有资格吃红糖，小孩子想都别想。没有糖，就没有甜味，咂摸半天，也就当水喝了。母亲的说辞是，吃糖多了小孩牙里长虫，反而不好。

秉辰从来最听母亲的话，汤一凉，便喝。喝得很开心，小嘴还咂巴咂巴地做出好吃的样子。我就没那么老实，趁母亲不备，迅速地抓到糖罐子，翻过来，把糖往自己的碗里倒，并且用眼神威吓秉辰，不许他告密。

然而，往往什么也没有倒出来，令我空欢喜一场。家里显然是既没有余粮，更没有存货了。但秉辰却还认真地冲我说："你牙里要长虫子了。""嘘——！"失望的我向秉辰脸上狠吹一口气，眼睛一闭，也就把绿豆百合藕粉汤喝了。

如若搁在往年，只要一出八月就开学了，孩子的书包里总会装着石榴。因为，院子里早年种下的石榴树，早已结满了果实。一阵凉爽惬意的风刮过之后，你无须用力嗅，便能闻到附近月牙湖里的荷叶、嫩藕、菱角的清香，遇到香味扑鼻时，会老在你鼻子上飘飘忽忽地转。

我自认为，神经比较敏感的人，尤其是那些"心有香气一点通"的孩子，闻一闻还是大有裨益的，只要迎风一嗅，便仿佛立刻闻到了月饼的香甜，什么广式或苏式的月饼，反正那香气就像是全从夫子庙里面逸散出来的，怪馋人的。也足见人在饥饿的时候，都是没大出息的，就像个吃货。

记得那年，春夏之交的一天，我先看见秉辰蹲在屋前的广玉兰树下，双手托着下巴，呆里吧唧地盯着摇晃不定的树叶看。我就说他是得了花痴。秉辰却申辩，他是在数花骨朵。

我仔细一看，发现自家屋前的广玉兰，开花的时节，果然花大，花骨朵也大，嫩嫩的白里泛青，一夜过来，花苞便舒展开来，上面还附着一层细密的水珠，晶莹剔透，秉辰将其说成花姐姐、花妹妹额上的汗。皆因母亲曾经给我们讲过《圣经》上的故事，都是用"姐姐、妹妹、姑娘"这类词来形容花。秉辰是记住了母亲的比喻。不过，我却认为，将广玉兰比喻为姐妹，不如中秋赏月时，将月亮做此比喻来得贴切。于是就说："你这是花痴的叫法，不好！现在还是四五月，等到秋天里，全家拜月的时候，你再喊'姐姐'不迟。"

不承想，我的一句戏言，竟让秉辰有了新的期盼。

这年秋风起时，天空满是暖暖的秋阳。秉辰就嘟囔着："秋风爷爷要领着月姐姐来了，要摆供案祭拜月亮了。"

我听见秉辰的嘟囔，先还笑话他上了自己的当。没想到母亲竟用商量的口气问父亲："孩子他爸，你看我们家何时也拜拜月亮？"

父亲站在那里，拈着一撇胡须，笑着回答："小把戏好甜口，又巴望吃月饼了！"

我一见，有门！便学着大人的口吻说："小孩拜月亮读书灵。"

父亲于是回头对我说："我真指望你好好读书，登榜及第中状元呢。咱家也发扬发扬民主，就按秉辰的主意办！"

母亲闻言，便把几个孩子拉拢来，靠近自己，蹲下身围成一圈，告诉我们："还有几日才过中秋节，到时我们家就拜月亮！"

秉辰听到自己的一个点子，竟被父母采纳，兴得一头核子，手舞足蹈起来，嘴里还叽里咕噜地又唱又嚷。此后，我便每天去撕日历牌。就盼着日子快点过，想家里快点祭拜月亮姐姐。

其实，在家庭生活中，父亲总是听凭母亲的安排。她高兴怎么办就怎么办，父亲从不干涉。这年阴历的八月十五晚上，周家自然也就放上了供案，也搞起了拜月亮、嫦娥姐姐的仪式，把几个"小祖宗"乐得屁颠屁颠的。中秋这一天，父亲特地推掉了外面的应酬，待在家中。等到一轮满月当空普照，便和几个孩子一道玩起来，先摆供案烧炷香，再把供给嫦娥姐姐的藕、菱角、月饼、石榴等，一一拿给孩子吃。

吃藕和菱角的时候，就念周敦颐的《爱莲说》："予独爱莲之出淤泥而不染，濯清涟而不妖。"吃月饼、剥石榴、品尝桂花盐水鸭的时候，父亲就饶有兴味地给我和秉辰讲嫦娥奔月的故事，让我们听得睁大了眼睛。

大哥周秉乾，却从旁边插话说："爸，他们也都不小了，你还是总用这些美丽的神话来糊弄他们。一旦有一天，他们要面对严酷的现实，必然会措手不及，无所适从。不是吗？"

父亲对大儿子的诘问，不得不立刻做出回应。他说："这些古老的神话，总是象征着人们美好的向往。人们之所以千百年来常听不厌，就是因为知道，人生不论经历多少艰难困苦，始终不能放弃对美好的向往。这种追求，就是人生的动力。他会让那些古老陈旧的故事，不断生出许多新的光彩和魅力。记得《安娜·卡列尼娜》里说'幸福的家庭总是相似的，不幸的家庭各有各的不幸'。这句话可以解释为，那些同样追求美好的家庭，必有幸福和安宁！"

大哥周秉乾听了父亲的话，立刻就陷入了沉默。周秉辰因为年龄尚小，且还不谙世事，对父亲的话似懂非懂地不知所以。反倒是半大不大的我，竟从父亲的话语里，听出来一种不可思议的幸福感。我为自己生活在这样一个幸福的家庭而庆幸。

那一刻，一种朦胧的如月色般美好的感觉，在我心灵的深处回荡，以至于夜深后，我仍禁不住撩起窗帘，惊奇地盯着远处月光下的紫金山，一个洒满银辉的轮廓，分不出高低形状和远近，一切都是那样的熨帖和柔和，宛如随时都可能从后面跳出几只月兔，然后从空中飘然而降，在幻梦般的白色世界里跳舞。这种我自己也解释不清的梦幻，此后在我脑海了萦绕了许多年。我也搞不清，是不是神经衰弱在作怪。

我还记得，那年中秋拜月，我们让父亲破例喝点酒。因为自从父亲眼见爷爷为吸鸦片，不仅倾家荡产，而且暴尸街头，便立下毒誓：此后支烟不抽，滴酒不沾。似乎已经到了不近人情的地步。所以，大家都想乘着中秋佳节，赏心悦目的大好时机，让父亲开开戒，连带着我们也好尝尝鲜。谁也没有料到，竟遭到了父亲的拒绝。

父亲摆好祭拜月亮的供桌后，郑重其事地再次声明，自己绝不破例，原因一是怕误事，二是要给几个孩子树立榜样。但母亲却说，中秋团圆酒，她不但自己要喝，还要拉上秉乾和秉悦一起喝，且拿出了自己准备的低度的黄酒——绍兴花雕。平时母亲常备着这种故乡的酒，一是为了烧菜，二是为了待客酬宾。母亲用花雕酒烹调出来的鱼，入口绵软，香醇酥口，父亲也是称赞有加的。

听了母亲的话，我和秉辰也一起吵着要尝花雕黄酒。但父亲仍旧不许。拜月仪式一时间变得有点尴尬了。最后，还是大姐秉悦机灵，竟提出用酒酿来取代。而恰好就在这时，大家都听到了卖酒酿的吆喝声。于是，大家一致推举我前往采购。不一会儿，大家都尝到了"酒"的滋味，且比想象中的酒还好吃，总算圆满还原了喝团圆酒的隆重、开心、有趣、好玩的场景。母亲喝了也直眯眼说："自你们父亲戒酒后，我也打算一辈子都不喝酒，还常告诫你们，说酒辣、酒苦、酒酸、酒麻、会醉人、耍酒疯、头上长疮，但此刻我放心了。喝酒酿其实也是一样的解馋。"

我听了母亲的话，却是不以为然，说："酒酿毕竟和酒不一样，等我们兄弟俩长大了，也许早把父母亲的话放一边，也喝上了烈酒。"

父亲闻言，即刻虎着脸，用筷头敲了一下我的头，说："你可千万别去尝试。"我挨了一下，一缩脖子的时候，眼鼻嘴都缩到一块儿，小脑袋晃得如拨浪鼓。做出不同意父亲说法的样子。

父亲就再次用筷子指着我，对母亲说："烟酒这东西，就是冲着人性的弱点来的，有了第一次，就会有第二次和许多次。千里之堤毁于蚁穴。这个小把戏，长大一定是个酒鬼呢！"

母亲护着我，说："小小年纪，哪能看得出来长大是酒鬼？"父亲又说："三岁看小，七岁看老，我看得不会错。"

往年中秋节，从清晨起，母亲和刘妈就开始忙碌，大姐要是兴致高，也会帮着插一手。平时家中较为俭省，但节日里的肴馔和果品必是丰盛的，母亲喜欢做杭帮风味的菜，色香味俱佳，令人馋涎欲滴。我记得，父亲最喜欢吃母亲做的西湖醋鱼。清水煮开了，才开始捞出活鱼杀、洗，随手汆入锅内滚热的作料里，一熟即起，鲜嫩非常。此做法出自杭州，是当地的一道名菜。然后，煮好一锅双角菱，红里透青的生菱也准备一盘。藕是乡下人挑到街上来卖的，价钱便宜，节节洗得如秉辰的手臂，买回来，再冲洗一遍，缠上红纸条绿丝线，风一吹，飘扬如旌。应时茶食果品自然丰盛，月饼是不消说的，苏式、广式品种诸多，另外有脆酥董糖、芝麻蜜糕、麻油馓子、鸭梨、石榴、红枣、板栗、花生、苹果等。诸物皆用大小各异的素花腰碟盛着，井然有序地放置在高脚条桌上，这便摆成了供案。条桌是红木的，四边的桌腿镂着神秘而古老的纹饰。我听母亲说，这桌子是太公公传下来的，算是家里一点点祖上遗产。

我看见秉辰总是把自己得到的石榴省给阿燕吃，便知他们要好。

在我的记忆中，中秋大约天都晴朗。便若有所悟，觉得天地星辰也是要按照规矩、道法来行事的，周而复始，有亏有圆。或十五，或十六，每月月圆一两天，其他便是，或一天比一天瘦，或一天比一天圆。阴晴圆缺，旦夕祸福，总在循规蹈矩间。

晚餐之后，全家照例坐在供案的四周，母亲亲手点上炷香，缕缕青烟，袅袅地飘浮在朗朗的月色里，左右隔壁邻居，虽然没有供案，但男女老幼却会拿着自家的月饼，前来凑热闹，父亲跟他们随意说笑。

我留意到父亲在凝望圆月时，他的眉眼并不会就此舒展，总是心事重重。而秉乾大哥只顾着一个劲地给秉辰讲故事，过去是讲安徒生和格林的童话故事，后来就讲陈胜、吴广农民起义和梁山好汉的故事。

我听了很惊诧：世界上竟有这么多动人和悲惨的故事，外国有卖火柴的小女孩，最后冻死在雪地里；中国也有许多人，因为没有饭吃、没有衣穿，遇到饥荒，至死没人搭理，只能自己揭竿而起，用命去搏一个新天地！

父亲走后

随着时局的变化，暑假后，学校便没能再开学复课，我只好窝在家里。然而，原本宁静的家，似乎也笼罩上了阴云。

大风起于青蘋之末。秉辰看不出，我却因那晚偷听的原因，了然于心。我不敢去问母亲。因为父亲和大哥的出走，家里显得分外冷清。唯盼望着舅舅一家来串门，不仅能给家里带来一些衣食用品，而且会带来父亲的音讯。尤其是昭信表姐的到来，总会给这个不幸的家庭，带来一丝快乐的气氛。她活络的社交能力，使得母亲多少对她有点依赖。每次一来，母亲便要将她拉到房间里，关起门来仔细询问。而昭信表姐，又总能向母亲传递一些来自解放区的消息，言之凿凿。有一段时间，母亲甚至以为她也是那边的人。不过，她却不敢随便询问。

那时的我，越是听不到她们的对话，就越肯定地认为，她们是在谈父亲和大哥的情况，于是倍加思念父亲。我感觉父亲的努力都是在别人看不见时默默进行的。就像家门前那几棵桂花树，昨天看到的时候，它还是满树绿叶，但一夜过后，再看时，已是满树米粒般的金黄且透着醉人的芬芳。

老实说，父亲留给我的印象，其实还是很矛盾的：时而亲切，时而严肃，时而欢快，时而拘谨，时而对家人体贴入微，时而又弃之不顾，一走了之。给人一种很不确定的神秘感和紧迫感。父亲与大哥出走后，大哥养的那条泰迪狗，也在抄家时，因为撕咬军警，被彻底打晕后丢在警车上带走了。家里变得更冷清。虽然母亲重复对我讲，父亲和大哥到外地做生意了，但我其实根本就不信。虽然母亲关照我不要多说多问，只管读好书过好日子。但我却更加心神不定，读书不专心，日子过得更其敷衍。

也许，被抄家后，日子变得难过。经济拮据，吃得简单，也消磨了一家人的心志和体力，于是，只剩下孩子爱玩的天性，才保留了一点难以泯灭的生气。我和秉辰兄弟俩，依旧按捺不住地想往外跑。大姐不得不对我们严加管束。她关照我们，只准在家门口附近玩，不许跑远。

一天傍晚时分，河湾那边小孩的嬉闹声又传过来，触动了我的玩心，驱使我带着秉辰，又溜到三角草地下边的河湾去了。我寻了根小木棒，牵着秉辰的手钻进芦苇地。掘土、挖沟、搭小桥，弄得浑身泥水，玩得非常开心，也饥肠辘辘。于是，费了九牛二虎之力，挖了两截芦苇根，洗净之后，一起分享。秉辰嚼得有滋有味，我却觉得那芦苇根有点苦，除了可以充饥，没啥好吃的。吃完，两人又做了个原始的觅食游戏，但是一无所获。由是以为，只要扩大寻找范围，不愁找不到可口的东西。

于是，我们兄弟俩无视大姐的嘱咐，拼命往芦苇滩的深处钻去。

脚走酸了，鞋也湿了。突然我们看见不远处的小土埂下面，有一堆黑乎乎的东西。跑过去一看，竟是父亲大哥出走，军警特务抄家后，家里失去的泰迪狗！秉辰哭喊着："泰迪狗！我们的泰迪狗！"我思忖，这畜生，一定是在警局挣脱了束缚，又循着熟悉的路，跑了回来。真是既通人性，又无比忠诚。思来想去，越想越伤心，只能边流泪边在土埂下边挖了一个坑，勉强把泰迪狗塞进坑里埋了。草草堆了个坟包，上面还插了三枝芦苇。

回到家，母亲和大姐看到我们俩的狼狈样，很生气，大姐使出了做姐姐的威风，罚我们面壁思过。我灵机一动，把泰迪狗的事告诉了大姐，她一听，果然也哭了。她哭了一会儿，就叫我们俩去吃饭，吃完饭又给我们洗澡，便将罚站的事都忘在脑后了。

周家少了两个人和一条狗，就一下子冷清到底了。有一段时间，为了打发时间，我和秉辰甚至养成了到阳台上去发呆的习惯。

每天黄昏后，我们不约而同地走到阳台上，眺望河湾和三角草地，大姐怎么唤我们，我们都是爱搭不理的。为了把我们叫回来，她甚至哄秉辰，过几天，替他再抱一条泰迪狗回来。

秉辰信以为真，还提出了条件："我要黄的！"

但我却知道，大姐是哄他的，其说得越煞有介事，就越不会信守承诺。家里这样的条件，外面又兵荒马乱，她能到哪里去抱小泰迪狗？

秉辰长到六岁，个子已经和我比肩，且长得敦实，小小年纪力气蛮大。我不服气，问母亲，为啥自己个子瘦长？母亲却说我，心眼多，又挑食，当然长不壮。其实我清楚，那年月还有啥食可挑？有吃的就能活命，没吃的就翘辫子！

父亲看在眼里，其疼爱我的方法，就是指着一处横长的粗树枝，让我每天吊在上面，必须做三组引体向上，每组二十下，且非常严厉地要求我不许偷懒！开始，二头肌拉得酸痛无比，牵拉之下，手抖动得连吃饭的筷子都拿不住。但几个月练下来，就大不一样了。腱子肉一块块地长了出来，手臂力量也是大大增强。但随之而来的，就是常常觉得有力无处使。于是，令父亲始料不及的情况便在某一天突然发生了。我练习臂力投掷的石子，竟然没有击中树上的小鸟，反而砸碎了李清泉家窗玻璃。阿燕自然是第一个跑来，告了"御状"。刚巧父亲在家，便在我屁股上狠揍了两记，还罚我写了一天的大字，惹得母亲甚至怜悯同情地掉了眼泪。

后来，还是李清泉医生特地赶来我家，替我申辩，说了一席好话，父亲才"赦免"了我。李清泉医生，那时在中山东路上的国民党中央医院当医官，是个矮而胖的中年人，乐观而开朗，其时四十多岁，有点秃顶，四周的头发却梳得溜光，面色红润，见人三分笑，颇得人缘。因与我家同是绍兴人，所以两家关系融洽，此公偶或到我家串门，满嘴的周先生、周太太，话音中带点上海腔。管秉乾大哥叫大公子，说是生得富态，耳垂大，将来必定是写字间里的大亨。他每次来，总忘不了抱抱秉辰，说是小宝宝长得好，穷好白相的咪！管大姐叫小姐。他的太太人高马大，且黑胖，在我的印象中是位既善良又疼爱小孩的好母亲，只是好抽烟打牌。月牙湖区域的男女老少管她叫李太太，南京话在太太前面加上丈夫的姓，便是尊称，不分长幼辈分皆可喊。李太太人缘也很好。

月牙湖区域，与我同一辈的人，称李清泉为李伯伯。李伯伯、李太太在月牙湖区域老幼皆熟，不仅是因为李医生的医术与行善积德的秉性，也因为他们有着从没与谁吵过嘴的好人缘。

母亲本因血压问题，心脏有点不好。自从抄家时受了刺激，便是落下了心口痛的毛病，成了李清泉医生的老病号。起初，因父亲和大哥出走，国民党特务来抄家，李清泉既为害怕，且为避嫌，反而有点不敢上周家来出诊，便推说自己忙，走不开。就让李太太以串门的名义，送点药过来。不过，李太太原先当过护士，做李清泉的太太之后，才辞了护士的行当，当起了贤妻良母。所以，依旧懂医术、会护理。她来送药时，总要重操旧业，替母亲量过血压后，还会一本正经地使用听诊器，听听心音，搭搭脉搏，搞得倒蛮像那么回事。她的热情和认真，还真温暖了我们老周家的一家老小。每次替母亲听诊之后，她总会用安慰的口吻说"没事没事，好得很！"令母亲感到很宽慰。

因李太太是随了母亲，才信了基督教，每周做个礼拜，也很舒心。所以，她曾经在一个礼拜天的早晨，雇了一辆马车，硬是请母亲带着我和弟弟，一起进中山门，到白下路中央银行附近的圣保罗基督教堂做礼拜，还买了冰糖葫芦给我们小孩吃。

但自从我们家被抄后，母亲便谢绝了李太太的邀请，不再去做礼拜了。因为母亲最清楚，以前做礼拜，是丈夫为了掩人耳目，让自己学蒋夫人宋美龄的样子，做给外人看的。如今，抄家的严酷现实教育了她，蒋提倡的"新生活运动"，并非善举，而恰恰是掩盖其专制独裁的一块遮羞布。于是，她也不再想赶那信奉耶稣基督教的时髦了。

不过，那李太太对母亲谢绝其做礼拜的事情，倒也并不介意。她白相寻开心的方法自然多了去了。之后，她便请母亲上家去搓麻将。

初时，母亲本因心情不好，推托不去。李太太就说，还有关于先生的重要事情商量！母亲便觉盛情难却，只得去了。牌桌上，李太太果然是百般劝慰，让她不要为丈夫和大儿子的出走担心。并说了，吉人自有天相，命中注定，就像这牌运，说不定下一把就成了"清一色"。

李太太让母亲打牌解闷的本意不差，但劝解的方式却是适得其反。她这么一说，反将母亲的心思越说越乱，害得她胡乱打了两圈，倒点了两炮，让李太太和了两副大的，赢了不少钞票。母亲一看，这哪里是白相解闷，分明是添堵郁闷，于是，只好推托家里有事，抽身告辞出来了。

这李太太自是特别精明，立刻就知道了母亲的心思。所以，有一次看见我的时候，就特地关照我说："宝宝，团团，勿要问大人的事。尤其是在你阿妈面前，绝不要提爸爸的事情。阿知道啊？就跟弟弟秉辰好好白相。厌气了，想爸爸、大哥了，就找隔壁济世，一起到房间里面，多读读书。”说完，她还抱过我亲了亲，嘴里一个劲地喊着：“乖儿子，快长大咯！”

济世是李医生夫妇的儿子李济世，比我小一点，本都在卫岗小学读书。他小时候话不多，胆小怕事，跟我们在一起玩也总是心不在焉，玩得不起劲。他唯一感兴趣的是吃零食，每次总是吃得津津有味，人却长得像半截芦柴，七八岁时就高我一头。李太太多次在众人面前笑嘻嘻地穷嚷：“济世小囝属大闸蟹的，亨不郎当都吃到骨头里厢了！就是皮像老子的种，白。胖爷生瘦儿子，老天爷搭好的迭格叫公平。”

这天，我终于忍不住，问大姐周秉悦：“姐，爸爸和大哥究竟是上哪去了？什么时候能回家？”

大姐搂着我，也只能抽抽鼻子，回答说：“他们是出去做生意了。”

我料定她的回答和妈妈一样。因为我知道，姐姐只比我大五岁，在莫愁路上的明德女子中学读书，比我这个在卫岗小学念书的小学生，懂的事情多不了多少。虽然大姐每天晚上都要辅导读小学四年级的我和读一年级的秉辰，常常还拿出大人的派头，施行强迫式的严教。甚至还用小柳条打我们的手心。但是，在我的心里，她还是没办法和父亲、大哥比的。父亲可以用脚踏车带我们去中山陵玩。秉辰坐在大杠上，我坐在书包架上，两人都开心得哇哇大叫，憨劲十足。陵园大道两旁的梧桐和松树林，见证着我们父子幸福的身影。

秉辰的功课不如我好，数学、语文勉强及格。他做不出功课时就用两只手托着腮帮子呆想，大姐越是重复指教，他越是糊涂，小嘴巴噘起来，默默地念叨这，念叨那，表示他已经用吃奶的劲在认真计算了，至于再出现错误，那就只能怪父母没有将好基因遗传下来了。

我估摸着，再这样下去，姐姐就要抄家法打秉辰手心了，于是赶忙向母亲求助。这时，母亲就会插嘴，安慰大姐，说：“还是慢慢来，秉辰还小，没开窍呢！”

不过，周秉辰的蜡笔画，在同龄儿童中却是出奇地好。他喜欢画大公鸡和狗，尾巴比身体大好几倍，高高翘起。有次被母亲发现，就像是哥伦布发现了新大陆一样，喜欢得不得了。并夸他说：“秉辰的画，可比你老爸小时候的画还好，与你老爸的画一样有灵气。”

李济世也喜欢画画，经常来找秉辰画画玩，两个小把戏一画就是半天。有时济世带着他妹妹李晓燕一道来玩，秉辰就问她："你喜欢画大公鸡吗？"

"不会画！"晓燕忸忸怩怩地说："我要看你画，你给我画只猫好吗？"

"画了好几张猫了！"秉辰不满地说，"怎么又要画猫了？"

"妈妈说画的不是猫，是小狗。"

"嗯，那再画一张就像了。"秉辰耐心地宽慰她。

然而，秉辰画出来的仍然不像猫，也不像小狗，晓燕接过来一看，笑着说："胖小狗跟你一样。"她说完，就跳着、蹦着跑了。

后来还是李济世帮周秉辰的忙，画了一张猫，稍微像点儿。秉辰给了晓燕，晓燕这才满意地不笑话秉辰了。秉辰为此酬谢了济世两支蜡笔。

可是不管怎么说，老周家比先前冷落多了。我和秉辰是刘妈带大的，她那时三十多岁，男人是个摆旧货摊的小贩，外号丁秃子，也不知是得了什么绝症，夫妻俩没娃。刘妈便将对小孩的那份喜和爱，统统都挪到了我和秉辰两兄弟的身上。由此便知，她是怎么疼我们了，反正是一天到晚闲不住，家务事全由她揽下了。而且很多事她也能做主，甚至包括对我们管教上的事。她的话有时说得很重，母亲也从不怪她。唯有大姐会关照她，不要惯着我和秉辰，家里有什么就给我们吃什么，没干的，就吃稀的；没大菜，咸菜也行。

夏天乘凉时，刘妈会坐在竹榻边给我和秉辰讲故事。当然，总是沉香劈山救母、牛郎织女、孟姜女哭长城之类。虽然道理我们大多听不懂，但故事倒让我们听得津津有味。为了防止我们晚上跑出去玩，她还讲些神鬼妖怪之类的故事吓我们。每当这时，秉辰总是微缩着肩膀听。我还是有点怕，就怀疑刘妈胡编瞎说。母亲也会笑着劝刘妈，不要吓唬他们。别说世上没神鬼妖怪，就是要有，也只是那些写《聊斋》的人编出来的故事。

过了几天，我听见刘妈居然跟母亲顶嘴，说："你上次说我编神鬼妖怪之类的故事吓他们小人，其实不假。我男人年轻时当过兵，有一次抓到一个逃兵，上司命令我男人押逃兵到荒郊去枪毙，我男人把逃兵放了，那逃兵送了我男人一块银圆。我男人就把银圆放在上衣口袋里。第二天又开战，我男人就吃了一颗子弹，正中左胸心脏的位置，我男人当场就被打倒在地。但是过了一会儿又坐了起来，觉得自己没死。低头一看，那子弹是打在了胸口衣袋里的银圆上，把银圆钻出一个凹坑，却没射穿。由此保住了我男人的性命。你说，这不是神仙保佑，善有善报吗？"

母亲闻言，便回道："那是你男人的造化，用基督教的教义说，就是上帝保佑！"我觉得母亲的回答很巧妙，既没有说她的妖魔鬼怪是胡扯，又从侧面告诉他，中国讲宿命的人嘴里的神鬼、老天爷，其实到了外国就变成上帝了。如此看来，都是主观臆断唯心造出来的。

"多读书，像周先生那样坐写字间，快活，赚钱多，不识字当苦力，苦一辈子。"这是刘妈时常用来教导我和秉辰的一句口头禅。

但是，自从发生了抄家的事情。我就反问过刘妈："我爸识字多，在政府里面坐写字间，赚钱多，为什么警察局、特务来搜查？还带枪，还抄家？我爸快活吗？"刘妈听了我这话，神色骤变，蹲下，双手捂脸，蓦地她又跳起来，在我小屁股上狠狠地拧了一把，骂道："你这个小东西！话问得够绝的！"

我没料到，刘妈也会发火，便不由得哭了起来。屁股上更是痛如蜂蜇。晚上洗澡时，母亲发现了我屁股上的红紫印子，问我又跟谁打架了。我只能说，是跟济世打的。母亲反问："济世会打人？"正好刘妈走进来，往澡盆里加水，便说："他缠着问我，小孩子是不是从胳肢窝里掉下来的？太太，你想我从来没生过娃，怎么跟小东西讲？所以揪了小东西一把。"妈妈笑了，说："我这小东西变坏了，没出息。"

事后刘妈反训了我，说："你怎么能冤枉济世，不作兴的哦。"

关门弟子

父亲给几个孩子取名时，用"秉性"的"秉"字打头，男孩后面接乾、坤、星辰的"辰"，女孩则是悦，于是老大叫秉乾，老二叫秉悦，老三叫秉坤，老四叫秉辰。无非是希望我们长大后，都有经天纬地、斗转星移之秉性，其期望值不可谓不高！

对父亲的这种期望值，最早提出质疑的是大姐，这个留着齐耳短发、胖乎乎的脸蛋上不常见到笑容的小丫头。女孩的天性，让她从小就喜欢打扮，夏天总爱穿黑裙白衫，着白力士鞋，秋冬季则穿母亲年轻时的衣裳。家中因为就她一个女孩子，所以母亲许多漂亮的衣裳自然也成了她扮靓的资产。作为我和秉辰两个弟弟的长姐，她要经常辅导我们的功课，但她却从不像大哥那样，给我们讲"国共和谈""内战爆发"这样的国家大事。有一次甚至对父亲给我们名字里用了"坤"和"辰"很有意见，觉得我们顽皮不懂事，辱没了这两个字。

反之，大姐对母亲和刘妈能烹一手好菜肴且善女工，却是羡慕不已。她从注意观察、细心揣摩，到亲自动手，学得既好又快。不久，就成了得到真传的"关门弟子"。此后，便亲自动手，把母亲的一些衣服拿来改头换面，使之穿在自己身上更合体大方。

隆冬季节，一个礼拜天，大姐穿上经过自己翻新的咖啡色翻毛领大衣出门。那毛领子翻起来遮住她半张脸，双手拢在自己制作的棉暖手笼里。简直就是母亲年轻时的翻版。

刘妈看见了，甚至说："你妈年轻时的一帧照片，就是如此穿着。小姐，你太像太太了。"

大姐却回道："哎呀，哪个想做太太？我们家不作兴叫太太的，我是穿着玩的。"

母亲反来帮衬说:"她爸给我买的,说出去也够寒酸的,我拢共也就穿过几回。现在正好给她穿!"

刘妈又说:"太太,你算是省给小姐了。"

妈妈再说:"她爸买的,留给她正好,是个念想。"说完淡淡地一笑,似乎特地笑给大家看。

刘妈却叹口气,只顾搂着秉辰,呆呆地看他在画蜡笔画,不再多言。

周家少了两位主角,房子反而显出大来。家具经过抄家的翻砸,更显陈旧。好在这些仿红木的老式家具,并无什么值钱的。唯有两件摆设,母亲尤为珍爱。这两件小东西一模一样,均是绍兴龙泉窑出的青翠色长颈花瓶,瓷质细嫩,纹络似裂非裂,釉光照人,瓶沿口露出瓷胎的白痕,粗看细看精巧古朴,挺惹眼。每年开春后,附近山岗湖岸野花盛开,秉乾和大姐定会撷来一束或数朵,插在花瓶里讨母亲的欢心,有时母亲自己也亲自去采花,插在花瓶里左看右看,心里涌动着暖暖的爱意。

父亲和大哥出走以后,母亲在第一时间,把那对花瓶藏到了箱子里、阁楼上。过一阵翻出来,擦一遍,再藏好。连刘妈见了,都暗中关照我和秉辰,别碰那对花瓶,称是先生祖上传下来的,外面买不到,碰坏了就不得了。无奈抄家时,终究还是被军警翻箱倒柜中碰缺了口。虽然此后母亲请来工匠拼接打了补丁,但情感上的裂痕却是刻骨铭心,再难愈合。

然而,事过不久,母亲发现,街上军警、兵痞渐渐多起来,其中还夹杂着散兵游勇,更有不少伤兵,拄着拐杖瘸着腿。

后来,伤兵越来越多,甚至满街都是。他们经常砸商店的玻璃窗,吃馆子不给钱,拦截江南汽车公司的公共汽车,还常常打人骂人。搞得军警也手足无措,也引发了母亲对孩子更严的管束,甚至连大姐也不能出门了。

二月的一天,外面飘着雪花,很阴冷,屋外来了一个伤兵,满脸大胡子,拄着拐杖,军衣破破烂烂。他跟刘妈讨吃的,刘妈不给。伤兵吵骂起来,惊动了母亲,她便下楼来,叫刘妈盛了一大碗饭,上面堆满菜递过去。伤兵狼吞虎咽地吃了,母亲又叫刘妈给他倒了一碗开水喝。

母亲问伤兵:"你从哪里下来的?"

"徐州。"伤兵无力地回答，脸色苍白，似乎伤得很重。

"仗打得厉害吗？"

"死人成山……连长官也死了不少。"

"你为啥出来打仗？"刘妈插嘴问道。

"乡里没得吃……卖壮丁出来，苦命人当兵，就为吃粮。哪个知道要打败仗哟，太太，你话问得奇怪！"

母亲闻言，动了恻隐之心，竟给了伤兵一大把钱，伤兵看看，苦笑笑，摇头揣在怀里，连声谢谢！不再说什么就走了。刘妈说："太太，你手太松，给那么多。"母亲却说："金圆券不值钱，让他喝顿酒吧……再说，那票子用不长了，快换了……"刘妈听了，有点疑惑地眨眨眼。

夜里雪更大，母亲翻来覆去睡不着，索性坐起来纳鞋底，想给每个孩子做双新鞋，春节时好穿。刘妈也陪她纳起来。

第二天清晨，刘妈拎着菜篮去卫岗街上买菜，回来说昨天要饭的那个兵，冻死在中山门的门洞里了，围了许多人看热闹。母亲听了，竟呜咽了一阵，唬得刘妈连说："太太，我真昏头了，不该告诉你的。"

母亲连连摆手，半天才说："刘妈……你不懂得我为啥哭……这不怨你。昨晚那伤兵走了之后，我鼻头就酸了……还是哭出来好。"

刘妈愣了一下也哭了，哭得有点莫名其妙。嘴里还对我嚷嚷地说："太太心好，先生心也好。阿弥陀佛！善有善报，先生会平安回来的。"

这下好，反过来，母亲倒要劝刘妈了。这边刘妈好不容易止住了哭，那边大姐却不知怎的，哇的一声也哭了。母亲索性谁也不劝，回房砰的一声关上了房门。

正在这时，大舅却来了，拎了一大包东西，都是南北货土特产，内中既有我爱吃的金丝蜜枣，又有秉辰爱吃的巧克力和克林奶粉。

刘妈唤母亲出来，大舅便对妹妹说："晓珍，有一位陌生人，自称是家义的老朋友，受家义之托捎来了东西和钱，那人只说等开春暖和之后会有许多朋友来看你们，并劝我留在南京，而后就走了。"

大舅喝了一口茶，又接着说："我也莫名其妙，那陌生人怎么如此神乎，一下子就找到了银行的襄理室来。"

母亲没再多问，仔细拆开包，抓出东西分给两个孩子吃，她自己也捡着一粒金丝蜜枣，一丁点、一丁点地嚼着，眼睛凝望着窗外翻飞的雪花和光秃秃的梧桐树，似乎走了神。

我后来才知道，这次舅舅来，本是有一件大事，就是劝母亲和全家跟他一道去香港。银行早在1948年秋天就开始往台湾迁，南京总行的金库现在已经迁空了。上峰叫舅舅近期内先飞赴广州，连飞机票都定好了。

那日，我见舅舅又来征求母亲的意见，母亲虽然还不知道他的决定，却表明自己的态度，说："哥，我反正是不走的！老周和秉乾还没回来呢，我就在家等他们！"

舅舅便感叹道："妹，我就知道你不愿走。他们什么时候回了南京，你就更不会走了。你是我唯一的妹子，外甥们也是我的亲骨肉，我当然也不能撂下你们一家子不管，我们兄妹都是固执的脾气！"其不走的真实原因，当然，他只字未提。

"我到现在，还能感觉到家义和秉乾他们在哪！有一天回来了，我和刘妈要弄只'咸水鸭'，烧一大桌子好菜给他们吃！"母亲说完，就起身走到窗前。大姐扶着她，打开窗户，一阵寒风灌进来，母亲业已灰白的鬓丝飘动着，她毫不在意，侧头望着北边的方向。

我的舅舅既尊重亲妹妹的想法，又怜恤外甥和外甥女，加之对上峰掏空金库、迁往台湾的行径极为不满等种种原因，终于没去香港，留守银行之内，坐等解放大军进城接收。

国民党军队，从这年初春开始大撤退，我站在宁杭公路边，常常可以看见匆匆走过的队伍和隆隆作响的各种军车，有时还能看见坦克和大炮，很是好奇。于是经常和家门口的小孩跑到公路上去看热闹。大姐不让我和秉辰去看败兵和炮车，而她自己却时常去看，一边看着败兵撤退的狼狈相，一边吹着泡泡糖，似乎很解气。

这年寒假过后没有开学，其实这正迎合了我的心意。我是巴不得不上学，好成天玩"官兵捉强盗"和"躲猫猫"的游戏。因为我已经用吃食从散兵游勇那里换得一件旧军装，一套武装带，于是就把这爱玩的"官兵捉强盗"的游戏，玩出了新花样，既新鲜又刺激。

唯一让我感觉遗憾的是，我还没能从那些兵痞处搞到一杆损坏了的旧枪。因为我看见学校虽然没有开课，但操场上却在训练新兵，且给那些新兵发枪。这些新兵，都是从南京周边乡下抓来的壮丁。长官喊着口令，声音已经半死不活。新兵更是面黄肌瘦，穿着不合体的皱巴巴的军装，有气无力地拖沓着操练的步子，完全没有战斗力的样子，但他们手里拿的新枪，却让我很是眼馋。这帮操练的新兵，老是引起人们的围观，还有看热闹的小孩子起哄、发笑，甚是好玩。

我问大姐："连老兵都跑路了，怎么还练新兵蛋子？"

大姐答道："他们想利用这些新兵蛋子，守住长江天堑，真是做梦！"

我又问："他们跟谁打仗？那么厉害！"

大姐又答："又多嘴！别多问，知道他们早晚会败就行了！"

我自作聪明地说："哼，我可听大人讲过，是跟从东北过来的解放军打，对不对？"

"住嘴！"大姐动了气，"你胡说什么？'解放军'这三个字，可不能到外面去说！"

就在前线吃紧，败兵一拨一拨退到中山门外集中的同时，城里的学生也在闹事，他们不但上街游行，还打出了"反独裁、反迫害、反内战、反饥饿、要民主、要自由"的标语，与军警一次次地发生流血冲突。我那时胆子也变得越来越大，有时竟敢自己一个人偷偷溜进城玩。

有一天，我看见许多如大哥、大姐一样的年轻人，在街上成群结队地游行。让我最感兴趣的还是横幅标语上的内容。那时的我，已经懂得标语上写的是啥意思了。什么"反内战""反饥饿""反独裁"，什么争取"民主自由""反迫害"，这些标语口号，当初，我都是从父亲嘴里听来的。我由此开始明白，没饭吃、物价飞涨、金圆券，原来是普遍现象，南京的居民和这些学生都是如此，老百姓早已经是怨声载道，活不下去了。

那天，我决心随着游行队伍一直走到新街口去看看。哪知，等到想往回走时，才发现腿已经酸得走不动了。想找公共汽车，没有；对座儿的四轮马车，不见了；甚至连黄包车也没有了。最后，我只得硬着头皮走走歇歇，一步一步往中山门挪。此刻，秉乾大哥对我讲过的梁山好汉等英雄人物，一一浮现在我的脑际，仿佛那些英雄正跟我一道前行，一路做伴。

不经意间，新街口广场中心的孙中山雕像，已矗立在面前。孙中山向我招手的姿势，让我欣喜和激动。且勾起我对父亲的一段回忆。几年前，是父亲带我来这里玩的。那时还有许多人在演讲，人都围着看，叫着好。在警车还没有赶来之前，我好奇的小身体，就在人圈中钻进钻出，因为听不懂演讲的内容，便只能去观察演讲者的面孔，就觉得那张面孔既严肃，又激动。

　　就在我回忆着父亲的往事时，忽然，我发现有一对明亮的大眼睛在盯着我，原来是大姐周秉悦来寻我了。

　　我慢慢地朝后退，由于游行人群密集，一时竟退不出去。后来还是大姐走过来，一把将我拽出人群。我本准备着挨训，没料到，大姐根本没有时间训斥我，只是牵着我的手，退到了人行道，然后急急朝大行宫方向走去。刚走没几步，果然听见身后嘈杂声四起，回头一看，游行的学生与围观的人群呼地一下散了，四处奔跑，接着响起了尖厉的警笛声，气势汹汹地开来几辆警车，车上下来许多军警。大姐拉着我加快脚步，我却不断地回头看。大姐急得拉着我没命地跑起来。

　　紧接着，我们向右拐进了洪武路，这是条南北走向的长街，街面不宽，岔巷也很多。所以，我们很快就把警笛声甩到身后去了。

黄河大合唱

　　大姐拉着我出了洪武路，向左拐进游府西街，又走了好一阵子后，就到了杨公井，来到首都电影院。我累得实在不行，就赖着不肯走，眼睛还不由自主地朝小百乐门咖啡馆望。大姐没办法，只得带我跨进小百乐门，找了个火车座儿坐下。要了一杯咖啡，一杯牛奶，两块萨其马。大姐对我说："吃吧，小活宝，也算姐带你出来玩了一趟。"火车座很软，坐在上面很舒服，手摇唱机正在唱《何日君再来》这首歌。我想起，前两年，大姐也拿过这张唱片回家，挨过父亲的批评，便向姐姐重提旧事。却遭到了大姐的呵斥："萨其马都堵不住你的嘴！你懂什么？我早就不听这些软绵绵的陈词滥调了！"

　　就在我们姐弟俩边吃喝边说话间，又进来了一男一女，男的似秉乾大哥的年纪，女的则比大姐还大一点。

　　这对男女衣着寒酸，脸色憔悴，他俩在大姐和我的对面坐下，要了两杯咖啡，而后，就一小口一小口地啜着，眼睛却不安地瞧着外边的街面。我好奇地盯着他们，发现男的上身穿的黄皮夹克跟大哥在家时穿的那件一样，只是已很破旧，领子上一处被撕裂，尤其是他的不太浓密的络腮胡子和蓬乱的头发，更像大哥不修边幅的样儿，让我顿生几分亲切感。女的则和大姐一样，也是修着齐耳短发，额上一缕刘海。

　　男的从皮夹克的兜里掏出几块烧饼，就着咖啡和女的大嚼起来。连大姐也为此走了神，惊讶地看着这对男女。大家正默默地吃喝时，又闯进来一对年轻男女，与先前进来的这一对打招呼。听他们的口音，显然带着北方人的粗犷和纯朴，听起来倒很带劲。后进来的男的说："今晚别回学校了，妈妈叫我们住舅舅家。"

　　"现在就去吗？"穿皮夹克的男的问。

　　"我们先去，过一小时你们再去。"

"舅舅不在家呢？"

"那就按老规矩。"

一席对话说得我摸不着头脑。但大姐听来却倍感亲切，知道是几个穷学生，在充分利用有限的学生寝室，搞起了套住轮睡的把戏。让她倍感居家就学的幸福。虽然离家才几小时，仍蓦然生出对家的依恋。

后来，那对后到的男女走了，先来的那对男女仍坐着，他俩不约而同地打量起大姐和我来。尤其是大姐胸前那块三角形的"民德女中"的校徽，更是吸引了他们。

穿皮夹克的那位大哥，突然问大姐："你们学校寒假后就没有再开课吧？"

"是的！现在局势这么紧张，街面上这么乱，哪个学生还有心思上课？"

"是的！"男的小声说，"我们中央大学的学生更是首当其冲！"

"明白！"大姐也小声说，语气却很坚定，"有校不能回，有家不能归。都是打内战造的孽！看他们怎么收场！"

"噢，这时间怕不会长。"穿皮夹克的很随便地说，完全是一副若无其事的态度，"只要不读死书，就会明白春天里将要发生什么事。"

"我盼望迎春花早点开。"大姐说，"每年谷雨前后，我们家都要去紫霞湖边上看花。"

"紫霞湖？"

"啊，就是中山陵的紫霞湖啊！"大姐天真地睁大眼睛，这时，我突然感到她与自己的年龄差距消失了，记起了小时候，与自己嬉闹的那个微胖的小姐姐。可是，这两年姐姐似乎变老成了，面孔板得常常比母亲还严肃。

"噢，紫霞湖就在中山陵啊！"一直默不作声的剪齐耳短发的姑娘说，"中山陵还有一座音乐台，我和同学去演过《黄河大合唱》，呵，气氛热烈得不得了，令人终生难忘。"

"那是哪一年？"大姐问。

"1945年，纪念抗战胜利。"

大家突然不作声了。唯有那台老式的唱机，还有气无力地唱着走了腔的调子。头发梳得很讲究的老板娘慢悠悠地摇着手柄，给唱机上紧发条，并换了张唱片，于是，众人听见一个女人尖声嗲气地唱："那南风吹来清凉，那夜莺啼声齐唱，月下的花儿都入梦，只有那夜来香，吐露着芬芳，我爱这夜色茫茫，也爱这夜莺歌唱，更爱那花一般的梦，拥抱着夜来香，吻着夜来香，夜来香，我为你歌唱，夜来香，我为你思量，啊……我为你歌唱，我为你思量。夜来香，夜来香，夜来香……"

"再见，同学。"穿皮夹克的说，"《夜来香》这首软绵绵的情歌，就像是给一个每况愈下的王朝唱响了挽歌，太憋闷了。"他们走了，我发现大姐目送他们离去的眸子，忽闪忽闪，亮晶晶的，便问："他们为什么讨厌这首歌？"

"因为他们曾经唱过《黄河大合唱》。"大姐回答说。

"爸爸和大哥也唱过《黄河大合唱》吗？"我狐疑地问。

"当然唱过！有血性的中国人都唱过。我在学校也唱过！"

"在南京，现在为什么听不见人唱《黄河大合唱》了？"

"因为，现在这里的有些人，特别怕听见这首歌，禁止人们唱它。"

"那是些什么人？为什么怕听这首歌？又为什么要禁止人们唱？"我更加疑惑地一连提出三问。

"等你长大了自然就明白了，"大姐回说，"不要老是问啊问的。"

"我已经长大了，"我申辩道，"我自己会照顾自己，会游泳，还会闯到新街口来玩，我不怕，我什么都不怕，还不算长大吗？"

"不算！"

"嗯……还要等多少时间算长大呢？"

"你不听话，不争气，算不得长大。假如你听话，问话不是那么多，就算长大了。"

"真的？"我高兴了。

"真的，"大姐继续说，"顶多到春暖花开时节。"

"可我不是花朵呀！"

"我看你比那没有经历风雨的娇艳的花朵，强不到哪里去。"

"我不做花朵，我是男人，女孩阿燕才是花朵。"

"小祖宗，什么男人女人！你懂什么！"

我要无赖，走一阵便蹲在马路边歇一阵，不肯走，大姐讥笑我是孬种小男人，她很窝火，但我仍不肯走。大姐没法儿，赶巧有一辆三轮车停在科巷口，大姐便带我去乘车。那车夫竟说，要光洋，金圆券比草纸还不值钱。大姐回说，我只有金圆券。车夫说，给点米也行。大姐于是答应，蹬到家门口，就给五斤米。车夫才肯蹬我们上路。

三轮车拐进月牙湖这里，快到家门口时，大姐看见陈实迎面走来向我们招手，说："小姐，你快回家看看，刚才军警和保长带着几个便衣又来抄你家了，周太太急得不得了，不知二公子和小姐去哪儿了，生怕你们也出事。"

陈实四十多岁，扬州人，是个干巴小老头，但能说会道，心肠也不错。他在铨叙部干庶务，这是文词儿，说白了就是下等杂差，扫地打水、抹桌子、冲厕所是他的本分。他老婆是一个典型的乡下婆娘，在月牙湖一带倒马桶、洗衣服，每月混几个钱贴补家用，她似乎没有大名，大家都习惯地叫她陈婆子。因为她长得丰乳肥臀的粗壮样，因此大家都认为她是干活的一把好手。陈婆子不仅干活出死力，养小孩的能耐也令人咋舌，她一溜儿养了六个儿女，养一个活一个，个个膘肥体壮，夫妻俩对谁都和气，从不得罪人，这样他们这一大家子也才能活下去。

我记得，父亲待陈实一向厚道，铨叙部经常弄到美国面粉和克林奶粉以及其他一些生活物资，这些东西比市面上便宜得多，有些甚至不要钱，所以父亲总是想方设法替陈实多弄点。刘妈虽说是家里的用人，但有些活，母亲却不让刘妈去干，而是唤陈婆子来做，这样，逢年过节时，母亲便可名正言顺地对陈家给予关照了。所以，我想，这真是患难见真情！陈伯明知周家被抄，正背着通共的嫌疑，与之沾边的人，都难免自取其祸，而他却主动上门来帮助支撑和抵挡，正说明那些看似粗鄙的普通人，一样懂得感恩。

大姐一听陈实的话，脸色大变，请陈实挖几斤米打发车夫，便牵着我的手直奔家门，到了家，我们愣住了，楼上楼下又被翻得不像话，连天花板和地板都扒开了，活像遭了匪，遇了劫。

母亲坐在客厅里的沙发上，静得如一座雕像，刘妈蹲在母亲旁边，搂着秉辰呜呜地哭。见我和大姐进来，母亲眯眼朝我俩打量了一番，刘妈松开秉辰跳将过来，恶狠狠地说："这家……你们要不要了？太太差点急晕了……这些小娘养的、杀千刀的，没得王法了……大白天又来抄家。阿弥陀佛……观音老母在上……善有善报，恶有恶报，这些杀千刀的，不得好死……不得好死哦。"

刘妈骂得又凶又粗，仿佛她肚里的一腔怨气，在骂声中才能慢慢消失。

中饭后，陈婆子带着大儿子栓子来了。栓子已经长得人高马大、傻大黑粗的，在孝陵卫镇的澡堂子里当擦背。孝陵卫镇地处宁杭公路要冲，兵荒马乱，澡堂不开了，栓子只好待在家里，时常上紫金山劈树砍柴，担到镇上换点米面油盐。陈婆子说："周太太，栓子爹叫我带栓子来给你家收拾房间。"母亲叹了口气："唉，搞成这样，还有啥收拾头。"

陈婆子道："总要收拾的，周先生、周太太待我们善，我们粗人只能做粗活，算是报恩吧。"母亲听陈婆子说得恳切，就说："知道你们是吃过饭来的，怕你们不饱，让刘妈带你们到厨房吃饱了再做。"

栓子听了喜形于色，陈婆子则连连道谢，转到厨房去了。只一会儿，陈婆子和栓子就吃得满面油光，精神抖擞地走出来。陈婆子对刘妈说："刘妈，你不要沾手，站在旁边指点我们收拾就行。刘妈尽管放心，我陈婆子手脚清爽得很。栓子虽是粗坯，大字不识几个，只晓得吃，没出息得很，但干活出力却不赖。"

果然，仅仅一顿饭工夫，屋子上上下下、里里外外，便被陈婆子母子收拾得井井有条，刘妈夸奖她，陈婆子说："月牙湖这里哪个不晓得我陈婆子是做事的坯子，去年李先生家李太太做小月子就是我服侍的，我养了六个娃，关关节节哪里还有不晓得的。李先生赏了我一袋面咧，蒸的馒头瓷白油滑。"

母亲留陈婆子和栓子又吃了晚饭，临走，陈婆子说："栓子爹今天去钱家帮钱老头穿衣入殓，不肯来，过几天等太太家太平点，他过来帮太太收拾地板、天花板，请太太不要多心。"母亲没作声，陈婆子走后，刘妈说："这陈婆子把我的蓝布围腰也扎走了。"母亲说："她忘了解，算了！"刘妈说："太太，你凡事都算了，人家就刮你油也算了。"

母亲却说："周家这种情况，又有谁愿意来想帮？别说是她无意扎走了，就是有意，那又何妨？我们家该接济的！眼下，我们对谁都要让着点才好。"刘妈唉了一声，又叹了一口气。

过了几天，陈实领着栓子来了，父子俩手脚倒也麻利，半天工夫钉好了地板和天花板，吃酒时，陈实义愤填膺地说："这是什么世道？无法无天了，大白天来抄东翻西。王保长什么泼皮狗东西，周先生待他不薄，竟昧着良心带警察来太太家放肆。这杀千刀的，今天早上撞见他，被我陈实狗血喷头骂了一顿。"刘妈说："怪不得，我去卫岗菜市场买菜时，看见你跟王保长像在吵架，后来被别人拉开了。"陈实说："哎哟喂，刘妈，你老也看见了，我陈实就是要骂这个不讲良心的东西，替周先生出出气！"

刘妈笑道："这就叫，公道自在人心！连我这个老太婆都懂的。周先生是好人，自有上天在保佑的。"母亲知道，刘妈又在用话宽慰自己，便只当没听见，叫刘妈挖了半洋面口袋米给陈实，他先是不肯收，但后来终于收了，唤过栓子，提着走了。

刘妈

晚上，我看见家里的用人刘妈，忽然从母亲的房里哭着出来了，还哭得挺凶，我以为又遇见了什么事，吓得大气不敢出，只好缩在床角，竖起耳朵偷听。大姐则来到刘妈的睡房，扶她坐在床边，哄她劝她半天，刘妈才说："太太真狠，真小看人……好赖怎么想得出来，这种时候撵我走，还是我嫌弃你们家？怕你们家遭祸？还是我男人没本事养不活我，要赖在你们家？呜呜……"

刘妈越哭越凶，大姐看看实在劝不住，最后还是把母亲拉来了。她问母亲，为什么要让刘妈走？母亲也眼泪汪汪地向刘妈赔不是，说："我也是好意，一怕家道就此中落，根本再用不起人；二怕你刘妈辛辛苦苦在我们周家干了这么些年，临了反而受了连累，我实在是不忍心！"

刘妈闻言，这才收住眼泪，扭过身，一把搂住大姐的腰，喃喃地说："先生、大公子是好人，他们越是遇了难，不在家里，我越不能走。家里有粮我吃一口，家里无粮我们一起去筹，工钱我也不要了。就等先生、大公子他们回来。如果有一天他们发财回来了，大家都放心了，我再走……在你们家，我老太婆不求有福同享，只愿有难同当。况且秉坤、秉辰也都离不开我，小姐儿也离不开我呀。"

母亲见刘妈说得如此恳切，便只能收回成命，擦干泪水说："刘妈，不是我一定要赶你走，是先生、秉乾儿到现在还没有消息，军警和便衣倒是接二连三地上门，还不知道何时是头"

"太太，我不是糊涂人，他们……越是被军警查抄，就越是干的大事情，就像我家老丁，是一样的啊。"刘妈伸出右手，大拇指顶在手心，"我家乡那边，像先生、大公子这样的人，可是已经坐了天下啦。"

"托你的吉言，但愿他们早点回来吧！"母亲说完长叹一声。擦去了泪水的眼睛里，竟然闪烁起希望的光亮。

继而，她又习惯性地在胸口画了个十字，并安详地说："那你就不走吧！其实，我本意是让你暂时回老家避一避。你看我们家现在这个样子，不想让你与我们一起遭罪！唉，但愿善有善报，我们一起面对吧！"而后，迈着蹒跚的步子，回到自己的房间。

当然，老周家人缘再好，这样反复被抄家，也难免引起外人的非议：周家是怎么回事？男人和大儿子跑出去，几个月不归家，引来警察两次抄家？这些问题，都在月牙湖周边人们的头脑里，打着不大不小的问号。

许多原本与周家相处不错的人，都很少来串门了。即使走在路上碰见，也不过匆忙点头而已。还有不少人对周家人开始避而远之，如同害怕被瘟疫感染。母亲为此很痛苦，却又佯装着很平静。因为她觉得几个孩子还小，即便周秉悦也才十五岁，都还离不开对父母亲的依赖。况且，日子一天比一天艰难，现在连每天的吃饭过日子，都成了难题。

为了一家人的平安，母亲又期望上天或耶稣基督的庇佑。每晚临睡前，又开始坐在客厅的沙发上，领着几个孩子唱："平安夜，圣善夜。万暗中，光华射。照着圣母，也照着圣婴。静享天赐安眠，静享天赐安眠。"就像是过去为阁楼上的丈夫和大儿子在望风。

秉辰自以为懂事，竟问母亲怎么每天晚上都过圣诞夜。未及母亲回答，大姐已经抢先说："过了圣诞，就快到新年，快到春天了，所以天天晚上唱，催着新春早点到。"我和秉辰相信了姐姐的话，因此使劲地唱，还缠着刘妈点蜡烛，并关了电灯。烛光摇曳不定，家里的温暖气氛又使我们快乐起来。

阴历年一过，天气渐暖。刘妈说老天爷长眼，开了恩，春暖才来得如此早。学校根本没有要开学的样子，我和周秉辰便不用去上课。街面冷清，店铺打烊，可是人们照旧过年，吃酒，放鞭炮，拱手作揖，拜大年。

元宵节那天晚上，月牙湖附近照旧有许多小孩玩灯，只不过比之往年，缺少了那股热闹劲。我和秉辰被母亲关在家中不准外出，急得直跺脚。母亲安慰我别急，说："儿子，你也不小了，做男人必要学会沉稳，遇事气定神闲。过些时，等你爸和大哥回来了，我会让你们疯玩个够，高兴个够。"我听了似信非信，秉辰听了却是手舞足蹈，当即嚷着要吃年糕。

我想，母亲是过来人，又四十多岁了，当然有耐性，沉得住气。

我帮着母亲把那对小花瓶从箱底翻出来，擦了看，看了擦，但是，那些破裂后修补的痕迹，却是怎么都抹不平了。我觉得，母亲正是通过这样看看擦擦，擦擦看看，消磨时光，睹物思人。而我和秉辰关心的则是武装带、木枪、木刀和军帽。看似在疯玩，其实心里想着与王保长和那帮狗警察交火，想着如果他们再来抄家，将用何种办法对付他们，保护自家！母亲和刘妈好像知道孩子的用意，也有点睁只眼闭只眼地不想多管。

元宵节过后，母亲终于病倒了。大姐请李清泉来看过，确诊为高血压引发的心脏病。一犯起病来，她两手都哆嗦得厉害，胸闷心悸，有时竟昏厥，不省人事。家中立刻又增添了一层阴郁的气氛。大人小孩都是愁眉苦脸的。刘妈常年服侍在旁，最明白母亲的病根所在，也懂得怎样处置病中的母亲。愁虽愁，倒也未见得如何慌张。她让母亲半靠半卧在床上，掐人中，喂水，喂药，又一次次请来李清泉大夫，进行诊治。

其时，国民党的中央医院已经关闭，李医生正好没有班上，成天泡在家里养花、养鸟。李太太则赌瘾大发，成天与几位月牙湖这里的太太、小姐搓麻将，其他事概不过问，反正家里还有姨娘操持家务。可也别说，李太太搓麻将的手气倒蛮旺，还就不大输。她也算是厚道，赢了钱把本留下，其余的请赌客吃喝，小孩子嘛，也让你沾点光。如果看见她搓麻将后，一把将秉辰抱过去，搂在怀里亲，一口一声："我的胖儿子，我的好团团！"待秉辰好像比待济世还亲，那我就知道，她一定是又赢钱了。

这天，刘妈看太太又说胸闷心口痛，便去喊李大夫。谁知，去了一会儿，请来的不是李大夫而是满面焦急的李太太。母亲就知道，李大夫不在家，于是顺从地让李太太听诊、量血压、开药，一切照旧。

按照过去的习惯，李太太从出诊包里拿出几样药，并关照服法，就算完事了。然而，今日李太太却似乎没有走的意思，她坐在母亲的床边，一连声地叹气。说母亲是七分心病，加之烦神失眠所致。母亲便连连点头，说："还是你了解我，在这亲人出走、硝烟不断、风雨飘摇的动乱年月，哪能不烦神劳心？好在有你李太太这样仁慈而热心的邻居，亲临照顾，我的病才有消停的指望。"

不承想，那李太太闻言，反倒自行叹起气来。母亲便问："你李太太出手相助，宽慰了我的心，自己为什么反倒愁肠百结的样子？"

李太太再叹口气，道："说来话长，真是一言难尽哪！"

母亲见她欲言又止，心事重重，更是放心不下，加之又想再表达一下谢意，便说："李太太，你帮我治了病，我真是非常感谢！但看你总在叹气，是不是遇上啥不顺心之事？"

"你晓得吗？"顿了一顿，李太太突然冒出了几句没头没脑的话："说是……什么'共匪'要打进首都了，哎呀呀……不得了，有钱的都在往香港跑，有权的都在往台湾跑，周太太，这可怎么是好呀？"李太太惶恐地说出了她心中的纠结与烦恼。话虽不多，却是忧心忡忡。

"李太太，我以为你心里有啥疙瘩解不开的呢，原来就是为了这事。"母亲眉头舒展，平静地说："这有啥急头，共产党不是匪，也是人，终归不欺负百姓的，来就来吧！失民心者失天下，得民心者得天下。朝代兴替，历来如此，兴许老百姓日子好过点呢！"

"可是……我家先生在中央医院做事。共产党来了的话，会放过我们吗？"李太太说完，便向母亲投来一瞥探询的目光。

"李先生是大夫，治病救人的，这是积德，共产党能拿李先生怎样？再说李先生人缘好，月牙湖周边里，哪个不知道他是好人。我想终究不碍事的。"

"嘻，周太太，你有所不知，我家先生是国民党党员，国民党党员碍不碍事？"

母亲对她提的问题，似乎很不在意，不等她说完，已开始闭目养神，就好像扯了几句闲话疲劳了，得休息一会儿。李太太又像是解释，又像是自我安慰地说："我先生不是爱出风头的人。在中央医院混事哪能不应付一下，弄个国民党名头装潢装潢门面，周太太，你说是不是？"

母亲闻言，这才又慢慢睁开眼，叹道："李太太，你我两家多年邻居，一向交情不错，承你情常常照顾我家，替我治病。周家不会忘记交情，能帮忙的必会尽力相助。我听我先生讲过，共产党对党外人士，也是搞团结和'统一战线'的。不过我们都是妇道人家，还是不谈什么党不党、政不政的，眼下，我只知道带大孩子，日子总会好起来的，对吧？"

"噢，对，周太太说得对。唉，现在好说歹说迟了。跟你家舅舅家一样，要走也走不掉了。周太太，你看，我大块头掉肉掉得厉害，成了小块头了，腰身都减了三寸了。"

"哪里会！"母亲微笑道，"李太太富态，终归是大块头，再说瘦点也好，人也精神点。嗯，宁波人里就数你麻将打得精，这几天手气还好吗？"

"手气？手气好来兮！有啥办法呢？不过是解解厌气。"一说到麻将，李太太便来了精神，只顿了一下，便凑近母亲，支支吾吾地试探道："晓珍，我拿你当妹妹，你待我也是姐妹情意，两家都是上等厚道人家……可有句话想问问你……"母亲看她欲言又止的样子，只能耐着性子，听她说下去，"周先生、大公子……是不是那边的人？"

"哪边的人？"母亲故作大惑不解地问。

"就是……共产党那边的人。"

"哦，那只有上天、耶稣基督晓得，李太太，我困得很。"

"唉，天底下哪有耶稣基督真身呀！"李太太起身告辞，"周太太，你不要急，安心养病吧，不要紧的。"

第二天晚饭后，我看见李清泉拎了出诊包又来到家里，认真地替母亲再诊视了一遍，也说是不要紧，病人只需要静躺，不事忧烦便好，又留下不少药，就走了。

后来，大姐竟提醒母亲得小心提防点，因为李清泉毕竟是国民党中央医院的医生，又是国民党党员，母亲说："不碍事，连李大夫都防，那就别过日子了，再说他来了，大家说话都围绕医道，都祈求平安无事，但说无妨的。"

令母亲、大姐母女俩没有料到的，就是她们的对话又被隔壁的我听了个真真切切。用老南京的话讲，那时的我，公鸡头一个，正值开窍的年纪，对大人讲的话尤其在意。我立即联想到父亲出走之前向母亲交代的事情，一下子就明白了，共产党绝不像《中央日报》上宣传的那样，是青面獠牙、凶神恶煞的"共匪"，而是杀富济贫，得到老百姓拥戴的，能打败"刮民党"百万大军的一支强有力的队伍。我原先对照读过的《水浒传》，猜测父亲和大哥投奔了"梁山"，当了"绿林好汉"。现在却认准，他们是投奔了共产党解放军。我觉得自己一下子变得懂事了，甚至嘲笑大姐总是小看人，不告诉我实情，其实，我什么都知道。

接下来的日子，我明显表现出了对大姐的回避，强烈声明，自己洗澡时，再不让刘妈和姐姐进房间。我的做法，首先引起了母亲的注意，她让刘妈上菜场时，一定带一只小公鸡回来，清蒸给我吃。偏偏刘妈嘴碎，立刻就嚷道："太太的意思我晓得的。前两天我给他收拾床铺时，发现一大摊精斑，我就处理了，没想到还是让太太知道了。没关系的，吃只小公鸡补补就好了！"我听了虽感羞怯，但又无可奈何且态度决绝地在心里把刘妈骂成了"疯婆子"。

刘妈来到街上，发现这阵子中山门外更乱起来。城墙根下胡乱躺靠着许多散兵游勇。刘妈胆大，照旧去卫岗的街边买东西，还带回来一只小公鸡和许多吓人的消息：米店、布店被抢，街上又倒毙几个伤兵，某处有人被杀，某处失火无人救，等等。

城里是进不得了，要在以前，顶多个把月就要乘马车去舅舅家玩，舅母总要剁一大蓝面碗烧鹅或盐水鸭让我们美餐一顿。我这个年龄段的孩子，难免吃相不佳，父亲便用筷子指着我的鼻头训斥："你又呷嘴磨牙了！都说三岁看大，七岁看老，该长出息了！偏偏你塌台面！只长个子，不长心眼。书也读不好！"搞得我很难堪。不过，现在回忆起来，倒是令人很难忘却。我真希望时间能倒转，父亲再带我去舅舅家，即使挨骂几句，那也完全无妨。

周家人虽然足不出户，却仿佛生活在一艘漂泊无定的航船上，正经历着惊涛骇浪的冲击，也盼望着平安抵达彼岸与亲人重逢的美好时光。

生日宴

这天，阴历三月三，母亲为我办了生日宴，请了月牙湖这里几位相处多年的邻居来吃面条和蛋糕。李清泉大夫偕李太太来了，陈实和陈婆子也来了，后面一栋楼的袁太太也来了。客人为小寿星我带来了些许小礼物。晚上刚开席，舅舅也风尘仆仆地闯了进来，他仍是穿那套黑色条纹西装，也不结领带。他人未落座，便爽气地朝大家一笑说："我是来看看外甥的，三月三，生轩辕，是黄帝诞生的日子，他又是属小龙的，此儿将来必定主贵。秉坤看，我给你带来了生日大蛋糕，亏得冠生园有熟人，替我现做的。"说完，他还搂着我亲了亲。

我清楚地记得，两年前，秉乾大哥过十九岁生日，家里请了几桌酒。舅舅也是这样亲自给秉乾大哥送来了蛋糕，满座的人都夸他拿来的蛋糕，也是冠生园的。经舅舅这么一提，反让我有点心烦意乱，无意再听大家的夸奖，眼睛却是直勾勾地盯着客厅的门，以为父亲和大哥会突然闯进来，就像孙悟空一个筋斗云，十万八千里，可以从天而降一样。我觉得自己与大哥比，虽然差得很远，但也该和他们一样，去干大事，自己闯荡江湖了。

正如我所料，这个生日宴并非为我举办。因为，满座的人，除了开初讲了几句祝寿的客套话之外，便将我这个小寿星弃之不顾了。此后，七嘴八舌议论的，全部是有关时局的变化。唯有年龄尚小的秉辰，在认真地、默默地、老老实实地啃着一块烧鸭腿，似乎难得惬意，全然不顾大家议论的形势已是如何的严峻。

唯一不受影响的，怕是只有陈实和陈婆子两口子了。对他们来讲，国民党内尔虞我诈，中饱私囊，早已是病入膏肓，走到当下这一步，完全理所当然，本该如此。大家杞人忧天，难以下咽，恰恰成全了他们俩的好胃口，正好乘此大快朵颐。

眼见大人如此做派，如此吃相，完全弃自己于不顾，我倍感失望，觉得实在无趣。于是，拉过弟弟秉辰问："平日里，你在睡梦中想不想爸爸和大哥？"秉辰老实说："当然是想的，但醒转过来后便忘了一切。"我再问他："想没想过爸爸、大哥他们给你过生日？"秉辰眨眨秀气的大眼睛，摇摇头："没有啊，他们怎么会给我过生日？"我闻言，不由得再次失望，一脸委屈地溜到一边，独自欣赏自己的那堆故事书去了。

还是李太太心细，她一看今天的主角，小寿星我，反而一个人坐到旁边去了，便给我舀了一匙莲子炒虾仁，逗我说："宝团团，今天是你生日，大人沾你的光，你愁兮兮的啥？老对门口看点什么东西？"

我本想说实话，可是侧目一瞥坐在身旁的母亲，便说："我在等济世、伟伟、力力。我要请他们喝酒酿。"

众人笑起来，李太太对我母亲说："周太太，我宝宝成气候了，跟大公子一样灵气得很。"母亲笑眯眯的，格外显出慈祥，慢慢地夹起一粒莲子送到舌前，抿而不嚼，若有所思。

舅舅酒吃到半酣，乘兴给妹妹斟了一杯绍兴黄酒，说："晓珍妹，今天你就喝一盅，不碍事，也算替家义和秉乾代一杯，难得大家聚一桌，高兴一下，吐吐晦气。"母亲平素不沾酒，这两年更是少有客来，即使邻居来串门，也总是以茶待客，听大哥这么一点，反倒不好再推辞，随即端酒立起，跟客人一一碰杯。碰到大哥时，说："家兴哥，我抿一下，十年前我与家义在酒宴上就都是滴酒不沾了，这你知道的，从小我就酒精过敏。"

袁太太擎着杯，操着广西腔的普通话说："周太太信基督，不信佛，喝酒原不碍事的。这么办，我陪周太太饮半杯。"大家说声好，都喜气洋洋干了。窗外传来隆隆声，众人一打愣，袁太太说："不用理它呀，公路上又行坦克啦，喝吧，一起喝吧，连伟伟的爸爸都喝啦。我们作我们的乐，不要让它扫了兴呀。"她率先一仰脖，竟喝干。母亲不知怎的一兴奋，也慢慢地饮下了一杯黄酒，立时满面红光起来，格外显出悠然自得的神情，望着佯作笑颜的袁太太，顺口问大舅："大哥，你女儿昭信呢？今天怎么不来？"

"她？"大舅摇摇头，用筷子敲敲酒杯，"整天不在家，不知忙点啥。"

袁太太本名秀珍，身段儿仍很窈窕，她眼睛大而圆，颧骨突出，长颌骨，尖下巴，嘴巴略宽。说话拿腔拿调的，语速很快。她平时其实言语不多，除周家和李家之外，她与其他人家几乎不往来，只有我经常跑到袁家，和力力一道偷袁太太的桂圆、蜜枣吃，还拿她家的高级雪花膏把脸抹得煞白。她若见了也并不发怒，只会笑骂一句："公鸡头、机灵猴，好的不学，要翻筋斗。"

袁太太的老公叫袁剑文，是国民党桂系第七军的一个少将师长，他长年随部队辗转在安徽、河南、苏北、山东一带。有时回月牙湖这里来，只到李家和周家来玩。他因为知道父亲在铨叙部就职，且听说过"要想再进一步，多多打点铨叙部"的为官之道，加上又喜欢小孩子，便与父亲私交不错。说起来袁家与周家还有一点情理上的瓜葛。

我听陈婆子和刘妈说，袁伯伯在别处有什么"外室"。我有次问刘妈："什么叫'外室'？"刘妈回说："'外室'就是小老婆，你人小鬼大，刚开窍，就问这样的问题。长大一定会娶几房小老婆的！"

我以为没本事的男人才讨小老婆，便开口回答说："我问归问，自己是绝不讨小老婆的。"

袁太太常来周家串门聊天，母亲自然也常常回拜她，李太太则穿插其间，三位太太相处得颇为投机。我和秉辰自是袁家伟伟、力力的好朋友。力力下面还有一个老巴子叫袁兰。老巴子是南京方言，意即兄弟姐妹中最小的一个。那袁兰跟李家的晓燕一样的年纪，鼻眼长得和袁太太差不多，机灵得像一只小猫，袁兰和晓燕以及月牙湖周边的一些小女孩，经常在周家附近玩跳格子、拍皮球、跳橡皮筋的游戏，秉辰见了，常常会慢慢地凑过去，请求她们准许他参加游戏。她们倒非常欢迎秉辰的参加。我和力力有几次试图和小女孩一道玩，却都没有成功，力力比我小两岁，小名猴子，因为他长得瘦，像只调皮的瘦猴。力力因为连自己的妹妹都不理他，便愤愤不平地斜眼瞄着秉辰，说他没出息，喜欢跟女孩玩。

我有一个姨妈叫宋露华，是我外祖父的偏房生的女儿，与我的母亲是同父异母的姐妹，她的生母因为患了绝症早年病逝。外祖母信奉释迦牟尼，面慈心也善，把姨妈视为己出，我舅舅和母亲待姨妈亦是亲密无间。姨妈比母亲小十二岁，从小机灵、乖巧，但读书不灵。1937 年，南京沦陷，姨妈随其母亲，跑到四川重庆，因此躲过了那场惨烈的战争。其时，我还没有出生。抗战胜利那年，姨妈的母亲因颠沛流离，含辛茹苦而患病仙逝，姨妈只得又迁回南京投奔父亲处。

早在重庆时，姨妈已初中毕业，后由于日军反复对陪都实行大轰炸，便只能辍学在家闲居。在此国家灾难深重的年月，恰值母亲又深染沉疴，家中失去生活来源，姨妈又辍学在家闲居，于是不得不在重庆这个花花世界里，施展自己的交际本事，跑码头，挣点钱，以补贴家用。她参加了演剧队，唱歌、跳舞忙得不亦乐乎。十五六岁便在重庆小出风头，重庆当时是国民党的陪都，军政要员云集。姨妈在十七岁那年，结识了一个桂系驻渝办事处的军需官，不久便结为夫妇。

当年，对姨妈的婚事，我的舅舅、母亲和外祖母（彼时外祖父已经去世）曾持反对态度，但姨妈死活要嫁给那军需官谭思杰。谭思杰虽比姨妈大十来岁，倒极疼爱她，且不赌不嫖，脾气也好，瘦高瘦高的个儿，白净的面庞，完全不像一介武生，言语也不多，平时脸上总是漾出南方人温和的微笑。后来，正是由于谭思杰的为人，才使我舅舅和母亲的看法渐渐地起了变化，变得很看得起这位妹夫了。而后，谭思杰调回桂系第七军，任袁剑文师长的军需处处长，军阶是中校，袁剑文与谭思杰同是广西人，袁长谭好几岁，两人因战事结为军中至交。因为这种转弯抹角的关系，故袁家与周家不仅是邻居，也是有一番特殊交情的至亲友邻。

初春时节，晚间九点钟光景，算是很暗了，加之议论的话题，又如浓云密布的阴天，大家皆是心情沉郁，于是便草草结束了我的生日宴。大舅虽然已是微醺，仍执意要回家，母亲留不住大舅，只好叫陈实去叫一部三轮车送他走。陈实住在月牙湖后边的棚户区，那儿有的是做小买卖、踏三轮车的人家。三轮车叫来了，母亲请陈实也上车，护送大哥回家。

大舅临下楼，在身上东摸摸西摸摸，摸出一支钢笔送给我，那笔是黑杆金套，沉甸甸的溜光锃亮，大舅对我说："好外甥，这是你爸以前送给我的，美国五一型金套派克。坤儿，你留着吧，好好读书，长大也坐写字间。"

母亲看见了插话说："坤儿哪配用这笔？家兴哥，你留着用吧，你是襄理，这笔还能派大用场呢。"

我闻言，只能转头去看舅舅，却听他哼了一声，越发忧郁深沉地说："啥场合去派大用场？现如今，国民党怕是恨不能要了我的命，共产党还不知能否善待我家兴！我真是进退维谷了，今朝不知明朝事，事到临头，还是'骑驴看唱本''识时务者为俊杰'，走着瞧吧。"

陈实扶着他的胳膊，连说："他大舅一路走好，他大舅一路走好。"

大舅闻言，竟自嘲地说："陈庶务，有劳你了，我这一时半会儿，还'走'不了，他老天爷还没开银行，也不需要我这样的襄理。"

陈实听了，慌忙摆手，讷讷地说："他大舅说这话，折杀我了。我爹……也只有你这般年纪。下人怎敢诅咒上人，孝敬还孝敬不过来呢……"

母亲听闻了这番对话，也觉得陈实用词不当，又是好一番叮嘱。大家这才散去。刘妈却因太太请了陈实吃我的生日宴，而很不高兴。她跟母亲嘀咕："太太，陈庶务是个只肯耍嘴皮子的下等人，上不得台面的东西，请他来做甚？"母亲倒觉得无所谓，便回道："不做啥，不过是相好邻居，他又极顺从我家，凡事都能帮上忙，下等人、上等人我且不管，只要心地善，我便瞧得起。"刘妈叹道："唉，太太，我讲不赢你，阿弥陀佛，都什么皇历了，太太脾性还不改改！"

又过了几天，宁杭公路上的过兵渐渐稀少，看不见坦克车、炮车了。我和几个同学，因为都没有课要上，便相约到公路边来玩耍。看不到那些庞然大物，我反而有点灰心丧气。后来，好不容易发现在卫岗的坡道上，停了一辆美国的十轮卡车，我们这些小把戏，就悄悄地挨近它，见车是空的无人管，便立即来了灵感。我鼓动小伙伴上车玩，且对他们说，这是一辆坏军车，大家放心地玩。于是，他们就一个接一个地爬了上去，掀开车上盖的篷布，竟发现篷布下躺着一个人，于是大家吓得作鸟兽散。而那个人竟然没有什么反应。最后还是我胆子大，爬上车试探着慢慢摸过去，用一根长棍子去捅那个人，捅来捅去还是没有反应，这下连我也不敢动了，因为小伙伴已经肯定，那是一具尸体，一具被人忘却的在伤痛后死去的大头兵的尸体，于是连声大喊："死人，死人！"

我在确认四周已不再会有人来收尸之后，便自作主张地要和一起来的小伙伴，给这个死者来个入土为安。我们七手八脚地把那个死了的伤兵，从车上掀了下去。解下武装带，扯下军装，把尸体埋到水沟里，找来土石加盖一层，再搞来一些枝叶，算是把他罩了个严严实实，让他好就此长眠不醒。

至于原来设想的，在车厢里用篷布搭碉堡，用竹竿当机枪和大炮，再模仿大人开汽车、打仗，统统被丢在了脑后。

　　时间就在这些粗鄙的埋葬逝者的过程中慢慢流逝。没有悼念，没有惋惜，只有一种"死得可悲，死得可怜"的悲悯感觉，笼罩着大家的心灵。也许都是第一次领受这种绝不痛快，却很窝囊的感觉，所以自始至终都没有人说一句话。

　　那天，回到家里后，不知为什么，我特别想学校尽快开学，毕竟，已经几个月没见老师、同学了，真是想得心发慌。我去隔壁，问伟伟想不想开学。伟伟却沉默着想了好一会儿，还故作老成地说："这不是我们想不想开学的问题，而是国府那些头头脑脑想不想和谈，给老百姓一个安生的生活环境的问题。"说完，他还不知所以然地对我叹了一口长气。我听了他的回答，也不知道他讲这话，是否受了他老子，那个在国军中当官的影响，即刻便又想到了，那具死去的大头兵的尸体。便说："明明已经一败涂地，却还是死要面子活受罪，最终苦了老百姓，连我们也上不了学。"

　　袁伟属龙，比我大一岁，手长，身长，腿不长，胖墩墩的，偏偏长了一个蒜头露孔鼻子。那小眯缝眼，一天到晚像爱打瞌睡总睡不醒的样子。别看他长相怪，小朋友都爱跟他玩，在许多玩的事情上都愿意听他的主意。皆因为他消息来源广，且从不诓骗人，也从来不为大伙儿的质疑而发火。

　　跟袁伟的脾性、长相大相径庭的他弟弟袁力，却是个非常灵秀的小朋友，脑子特别活，爱闹事，打起架来小身体灵活得像小豹子，别的小孩总是吃他的亏。我记得，有一次袁力和我在三角草地下的河湾边嬉水，那天由于刚下了场梧桐雨，河水暴涨，波涛翻滚。袁力眼睛盯着对岸，嘴里嚼着芦苇根，脸上竟露出一种贪婪的凶相，他竟对我挑战，说："秉坤，你敢游泳过去吗？"

　　我打量了一下河湾里滚滚的激流，一时不敢贸然答应。其实，我的水性在月牙湖这里的小孩子中本是最好的，这都是我大哥秉乾对我多年的训练所致，但此刻一看到激流中的那些漩涡，便想到大人曾经说过河湾里有蛇，常借着漩涡裹挟游水的人溺亡，便心里发怵，一时吞吞吐吐地说不出那个"敢"字，且还劝告袁力不要游到深处去，当心被蛇裹挟到深水里不得脱身。但是胆大的袁力，丝毫不听劝告，嗖地一下蹿入水中，还不时回头对我喊叫："胆小鬼，快下来！"大有讥笑我胆小如鼠的意思。

　　我当然一下子就被袁力的蔑视激怒，也闭上眼睛，扑通一声跃入水中。等到拼力游到对岸，我上气不接下气地爬上去，才猛然觉得，袁力的激将法很管用，让我懂得了一个道理：下定决心，置之死地而后生者，往往就可顺利到达彼岸。

　　那天，我们到了对岸，钻进人家的小菜园，摘了几根鲜嫩的黄瓜，躲在岸边的树丛里开心地大嚼，阳光从树叶的缝隙中透进来，洒在我俩赤裸黑亮的小身体上，形成一个个奇妙的光斑，甚是惬意。身上的暑热消散了，再嚼着甜中微涩还清脆的黄瓜，我感到了从没有过的清凉、滑爽，更觉得力力是我最好的朋友。

　　其实，力力不但游泳好，爬树逮鸟雀也神，但他不掏鸟蛋，他把捉回来的鸟雀放在鸟笼里养。我和秉辰有事没事爱去袁家玩，目的就是看看那些精致的鸟笼和啾啾叫的可爱小鸟。我经常用玻璃弹子、画片和玩具跟力力换鸟。秉辰还让刘妈给他买了个鸟笼，不过，刘妈在将新鸟笼交到秉辰手上时，总会叮嘱秉辰千万别上力力的当，不要拿东西换鸟。因为鸟不值钱，树丛里有的是，只要去逮就行。

儿童节

人间芳菲四月天。4月4日，我们迎来了国民政府的最后一个儿童节。这个节，还是1931年3月7日，根据中华慈幼协会"建议将每年的4月4日确立为儿童节"的提案，由上海市政府转呈国民政府，获得批准后确定的。

以往每逢此节，学校总要安排学生编歌排舞准备节目，并且按常例，放三天假。那时，就连秉乾大哥便也成了孩子王，南京话叫"娃儿头"。他会领着月牙湖这里的小孩穿过明陵路，绕过前湖，翻山经太平门，顺湖州大堤来到玄武湖公园（那时叫后湖公园）玩耍。小孩们带着干粮和水壶，总是玩得挺痛快的。

可是，这一年的儿童节，学校由于战事而停课，自然就过得分外冷清。我缠着大姐要去后湖州玩。大姐眼一瞪，嗔道："去，去，去，你怎么到现在了，还只知道玩，那些临时驻扎在玄武湖的部队，可不认你是'讨喜宝'，半道上碍了他们的事，让你吃枪子，你再想要无赖脱身，恐怕都没有办法了！"母亲也接话说："国府朝不保夕，市面上乱得很，后湖州那里已经驻扎了军队，拉饷派工到处抓人，去不得。下午我带你们去三角草地放风筝玩。"

刘妈也帮腔说："外面老拐子会拐了小孩子去海边钓海参。"我终于愤愤然，脱口顶撞她们："大人尽扯谎诓骗小孩。其实我早已知道，解放军就要打进来了，我听力力说，我爸爸和大哥也许会跟了回来。哼，我晓得，他们早就投奔解放军去了！"

我有意把"解放军"三个字连在一起，叫得特别响。三个女人听了，都不由得大惊失色。她们连吓带哄劝了半天，关照我只此一遭，以后千万别瞎说了，条件是过几天，一定让我和秉辰去玄武湖玩。

谁也没在意，阿燕闷声不响地来了，小黑妞怯怯地倚在楼梯口，满脸委屈，噘着小嘴。还是秉辰眼尖，首先喊她：“阿燕，来，我们玩积木。”

阿燕不作声，蹲下身来摆弄鞋襻。秉辰又说：“你喜欢玩小猫咪吗？我们家的猫妈妈生了三只小猫，我跟刘妈讲，送你一只好吗？”阿燕仍然低头磨蹭，对着地板喃喃地嘟囔：“爸爸妈妈吵架了……东西让爸爸掼坏了……我不要猫咪。”秉辰眨眨眼，也陪着蹲下，小心翼翼地又问：“那我上次给你画的母猫呢？”阿燕说：“像老虎的那张吗？”

秉辰争辩道：“一点都不像老虎，是猫。”

阿燕便说：“在呢，一直藏在书包夹层里呢。”

大姐走过来，把阿燕领到客厅里，母亲一把搂住阿燕亲了一阵，关照刘妈拿蜜枣给她吃，阿燕把蜜枣装进衣兜里，柳叶黑眉扬起，若有所思。秉辰挨着小黑妞，耳鬓厮磨地站着，傻乎乎地劝她吃枣儿，母亲斥道：“秉辰不要傻站着，阿燕过后再跟你玩。”接着便向阿燕打听家中发生纠纷的缘由。

阿燕伶牙俐齿，把她爸和妈怎样争吵、掼东西的事详详细细地说了，母亲听完，习惯性地在胸前画了一个十字，说：“唉，李医生李太太一向恩爱无间，白相白相，哪里会当了真，寻相骂、掼东西？阿燕，关照你姆妈明朝来打牌，叫袁太太也来，三缺一，好办，刘妈也来凑个数。”

刘妈忙摆手：“哎哟，太太，你不要拿我哑味了，我哪里能跟太太们平起平坐。”母亲说：“我家啥辰光分这些，不碍事。明朝你坐下来陪着摸两圈，白相白相就是了。原来就是散散心的，以前又不是没摸过。”

楼下传来一片嘈杂声，隐约听见一个女人尖厉的哭叫声，大家伸头朝窗下一看，原来是李太太在哭喊，疯了似的，也不知她哭喊的是什么，母亲摇头叹气，阿燕瑟缩在身边，面孔黑里夹白，显然她辨出了她妈妈的声音。刘妈慌慌张张地叽咕：“唉，光天化日，不作兴，不作兴的，两口子，好坏总是要糊着过的嘛……，天有阴晴，人有祸福，好端端的恩爱夫妻，哪里会想到吵窝子，还这么凶！怪不得春分一过就炸雷。”

母亲说：“刘妈，少说两句吧，人家夫妻吵相骂必有伤心事。”

刘妈顶道：“太太，我说的实话哩，人在做天在看嘛。”这个乡下女人的脾气一犟起来，嘴总是不依不饶得很。

谁知，刚刚一会儿工夫，李医生家就分出了胜负。"阿燕娘！我求求侬吧！我求求侬吧！"李清泉穿着件黑色西装马夹，金丝眼镜滑到鼻尖上，稀疏的头发不再梳得溜光，显得散乱无序。他像一个弥勒佛肉身似的滚到李太太跟前，嘭的一声跪在地上："阿燕娘，我李清泉喝水塞了牙，放屁打了脚后跟，走了背运，神经搭错了一根……所以发脾气掼东西……我勿是人。我……我想走吗走勿掉……勿走吗，今后日脚难熬，左想右想，想不开，只能发发神经了。"

　　老周家一家人都下了楼，准备去劝。但见母亲已经抢先一步，来到李太太跟前，说："李太太，李太太，勿要吵了啦。夫妻没有隔夜仇的，吵过还睡一枕头咯。"

　　陈实过来劝道："李太太，舌头跟牙齿还斗呢，你看我，一天到晚在外面混，为的是一家老小几张嘴，我女人还说我在外面不正经，真是天地良心，我陈实长得跟鸦片鬼似的，哪个瞎了眼的女人能跟我吊膀子，算了吧，李太太，还是家里和气好，嘿，嘿！"陈实操着两只臂膀谄笑着："没得那种事……李先生是那个规矩人哩。"

　　陈实这番劝说适得其反，惹得李太太反骂："陈庶务，你瞎三话四点啥？你给我滚！"

　　李清泉似笑非笑，似哭非哭，从地上爬起来，拍拍陈实肩膀："阿爹，侬轧啥闹忙？侬啥地方好混，啥地方白相去，烂讲八讲岔到歪境里厢去了。"

　　这时袁太太款款走到李太太身边，沉郁地说："李太太，你们的心思我懂，事到如今也只好随遇而安吧，船到桥头自然直嘛。好歹你们夫妻在一起的没分开嘛。我家剑文还不知在哪里……说不定要天各一方了！"

　　听了袁太太的话，我发现，母亲反应最为强烈，似乎发自内心地悲从中来，两眼里止不住的泪水汪汪。而李太太反不哭闹了，她瞅着袁太太和母亲，愣愣怔怔地，说不出来的怪异。李太太在月牙湖这里，素来是心善嘴泼的主，大大咧咧的一个人，她这一露出难得的可怜相，倒令旁人刮目相看，引动恻隐之心。俗话说，男儿有泪不轻弹，只是未到伤心处。用在李太太身上也合适：有泪不轻弹，只是未伤心，一旦要了命，哪管夫妻情！

　　母亲显然是因思念丈夫，至今杳无音信，这才也陪着哭了一通。但她头脑还算清醒，一看李太太止住了眼泪，恢复了正形，便关照陈实去李家帮助收拾一下。

那陈实欣然答应，带上老婆迅疾而去。

李清泉没想到自己的夫人，这脾气竟如疾风骤雨，来得快消得也快，红胖胖的脸上一时又漾出微笑，向周围的男女老少神经兮兮地点头哈腰，连说："得罪，得罪。难为大家来劝相骂，今后共产党来了我李清泉还是医生，中央医院大名鼎鼎的内科医生，北京协和医学院的毕业生，在日本留过学，今后有病照样来找我，我顶顶喜欢为邻里朋友治病的。"

一回头，李太太又是气恼交加，臃肿的手指头戳到李大夫的鼻头，嗔道："侬神经真的搭错了，堂堂的洋医生哪能这样喇叭腔，拆台型！跟了侬这种活宝真叫触霉头。"李医生固执地辩道："拆啥台型？大台子，快拆了，我还有啥小台子拆？到底是女人家，事体勿懂，唉，弄勿懂侬！"

我见母亲朝自己努努嘴，马上拉起秉辰回家。秉辰一面跟着我往家里走，一边还不断地回头，看远处正有两只公鸡，在蹦蹦跳跳地斗仗，毛张开，鸡冠竖起，嘴对嘴地互相啄咬，地上已经掉落了一地鸡毛。

秉辰回到家里，看见阿燕还蹲在沙发旁边哭，便也陪着蹲下，轻轻地握着小黑姐的手说："两只公鸡打架，比斗蛐蛐还好玩。"

我却说："晓燕你还哭个什么？你爸妈早和好啦！他们手拉手回家去了，你爸还和大家赔了笑脸。"

阿燕闻言，破涕为笑，说："我就知道他们会笑哩，爸爸平日里经常是笑眯眯的，他脾气可好啦。"阿燕说完，用手背擦擦脸，也要走。

"阿燕，在我们家吃中饭吧！"秉辰恳求阿燕。

阿燕却脸红了，说："老在你们家吃饭多不好意思。"秉辰噘起嘴，不高兴了。

"那好吧，我就吃饭，你不要往我碗里搛菜，你拿不稳筷子，菜老掉。"阿燕安慰秉辰。

秉辰的小胖脸这才绽开笑容，说："嗳，好阿燕，刘妈还说叫你做我老婆呢。"

阿燕似懂非懂地说："你知道什么叫老婆？"

秉辰认真地想想，大眼睛眨一眨："嗯，老婆，就是姐姐妹妹。我和我哥哥都没有妹妹。"

阿燕说："反正你瞎说，你专门瞎说，我告诉你妈去。"

谁知母亲此刻刚好端着饭菜进来，便说："晓燕，你的话我都听到了。秉辰不懂，瞎说一气，你不要听他的。"回头又对儿子秉辰关照，说："侬啥事体要跟阿燕讲这些没大没小的话？阿燕到妈妈这来白相，你却用刘妈糊弄小孩子的话来戏弄她，真是拎不清！"

　　秉辰这才知道，自己是上了刘妈的当，只得仰起脸，傻乎乎地对李晓燕笑，并用一只小手指抠自己的小鼻头，做出认错的表示。然而，晓燕什么话也没说，就转身离去了。没有人知道，这个早熟的小女孩，在心里是不是已经有了一丝萌动。

　　中饭后，我和秉辰睡了一个午觉，却被一阵亲切的话语声催醒。我睁开睡眼，只听到窗外小鸟的叫声。因为窗帘拉得很严，我一时竟辨不清究竟是早上还是黄昏。我便用脚踢踢睡在旁边的秉辰，问他："是天亮了？"秉辰被踢醒，揉揉眼睛反问："谁踢我？怎么会是天亮了。中午还跟阿燕吃饭呢！"

　　"噢，想起来了，还是你说得对。你记性比我好，不糊涂！"我边自言自语，边兴奋地跳下床，扯开窗帘，让初春下午和煦的阳光照亮整个房间。我听到了既熟悉又亲切的话语声，这声音如同叮咚的滴泉，令我兴奋和快乐。我趿着布鞋，晃悠悠地走到客厅一瞧，果然是大舅的女儿昭信表姐来了，她正在和母亲、大姐说话。

　　我赶忙扯扯衣角，上前规规矩矩地喊了一声："昭信姐姐，你好！我想你一定带来了爸爸和大哥的音信。"

　　"嘿，是秉坤，几个月不见成小大人了，《红楼梦》读得怎么样了？"昭信表姐亲热地问。

　　"《红楼梦》早读完了。寒假放到现在，还没开学，都让我们快要没书读了。"我老实地回答，却引起了母亲的埋怨。

　　"都是这个混乱的时局弄的。把这些娃儿弄得没学上，荒废了学业，耽误了前程，吃不饱也玩不好，误人又误国啊！"母亲说。

　　昭信表姐见姑妈忧心忡忡的样子，便端起茶杯，浅浅品了一口，而后定了定神，一语双关地说："姑妈，你放心，过不了多久一定开学。今年虽然有点倒春寒，但是，真正的春天即将来到人间。"

　　母亲听了昭信表姐满怀信心的话，似乎一下变得神清气爽起来，也不急不慢地端起茶杯，品了一口茶，说："若真如你吉言，那我们一家团圆的日子，不是指日可待了吗？"

大姐一贯欣赏昭信表姐，这时便忍不住插话道："昭信姐，我从来都最信你的话，你能告诉我'真正的春天'何时来到吗？"

昭信表姐捧杯吹茶，缓缓地再啜一口，抬起头，转身把茶杯安放在茶几上，思忖了片刻，脸上露出难以抑制的激动，说："你就看《中央日报》上都发布出来的国军节节败退的消息吧，共产党与老百姓的春天就要来了。说不定，春满人间四月天呢！"

母亲却并不轻松，依旧不安地说："你说的这些道理，家义也曾说过，但那是冒着风险的，而且性命交关！如今你这样有把握，定也是入了伙儿，那也是要掉脑袋的！"

大姐对母亲说的"要掉脑袋"的话，觉得很别扭，且很不以为然。反倒是被昭信表姐自信的神情所感染，当即插话说："昭信姐说得很对，我听学校的老师也是这么说的。大家都盼着解放军早日过江，南京解放呢！到那时，学校就重新开学了。"

大姐闻言，马上敛了口。却听见母亲关切地说："昭信，你最近可是瘦多了，大哥看见你一定心痛呢！"

昭信马上回话说："我爸倒是看见阿母生病，秉坤、秉辰两兄弟又黑又瘦，心痛呢！让我又拿了些钱来。"说完便递上整一手袋钞票。

母亲却是怎么也不肯收，且说："大哥已接济了许多钱，这次我是绝不能再收了。"昭信便劝道："这钱不仅是为了你们一家的生活，还有小孩子念书的用度。他们一天天长大，用钱的地方会越来越多，要办的事情也越来越多呢！"

但不论昭信表姐怎么劝，母亲就是不收。推搡到最后，昭信表姐不得不亮出了底牌，说："这钱并不全是我父亲拿出来的，其中主要还是那些关心姑父的同志凑出来的，我只是代表那些同志转交给你而已，所以，请你务必收下！"

母亲闻言，立刻联想到了父亲临走时提到的陈红梅大姐，便问："你说的同志，是不是还有陈红梅大姐？"昭信肯定地点点头。母亲这才顺从地接过了那个沉甸甸的钱袋。

大姐此刻似乎明白了什么，说："原来，组织上一直在帮助我们渡过难关。那么，毫无疑问，昭信姐也是其中一员！"说完，便用征询的眼光在昭信表姐的脸上扫来扫去。

"也可以这么说。你父亲为南京解放尽了力，我们都很感激他！"昭信表姐回答大姐的疑问时，激动得眉毛上扬，整张脸显得十分俊俏。让母亲不禁联想到自己年轻的时候，于是，不由自主地问道："昭信，你和志文的事，究竟怎么样了？"

"还好吧，我们不常见面，他比不了大表哥，书虫子一个，还呆不落拓地尽钻牛角尖，死犟。有时候我们也赌气，也不为什么大不了的事。你要说他几句，说对了，他笑嘻嘻；若说错了，他能三天不理你，脸比黄梅天还阴。"昭信表姐数落起王志文来，立刻就像是换了一个人，把他的短处揭得淋漓尽致，说他性格上一无是处。但在母亲听来，却是全无责难之处，尽显轻松自如。

"哎呀呀，看你说的，王哥哥一个读书的活络人，怎会呆不落拓的？我死也不相信。"刘妈不经意间说出了母亲的看法。不过，她似乎意犹未尽，隔一会儿又说："王哥哥成天在外面跑的人，哪能不活络。我看王哥哥又聪明，又客气，长纤纤的白面书生，见人就笑，连我这个做下人的也极看得起。不过，大表姐听我说句，劝劝王哥哥不要跟着学生在一起闹事。去年我上新街口，看见王哥哥在学生闹事队伍中，又喊又叫，不得了，真不得了。"

昭信表姐忙打断刘妈的话，说："刘妈，你认错人了，他从来规规矩矩，只知读书的。"

"阿弥陀佛，哪里能认错，是他。"

母亲听了刘妈的话，心里面已经明白，昭信和王志文必是志同道合的一对，甚至他们也和家义一样，舍生冒死地为自己的信仰在工作。她知道，就这一点而言，她不论怎样求证，昭信都不会承认。所以，她此刻能做的，就是向其投去无限探询的、深情而敬重的目光。

我还记得，上次大雪天的清晨，舅舅转来父亲的好友捎来的东西，母亲没多问什么就收了下来。但舅舅刚走，母亲就望着窗外纷飞的雪花和光秃秃的树林，愣了神。现在，母亲的眼神跟上次简直一模一样。我虽然体会不了母亲的感情，但猜想母亲也不会向任何人说出此情此意。由此来看，她平日里的和颜悦色，平静淡漠，都是佯装出来的。

想到此，我脑袋两边的太阳穴，就会突突突地一跳一跳地痛，甚至想伏在母亲的膝头上大哭一场，但愿哭得累了，一觉睡醒，父亲和秉乾大哥已回到家来。

昭信表姐似乎很快就注意到了我神情上的变化，于是将一块巧克力放到我的嘴里。很快，我便在咀嚼中恢复了平静。由此可以看出，我离心理上的成熟，仍然存在很远的距离。父亲教会我的自尊、自强意识，有时也能抑制住一时的脆弱和感伤，却难以持久，终究摆脱不了自己顽劣、好胜、天真的秉性。

大姐机械地嗑着昭信表姐带来的香草瓜子，声音清脆动听，在难得的闲适氛围里，听昭信表姐悄悄地告诉她那些来自江北的新鲜事。她屏住呼吸，竖起耳朵，生怕听漏了一个字。而刘妈似乎对前线的战况不太关心，也受不了这种静谧中的沉郁气氛，于是悄然无声地离开了客厅，跑到厨房间去准备晚餐了。

我吃着巧克力，默默地听着昭信表姐又与母亲继续说了许多悄悄话。只觉得她那白皙、漂亮的鼻翼，随着语速急速地翕动着，是那么的美丽动人。那一刻，我偷偷地注视她，倒并非为昭信表姐的仪容和风度所折服，而是因为她在这短暂的时间里，用令人信服的话语，让母亲和大姐如沐春风，心情舒畅；让大家确信，一个孕育中的新世界即将诞生。她的谈吐，时而庄重肃穆，时而忧戚悲伤，时而激越动情，时而又温良恭俭，让我若有所思，难以平静，当即便生出离家出走，去往江北寻找父亲和大哥的念头。

一段温馨的时光，牵出一抹血红的夕阳，人间四月天的夕阳，美丽而大方。它给我带来一种朦胧而美好的希望。我在那片刻时间里，甚至觉得父亲和大哥自投奔了解放区，就像唐僧、孙悟空去西天取得了真经，练就了一身济困扶危、帮助世人摆脱苦难的本领，正一身戎装，唱着"解放区的天是明朗的天"，雄赳赳、气昂昂地行进在田野上，由北向南，离南京越来越近了。

夕阳到底沉下去了，令人不由得惋惜光阴短暂。及至暮色渐浓，那窗外远处的树林、竹林中，立时就浮起了一层薄薄的山岚，仙境一般。我的耳畔便又响起秉乾大哥那句话："在紫金山的山坳里，有一个很深的山洞，只要进入山洞一直往前走，便可以到江南岸，幕府山下，燕子矶旁。由此乘船渡江，便可来到遥远的北方，那里有许多江湖豪杰、仁人志士，且都是乐善好施、杀富济贫的英雄好汉。"

当然，不久后，我便知道，他们统称为"解放军"。

我还记得，有一次问母亲，耶稣基督那样慈祥、仁爱，为啥自己还被钉在十字架上？这个问题显然过于深奥，把母亲问得愣住了，反而责怪我，人小鬼大，想得太多。还说，好人总是会被坏人谋害，要不然今天哪有十字架？可刘妈就不一样，她总能将深奥的理论化繁为简。她只轻描淡写地说，这都是因果报应，好有好报，坏有坏报，不是不报，时候未到。便把这个道理简单明了了。当然，刘妈的话，在现实中却也很难应验。

小时候，读《西游记》，肤浅地认为好人都在天堂，就像神仙，凡人要想皈依，必要经过"九九八十一难"，得道升天了，才能成为"降妖伏魔"的好人。现在，我已确信，解放军就是那经过"九九八十一难"，最终成了能"降妖伏魔"的好人，我要去找他们。

昭信表姐

昭信表姐跟大哥秉乾一样的年纪，高高的个儿，大大的眼睛，剪着和大姐一样的齐耳短发，被我"姐姐，姐姐"地叫个不停。因为我见了齐耳短发的，都一律以姐姐相称。

我觉得，舅舅在银行工作，家里算是比较有钱的，但表姐穿着打扮却很朴素。她在金陵女子大学读书，学英语。常常到月牙湖这里来玩。她跟秉乾大哥和大姐很谈得来。有时候她和秉乾大哥待在楼下的房间里，一谈就是两个钟头，很亲热。刘妈素来爱管风月艳事。跟母亲说："大公子跟大表姐天生一对，地配一双呢！表亲做定了。"母亲淡淡一笑，不置可否。那时父亲在家，对秉乾大哥和昭信表姐的事似乎也很赞成，有时竟也掺和进去闲聊一阵。

我记得，父亲、大哥出走前一年秋季，那天傍晚，昭信表姐带来一位年轻的男人，走进周家。这人文质彬彬，白面，瘦高，略显屐弱，穿一身泛白的蓝卡其布中山装，说话带着北方腔调。没有多少寒暄，昭信表姐就对母亲大大方方地说，那男的是自己的同学，要在周家住几天。

母亲先是一愣，但很快回过神来，笑着说了几句客套话，就同意了。

那个年轻男人倒也不忸怩，没一会儿竟跟父亲、大哥攀谈起来。不过谈话的内容，却使母亲有点丈二和尚摸不着头脑，刘妈咂咂嘴，忍了半天还是问昭信表姐："大表姐，你念的学堂也有男学生？"

"噢，你又想到歪里去了，在一起研究学问就叫同学？况且他还只是我中学的同学呢。"昭信表姐答道。可是刘妈不放松，又问："你跟大小姐不是同一个女子中学堂的吗？"

刘妈虽然没有文化，但作为女人，记性还是蛮不错的。昭信表姐确曾是汇文女子中学毕业的。那是一所很有名气的基督教会办的女子中学。父亲很和气地冲刘妈一笑，说："刘妈，你真是打破砂锅问到底，这年轻人是娘舅家没过门的姑爷，昭信姑娘哪能好明说，所以叫同学，你不要到外面瞎七搭八地讲。弄得人家不好意思。"

"阿弥陀佛，我说怪不得哩！绕来绕去原来是有别别窍，先生，放心，我也是做姑娘过来的，这种事总要遮掩点，姑娘家脸嫩。我不说，不说了。"她嘻嘻地笑着，似乎自己遇上了什么愉快的事情。

昭信表姐带来的年轻人叫王志文，他究竟是哪个大学的学生，我不清楚。我只估计王志文的年龄比秉乾大哥大。母亲安排王志文住在楼下大哥的房间里后，他很少出来，那房间的窗户成天价用蓝布窗帘遮得严严的。他们既不出来玩，也不嫌闷，搞得我很纳闷，便对父亲讲："若是将我关在里面，肯定会憋死的。"父亲摸着他那一撇庄重而漂亮的口髭，笑中藏着讥诮说："小赤佬侬懂点啥？一个思想开阔而又感情深厚的人，即使被关在牢狱中，也不会感到寂寞。侬有一天若懂了这个道理，也就一样耐得住寂寞了。"言下之意便是，你年纪还小，哪能体会到成熟有思想的人，那种矢志不渝的思想力，可以冲破一切禁锢和藩篱划定的小天地。就你耐不住寂寞这点，也说明还缺少磨难和修炼。父亲无意间对我说的这席话，终是长留在我脑海里的。只不过，真正体验到这话的含义，却要等到我多年后进入钢厂，经历烟熏火烤的历练之后了。

对这位未来的表姐夫，我起初是有点不感冒的。因为我深爱大哥、大表姐。觉得王志文一掺和进来，就把昭信表姐生生地抢走了，对这事总觉得有点不爽。然而，家里人却是无动于衷。如果说王志文给我还留了点什么好印象，那就只剩下那双总对我微笑的和蔼、明亮的大眼睛了。

嗣后，王志文常跟昭信表姐来周家做客，都得到了很好的招待。我曾见母亲问过舅舅关于昭信表姐和王志文的关系，舅舅只说自己不是老封建，儿女的婚事由不得他做主。再说，他认为王志文这个人，人品不错，不愿意为谋个一官半职而去巴结讨好那些贪官。唯一使舅舅不放心的，是王志文不是南京人，家在北方，底细不详。只知王志文是中央大学中文系的毕业生，因北边战事，回不去，只好在一所中学当教员维持生计。彼时，所有学堂都已停课，薪水停发，王志文不仅生计维艰，亦无固定之所，如果不是昭信表姐帮助、照顾，他王志文怕是在南京很难再寻找立足之地了。

新中国成立以后，母亲才在一次闲聊之中，说出了舅舅为啥不很反对昭信表姐和王志文的婚事，原来舅舅和舅母当年的婚事曾遭到双方父母的激烈反对，两个情投意合的年轻人，不得不破釜沉舟，在双方父母面前，以死相胁，拿出一瓶"敌敌畏"，做出要一饮而尽、拼死一搏的状态，唬得双方父母乱了分寸，才不得不同意他们结为伉俪的。同病相怜嘛，舅舅、舅母不仅始终未忘当年的切肤之痛，更不愿意悲剧在自己孩子的身上重演。

在父亲和大哥出走之后，王志文就很少来周家玩了。舅舅是个聪明人，我估猜他一定是给王志文另外安排了住处。不过，王志文倒很重情意，竟不怕军警特务的抄家之举，依然抽空来向母亲问安。只是来去匆匆，来了也仅与母亲聊上几句，竟连饭也不吃，便打道回府了。

1949 年，4 月 4 日儿童节，在我记忆中是最糟糕的儿童节。既没有去后湖州划船，也没有去三角洲草地上放风筝。甚至连离着不远的中山陵都没去，冷清清地过了一整天。

而且，李伯伯跟李太太自那天吵闹过后，月牙湖这里似乎一下子冷清寂寥了。我们每天巴望昭信表姐来玩，可连她的影儿都见不到。母亲差刘妈去问舅舅一家，回来后却说："他们也是很久没见到女儿昭信了，且坐立不安，万分焦急。"因为城里已有流言蜚语在疯传，说是江北一线已是陈兵百万，近日就要万炮齐发，直指江南。那老蒋早已带着太太逃往了大西南。

果然，几天后，江边方向就传来了隆隆的炮声。我自然就被母亲禁足了。一天到晚，只能窝在屋内团团转。于是，我自是厌气难耐得抓狂。"离家出走，去往江北找父亲和大哥"的念头也越发强烈。反观大人，也都寂寞难耐的模样：刘妈没事找事干，一会儿拖地板，一会儿洗衣裳，一会儿擦钢精锅，一会儿擦玻璃窗。其实都不脏，都光亮亮的，明摆着是没事找事干。母亲于是唤住她，说："你就不能歇歇！别老是手停脚不住的，好不啦！"

而母亲自己，其实也在没事找事地忙活。她几乎每天午觉之后，都要把那对从龙泉窑淘来的，被军警抄家弄碎后又修复的，带着累累裂痕的青花瓷花瓶，从箱底翻出来，闷坐在客厅里擦啊、看啊，似乎那对花瓶里掩藏着什么秘密和魔力。

母亲这里的静，似乎与外面街面上的闹和乱形成鲜明的对照。大姐劝母亲："妈妈别擦了，把花瓶都快擦通了。"母亲听罢，反倒从容谦和地笑笑，停下手中的活计，说："大乱始有大治！我心里平静得很，权当是弄弄白相，解解厌气，顺便记住这瓶子上的裂痕。要不然，这些年心里的沉闷寂寞，真不知道向谁说呢！"

母亲讲话的语气也是沉闷的。大姐觉得，就像这阵子，中山门外的气氛，一到夜幕降临，跟过阴历七月十五的鬼节一样，家家户户关门闭户，只听得见几条野狗在旷野里吠叫。狗吠声只会使这夜更静、更黑，如同黎明前的黑暗般深浓无比。

我好不容易挨到天亮，还是背着母亲和大姐，独自溜到河湾边上。四月的清晨，分外凉爽。我眺望对岸的三角草地，缓缓向下倾斜的坡地上，疏密有致地立着许多青森森的树，树下是些繁杂的野草。再隔一段时间，我就会像往年，去那里采撷野花，插在花瓶里，供母亲欣赏。

此时，除了鸟叫之外听不到一丝人的声音，冒气的河面，摇晃着晨曦的光亮，草叶上露珠在滚动，振翅的小鸟，飞过斑驳陆离的古城墙，呆板的树林里，散发出青草和泥土的芳香。说不出的幻觉般的感受，纷纷涌进脑海和鼻腔。一碧如洗的蓝天，一下子成了陪伴我的伙伴。我摸摸口袋里自认为带足的干粮，寂寞的感觉就此一扫而光。

我沿着小路，匆匆忙忙地向紫金山走去。第一次感觉到，无忧无虑的自由，让我丢掉了寂寞和幻想。我正脚踏实地地奔向幸福的地方，抛开了过去留在心里的伤痛和悲苦，还有无奈和绝望。

我不知不觉中，沿着山道，缓步下山，由于没有找到那个隐藏着大山洞的山坳，就更别说进入山洞，到达江边，只得放弃"离家出走，寻找父亲和大哥"的计划。但是，我倒并不觉得有什么遗憾。

当我回到家里时，五彩缤纷的光线，正挂满窗棂。母亲手提菜篮站在大门旁，菜篮里有从屋后菜园刚采摘的各种蔬菜，散发着诱人的清香。母亲唤我的声音，在那一刻，似乎盖过了远处时起时落的枪炮声，显得分外亲切。

我就像是平日从旷野和河湾回来，迫不及待地换掉被露水打湿的衣服，倒了碗热茶喝下去，然后，神秘地对母亲说："成千上万的大炮在响，你难道一点不觉得？"

母亲说："我哪能听不见，不过是盼着你父亲和你大哥早点打过江来，心里反倒是笃笃定定罢了。"

听了母亲的话，我忍不住立刻就趴在窗前观望那条通往家里的小路。

刘妈见了，走过来问："坤宝，这么热闹的炮声，你反而没有了反应，耳朵聋得快变成小老头了，连我都想出去看看热闹呢！"我却一时语塞，说不出话来。因为我还不打算将一大早偷跑出去的事公之于众。

刘妈又说："小东西，听不懂我的话！"我终于挣扎地说："那炮声我早就听懂了，干吗要你听懂，那是解放的声音，比你哼的扬州小调，好听多了。相比之下，你那难听死的扬州小调，只能算是讨饭腔。"刘妈不以为然，竟真的哼唱起扬州小调来，那毛巾在她手指尖上滴溜溜地飞转。她很得意，经常老脸皮厚地声称，在年轻时，乡里许多油头小光棍缠她。当她不厌其烦地说这些往事时，声调立即变细变柔，努力叫人相信她说的是真的。不过，凡是遇到这种时候，母亲总会用那种耐心的口气，说些不着边际的安慰话来搪塞她，比如这话我相信……

而我却知道，刘妈其实也是在盼着父亲和大哥早点回家来，因为高兴才又唱起了扬州小调。正所谓，人人都有寂寞的时光，有的人会在寂寞里沉沦，迷失方向；有的人却会将它升华，从浮躁中找到淡泊和宁静的力量，使自己成长。

翌日，震天动地的炮声就归于彻底的沉寂，就像战争永远离去，周围的世界，又处在暂时安宁、闲静的氛围里。越是没人来打扰我，我越是不能在这静谧的环境中安生，总想出去看看这世界究竟在发生怎样的变化。我离开月牙湖，才走近那条梧桐大道，就发现有两三个大人正好路过。只见他们互相点头致意后，便凑在一起窃窃私语，说话声极小，好像生怕被人听见。所以，我一直走到他们跟前，也不知道他们在说什么事情。再走远一点，仍然如此。

我只好重新回到家里，不承想，一进门就被母亲叫住了。母亲问我，昨晚有没有听见炮声。我回答得含含糊糊。母亲便说："那么大的声音，你又是居高临下，会听不见？"

我一听母亲这口气，便知道自己的秘密已经泄露，迟交代不如早交代，坦白也许还可从宽，于是，不等母亲再追问，就竹筒倒豆子般和盘托出了。但我避重就轻，只是交代了自己登上紫金山看日出的情节。

母亲见我倒还老实，便不再深究，只是说："我听外面人说的，城门头上打炮弹，炮炮打到江北岸，震得小孩掉水里，震得蒋军炮灰都完蛋！你看连我们家里，房间顶上的石灰也被大炮震下来一块，你自己竟还乱跑出去，若是遇到了炮弹爆炸，那会是多危险。"

我问母亲："大街上那些伤兵说，世界末日到了！是真的吗？"母亲摸摸我的头："哪能呢？应该是新世界的黎明要降临了。"我立即联想起了昭信表姐来家时说的话，便知道母亲这几天一定见过昭信表姐，或是昭信表姐给母亲带来了好的消息。于是我放心了，且认为，那些残兵败将所说的"世界末日"，就是失败者发出的哀鸣，就是因为旧王朝的覆灭，那些绝望者发出的哀叹。而那些期盼新世界诞生的人，却一定为"旧的不去，新的不来"而欢呼。接下来，胜利者定会像过年辞旧迎新时那样，大家相约轻松地登上紫金山之巅，迎接黎明中冉冉升起的一轮红日，伴之还有美丽的山岚，飘浮在半空中，穿梭在树林竹丛之间。

当然，以后的事实证明，我的想象，不仅来自一些关于解放的宣传材料和母亲在深夜里偷听新华社的广播，还有就是毛泽东主席和朱德总司令发出的《向全国进军的命令》。

我问母亲："南京庆祝解放，会比庆祝抗战胜利更隆重吗？"

抗战时我还小，自然是印象不深的。总之，我本能地觉得，整个南京和周围的世界正在起着翻天覆地的变化，变得没有了陌生感，只要是为之高兴的人，都会互相道贺，共同欢庆。反之，那些为之惶惶不安的人，便不再敢抛头露面，连月牙湖这里，那几家不太熟悉的人家，不知为什么，就匆忙地搬走了，没人问他们搬到哪里去了。临走时他们慌张的神色，以及不向作保人打招呼的做法，似乎就已经暴露了他们匆忙离去的缘由。

枪炮声远去，和平的日子到来。沉浸在喜悦中的百姓，皆是对旧政府的苛捐杂税、狂征暴敛深恶痛绝的，且指望新政府必是为人民着想、为人民办事的好政府。而那些心怀忐忑，做一天和尚撞一天钟，稀里糊涂过日子，连日历牌也懒得翻、连礼拜天都遗忘的人，也各怀着各自的心思。正所谓几家欢乐几家愁，每个人都盘算着时局变化的走向。

我记得，那是一个春意盎然的下午，刘妈懒洋洋地在阳台上洗衣服，一边唱着怪腔怪调的扬州小曲。大家虽都有点"春眠不觉晓"的困倦，但刘妈胡唱乱哼，反而起到了醒脑安神、抖擞精神的作用。

而刘妈戛然而止，反倒使大家有点不适应。而后，便听见刘妈叫道："哎呀，来了一辆吉普车！朝李太太家开去了，八成是李先生回来了。还是李先生有良心，仗刚打完，就第一个往家里跑。"

当年，吉普车还是时髦和荣耀的象征，谁都知道那玩意儿只有当官的才能坐。所以，大家闻讯后，都出门来观看。

因为那时，月牙湖这里能坐到吉普车的，就只剩他们家了。刘妈判断得不错，吉普车的确在李家门前停下。可令人费解的是，吉普车只停了刻把钟，便又匆匆地开出了月牙湖，顺宁杭公路朝东遁去，留下的只是一道淡淡的烟气。

第二天傍晚，我听见屋外有脚步声，接着便有人敲门，刘妈开门后，请进来的竟是李太太。母亲虽感惊讶，但很快就恢复了平静，且邀李太太到客厅落座。

李太太神色黯然，穿一条黑灯芯绒对襟褂子和一条黑色哔叽长裤，引人注目的是，她头上别一朵纸做的白花，左臂上缠着黑纱。她把一封信交给母亲，只说声打扰了，便款款转身欲走。

母亲向信封上瞥了一眼，忙喊住了李太太："李太太，请留步。"

李太太回转身，眼睛睁得老大。母亲嗫嚅着，一时不知从何说起。她俩互相凝望了一阵。大姐和刘妈站在母亲身后，大气不敢出。屋外传来了小孩的嬉闹声。一只麻雀竟不识时务地在窗台上探头探脑地张望着，一会儿，又一无所获地飞走了。

李太太本是个话痨，且是得理不饶人的主，此刻突然变得少言寡语，其冰冷的神态着实叫人害怕。大姐见她看母亲的目光变得游移不定，且眼眶里湿漉漉的，赶忙低下头，望着她一身墨黑的装束。正因为从头黑到脚的衬托，使得李太太胸前那朵白纸做的花格外醒目，让人见了都不由得倒吸一口凉气。

"做姑娘时，就剪得一手好花啦。"李太太似乎从大家的眼神里看出了疑惑，突然改讲起广西官话，倒显得格外动听，"我剪的最后一朵花，白花，就为我来戴格。"

刘妈忍不住问："是……李先生殁了？"

"生不见人，死不见尸！只留下三个崽。"李太太依然是平静的口气，"好了，在家没架打了，天下太平了，周太太，我做女人做到头了。"

"哎哟喂，真苦命啊，下辈子投胎再不做女人了。"刘妈哭腔哭调地嚷起来。

大姐瞪了她一眼。

"刘妈，你真相信还有投胎一说？"李太太仿佛在扪心自问，脸上漾出些许轻蔑的笑意。

"怎么没有？龙生龙，凤生凤，老鼠生儿打地洞！我就是做下人的坯子。"

刘妈的话招来李太太轻蔑的一瞥，她上前摸摸我的小脑袋，拉住母亲的手，不无深情地说："周太太，没有命苦的女人，只有荒诞的世道，我们都是自作自受，心甘情愿，是吗？"

"李太太，世道的变迁是每个人都躲不掉的，认命的人，就只能心甘情愿。"母亲苦笑着说，把另外半句"不认命的人，就大胆地走自己的路"留住，让李太太自己去想。而后，又补充道："多保重吧，以后的日子会好起来的。"

"你，"李太太停顿了一下，"恨国民党吗？"

她这话问得虽突然，但母亲却听得真切，答得干脆，说："吃了这么些年苦头的人，能不恨吗？你难道不是？"

"我也恨！"李太太的话犹如从牙缝里迸出："恨他老蒋偏要挑起内战，恨他蒋光头，用你时好话说尽，临了就当起了'甩手掌柜'，弄个什么'下野'，自己先把国库里的黄金美钞统统都弄到台湾去了，再把我那死老头子，搞得无路可走，真是非常无赖的东西。"

"可我只恨他让我夫离子散。"母亲从容地说，"我丈夫临走时教给我耐心和坚强，我相信，我们一家团聚的时刻就要快了。李太太，我们活着是有奔头的。"

"噢，天啦，我们呒争了。反正我丈夫投靠的国民党是一败涂地了，从来就是成王败寇，我早料到我丈夫的报应是免不了的，可没料到来得这样快，抗战胜利后，不过才过了四年而已。"

"这可不是赌钱，不是押宝押得对错那么简单。"母亲说。

"但愿我们以后还是好邻居。"李太太说。她走了，步子迈得似乎比来时轻松些。

母亲拆开信看了一遍。她告诉大姐和我，信是姨妈写的，信上说，谭思杰的部队已从安徽向武汉撤退，去向未定，后事难料。袁剑文师长已战死，为国尽忠毕。信是谭的部下送来的。

风雨之夜

　　这天清晨，一支出殡的队伍从周家屋后的大路上经过，人数不多，也走得稀稀拉拉。陈实和栓子吹着唢呐，另一个干巴巴的老头吹着管短笛，曲调不甚悲怆，却也有一点抑扬顿挫的韵味。后面是几个披麻戴孝的男女，腰扎的白带在春风里飘着，如同戏台上跑龙套、打旗子的戏子。再后面是四个人抬一口薄皮白坯棺材，抬棺者手叉腰，步伐整齐而有节奏，还挺精神地都叼着半截烟卷。我以为他们在出洋操，很滑稽。有几个小孩跟着看热闹。队伍路过月牙湖这里，如蛇一般向孝陵卫方向游去。

　　"一点也不热闹。"刘妈待出殡队伍过去之后悻悻地说，"陈实这东西就巴望死人，好做生意，你看他开开心心地吹，不肯多出一口中气，就知道混吃混喝。"刘妈做了个鬼脸，"混穷本事海嘞，怪道能养娃。"

　　"是哪家人死了？"母亲问。

　　"后面小卫街上的地头蛇肖把头，自从新政府为老百姓撑腰，就没了威风，没了营生，每天喝两瓶烧酒，借酒消愁。前日喝迷糊了，一不小心就跌破了骷髅头，喝了一桶马尿，吃了一碗土也不见好，当晚就挺尸翘辫子了。"刘妈高兴地说，努力在大腿上挠痒痒，惬意得龇牙咧嘴。

　　这肖把头，六十多岁，地方上一霸，远近闻名的地头蛇。过去一直仗着伪警署里有靠山，在地方上称王称霸，是个谁见了谁躲的主。虽然他在月牙湖这里不敢仗势欺人，但也是恶名在外，臭名昭著。

　　"哼，天亮了，魑魅魍魉的晦气，怕是都要出一出了。"母亲欣慰地自言自语，语毕即朝远处的云端再望了一会儿，便默默地坐到沙发上闭目养神了。连我都体味到了她心中的舒坦与平和。因为，母亲极少用"哼"这个字来表示自己的心绪。

她谦和、宽容、大度的禀赋，让她在把握语气修辞时，总是遵循着温良恭俭的尺度。我的印象里，她还真没有挖苦过谁。但是，对这个依仗旧政府警署的权势，专干欺男霸女坏事的恶棍地头蛇，母亲却一反常态，突然用"哼"这个字来表达自己的憎恨和蔑视，足见其心中也藏着是非曲直的标杆，随时能丈量出人世间的善恶与命运。

一会儿，刘妈从外面回来说："那该死的肖把头的徒子徒孙，竟然还请了巫婆来给他'跳神'，意图借尸还魂，让肖把头活过来。此刻，就停在四方城那里。"我一听，很是惊讶，立刻就赶了过去，想看个究竟。

来到四方城，果然看见许多人在围观。特别是一些迷信的老人。不过，也都是站在一边，袖手旁观而已。如今，既然已经解放，像肖把头这样的地痞恶棍，难道还能借尸还魂？这便是我心中最大的疑问。

然而，他的那些徒子徒孙，本已是过江的泥菩萨，自身尚且难保，却依旧煞有介事地真请来了一个巫婆，来给肖把头"跳神"了。

当年，这种旧时代的产物，在重获新生的中国大地上还是很顽强地存在的，肖把头的徒弟，也按照巫婆事先的交代，为她准备好"跳神"所需的一切用具，还有祭祀用的大肉包子以及四个干硬的寿桃。然后他们还按巫婆要求，在地上铺上黄纸，又在供桌上摆了四样菜。且看那巫婆五十多岁，瘦瘦的，显得个头挺高，皮肤很老，脸上有许多皱褶，眼睛一大一小，这使她看上去有一种睁眼闭眼的狡黠。她穿了一身不起眼的黑色衣服，拎着个很大的旅行包。

也许怕被新政府的人发现，一切只能从简。巫婆匆匆点上几炷香，再从脏兮兮的大旅行包里，拿出一个竹条扎制的简易球形体，又拿出几根伞状的竹条，插进球体，球体在上，"伞"往地上一撑，就撑住了。又从包里取出几张剪好并画好图案的白纸，往"竹球"和"竹伞"上一铺，一个雪人似的"神"就呈现在了我们面前。当然模样是极其呆板的，缺少"神"的起码的睿智和超然，也就是说，缺少神韵。巫婆又拿出一把长长的木剑，放到桌上，然后掏出一个铁质的三角钗和一根筷子般粗细的铜棒，敲一下，试试声音。

准备工作就绪，差不多就该进入状态了。巫婆面朝供桌，盘了腿，在黄纸上席地坐下。仿佛是在突然之间，几乎没有任何过渡，巫婆的神志就已经大变，口中念念有词，似乎进入了某种境界，脱了人气一般。我依稀觉得，巫婆的状态已介于人神之间或人鬼之间。肖把头的徒弟恭恭敬敬地站在旁边，表面上是在等候吩咐，其实各人都各怀鬼胎。然后，巫婆开始"请魂"。巫婆敲着钗，在敲钗的同时一边唱，声音略哑，咬字含糊，调子拖得绵长。那嗯嗯的婉转的调子，有如发自天堂的声音，当然更像是来自地狱的声音，给人造成一种阴森恐怖的感觉，令人毛骨悚然，一时不知逝者魂归何处。

老实说，身处其间，我像是闻到了一股尸腐的气味。料定此恶人腐尸，既已到了阴曹地府，便再无重新投胎转世的可能。

但很突然地，巫婆从地上一骨碌爬起来，操起桌上的木剑，上下翻转，在围观者自然形成的不大的空地上腾挪躲闪，令围观者不禁一齐朝后缩身，把有限的空间让给她。巫婆忙了一阵子，忙得香火摇曳，不过看上去，果然是法力无边的架势。渐渐地，巫婆缓下来，动作和气息都缓和下来。然后，她的右手松软地垂下去，剑尖下指，她站着不动了。接下来，巫婆从包里取出几张黄条纸，抖开，用铜棒将纸条拦腰挑住，把盛水的钵子放到纸条下面，从口袋里掏出火柴，再拿火柴点火。我这围观者尤其觉得瘆得慌，全身都抖起来。在巫婆烧那些纸条时，我注意看纸条上面的毛笔字，倒也简单，"忌鬼不忌人""跪拜阎王爷""投胎转世，有求必应"之类。

火光把巫婆的老脸照成一副可憎相。巫婆用铜棒轻轻搅动钵子里的灰水，然后端起钵子，站起来，径自走向四方城内。一个大徒弟讨好似的跑在前面，为巫婆领着路。

我看肖把头那蜡黄的脸面，深深凹下去的两眼，已成骷髅之状，躺在棺椁内的躯体，一声不响，既没有一点儿痛苦相，也没有一丝气息。巫婆又用手蘸着钵子里的凉水，挑动手指，将水轻轻地洒在那张满是皱褶的死脸上。整个"请魂"的过程给我的印象，就是一个丑陋无比的老太婆庄严地与虚无搏斗，至于斗出什么结果，好像与生死没有任何关系。然后，肖把头的大徒弟，就奉上一摞用真钱当作的冥币，将巫婆送走了。这一场所谓的人鬼较量，所谓借尸还魂，虽然煞有介事，却似乎令人啼笑皆非，让人更加相信，像肖把头这样的地痞恶棍，在新社会里，要么改邪归正，要么死无葬身之地。

正所谓人在做，天在看，多行不义必自毙；旧政府，新政府，人心向背定赢输！

清明以后，阴天多了起来。月牙湖边的老周家，本就临水而居，连日来更是风声雨声读书声，声声入耳；松林竹林林衔林，林林摇曳。

不一会儿，细雨就扫进了东窗。母亲吃了一块葱油煎饼，喝了一碗红豆粥，兴致不错，坐在客厅里摆弄那架哥伦比亚狗头手摇唱机，专心致志地听着梅兰芳唱的"贵妃醉酒"。

入夜，雨天本就黑得早，加之屋前小路旁的几盏路灯，损坏了没人修，屋外黑得伸手不见五指。风助雨势，越下越大。照例，刘妈服侍我和秉辰洗了脸，洗了脚，再在我们的小屁股上不轻不重地拧一把，关上灯，就自行去睡觉了。这日，我却偏偏不肯轻易就范，继续认真地翻看连环画《小克日记》和《水浒传》，不让刘妈关灯。那《小克日记》中的主人翁"小克"，是漫画家刘元创造的人物。画家把小克在"国统区"的所见所感及周围发生的故事绘成了《小克日记》，连载于《南京晚报》。由于漫画真实记录了当年的时政境况和老百姓的生存状态，贴近生活，针砭时弊，引起了社会的广泛关注和读者的共鸣。所以是老少咸宜，争相传阅，连刘妈这样不识字的人也喜欢看。于是，她见我兴致如此之高，便索性陪着我一起翻阅。

时间很快就过了晚上九点钟。我于翻阅的间隙，透过板壁的缝隙朝母亲那里瞥了一眼，发现母亲也在认真地看书学习。

窗外风声呜呜，檐漏淅沥如音。我的思绪已经超越了《小克日记》的故事，觉得自己更像《水浒传》里的好汉，于饥寒交迫中弃家上梁山，聚义济民生。这样一想，许多关于父亲、大哥的回忆，便纷至沓来。

夜深了，大家都不再说话，或坐或倚，或阅或思，静谧无比。然而，恰在这时，我脑洞大开，想起了一个问题，而且是急需找到答案的紧迫问题。于是，我不顾刘妈的反对，跳下床，推开了母亲的房门。

母亲吃惊地望着不请自来的儿子，问："这么晚了你还没睡？难道有什么急的事情？"

"妈，我是有个很急的问题，连等待翌晨的黎明，亦等不及！"

母亲闻言，合上书，问："什么问题如此着急？"

"既然江北的解放军已经突破长江天堑，为什么父亲还没有回来？"

母亲慈爱地盯着我，反问道："你怎么知道得这么清楚？"

我不得不老实回答："我晚上睡不着时，常听你们大人的谈话。"母亲闻言，猛然觉得我已经长大，对我已无须隐瞒，于是干脆地回答："我想应该很快了，春天已到，该开的花迟早总会开的。"

"可我总想爸爸、大哥他们会不会日晒雨淋，有家难回，枪林弹雨，流血流汗，想到睡不好、吃不香的地步！"

"坤宝真是心眼越来越多，懂得想念亲人了！他们和许多志同道合的人在一起，是什么都不怕的。你就放心地去睡觉吧。"母亲和蔼地宽慰我说。然后就让刘妈送我到床上去睡。

刘妈领了"圣旨"，便以命令的口气，押解我而去，根本不容我再有辩驳。大姐也顺势收缴了我手上的书，然后坐到一边，专心致志地学打着毛线。

就在这时，客厅的红木门被人笃笃笃地敲响了。一、二、三下，停了一会儿，又是一、二、三下。声音不大，几乎被雨声淹没。母亲放下手中的书，对刘妈说："看看是谁来了。"

"不会吧，太太。"刘妈的眼神游移了一会儿，"没听见敲门声。"

"怎么会没有，这么多年了，这种敲门声我还听不懂！去，有人！"

刘妈央求大姐陪她一道去开门，她说这种天气往往会撞见鬼，大姐放下手中的活计，朝美丽的编织物再看了一眼，便主动去开门，嘟囔道："好吧，就让我先撞见鬼。"刘妈反而跟在她后面，蹑手蹑脚的。

我和秉辰瞬间没了睡意，依偎到母亲身边。母亲睁大眼睛朝门口看，用眼神迎接着未知的不速之客。

只听见大姐和刘妈不约而同地惊呼起来："怎么是你？"接着是一道低沉而含混的问好声，传到了大家的耳畔。一会儿，一个黑亮、高大的身躯挪进了客厅，站立在大家面前。水从他外面的雨披上疾速地淌下，汪湿了嵌木地板。大姐和刘妈跟在后面，脸色惊恐不定。

母亲搂着秉辰，战战兢兢地问："你是谁？"

就在脱下雨衣的瞬间，大家同时看到了，一个瘦骨嶙峋，满面饥色，深凹的大眼睛闪出和蔼、明亮的光的人在谦和地微笑。

"伯母，我是王志文。"

"你怎么搞成这样？"母亲总算是缓过气来了。

"风雨太大。"王志文说，"我是路过此地，顺便来看看伯母。"

"昭信呢？你把我们昭信藏到啥地方了？"母亲的语气有点微微的恼怒。她近来似乎学会了发脾气，"你们老的老，小的小，都不顾家了，我懂得的。什么事都瞒不过我。你替我把昭信找回来。你们……你们真狠心。说走就走，连招呼都不打，这是生死攸关的年月，我忍着不说，你却看得下去，今天我要说了。"

母亲的话说一半留一半的，几分担忧，几分埋怨，几分心痛，几分留恋。

刘妈赶忙替王志文端来洗脸水。大家这才看清，他留了胡子，长而粗硬，两颊瘦削，令人难辨。此刻的他，倒完全没有了一个白面书生的羸弱和苍白。

大姐望着这位未来的表姐夫，显得比较兴奋，王志文介绍说，昭信表姐在外面过得很好！

"在外面？在哪个外面？很好！那么待在家里不是更好吗？"

王志文全然不顾起码的礼貌，苦涩地笑了笑："伯母，我饿了，我要吃东西。"他的声音不但低沉而且发颤了。

刘妈要去厨房做饭，王志文说不用现做。剩菜剩饭就行，说是吃了就走，有事要办。刘妈和母亲拗不过，依了他。他吃了两大碗开水泡饭和一大碗笋干烧肉。吃相委实不佳，可以说是狼吞虎咽，与先前那个文质彬彬有点害羞的王志文比起来实在叫人难以置信，而后又会让人感到一点鼻头发酸。

他吃喝完，开始猛烈地吸烟，吸完两支烟便告辞要走。

"就为了吃顿饭？"母亲伤心地问。

"去孝陵卫那边，有朋友等。"

"墨墨黑的风雨夜，应该不是打家劫舍吧？"母亲揶揄道。

"噢，也许是。"王志文机智地眨眨眼，"这是笔为劳苦人谋利的大生意。"

"可你不会干这活的！"

"老板精明，我们又肯学。都是些不错的伙计。"王志文穿上雨衣。

"等一等，"母亲抬高声调，"告诉我，秉乾和他爸爸在哪？别怕，我受得了。什么事都别瞒我……你们和昭信跟他们都是同行。"

　　王志文的眼睛灼灼如火，脸上添了活气："我们都在继续战斗……都好。伯母，你们千万要保重。五月鲜花盛开的时候我带秉坤、秉辰去雨花台捡雨花石。"他咬咬嘴唇，可还是微笑了。

　　我一听说要带我去雨花台，立即嚷嚷说："我早就想去了，但妈妈说，那地方是枪毙人的地方，连石头都被血染红了！"

　　"为啥去雨花台？"母亲似乎仍旧气恼地诘问道。

　　"噢，当然，去中山陵……还有梅花山……那里更好玩。伯母，咱们还可以坐马车进城上圣保罗教堂，多有趣……然而，雨花台也要去！"

　　母亲打断他的话："王志文……你真能编排……净拣好听的话讲……讨人喜欢。"母亲说不下去，眼眶竟有点湿润。

　　王志文重新投入呼啸的风雨中。大姐突然冲到东窗前，猛地推开窗，头探到黑夜中，尖厉地呼唤着："爸爸！……哥哥！……"

　　这呼唤从紫金山的山谷里，从河湾和三角草地那边回荡过来，最终还是淹没在了嘈杂的风雨声中。

　　刘妈赶忙跑过去把大姐推开，关上窗。喃喃地哀怨道："老天爷……行行好，不要再作孽吧！保佑……保佑他们。"

　　我吓得往母亲的怀里钻，一个超过十岁的大孩子，仿佛依然要从母亲的乳汁里吮吸天然的慰藉。

　　从这夜起，我开始滋生出一个怪癖：喜欢聆听风中雨滴溅在屋顶上的声音。特别是那种随之而来的梧桐雨，那种待狂风骤雨肆虐完之后，开始平心静气敲打窗棂的梧桐雨。我从它的声音中，更能感受到勃勃的生机和希望。我清楚地记着王志文临别时，那张憔悴的脸上漾出的微笑。那微笑，似乎隐含着对小字辈的殷切希望，就像黎明的微光照拂着萌芽的快快生长。

　　是夜，我经历了自出生以来的第一次彻夜失眠，那感觉迷迷糊糊的，倒也并不像大人议论得那么难挨，其间，反倒是清楚了暗夜里时间的流逝。先是听见雨声淅淅沥沥，越来越小，直至停歇后，就有一两声鸟鸣自山林中传来，空旷而又悠远。再后来就有窸窸窣窣的万物萌动的声音隐约发生。这声音也许是小草在伸展懒腰，也许是花苞在渐次打开，也许是松鼠在林间跳跃，也许是翠竹在奋力拔节……

　　一夜的失眠，似乎也伴随着一夜的期待，当晨曦的微光从窗帘的缝隙透进房间时，我突然明白，我此刻正期待着一轮红日跃出地平线，冉冉升起在世界的东方，把天地照亮！

第二章　天亮了

不速之客

  几天后的一个上午，终于从石板小路上走来了两位客人——昭信表姐和王志文。全家人大为惊喜，又见他俩已经穿上了土黄色的军装，帽徽是八一五角星，胸章上印着"中国人民解放军"字样，王志文留着短西装头，胡子刮得精光。昭信表姐晒黑了，显得更瘦，却很精神。两人脚上都穿着圆口黑布鞋。大姐和母亲都迎上来，就在王志文握住母亲的手时，大姐也搂着昭信表姐，说："我早猜到你俩是共产党，你们真是的，一点口风都不露。"昭信表姐说："这是纪律，天王老子都不能讲的！"大姐便说："解放了，现在可以讲了，我爸和哥哥在哪？"

  昭信表姐撇撇嘴，表情异样地望望王志文。其时，王志文也正被母亲的眼光逼视着。就在王志文刚要开口回答之时，秉辰已经抱住了王志文的腿，嚷道："爸爸也穿黄衣裳吗？大哥也穿黄衣裳吗？"

  王志文于是微笑着答道："穿，穿黄衣裳！"

  大姐见王志文顾左右而言他，便撺掇母亲再问。母亲便直截了当地说："那天晚上我就明白你在诓我……志文，你跟秉乾一样，没学会撒谎！"王志文支吾了一会儿才说："秉乾大哥是经芜湖往武汉方向去的，估计在第二野战军，下了四川。周伯父我一直没有碰到过，但是组织上一定是知道他下落的，我……不知道他现在的详情……我想以后会弄清楚的！"

  我觉得王志文说了半天，但父亲和大哥仍是下落不明，母亲却似乎很体谅他，没再多问，就把他们请进了房间。

  原来，就在 4 月 23 日之前的几天，南京地下党就已经悄悄控制了国民政府首都各要害部门。王志文和昭信表姐参加了新中国成立前夕的保卫工作。解放军部队一进城，他俩就被组织安排到军管会，参加接管工作。两人分在文教部门，为尽快恢复各个学校上课正辛勤地做准备工作。

母亲听王志文介绍完近况，叹了口气，说："这学校还是要尽快恢复，否则秉坤、秉辰他们的学业就要荒废了。一旦他们父亲回来，我还真不好向他交代。志文，你若知道他们爸爸的情况，千万不要瞒我，现在解放了，家里需要他，国家更需要他！"

王志文听到伯母又重提伯父，便面露难色，还有点不知所措，竟一时陷入了沉默。昭信表姐似乎为了免除尴尬，赶忙拿出一包花生糖，先分发给最小的秉辰弟弟，接着又塞给坐在沙发上的我和大姐。那乖巧的小秉辰，竟知道打开纸包，拣了一块最大的，塞到昭信表姐的嘴里，自己这才慢慢地嚼起来，小嘴巴也撑得鼓鼓的。

昭信表姐把花生糖抿在嘴里，闪亮着大眼睛问秉辰："甜吗？好吃吗？"

"好吃！"秉辰大声回答。

"想上学吗？"

"想！"

我和母亲，看着他们一问一答，觉得既亲切又温馨。母亲甚至为此转移了话题，竟向昭信表姐询问，他们打算何时组建小家，何时养育自己的孩子。搞得昭信表姐面红耳赤。我觉得母亲似乎料到了什么，有意不再追问父亲和大哥的下落，故意把话岔开了。

后来，大家又议论起，何时可进城上圣保罗教堂听布道，梅花山的梅花今年开得盛不盛，周围的邻居有什么变化等问题。话头就这么七转八转，又转到了袁太太身上。大家不约而同地为袁家担心起来，她一个寡母，如何带大伟伟、力力和兰兰三个孩子？一说到袁太太，自然又想到了姨妈和姨夫谭思杰，不知他们现在到了哪里。接下来又说，要是李大夫还在就好了，母亲还真要请李大夫好好地给治一下，因为时常头晕，又不想让陌生的庸医来看……

"阿燕这孩子怎么不来玩了？"母亲突然发问。

我自作聪明地说："李大夫本来最喜欢阿燕，阿燕也与他最亲，到头来李大夫却被李太太气得不轻，一家人成了形同陌路的死对头。想必这丫头对一个没有温暖的家也厌气杀了，哪还有心思到外面串门。"没想到，我的话竟然得到了母亲的赞同。

她的结论就是，一个和美的家庭是孩子心理健康的最好保障。而增长知识和才干，就必须依靠教书育人的好老师。所以，请昭信表姐和王志文他们关心我和秉辰的学业，尽快开学，绝不能再荒废下去了。

母亲拉拉杂杂地说了一大堆，话题的跳跃性虽然很大，但她却能娓娓道来，大家都只好表现出很大的兴趣听她讲个够。临了，还是昭信表姐提醒母亲说，有些话，留到以后再讲也不迟，以后他们会经常来看望大家，这才打住了大家的话头。中饭后，两人便称还有公务要处理，就匆匆告辞了。

果然，学校很快就开学了。我和秉辰终于又有书读了，我们都显得很兴奋，吵着让母亲给买新书包、新铅笔盒。秉辰甚至想要昭信表姐和王志文来周家时，每次总挎的那种军用的黄挎包。他将其称为解放军的黄书包，觉得只有挎上它才够神气。母亲被秉辰不依不饶地闹腾，烦不过，便只能去央求王志文，但王志文碍于部队上的纪律，是不能将军用背包随便给人的。无奈之下，最后只能从别人那里要来个旧的给了秉辰，却不承想，从此在秉辰的心里，种下了一颗从军入伍的种子。

老师还是过去的老师，师生重又见面，竟都显出格外的亲切。我一进校门，就看见操场主席台上的后墙壁，多了两幅硕大的人头像，问老师才知道，原来是领导解放军打过长江天堑、胜利解放南京城的毛主席和朱总司令。望着画像，我忽然联想到父亲和大哥，心里不由得肃然起敬。特别是毛主席，他成熟而和蔼的面容，真让我朦胧间觉得爸爸就站到了面前。乘着周围同学不注意的瞬间，我不由自主地给两位领袖深深鞠了一躬，心里感到说不出的踏实和安稳。此刻，我最大的愿望，就是爸爸和大哥早点回来，一家人得以团聚，过上安稳的日子。

操场围墙上用红漆写着大标语：中国共产党万岁！毛主席万岁！还有其他各种各样的标语。每一个教室里都贴上了毛主席、朱总司令和马恩列斯的画像。

鉴于老师还没有全部返校，学生入学也不太多，所以每天只安排两节课，学的仍然是老课本。不过，下课后，大家都留在学校学唱新歌。歌曲有《没有共产党就没有新中国》《团结就是力量》《边区十唱》《东方红》《解放军进行曲》《南泥湾》《解放区的天是明朗的天》《义勇军进行曲》《三大纪律八项注意》《妇女翻身歌》《王老五参军》《为谁扛枪打天下》等，还请了驻扎在附近的解放军来教唱，有位陈连长经常来。学生和老师坐在操场的草坪上，一遍又一遍地学着唱，很快地，我们就都学会了，于是校园里每时每刻都回荡着嘹亮的歌声。我感觉快乐得就像天天在过年。

接下来，解放军又教学生扭秧歌，开始大家还扭扭捏捏的，只有个把胆大脸皮厚的敢于上场。不过，我只在旁边看了一会儿，就勇敢地主动上去试扭起来，立刻得到了解放军教官的赞许。我一高兴，扭得更放开。嘿！身也轻了，动作也活了，真有趣得很，好玩极了。终于大家都禁不住这快乐场面的诱惑，情不自禁地跟着跳了起来。越来越多的同学，里三层、外三层地围成几个圈子，欢快地扭起来。后来，几个音乐老师拿来了伴奏家伙，一时间，锣、鼓、镲、钹、胡琴、笛子齐鸣，音乐声响起，自然男女同学、老少师生更如同着魔一般扭动起来。解放军教官还用白毛巾扎头，提着军帽边扭边甩，一派军民联欢、同跳一支舞、同唱一首歌的欢快景象，引得不少校外的闲人都赶来瞧热闹。一个老头说："哎呀！一解放真是大开眼界，这比夫子庙正月十五灯会还热闹！"一个老太太说："看扭的，这么多女孩呢！怪道叫解放了。解——放——了！"老太太为了拖长腔调，把嘴都张圆了，那本就不大的双眼，立刻眯成了一条缝。

后来，除了学校里，外面各个辖区街面上也打起了腰鼓，扭起了秧歌，并且花样头越来越多：街头活报剧，跑旱船，几百人的秧歌队，满街散开，纷纷扬扬。更奇特的是腰鼓队的阵容在逐渐变大，咚得隆咚敲得震天响，气势够大，节奏够刺激。指挥的打一对大镲钹，镲钹奶头子上系一条红绸，左右上下飞舞，犹如人们欢快活泛的心情。当年，人们就是用这样的形式，来充分表达翻身解放后的感恩之意！

家里算是对我开了戒，不太管束我了，我甚至可以领着弟弟秉辰、阿燕、伟伟、力力乘马车到新街口看热闹。那阵子新街口几乎天天有欢庆的场面，人们都走出家门，站在马路边跟着拍手、欢呼、唱歌。我们边凑热闹，边吃着母亲给我们带的零食。大家快活得不知姓啥了。

阿燕人小鬼大的，胆子好像也变大了，竟然经常跟着我们一起出去玩。秉辰还是没出息的样，老是护着她，阿燕便将母亲装给她的吃食，偷偷地塞给秉辰吃。

尤其是秉辰最爱吃的荸荠，一进嘴就是嘎巴嘎巴的脆响，惹得我直舔嘴唇，但转念一想，我已经像父亲说的，成了男子汉，难道还会和他们两个过家家的小孩子一般见识？于是，俯身塘口湖边，扒拉出几段芦根，也放在嘴里大嚼，还逗他们说："小丫头阿燕，小气巴拉秉辰，你们吃的荸荠，可赶不上我的芦根！"

我们即使回到月牙湖，也忍不住要闹开了玩，学着街上欢庆的场面，又是扭秧歌、唱歌，又是胡编乱演活报剧。伟伟演胖地主，力力和秉辰演民兵。阿燕个子小，只能演个文绉绉的女干部。我当然是演解放军，用木头削成手枪包着红布插在腰上，神气活现的样子。阿燕和兰兰还演女民兵，民兵的枪就是竹竿，竹竿在我们这里最是唾手可得，竹林里多着呢。

我们的表演，竟惹得月牙湖这里的男女老少都来看。以前月牙湖这里有几位闲居的票友，几个老头常拉京胡，唱唱京剧，现在都来给我们助阵，边观看小孩的玩意，边哼上几句《打渔杀家》的唱段。旁观者皆鼓掌叫好，连连点头说："世道变了，解放了，《空城计》《甘露寺》《宇宙锋》不能再唱了。"对此，我们这些小炮子，当然有自己的玩法，只要开心就好，既不用听那些票友的装腔作势，又不必看他们仿梅派的手、眼、身、法、步，扭扭摆摆。

不过嗣后，家家小孩子都跟自家家长闹，要求给买个腰鼓玩玩。我怀着忐忑，向母亲央求，竟然立即就得到了满足。连弟弟秉辰也沾了我的光，与我一样，同时得到了一个红亮亮的小腰鼓。我们成天将腰鼓系在肚子上，满月牙湖地跑，似乎有了众人羡慕的腰鼓，就成了太上老君了。

父亲和大哥突然出走，家中连连被抄，在我幼小的心灵里留下的阴影，随着时间的推移和南京城解放给大家带来的欢乐，正逐渐消散。这段时间，每当我因贪玩而很迟归家，遭到母亲诘难时，我甚至能振振有词地嚷道："妈妈，别老待在家里，出去玩玩吧！新社会了，外面真的好玩哩！天天都有人在欢庆哩！"

解放

可也别说，小孩子的嬉闹，也给沉寂的月牙湖这里重新带来了活力。大人们渐渐地开始互相走动，日子不久就恢复了正常。原来以为再也见不到的李清泉李大夫，又突然露面了。他算得上是新中国成立后第一个来拜访周家的老熟人。不过，因为李太太曾为李大夫戴过吊唁的白花，所以李大夫的出现，还是引出了一场不小的闹剧。

那天，全然没有什么预兆，周家人刚刚在吃晚饭，李大夫就来了，且灰头土脸，面色蜡黄。那晚我的舅舅和舅妈刚巧也在。母亲特地为大舅准备了一瓶张裕金奖白兰地，算是感谢他在最艰难的时候，对一家人的关照。

正在大家斟满酒杯，即将开席之时，李大夫不邀自来，翩翩然推门而入，且试探地问道："周太太在家吗？"其怯怯的声音，似有点飘忽不定。我望了一眼来人，因逆着电灯光，还没看清楚脸面，就见母亲猛然站起身，应道："我在，却不知道你是谁？这声音倒很耳熟！"

那李大夫赶忙脱下礼帽，谦卑地答道："鄙人李清泉是也！"他这么文绉绉的一句答词，简直是，说者也许无意，听者却是举座皆惊！就像是从千年古墓中飘出来的声音，把母亲吓得几乎跌倒犯病，亏得我扶得快，否则后果不堪设想。

我让母亲坐下再说。却见母亲已警觉地脱口追问："你从何而来，为什么这声音听了骇杀人，不阳又不阴？"

"都怪我当时昏了头，听信谣言，随着那帮'逃命党'，先逃到广州，差点下南洋！好在及时醒转来，想到南京才是我的家乡。"李清泉说。

我扶住母亲迎上前，说："噢，李先生，原来你是听信谣言，误入歧途，走了一段弯路，如今又回了家，那就快请坐吧！"

舅舅也忙站起身，说："李先生如不介意请入席，我今天敬侬一杯！"

那李清泉闻言，头却摇得似拨浪鼓，连声说："过了，过了，我一个落魄之人。被老蒋忽悠得差点见了鬼，如今是你们让我又还了阳，你们能如此高看我，已经受宠若惊了，就勿要再客气了！"

母亲说："那就请李先生随意吧。"

李清泉此刻却双手抱拳，说道："啊唷！周太太，我入席之前，还要恭喜你呢！啊唷！娘舅也在，宋先生、宋太太，我也要恭喜你们呢！"

母亲不由得疑惑地问："何喜之有？还请李先生明示！"

李先生便说："一来恭喜你们现在是革命家庭，光荣来兮。二是请你们也恭喜我。嘿嘿……阿拉今天特别开心！"他神经兮兮地自顾自就笑了起来，直笑得大家莫名其妙，丈二和尚摸不着头脑。而他一边挠头，一边顺势把已经很光板稀疏的头发抚平，才又开口说："我下午到中央医院去了，解放军同志待我客气来兮，我提心吊胆整一年，悬老高的一颗心，总算放到肚子里去了。解放军关照我安心等待分配工作呢！"他像是要给人猜谜似的，顿一顿又说："阿拉凭本事吃饭，不会拍老爷、小姐、太太的马屁，自然没人管你死活。现在共产党来了总归要用我的，因为阿拉有本事嘛！共产党肚量大来兮，啥格国民党、'逃命党'的，我能替人治病，就是一个合格的医生，就不怕没有饭碗。宋先生、宋太太……还有周小姐，你们说，我的话对不对？这个才真叫'失民心者失天下，得民心者得天下'呢！"他一开心，竟顺势搂过秉辰，亲了又亲，胡子楂剌得秉辰直喊痒。

我见大舅呷了一口酒，沉吟片刻，显然对李大夫前后180度的大转变，还真有一点不太适应。他不得不用手指在桌面上轻轻叩击了几下，才用略带审慎的口气问："李先生，医院里也有军代表吗？他们真的对侬这样讲吗？你以前历史上的'污点'，他们都一笔勾销不提了吗？"

"是啊，是啊。千真万确是这样讲的，阿拉勿作兴瞎讲的，宋先生，就像侬银行里的事情那样，是不能有错的咪！"李清泉注视着大舅手中的高脚大口酒杯，酒色黄灿灿的，煞是迷人，他难为情地咽一口吐沫，故意漾出几丝坦率、温厚的笑容。大舅将酒杯中的白兰地一饮而尽，打了个响榧子道："我比不得李先生，侬是医生，军代表用侬勿用侬吮啥了勿起。我说迭种话，大家是直来直去，你勿要动气。我是中央银行襄理,银行乃国家财政金融机关,至于今后局势如何,你我勿是三头六臂啥人,也勿能未卜先知!"

李清泉又说:"阿拉也听说了,宋先生女儿和未过门的姑爷是共产党。如今是军代表,宋先生有迭种关系,何愁前途?"大舅冷笑笑,说:"女儿哪能决定我的前途?此乃政治,非吾辈可裁哉!"

突然,楼下传出吵闹的声音,大家离座至窗前朝下一看,原来是陈实家的栓子正在发酒疯,坐在地上癫癫狂狂地又唱又笑又拍巴掌。陈实过来拖儿子回家,栓子干脆四脚朝天,躺在地上,硬赖着不起。陈实气得又骂又踢,口口声声"小畜生"地骂。平时不大吭声,话也说不周全的栓子却突然来了话:"爹,不兴打人了……解……解放啦!不受苦啦。活……也不做喽!照样有饭吃……还有妈妈哩……爹……你也娶个……小妈妈……好吗①?昨天我发了财……赚了点钱,去夫子庙逛了……真好玩,姑娘陪我……亲亲哩……嘻嘻……"

栓子的话,气得陈实口吐白沫,差点晕倒,兀自一拍手:"也罢!当我陈家祖上缺德,生了一个这般好吃懒做的孽种。"说完转身而去。

李清泉自言自语道:"这个下作坏贱骨头!勿知哪家又要丢失东西哉,哼!勿做事,就想吃饭讨老婆!世界上哪能会有这种好事体,瘪三归瘪三,看他天生的一副獐头鼠目的样子。牙齿生得七翘八裂。呶,像阿拉,人称李医师,技术有,名牌大学毕业生,得过学士,走遍天下看病吃饭,威士忌喝喝,蹄髈炖炖,好不惬意。小瘪三哪能想得到过上这种生活!嘻嘻!"

全家人听了李大夫的话,想想不久前,他还在亡命天涯,自顾不暇,如今却已经开始讥讽别人,都有点忍俊不禁。尤其是刘妈,一想起往日李大夫跪在老婆面前要死要活的样子,就笑得岔了气,于是,气喘吁吁地说:"李先生做人逗,上海话说得更逗!"

大舅却说:"李先生你勿要'刮民党''逃跑党'的,别人听见还以为侬瞎三话四,在说大鼓,弄勿好要触霉头的!"

李清泉不由得连连点头:"噢哟,对格,小心点,听说戴笠临走还留下不少

---

① 在部分方言中,娶妈妈指娶媳妇。——编者注

小兄弟要搞名堂呢。不过……宋先生请侬今后喊我李同志好啦，先生这个称呼交关拗口。就喊同志好喽，阿拉顶顶喜欢喊同志，有同志互相照看着，就不怕坏人钻空子！喊同志，多少热络多少温柔，听起来轻松！"大舅趁着酒劲冲头，连连摆手："勿来斯！我们两个，都给国民党做过事，自己喊同志，勿要太做作哦，弄勿好就给人家当作笑料了！"李清泉低头寻思片刻，傻笑道："有道理！"

大舅斟满一杯白兰地，递给他："好啦，李同志……听到哦？叫侬同志哉，干一杯！"李清泉憨厚地笑笑，瞧瞧众人，嗅嗅鼻子，托了托眼镜："感谢，感谢，宋同志，我喝这第一杯酒，也是解放了的第一杯酒，阿拉是要喝的！"言毕一饮而尽，倒捏酒杯，满脸堆笑地向众人点头致意。刘妈逗他吃菜。他仔细瞧准一碟冷盘："迭个啥菜？"刘妈说："猪舌头，卤得透鲜！"他搛了一块塞进嘴里，含糊其词地说："迭个猪舌阿拉顶顶喜欢，鲜得来塞咯！"

临走，他丢下一句话："过几天阿拉正式上班，再正式请一桌，大家开开心，否则，啥格叫解放！"

大姐似笑非笑地咕哝道："大活宝一个！"

快乐轻松的晚餐刚刚结束。忽听得警报声骤起，差不多与此同时，电灯忽地全灭了。月牙湖陷入一片黑暗之中，只见夜幕上的星星格外璀璨。隐约听见飞机嗡嗡的声音，过了一会儿，又听见轰隆轰隆的闷响声。大家呆呆地坐在客厅里，大气不敢出。刘妈要点蜡烛，被大舅训了一句："找死，空袭勿懂啊，他老蒋不甘心呢！"

好在，一个时辰后，警报终于解除了，大舅告辞，母亲竭力挽留，说是太晚脚踏车不好骑。大舅说："不搭界，夜里到处是当兵的巡逻，比以前更保险。"

母亲疑惑地问："啥事体？"

大舅沉吟片刻说："晓珍妹，侬勿要想得忒多，明朝他们来了再说。啥格消息……总归是消息。日脚总会好，不会坏，从今后，要把三个外甥好好培养成人！"说完，他便急匆匆地踏车而去了。

半夜里我起来小便，看见母亲和大姐仍坐在客厅的沙发上，相对默然无言，我揉揉眼睛，定定神，才看清茶几上搁着那对母亲特别珍爱的龙泉青翠色长颈花瓶，灯光下犹显釉色照人，如珍珠眨眼。大自鸣钟咚地敲了一记，余音颤巍巍地在房间里荡了好久，仿佛要将静谧的气氛拖曳成一丝一缕一线。窗户敞开，夜风凉得适意，一轮弯月把银辉洒满远山近林，使我想起举杯邀月的李白，心里随即就默诵起李白的《静夜思》："床前明月光，疑是地上霜。举头望明月，低头思故乡。"

我像猫一样地依偎到母亲膝下。母亲抚摸着我的头问："这龙泉青翠色长颈花瓶，还和打碎前一样亮吗？"我机灵地瞥了一眼花瓶点点头："嗯，还和以前一样亮！爸爸和大哥回来，一定也这样说。"

母亲将我凝视了一会儿，便轻轻地笑了。她用命令的口气对我和大姐说："你们都去睡吧，天快亮了！"我问："为什么不把这对花瓶里插满花，迎接爸爸和大哥回家？"母亲揉揉太阳穴说："等他们回来后，我们一起到紫金山上去采一大捧来插上！""为什么一定要等他们回来？"我追问。

母亲抿嘴一笑说："鲜花迎远客的道理，说了你也不懂！"

我回到自己房间，头一靠上枕头，就一直睡到了第二天，日头升得老高了才醒过来。先是听见弟弟秉辰在楼下院子里嬉闹的声音，便知他正在和邻家的小孩玩耍。我急忙起身梳洗，准备吃完早饭就上学去。谁知竟听到母亲说："秉坤、秉辰，我已经为你们向学校请过假了，今天有重要的客人来，你们不用去学校了！"

早饭后，母亲关照刘妈把屋子收拾干净，又亲自涮净几只茶杯，拿到茶几上。之后，便回到房间去更衣了。

当她再从房间里走出来时，我看见她穿了一件好久没穿过的黑色平绒旗袍，显得比平时漂亮多了，脸上露着久违的笑容。我上前扶着母亲，与大家一起站到门前，望着月牙湖边上，那条唯一进出的石板路。我比其他人更显激动，因为我认定，父亲今天就能到家，而且一同来的还有其他重要的人物。然而，转头看见母亲的脸上，却是略带着迷惘的色彩，仿佛还在揣摩着来人的身份。

直到午饭后，我才看见一辆美式吉普车开进月牙湖 19 号，戛然停在那条石板路的前端。而后，昭信表姐和一位戴金丝边眼镜的阿姨，从车上跳了下来，后面跟着王志文和一个陌生的军人。

母亲迎上前去，昭信表姐立刻向她介绍说："这位就是陈红梅书记。"昭信表姐话音未落，那陈书记即刻纠正道："我们年龄相仿，你就称我红梅吧！"

母亲见陈书记如此平易近人，便不再客气，说："红梅大姐，我还是按照家义的称呼来吧！我们虽然不曾谋面，但家义临走时关照的'有困难可找陈红梅大姐'的话，我是一直记着的。如今一见，果然亲如一家人呢！"

陈红梅却笑着说："周家义同志长我几岁，应当我称您晓珍大姐才对呢！"她语音刚落，就得到了同来的那个军人的认同："对，称大姐！"

大家就这样寒暄着进门，来到客厅，像久别重逢的亲人，互相拉着手，在沙发上同时坐了下来。昭信表姐给双方又介绍了一番，我却是一句也没记住。因为，我此刻把目光全部落在那名同来的军人身上。只见他40岁左右的年纪，虽然身上的军装已经洗得泛了白，而且还有一两处补丁，但瑕不掩瑜，依旧遮挡不住他干练英武的气质。他对母亲嘘寒问暖，口气极为和蔼，可神情并不轻松，灰黑的脸上似乎蒙着一层阴影。他也随陈红梅阿姨，称母亲为老大姐。

陈红梅拉着母亲的手，先问了母亲的身体状况，转头又问大姐的学习情况，再问我和秉辰是否听话懂事。接下来，还把刘妈夸奖了一番，说她老实勤恳，说得刘妈脸红得像个害羞的小姑娘。然后，陈阿姨又关心地问，上次被特务抄家时，房子也遭到了破坏，有没有修复，现在还漏不漏雨，生活还有没有困难。

母亲回说："我们自己想了些办法，好在孩子都长大了，已经能够帮助我料理家务和做事。"说完便劝大家端茶杯喝茶，且说："这是我弄来的雨花茶，南京这里的特产，大家尝尝，香不香？"

喝茶时，客厅里的气氛一下子静谧下来，只听到杯盖轻叩杯沿的声音。若不是树林那边传来解放军唱歌的声音，此时客厅里静得只剩下那座自鸣钟的嘀嗒声。

我望着那个与陈红梅阿姨同来的军人，突然冒失地问："叔叔，国民党完蛋了吗？"

"除了重庆、西南等处，基本上全完了！我姓项，你就喊我项叔叔吧。"军人是这样回答我的。

"是向前进的向吗？我还没见过这姓的！"

"不是，是项羽的项！你知道司马迁《史记》记载的项羽吗？"

"知道，我爸爸给我讲过，是两千年前，楚汉时期，那个吞秦衔汉的大英雄，爸爸要我学他的阳刚之气，做个视死如归、顶天立地的男子汉！爸爸还告诉我，'南京大屠杀'发生后，吓破胆的汪精卫之流，举起了投降的白旗，毛主席便针锋相对地在延安抗日军政大学发表了演讲，专门讲了项羽的故事，他说："项羽在中国是一个有名的英雄，他在没有办法的时候自杀，这比汪精卫、张国焘好得多。我们不学汪精卫、张国焘，要学项羽的英雄气节，但不自杀，要干到底。'我想，叔叔一定也和项羽一样浑身的英雄气概！"

"你爸爸说得对呢！咱中国人民，正是用项羽破釜沉舟干到底的大无畏精神，赶走了日本人，打败了反动派。叔叔虽姓项，却比不上项羽的英雄气概呢。倒是你的父亲说到做到，很有气节和气概！"

"叔叔如此评价我父亲，那军警和特务为什么来抄家？以后特务还会再来抄家吗？"

"你是周秉坤吧！你放心，那些特务、坏蛋已经被我们抓起来了！从此以后解放了，你们是革命家庭，哪个到你家抄家，就是反动派，反动派是要镇压的。很快中华人民共和国就要成立了，在毛泽东主席领导下，人人有工作，人人有饭吃，大家建设社会主义过幸福日子，再过几年，你和你弟弟就都是社会主义事业的接班人。你们难以想象的好生活，就要到来了，多么……"

一旁沉默着的母亲，却突然打断了项叔叔的话，说："项同志，承你开导，这些话我丈夫以前确实说过，我们都懂。可是，我们已经很长时间没有他的消息了。"说到最后，母亲的声音突然变得低缓、压抑，甚至惴惴不安。然而，依旧不失自然、平稳，"你们今天来一定有什么事情要告诉我，就请如实说吧，我丈夫在哪里？我儿子在哪里？"

听到母亲的问话，我发现，不知为什么，陈红梅阿姨和那位军人，脸色陡变。昭信表姐眼里也有泪光在闪动。王志文更是盯着玻璃杯里的茶叶，看茶叶在茶水里载沉载浮，默不作声，却难以掩饰脸上的痛苦。弟弟秉辰噘着小嘴，大眼睛忽闪忽闪地望着那位项叔叔。大姐似乎感到了一种不祥，咬着嘴唇，皱着眉头。刘妈也感到气氛不对，就借口到厨房里去了。母亲此时却显得非常平静，望着窗外在微风中舞动的树梢，默然不语，仿佛一尊黑白分明的雕像。这使我想起爸爸和妈妈年轻时，在无梁殿前桂花树下照的一张照片。照片上爸爸穿着一身黑色隐条西装，蓬松的浓发向后梳着，显得潇洒倜傥，妈妈穿一件黑平绒旗袍，显得妩媚典雅，她脸上露着甜蜜的微笑，依靠在爸爸坚实、宽厚的肩膀上，眺望远方。在远处的紫金山之巅，正有一轮红日照耀着大地。当时，母亲一定感到自己是世界上最幸福的人。自从爸爸和大哥走了以后，母亲就把全家福从墙上摘了下来，连同那张照片和一对长颈花瓶一起，放在了箱子里。每当夜晚妈妈思念爸爸的时候就会拿出那帧照片，久久地看着，眼睛里满是泪花。今天母亲又把那件平绒旗袍穿上了，仿佛又回到了那新婚之后的时节。

我不由得在心里说："噢！妈妈，你知道吗？你虽历经磨难，却仍不失端庄、美丽、慈祥的外表，仍让我们做子女的引以为骄傲。"

恰在此时，我发现母亲缓缓转过头，目光正同陈红梅阿姨的目光碰到一起。母亲似乎还在平静地等待着……

牺牲

陈红梅终于沉稳地开口说："周秉乾同志在二野，随着刘邓大军下了四川。他很好，在部队担任营指导员，他不久就会回来……而周家义同志……却在今年年初，就被敌人残酷地杀害在了雨花台……敌人为了让他交代上下级和地下党的情况，给他灌辣椒水，上老虎凳，施尽了各种酷刑，但周家义同志却坚贞不屈，没有向敌人透露任何有关地下党的情况……大义凛然，宁死不屈……"

陈书记满怀深情而又简明扼要地陈述着，在还没有说完时，其声音已经因为哽咽凝滞了，以至于客厅里的空气也一下子凝住了，仿佛黏稠的、不流动的液体。

多年以后，当我观看了《烈火中永生》等电影，脑海里便时常会有一幕幕的原景重现：老虎桥监狱的审讯室里，一盆炭火里的烙铁已经烧得通红，一大桶辣椒水也已经准备就绪。一条木头长凳，样子古怪狰狞，一头竖直安装着一根木桩，木桩与长凳的夹角呈垂直90度，上面血迹斑斑，监狱里的人称它为"老虎凳"。

父亲戴着手铐，被两个特务押了进来。审讯随即开始。

一个长着蒜头鼻子、满脸横肉的特务头子，操着浙江奉化的口音，一副公鸭嗓子，拿腔拿调地说："娘希匹！你为'共党'做事的情况，我们已经清楚了。但我们却搞不懂，你究竟是不是'共党'分子？"

父亲平静地回答说："我说不是呢，你们不信；我说是呢，我自己不信。那你们究竟要我说是，还是不是呢？"

特务头子说："我看你是不见棺材不落泪！你知道，此地是啥地方？"父亲轻蔑地说："我当然知道，但我不知道你们为什么将我抓到此地？"

"娘希匹！你背叛党国，为共产党办事。自己触了霉头！"

"我从来凭良心办事，绝不做背叛民主、背叛民族、背叛民生之事。"

"上峰对你背叛党国、出卖情报的事，极为震怒，你快点把你送出的情报、你的联系办法、你的同伙、你的上级，统统交代出来，否则，这些刑具都不是吃素的。"

　　"我不是共产党，也没有什么上级、什么同伙。对你们这种乱抓人、设私刑堂的法西斯做法，我没有什么可以说的。"

　　"蒜头鼻子"挥挥手，上来两个光膀子的打手。他们将父亲的衣服扒光、脱去了鞋袜，并将其上身牢牢捆绑在老虎凳的木桩上，双臂也被绑缚在木桩的横杠上，双手腕处被皮带固定在横杠顶端，十字架的交叉上端位置正好对准父亲的脖子，这会儿一条绳索也缠绕勒住了脖子。老虎凳上附带的皮套，也捆绑固定住了父亲的下身和大腿。但父亲始终面无惧色。

　　鞭子开始一下一下抽打在父亲的身上，一道一道血红的印子立刻布满了胸脯。父亲虽然动弹不得，但他却发出了愤怒的吼声："这就是独裁！这就是暴力！这就是对民主的镇压！你们打吧，让我看看你们最后的疯狂！法西斯的末日……"

　　父亲觉得，只有拼尽全力地申斥这些刽子手，才可以稍稍转移身体上的剧痛。

　　拷问在继续，刑罚不断加重。两个施刑的打手，强行将辣椒水灌进了父亲的口里，父亲被呛得剧烈咳嗽，喷出来再灌，灌进去再喷，就在鼓胀的胸腔要爆裂的瞬间，打手的棍子击中了父亲的肚腹，一腔鲜血和着辣椒水喷涌而出，父亲立刻昏死了过去。疲惫不堪的打手只是休息了片刻，就用冷水泼醒了父亲。

　　"娘希匹！现在你可以告诉我，你的上级交给你的任务和联络人了吧？""蒜头鼻子"凑上去，一副得意的样子。

　　父亲用微弱的声音挣扎着说："你们下手这么狠，还有没有人性？"

　　"什么人性？我们只知道你通共，要么老实交代，要么扒你一层皮！"

　　"你们无缘无故打死我，草菅人命，就不怕'失民心者失天下'遭到报应？黑暗终将过去，天亮在即。你们将受到审判！甚至偿命！"

　　打手一时惶恐，犹豫了。

　　父亲虽然被他们绑缚住，动弹不得，但他的慷慨陈词，却对敌人形成了打击。

　　"呸！天就要亮了，我看你们这帮魔鬼还能横行几日！"在父亲啐了"蒜头鼻子"一脸鲜血后，敌人开始了最疯狂的报复。

敌人使出王牌——给父亲上老虎凳。他们一下就在父亲脚下垫了两块砖头，还用木棍夹住膝盖和小腿，使父亲的腿挺得笔直，甚至从膝盖向上翻了。父亲紧咬牙关，嘴角有血水不停地往下淌。

　　"还不说就给我往死里整！""蒜头鼻子"歇斯底里地咆哮着。

　　打手继续在父亲脚下垫上砖头，使得双腿继续绷直抬高，随着脚下垫的砖头数量的增加，父亲的双腿越来越疼痛。由于大腿被固定于长凳，作用力完全施加在膝盖关节，这种骨断筋裂的极大痛苦，令父亲大汗淋漓，汗水和着血水，从身上淌下来，打湿了地面。父亲依旧咬紧牙关。这时，打手故意停下来，以延长疼痛折磨的时间。但父亲对他们的威吓和诱供，依旧不理不睬。

　　又过了一会儿，两个打手将父亲的双脚死命抬起，随着膝盖骨断裂的声音和父亲的一声惨叫，两个打手往父亲脚下，垫进去第五块砖头，"蒜头鼻子"估摸在这种受刑者达到人体极限的情况下，父亲会屈打成招。但他完全错了！父亲在咬碎了牙齿，咬烂了嘴唇后，再次昏厥过去，没有吐露任何在"蒜头鼻子"看来有用的信息。

　　如果说老虎桥监狱的镣铐、绳索和铁窗，剥夺了父亲的自由，那么，他们在给父亲上老虎凳的时候，连挣扎的权利也剥夺了。他们给父亲上老虎凳，已经并不仅是为了获取口供，而更多的是为了发泄法西斯的残暴，一种末日将临时的歇斯底里的疯狂。但父亲仍能够挺过这种老虎凳的刑罚，绝不出卖中共地下党的秘密。不是说父亲不怕老虎凳，不知道痛，而是他在常人无法承受的痛苦中，仍然能够保持气节。其实，当父亲从老虎凳上被放下来时，膝关节不仅断裂了，而且僵直不能弯曲了，他是被两个打手拖回牢房的……

　　陈红梅还告诉母亲，从后来缴获的敌伪档案中得悉，敌人在逮捕了父亲之后，虽然对他用尽了酷刑，却是一无所获。保密局上层曾打算拘押母亲作为诱降的筹码，后考虑父亲意志坚决，难以撼动，再加上教会等各方面人士施加压力，才勉强放弃。父亲完全称得上是用特殊材料制成的人，他的意志是钢铁铸就的。他虽然还不是共产党员，但他具有与岳飞、文天祥等民族英雄一样的骨气。周家义同志，不仅为解放南京立了功，而且因为他提供的材料，新中国成立后成立的军管会才可以最快的速度清除国民党逃跑前安插下来的潜伏下来的特务。对新中国成立后的恢复重建、安民稳市工作，意义尤其重大。党组织将永远缅怀周家义同志。

我、大姐和母亲，虽然没有亲眼看到父亲受刑的情况，但仅从陈红梅阿姨那里听来的只言片语，就已经让我们肝肠寸断、心如刀割。

陈红梅还心痛地说，地下党组织曾设法营救父亲，却因为出卖他的叛徒同时也出卖了其他一些地下党的同志，甚至牵连到特委的其他领导，对党组织造成很大威胁，经南方局主要负责同志批准，地下党部分同志紧急渡江转移。再加上老虎桥监狱加强了警卫，戒备森严，使地下党一时也不能插手。后来，解放军便发起了渡江战役，国民党政府眼见大势已去，一方面加快了逃跑，另一方面秘密处决了许多中共地下党员。其中，就有周家义同志。缴获的敌伪档案显示，这帮没有人性的国民党特务，是在夜深人静之后，于拘押父亲的牢房中将其秘密枪杀的。翌日，才将其尸骨弃埋于雨花台的黄土岗之上。

陈红梅阿姨带来的消息犹如晴天霹雳，击垮了母亲的心理防线，使她一连几天欲哭无泪，卧病在床。陈红梅当即特批，让昭信表姐放下手中的一切工作，亲自服侍照顾姑妈，直到她康复为止。

第二年清明时节，冒着纷纷的细雨，我和大姐便一左一右地搀扶着母亲，来到雨花台上，以悼念长眠在此的被国民党枪杀的父亲。本以为这里还只是个埋人的乱坟岗，我们根本就找不到父亲的踪迹。却不承想，这里已经修葺起了许多简易的用砖砌的小坟包，每个坟包前都有一方墓碑，镌刻着逝者的姓名。他们静卧在苍松翠柏之间，虽简陋，却也安宁。

清明时节，雨水丰沛，草长绿茵，微风吹过，摇曳不定。我们挨个在墓碑上寻找着父亲的姓名。终究还是我眼尖，远远地看见了一块碑上刻着"革命烈士周家义之墓"的字样，赶忙喊过母亲，说："爸爸一定就长眠于此，这墓碑一定是陈红梅阿姨她们立的！你们看，坟上培过新土，这里还有鲜花，一定是叔叔阿姨来瞻仰祭奠时摆放的。"

大姐扶着母亲走到跟前站住，母亲欣慰地说："是的，他们和我们一样，都没有忘记家义。"说着，两行眼泪夺眶而出。

接下来，我看见母亲自言自语地与父亲说了许多话，且告诉他，天已经完全亮了，国民党、老蒋已经逃到台湾去了……

后来，母亲还将父亲生前喜欢的诗文拿出来，诵读了几篇。

我虽然不能理解那些诗文的含义，但从母亲那好听且抑扬顿挫的声音里，我想起了父亲的许多往事，还有《红楼梦》和通灵宝玉。由此，让我也留意起雨花台上那些圆圆的雨花石。我随便从地下刨出一枚雨花石，用手绢擦去石上新鲜的泥土，看它竟呈现出了五彩斑斓的颜色，其中的数点鲜红特别显眼。我问母亲这是何故，母亲说："那一定是牺牲在这里的人或是你爸爸，他们用鲜血将其染红的，你就将它收起来，做个纪念吧。"于是，我便放了数枚鲜红印记的雨花石在胸前的兜里。

眼前起伏的山峦，苍翠欲滴；耳畔松涛阵阵，细雨淅沥。我仿佛听到从大地深处传来父亲爽朗的笑声。

新中国成立后，恢复的民盟组织还专门召开了一个追思会，我作为家属代表得以参会。在会上，我听一位叔叔回忆父亲的一些往事，才知道了真相。

烈士陵园

自此之后，大姐与我两姐弟反而相处得更加融洽，我们也更爱护弟弟秉辰，有空三个人总是一起出去玩。虽然大姐督促两个弟弟念书做功课不像以前那样凶了，但我和秉辰两兄弟反而更用功了。每当伟伟、力力、兰兰、阿贻、阿燕来玩，大姐也像亲姐似的疼爱大家，且尤其喜欢阿燕，常买兰花豆、葵花子给她吃。

显然，王志文和昭信表姐已经成了新政府里的骨干力量，在这百废待兴的时期，自然是忙得焦头烂额。除了偶尔来周家转转，传达一些新政府的新做法之外，他们几乎到了以机关为家、以家为旅馆的地步。

那个第一次到周家来看望的军人项叔叔，后来又来过一次，他好像是军管会里面一个不大不小的负责人。新中国成立初期不兴叫官，称官为负责人或干部，官方叫公家。事实上军管会里的官与兵，我只能从年龄上或军装上大致分得出，年龄大的是官，反之则是兵，四个口袋的是官，两个口袋的则是兵。至于刚成立的各级政府里的干部，几乎清一色地穿蓝和银灰色的制服，连男女都难分清。所以李清泉戏称共产党的干部都是一个庙堂里出来的菩萨。袋袋里挖不出一块大洋来，除了闹革命，打倒反动派，老婆不知到哪里去娶，儿子生下来不知吃点啥，所以他说，难怪国民党要失败，共产党原来都是一些不食人间烟火的神仙。

自从项叔叔说过要修建烈士陵园之后，母亲没有再向公家提此事。她认为凡是共产党人承诺的事，必定是和家义一样的，说到做到。她的原话是，既然人家主动提出修建烈士陵园，必定言而有信，只要拭目以待即可。

过了三个多月不见动静，母亲便有点急，托王志文捎信给项同志，能不能在重新入殓时见一见父亲的遗物。回答是可以！不久，项同志在王志文的陪同下又一次来到周家，声称烈士陵园快建好了，请母亲放心。母亲说："项同志的心真细。

没想到做事这般体贴入微。"

在此之前，秉乾大哥业已托人往家里捎了口信。他告诉母亲，他在浙江山区参加剿匪，工作和战斗任务非常繁忙，一旦任务完成他就回家探亲。母亲亲笔写信，让带话的人转交给他，信中说，父亲长眠处的烈士陵园快修好了，要他必须回来看看。那年月，浙东山区尚无法通信，连捎口信来亦颇为困难，用"烽火连三月，家书抵万金"来形容其珍贵，也绝不为过。所以，母亲直到从来人处得到大哥的消息，方确认儿子秉乾尚活着，且还继续着丈夫未竟的事业，战斗在消灭反动派的战场上。一方面，她感到安心；另一方面，她又多了一个心病，那就是盼着儿子秉乾平安归来！因为她知道子弹不长眼睛，不论好人坏人，打仗就会死人。她不想刚得到丈夫牺牲的消息，自己的儿子又有个三长两短。所以，母亲的这个心病被大姐定义为"望子平安症"，只要隔一个月听不到儿子秉乾的消息，就会焦急万分，心口绞痛加剧。

1950年的国庆节来临之际，周家终于接到了正式通知：革命烈士周家义的墓，已经正式迁入刚修建好的雨花台烈士陵园。

秋高气爽时节，南京城草木繁盛，桂花飘香。下午放学后，三角草地自然成了孩子的欢乐世界。我、秉辰等一帮小伙伴，总要去那里踢皮球。大家把书包在青草地上堆成两摞，便是球门。我们这些小学生，新中国成立后都入了少先队，每人都有一条鲜艳的红领巾。一队球员红领巾系在领口不变，另一队则将红领巾缠在左臂上，算是区分对阵的两支球队的标志。大家也没啥规矩，一窝蜂地喊着、踢着、推着、搡着，还使着绊儿，什么小孩的无赖动作都耍，可是大家都玩得非常尽兴。

正踢得欢，当我快冲到"球门"前时，忽然瞥见大姐立在草地边上看着我们踢球，她的身旁还站着一个英俊的军人。我只觉得心头猛地一颤，定眼一瞧，原来是秉乾大哥。天空、草地、树林和河湾顿时变得鲜亮起来，又像是久旱的秧苗，一下子迎来了一场久违的春雨。我高兴得一蹦三尺高。

"秉坤！"大哥在呼唤，显然也看见了我。我回转身大喊："弟弟，秉辰，大哥回来了！"那周秉辰听见招呼，也朝大哥奔去。

跑到跟前，我才发现，大哥那张原来白净的脸，已然晒成了古铜色，鼻翼以下的胡茬部分还泛着铁青的颜色。如果乍一看，真还有点认不出来了。加上他穿着一身土黄色的军装，身上散发出浓烈的烟草味，我便想，大哥这两年在外面闯荡，一定是风餐露宿、饱经风霜的。

大哥也迎了过来，一把抱起我，拍拍我的脑袋，说："大弟，你怎么还是这么瘦，像个猴精。"接着转身再抱起秉辰，带着我们旋了两圈才放下。这举动由于太像父亲所为，竟一下勾起我对父亲的思念，恍如一家人又聚到了一起。

我后来才知道，原来大哥下午两点来钟就到家了。他先是和母亲叙谈了很久。待大姐从汇文女中放学回来后，她便领着大哥寻到三角草地来了。她对大哥说："弟弟秉坤、秉辰都长大了，放学后定在三角草地上与同学一起玩，天不擦黑不会归家的！"

晚餐很丰盛。舅舅和舅妈来了，昭信表姐和王志文也来了。母亲特地下厨，亲手做了她最拿手的那道家乡菜——西湖醋鱼。

久别后的阖家团聚，每个人都有一肚子话要说，所以，当母亲向大家推荐自己的手艺时，只有大哥赞叹着说："母亲做的西湖醋鱼还是那么正宗，酸甜鲜嫩，吃到嘴里，打三巴掌也舍不得丢呢！"

而我似乎已经忽略了菜的酸甜苦辣各种滋味，迫不及待地向大哥提出了质疑，问道："这么长时间，你为什么不给家里来信，让母亲牵挂得日日以泪洗面？"

也许是我的提问过于尖锐；也许是问题中包含了太多的责备意思，让人难以作答，反正大哥是放下筷子，经过短暂的思索之后，才严肃地回答道："我离开家以后，在紫金山脚下与爸爸分手。而后到江边的燕子矶，与两个等在那里的叔叔，坐上小舢板到江心的八卦洲，再由八卦洲渡到江北，我始终都没有再见到爸爸，只好跟着那两个叔叔去了解放军部队。起先是在部队住了一段时间，后来部队首长看我文化程度较高，便让我参与部队的扫盲工作，给大兵上文化课，说一旦解放了，他们就要参与新中国的建设，没文化绝对不行。可是不久，那两个带我来的叔叔，就给我带来了不好的消息，说是父亲在和我分手后，就被国民党的特务逮捕了。我当时急着就要去和国民党拼命。那两个叔叔说，我可以跟他们一起去救爸爸。至于其他方面，也都在做努力，南京城里的地下党也在想办法。我一想到爸爸是为了掩护我，才落入了敌人的魔爪，就坚决要求参加战斗。部队首长考虑我救人的急迫心情，将我编入了 67 师 200 团的炮兵营。"

大哥的话说完了。我发现母亲反倒显得平静而沉默。我本以为，母亲是最需要答案的人，听到大哥的回答会很激动，谁知她表现得反倒很矜持，甚至只字不提父亲的事。饭桌上一时无语，除了压抑，还是压抑。舅舅为了缓和气氛，竟故作轻松地说："现时解放了，秉乾历经磨难，终于平安回来了，连中央银行也已经被全面接管。成立不久的中国人民银行江苏省分行起用了我，我还做着与先前类似的工作，所以连你们的舅妈最近心情都颇佳，我们就为这也要干一杯的。大家一起来吧。"于是在母亲的附和下，大家都特地站起来把酒喝了。

大家酒酣耳热之后，舅舅的话匣子再次打开，他又端起酒杯，说："秉乾当了解放军，我女儿昭信又是共产党员，我算是真服了，气量大莱斯。我现在仍旧是高级职员。说句不上台面的话，我真有'从糠箩里跳到米箩里'的感觉，像我这种享过清福的人，真要叫我跑到香港给洋老板打工，'从米箩里跳到糠箩里'过苦日子，小公寓住住，皮蛋粥喝喝，这种日脚勿说是过，就是听听都晕。我一辈子勿曾吃过苦，好日脚过惯了。现在好了，跟上共产党依旧享福。其实，我当时就觉得'刮民党'刮完银钱刮黄金，是不得长久的！"舅舅边说，边朝王志文看过去。

秉乾大哥听了舅舅的话，爽朗地笑笑说："生姜还是老的辣，舅舅不愧是老江湖，门槛精，眼光亮，对共产党多年来搞的统战工作熟谙于心。舅舅，我听妈妈说，前些时你老还是唉声叹气的，忐忑不安的很，现在您老人家该可以安心过日子了吧？"

"是啊！我是晓得蒋光头卷跑黄金到香港内幕的，哪能不唉声叹气的？我又是把这个内幕透露出去的，我知道蒋光头让保密局的特务限期破案，我哪能不忐忑不安？那段时间日脚真勿好过呢！"舅舅说，"我扪心自问没有对不起老百姓，更没有得罪过共产党，所以我是没有必要走的。"舅舅端起杯子，一饮而尽，继续说："前年时，我就在行里听说，蒋大公子跑到上海，掌控各大银行，强行用金圆券收购黄金，而后偷偷押送到台湾，我们两三个知内情、有良心的职员，当然就要揭发他，要将此搜刮民脂民膏的劣迹公之于众，于是就把情况秘密交给了地下党。事情曝光后，蒋家声名狼藉。蒋大公子暴跳如雷，对我们几个知情人死查到底，若不是黄襄理硬邦邦的正义感，一人做事一人担，把我撇清了关系，我现在恐怕连骨头都喂了狗了！"

听舅舅说得如此热闹，秉乾不由得插嘴问道："那个黄襄理今在何处？你们也算得上是生死之交，总该好生酬谢人家才是。"

舅舅闻言，却是摇头叹息道："说来真是可惜呢！那黄襄理一不为名，二不为利，三不为自己，就为了那做人的道理：行得端，做得正，讲诚信！就被蒋大公子套上'共产党'的帽子，让人罩上麻袋、捆上石块，丢到江里面淹死了。由此搞得银行上下皆是人心惶惶，你说这种日脚还有啥过头？还是解放了好。行里的上司、干部，连香烟都勿吃，自己卷那种啥喇叭腔的土烟吃。侬要请他吃顿饭，更是勿要吃，把银行里面老百姓的血汗钱管得一清二楚。这种土里土气的干部，老百姓欢迎得很，两只眼乌子认人不认钱，清清爽爽地分得清好赖，共产党的上司，也清廉得很，真是应了'得民心者得天下'这句话，我料定共产党的天下坐得稳呢！今天大家团聚恍若做梦，我很开心。只是……"舅舅停了停，再喝了一杯酒，"只是，今日露华和思杰不在，到底也是亲骨肉，难舍难分啊！"

母亲跟着也长长地叹了一口气。

"噢，说到姨妈我倒忘记讲了。"大哥说，"年前冬天，我被组织安排去了趟大别山，走得急，连随身换洗的衣服都没带。组织上指示我到芜湖找交通员，我找了两天没找到。钱也用光了，心里很慌。只好硬着头皮去找姨妈。我知道谭思杰的部队驻在芜湖江对面的裕溪口。我去了，姨妈和谭思杰热忱地接待我。住了一天，临走还给我二十块大头！"

"哎呀，大哥，你胆真大。谭思杰没抓你？"大姐问。

"抓我干吗？他们也不知道我参加了解放军。我穿着便服，只说是来玩的。姨妈还问我你们的情况，我说都好。谭思杰又问了几句袁太太的情况。他很消沉，显然已知道，解放军即将展开渡江战役。见我来了，反倒很高兴，陪我喝酒，说是有机会很想回南京过安稳日子！"

"乾儿！"母亲说，"你看他们会怎样？"

"不妙。桂系的部队，本身战斗力就不强，到了湘桂边境，更是'四面楚歌'，不战自溃了！"

"唉，打仗……"母亲向大家环视一眼，"我这辈子就没有过过一天和平日子，南边打完，北边打，日本人打完，国民党又打。一直听说的总是打仗的消息、死人的消息，没完没了。悬着一颗心，提着一个头在过日子！"

大哥赶忙替母亲满斟一杯绍兴花雕，如孩子似的亲切地说："好妈妈，如今新中国成立了，我们日思夜想的和平年月也就来到了，爸爸等无数牺牲的先烈，抛头颅洒热血，就是为了这一天的早日到来！儿子要代父亲敬您一杯酒。祝母亲大人从此平平安安，长命百岁！"

母亲眯缝着眼打量着儿子秉乾，微笑道，"小孩子就像青青的小树，说长就长大了。你们看，连秉乾也长了一脸胡茬子，刮起来也是青板板的，跟……跟他舅舅一样一样咯！"

舅舅乘势说："外甥像娘舅嘛。这个是天经地义的！"

"家兴哥！"母亲盯着舅舅的眼睛说，"家义在天堂会保佑我们吗？"

"看侬，还像小辰光时，想问题怪里怪气的……不过……还是怪气点好！"舅舅微笑着，别过脸，顺势用手背揉揉眼睛。

"妈妈，"大哥托着母亲的一只胳膊说，"没有千千万万先烈的牺牲就没有新中国。以后的日子一定会欣欣向荣，一天比一天好。爸爸的在天之灵会保佑您幸福地安度晚年。有毛主席和共产党领导，老百姓的力量就大无边。老蒋已经躲到台湾岛上去了，绝不可能再让他翻天了！"

"是格，"母亲说，"你爸爸以前也说过，'新中国成立起来，老百姓日子就好起来'这样的话。我一辈子都咬紧牙关过来了。你放心，妈还要看着你们一天天长大，把这个国家建设好，什么困难都不会让妈愁煞，也不会将妈打垮！"

舅舅瞥了舅妈一眼，舅妈会心地点点头，立刻把酒杯推到母亲面前："晓珍，来，我们姊妹难得热乐，干一杯！"两个杯子碰得叮当响，但各自却只是抿了一小口。舅妈搁下杯子，又满脸堆笑道："秉乾，侬啥辰光走？"大哥说："过了国庆节就走！"舅妈说："噢，那太好了，可以吃到昭信和志文的婚庆喜酒了！"大哥说："舅妈，昭信和志文已经跟我讲过了，所以我才多待几天的。"

舅妈又说："晓珍，秉乾有合适的姑娘也该成家了！"母亲欣慰地说："秉乾现在是革命的人了，看他自己怎么办吧！"昭信表姐说："表哥，看样子你要带一位苏杭的嫂子回来！""嗯！有这个可能！"大哥与昭信表姐的目光交织在一起，仅仅一刹那，又很快避开了。

凭吊

　　我听母亲说坐马车轻松，可以看看街景，所以谢绝了项同志派汽车的安排。清早，舅舅雇来了两辆马车在门口等着，母亲吩咐刘妈叫车老板进来吃早饭，两个车老板说吃过早饭了，刘妈拿出两条大前门香烟给两个车老板，关照道："慢点，我家太太怕颠簸！"车老板应道："太太放心，上雨花台的路我们熟得很！"舅妈说："晓珍，车钱付过了，还给什么烟，这等下人无底洞，再多也不嫌够的！"昭信表姐说："姑妈从来心好！"刘妈嘻嘻地嘟囔道："车老板喊我太太哩，乖乖隆地咚。"

　　两家共十口人，分乘两辆马车，上雨花台凭吊父亲。因王志文事先去过，便默然地坐在第一辆车的车老板身旁，算是领路。那座儿高高的，居高临下很气派，于是，我便争坐到第二辆车的高座儿上。刘妈训我："逞什么能，今儿个什么日子？"大姐也朝我斜眼。我只好收敛一下野心，乖乖地坐到后面去。弟弟秉辰嚷嚷着："妈妈，看过爸爸后去圣保罗教堂吗？"母亲鼻子一抽："别搅了，辰儿！"大哥搂过弟弟秉辰说："回来时去，噢，别闹了！"车老板长鞭当空一甩，马铃叮当当悦耳地作响，马车摇摇晃晃就启动了。秋风吹来，自脸颊滑爽而过，母亲的鬓丝随之飘荡起来。

　　马车在通往梅岭岗的山道上停下，大家下车，抬眼望，满眼秋色，令人想起"秋水迢迢诗思清，秋阳呆呆道心明"两句诗。解放虽然仅一年多时间，但为了永远铭记为新中国成立而抛洒热血的无数先烈，国家已经修建了许多烈士陵园，北京也为修建"人民英雄纪念碑"奠了基。

　　雨花台烈士陵园虽然还是初建，但已经披上了绿装，苍松翠柏，草木蓊郁，掩住了雨花台昔日的荒寂。山脊、坡岗和青黛的洼地里修起了不少花岗岩的墓包，已见不到没有收殓的白骨和停厝在野草丛中的棺木。

岗上掠过的风比城里的更凉，在耳窝里嗡嗡作响，钻入领口，侵入颈肌椎骨。深青杂芜的草丛中，东一簇西一簇生长着许多野菊花，金黄色的花瓣在秋阳下自由地摇曳，娇小的花瓣显得那么玲珑惹眼。凑近细瞧，那枝叶已显枯颓像，但仍旧叫人想起黄巢的诗："待到秋来九月八，我花开后百花杀。冲天香阵透长安，满城尽带黄金甲。"

王志文领着两大家人，向右拐进两岗之间的山坳。青草更深，单布鞋和裤脚早已尽湿。我还闻到了一股强烈的青草汁液和新鲜黄土混合而成的清香。我不由自主地打了一个寒噤，心头好一阵悸动震颤。"清明时节雨纷纷，路上行人欲断魂"的感觉随之袭来，叫我真有点不明白，明明已过中秋，何来清明之说？我这种小孩特有的古怪的恐惧心理，怕是早在父亲出走那年就已经种下了。都说知父莫如子！这便可以解释，那时的我，为什么既喜欢和小伙伴在三角草地上嬉戏，又酷爱孤独地待在三角草地边，眺望河湾和彼岸的石板路发呆。

山径越来越模糊，终于消失。繁杂的蕨丛间我看见有几座花岗岩新砌的坟冢。王志文指着左面的一座坟，对母亲说："那就是！"母亲"嗯"了一声，便领众人来到坟前，肃立默哀。母亲只轻轻地对着墓碑说："家义，大家今天都来看你，我知道你很高兴，因为你总是喜欢热热闹闹的。明年的清明节，我们一定还来看你，你尽管放心。"没有悲痛欲绝，没有过分失态，唯有两行清泪，淋湿了地上的颗颗雨花石。面前的墓碑，只有弟弟秉辰那么高，镌着阴刻的黑字——周家义烈士之墓，落款为"中国人民解放军南京市军事管制委员会"。

昭信表姐和大姐搀扶着母亲，她们怕母亲昏厥，母亲有心痛昏厥的病症，可这一次却意外地没有犯病。倒是刘妈忍不住，蹲在墓侧的野菊丛中，抱头穷号，叽里咕噜地喊道："先生啊！先生！"大哥好不容易劝住她。临了，刘妈还冲我和秉辰喊："你们，再给你爹跪下，叩三个响头！"我和弟弟秉辰不知所措，赶忙跪下。刘妈从包里抽出一叠纸钱点火燃着，又拿出三条长纤纤的白纸带，用树枝缠着插在坟边的黄土中。风作兴，纸灰飞扬如朵朵黑花洒向大地，那三条白纸带，恍若飘扬的旌旗，挺拔潇洒。

母亲无可奈何地跟刘妈商量："刘妈把带子拔掉好吗？"刘妈用手背抹抹鼻

子，倔强地盯着猎猎作响的旌绦："不，让先生走得漂亮些！"大哥劝母亲："她是信这个的，随她去吧！"母亲从胸前摘下十字架耶稣受难章，搁在碑前，虔诚地在胸前画了一个十字，便转身下山了。刘妈喃喃地说："太太真硬气哩。"舅舅和舅妈跟上来，两位老人还在无声地拭泪饮泣。

秉乾大哥突然驻步转身，凝望白光熠熠的那几座新墓，我和弟弟秉辰紧偎着大哥，就觉着山野格外肃穆广袤。无意中，我触到大哥腰间有个硬邦邦的家伙，便问："是手枪？"大哥推开我的手说："这可不是你调皮的东西。"弟弟秉辰却说："大哥，给我摸摸好吗？"大哥说："小孩子不该玩这东西。等你长大了总会使到枪的！"

弟弟秉辰小嘴一噘："等到当兵，那还要多少年？"转头又问："这枪打过坏蛋吗？"大哥转身步入下山的小径，边走边说："当然打过坏蛋，靠得最近，就是在浙东剿匪的战斗中！"弟弟秉辰眼睛一眨一眨，呆望着自己的那双稚嫩的小手。"秉辰，你呆愣着干吗？"大哥问。"要……要是我这双手能使枪，我一定……要把出卖爸爸、杀死爸爸的坏蛋打死！"弟弟秉辰结结巴巴地说。他的话其实一大半是受了我的影响，因为我经常跟他讲，希望自己早点长大，亲手抓住那个出卖爸爸的叛徒，为爸爸报仇！

大哥赞许地把弟弟秉辰扛在肩上，往山岗下走去，我听见他背上负重后的沉重脚步声，在山岗间发出回响。回身望去，远处山峦跌宕，近处丘陵起伏，苍松翠柏衬托下属于爸爸的坟茔、墓碑在视线里越来越小，周围的野菊花却越来越黄。我在一刹那，突然感到自己被周围高高低低的丘陵间浮现出的幽静而悲壮的气氛包围，便也局促惶惑起来，脚步也像大哥的一般沉重。我暗地里思忖：这弯弯的山径，当年爸爸慷慨赴死走过时，一定会想到自己和弟弟秉辰，想到妈妈、大姐和刘妈，想到这最后时刻与亲人的诀别，想到有许多的话要对我们儿女嘱咐。那时他的心情，是痛苦还是思念，抑或是比痛苦和思念更难以排遣的哀恸？

我的心头又是一阵悸动，不由得放慢了脚步，似乎在等待什么。渐渐地，好像看见从那跌宕的远山和起伏的丘陵间，从那遍野的蕨丛中升起一片庄严的云岚，托着父亲慢慢飘起，接近青天的雾霭。我突然觉得，那些逝去的人，也像被厚云托起的星星，在晴朗的天气想念他们的时候，他们便会在你脑海闪现，或是一次次走进你的心里。他们与自己也许阴阳两隔，也许仍旧生活在同一个世界，只不过自己多在白天行走，而他们喜欢在夜晚穿行。

山径终于走到尽头。车老板心好，已把马车赶进山坳，再掉过头来。妈妈和舅舅他们已坐在车上等着我们兄弟。细瞧，此处山道两旁竟也是野菊的世界。大哥弯腰采撷着，我和弟弟秉辰也都采摘了不少，大哥掐了几根常青藤的枝条，把花扎成一束捧给母亲，说："妈妈，我们家的那对花瓶可以派上用场了。"

"秉乾……你还记得？"舅舅代母亲问。

"记得，古色古香、精致典雅的花瓶！"秉乾大哥似乎是毫不在意地脱口而出。

马车驶过内桥，往东拐进了白下路口，再向北经过华丽的中南银行，没一会儿就到了圣保罗教堂。钟楼上攀满常青藤，叶儿深青色恍如鳞片。钟楼下沿蒙着幽绿的青苔。过去他们总在八点以前到达教堂，这样便可以听到敲钟的声音，嗡嗡的，几里之外都能感到它悦耳的鸣响。每当人们听到这钟声，都会从肃穆中感到安定、愉悦。

敲钟的是个印度老人，穿着宽大的白袍，头上缠着紫红色头巾，人们叫他"红头阿三"。他满脸长着白胡子，挺喜欢小孩，曾经亲过我和弟弟秉辰。

曾有一次，父亲带我们来做礼拜，弟弟秉辰嚷着要上钟楼玩。印度老人大约听懂了中国话，便用洋泾浜对父亲说："先生，请带孩子上钟楼玩吧。我来引路！"于是父亲扛着秉辰，印度老人挽着我上到钟楼顶层。鸽子在悬钟周围一会儿飞进来，一会儿又飞出去。我们从拱门里向草坪上的母亲招手、欢呼。秉辰还搂着印度老人乱喊："老伯伯！"印度老人激动得直讲："孩子，太好了！"

走进教堂大门，我一眼看见印度老人还在修剪冬青丛。就跑过去问他："老伯伯，你还记得我吗？"老人沉默地看着我。我又说："你挽我上过钟楼。你说过'孩子，太好了！'。"老人脸上瘦干干的肌肉搐动几下，低声哽咽地说："噢，那个孩子，记得，你爸爸来了吗？他是个好人，每次来都给我钱！"我一时语塞地转身跑开了。

不知啥缘故，教堂里很冷清，只听见阵阵飘荡的钢琴声。母亲款步走到拱形落地窗前窥视了一会儿。一个戴金丝眼镜的老太太坐在布道台旁边弹着钢琴，曲子我也很熟悉，就是那首赞美歌："平安夜，圣善夜，万暗中，光华射，照着圣母，也照着圣婴。多少慈祥也多少天真。静享天赐安眠。"

我终于认出了弹钢琴的老太太，原来是她，依旧是那身黑色旗袍，胸前别着十字架徽章，铜质的，仍旧和母亲的那枚一样。她见有人隔窗窥望，便走过来，和蔼地问母亲："太太，您是来听经的吧？"

"是的！"母亲回答。

老太太苍白的脸上，立刻绽放出异样的光彩，但当她的眼光落在穿军装的大哥身上，立刻就恢复了她原来肃穆的神情，望着我们这群人，耸耸肩，遗憾地说："太太，真对不起，教经活动暂时还没有恢复，请再等些时间！"

"谢谢您的关照！"母亲向老太太鞠了一躬，便领着大家走开了。

母亲对舅舅说："多清秀的老太太！老了都勿显老！"

舅舅说："岁月不饶人，只有我们这些俗人，才像竹笋疯长那样，说老就老去了。"

印度老人仍在修剪冬青，他目送大家走出教堂，此时已是中午。我望着钟楼上，那沐浴在秋阳里的、鳞光波动的长青藤的叶片，暗想：圣保罗教堂就像一块净土，同样经历了战争却依旧圣洁而可爱。

舅舅说："秉乾，夜里厢吃大闸蟹，欢喜哈？"大哥说："好东西，两年了，连小蟛蜞也没尝过！"

忽然间，戴黑色旧礼帽的车老板引起了我的反感，就因为他跟来抄家的特务的装束一模一样。虽然我知道车老板绝不会是特务，但条件反射依旧让我觉得他不是好东西。查叛徒、抓坏蛋的思想，从那次与军管会的项叔叔对话后，就牢牢地扎根在了我的心里。

大哥每天起得早，天刚蒙蒙亮便会到三角草地去转悠。我和弟弟秉辰，也睡眼惺忪地爬起来，偏要跟着一道去。到了地方才知道，大哥仅是为了锻炼身体，先是做几节广播操，伸伸臂，弯弯腰，踢踢腿，躬躬身，说不出的刚健潇洒，惹得我们俩也跟着学。秉辰因为胖，小屁股笨拙地扭动起来，直叫人发笑。

之后，我们从三角草地陡坡上下来，沿着河湾湿漉漉的草径再溜达一圈。大哥边走边吸着烟，还和我、秉辰闲聊。树林、天空、野花、草丛和飞鸟都是大哥的话题。接着，他问我们兄弟俩，可曾记得陈胜吴广农民起义和梁山好汉的故事。

这当然难不倒我，我快速地答道："我不仅知道陈胜、吴广，而且知道他们被秦军打败后，有个更猛的项羽，拔山扛鼎，破釜沉舟，九战九捷，最后彻底打败了秦二世。"

大哥刚想表扬我又读了不少书，却听弟弟秉辰插嘴说："那个项羽的事情，我哥是听军管会来的项叔叔说的。"

大哥便改口说道："项羽是个大英雄，他那个破釜沉舟的拼命精神，在我们解放军部队里很流行呢！我们首长常说，国民党有飞机、大炮，我们只有小米加步枪，所以，不是先有打胜仗的把握，再去拼命冲，而是要先有拼命的士气，一往无前地往上冲，后面才能有必胜的把握！秉坤能听了就记住，也是很好的。"

我听了大哥表扬的话，一时很是得意，就像是与大哥一样，腰里面也别了把小手枪。秉辰却是很知趣地又说："我也将项叔叔的话记住了，将来我也要参加解放军。"大哥和我没想到秉辰会有如此的理想，一时竟都愣住了。

大哥收住脚步，面对波光粼粼的河湾，眯缝着双眼，对岸林子后面缕缕的阳光越来越亮，衍射出璀璨的光彩，似乎在向人们炫示着它的美丽。就连那鸟雀的啁啾、野菊花蕊上露珠的滚动，以及河面上鱼儿跃起时的哗啦声，都让人心旷神怡，新鲜有趣。橘红的太阳已跃上远处的林梢，被霞光染红的云彩便朝河湾滚滚而来，倒映在水面上的光焰融入河湾中逸出的水汽，混沌而透明。大哥继续伫立在河岸。我觉得他抬眼远眺的侧影，像极了父亲，不仅是音容举止，连同身上的气质都宛若一人。

河湾的下游有一个贮木场。河水的腥味和木头的气味混合在一起，闻起来反倒甜蜜、清新，因为我曾用那里的木料制作了几支木头手枪、步枪。如今，一个疯狂的念头时时萦绕着我：在那宽阔的河水的下游，我要拥有一个打造各种武器装备的世界，我要制造精良的武器辎重，如同解放军叔叔那里一样，应有尽有。那里永远没有黑夜，不停地造出各种刀枪剑戟。我用它们和许多小朋友，组成自己的军队，恍若一支武装起来的少先队。我要用这支训练有素的部队，去惩治叛徒，去支援大哥，为爸爸报仇。每当我接近贮木场时，便生发出这种念头。白天这种念头清晰而令人振奋；深夜万籁俱寂时，这个念头朦胧而扰人，又常常进入我美丽模糊的梦境，激动人心。这个经常重复的梦，令我骚动不安。我多么希望，每次醒来，梦与现实生活已经融合在了一起。

正是这种念头驱使我爬上阁楼，在爸爸的遗物中努力追寻叛徒的蛛丝马迹。我还把自己的想法告诉了大哥。大哥的想法却是非常冷静，他对我说："你现在还小，并不了解我们刚刚成立的新中国还是一穷二白，别说是你小孩子制造不了枪炮，就连我们军队里的许多兵工厂，也只能修修补补。还有一个最重要的原因，就是造枪炮需要很多很好的钢铁，而我们国家现在缺的也正是钢铁。你要好好地读书，学好数理化，将来成为一名优秀的钢铁工人，那样就可以为国家做贡献了。"

大哥的话是认真的，他引起了我的沉思，我在思索中，记住了"钢铁"这个响亮的名字，却并不知道，此后这个名字，将决定自己的一生。

婚礼

　　昭信表姐和王志文的婚礼在成贤街沙塘园的一个小礼堂举行。沙塘园是市直机关工作人员的宿舍区，很幽静。母亲带着全家人都去了。

　　名曰婚礼，实际上不过是一个简单的仪式加晚会。由于当时政府工作人员尚实行供给制，所以每人只清茶一杯，抽抽香烟，吃几颗糖果，嗑嗑瓜子。主婚人和证婚人都由有资历的干部担任，他们讲话后，再由新婚夫妇谈恋爱经过，以满足大家的好奇心。王志文倒也爽快，上来就说是自己追求的宋昭信，只是一个回合，昭信表姐就答应了下来，于是就向上级领导提出了申请，经过批准，才履行手续。轮到昭信表姐讲话，她就更爽快了，主动要求给来宾唱歌且张嘴就唱了《南泥湾》《别处哪儿有》两首歌，之后就打算到旁边坐下。谁知，她的歌声技惊四座，赢得了经久不息的掌声，"再来一个！再来一个！"的呼唤声此起彼伏，经久不息。要知道，那可是无伴奏的清唱啊！倒是昭信表姐颇为大方，又一连唱了小二黑结婚中的《清粼粼的水，蓝莹莹的天》和《兄妹开荒》。大家在下面不仅跟着哼，还摇头晃脑，击掌踏足，好不热闹。有几个年轻的男干部，话里话外都说是南京解放后，机关里第一次举行的婚礼，也是大家参加过的最精彩的婚礼。所以，来宾很投入，很动情，很"得意忘形"，甚至不由自主地扭起秧歌，均属情理之中。扭到高潮时，连秉乾大哥和秉悦大姐也上去凑热闹了。到后来我和秉辰见状也凑了上去，引得几个和母亲年龄相仿的首长和老头老太也跟着扭起来。母亲、舅舅、舅妈笑得合不拢嘴。刘妈为参加婚礼，面孔上比平时多搽了两层雪花膏，花手帕一直别在衣襟上，几次跃跃欲试终于不敢，最后只是躲在母亲背后蠢蠢欲动而已。

　　婚礼结束后，大家纷纷拥到洞房，不过是两张小木床拼成一个大床，铺着花垫单。外加一张成色颇旧的写字台和两把椅子。两只皮箱靠在角落里，大约原本是昭信表姐的东西，事后舅舅叹息女婿脾气古怪，说什么："洞房里简陋到如同下人的居室，竟还不肯接受陪嫁。"王志文反而坦然地说："这本是革命机关，东西太多影响必不好，反而是添加累赘。"

说说笑笑一阵，大家终于也散了，王志文和昭信表姐送母亲出来，我走在最后，回头一望，他俩站在一株高大的桂花树下，甜甜地朝大家笑。不知是夜深几许了，桂花反倒透出浓香，令人陶醉。秋凉的夜气，爽爽地拂过脸颊，令我想起一首叫不出名字的歌：风儿刚刚走过来，云儿就要走，有人想拉你的手，对你挽留，天凉好个秋……

秉乾大哥后来又带我和秉辰故地重游，去了父亲曾带我们去过的中山陵、玄武湖、夫子庙等地。由于军务在身，不久他就匆匆赶回部队去了。大哥走时，母亲倒没有怎么太难过，刘妈却着实哭了一场，说："秉乾当官我不会贪图他。我来周家当姨娘，他才有我腰这么高哩，现在远走高飞，怕是几年也难得再见上一面了！"

那天，母亲接到了秉乾大哥的来信，边拆边说："刚走了没多少日子，就来了信，说明乾儿听话了，知道我天天记挂他。"

谁知，展开的信，还没读几行，那弯弯的笑眼，即刻拧成了两撇愁眉。原来，秉乾在信里，将自己入朝参战的情况，向母亲做了老实交代。

周秉悦还用了当时流行的名词：翻身。意在告诉母亲，像周家这样翻身做了革命烈属家庭的人家，生活安定，政治地位提高，还有什么可担忧的。别说是吃上了公家饭，就是门口由南京市人民政府颁发的光荣牌，就值得一家人都无比自豪。那块圆形的，白搪瓷的，上半部印着"光荣人家"字样，中间五角星，星中间印着"军"和"烈"的牌子，常惹得周围邻里驻足观看，啧啧称奇。而且周家的光荣牌还是两块，一块是"军"，一块是"烈"，什么人看了都羡慕不已。政府除了按月派人送抚恤金外，逢年过节还有干部来慰问。连母亲都说："现在过日子不再怕半夜'鬼'敲门。再不用天天提心吊胆，一听到警笛就以为抄家的要上门了！"

刚解放，大家都在忙着收拾，百废待兴，万事待举。生活上难免因陋就简，朴素俭省，但每个人都有一种翻身做了主人的愉悦心情。母亲也宽心多了，每逢星期天，必请舅舅一家来小聚。一是回报他这两年来的关照，二也是热络亲情的需要。虽是极普通的家常菜，大家吃起来仍非常有味。舅舅因在银行里的具体职务还未最后确定，工作亦不太忙，上下班银行里还用专车送他。他不禁感叹道："共产党毕竟厚道！识得我这个金融专家！"

1950年的冬天，天气特别寒冷。可我和弟弟秉辰却是玩得特别开心，我们不但可以尽兴地和月牙湖这里的小孩打雪仗、堆雪人，而且还可以时不时地向小伙伴炫耀自己身上的棉列宁装和头上的棉解放帽。力力眼馋得不得了，就经常向我借帽子戴。我则发明了雪地打仗的新游戏：一边是志愿军，一边是美国兵，武器是竹竿和各种木制刀枪。陈连长送的子弹壳经精心制作，安上木枪柄，成了一把小手枪，我还寻了一块红绸当须子。然后用雪堆成坦克、工事。我和力力一声令下，两边孩子军冲到一起开始打仗，无非是唱"雄赳赳，气昂昂，跨过鸭绿江"，扭在一起打滚、乱叫、翻跟头，玩得高兴时，连本来围观的女娃也参加进来了。由于我心里一直惦记着抓叛徒、抓坏蛋、为爸爸复仇这一档子重要的事情，所以我在游戏中，始终记着大哥教给我的瞄准、射击的要领，处处从实战要求出发，稳、准、狠，一连将力力掀翻了十几次。

有一个礼拜天的晚上，舅舅和我们一家人围坐在火炉边说闲话，袁太太突然来了，她真是个不速之客，算起来，已经人间蒸发了小一年了。新中国成立后，别说来周家，就是在月牙湖她也极少露面。母亲还是客客气气地邀她坐下，相互寒暄。可是袁太太话不多，显得心不在焉。直到舅舅欲起身告辞时，她摽不下去了，方说："宋先生，想请教一件事，不知可不可以？"

"噢，袁太太不用过于客气，都是自家人，有啥客气的。请不妨直说！"舅舅重又坐下。

"银行现在兑黄货吗？"袁太太问罢，脸上一红。

"噢，兑呀！"舅舅说，"收兑黄货的业务刚恢复不久。现在只兑进不兑出！"

"我……想请宋先生帮帮忙，替我兑点现钞！"

"嗯……"舅舅考虑了一下说："我每天上午在行里，你随便哪天上午都可以来找我。要带好户口本，兑价是一比一百万。"

"我想，请你直接带去，帮我兑。"

"噢，这怕是不妥。不是我不帮忙，兑黄货也是要对身份的，请原谅。"舅舅非常客气地笑笑。

"多谢宋先生指教，打扰了！"

袁太太走了之后，母亲说："家兴，你何不直接帮她兑点。也好省她的事。袁太太这人平时就怕办事见生人，也是一个多一事不如少一事的好好太太，她能主动来开口提这事，说明她的日子已经拮据。唉，没想到这么快就见底了！"

"晓珍，你心忒好！"舅舅说，"不错，袁太太孤儿寡母委实可怜，但我若直接帮她兑，倘行里干部问起，不是自找麻烦吗？我过去是襄理，别说几根条子的事，就是上万两黄货，在我手中进进出出亦是常事。我如今连个名分都没有，每日里不过是去行里点卯，听差喝茶看报。更碍于袁太太家是'五类分子'，你想我也是心有余而力不足啊！今非昔比，已乃天壤之别矣！你说她家这么快就见底，我看远非如此，哪个当军官太太的箱底里没有很多'黄鱼'老存货？"

舅舅眼界不错。袁家的日子，其实还是过得去的。伟伟、力力、兰兰照常读书，照旧衣着光鲜样。袁太太阴沉的脸上似乎比以前活了一些。此后，有时也来周家串门了。平心而论，袁太太不但现在为人平和，喜欢小孩，就是过去也很少摆官太太架子。在我的印象中，她算是慈祥的妈妈，跟母亲一样。

鸟雀恋巢，这话一点不假，飞来飞去最终会飞回老地方。1951年的秋天，姨妈宋露华和姨夫谭思杰突然回到了月牙湖。

谭思杰今非昔比。本来就很和善的人，现在显得格外谦恭，完全是一副文弱书生的样子，穿一套浅灰中山装。姨妈的身上也脱去了少奶奶的脂粉气。他们已有了一个儿子，叫谭庆荔，小名白荔。姨夫说姨妈很爱吃荔枝，可当时衡阳战役打得紧，兵荒马乱，到哪去买这宝物？何况荔枝出在两广，谭思杰灵机一动，替刚生下的小天使取名叫谭庆荔。庆是重庆，他们从认识、恋爱到结婚都是在重庆，荔则直接使人想到那肉白汁多、滋补、味甜的果儿。倒也灵验，姨妈成天捧着白胖的小儿子亲，嘴不馋了，烦恼也没了。听了姨夫的叙述，母亲说："思杰真能疼露华，算是挖空心思了！"

姨妈的到来，着实使母亲悲喜交集、感慨万分。

我心里有数，经过父亲去世的打击，国民党特务的两次抄家，老周家人的头脑尤其清醒，对国民党痛恨有加，在大是大非面前决不含糊。平心而论，我并不欢迎姨妈一家的到来。尤其是市面上不断传来的，抓出一伙伙敌特的消息，也使我复仇的心理蠢蠢欲动。我将从阁楼上找到的所有自以为有用的资料，不断与得来的消息反复比对，希望找到与叛徒肖聪明有联系的东西。因为大哥曾告诉我："肖聪明这个出卖父亲的大叛徒，自新中国成立之后就似乎'人间蒸发'了，政府已经悬赏缉拿他，想来，最终一定能找到其下落，将其绳之以法，为父亲报仇雪恨。"

好在姨妈的儿子胖白荔，才两周岁多一点，白胖胖的，不哭不闹，托在怀里，软绵绵的，放在地上，满地爬。不仅母亲非常喜欢，连袁太太也常过来抱他玩，吧嗒吧嗒地亲他的小白脸，并笑嗔道："白荔的妈，老天作美呢，下了一个广西肥狗仔！"母亲接上腔："袁太太你也真不会比。我看小白荔奶糯奶糯的，洋娃娃一个呢。"

白荔给周家增添了欢趣，大大消减了大家对姨夫谭思杰的戒心和成见，也使袁家和周家的关系保持着亲密。昭信夫妇每次来，从不空手，都要捎点糖果茶食之类给小白荔。王志文趁机也要抱一抱、亲一亲。胖小子笑着、躲着。昭信说："别胡来，看把孩子扎的！"姨妈说："昭信，快生一个吧，你看志文那个喜欢劲！大哥大嫂早想抱外孙子了！"昭信眼里闪出异彩，下意识地摸摸肚子。女人似乎就是天生的母亲，只要一聊到这样的话题，总是越来越具体坦诚，越来越投机深入。知趣的男人，自会悄悄退避三舍。这时志文和姨夫便知趣地移坐到后厢房，就着宽大的茶几，下起棋来。不过，依着惯例，总是志文执红，姨夫执黑，按约定俗成来。两个时辰过去，姨夫已经连输了三盘给志文。姨夫有点沉不住气了，在连声感叹"后生可畏……后生可畏"之后，便提出来："综观老弟常胜之原因，皆为持红方不改之旧例！不知今日可否交换一试？"

志文不由得开怀一笑说："反正大局已定，今日交换一下'楚河汉界'，倒也不妨一试，可教老哥心服口服！"于是，志文换作执黑，姨夫换作执红，两人再战一盘，依旧是志文获胜。此时，刘妈正好给他俩沏上茶来，看他们谈得这么热络，便对姨妈和昭信说："不打仗下棋多有趣。妈妈的，不晓得哪个小娘养的发明的打仗！"

"刘妈，你又发憨劲了，说过不许讲粗话的！他们这是在借棋论道呢！"母亲提醒她。

“这叫什么粗话？”刘妈辩道：“太太，你总是和我们做下人的说文明道理。”

“好吧，好吧，我说不服你，你就死认那个‘话糙理不糙’的道理吧！”母亲息事宁人地回道。

刘妈做了一个鬼脸，对秉辰说：“走，不跟他们女人家掺和，到厨房去，我削荸荠给你吃！”秉辰高兴地跟刘妈走了。姨妈说：“小弟秉辰倒像刘妈养的！”母亲说：“这娃儿犟，有时忒顽皮。我说不中用，刘妈一说他就听。也难怪，这娃儿从小她带大的！”秉辰刚巧蹲在厨房门口系鞋带，大约听到了母亲的话，便抬起头认真地问：“不是说我是从渔船上抱回来的吗？”

“是呀，你秉辰真傻，都十岁的人了，还说这种不靠谱的玩笑话！”

姨妈说：“我的儿，不要听别人胡讲，你千真万确是妈妈亲生的！”。

没想到秉辰调皮地噘噘嘴：“哼！我早就猜到大人诓骗小孩。袁妈妈、李妈妈也说过力力和阿燕是渔船上抱来的。妈妈，渔船上干吗小孩多？”秉辰的责问引起各位做妈妈的哄堂大笑。只有大姐红着脸，一本正经地嘟囔道：“鬼东西，真是‘皮皇帝的妈妈——皮太后（厚）’，净瞎说。”

姨妈一家三口就这样住下了，与大家吃在一起，聊在一块儿。母亲本来就是个不爱走动的人，现在心里面常常惦记着大哥，就更显得郁郁寡欢。但亲妹妹来到身边就不同了，不仅时时有妹妹聊天做伴，还经常一起去袁家或李家串门子。几个妈妈辈的女人坐下来拉拉家常，摸摸麻将，既打发了时间，更排遣了烦心的诸事，大家都觉得其乐融融。

姨妈

　　我听母亲说，姨妈做姑娘时就是个贪玩的种。如今兵荒马乱的战争年代过去了，她的玩心越发重，虽说要定下心来过几年不闹心的安生日子，但毕竟是忍过了初一忍不过十五的心性。听说城里夫子庙有家金谷剧场、朱雀路四象桥附近那家明星大戏院，都恢复了商业演出。前者开唱越剧，由经年不衰的头牌小生和花旦竺水招领衔；后者开唱京剧，由聘请到南京来的王少楼、宋长荣在这家戏院挂牌演唱。有这么好的戏院、唱得这么好的名角、演得这么好的戏份，姨妈死活也要拉着母亲和李太太一道乘马车去看戏。母亲本因担心儿子上了朝鲜战场而心烦意乱，也想出去散散心，那李太太倒一路可以给她保驾。也别说，几场戏看下来，母亲也好，李太太也罢，因为诸多烦心之事，原先罩在她们脸上的晦气，就在不知不觉中退去了。推陈即出新，旧貌换新颜，各人富态的面相上还多出来一层光鲜的红晕。至于李太太，顺路过来给母亲量个血压，听听心脏，倒比过去更活络、开心。初夏季节白兰花盛开时，她去菜场买菜，总忘不了买几对白兰花捎回来，自己衣襟上别一对，其余的馈赠给母亲、姨妈、袁太太。有一次，李太太还送给大姐一对。大姐当面碍于情面，勉强接受了，但等李太太刚走，便从胸前摘下花，扔在茶几上。弟弟秉辰赶忙去拿，被大姐训斥一句："不要手长！小男子汉，怎么能这么没出息！"其实，秉辰不是自己要，而是想给阿燕戴。

　　我觉得大姐的脾气发得莫名其妙，但不久后，我就大概地弄清了其中的缘由。那天晚上临睡前，姨妈和姨夫下楼回自己的房间。母亲坐在客厅里听哥伦比亚狗头牌手摇唱机里萧长华、梅兰芳唱的《苏三起解》，听得正入味，守候在一旁的大姐发话了："妈，我要跟你讲一件事！"

　　"嗯……啥事体？"母亲没睁眼。

"妈，我们是不是光荣之家？"

"噢，迭种话啥意思？"

"和外人来往要稍微注意一下影响！"大姐小声说，"比如说李太太送白兰花的事！"听得出大姐的话底气蛮足。

"白兰花？"妈妈诧异起来，"白兰花有啥好注意影响？小巧玲珑洁白幽香的。啥人见到勿喜欢？素来兮、喷喷香，帐子上别一对醒脑清神，我连利血平都勿吃了！"

"妈……"大姐拖长声音，"我是说与李太太来往要当心点……还有跟其他人也要注意，啥人跟侬说香勿香。"她一急，浙江式的上海话就出来了。

母亲戏瘾挺大，把唱片从头放起，只听《苏三起解》戏中洪洞县解差崇公道，念白："人说人公道，我说我公道，公道不公道，只有天知道……"第二叫板："苦哇……"苏三接唱："人言洛阳花似锦，久在监中不知情。低头出了洪洞县，老伯不走为何情？"梅兰芳嗓子真灵，赛过十八岁的大姑娘。

"妈，学校里王书记给我们上课，要我们讲究阶级分析。毛主席的《湖南农民运动考察报告》下次侬读读，我们家是革命烈军属。待人接物不能再像从前那样随便。我不是说李太太、李先生是坏人，可是……李先生过去是国民党，和我们来往多了，别人家要说闲话的。还有袁太太……还有……"大姐打住话头，正气凛然地玩着自己的辫子。

母亲抬起唱头，关了唱机说："老了，有些事情弄不清楚，所以我还专门提醒你姨妈、姨父要夹着尾巴做人。但有些事情就弄不清楚，比如革命人家，就不能打扮戴花，那梅兰芳的男扮女装，嗓子赛过大姑娘，岂不是也要遭殃？俗话说老不管少事。妈妈很孤寂……为儿为女揪着心过日脚……妈也要心情舒畅活络点。你说的道理妈似懂勿懂。我一世人生活过来了，好人坏人我眼乌子看得清。过去我不反对你爸爸和你哥哥革命，现在更不反对你们革命，妈妈是凭良心过日脚。以前我相信耶稣基督，现在相信毛主席。毛主席打败了老蒋，刚刚建立了新中国，我支持你大哥保家卫国。我相信，还有很多母亲像我一样，会送儿子上战场。但她们一定也和我一样，盼着儿子平安回家，只要乾儿平安，我就没有啥心思好想！"

"妈，毛主席说得对，我们不能只想到自家过日脚，只想到自家穿衣吃饭，别国的也要考虑！不过，我也想秉乾大哥平安回家！"大姐说。

"妇道人家，想到的当然就是过日脚。小家过好小家的日脚，大家过好大家的日脚，国家过好国家的日脚，就不怕他美国佬，外国的事情我勿清爽！但大家一条心，为国家出力，我比侬清爽！"

母亲又闭起眼，不再看大姐的脸，但嘴里还在喃喃自语："与李先生少来往迭种话，以后少讲。露华是我亲妹子，思杰赛如我阿弟。他在重庆时就老实，勿像瞎三话四胡作非为的反动军官。国民党军官里，抗日救国舍生忘死的不少呢！秉乾那年跑到芜湖寻他，人家就没出卖他。"

"亲侄子，哪能好歹不分，出卖自家人！"大姐辩解道，"再说他也不知道阿哥是共产党，如果知道……"

母亲截断她的话说："对啊，他们拿秉乾当亲侄子待，如今我怎么能不拿他们当亲兄弟姐妹待呢？要说谭思杰勿晓得秉乾是共产党的话未必确实。早在依阿哥出走芜湖前两年，露华叫我劝劝依阿爸阿哥不要参与政治，还是老老实实地做生意好，否则危险。依想想，露华劝我说这种话，依姨夫难道不明白依阿爸阿哥的身份吗？"

母亲顿了顿，呷了一口茶接着说："现在人家自己当了逃兵，解甲归田，流落到此地，我们应当相帮一下，连志文在确认了他们与国民党一刀两断的决心，并考虑他们在抗战时为民族做过的好事大事，也已经答应帮谭思杰和露华找点工作，人家是不想在月牙湖打万年桩的。依还是多打听打听依大哥的情况吧！"

大姐听母亲反复提到大哥，便觉母亲现在心心念念的全是大哥，而自己又何尝不是呢？低下头思忖片刻，竟落下了眼泪。弟弟秉辰拿了条毛巾给她擦泪。她抽抽鼻子，把泪擦干，抚摸着弟弟秉辰的小平头，陷入了沉默。我是第一次见到母亲和她拌嘴。当然，她们都很有分寸，讲到激动处，也绝不会放大嗓门。母亲更是语调平稳，和蔼可亲，露着微笑。过了一刻，她就关掉唱机，准备回房睡觉了。大姐这才缓缓地重新走回到母亲身边，柔声地说道："妈，我今天入团了！"

"哦……"母亲平静地说，"算是半个党员了！"

"和阿爸、阿哥比，我只算是一个革命青年。"

母亲动情地搂着女儿说："秉悦，侬永远是姆妈的好女儿。侬原来就是个胖兮兮的小姑娘，现在长成革命青年了，我知道侬从来都不说假话的！"

大自鸣钟恰在这时当当地响了，声音显得特别安详、亲切。

李清泉

李清泉在家里待了年把光景，别说原来的中央医院没有重新录用他这个"内科专家"，连其他的中小医院也没再聘有用他，要说他没耐性这话也不尽然，一年时间终归是等下来了。按照他的话说："阿拉李清泉一生一世没求人讨一只饭碗捧，阿拉为了吃饭，不但面子勿要了，连夹里也扯光了，为啥事体？说是没本事！我算是晓得这帮大佬多勿识抬举了。阿拉能亲自活络关节，算是给他们面子。哼！下趟就是八抬大轿来请我李大夫，我穷到底也勿会理他们了。"

嘴上虽这么赌狠，可李清泉毕竟底气不足，为了饭碗仍经常骑车出去蹚门路，有一回他瞅准王志文和昭信表姐在周家吃晚饭，便拎着出诊包拐进了周家的门。其时晚餐已毕，大家正坐在客厅里闲谈。李清泉一进来，就亮开清脆的嗓门，亲热地叫了一声："啊唷！周太太，我来看侬，哎，看看侬！看看侬！"

照例，母亲立即请他入座，吩咐刘妈赶快沏茶。谭思杰向他敬烟，他拱拱手，认真地说："谢谢侬，谭先生，阿拉勿会。侬晓得伐？迭格东西是借寿的顶顶坏的'白骨精'，里厢有大量的尼古丁和焦油。兄弟我劝侬勿吃为好！"谭思杰不尴不尬地"咳咳"，一笑了之。

母亲说："李大夫近来可好？"

"好，好。解放了，大家都好！"李清泉眯缝起眼睛挤出一脸傻笑。奇怪的是他虽忙于生计，每日奔波，却依然容光焕发，不见太多的皱纹。"周太太，勿是我奉承侬，侬现在气色蛮好，人也富态活络多了，今朝替侬量量血压，听听心音，长远没有替周太太检查了，我勿放心，所以唐突跑来。请原谅。"

李清泉此刻，似乎使出浑身解数，活还没干，已赢得母亲的连连点头道谢。接着，李清泉叫母亲不要说话，只管闭目养神，他则动手替母亲好一番检查。检查完了，李清泉仔仔细细收拾好听诊器和血压计，拿出两小瓶药递给母亲，说："血压不算高，心音还好。这是地巴唑、降压灵。让心血管软和一些，增加一点弹性，使血压稳定，还好，周太太，侬放心，呒啥大问题。老肥肉勿要吃，多吃点绿色蔬菜。千万勿要忧愁发脾气，过些时，我再来替周太太检查！"

李清泉笑吟吟地朝四旁的人点头致意，面孔更加丰润红悦，还夹带着几分中年好好先生特有的腼腆。接着便转向王志文说："王……王同志，侬好。啊，我认得侬的，上趟在区里侬做了一场报告，刚巧我去区政府反映自己的情况，在窗外立着听了一会儿。侬讲的全是道地的实话，侬讲'国家需要各个方面的人才，一切爱国的人士，都应参加国家建设'，我听了这句话浑身清凉，甘之如饴。今朝……不瞒王同志讲，我就是来求王同志的，想请王同志帮帮忙！"说完特意再向母亲和昭信表姐点头致意，并且抚摸着秉辰憨憨的大脑袋，加了一句："这秉辰体质忒好！"闻听此言，我们才了解了他此来的真实目的。

"李先生，我能帮你什么忙呢？"王志文诚恳加疑惑地问。

"王同志，侬晓得的，我是医生。正牌内科医生，勿是跑江湖的郎中。其实，我也是为了国家建设想出点力，解放两年多了，我一直闲在家中，所以想请侬介绍点工作！"

"李先生，我在区里是临时帮助工作的，而且和医院不直接打交道。我不好直接介绍李先生医院工作的！"

"对的，侬勿好直接帮我忙，侬听我说，我想私人开业，一来解决家小吃饭，二来也可以为月牙湖的近邻看看病，两全其美嘛。现在听说允许正式医生开诊所。上趟我到区里问过人家。人家……怎么说呢？反正手续比较麻烦。王先生能否帮我打声招呼？熟人好办事，这个道理天下一样嘛。我李清泉勿是没有本事，等了这么多时间，终归闲在家里，坐吃山空嘛！所以决心私人开业，领一个执照。王先生请看在我和周先生、周太太、令翁多年世交的分上，请费心关照一下！"

李清泉说完，长长地吁了一口气。手指有节奏地在出诊包上弹着。

王志文低头思考着，一口接一口地吸烟。

"志文，"母亲说，"李先生说的是，你帮他问问好吗？"

"既然母亲都替李先生说话了，那好吧！"王志文抬起头说，"我尽力而为，但事情不一定能成。"

没想到事情办得竟很顺利，执照很快就领下来了，李清泉随即开了一家小诊所。

他请来了陈实、陈栓子父子帮忙，把诊所里外粉刷得雪白。门口挂一长匾，白底黑字，上书"李清泉医师诊所"，墙上还写着"留日医学硕士，前中央医院内科大夫，专治各种内科疾病"。

诊所开在他家楼下，很简陋，不过是一张高脚诊床、一张写字台、几把椅子、一张药柜，这些家什一律漆成白色。开业那天，阿贻用竹竿挑着一长挂鞭炮，噼里啪啦地放了一通，李清泉则亲自放"天地响"，"嘭——啪"，大炮仗在半空中炸响，如雷贯耳。放炮的李清泉满脸喜气洋洋，乐得合不拢嘴。穿旗袍的李太太越发显得富态，扭着肥大的屁股在门口招待客人。阿燕穿着连衣裙，头上盘起一个髻，髻上别着一朵大红的绒花，活像日本小姑娘，可惜就是皮肤黑了点。鞭炮声惊动了月牙湖周边的大人小孩，都纷纷围拢来凑个热闹。

诊所开业后，居然来求治的病人很多，李太太本来就是资历颇深的护士，顶得半个大夫，于是她也帮着丈夫诊治一些小病。其实周边的病家都是图个方便，来看个头痛脑热的小毛病、小感冒，不会来看什么大毛病的。

李清泉看病倒也认真负责、热情周到，收费也算公道。没过多久，他的好名声不但在月牙湖传开，而且连卫岗、孝陵卫、中山门一带的病人也都来求医了。由此，家中的经济状况自然也就活络小康了。

陈实和栓子在月牙湖周边鬼混了一阵，总算挨过了解放初期最困难的日子。他们割草打柴，拾破烂，做小买卖，什么都干，反正能糊住全家的口就行。后来陈实被安置在区粮站仍旧当庶务，家里的衣食才算是自给自足有余了。

有好长一段时间，陈婆子见了袁太太老远就避开。可是时间一长看看袁家日子过得还可以，李家自开诊所之后，日子也算入了小康。陈婆子这才把两家的马桶包了下来，刷洗得锃光瓦亮。而且常常帮这两家做些粗杂之活，乐得讨点好处。六月、七月里陈婆子从卖花的老太婆那里讨得一对白兰花，走到李家诊所外面的台阶上用姑娘般的柔声柔腔唤道："阿燕姑娘在家吗？陈婆子来了。"

阿燕一声不响地就出来了，站在台阶上冲陈婆子笑吟吟的。阳光洒在她身上，使她显得格外鲜嫩，就连她黝黑的皮肤让人瞧起来也挺入眼。"哎，陈婆子，你今天的花鲜吗？我可不戴蔫花！"

陈婆子甩甩手上的水珠，抚整了一下头发，小心翼翼地从发髻上取下白兰花，伸到阿燕面前说："姑娘，我哪能送你蔫花？你看，白里透青，水灵灵地冒香哩！"

阿燕不说话，侧过头，让陈婆子把白兰花戴到头上。抿嘴一笑，跑进屋里去了。周围的小孩跟陈婆子起哄，也嚷着要花戴。陈婆子赶开小孩说："小老爹起什么哄？等我哪天焖五香豆给你们吃！"小孩子嚷道："我们买五香豆，栓子给得太少了！"陈婆子说："我跟栓子讲，叫给多一点。一百块钱一大把，总好了吧？"

小孩子又嚷："栓子是秃驴，他还骂我们哩！"这下子陈婆子耐不住气了，左右开弓把袖子一挼："妈妈的！秃驴怎的？黄鼠狼养儿香香，刺猬子养儿光光！秃驴不过少几根毛！反动派蒋光头，头上连一根鸟毛都找不到，栓子比他好多哩！"

大一点的小孩又逗她："乖乖！栓子当总统喽！"陈婆子回道："总统也是人当的，你们这些小麻雀晓得什么？"说完她自己也笑了。

未过几日，陈婆子果真焖了一锅花花烂的五香豆，散给月牙湖的孩子吃。她用白瓷调羹，把喷香的豆子挖在小孩的手心里。有的小孩两手窝成大勺状："呶，不满哩！"陈婆子嗔道："都挖给你也不嫌多！小把戏不要心黑！"

那小子立即顶道："大栓二栓比我吼哩！"陈婆子道："那是没了明天还能不够的坏子！谁跟他比谁倒霉！"话虽这么说，但小孩终于还是对陈婆子产生了好感。

陈实虽识字不多，却识理。几次要求区里给栓子分配工作，无奈栓子是个大白丁，不识字也没文化，且说话不三不四外加有点大舌头，故一直找不到适当职业，仍是闲居在家，胡乱弄点营生维持生计。此时栓子已二十多岁，陈婆子已经留意替栓子物色媳妇，并且很着急，因为栓子人虽不成体统，捉鱼摸虾，干小买卖倒也算机灵，手上不时有点活络钱。他赚到钱交一部分给陈婆子，其余的便拿去吃喝玩乐，逍遥快活，却每每闯祸惹事。

从梧桐成荫的大马路拐进月牙湖，在路口有一片小杂货店，主营烟酒。生意好了以后，另辟了间门面，开了家小酒馆，绍兴黄酒论坛儿卖，配几样简单可口的卤菜，便可让人开怀畅饮。洁净的店面虽不大，却引得附近干苦力粗活的人常来吃喝。栓子就是这群借酒消乏解烦的汉子中的一个。

店老板姓刘，生意做得活，门槛算得精。老夫妻俩五十来岁，有一个未出嫁的二十来岁的闺女叫桂花，身段粗细匀称，凹凸有致，脸白且小有姿色。按理说刘老板家道小康，此女早该出嫁了，老夫妻俩即便舍不得掌上明珠，招婿也行，为何二十大几的姑娘仍不出嫁？

原来刘桂花是个天生的哑巴。

栓子去刘老板小酒馆吃喝，有时不给钱，站在柜台前觍着脸告赊。刘老板看他老实，便赊给他。栓子有时不能及时还账，就去塘里或河湾里网鱼捉虾充当赊资，刘老板看货色新鲜且多，也就欣然收下，权当抵债还钱。久而久之，栓子成了小酒馆的老客。我甚至看到栓子替刘老板做些粗杂之活，比如扫地、洗碗、抹桌子、挑水劈柴等。

每当栓子从井边挑水回来，刘老板喜欢吧嗒吧嗒地吸着烟锅，在后面欣赏他的结实发亮的筋肉，老头子很吝啬，不吸烟卷，却给栓子抽香烟："栓子，吸根烟！"栓子毫不客气，坐在门槛上默默地吸。其实店堂里凳子有的是，栓子硬是不肯坐，说他娘教他的，不要在年纪大或身价高的人面前摆"老卵"。"老卵"是扬州式的上海话，大概是老气横秋外加不客气的意思。在栓子吸烟的时候，刘老板用烟锅指着他的脊梁对老伴讲："瞅这肉，赛过腌好的大青鱼。栓子就是浪荡点，嘴坏，倒也是个能苦的坯子！"

刘老板是江苏泗阳口音，他不是在说话，简直是用鼻子把话哼出来，他把烟锅在鞋底上敲了一阵，重又填满烟丝，露出老年人城府极深的矜持，得意时脸上的皱纹才会舒展一下。老婆子不理他，冲着那些在店堂门口嬉闹的孩子嘟囔道："家里大人找了，快回去。"

我看见哑巴桂花也倚在店堂通向里间的门槛边，眼睛活溜溜地扫向他们。力力说桂花的眼光凶狠狠的。我反驳说，桂花挺和气，经常会用她温和的眼神和手势向大家表示亲昵和友善呢。假如这时栓子恰巧在店堂帮活，或坐在店堂外面大树下的青石板上吸烟，也看见了桂花，你就会发现他活干得更勤快，烟圈喷得更高。他甚至还会突然哼几句谁也听不懂的扬州小调，惹得刘老板家的那条大公狗斜眼盯他，露出不屑一顾的表情，然后看他不哼了，才又自顾自地趴到地上去闭目养神。

就因为这狗的蔑视，栓子在河湾那边狠狠地教训了它一顿，差点没把大公狗的腿打瘸。

而刘老板大约也猜到这是栓子的报复，因为这名叫黄金的大公狗，曾经撕碎过栓子仅有的一条蓝布长裤。刘老板实在憋不住气，问栓子："栓子，你那条别人赏的裤子值几钱？"

"孝陵卫宝根爹做丧事，入殓时宝根说我孝敬、能吃苦，给了我一条裤子。刘老板你问裤子值几钱做什么？"栓子漫不经心地说。

"值几钱？"刘老板面孔铁青，"呃，你说个价！"

"这……什么意思？"栓子问。

"你小子打狗不看主人面！"刘老板瓮声瓮气地说："黄金不过咬破你裤子。我赔！"

"可是……可是……"栓子嗫嚅道："它凭什么咬我？"

"黄金是畜生！"刘老板说，"没灵性的东西。"

"噢，就凭它是畜生就欺侮人？"栓子虽然很气愤地站起来，仍未免髁膝头打弯，涨红着脸，"它一天到晚好吃懒做……我栓子比他苦多哩，不如它整天趴门口舒坦。妈妈的，它咬我时我有力气揍它，看在老爹的面子上我没和它一般见识，狗日的常常斜眼看我……嗯，小瞧人。我才教训它一顿。一条裤子没什么了不起。我……我才不在乎哩！"

周围看热闹的小孩听了这话哈哈大笑，可是转脸就见栓子冲他们吹胡子瞪眼，便不吭气了。唯有我注意到桂花活溜溜的目光，竟专注地停在栓子的脸上，那目光渐渐地又变得迟滞而灼亮。

栓子的婚事

我时常会去小杂货店转转，倒并不是为了桂花注意栓子的目光。究竟为了什么？也许只有我自己知道。我时刻记着表姐夫的话："现在是个特殊的时期，为了保卫新生的红色政权，必须坚决肃清反革命，打一场人民战争，以雷霆手段将叛徒特务统统铲除。"且时时准备付诸行动。所以，我把这个人来客往的小杂货店当作一个离自己最近的消息来源点。

姨夫谭思杰经由王志文介绍，已经在一所中学当了老师。他每天骑车上下班，三顿饭在家吃，露华姨妈烧得一手好菜，因此，周家饭桌上的菜肴已经快赶得上饭馆里的档次了。特别是晚餐，珍馐美味摆满一桌，把家庭的脉脉温情、融融亲情衬托得淋漓尽致。再加上大家举手投足、言谈交流中流露出来的天伦之乐，使得周家就像是天天在过大年。

昨日晚餐的中心话题是，小庆荔一天天长大，后面读哪所小学好。而今日的话题，又转到大姐身上，说她竟也在学校和同学一起忙着声援志愿军呢，就像要学她哥，也去当兵打仗的样子。

刘妈嘴快，有话忍不住，唠叨着："不知道大姐又上哪去疯了。喷喷香的饭菜搁着不吃，偏偏到学校开什么会，饿了啃冷烧饼。现在学校还闹什么事？都解放三年了，命革光了，姨爹，听说了吗？说是美国和朝鲜仗打得凶哩！"

"噢……那是美国反动派侵略朝鲜，秉乾他们志愿军仗打得不易呢！"谭思杰谦卑地应着。姨妈不觉眉头一皱，喟然长叹说："思杰，你是'哪壶不开提哪壶'呢。大姐天天惦记着秉乾，都快成心病了，你却偏要多嘴。"

"不妨事。秉乾来信说，志愿军已经把美国佬赶过'三八线'了，他报平安呢！"

刘妈听言，赶忙转移话题，又宣布月牙湖发生了怪事："真见鬼啦！好端端的栓子一下子成了反革命！"

"你说陈家栓子？是反革命？"母亲惊诧地问。

"嗯！是啊。"刘妈一旦认真，便也越发随便，她端起姨妈的酒杯一饮而尽说："就今天挨晚时才抓的，来了四个公安员，把栓子五花大绑地绑走了，桌腿肚子下面翻出一台……叫什么？噢，对啦！叫发泡机，那玩意可厉害着哩！一发泡，千里之外能捣鬼，比玉皇大帝道行还深！"

我顶了她一句："刘妈，你不要瞎说，那玩意叫发报机，是特务用的。你讲的事情是有，前几天孝陵卫抓到一个特务，身上有微型发报机，不是栓子。栓子被抓是为了刘老板家哑巴的事！"

"噢，对了，对了！"刘妈大大咧咧地笑道，"我是故意逗乐子，才这样编排的，栓子这两年发育、发骚，算是发到顶了。妈妈的，头一昏就跟哑巴桂花偷起嘴来，在那边竹林里不知干了多少好事。嘻嘻！哑巴不会讲话，也晓得干那档子事，妈妈的，床没得，炕没得，到处是脏兮兮的草疙瘩，不怕刺痒痒，怎么睡得下！"

"刘妈，行了，行了。你越发不成体统，口无遮拦了！"母亲截断她的话。

"噎，我说的是真话！"刘妈辩解道，"刘老板这老东西到派出所报了案，栓子才被抓。依我说啊，就算了，一个哑巴、一个呆子，半斤八两，两下凑凑算了。孬好扯成一对夫妻，也免得人家去做露水夫妻，挖空心思偷嘴！"

"刘妈！"姨妈说，"你心倒好，何不成人之美替栓子说情？"

"姨妈说得是，赶明儿有空我倒要说说刘老板。哼！你们以为那老东西是正经货色？才不呢，妈妈的，他坐在店堂里的眼睛净朝女人盯，我一见那眼神就知那老东西六根未净，心坏子歪呢！"

母亲和姨妈被她说得竟忍不住抿嘴偷笑起来。

过了几天，陈实、陈婆子特意来找刘妈，陈婆子拎了一只竹篮，竹篮上盖着一块红布。这算是礼篮。南京人就这种风俗。上得楼来，陈实夫妻俩恭恭敬敬地先请教母亲，然后亲热地喊了一声"刘妈"。

刘妈今天穿戴得比平时光鲜，应了一声，双手扶正发髻，拿腔拿调地说："既然来了先坐着，吃盅茶。我家太太平常老叫我做好事，今天我刘妈就做一件好事。太太，你晓得今日我做甚好事？"

"你鬼灵得很。啥人晓得侬花头经！"母亲含笑望着陈实夫妻。

正说话间，未及沏茶，听得楼板上有脚步声。"来了。"刘妈说，又扯扯衣襟，掠掠头发。上来的竟是刘老板。刘老板从没上过我家门，见了母亲双手垂着，髀膝头不免打弯，连说："周太太，老汉冒昧打搅，原谅，原谅。"

母亲不露声色，只是随便应酬一声便要回房休息。刘妈哪里肯放母亲走，说："太太，您老坐吧，听听也好。"

刘妈像主人似的吩咐三人坐下，又忙着沏了一壶茉莉花茶。原来前几天，刘妈暗下和陈实、刘老板说和了，今天下午是约他们来敲定和解的。刘妈私自做主，把我家客厅当成了一场偷情官司的交易场。

"就照刘妈说的办吧！"刘老板说，"好歹我和刘妈五百年前是本家。唉，有什么法子呢，闺女都有三个月了，不过得按条件办，你们不能欺侮我老汉！"

陈实忙递烟给刘老板说："从今后，我们就是亲家，栓子算是你半个儿子！"赶忙递眼色给陈婆子。陈婆子把竹篮拎过来，呈在刘老板面前，掀开红布，竹篮里放着四方云片糕，糕上放着一对银镯子，一对金耳环，一个韭菜边金戒指。陈婆子说："刘老板，这是我的私房货，如今为了栓子娶老婆，我立马翻出来给桂花姑娘。真的，就这点。我指望老亲家不会嫌少。哎！桂花姑娘不声不响，见人就笑，讨人喜哩！"

刘老板本是扮作养神，见了手镯等眼睛倏地一亮，也顾不得脸面把各种首饰放在手心里掂了几掂；又用快要松脱的老牙咬了几咬，直咬得眼翻几翻。又装模作样地把首饰放下，说："财礼不在乎。过门之后栓子算是女婿。吃住干活瞅为一家。要喊我爹，喊桂花娘叫娘，养下小孩姓刘。一心归刘家门里，不得有外心。本来我不愿把好端端的闺女把与栓子，今日黄道吉日，就发一通慈悲，咋样？"

"唉，都依你。刘老板真不愧是生意人，平心而论，你家令爱若不是遇到栓子，哪个肯要？"陈实说，"只是栓子一时急火攻心，惹下乱子，做了你的儿，我若不是怕栓子吃官司，哼哼！"陈实话到末了，竟还不忘发一声冷笑。

"什么？"刘老板身板挺直说，"栓子是什么货色？白占了便宜还要卖乖，我家桂花哑是哑，长得水灵，什么男人不肯要？"

刘妈忙劝说："好了，好了。双方不要扯满蓬，有台阶是体面，就下吧，依我说栓子、桂花都不怪，干柴烈火聚到一块还有不着的道理？哑归哑，呆归呆，男女之事哪个都想试一下，顺其自然吧！刘老板，你家那条老黄狗，春天一回暖为什么老是往后面王家雌狗窝里拱？这叫'春天到，狗乱叫，砖头瓦碴子也要跳三跳'，该打鸣时打鸣，该打春时打春，天王老子也捺不住。桂花能找到栓子也算般配，我这一辈子是第一遭讨个红吉利，刘老板，喜酒办吗？"

"办！"

"亲家愿意结秦晋之好吗？"刘妈问陈实。

"愿意结秦晋之好！"陈实有气无力地回答。

陈婆子却在呜咽。没人劝她，这桩风流官司总算私了一半。第二天，刘老板、陈实带着桂花到了区公安分局，说明情况，要求放栓子成亲。公安分局办案人员把刘老板训了一顿，说强奸案子是你报的，现在撤案也是你，这不是闹着玩吗？

刘老板觍着脸皮，说闺女是自觉自愿跟栓子好的，她现在才说明情况，表示愿意嫁栓子。桂花也呜里哇啦地做了许多手势，表明不放人就勒脖子，跳河湾。办案人一想：抓反革命还来不及呢，何必揪住呆子哑巴不放？好吧，干脆成全他们。于是放了栓子，哑巴桂花当即给办案人员叩了三个响头。刘老板感动得声泪俱下，感恩不尽。哑巴桂花却放肆地大笑，两个大拇指碰来碰去，不知啥意思。

刘老板择了个吉日，给栓子、桂花办了喜事。整治了几桌上好酒菜，把月牙湖有脸面的人物请来吃喝。还散了不少喜糖，着实热闹体面了一番。刘家小店里里外外张灯结彩，一片红光。桂花穿一身花衣裳，涂脂抹粉，羞羞答答。除了不会说话，倒也光鲜水灵，煞是惹眼。栓子穿一身笔挺的新卡其布中山装，和新娘一样胸前戴着一朵纸剪的红花，脚上是一双力士牌新球鞋，头上戴一顶六成半新的，刘老板大约收藏了二十年的，当年他干挑高箩时戴过的青毡礼帽。人靠衣马靠鞍，这话一点不假。栓子满面红光，倒也算是个角色，这大概是他平生第一次在众人面前露脸显摆，立刻就学会了见人拱手作揖的礼节，且"赏光，赏光……"说个没完没了。

陈婆子坐在席上，嘴笑得合不拢，也变得斯文了一些，逢人便说："栓子今日真光彩！我那对镯子、戒指、耳环总算没白花。"刘妈更是穿得新鲜漂亮，犹如自己大喜，还对陈婆子说："桂花若养儿，还要喊我一声婆婆哩！"

刘老板说："那是，那是，若不是你刘妈从中作美，那就坏了大事了！"

开席后，栓子渐渐不雅起来，吃到冒汗时索性摘下丈人送的礼帽挂在墙上，也不拱手作揖了，也不悄悄讲客气话了，因为他的嘴和舌头之间没有空当了。刘老板直摇头，陈实直朝栓子瞪眼。这些栓子全然看不到，倒是桂花心细，亲昵地拍拍新郎官的肩，伸出纤细的手掌，在栓子脸前轻柔地做了两个往下按的动作，意思大约是吃慢点、文雅点，别叫人笑话。这才控制住了栓子的吃相。

管段的户籍警钱同志也来看热闹。他是渡江南下的转业干部，山东人。大高个，鼻头有点酒糟，似红橘子皮。月牙湖人当面称钱同志，背后称他是红鼻子钱。他为人厚道和气，一家人也住在月牙湖。刘老板赶忙邀他入席，他连连摆手说："不客气，你们吃酒，我是来看热闹的。"刘老太端茶、敬烟，钱同志死活不敢受。刘妈抢白道："钱同志，这可是你的心眼小了。南京人规矩，喜烟、喜茶必是要抽、要喝的，做喜人家也好讨个吉利。你若不来便罢，既来之则安之，就按南京人规矩办事。警民一家人嘛！"说得大家哄堂大笑。钱同志坐下，桂花亲自过来点烟。我和弟弟秉辰、力力、阿贻等许多小孩夹在其中哄闹。力力大喊："栓子哥！来一支歌！"栓子趁酒兴走到客人中间，一叉腰，摆出雄赳赳气昂昂的样子说："歌唱不好，来段扬州小戏《小尼姑下山》好不好？"众小孩喊："好！"

陈婆子喝住："栓子！不要疯！妈妈的，什么不能唱，偏要唱那劳什子玩意！还是我老婆子来段扬剧《百岁挂帅》，佘老太君唱的大叫板吧！"众人都说："行！"陈婆子左手叉腰，右手做握车鞭的架势，眼睛一瞪头一甩算是亮相，开口一叫板，众人鼓掌。没想到陈婆子平时粗笨，扬剧却唱得呱呱叫。桂花自然听不出婆婆在唱什么，但她两眼格外活溜，左顾右盼，伸出两个大拇指表示"顶好"。

席散了，男女老少纷纷拥入新房。新房颇为狭小，不过是四壁糊了花纸，天棚上也糊了花纸。一张棕棚床上红花褥单，两床花被。桂花喜得快要发疯，见人就抓糖让吃，急得刘老板眼直翻。此时，我看见大姐也偷偷地夹在看热闹的人群中，眼光闪烁。闹了好一阵，刘妈喷着酒气，眼睛发直，劝大家说："诸位父老乡亲娃娃们……大家吃喝够了，也闹够了。该让新人入洞房了，大家回吧！"于是大家作鸟兽散而归。

第二天，栓子带着桂花到周家给刘妈叩拜，顺便给母亲也叩拜了一下。惊得母亲赶忙扶起，叫刘妈给这对新人煮炒米糖鸡蛋吃。

小庆荔

　　自此，栓子在刘老板家老实做营生过日子，脸上也渐渐地消除了那股子呆傻气，说话做事慢慢稳重起来，比以前从容多了。要是你逗他玩，他会板起面孔说："一边玩去。不知营生的娃娃。"未过半年，桂花生下一个白胖小子。刘老板喜得不得了，煮了许多红鸡蛋散给月牙湖的邻里亲友。因是 1952 年 11 月生的，正好是龙年，刘老板就给孙子取名"龙贵"。起先刘老板担心龙贵也是哑巴，后来小龙贵咿咿呀呀地学讲话，会喊人了，他这才放下心来。桂花生了龙贵后越发漂亮，常抱着孩子在月牙湖串门。人们欢迎她，她也把对别人的热情表现在眉宇间和脸颊上。在别人聊天时，她坐在旁边认真地听，认真地观察别人所有的表情和口形，仿佛她听得清别人在说什么。不少人叹息道："桂花可惜了，好好一个媳妇家，就是开不了口！"

　　往常顶多隔一个礼拜志文夫妇都要来周家吃饭，最近三个礼拜他俩都没来。刘妈嘀咕："昭信怕是快到月了，难怪行动不便！"大姐说："他们也许工作忙。昭信到月还在上班哩。哼，恐怕有一阵不会来玩了。"

　　姨夫下了班，从不出门散步，除了吃饭之外，他几乎连楼都不上，一直默默地把自己关在房间里。他除了小庆荔之外，唯一关心的就是报纸，经常给我零钱，叫我上街买报纸。

　　姨妈似乎不像以前那么活络了。袁太太来请她搓麻将，她也总是懒洋洋的，提不起精神来。晚间，她是绝不出门的。晚饭后陪着母亲闲聊一会儿，或者听两张梅兰芳的唱片，便下楼睡觉了。

　　小庆荔已能蹒跚走步。这孩子前额突出，眼睛极大，简单的语言里也夹有鸟声鸟腔，像一个道地的广西仔，小家伙跟谁都玩得来，不认生。有时，他竟能悄然无声地溜到河湾那边去玩。你要是不带他去，他就噘起小嘴，只有满足他的要求，他才咿呀呀地欢蹦乱叫，亦如当年的小秉辰。

有一次，小庆荔不当心摔破了头，姨妈慌忙抱起他，给他按伤口。姨父听到了哭声，失火似的奔上楼，从姨妈怀里夺过小庆荔，没命地亲一会儿，小庆荔才终于不哭了。幸好母亲房里备有简易药箱，大姐给小庆荔涂了点红药水，包扎了一下。小家伙又去搭积木玩了。秉辰见了不以为然地嘟囔说："他搭死也搭不出像我们一样的房子，远不如我的画！"

谭思杰认真地看儿子玩，那认真劲比小庆荔玩积木还认真。

用积木搭红房子，这是秉辰小时候的玩意，不承想竟被小庆荔拿走了专利。母亲说："小孩大抵一样。童话看得多，都喜欢红顶小洋房！"

大姐似乎对小孩的哭闹已经不感兴趣，她只是看了两眼，就不声不响地回了自己的房间。恰在这时，谭思杰突然对母亲说："姐姐，以后……小庆荔就要托付给你了！"

"咦，这话啥意思？"母亲问道。

"哦，吮啥意思，只不过看姐姐疼小庆荔，与她玩得好啦！"姨父一激动便有点前言不搭后语。尽管他坐在沙发上，面无异样表情，但母亲却体察到他的心事重重和忐忑不安。

就在半月以前，管段户籍警钱同志来我家拜访过一次，说是来拜访革命之家的。这话其实毫不夸张，周家既是烈属，又是军属，门楣上钉着两块光荣牌子。再者钱同志来时态度谦恭，见了母亲一口一声"老太太"！

然而，钱同志来拜访的对象却不是母亲而是姨父，没寒暄几句他便下楼，单独和姨父叙了好一阵。钱同志走后，姨父脸上的气色很不好。姨妈问他半天也问不出名堂。可是没过几天，姨妈也突然沉默起来。母亲追问究竟为了啥事，她说有两个上面来的干部找到学校和谭思杰谈了足足一个下午。

我已经记不清具体的日子。那日，晚餐大家还吃得很开心。姨父特别称赞那道典型的南京菜——芦蒿炒牛肉丝对他口味，所以他的酒兴颇佳。灯光下，他依然显得年轻、英俊、文雅，怪不得姨妈当年拼死拼活要嫁他。晚餐结束后，我和姨父走到阳台上看月亮。虽然月亮就那么一弯细牙，但洒下的银辉，衬着微凉的风吹在身上，那种舒适感，倒觉得月缺月圆并无多大区别。

"姨爹，广西山多吗？"我问。

"嗨，广西山多，景色漂亮极了！"

"说广西山里有老虎，有大蛇，是吗？"

"有的！"姨父肯定地说，"可是家乡的山更可爱。出门就是山。我真想再去看一看！"

"你以后带我到广西去玩好吗？"

"好哩！我带你去雷公冲玩！"

"雷公冲？"

"是哩。雷公冲离我家寨子不远。山名蛮吓人。看那山，却是山清林幽。山下一条小河叫客水，蜿蜒淌过，流向柳江。山中有溶洞，知道吗？溶洞是山中的白石洞，洞中有湖。喊一声四处有回音。北方人只知道桂林、阳朔有溶洞，万万不知我们容县也有个溶洞，就在我家雷公冲哩！"姨父娓娓道来，自己仿佛被自己的叙述迷住了。后来，他安静下来，听得见他吸烟时深深的呼吸声。我以前也曾听他讲过广西的山川风俗人情，现在我认为广西的确是个迷人的地方。为啥子？因为那地方种种的神奇，已经过姨夫的叙述，由远及近，来到了我充满好奇的心里。我心目中的广西，甚至已经和阿拉伯、印度、埃及一样，成了极有魅力的有趣的地方。

星星在夜空眨眼，我感到了夜的凉气从身上流淌而过。姨夫又突然问我："吃过荔枝没有？吃过黄皮果没有？还有个木薯！"我未置可否。暗想，那黄皮果和木薯定是天下最妙的食物。姨父叹了一声，说："先前留在家里吃木薯多好！"我突然感到释然，觉得如果抛开姨父的那段"灰色历史"不计，他将是个多么可亲可近的人！

姨父从广西刚来周家时，常带我去中山陵、明孝陵游玩。玩累了，我们便钻进松林，找一块溪边竹林空地坐下来休息。姨父给我唱广西文场和彩调，且告诉我广西文场简称文场，又称文玩子、小曲等，是流行于广西桂北官话地区的传统清唱艺术，尤其是桂林、柳州、荔浦等地最为盛行，是广西最有代表性和最具影响的传统曲艺形式。其声腔高亢嘹亮，犹如一群鸟雀在欢鸣，一般人是唱不了的。

说起竹子，姨父像魔法师似的把它制成各种有趣的玩具和东西。他用一节粗竹，中间凿条缝制成竹梆，敲起来声音叮咚清脆，能传很远。我看见秉辰常带着这个南国的东西，钻到河湾的竹林里有节奏地敲击。我一听到这诱人的竹梆声，便知道弟弟在用这古老而单调的梆声召唤我，我就会朝发声的地方疯跑。姨父还用竹筱给我们制成音色美妙的小笛子，用竹片和牛筋制成原始的弹弓。毫无疑问，那弹弓成了我的钟爱之物。因为它比木头枪的实用性更强。遗憾的是我没有射中过一只鸟，倒是差点把阿燕的后颈脖子射穿。幸好只是在她后颈上擦了点浮伤，抹点药水便也就好了。李太太揪着我的小耳朵训道："小赤佬，我家阿燕侬当她是靶子？性命都要交把侬了！"

姨父的年纪比大哥、志文大得多，可在我眼里他不像板起面孔做人的长辈，倒更像是梁山好汉的大哥，像是与自己平辈的兄长。都说慈不掌兵，真不知道，他是当年在部队带兵时就跟战士称兄道弟呢，还是解甲归田之后他"夹起了尾巴"？姨妈甚至嗔他是"娃儿头"。这绰号，当年母亲是用在秉乾大哥身上的。

我们从阳台上下来时，西斜的月牙儿旁边缀着几粒格外明亮的星星。刘妈服侍我洗脸洗脚，且关照我以后不要睡得太晚，否则容易失眠。她的关照其实并不多余，因为年前她便发现，小小年纪的我竟和大人一样，遇上焦虑的事情也会翻来覆去地睡不着。果然，我上床以后，想想姨父讲的那些话，不知道怎么，就生出一种不祥的预感，搞得我怎么样也睡不着。而睡在旁边的弟弟秉辰，竟已开始打呼噜。这大概就是近二年，他的个头疯长且愈加敦实，大有超过我的趋势，而我却始终骨瘦如猴的原因吧，我想……迷迷糊糊中竟然听到了，从雷公冲溶洞里传来的原生态的，声腔高亢嘹亮，犹如一群鸟雀在欢鸣的歌声，还有村寨里的人在篝火前唱着彩调。然后，村民们好像打起了铜鼓，隆隆的轰鸣声由远而近，在楼下戛然而止……即刻变成了叩门声……

嘭，嘭，嘭，嘭！

我惊醒了，全家人都惊醒了。我起身下床，惶惑地走到客厅，见母亲和刘妈正欲下楼。我问："是不是唱彩调和打铜鼓的声音？""什么？你是睡傻了，还是睡疯了？快开门去！"刘妈掷地有声，给我下达了难听的指令。我看看母亲，而后打开了大门，只见门外站着几个荷枪实弹的解放军，还有管段户籍警钱同志和几名陌生的公安员，我让他们进来说话，钱同志却让我唤姨父出来。我转过头，发现姨父似有预料，已经穿戴整齐，站在身后，而刘妈扶着母亲，大姐搂着弟弟秉辰均呆立在楼梯口，往门口看。

几名陌生的公安人员立刻上前，给姨父戴上寒光闪闪的铐子，动静不大，气势吓人。姨妈抱着庆荔也走了出来，没有哭也没有闹，似乎早有思想准备。姨妈已经走到姨父身边，似要送上一程，但四目相对，却不知道说些什么。公安人员对姨夫并不凶，就像护卫左右。姨父对其中一位公安人员低声说了句什么，那位公安人员点点头。姨父仰起头，冲母亲大声说："晓珍姐……我走了。看样子一时半会儿是回不来了，露华和谭庆荔就拜托给你们了！"

母亲在刘妈的搀扶下下了楼，走到最后一阶停下，问钱同志："你们要把谭思杰带到什么地方去？"

但几个公安人员却保持着严肃而平静的表情没有作答。连钱同志也仅对母亲耸了耸肩，做出一副无可奉告的样子。姨夫就这么悄无声息地被带走了。汽车的轰鸣声也很快消失了。姨妈紧抱着小庆荔哇地一下哭出声。母亲说："我不劝侬。思杰做了什么，侬心里一定比我清楚！世上从来没有后悔药吃。侬也不要有'早知今日何必当初'的懊恼，只要弄懂共产党'绝不冤枉一个好人，绝不放过一个坏人'的政策就好了！"姨妈听姐姐说得句句在理，于是又哭了一阵，累了，也就回房睡觉了。

我终于醒悟过来，原来唱彩调的茶娘和打铜鼓的村民来自遥远的梦境。那个讲故事的姨父，现在已经被人带往了一个不确定的地方。

我再次感到了失落，唯有那个长着大胡子的陈连长送给我的子弹壳陪伴着我。吹一声，倒还真如从雷公冲溶洞里传来的原生态的，声腔高亢嘹亮，犹如一群鸟雀在欢鸣的声音，这声音穿过夜幕里的树林、竹林，传出去很远很远……

学校里正忙着庆祝国庆。美术老师教我和秉辰扎灯笼，各式各样的，挺好看。我们还参加了腰鼓队，每天下午放学后，就在操场上练习打各种花样。上场的要求是穿蓝裤子和外国专家大花布衬衫，我无所谓，弟弟秉辰却喜欢上了这种花花绿绿的玩意，不打腰鼓时依旧穿着它。

我已经读六年级，弟弟秉辰读三年级。阿燕才读二年级，但学校里每次唱歌跳舞总少不了阿燕，周秉辰每次都往上凑，即使学校不安排他，他仍穿着大花布衬衫跟着唱，跟着跳，煞是开心。大街上，安装着扩音机，成天播放："五星红旗迎风飘扬，胜利歌声多么嘹亮，歌唱我们亲爱的祖国，从今走向繁荣富强……"每当我听见这雄壮的歌声，也会手舞足蹈，心里像充满了希望和力量。可是，一旦放学回到家，我的心里就如灌满了铅一样沉。因为我看见母亲和姨妈，自从姨父被带走便开始少言寡语，闷闷不乐起来。每当在大街上看见枪决反革命的布告，她们总会心惊肉跳。姨父被捕后，先押在老虎桥监狱一段时间。姨妈去探过几次监，每次去都烧点好菜带去。姨妈说，姨夫并没有瘦多少，在里面没事时看看书，态度很平静，只是有点憔悴。她自己则依旧去学校上课，晚上回到家，有时还要批改学生的作业到深夜。

母亲为了姨父的事曾找表姐夫询问，但他的答复却很坚决，他说："现在是刚解放，又遇上美国佬来捣乱的特殊时期，为了保卫新生的红色政权，必须坚决肃清反革命，再重的雷霆手段，都是必需的，你们也要有清醒的认识呢！"

公正判决

大姐周秉悦成天泡在学校里，早出晚归。碰到姨妈态度尤其冷淡。而姨妈总是对她赔着一副笑脸，说几句诸如"天气不好要添衣服呢""想吃点什么呀？"之类的问候话。姨妈也不是个耽于声色的女人，年轻时她爱说爱笑，也极有分寸。可是有一天她下班回来脸色惨白，两眼呆滞，声音嘶哑。母亲问她发生了什么事，她也不搭理，说晚饭时要刘妈陪她喝几盅。刘妈原来就爱杯中之物，哪有不允之理。母亲赔笑道："是呀，喝几盅解解厌气。"但我却从母亲的神色上看出来些许的担心和忧郁。

别以为刘妈只顾喝酒，不问细事。这女人粗中有细是一般做用人的女人无法相比的。母亲知道姨妈心事不顺，特意让刘妈去卫岗集市上剁了一碗桂花盐水鸭，又亲自煮了几只应时的大螃蟹，切了一碟细细的姜丝。姨妈和刘妈喝白酒，母亲为了宽慰她们，也斟了一杯绍兴花雕陪酌。姨妈替我和秉辰各剥了一只大螃蟹，关照说多蘸醋，多吃姜丝。然后，她自己慢慢地剥着蟹，细细地嚼，轻轻地喝着酒。此时此刻刘妈酒兴早起，没人勉强她，已连喝了几盅。

姨妈说："晓珍姐你还记得《荆钗记》吗？"

"我不大记得了！"母亲说，望着秉辰吃力地吃着螃蟹。

"噢，侬记性勿好！"姨妈说："谭思杰在重庆第一次请我们看川剧，就是周慕连唱的青衣旦角戏《荆钗记》，在三庆大戏院。戏散了，谭思杰还请我们到夜来香酒家喝香槟哩，怎么就忘了？"

"哦，对对！"母亲说："还是侬记得最清楚！"

"晓珍姐，侬这个话啥意思？"姨妈手上捏着一只蟹脚，"我不明白为啥你们就记不住？当然应该记住……可是他……"她话到嘴边又吞了下去。

"露华，侬勿要误会！"母亲说，"侬今天好像有啥心事……好吧，夜饭吃过后我们姐妹好好谈谈！"

姨妈没搭理，只顾品菜，喝酒。母亲不以为然，抱着小庆荔边吃边逗着他玩。这段时间小庆荔懂事多了，已经会认人、叫人了。他特别亲近母亲，每晚跟母亲睡。这给母亲带来了一番新的乐趣。

姨妈两眼灼亮，神情麻木。不时盯着小庆荔看，看得很贪婪，很古怪。她的酒量原来就大，所以没人想到她会过量。酒足饭饱，桌面上留下许多蟹壳蟹脚。姨妈拍拍秉辰的小脑袋说："小庆荔也会长这么大的！"于是她离开饭桌，下楼回房了。我见母亲望着她的背影深叹了一口气。

饭后母亲姐妹间的谈话，是躲进房间里进行的。我只是零星地偷听到几句。好像是说姨夫面临着死刑判决，凶多吉少！母亲是一直劝慰到深更半夜方歇。

第二天一早，姨妈招呼也不打便离家去上班了。母亲觉得有异，关照刘妈悄悄地跟着她。刘妈说早看出姨妈神情反常，于是便快步奔下楼，跟上去。谁知，刘妈竟一去半天未归，真是急杀人了！直到黄昏将至，仍不见刘妈和姨妈的影子。

刘妈向来不出远门，即使有事外出，也必定和母亲或大姐说清情况，到时必定回来。这倒并不是她视周家为主人，而是她离不开这个家。她早已把周家当成了自己的家，她为这个家操的心甚至超过母亲。

时间一分一秒地过去，不但母亲着急，连大姐和秉辰也着急起来。其时正值秋高气爽的傍晚，秋虫在鸣叫，树林、竹林显得更加恬静。小庆荔独自在客厅里蹒跚地摸索着，走着，爬着，嘴里咿咿呀呀地胡乱叫着。小家伙一定以为，周围的人世安静而温暖，充满脉脉的温情。就连那古色古香的大座钟也仿佛是位老爷爷，在用钟声时时眷顾他，陪伴他。可怜的小人儿，他绝不会知道，其实现在已经没有人来理睬他了。大人已经心急慌张得乱了分寸，置他于不顾了。

母亲又一次流泪了，但哭得无声无息。大姐竭力劝慰母亲。我这时想到了刘妈，她的存在对我们来说是多么重要。我的头晕毛病又发作了。秋高气爽宜人的天气和国庆、中秋两大佳节的将至，本该令我兴奋、欢乐，可是由于姨妈和刘妈原因不明的一去不归，反而使我平添了一层少年特有的烦恼与愁闷。

楼下驶来一辆马车，先下来的是舅舅，然后是刘妈搀扶着姨妈下来，最后下车的是舅妈。母亲听到声音，猛一起身，差点在阳台上晕倒。幸好大姐和我在旁扶住。

他们上楼时，脸上还有明显的泪痕。姨妈一下子跪在母亲脚下，抱着母亲的腿，大声地惨叫一声："姐姐……宣判下来了，他走了！"

母亲木愣愣地望着舅舅，喃喃地问："他走了？真的这么惨？这么惨……发生了什么事？"

"今天上午……在中央门外的公审宣判大会上，当场处决了几个罪大恶极的分子，枪一响，倒地的……横七竖八……我……我天大的胆子也不敢走近啊……天哪！我不敢……我扭头跑开了！"舅舅只说了个开头，便有点哽咽。母亲听罢，险些一下子跌倒，幸而被大家扶住。

"刚跑两步，就听见对思杰……的宣判。"舅舅接着说。

"如何？"母亲似醒转过来，急切地问。

"被从轻判决，不日便将押回广西原籍劳教！"

姨妈接着舅舅的话，哭诉说："我要去给他送行……刘妈陪我去收拾一下。"

姨妈一连起了两次身，都没能站起。头发散乱，双手撑在地板上，低垂着头。大姐神情忧郁，硬是把姨妈扶起来，让她坐在沙发上。小庆荔摇摇晃晃地走过来，满脸漾出天真的稚笑，含混不清地叫道："妈妈，大月亮，亮亮的。"

大家朝窗外一瞧，果真一个清丽的大月亮。四野被月色和山岚交织的迷雾笼罩，反衬着千姿百态的云儿在紫金山之巅飘来浮去，构成许多美丽的不知名目的花朵。

一家人终于醒过神来，知道姨父并没被枪毙，而是要送回原籍劳教。当然，他们原先的担忧，倒也并非空穴来风的胡思乱想，一旦这种有点不可思议的好结果到来，我反而忍不住默然地流泪了，弟弟秉辰也哭了。直到这时，刘妈也不合时宜的哇的一声大哭起来。不知大家是压抑后的合理释放，还是喜极而泣的宣泄。大姐突然冲着大家挥着手说："你们做做好事吧！实在叫人受不了！明明是共产党宽宏大量，你们偏要虚惊一场，差点把妈妈的心脏病弄出来了！"

舅舅临下楼对姨妈说："我说勿出，话勿出了，露华，如果你在这里住勿下去，就住到我那里去吧。伙食总是要开的，晓珍，你说呢？"

母亲痛苦地望着大姐，大姐慌忙避开母亲的视线，说："再商议吧。总之，我始终记着你陈红梅阿姨来家时说的话，共产党人也是讲人情人性，讲实事求是的，绝没有无缘无故的爱，更没有无缘无故的恨，不会忘记每个朋友，更不会放过哪个敌人。她代表组织授予了我们家军、烈属的荣誉，再顾念思杰抗日时的民族气节，以实事求是为标准，就一定会妥善处理历史遗留问题，如同在我们家里讲的，手心手背都是肉嘛！"母亲一语双关地如是说。

"我是个坏女人……我不敢朝思杰看，他就站在那些被处决的反革命分子的后面。我真不敢多看他一眼……不，我连他低垂的脸，都没有看清，还说什么恩爱夫妻……不敢去想他，会怎么判，毕竟带领部队打过共产党。嘻嘻……还说什么'共匪'杀人不眨眼……假的……一切都是假的！真没想到，到临了，会给他宽大处理！"姨妈讷讷地说，由于脸上肌肉的搐动，她的脸略显变形，变得难看但不失端庄，憔悴但不见沧桑。听了母亲和姨妈的话，我反而不害怕、不担心了，原本怦怦跳的小心脏，现在已经趋于平静，浑身随之涌出一股躁动的力量。弟弟秉辰喜欢敲击的有节奏的竹梆声又响起来了，这诱人的竹梆声就像在重复"少年强则国强"这句话，一声声地向我发出召唤，让我强烈地感到南京城即将要发生天翻地覆的变化……

我朦胧地听到开窗的声音，睁开眼，见是大姐在开窗，并冲我们高嚷："日头老高了，还不快起床！"我这才和弟弟秉辰懒洋洋地爬起来。受了姨父判决消息的刺激，我这一宿又没睡好，一起来便是头重脚轻。大姐问："学校里不是要扎灯笼吗？"我和弟弟秉辰未搭腔，都在揉眼睛。她又说："快吃早饭上学去。一人带一块月饼。学校里这几天真好玩呢，家里有啥好白相的！"我心里还想着姨父，便问："姨妈早饭吃了吗？"大姐撇撇嘴："她不用我们多烦神，她有她的生活。"

姨妈仍要外出，说是去上班，母亲好歹不放她走。姨妈说："你们放心，我已经把思杰安排好了，他回到广西老家那里，自会有人照顾，也会老实改造，重新做人！我暂时还不敢立刻就去那地方陪思杰，闻广西黄土和青草的清香。我现在最惦记的是学堂里的学生。交关好白相的童男童女，不是竹篾扎的纸头糊的。

是欢蹦乱跳的学生子。小朋友喜欢我，我也喜欢他们……不，我简直是羡慕他们。我要去教他们和他们一起生活，放心，我要是存心想不开，你们哪能看得住我？谭思杰丢给我的骨肉，还要我抚养长大呢！"她亲了亲小庆荔，对刘妈说："刘妈，你也是我的老姐姐了，侬心善，就帮我带带吧！"刘妈抱着小庆荔，凄楚地说："姨妈，你也要好好地带着庆荔，等着姨夫平安地回来。晚饭一定要回来吃！"姨妈点了点头，做出转身要走的样子。

大姐从她的房间出来，左手拎着一个皮箱，右手拎了一个塞满梳洗物件的网线袋。姨妈见状，笑着问："大姐，你怎么，也出门？"

"去学校住几天。"大姐冷冷地回答。

"这……家里这么大地方不好住吗？"姨妈又问。

她的目光移向母亲，母亲坦诚地望着姨妈，眼中充满难言的苦衷，点点头，叹了一口气。似乎这声叹息就能起到安慰大家的作用。大姐底气不足地说："别怪我，姨妈，我只觉得一切都乱了套。学校里有宿舍住，同学多，比在家待在一起更快乐。其实当年秉乾大哥走，我是知道的，我差点跟了去。大哥不肯带我走，说我再过几年长大了再参加革命不迟。"

"我明白，我绝不怪你。我虽是你的姨妈，但这里毕竟不是我的家……即使谭思杰在，我们还是要搬走的。何况……"姨妈咬了咬嘴唇，麻木地一笑说，"因为我是'反革命家属'的这个成分，我不会不识相的。"

"姨妈……你……"大姐似被话噎住了，竟然憋出了眼泪，也找不到合适的词语作答。而且，她心里也感到委屈和不快。

姨妈走到大姐身边，替她理了理上衣领子，安慰她说："秉悦，不哭，姨妈知书达理……我谁都不抱怨，连自己都不抱怨。我并不认为自己命苦。日子就如长江里的水，有时平静，有时翻浪。但它总在流淌，一直流向大海。我十七岁就闯荡社会，做了军官太太，吃喝玩乐都非同一般，享受过，可也能苦。看吧，看我以后怎么过好清贫的日子。你的心思我明白，出去住一段时间散散心也好，只是要常回来看看我们才好。"

"噢，为啥侬要讲这么重的话，还动了感情！"母亲说，"秉悦学堂里热络，就让她住读一段时间。露华，你哪能有要搬出去的意思呢？真勿像一家人说的话了。"

母亲苦笑笑，拉着两个儿子一起送大姐下楼，且默默地看她把东西捆在自行车后座上和她的姨妈一道走了。

　　母亲又忍不住用手抹泪。刘妈说："太太，她们也不是去印度，去广西，不就在南京城吗？"母亲回答说："哪里，年纪一大眼不灵了，风大来兮，迷眼呢。"

　　傍晚的凉气冲淡了白天的烦躁。月牙湖里的灯光又亮了，家家户户准备吃晚饭。我今天在学堂里参加了腰鼓队的排练，指导腰鼓队的是年轻的冯姐姐，短短的头发，黑黑的皮肤，挺有点男性的阳刚之美。她领着我们打了十几种花点，累得大家冒汗但很开心。冯老师说我们打腰鼓的水平可以直接上北京给毛主席、朱总司令表演，乐得我们这群孩子又喊又跳，恨不得一下子飞到天安门去。这时，我已加入少先队，脖子上成天价戴着红领巾，一如父亲戴过的领结，觉得挺美。

再婚

　　丹桂飘香，竹影摇曳，又到秋高气爽的时节，这着本该是最令人回忆和遐想的时刻。八月中秋，月上梢头。摆上供案，焚香叩头。父亲吟诗，邀月对酒。大哥说书，姐剥石榴。陈胜起义，梁山泊舟……

　　本该是甜蜜、欢乐、舒适而恬静的日子，却因为物是人非、人去屋空的缘故，变得乏味而无聊。我觉得大姐就是因为不想重复这样的日子，才住到学校去了。而姨妈虽然暂时还没有搬出去，但已变得沮丧而懒散，且学会了抽烟喝酒。

　　每天，母亲总要等姨妈回到家里，挨着秉辰一起上了楼，她心里才会感觉略微宽松一点。

　　小庆荔尚不懂事，除了木里实古地玩耍着，并不晓得世界上的事情十有八九是缺憾打头的。正如宋人方岳诗言：不如意事常八九，可与人言无二三。当然，用童趣来理解，也可以引申为，人生不如意事十之八九，唯有快乐在心头。

　　每当姨妈回到家，就是小庆荔最高兴的时候，他会晃晃悠悠地迎着姨妈冲过去，伸出两只小臂膊："妈妈……抱抱……庆荔……抱抱……"

　　姨妈便会一改做太太时回家先更衣的习惯，扔下漂亮的手提包就抱起可爱的儿子亲了又亲。直到被孩子的口水把妆弄花，才依依不舍地把庆荔放回到楼板上说："好了，这样的一种生活，我早该料到哉，蛮好！现在真叫太平世界。两个肩膀头子轻松得一塌糊涂！"她说完，再若无其事地点上一支烟，过上一会儿瘾。

　　大家看着她吞云吐雾，不明了她这句没来由的话究竟啥意思。母亲说："露华，我有心脏病，侬勿好再吓我。到底又哪能了？告诉我好吗？"

　　"老娘被一脚蹬出学堂了。哼！穷日子就穷过吧，人哪能这样就去死？"

　　"勿教书就算了。侬这种身份，哪个学生愿意拜你这个教书先生。自己的生活自己过吧，露华，这个家就是侬的家。说侬勿要生气，家里房子有得空。不过多添一双筷子。安心一家人过日脚吧。我们永远是姐妹呢！”

母亲安慰她，语气似有点迫不及待。

“多谢！”姨妈说，“姐姐是一生一世菩萨心肠。但是……”她喷了一口烟，口形圆圆的，很漂亮。那烟气形成一串串袅袅的圆圈，煞是有趣。我还是第一次见姨妈竟已有如此之技能。她加重语气又道：“侬妹子现在是‘反革命家属’。这样一种难堪的命，姐姐就是容得下，做妹子的自要识相点。骨肉之情哪能和潮流比？这个规矩姐姐自然比我明白。其实原不该图侥幸来南京……唉，天意……想不通也要想得通了。”

母亲未动气，只是温柔地抚摸小庆荔的手心，姨妈仍想唠叨下去，可是母亲那种彻底息事宁人的态度，大约也叫她很失望了。末了，她说：“又要吃晚饭了，天天都要吃晚饭……”

“俗话说，日子难过年年过，回头看看还不错。妹妹不要太悲观，还要向前看的！”母亲打断她的话说。

其实，姨父谭思杰被押送回原籍劳教之后，政府对姨妈并未追究什么。至于学堂解聘她，也属情势变化后的无奈之举，因为南京城原是国民党的“首善之区”，为了彻底肃清国民党残渣余孽的影响，新政府对教师队伍进行了审查和精简，姨妈原本就是个代课老师，当然就被划入了调整之列。之后，她经常早出晚归，声称是找工作，每次出门前还必须先仔细梳妆打扮一番。

那天，姨妈把头发剪成学生的齐耳式短发，不烫不卷，不描眉，不涂唇，不戴任何饰物。脸上只淡施一层雪花膏。身穿女式列宁装，脚上是一双带襻直贡呢黑布鞋。她这种新式打扮装束，惊得母亲和刘妈双目耀光。刘妈说：“哎哟喂！没想到姨妈这一变，让人认不得了！”

没过多久，姨妈声称要嫁人，这消息使舅舅气得吹胡子瞪眼睛，刘妈也直摇头，姨妈把这出人意料的消息告诉大家时，竟然将“新闻发布会”的地点就选在了客厅，仿佛她故意要在晚饭全家集中的时候，堂而皇之地广而告之。

突听此言，母亲异常惊愕，直愣愣地瞧着她，而姨妈却若无其事地说：“前月，思杰就已经给我来信，力陈不愿拖累和耽误我的青春之意，随信还附来了休书一封，让我辗转反侧，食不甘味，夜不能寐。想来，我才二十多岁，孤儿寡母两张嘴，靠谁都长勿了，只有靠自己。何况我现在又丢了工作，不找个男人的肩膀做依靠，我还有啥更好的办法？喂，你们啥事体这样看着我？定心好了，有啥了不起？女人终归要嫁人的！"

那天，大姐恰巧回家改善伙食，她坐在桌边只顾默默地、细细地吃饭，且不出声。刘妈却忍不住，说："姨父去了多久？才一年有余！不按老的旧法旧规说不通呢。"她的扬州腔抑扬顿挫，有点唱扬剧的味道，确实怪好听的。

"他休书也开出来了，旧法旧规也要开禁了！刘妈，现在是新社会了！"

"拿到休书要等一年哩！"刘妈不满地瞥她一眼，"一年里面不能正眼看男人哩！"

"这两年你养活我们母子俩？"

"这算哪笔账？你不会是靠嫁老公过日子吧？姨妈这是硬逼我抬杠呢！"

"刘妈这叫强扳牛头不饮水哩。女人本是水做的，没有容器难成型呢！人这一辈子，就是男怕入错行，女怕嫁错郎！否则都是强硬勿起来的，嫁汉嫁汉，穿衣吃饭，女人最后一招就是嫁人过日子，换了刘妈你又哪能弄出新花样来？"姨妈阴冷地撇撇嘴，在烟灰缸里摁灭手上的烟屁股，再点上一支香烟。

大姐闻言，忍无可忍，愤怒地盯姨妈一眼。那眼神就像是刀，狠狠地剜了姨妈一记！姨妈虽然就此打住，不再说话，但身上打了一个寒战，分明是感觉到了。而母亲却悲怨地低下头，没有任何表示。

未过几日，姨妈真的搬走了，那天楼下停着一辆马车，一个近五十岁的秃头而健壮的男人帮她搬东西，姨妈主动介绍，那男人就是她的新丈夫。母亲只好下楼来应酬、帮衬，因为刘妈坚决躲在自己的房间里，硬是不肯露面。母亲请求那男人，要多照顾姨妈母子俩。那男人红着脸，结结巴巴地说："我苦了大半辈子才娶她，我会待他们好的。若说瞎话，遭雷劈呢！"

姨妈冷冷地一笑说："侬啥事体不介绍一下，你是下关电厂的产业工人，真正的工人阶级。工钿拿得不少。呃，老王？"母亲方知那人姓王，年龄比姨妈大不少。老王倒蛮听姨妈的话，马上慌忙补充说："我是七级工匠，每月九十多块钱工钿。"母亲不由得吁了一口气。上车时，小庆荔又是哭又是闹，姨妈硬是抱他上的车。临了对母亲说："晓珍姐，喜事不办了……也吭啥办头。噢，你做啥要掉泪？我不就住在下关吗？我们一个城东，一个城北，不远的，我会经常来看姐姐的。"

她刻薄地一笑，而后，狠狠地也是最后盯视着周家的屋子……

接下来的事情更加令我烦恼不安。其时，我虽然还是个少年，但对家中发生的事情已能感到非同一般，它既是新旧交替的写照，更是社会变迁的阵痛。它给一些家庭带来安宁的同时，也给一些家庭带来磨难，一件件事，一个个人，犹如在万花筒中旋转，折射出瞬息万变的迷幻。它给我的印象时淡时浓，淡得像清水中的一缕墨汁，倏忽间便溶解殆尽；浓得又像是空中俯视万里长城，无论多么遥远，依旧蜿蜒曲折，清晰可辨。

我觉得，自己总是被一种力量在推着走，且不知道结果会是什么。我想摆脱这种力量，做回自己却是很难，我开始做噩梦，就像患了神经衰弱的毛病，每晚差不多都做噩梦，惊醒后仍旧昏昏然，心头感到憋闷。为了不做噩梦，我发明了一个能解脱噩梦的新花招，就是在黄昏时到附近林间去游荡，独享天地旷野、花草蝶虫之悠闲。林子里除了鸟雀的啁啾和树叶沙沙作响之外，再没有别的声响来惊扰。满目苍翠之中夕阳神秘而温情，于是我便生出了好的心境，忆起了许多美好的往事。快乐的心情随风荡漾，让我不可遏制地大喊大叫，放肆地唱着我爱唱的歌曲。然后伫立在一片最隐秘的树荫下，聆听树林间最细微的声息，犹如在母亲的怀抱中，感受那心灵的慰藉和安抚。

这是个非常有效的发明，但我从来未向任何人表白，我要独享这种发明带来的心灵上的体验，连母亲我都不好意思向她讲。这大约也是一种可怜的自尊吧！

姨妈和老王不几天果然又回转来了，送了几包喜糖。姨妈说："事办了，又过了一次'奈何桥'，我都无所谓了。喜糖当然还是要送的！"此时，我看见姨妈一脸尴尬的面相。似乎连我们这些小孩她都羞见，但终于摆脱不了风俗习惯的约束，她也只好前来还情。新姨父老王结结巴巴地对母亲说："我干了一辈子机器工匠，毛主席来了，解放了，我才翻身做了主人，才讨得起老婆。老姐姐，你就怜惜我们吧！"他说这话时，眼中显然闪着诚恳祈求的泪光。

母亲对姨妈的二婚虽很鄙视，但是看她嫁给了一个根正苗红的工人阶级，于是态度有所转变，此刻竟低声道："妹妹，恭喜你哦！"话音中隐含着八分善意和两分歉意。

"我们也就是在一起过日子，谈不上多少喜呢！"姨妈的应答很是勉强。刘妈忙给这对新人打了两碗溏心蛋。奇怪的是小庆荔竟不讨厌他的新爸爸了，滚在老王的怀里笑个不停。"有奶就是娘"这句老话，在这里真该改成"有养就是爹"的。

姨妈留下了他们的地址，关照我常去玩。刘妈粗中有细的质朴又不失时机地冒了出来，她说："你们以后被褥脏了就拿来洗吧！"姨妈感激涕零地说："不用不用，我也要学做劳动人民，自己动动手了！"接着转向母亲说："我明白你不是真恼我！是恨铁不成钢，督促我进步呢！"

又过了两月，有一天晚上大姐很迟才回来，神采奕奕地对母亲说："妈，我参加革命了！""啥意思？"母亲问。"我参军了！"大姐说，"就是参加了志愿军，要入朝作战。近几天就到东北集中！"母亲说："我早就料到……那就都走吧，家也不必要了。"

大姐那晚显得特别温顺，说了许多劝慰母亲的话。临走，她不准人送，只是亲了亲我和秉辰，且嘱咐我们两个小男子汉一定要照顾好母亲。临行前，她竟然朝母亲庄重地行了一个军礼。那一刻，我第一次从她的眼神里读到了成熟和坚毅。

那一刻，我的心里甚至再次萌动了要离家出走的古怪念头，却不知道该去哪。于是，只好将念头再次暂时搁置起来。

地方政府和居民委员会来慰问周家时，又给周家的门楣上添了一块光荣牌。昭信表姐和志文来家里问候时，甚至连称呼都变了："光荣的宋老太太，您还有什么要嘱咐的吗？"

居民委员会查"四防"，查卫生，从不敢随便造次闯进周家。他们会不声不响地把周家门前屋后扫得干干净净。就这样，还怕"光荣人家的宋老太太"寻他们的麻烦，挑他们的刺。其实宋晓珍老太太根本无心于这些表面上的名分，她关心的是每晚把那对龙泉窑出的翠青色花瓶拿出来擦拭干净，独自欣赏一番。她关心的是经常收听广播里关于抗美援朝的战况报道。我偶然发现那对花瓶的瓶颈上各系着一只十字架徽章，铜的，锃光瓦亮。弟弟秉辰想要，母亲训斥道："那不是给你戴、给你玩的，真是没头脑的小囝！"我便知道，那两只十字架徽章，是分别在为两个远在朝鲜战场上的人祈祷平安呢！

刘妈进进出出腰板挺直，说话嗓门也更粗了。偶尔多贪了几杯，便站在月牙湖的石板小路上，大大咧咧地嚷道："解放了！我们家光荣！哪个王八羔子再敢欺侮周家，我就把他的家伙阉下来风干！"自然，居委会的人没人敢惹她，知道她是天不怕地不怕的辣货，又是周家经年常用的娘姨。母亲知道她发了酒疯，便数落她。刘妈总是嬉皮笑脸地应道："嗯，我有数，太太放心好了，我不会惹乱子。你瞧，二狗子、三牛爷、大头祖师这帮货色都进了居委会……这成什么体统？"

母亲说："那是他们见风使舵，充大头，让政府暂时相信他们吧！"刘妈头颈骨犟犟地辩道："为啥不相信我刘妈？我就不能当居委会主任？哼，叫我拍马屁还嫌累哩！那帮小娘养的东西不过沾了没房、没地、没脸上的光，新中国成立前他们哪个不吃喝嫖赌？连陈婆子也当上治保员哩。哼哼，她睡过的野男人割下来一箩筐不止！"母亲怕她借着发酒疯，越发胡扯乱嚷，便有意不理她。刘妈却越劝越盛越人来疯，最后竟骂起姨妈来。话虽不粗，分量却吓人。母亲实在听不过，平生第一次跟她讲了重话："刘妈，我妹妹已改嫁走了，你若是嫌这里丢你脸可以走！"刘妈顿时惊住，立即气短声敛，一边去了。

刘妈不肯离开周家并不是她没有依靠。新中国成立后，她男人何秃子中止了打流混世做小买卖的生涯，进了一家机器厂当起了翻砂工，也捧上了铁饭碗。其实他本就秃得不太厉害，只不过头上有两大块秃疤。而他偏偏特别忌讳别人提"秃"这个字，为此曾与人大打出手。如此，反而自己将"秃子"这个绰号坐实了。他干翻砂工这种重体力活倒是得心应手，技术上也拿得起，再加上原本就能吃苦耐劳，干活时粗中有细，面面俱到，所以，厂子里都挺器重他的。他自己也很满足，且收入也还可以。如此，他便戒掉了嫖赌，只是仍爱喝两盅老酒。新中国成立前，刘妈很少回何秃子的破草棚，说那棚子又脏又腥。其实真正的原因是，有一次刘妈偶尔在夜里闯回草棚子，正好撞见何秃子跟一个拾荒的野女人在破竹榻上不干好事，而且正在兴头上，声音响得地动山摇一般。于是，黑灯瞎火里，刘妈就骂了个声震四邻。何秃子哪里理睬？事干完，何秃子翻身下来，放跑了野女人，照刘妈脸上"啪啪"两记耳光。骂道："早不回迟不回，干柴烈火热络头上你偏来，还懂不懂规矩？你索性不归窝，老子从此就不指望了。"

气得刘妈从此咬紧牙关，再不肯回那间破草棚。后来还是母亲好言相劝，何秃子上门来作揖哀求，她才偶尔回去个一两趟。

何秃子进了国营大厂后，由于各方面有了保障，工人阶级地位空前提高，于是便开始学好上进。先是加入工会，后来当上了班长，不久又提了干，当了车间副主任。提干的原因，首先，不仅是他肯吃苦，技术好，还因为他的成分好，从祖上开始就是出苦力，打长工，讨过饭，扛过活，做过小买卖，他本人更是救过一次火，且头上留下了两块由于头皮烤焦造成的疤痕。其次，抗美援朝掀起增产节约运动，他经常加班加点不计报酬。还有就是他参加了厂里的治安联防队，亲手抓住过敌特分子。这些个都是何秃子的成绩，再加上他能说会道，人缘好，只要不说他头上的短处，你怎么跟他开玩笑，他都能表现出超凡脱俗的海涵。

厂里念他根正苗红，一穷二白，是个可造之才，为了使其更安心本职工作，便动员一些老工友、老弟兄，在厂区外河沿上替他盖了两间简易房屋。房子竣工后，勤快机灵的何秃子，连顺带拿从厂子周围工地上弄了点砖石瓦木、铁皮玻璃等物，又重新改建了一番，使那两间简易房屋变成了厚实宽敞的真正的何家大屋。而事成之后，何秃子仅仅破费了几桌酒菜钱。过后，他常拍着板实的胸脯对厂里几名公私合营后保留的资方人员，唾沫星四溅地说："瞧！这才叫工人老大哥真正翻身做主人！你当老板算什么？"对方反而要赶忙赔笑说："何主任言之有理！""哼！谅你们也不敢斜眼小瞧我！"何秃子悻悻然地说。说完，总是要把解放帽扯扯正，再昂头挺胸地离去。

其实，何秃子嘲笑的，公私合营后保留的，吃定息的资方人员，在50年代，日子过得也还是蛮潇洒的。新中国成立前，他们虽然做老板，但苛捐杂税要交，地痞流氓要供，黑道白道一个不敢得罪，买原料，跑营销，扎头寸，倒汇票忙得黑灯瞎火，还要承受着"大鱼吃小鱼，小鱼吃虾米"的市场倾轧，日脚真是不好过。解放了，反而是吃吃定息，一身轻松。上班看看报表，下班把舞来跳，轻松悠闲逍遥。

像我舅舅这样的老银行，不仅业务精，人缘也好，新中国成立后依旧勤勤恳恳的，当然更受单位的领导和同事的尊重。50年代流行交谊舞，省人民银行周末都要举行舞会，舅舅便成了公认的老舞星，和舅母跳起探戈来舞姿之优美不减当年。连我后来工作以后，单位里要跳交谊舞，都是跟我舅舅"临时抱佛脚"学来的。

照片

后来，刘妈看在母亲好言相劝的面子上，算是常常回家了。月牙湖里大媳妇小婶子之类的妇女，和刘妈逗趣时会问："刘妈，解放了，咋不怀一个？"

刘妈便顺水推舟地说："好几次像是吐了酸，喜得我真以为怀上了。哪知，过了十来天，狗日的下面又来了。你们猜怎么着？原来老娘多吃了一个酸柿子受了凉，所以漫酸。"说完，她自己傻傻地笑将起来。妇女们再逗她："何秃子怕是不中吧？"刘妈说："什么秃不秃的，老娘不嫌你们倒嫌。不中？你们陪他困一夜看中不中！"陈婆子做了一个鬼脸，双手合十："阿弥陀佛！也是多问的。天下哪个女人说老板不中的！"

刘妈知道陈婆子挖苦她，便半真半假地捏了她一把："你家那窝四个娃都是陈实的吗？刘老板那老东西为啥常常挖米给你家？白米是那么好吃的？"众妇人哄然大笑。陈婆子知道泼不过刘妈，也只好跟着笑。

未了，刘妈又捅上一句："解放了。陈婆子在我面前说话也硬气了。赶明儿再发迹了，连我家光荣老太太也不放在眼睛里喽！"陈婆子忙赔笑道："老姐妹闲下来嚼嚼舌头，本不作数的，偏你死人也当真。我哪里敢啊！"

我和弟弟秉辰年龄渐大，由儿童变成了青少年。刘妈虽然这二年也渐显富态相，不过两鬓却早已生出几缕白丝，所以拿秉辰和我当亲儿子待。母亲因为姨妈的事讲了气话之后，她便说母亲狠心，说是家境好了就赶人走。这一招自然灵，唬得母亲从此不敢提谁走的事情。

毕竟是亲姐妹，只要姨妈有半月不来，母亲便会闷闷不乐。但姨妈上姐姐家来的次数还是越来越少了。有一天傍晚，她抱着庆荔来了，虽然没再精心打扮，仍是穿得干净利索。只是脸上一扫过去的鲜活气，显得很疲惫和憔悴。母亲注意她的一只眼角青肿未消，问她："眼角怎么发青？"

"噢，不小心跌了一跤。"姨妈边回答边掩饰地垂下头。

母亲摇摇头，痛苦地闭了一会儿眼，才抱起庆荔仔细察看，小家伙的气色倒还不错。刘妈突然一把拽过姨妈的一只胳膊说："我的姑奶奶，都成这样了，还欺上瞒下，定是姓王的打了你！"

姨妈赫然变色，竭力避开大家的目光。刘妈又紧逼一句："他凭哪门子打人？唉……你真不像太太了！"

姨妈颤抖着从怀里掏出个信封递给刘妈："想来想去没地方藏了……只剩下这张了……刘妈你如果还可怜我的话，难为你替我保管一下，嗯？"

刘妈从信封中抽出一张相片，是谭思杰和姨妈的合照。谭思杰年轻、潇洒，面带微笑，穿一身笔挺的呢军装，肩章上是三朵梅花。大家都愣了神。母亲放开庆荔，命令刘妈说："你帮她把照片收好，将来思杰若回来，好留个念想。"说完，大口地吞气咽唾沫。刘妈把照片插进信封说："他虐待你？"

"不，他那天喝醉了酒。"姨妈还算平静地说道，"平日里，他尽量满足我的花销，常带我去看戏……钱都交给我……也疼庆荔。我以为他不计较……常常偷看那相片，偏巧就让他醉眼惺忪地撞见，他推我一跤，劈手夺去，就撕了。幸亏箱底还剩这一张。刘妈，难为你了！"

"这……"刘妈眨眨眼说，"男人最怕戴绿帽子，你把照片留在这里，说明你还存着藕断丝连的念头，如何与姓王的厮守？他又有股子蛮力，想想都怪吓人的……你做啥应对呢？"

"备着！一日夫妻还百日恩呢！"姨妈点燃一支烟说，"我现已经再婚，想他了，连信也不能写上一封，只能到这里来，看看我们旧日的恩爱吧。"

刘妈慌忙瞥了母亲一眼，悻悻地转身对姨妈说："选择二婚，你是心急火燎要登堂，如今岁岁重阳，今又重阳，你却忘不掉第一次的花烛洞房。女人啊，真是难。讲句不中听的话，女人贱就贱在这张嘴……不认命是犟不过去的，老天爷本身就是为男人考虑得多！女人就是嫁鸡随鸡，嫁狗随狗嘛！"

"那你叫我怎么办呢？"姨妈阴冷地一笑，露出开始发黄的不甚整洁的牙齿，"我舒服日脚过惯了……其实跟谭思杰也并不舒服……但感情难舍……孤儿寡母哪能有好的活法？"姨妈凝滞的眼神里藏着些许的挑衅。

"唉，你问我，我问谁？"刘妈急得直拍大屁股，"一世人活下来，怕也悟不清。我要到爪哇国去问观音老母去了……她也是女人身，不能只是不烦吃喝，供案上有的是鲜果。妈的头，老娘要是观世音非把男人都投了女人的胎，让老爷们也尝尝做女人的苦衷。狗日的，男人怎么不晓得体恤女人！"

姨妈扑哧一笑，笑得连眼泪都要流出来了。不过，在我看来，她那个笑真比哭还难看，豁开的大嘴，露出一排被烟熏黑的牙。我感到害怕，心想姨妈这反常的表情究竟是怎么啦？亏她还笑得出。

我赶忙逼迫自己转移视线，望着窗外的树林和草坪，因为是晚上，那里正洒满从窗户中溢出的灯光，斑斑驳驳，挺有点安宁的气氛。姨妈猛吸几口烟，然后掐灭不算短的烟蒂，息事宁人地说："好了刘妈，你算是疼我的。这事就算结了。有朝一日，今天在座的我们女人家，一起喝几盅，我在鼓楼马祥兴剁了一饭篮盐水鸭，虽过了桂花季节，倒也是正宗的白油干香。晓珍姐，你还记得重庆较场口也有一片马祥兴，门面不大，进深宽敞，门口招牌上画着神咒符一样的字，可是那盐水鸭一入口，他妈的，哪里有盐水鸭的滋味！要不是老蒋怕日本人，逃到峨眉山，连带我们入川，我们怎么会去上四川人的当。四川的袍哥诓人本事大，所以你诓我，我诓你，大家诓大家。不诓白不诓！"

母亲听了姨妈这丈二和尚摸不着头脑的话，知道她心里面已经对老蒋一肚子怨气，便说："老蒋跑到四川，你们跟去，是上当受骗；老蒋逃到台湾，你们要跟去了，还是上当。侬现在总算是晓得了，那些陈年旧话侬也就不要再端出来了，还是想想怎么过好眼下的日脚。"

"可是我没有胃口，完全品不出正宗白油干香。"秉辰突然愣愣地向姨妈提出要求："带我们去一趟玄武湖的后湖州吧，好久没看到猴子了！"

"西北风乱刮，小孩子鼻涕邋遢。这种天气去后湖州干什么？"姨妈训斥秉辰，"明年吧。等开了春，噢？"

秉辰翻翻眼睛说："要是大姐在家就好了！"

母亲闻言，突然深叹一口气道："都说美国佬飞机大炮凶得了不得，老蒋也在凑闹忙，要反攻大陆。真不知道秉乾和秉悦他们如何呢？我一想起来，就是整夜整夜地困不着！"

刘妈见秉辰好端端地又惹太太烦心焦虑起来，便狠狠地瞪了他一眼。呵，那真是很严厉的一眼，让秉辰立时噤了声。

晚餐吃到一半，老王竟然不声不响地上楼来了。姨妈两眼发直地朝客厅门口望，接着尖叫一声。大家循声望去，只见老王穿一身蓝卡其工作服，头戴护耳解放式棉帽，垂手站在暗角里，活像个幽灵。

"姓王的，你来干什么？"刘妈没好气地说。

"我……我来接她……还有娃我不放心。"

"你还好意思来！"刘妈嚯地站起来，一手叉腰一手指着老王，瞪圆了两眼说。

老王吓得浑身一颤，然后嗫嚅地说："下次再也不敢打她了。其实……我本来为她好。反动军官的照片有啥留头。厂里的书记经常教导我们，要讲阶级斗争，我怕她和反动分子划不清界限，以后受连累。刘……刘姐姐，你说对不对？"

"对你妈的头！"刘妈说，"明天我到你厂里去问问，解放了，妇女翻身了，还兴不兴打老婆？"

老王扑通跪下，连说："哦，哦，问不得。我……我正在申请入党呢。这辈子我是第一次打人……以前我只有挨打的份，我……我只图安分过日子！"

"起来，孬种！"刘妈说："既然要安分过日子，何必打老婆，还想入党？呸！听你口音也是扬州附近的人？"

"江都的，离十二圩不远。"老王擤了擤鼻子。

"妈的，怪道人说苏北人孬。"刘妈皱皱眉头，"到我家来不许擤鼻子，要擤外头去。"

"好吧，我外头去。明天……我再来接，娃不要冻着。唉，我想入党真难。其实……我就指望有点盼头。"

老王走了。楼梯上传来缓慢的咯吱咯吱的声音。

第三章 现实与希望

抓叛徒

经过母亲和刘妈的教育，姨妈的新丈夫老王悻悻然地走了。不过他这赔罪道歉的做派，倒让周家上下对他刮目相看。因为这个年近五十岁的，秃头而健壮的男人，这个下关发电厂铸造车间的副主任，倒也并不因为是产业工人、工人阶级、高薪阶层而翘尾巴。为了博取女人原谅，该卑躬屈膝就卑躬屈膝，该五体投地就五体投地，一切皆全然不顾。于是，自此后，母亲一旦对姨妈不放心，就让我到城北下关去串门。进门，说是看望姨妈，其实是监督这个新姨夫有没有再对姨妈施行家暴。久而久之，竟让我发现了一个天大的秘密。

因为姨妈的新居是下关发电厂的宿舍楼，楼内居住的都是电厂的职工或家属。解放初，下关发电厂那可是国民政府留下来的宝贝，一个厂的发电量几乎就是全南京城的用电量。厂里只要稍有设备事故，整个南京城就会陷入一片黑暗。因此，整个厂子包括宿舍楼管理得都很严，如果不是因为新姨夫的身份，我是绝对进不到里面去的。偏偏就是在这里，我碰到了一个似曾相识的人。

那天，我从姨妈的新家出来，一个大叔与我擦肩而过，我猛然觉得此人似曾相识，却怎么也想不起来是在何时何地相识的。

我回到家里躺在床上苦思冥想，辗转反侧，难以入眠。因为冥冥之中，我觉得这是一个对我很重要的人物，我必须想起此人的出处。就在我披衣起身，转到阁楼上时，看到父亲照片的一瞬间，脑间电光石火般炸开了一个刻骨铭心的名字——肖聪明，大叛徒。因为我在通缉令的布告上看过他的相片。他不仅镌刻在我记忆过目不忘的特异功能上，而且铭刻在我复仇的座右铭中。

使命感让我成熟许多，随即停止了跟同学出去游玩的那些玩意儿，开始学着大人的样子，频繁出入姨妈的新居，一旦发现肖聪明的身影，便悄悄地跟踪他。

经过了解，此人现名肖明，是下关发电厂的一名检修工。他会不会是改了名字呢？我暂时还无法佐证。但我认为，所谓肖明，有可能就是肖聪明减少一个字而已，这在解放初简陋的户籍管理中，是很容易经过涂改而蒙混过关的。当年，上海电影制片厂拍摄了一部电影叫《人民的巨掌》，说的就是1949年上海临近解放，一个叫张荣的特务改名换姓隐藏在宝纱厂内搞破坏，最后被有觉悟的群众配合公安机关抓获的故事。它形象生动地启发了我，让我大胆地积极行动起来，开始了最原始的追踪和调查。反正我认定，必须搞清楚这个人的真实身份，因为他长得实在太像肖聪明这个叛徒了，而肖聪明恰恰是造成自己父亲等同志牺牲的罪魁祸首，当然，若肖聪明潜伏下来，又守在这重要的下关发电厂内，作为一个特务，必然背负着让南京城陷入黑暗的使命，这对于南京城的新政府和老百姓的确是很大的危险，就像在发电厂里埋着个定时炸弹。

那年，我曾听大人说过，1950年，南京公安系统曾主动出击，开展全市户口大登记。户籍民警挨家挨户上门调查，摸清每个人员来自哪个省、市、县、乡镇，然后发去信函确认，这样一项烦琐的工作，就让大批特务露出了马脚。一登记，一发函，一调查，挨到1951年七八月份商调函都收回来后，发现有几千个人查无下落，几千个啊！说明国民党在临逃跑前，安插潜伏了大批的特务。父亲牺牲前提供给地下党组织的档案材料，也极大地方便了对潜伏特务的追查。

南京城解放初期，一些潜伏的小特务，为了策应台湾"反攻大陆"的叫嚣，搞了不少搅乱社会治安的破坏活动，但一些"深潜"的大特务，却往往蛰伏不出，等待时机。那天，我跟着肖明，先向南，进了挹江门，折向西，沿着宽阔的马路，来到以前的英国使馆附近。这里曾有过一块小小的英租界，自从国民政府逃往台湾，美英帝国主义的势力烟消云散后，这里偌大的西洋风格的建筑也是人去屋空。

我本以为他是路过那里，谁知，他竟然很快地消失在了那里，就像是被那扇铁质的大黑门吞噬了。我在外面徘徊等待，街上路人寥寥，四下里变得越来越安静。一直等到太阳落下去，路灯一盏盏亮起来，我才疲惫地回到月牙湖家里，对母亲则谎称是在姨妈家耽搁了。

过了几天，我又跟着肖明由下关进了挹江门，但这次他却没有向西去英国使馆，而是折向东了。向东，是一片杂乱的居民住宅区，通过此区域，便来到了静海寺。

静海寺位于南京城仪凤门外，北依狮子山，东接天妃宫，西临护城河，为明成祖朱棣为褒奖郑和航海的功德下令敕建的皇家寺院，是中国海上丝绸之路以及郑和下西洋的重要历史遗存。寺名取"四海平静、天下太平"之意，明清时原规模宏大，殿宇林立，气势恢宏，号称"金陵律寺之冠""金陵八大寺之最"。为供奉郑和从异域带回的罗汉画像、佛牙、玉玩等物品和奇花异木的活株而敕建。但此后的百年间，静海寺历经沧桑。曾几何时，这里香客如云，佛轮常转，但香火终于敌不过战火的淫威。

新中国成立以后，静海寺才稍稍恢复了一些元气，虽然大殿无存，偏殿却还残存，也剩有几间较好的僧房，都为香火重燃留下了希望。加之这里紧挨居民区，所以不过两年时间，香客自又如云而至，佛轮自又常转不息起来。我跟踪肖明拾级而上，一进了寺门，便暗暗叫苦，因为那天正是逢九，竟然香客如织，加上殿门重重，一转眼，肖明如同人间蒸发，竟然不见了。茫茫人海，如何寻找到这个潜伏的准特务，我一时不知该如何应对。我虽然懊恼，但越发觉得这人有问题。在心中更给他定了性：他即使不是肖聪明，也一定是一个可疑的特务！

次日，我再跟踪他时就尽量靠近他走。这次他进了挹江门后，就向南，一直沿着中山北路向中山路走，突然他拐进了一条小街。我紧紧地跟着，生怕又跟丢了。一会儿，看他进了一条很黑的小巷子。我想，这回有戏，他逃不了了。没想到，他竟走进了厕所，进去时，竟然回头狠狠地瞪了我一眼！由于我跟得太近，不得不硬着头皮跟肖明也走进厕所，还假装若无其事地走近小便池。等我方便完回头再找肖明时，他又无踪无影了。

在那建设新中国热情高涨的年月，我从肖明的行踪便觉得他有问题。他不专心致志好好地在发电厂里工作，偏偏常常请假溜出发电厂东游西逛，这让我坚信，他本人即使仅当过叛徒，其身份还不是潜伏的特务，那现时，他一定对新社会心存不满，伺机蠢蠢欲动。我从几次跟丢的经验来看，肖明有着丰富的反跟踪的本领，绝不能小瞧他，而且还要不忘初心，总结经验教训，持之以恒，一定将此人查个水落石出。

我基本上可以断定，这肖明一定不是外地人，因为他对这一带的地形，比我要熟悉得多。我如果陪着他转小街，钻小巷，最后转晕的只能是自己，这是毫无疑问的。

于是我决定回到中山路上，预先在他可能经过的路段等候，然后再行跟踪追击。这个办法果然有效。仅过了一个时辰，我就在中山路与珠江路的交会处看见了肖明的身影。这里离前国民党司法行政部不远，临解放时，一场熊熊燃烧的大火将这个国民党的司法机关彻底烧毁。而今，这里重新修建起了南京电力供应调度的中心南京市供电局。肖明进入珠江路，经北门桥，来到唱经楼街上一家王贺亭刻字店，在里面待了很长的时间才匆匆离去，返回了下关发电厂宿舍。我算是终于弄清了他的落脚点。不管这个落脚点对他有什么用，反正我觉得肖明绝不是去刻个图章这么简单，因为刻图章可以不用舍近求远，跑这么多路，手续很简单，用时也很有限。

我后来又发现肖明去了王贺亭刻字店几次，算是初步摸清了他的行动规律。我记着父亲生前对我说的：再狡猾的狐狸，也斗不过好猎手！我感觉自己的把握越来越大了。但同时，一个严峻的问题也立刻摆在了我的面前：虽然知道了他的落脚点，但怎么才能真真查访到他的底细呢？我想到了向公安机关报案。但是，肖明还没有具体的破坏新政府的"动作"，我仅凭相貌相似、行动诡秘就报案，公安能相信我吗？

这样思忖之后，事情反而就耽搁下来了。我仍然经常去姨妈的新居，把新姨夫规规矩矩、和和气气待姨妈的好消息带回来告诉母亲。遇到肖明也会冒险继续跟踪的"游戏"，就像是在履行一项神圣的使命。

最后，我想起了表姐夫王志文。我想，王志文在政府里面做事，对新政府的政策了解得多，对查叛徒、抓特务也更加在行。于是，我在王志文再次来周家看望母亲的时候，找了个借口，背着家人，把王志文拽上阁楼，且将从布告上揭下来的肖聪明的照片和自己查到的肖明的全部诡异行踪，向表姐夫来了一个和盘托出。

表姐夫听完我的故事，惊讶得脸色都变了。我知道王志文主要是担心我的安全。但我和王志文仔细分析了肖明的动向之后，连王志文也对这个人产生了很大的怀疑，不过也仅仅是怀疑而已，因为他反复对我讲，这事情非同小可，不可当儿戏，必须经过公安部门的侦查，掌握足够的证据，方可以定案。他认为，接下来的答案要由公安机关来揭晓，我不可以再去冒这个危险，只要等在家里静候回音即可。

南京解放之初，公安与户籍民警在辖区内与特务斗智斗勇时，曾主要关注旅馆、拍卖行、旧货店的人员动向，对我提供的肖明几次出入的这家王贺亭刻字店，警方还没有予以关注。

在王志文将我提供的情况转交给公安局后，公安局立刻派出便衣进行了明察暗访。查案的事实证明，我经王志文转达的情况很有价值。尤其是局里派户籍警孙世德暗查了王贺亭的经营情况，很快发现肖明再次潜入王贺亭刻字店，是替人篆刻反动救国军图章、反动救国文汇等，还有一些煽动推翻新政府的材料。顺着这条线索，孙世德揪出了王贺亭背后的指使人，就是隐匿的特务分子、化名肖明的肖聪明。新中国成立后，肖聪明就改头换面，在下关发电厂潜伏下来，伺机破坏新生的红色政权。表姐夫的回复如期到来：肖聪明这个大叛徒、狗特务已经被抓获，经人民政府的严正审判，立即就地正法！肖明的谜底由此揭开，叛徒的下场必然如此。这个谜底的揭晓，除了不出我所料之外，对周家的其他成员来说都是既惊讶万分，又悲喜交集的重大"新闻"。母亲闻讯，一连说了几声"想不到"后，立刻喜极而泣，直到泣不成声。而在劝慰了一番母亲之后，表姐夫王志文当着家里人的面，把我大大地夸奖了一番，说我不仅长大了，而且懂事了。由此，我觉得母亲的"想不到"这一句，就是给我的最高奖赏，称赞我已经成长为一个可以抓叛徒、抓特务的战士！

我其实早就立誓，要为父亲报仇，如今，我终于用实际行动告慰了父亲的在天之灵：叛徒肖聪明已经得到了他应有的可耻下场，父亲可以安息了！后来我才知道，其实，由于广泛发动群众，像我这样帮助公安抓住的敌特还有很多，到1952年年底，南京的公安干警就根据群众的举报，抓了一千多名敌特分子，最终惩治了三百多人，真是大快人心。

兄妹情深

　　1953 年年底，大姐周秉悦终于凯旋了。由陈红梅等南京市的领导相陪，胸戴鲜红的光荣花，她回到月牙湖边的家里。对于这个家庭成员聚少离多的光荣人家来说，本是喜上加喜、锦上添花的好事，但一向敏感的母亲宋晓珍，立刻察觉出了其中隐含的问题。她来不及好好迎接拥抱女儿，就一把抓住陈红梅阿姨的手，急切地问："我的儿，我的秉乾儿怎么没有回来？"我看见，大姐和陈红梅阿姨交换了一下眼神，还没等母亲的问话说完，就几乎在同一时间，一左一右搀扶起了母亲，一起来到客厅的沙发上坐下。

　　接着，大家互致问候，寒暄了一会儿，南京新政府的一个领导，便先把周秉悦夸奖了一番，并将她在朝鲜战场上冒着枪林弹雨抢救伤员的情况告诉了母亲，让母亲欣喜得热泪盈眶。临走时，红梅阿姨终于镇静而又深情地说："晓珍大姐，你不仅培养了一个好女儿，而且还养了一个好儿子，我们全南京市人民都为他骄傲呢！你女儿周秉悦在朝鲜战场上就见过他大哥，对她哥的情况也最了解，说来话长，反正组织上已经安排周秉悦同志在家休息一段时间，还是由她来慢慢告诉你周秉乾的情况吧！我们先要打道回府了。晓珍大姐，凡事既来之，则安之，都要保重为上！"陈红梅阿姨说完话，在深情拥抱了母亲之后，就与随行的几个同志一起登车离开了。

　　家里恢复了往日的平静。大姐悄悄让刘妈为母亲准备好平日里服用的硝酸甘油片后，开始慢慢介绍秉乾大哥和她在朝鲜战场上相会的情况……

　　母亲神情凝重，欲哭无泪，只是紧紧抱着大哥留下的遗物和血衣。她并没有像大姐担心的那样，服用挽救心脏的硝酸甘油片，只是说："我记起了泰戈尔的诗，虽然想你痛彻心脾，却只能深埋心底！他们父子都一样，让我日夜牵挂到心力交瘁。我累了，你们扶我到床上去，把秉乾儿的遗物都留给我，让我细细看，慢慢想……"

大哥的一生，甚至比父亲的更加短暂，令全家人既万分痛惜，又无比骄傲。父亲牺牲在解放的前夜，而大哥牺牲在新中国成立后的第四年，我对他们的逝去既是痛心疾首，又是有所触动，且悟出一个道理：在天下太平之前，每一个生命都要经历磨难，不论是新中国成立前或新中国成立后，且每个人生都有不同的旅程，有的直达彼岸，有的蜿蜒曲折，艰难前行，但只要有信仰，就无怨无悔。就是死，也是死得其所，死得光荣。

我就读的学校还请了志愿军叔叔来做报告，老师告诉我们，志愿军叔叔是最可爱的人。正是通过志愿军叔叔的亲身讲述，我才更进一步地了解了，像秉乾大哥一样的钢少气多的志愿军是如何打败钢多气少的美国佬的：他们在零下 40 摄氏度的严寒中埋伏了六天六夜，五天的军粮硬是吃成了十天；他们在朝鲜的崇山峻岭用一双双铁脚板跑过了坦克战车，用昼伏夜行让飞机大炮失去了威力。胜利，源于不畏艰难困苦、始终保持高昂的乐观主义精神！始终保持着铿锵高昂的战斗士气，才有了这震惊世人的壮举。

钢铁人生

　　转眼就到了公元1958年的春天，我无意中发现弟弟秉辰的个子，竟在不知不觉中赶上了我，蹿到了一米七，且身形魁梧敦实，下巴刮得铁青，除了白皙的面皮还保留了一点"奶油小生"的原貌，其敦实憨厚的外形已具备了男子汉的全部特质。而我自己依旧保留着小骨架的瘦削身材，干巴巴的面相，虽然个子也有一米七，但干瘦的身形，却像是发育不彻底的样子。

　　不过，随着年龄和心智的成长，弟弟越来越感觉，他童年时想当一个画家的美梦趋向破灭。而我因听了秉乾大哥的教诲，想当一名钢铁工人的理想，正在逐步成为现实，小学毕业后直接转入冶金技术专科预备学校就读。学校十分简陋，只有一排平房，五间教室，一片操场。这是建校初期，老师连像样的办公室也没有。开始的时候，学生上课总是不安生，都喜欢回头看坐在最后一排的我。似乎没有善意，也没有恶意，好像就是因为我长得奇怪，而要多看我几眼。这真搞得我很是莫名其妙。一天，下课以后，我逮住一个用眼睛瞄我最多的同学，厉声发问："你为何动不动就拿我当西洋镜看？"他却一脸虔诚地说："我自从听说你是抓特务的小英雄，便很是奇怪，这么瘦弱的身体，跟雄赳赳的公安干警怎么能对上号？"

　　我听了这话，不由得恍然大悟，既明白了同学们的眼光里，其实充满了善意，又颇觉惭愧，深感在今后的学习中必须刻苦勤奋，也为大家做出表率，如此才能不负"小英雄"之名。由是，我开始发奋读书，每天都第一个到校，最后一个离开。同学们通读一遍时，我早已熟读，甚至会背诵了。学期末考试，我果然门门都是五分，既博得了同学们的赞许，又得到了老师的表扬。

　　学校的条件也一天比一天好，又盖了一排平房，还断断续续地建起了围墙、校门、传达室。而我拿回家的奖状也越来越多。那时的奖状虽然都是草纸油印的，厚而粗糙，版式大得出奇，字是竖式排列的，毛笔字却非常漂亮，最右边醒目地写着"周秉坤同学"几个大字。母亲见到了，最是开心，而且总要说上一句："你爸和你大哥知道了，还不知道会有多高兴呢！"而我总相信，只要思念一日不断，心灵感应也一定不会中断，他们一定会知道的。

在我读技校的几年时间里，我觉得弟弟周秉辰也不知不觉地成长起来了，虽然没当成青年画家吧，但也广泛涉猎和阅读了有关绘画艺术的书，也算是受到文学艺术的熏陶，有了不错的艺术修养，举手投足间已显露出一个小男人的野心，以及小艺术家的气质。就像我通过冶金技术的学习，不仅学会了炼铁、炼钢的技术，多少也沾染了一些铿锵钢铁的阳刚之气那样。

学业临近结束前，我已经到南京江北钢铁厂去实习了。去江北，首先要渡过长江。在此之前，我虽然一直生活在南京，却从来都没有渡江到江北去过。

那天早晨，我与其他同学一起，从南京下关轮渡码头坐上渡轮，顺江而下。船离岸后大约半小时，来到江心，但见江水翻滚，激流涌动，江风卷起浪花，翻腾着从船舷两边漫过。不由得想起"大江东去，浪淘尽，千古风流人物。故垒西边，人道是，三国周郎赤壁。乱石穿空，惊涛拍岸，卷起千堆雪。江山如画，一时多少豪杰……"的千古名句。当场就有几个同学与我一样脱口而出，吟诵起来。船经过盘踞于江心的一个大岛时，我问船工，此为何岛？船工答曰："八卦洲。"

我举目远眺，但见八卦洲上，天苍苍，野茫茫，风吹芦花如雪扬，一派江天一色的好风光。经过八卦洲以后，我们就来到西厂门码头，登上了江北岸。带队的是南京江北钢铁厂负责接待的郑主任。他在船上看我吟诵宋代诗人苏轼的《念奴娇·赤壁怀古》，倒很有几分文采，便料定我这个年轻人读过不少书，且求知欲望强烈。所以，在走出西厂门码头时，便对我介绍说："江钢还在建，还没有可供渡轮停靠的码头。这个码头是南化厂的专用码头。你知道南化厂吗？"

我年前因为抓那个隐藏在下关发电厂的叛徒特务，曾了解到下关发电厂用的煤皆来自南化厂。一是因为南化厂前身是成立于1934年的永利铔厂，早早就建有运煤的专线和码头；二是因为生产硫酸铵和硝酸铵，也需要使用大量的煤炭，且比发电厂用煤量大得多。于是我便答道："是不是曾驰名东南亚的最大的化肥厂永利铔？"

郑主任闻言，笑着说："是的，你知道的还不少！那你知道不知道，我们为什么要大建钢铁厂，炼出我们自己的'争气钢'？"

我对这个问题，更是自信地回答道："我们在学校老师就讲过，志愿军用小米加步枪打败了美国佬的飞机加大炮，但也付出了巨大的牺牲，连我大哥也牺牲了自己年轻的生命，所以我们必须下大力气，改变缺铁少钢的现状，使我们国家尽快地强大起来！"

郑主任听我讲到我大哥牺牲在战场上，也很感动，觉得我之所以选择吃"冶金饭"，是怀着发愤图强的抱负，与其他同来的学生不同，仅从立意上看，就要高上好几个档次，如果再加以锻炼培养，一定是个可造之才。

但他对我说的却是："你只是答对了一半。除了你回答的这一点外，还有另一个原因，就是刚开始搞'大炼钢铁'时，有许多人不懂装懂，仅凭一股子热情盲干瞎干，砸锅铸铁，土法上马，用烧土窑的办法去炼铁炼钢。其结果就是，既劳民伤财，又一块像样的铁也没炼出来。最后，还是中央下决心，在有条件的十八个省里，建设十八个地方上的钢铁厂，被行业内称为'十八罗汉'。而我现在领你们去的，就是这'十八罗汉'之一的南京江北钢铁厂。"

郑主任带着我和一起来的同学边走边聊，走了大约一个小时的郊区土路，才来到钢厂的高炉建筑工地。沿途除了一些农田，便是荒僻的丘陵山坡，杂草丛生，野兔出没，人烟稀少。跟我一起来的同学中，有一部分人已经在心里面打起了退堂鼓。

等我们这些人来到工地上一看，发现那里更是惨不忍睹：开凿土石方，一色的人拉肩扛，部队来的工兵则是开山放炮，而后小车不倒只管推。晴天一身汗，到江里去洗一洗，再让江风吹吹干；雨天一身泥，躲进窝棚避一避，昼夜只好穿湿衣，那个艰苦真是不能提。当场就有人离队，跑回了城里，而我却留了下来，一直坚持完实习，后来又成了钢厂的第一代工人，被世人称为"老五八"。

那么究竟是什么原因让我留下来的呢？原来是，在实习开始前，厂里一位从部队转业的领导给我们这帮学生做了动员讲话，他说："我今天就给你们讲讲，我们为什么选择在这里建一座'结束我省没有钢铁生产历史'的大钢厂？这第一个原因就是，这里是一片英雄的土地，早在两千两百年以前，爆发了陈胜、吴广农民起义，但不久就被秦二世派遣的，由章邯率领的修骊山大墓的刑徒组成的秦军剿灭。但就在此时，有一个强悍的楚人项羽，在会稽吴中举义，接过陈胜、吴广的义军大旗，从江南岸的江乘渡江，也就是现在南京江边的幕府山至燕子矶一带。经过八卦洲，到达江北岸古棠邑的九连山一带，也就是我们脚下的这块土地。项羽在这片山峦丘陵之间，卸甲屯军，厉兵秣马，聚集了几万义军，经过训练，成为可以与秦军匹敌的项家军，而后渡淮，在巨鹿之战中破釜沉舟，九战九捷，一举击垮秦军，直至攻入咸阳，推翻秦王朝。项羽大封天下十八路诸侯时，将自己封为'西楚霸王'。后人为了纪念他，便将九连山一带的几座山称为'霸王山'。民国有个张官倬，在其《棠志拾遗》中就详细记载'九连山又曰九龙山，山下有九连洼，亦名九龙洼。东曰霸王山、卸甲甸'。卸甲甸，在县城（此为古棠邑城，今为六合陈桥）南四十公里，旧传楚项羽卸甲屯兵于此，今甸西南山脉绵亘，中有一山，世人犹呼为霸王山，山下有霸王塘，'霸王山下霸王塘'一说，也印证了当地流传的故事，项羽为解决义军人吃马喂所需之水，还开掘了塘口，亦在此山峦丘陵之间，卸甲屯军，厉兵秣马，操练兵法等。我们今天正是在这霸王山脚下，建厂筑炉，发扬霸王'力拔山兮气盖世'的气魄，何愁不能实现铁水奔流、钢花怒放的宏大远景？这第二个原因就是，这里有着悠久的铸铜冶铁的历史，离这里不远的冶山盛产铁矿，早在秦汉时期就已经开始了金属冶炼。相传历史上的楚国，曾建立了第一支战车部队，车兵首次装备了戈矛合体的戟，还专门建立了一支负责平整道路、架设桥梁的工兵部队。这一切都说明，楚国人的学习创新能力极强，突出表现在对金属的冶炼和兵器的改造上。今年在江陵楚墓出土的双矢并射连弩，被专家认定为是半自动步枪的鼻祖。而古江陵正是今天离我们这里不远的扬州。一切都说明，我们这里是中国最早的冶炼发祥之地。所以，我们今天一定要薪火传承，弘扬国粹，为彻底改变中国缺铁少钢的现状而努力工作！"

　　钢厂领导的讲话，获得了台下听众的一致好评。不过，和其他同学仅仅反映"这个领导有水平，会讲故事"不同的是，我感受到的却是热血沸腾。临近实习结束，别的同学早将领导的讲话置之脑后，且通过父母亲朋找关系，走门路，想办法在商业和轻工业部门落实工作，而我却找到钢厂的领导，积极报名，主动要求进入钢厂工作。其主要原因是，这里有霸王山，是秉乾大哥生前告诉我的，英雄项羽的起家之地。这点心思，我只是埋在自己心里，却是谁也没有告诉。

至于这里的艰苦条件、未知的发展前景，我觉得，人的一生总不会一帆风顺，我需要的是耐心和毅力，只有酸甜苦辣咸样样都尝遍，才能真正感受到其中的精彩才能真正具备父亲和大哥所具有的品质，才能珍惜由黑暗到光明、由恐怖到解放、由苦涩到甘甜的幸福与美好。

1958年秋天，我从南京冶金技术专科预备学校毕业，进入南京江北钢铁厂，当上了一名高炉炉前工，我时刻记着秉乾大哥讲的话，立誓要为建设钢铁强国努力。我的人生也算是瞄准这个目标迈出了新的一步。

1959年冬至，标志着全省从此结束没有钢铁生产历史的第一座比较先进的高炉，完成筑炉安装，即将出铁。虽然高炉开炉的工作很繁忙，但工余时间，我仍继续学习文学创作。因为偶尔在厂报厂刊上也能发表一些"豆腐块"文章，颇为沾沾自喜。

而周秉辰初中毕业后，经过方方面面的努力，报考艺校却是名落孙山。不管在李晓燕的眼里他是如何才华横溢，名落孙山却是不争的事实。秉辰当着晓燕的面，骂艺术学校的校长不长眼睛，埋没了一个未来的画家，但晓燕却实事求是地劝他自学，且说自学照样也能成才。秉辰却似乎对自学兴趣不大。第二年秋季全国征兵，秉辰竟然心血来潮，向母亲重提秉乾大哥生前的期望，说："大哥曾建议我，读万卷书，不如行万里路；闭门造车画，不如游历山川摹。学大哥去当兵蛮好！当兵有血性有趣味，且能体验金戈铁马的生活，还能跋山涉水去不少地方，增加自己的阅历。比如黄胄就是当兵出身的画家，那驴画得比活驴还有驴味，能闻到驴的腥臊味。"

母亲拗不过他，于是让他报了名。秉辰年龄虽偏小，体检却是一次通过，勉强合格。他向负责征兵的一名军官当面出示了"光荣人家"的证书，且表态要继承大哥的遗志，做一名光荣的解放军战士。当即得到了这位长官的首肯和特批，满足了他当兵的愿望。向来泼辣的李晓燕，此时也无计可施，只能依依不舍地红着眼圈送他去了部队。

大炼钢铁的年代，对每一个有志的青年，也是热血沸腾的年代。我自经过实习进入南京江北钢铁厂，就发誓要不负韶华，只争朝夕，为祖国钢铁事业的发展做贡献。然而，我在读冶校前所接触的人和事，不是政府机关、部队、学校，就是医院、商店、银行，对钢铁行业还真是一无所知。所以，我一到高炉车间去报到，就暗暗嘱咐自己要拜师求教，虚心学习，凡事讲究认真，尽快适应这个多、快、好、省的年代。

到车间的第一天，果然没有欢迎仪式，只有热火朝天的劳动场面。车间的宋主任甚至对我只交代了几句安全注意事项，就毫不客气地吩咐我立刻穿上工作服戴上安全帽，随他去高炉炉前，并将我推荐给了炉前大班长余老八，一个五大三粗的中年汉子，他工作服上汗渍斑斑点点，披风帽遮蔽了他半个通红的脸庞。

宋主任反复向我介绍说，这位余老八技术好，是炉前唯一的八级工，因此人称"余老八"。宋主任的介绍彻底推翻了我对技术人员的固有观念，比照父亲身边坐机关的同事，技术人员应该都是文质彬彬的白面书生。后来，我才知道，余老八并非他的真名，而是尊称。他的真名叫余永春。不过，跟着余师傅在炉台上下奔忙、身临其境的我，因置身于这热火朝天的劳动场面，立刻受其感染，出了一身透汗。水淋淋的我如同真正融入了大炼钢铁的洪流之中，正于游泳中学会游泳，逐渐适应着冶金工业高温、高压的工作环境。

厂里刚建的两座比较先进的高炉，是当年除了早年日本人在东北留下的几座高炉之外，装备最先进也比较大的正规的高炉，是依据与社会主义大国苏联签署的《关于苏维埃社会主义共和国联盟政府援助中华人民共和国政府发展中国国民经济的协定》，按照其技术规范设计和建造的。本来，在霸王山下，荒僻的江滩、丘陵地上，在当年机械加工、机械制造条件还很落后的情况下，要建起这样的高炉还是很有难度的。为此，市里甚至省里都动员了各方面的力量，来给予支持。经过部队工兵开山放炮炸石，经过各路建筑大军的通力合作，于1959年终于在霸王山脚下初步建成了两座在当年比较先进的高炉，且有一座即将开炉投产。所以，厂里急需冶炼专科的毕业生，来操作和使用这种较先进的高炉。

那天，我在炉前操作室里，第一次见到了来高炉指导开炉的苏联专家谢列莫夫斯基，在厂长陪同下，他正指手画脚地大发议论。他看上去30多岁的年纪，面庞瘦削，身材高大，戴一副金丝边眼镜，怎么看都像是照片上的高尔基。因为讲的是俄语音的汉语，所以，我半听半猜地才搞懂了他的意思。起初我猜想，他一定会做出重要的技术指导。

然而，当我和周围的人一样，竖起耳朵，屏住呼吸，细细聆听完他的讲话，方知谢列莫夫斯基所言全不是那么回事。他这个中国通，权威的专家，竟然除了抱怨还是抱怨，一是抱怨在中国受到不公正的待遇，住的地方太简陋，连洗个热水澡是很难；二是抱怨有人故意非难他们，给予的工作条件差，没有像样的办公室、办公桌，真是无法忍受；三是抱怨中国人的技术水平太差，完全达不到他们提出的技术规范要求，难以实现高炉的正常开炉。从谢列莫夫斯基的表情就能看出，他是完全看不起中国人的技术水平，认为再过二十年，中国人也未必能驾驭这种先进的高炉！

厂长几乎被他讲怔住了，于是临时在高炉上决定，高炉开炉缓一缓再议。这个决定对于车间的宋主任和余老八等而言，实在是太突然了。就像是寒冬腊月天，又被他谢列莫夫斯基当头泼了一盆冷水，搞得心灰意冷。

当天晚上钢厂领导班子连夜开会，讨论谢列莫夫斯基和他助手卡巴耶娃的意见。谁知开了一个通宵，也没能拿出统一的决定。最后还是厂长拍板：走走群众路线，把这个问题放到车间去讨论，看看能不能蹦出个高手，用自己的办法，立足于国内现有的装备技术水平，实现顺利开炉。

那天，接到厂部的决定后，宋主任及时召开了高炉车间的全体技术人员会议。正是在这个会上，我意外地见到了活泼开朗的郝秀云。第一眼，我便觉得郝秀云有点像电影《白衣战士》中，饰演解放军某部野战医疗队女队长庄毅的于蓝。一问才知，郝秀云是从镇江冶金技术专科学校毕业后，被分配到江北钢铁厂来的。读冶校的女生本来就少，分到钢铁厂的几乎没有，她觉得，她读冶校，纯属阴错阳差。初中毕业后，她本是报考的商业技校，谁知回了趟苏北老家，在父母那里多住了几日，耽误了到商校报到的时间。因此，为了不放弃学习的机会，只好改投了冶校。因为在当年，国家急需发展重工业，所以在招揽人才方面放得比较宽。再加上冶校毕业后，她因参加了外国专家组织的一个专业培训，所以比我要晚报道两个月，延至今日才与我碰上面。

不过，郝秀云仅就参加过外国专家的培训班这一点，就让大家刮目相看。会上，大家纷纷表示希望多听听她的意见，而郝秀云似乎有自己的打算，暂时还没有考虑成熟。我觉得她一是心细，谈吐有点像秉悦大姐；二是读了冶校，与自己一样沾染了些许阳刚之气。不过，仅就她也是冶校毕业这一点，我对她便已存有十二分的好感。同为新中国最早的科班生，同为新中国第一代钢铁人，又都是青春勃发的年纪，岂有不感觉相见恨晚的道理？

我们俩在双方互通名姓之后，便算是认识了。我还打趣地说："郝秀云，我猜你比我大，便称你秀云姐吧！不管谁将你'发配'到这烟熏火烤的高炉前来，都是犯了大忌。这里本是男人的世界，猛然来了个女人，还是这么漂亮的女人，只怕是四周那一股股热辣辣的眼光射过来，就要把你烤化了！不过你放心，弟佩服你的勇气，定会时刻护着你，不让你受男人欺负！"

郝秀云却立刻反唇相讥说："要想欣赏漂亮嘛，你还是多看几眼卡巴耶娃，保准让你既养眼，又开眼。至于我嘛，谁要你护着？就凭你这小身板，我护着你还差不多。而且你猜得不错，我确实要比你们这届毕业的技校生大几岁。比你多吃几年干饭，力气也一定比你这单薄的男子汉大！还是让我来护着你吧。不信可以试试！"

你看她这话讲我的，完全不给我留半点面子。我真没有想到，她一张口就是如此的泼辣，令人不得不对这位体态丰满又干练的大姐另眼相看。当然，关于她年龄比我大这点，我也是从她丰腴成熟的身材上猜出来的。若从这点上看，自然比不上卡巴耶娃的苗条性感。但若以中国人的审美来看，我还是觉得她像电影《白衣战士》里泼辣大方的庄毅，更让人喜欢。看着郝秀云胸有成竹的样子，或许她早有思想准备。从选择登上高炉，便已准备向男性的天下发起冲击。此刻我想，她首先要向谢列莫夫斯基发起挑战了。那自命不凡的谢列莫夫斯基恐怕连中国的男人都看不起，更别谈像郝秀云这样的小女人了。郝秀云最好不仅看过《白衣战士》的电影，而且也听过《穆桂英挂帅》的戏，这样她就真能从穆桂英这个艺术形象上汲取一些力量。不过这种想法也令我非常担心，其后果是否会让她碰得头破血流，哭鼻子，跳长江，还真是不好说！

那天，我先是看到郝秀云爽快地从更衣箱里拿出一个挎包，而后像变魔术一般从挎包里拿出几瓶镇江酱菜、几瓶镇江香醋，瓶瓶罐罐的，一下子推到宋主任面前。在当年，这都是炙手可热的好东西，那宋主任表面上不好意思收，实际是恨不能马上就弄点尝尝。郝秀云立刻就从他半推半就的做派上看出来了，便有意说："我知道钢铁厂的人都讲义气，都以兄弟相称，才好办事！从镇江来时，就只带了这些土特产，算是我拜师的见面礼，你收了，我才能把关于高炉开炉的一些想法和盘托出，否则你就是不愿接受。"

宋主任见她如此说，倒觉得心中十分喜欢，便毫不客气地说："那我就收下你这个徒弟了。东西嘛，我也就不推辞了，你到我办公室去说吧！"于是，亲热地把郝秀云拉进了自己一个人独用的那间不大的主任办公室，谈了很长的时间才结束。

他们出来后，我便问郝秀云："你向主任提了什么好建议，说出来大家听听？"

郝秀云却说："无可奉告。但他似乎对我有意，显得有点太热情，我不想说了。先干活吧！"

我就回道："宋主任好像已婚，你可别理他。我请你吃饭怎么样？"

郝秀云知道我喜欢她，借请吃饭套近乎，便说："我不管他宋主任，也不是'吃货'，只想做好工作。只要三顿饭吃饱，便是心满意足的一天。不过，我还有一些父母给的自家产的粗茶，如果你不嫌弃，就拿去喝吧。"

郝秀云说完，就头也不回地去忙工作了，先是把高炉上下的风口套、渣口套的安装情况全部检查了一遍，然后又将出铁口的砌筑情况做了逐一的测量和记录，可以说是全身心地投入到新建高炉的开炉准备工作中。就像那个年代的普通钢铁人，思想纯朴得如同一块块煤炭，就知道只要国家大炼钢铁的需要，那就得毫不犹豫地投身其间，发光发热；就像那个年代的普通知识分子，尤其知道老老实实做人，踏踏实实做事。对待工作和事业显得纯粹与真挚，所有的理想和信念就是要建设一个多、快、好、省的江钢厂，要不遗余力地为新中国贡献自己的知识和才华，把钢铁报国作为人生起步的最初心愿。

创业总是艰辛的。这天下午，我和郝秀云他们在清理完炉前的现场后，又帮着卸载满满一车袋装的水泥。刚卸到一半，我已经是汗流浃背、蓬头垢面，累得不行了。我勉强又扛起一包水泥，便有点头重脚轻，全身都在打晃。突然，一双温柔而又有力的手伸过来夺走了我肩上的重负，反而造成我身体失重，晃两晃就坐在了地上。但是，抬头一看，给我卸载的人偏偏就是郝秀云。果然，周围看见真相的男同胞，立刻就发出了哄笑："哟！哟！周秉坤拔山扛鼎的丹田气，被郝秀云泄掉了……"

当这些笑话我尿、无能的话纷至沓来，令我羞得无地自容时，我当然就什么也不顾了，冲上去就想将郝秀云肩上的水泥包夺回来。但是我却被郝秀云的那只有力的手挡住了。只听她说："别管他们怎么说，你都无须理会，凡事量力而行就好。我说了要护着你，大姐护小弟也是天经地义。扛水泥这种活，男人能干，女人也能干。钢铁厂炉前工，以前都是男人一统天下，但那是以前，就像以前是旧社会，现在是新社会，连毛主席都说妇女能顶半边天！我今天就帮你先顶它半边，看谁还敢与毛主席他老人家唱反调？"郝秀云的话掷地有声，立竿见影，还就真管用，当即就将那帮男炉前工噎得一声不吭了。

活干完，已是傍晚时分，我也顾不上收拾，便拉着郝秀云来到附近南化厂边上的唯一一条街——西厂门街，去吃晚饭。果不出我所料，郝秀云能干，自然也能吃，一口气吃了四个大肉包子。我感觉她似乎依旧没饱，但出于女性的矜持不好再吃，便停了下来。我那会儿已经一口气吃了五个包子，便伸手拿起一个包子，递给她，说："我已经吃了五个包子，你才吃四个，你继续吃！"

她在我的提醒下，先是一愣神，问："你吃了几个？"我答："五个！""那我吃了几个？""四个！""那我们是不是把两天的定量都吃完了？现在可是困难时期。"

我算了算，说："今天你帮我出了大力，我请客，你尽管糟！后面我把每天三顿改两顿就补上了，反正这么多年都饿惯了。"那年月，我们习惯把超定量吃饭叫"糟蹋粮食"，简称"糟"。

她想想说："即使你请客，我也已经吃超了，虽然没有吃饱，但也不能寅吃卯粮了。"说完，还像小孩子那样做了一个鬼脸。

正是这个鬼脸，让女性特有的温柔暴露无遗。我觉得自己好像更喜欢她了。

正是对她的好感，让我嬉皮笑脸地对她说："我豁出去了，你再吃两个吧！因为你帮我多扛了不止两包水泥，真是太累太饿了！"

郝秀云却再次提醒我："你有那么多粮票请客？"

因为那时候是困难时期，为了限制男同志的定量，不要寅吃卯粮，因此宋主任将我们的粮票都交由郝秀云来管理，说是女同志心细如发，天生就会细水长流，勤俭持家。当然，他也是有意向郝秀云示好。

最后，我们吃完结账时，还是郝秀云拿出粮票来，请了我的客。且对我说："以后，还是姐罩着你，且对小弟网开一面，你就放开吃吧！姐自会勒紧裤带，减肥瘦身，来保证你不挨饿！"

郝秀云就是这么乐观和爱开玩笑，但我已经从她的话里面，听出来几分爱意，却不敢开口问。那时，已进入自然灾害时期，能吃的东西是越来越少，许多人已经艰苦地吃起了"瓜菜代"，那种用山芋和野菜混在一起熬的糊糊，郝秀云却还能保证我吃上肉包子，那真是让我感激涕零到要下跪的地步了。

其实，我心里真正喜欢的，是郝秀云的女人味，个子中等，体态丰腴，凹凸有致，眉目清秀，端庄大方，手脚勤快。我虽然对郝秀云的泼辣有点怕，但如果郝秀云需要帮助，我想我定会毫不犹豫地像支持哥们兄弟那样，为她两肋插刀。我甚至自作多情地想，只有在我的帮助下，郝秀云才能免遭谢列莫夫斯基的嘲笑和奚落。因为重工业这块男人的领地，连一般的男人都玩不转，何况她这个初生牛犊不怕虎的"孟姜女"，误打误撞进了这一领域，到头来，哭不倒长城事小，没人同情她的眼泪就凄惨了。我一度怀疑郝秀云是选错了职业，学钢铁专业的女生本来就凤毛麟角，分配到钢铁厂的女生那更是稀有物种。这般好强的女子怎么能和钢铁打交道？她能在江北钢铁厂坚持下去吗？

然而，我还是失算了，我并不知道，其实那宋主任已经将郝秀云提出的建议报告给了厂领导。因为宋倪敏主任清楚，像郝秀云这样的冶校毕业生，都有股子闯劲，在这个大炼钢铁的年代，也算是风华正茂、大有作为的知识青年。在江北钢铁厂高炉车间，更是"人中吕布，马中赤兔"的"宝贝疙瘩"。

江北钢铁厂第一座建成的炼铁高炉——1号高炉，开炉在即。他宋倪敏急需的是开炉的办法，他不想因为谢列莫夫斯基嘲笑人的一番话，把高炉开炉搞得遥遥无期，让他这个主任丢人现眼，还丢了官帽。而厂部洪华厂长想的则是，这座高炉的投产关系到全省能不能早一天结束"没有钢铁生产历史"的大问题！当然，按照外国专家制定的高炉开炉技术规范的要求，国内现有的制造、安装精度，确有差距！而且，这个差距在短期内还没有办法填补。怎么办？是停下来等待，还是拼搏一把？郝秀云建议："开炉是决定高炉寿命最关键的一件事，更何况，这是全省结束不产钢铁历史的第一座高炉。然而，要想高炉顺利点火开炉，出铁投产，就必须按照外国专家制定的高炉开炉技术规范的要求，制定一套完备的开炉方案。把存在差距的要点，逐个完善，实在无法弥合的，要安排专人蹲守。还要选择一位优秀的炉长坐镇指挥，统筹协调，才能把风险降到最低，然后拼一把，将高炉开起来。"

当时，宋倪敏记得，自己还追问了一句："你的意思是不是要赌一把？"但郝秀云回答得很巧妙，她说："我说的是拼一下。赌是抱着投机侥幸的心理，而拼是抱着必胜的信念！"正是郝秀云的这句话打动了洪华厂长，让他果断地将郝秀云提出的建议方案，带到了厂长办公会上去讨论。

当洪华厂长将郝秀云提出的建议方案交给厂领导班子讨论时，大家比较集中的意见是，为了稳妥考虑，一是既要听取外国专家的意见，又要发动群众，再广泛收集适合本厂具体条件的开炉建议方案，尤其是让冶金技术专业的年轻人多多参与；二是在此基础上，确定合适的炉长人选，以利今后的开炉顺利。

场部的决定张榜公布以后，我和郝秀云等一帮年轻的科班生，都看得热血沸腾，跃跃欲试，都觉得自己大显身手的好时机到了，于是，都积极找洪厂长请缨，且上交了自己制定的开炉建议方案。经过场部组织的评审会，最后敲定，我和郝秀云上报的两个方案进入决赛评选。

我接到厂办的通知，来到洪厂长办公室，向在座的主要厂领导，历数自己方案的优势，说得既头头是道，又言简意赅，把握上是胸有成竹，决心上是斩钉截铁，令洪厂长等领导很激动。

送走了我后，几位领导又将郝秀云请来，让她再一次阐述自己的观点。那洪厂长因为早将她的开炉建议方案看了，所以一上来就让她说说对外国专家的看法，且要实事求是。

郝秀云竟然胸有成竹地说："要说外国专家，就要先说这个外国。一是，这个十月革命后成立的第一个社会主义国家，在战争与革命年代，在资本主义的包围下，为了巩固和发展社会主义而采取一种高度集中的社会主义的政治、经济体制。列宁是缔造者，是社会主义制度的创始人，是他把马克思主义基本原理同俄国的革命实际结合，创立了'一国胜利'的学说，并领导俄国无产阶级突破了'帝国主义链条上最薄弱的环节'，取得了十月革命的胜利，建立了第一个社会主义的苏维埃政权。这和我们把马克思主义基本原理同中国的革命实际结合，实现了新民主主义革命的胜利一样。

"二是，列宁在十月革命后短短的七年里，以其超人的智慧和毅力、非凡的勇气，对巩固和发展社会主义的苏维埃政权的内在规律，进行了多方位的探索。他根据马克思主义的基本原理，从俄国的历史和现实出发，在政治上实现了由全体人民管理国家到由无产阶级先锋队管理国家的转变，在经济上实现了由战时共产主义政策到新经济政策的转变，克服了一个又一个危机和困难，终于稳定了本国的政局，促进了工农业的恢复和发展，为建立国家的社会主义基本制度奠定了基础。这也和我们新中国成立后所采取的政策，以及发展工农业的做法颇为相似。

"三是，列宁之所以能取得这些成就，就是因为他把马克思主义基本原理同俄国的革命实际结合。而我们现在也要将外国的先进技术与我们高炉的实际状况有机地结合，但是，外国专家来到中国，自然一时不能适应我们这种小高炉落后的现状，所以生出很多批评意见，这也是可以理解的。其实，他们并不知道，就是这种条件，我们也是付出了不知多少牺牲和努力才好不容易达到的啊。"

洪厂长本因读过她的开炉建议方案，对她已是刮目相看，此时听她又滔滔不绝讲出这么一番道理，更是吃惊，于是问她缘由。郝秀云倒也实事求是，她说："我大伯早年曾与蔡和森、向警予他们一起留法勤工俭学，对外国专家的情况颇有研究，对我也常给予教诲。只可惜，前年病故了。"

"原来如此。真是太可惜了！"洪厂长不由得深深地惋惜道。

"各位领导，我希望大家可以采纳我的方案，我一定兼顾外国专家的意见和我们厂的实际情况，将高炉开好，这也算是对我大伯的告慰吧！"郝秀云说到恳切处，竟然是动情得两眼含泪，令洪厂长和在座的各位厂领导都为之感动不已。

郝秀云走了以后，几位领导经过短暂讨论，一致认为可以一并考虑开炉建议方案和新炉长的人选，还不能"一女二嫁"。于是，他们决定，最后由洪厂长来定夺。洪华厂长思前想后，就想起曾在部队里面的做法：让各连队"打擂台"，最后确定出"尖刀连"的人选。

于是洪厂长一拍桌子，站起来宣布："让周秉坤与郝秀云'打擂台'，各人将自己的开炉建议方案拿到群众中去征求意见，再由厂部组织群众代表投票决定采纳谁的开炉建议方案，谁的方案当选谁就是第一任高炉炉长！"

　　这真是一石激起千层浪。厂部的决定下发以后，高炉车间内首先炸开了锅。有许多人在余老八的带领下找到我，公开表示支持我。这使我的自信心一时爆棚，甚至美滋滋地想，凭我这身高马大、浓眉大眼的男子汉和瘦削英武的身材，驾驭高炉，熔矿化铁，舍我其谁也？她一介女流，何能征服我这胸怀千度高温的铁巨人？

　　宋主任倒是有着自己的心机，特地来到我的宿舍，对我说："你前面申报的材料，都没有针对外国专家所提出问题的解决方案，恐怕今后会难以应对其提出的质询。而我的笔记本上，记载着洪厂长的讲话，其中重点提到郝秀云阐述的关于外国专家疑问的答复，很重要。改天我拿给你看看，也许可以帮你对付外国专家的质询。"我在感激之余，提出了疑问："郝秀云为什么把外国专家吃得这么透？"

　　宋主任便将他打听来的小道消息也一并相告："她大伯早年是参加留法勤工俭学的，对十月革命后的苏联专家有着极深的研究。不一般哪！"后来，我也从宋主任那里将笔记本拿来看了，真是获益匪浅。甚至我还连夜抄录下笔记本上的内容，还本子时，连说了几声"感谢，感谢"！

　　我越看笔记本内容，越觉得自己与郝秀云的认识存在差距，竞选取胜的把握不大。由此，竟然还引发了此后纠缠我一生的自卑感。

　　当时，我采取的临时抱佛脚的办法是，在群众投票方面，尽量争取余老八他们的支持。于是，我为此专门找了余老八。余老八的原名叫余永春，是因高炉建设专门从石城铸造厂调过来的老工人，现为炉前技工。在高炉上下，一是因为他年纪最大，二是因为他是唯一的一个八级技工，所以受到大家伙的尊敬，威望也高。俗话说："金无足赤，人无完人。"余老八的毛病是看不起女人，一旦喝醉了酒，回家还要打老婆，而且常在背后议论女同志是头发长、见识短。他还常常笑话一班小年轻怕老婆，是得了"妻（气）管严（炎）"。所以听了我的话，便从他的角度表态，不但坚决支持我当选，而且扬言绝不能让郝秀云当选！

　　我后来又听说，厂部的竞选决定，正是在看了郝秀云的开炉建议方案后做出的。这下子，又让我少了一半的信心。于是，我将疑虑再次去跟宋主任说。宋倪敏这个高炉车间的主任倒是个爽快人。他循循善诱地劝我说："'打擂台'嘛！大家看的不是你一拳、我一脚的小打小闹，大家认可的是最后输赢的结果。你也读过冶校，且在实习时，因那番表态受到过厂领导的肯定，至少在厂领导那里是占有先入为主的优势，再说你本是南京人，还有地域上的优势。从理论上来说，全国新建的钢铁厂，高炉上还真没有过女炉长。你知识面也广，能力也不差，对高炉操作也熟悉，为什么不可以用心准备？为什么没有自信心，一上来就怯阵呢？"至于宋主任私下里是不是也在帮助郝秀云，我却是一无所知的。

其实，当时宋主任的话，听起来还是有几分道理的。就在第二天，那郝秀云反而抱着学习的态度，来向我这个竞争者请教了。她当面还称我为"师傅"，搞得我很尴尬，不由得警觉地问道："我们现在可是竞争对手，你难道是主动上门来挑战？"

令我没有料到的是，郝秀云竟然一脸谦虚地问："周师傅，你肯不肯点拨我一二，教教我当炉长需要准备点什么？"

这一问，让我真有点蒙，更不知道这场"擂台赛"究竟鹿死谁手了。

我只得反过来提醒她，我们倒是首先要考虑，如何过外国专家这一关。没想到，郝秀云云淡风轻地回答说："我料定，谢列莫夫斯基早对中国的落后技术装备水平失去了信心，抱定我们反正是搞不成的结果，所以并不会多干涉我们的做法。只会在关键时刻发出警告，你敬我一尺，我还你一丈而已。"她的话，证明她注重的是开好炉，当好炉长，对"擂台赛"她看得很淡。

郝秀云的话，让我有点始料不及。于是只好敷衍地说："开炉这个事，说重也重，就是战术上要重视，要细致慎重地考虑好每个步骤和每个程序；说轻也轻，就是战略上要藐视，相信自己有能力有把握把炉子开顺！"郝秀云竟然没有听出我在用哲学观点绕她，反倒略带腼腆地说："你别一张口就是毛主席的战略思想，姐姐也不跟小弟你讲人定胜天，只要你有充分的准备和十分的把握，姐姐就让给你。"

这下，我反倒被她说得不好意思起来，便道："这事你才是'始作俑者'，我们虽都在一个起跑线上，但我更看好你的细心和决心。"随后，我竟自觉自愿地，将自己收集来的开炉参考资料拱手相让，交给了郝秀云，也令她有点感动地说："谢啦，你这个小弟，姐姐我认下了。"

经过群众投票和厂部组织的评审，"打擂台"的结果终于揭晓！大红榜张贴在了告示栏里面。令前来看榜的余老八等一班高炉炉前工尤其感到意外，竟然是郝秀云这个丫头片子的开炉建议方案被厂部采纳了！方案里当然也没有忘记给谢列莫夫斯基留出了首席顾问的位置。

女炉长

在宣布"由郝秀云同志出任高炉炉长，领衔高炉开炉投产事宜"的大会现场，洪厂长在动员讲话中，再次用打赢三大战役的重要性来比喻打赢开炉之战的重要意义。接着便宣布了"打擂台"的结果。

不承想，他话音刚落，余老八领着一班炉前工老爷们纷纷站起来，带头在会场上喊了起来："我们坚决反对厂部的决定！坚决不同意郝秀云任高炉炉长！"

洪厂长拿出部队里的做派，大手一挥，喝令道："简直无组织无纪律！全给我坐下！你们谁有不同意见，要先举手，我让谁发言，谁才能发言！没有我的认可，你们谁都不许胡言乱语！"

会场上先是一阵沉寂，但随即余老八高举起了双手。洪厂长很不情愿地点了余老八的名："余永春，你站起来！我倒要看看你有什么说辞？"

"我就是不同意郝秀云任炉长！本来我们炉前几个还商量，这高炉花了多少人力和国家多少钱才造起来的，真是太重要了！那开炉更是有风险，搞不好整座炉子就此报废！开炉绝不能有不吉利的兆头！我们已经叫算命的算了一卦，取了良辰吉日，还准备了祭拜用的一整只大猪头和几大瓶烧酒！这下好，给个女炉长的晦气冲了个一干二净！"余老八理直气壮的一气慷慨陈词，把刚刚信心满满的郝秀云弄了个面红耳赤，下不来台阶。余老八的说辞，引起会场上一片嘈杂的议论和叫喊。

有人甚至喊道："女人上高炉晦气！高炉开不顺……我们要周秉坤当炉长……"

忍无可忍的洪厂长与坐在身边的两个副厂长稍稍交换了一下意见，便提高嗓门喊道："安静！安静！我们继续开会！既然有人提出来让周秉坤当炉长，那么我们就来听听周秉坤同志怎么说吧！"

于是，会场上众人的目光都齐刷刷地射向了坐在最后面的我，使我如坐针毡，而整个会场的观众，也像在一瞬间来了一个 180 度的向后转，所有人都把脖子朝后转向了我。其实，他们应该明白我有意坐在最后的良苦用心，不就是为了让贤才退避三舍的嘛！

我起先真是有点不知所措，不知道要说点什么地愣在了那里。突然间，就听到余老八高喊一声："让我们欢迎周秉坤炉长讲话！大家鼓掌欢迎！"会场里还真的响起了一片掌声。

没办法，我知道，此刻自己必须要亮明观点了。于是，我摆摆手，站了起来，说："我不同意余老八的意见！请有些人也不要跟着瞎起哄！首先，虽然郝秀云同志比我晚进厂，也晚上高炉，但是她参加了外国专家组织的培训班，对外国专家制定的冶金技术规范掌握得比我好，学习也比我刻苦，她拿出的开炉建议方案比我早，做得也比我的好，更详细、更有条理，也更实用。如果大家能按这个方案去认真做，高炉一定能开顺。其次，我们现在已经是新中国了，早就应该把那些个封建迷信的东西丢开了！高炉从开炉到操作，都是很讲究科学的，绝不是靠那些个良辰吉日和猪头烧酒，就能够实现炉况顺行的。尤其在这方面，我们绝不能让外国专家看笑话。所以，我完全同意厂部关于郝秀云同志担任炉长的决定。借此机会，我向洪厂长保证，我作为开炉值班室主任，一定支持郝炉长的工作，恪尽职守地排除一切故障，以保证开炉顺利，投产顺利，出铁顺利……"

"让我们为周秉坤同志的响亮保证，热烈鼓掌！"洪厂长还没有等我把话讲完，就带头鼓起了掌。接下来，洪厂长风趣地说："我们也要为余老八鼓掌，感谢他为我们开炉前搞的大会餐，送来了一个二十斤的大猪头，还有八瓶好酒洋河大曲。我想大家吃了好酒好肉，浑身有了力气，那还愁开不好炉吗？"听得此言，台下一阵哄笑！而余老八，却是冲我做了一个"孬种"的手势，拂袖而去，提早离开了会场。

余老八的手势，我虽然看在眼里，却并不在意，因为我知道，那不过是他头脑里顽固的封建思想在作怪而已。但是，还有两个关键人物的愤然离场，却是我始料不及的。其即将给我带来的打击，也是极其致命的。这两个人，就是首席顾问谢列莫夫斯基和他的助手卡巴耶娃。

谢列莫夫斯基身材高大、身形挺拔，一头浓密的黑发似乎可以证明，他曾长期在中国生活。脸庞略显消瘦，额头宽阔，眉毛浓密而修长，眼睛深邃有神，透露出一种坚毅的气息。鼻子笔直而挺拔，给人一种坚定果断的感觉。嘴唇薄而紧，显得坚毅而不轻易流露情感。

因为，打仗需要大量的钢铁，所以，日军自1931年九一八事变占领东北后，便大肆掠夺鞍山等处的铁矿资源，并将东北全境的冶炼设备高炉等据为己有，开足马力生产出钢铁，制成枪炮，拿来对苏对华作战，尤其对苏联远东地区构成很大威胁。所以，从40年代起，苏联远东情报局便聘用冶金专家谢列莫夫斯基，专门搜集和掌握日本关东军在中苏边境一带和伪满洲国拓展钢铁冶炼、扩充军备的战略情报。

1945年抗战胜利后，谢列莫夫斯基接受委派，来到我国的东北地区，一直在帮助国内尽快恢复钢铁生产。转眼间就在国内待了十多年。他不仅成了冶金方面的专家，而且也成了彻彻底底的"中国通"，一张口便是道地的俄语音的汉语。而近几年，组织上给他配的助手卡巴耶娃本身就出生在哈尔滨，也能说一口流利的中国话，虽然年纪不大，却也是个冶金技术的专家。不过，她是一个身材娇小的女人，皮肤白皙而细腻，给人一种温柔和善良的感觉，与谢列莫夫斯基的高大威猛形成极大的反差。尤其是她圆润的脸庞荡漾着性感、甜美的笑容，鼻子挺拔秀气，又给人一种高贵的感觉。身上散发出的青春的光辉，让目视她的人，会不由自主地感到燥热和心动。

事后我才知道，谢列莫夫斯基离场后不久就找到洪厂长，且严正地指出，江钢厂任用郝秀云为炉长并组织开炉是极不负责任的，由此产生的严重后果，他将概不负责！

洪厂长耐心地请他说明理由。他一是强调了前面已经提过的意见，认为只有按照他们制定的高炉开炉技术规范要求做才行。然而，又认为国内现有的制造、安装精度，短期内根本达不到要求，冒险开炉存在极大危险。洪厂长只能直言相告，说："如果为了满足你们提出的高炉开炉技术规范，我们必须推迟开炉的话，那我代表厂部明确答复你们，我们等不了！因为我们一穷二白的国家，正等着这些钢材来改变面貌呢！"

谢列莫夫斯基见洪厂长绝不退缩的姿态，只能又拿出撒手锏，说："我们提供给贵厂的先进的耐高温高压的轴流风机，是高炉的心脏，也是开炉关键的关键，这个关键技术，我们还没有移交给你们的技术人员，你们在没有掌握这项关键技术的情况下，就想开好炉，简直是天方夜谭！"

洪厂长听到这里，不由得双眉紧锁，真正感觉到了问题的严重性。

但经过深思熟虑之后，洪厂长仍然下定决心，斩钉截铁地说："我有信心，更信任厂里年轻的技术人员，他们有知识，有理想，只要你诚心诚意地把技术传授给他们，他们一定能在短期内掌握轴流风机的技术和先进的开炉技术。"谢列莫夫斯基看洪厂长说得如此坚决，一时也不好再说什么。加上他也明白，作为首席顾问，他也有履行协议上移交技术的职责，所以只好勉强答应说："那我试试看，如果郝炉长她们自己知难而退，短期内掌握不了这门技术，那我就概不负责了。"洪厂长闻言，当然知道他此言的用意是另有打算，甚至另有动机。

其实，为了请到谢列莫夫斯基这样的"大神"，江钢厂还是想尽了办法的。老实讲，处于创业阶段的江钢厂，原本连安置谢列莫夫斯基这样专家的外宾招待所都没有。为了使谢列莫夫斯基和卡巴耶娃满意，他们是费尽心机，才从邻近的创立于1934年的南化公司的外宾招待所租来最好的房间，才达成了"种下梧桐树，招来金凤凰"的目的。

结束了与洪厂长的最后摊牌，谢列莫夫斯基一回到南化公司外宾招待所那栋小洋楼内，便找卡巴耶娃紧急磋商。他希望卡巴耶娃配合他去做工作。至于工作分工嘛，就是他来对付郝秀云，而卡巴耶娃正好对付我。当然，这些我都是后来才从卡巴耶娃的嘴里得知的。

他们所谓的工作，其实有多层的含义，既可以是传授经验，也可以是规劝、说服，总之是要让我和郝秀云接受他们权威的意见，推迟整个开炉计划。

开始时，我当然并不知道，谢列莫夫斯基是怎样对郝秀云开展工作的，但我却是真真切切地领受了卡巴耶娃的"工作"要义。

那晚，卡巴耶娃请我去她那里吃饭，我先是推托了一番，但转念一想，我为何不乘此机会，向专家讨教一些技术诀窍，为顺利开炉取得第一手资料呢？于是，我就壮着胆子去了。我清楚地记得，就在我走进南化外宾招待所的时候，天下起了雨。因为民国时，在通往那座小洋楼的道路旁也种满了梧桐树，所以不多时，这雨就变成了梧桐雨，淅淅沥沥地发出悦耳的声音。尤其是在我进入卡巴耶娃住的那间房间后，从窗外闯入的雨声，竟和在中山门外、月牙湖边的家里所闻一模一样。让我感到分外亲切。

卡巴耶娃见我应约而来，似乎分外高兴，上来就热情地帮我脱去了外套，我先是企图推托，觉得很不好意思，但她却说："到我这里来，就跟到家里一样。"我抬眼打量她，不觉眼前一亮，她穿着普通的卡普里裤子，上搭方领口的上衣和格子衬衫，显得得体而大方。我只得在心里自我安慰，客随主便吧！然而，就在我坐到餐桌前时，她已经迅速打开了伏特加。极浓的酒精味即刻充满了房间，似乎一点即燃。然而，她为我准备的晚餐却很简单：面包、火腿肠、罐头午餐肉。我当然知道俄罗斯一年很多时间都是寒冷的气候，所以喜欢喝酒取暖，特别是喝像伏特加这样一点即燃的烈性酒。但我却不敢相信，像卡巴耶娃这样娇小的俄国女郎，也爱喝伏特加这样的烈性酒。就在我还在疑惑之际，她已经将酒斟上了，用的还是那种盛装葡萄酒的高脚玻璃杯。

卡巴耶娃示意我共同举杯的那一刻，已将她的优雅与高贵、韵味与魅力展露无遗。她握杯的姿态尤其撩人，让你不由自主地与她同饮。她一口口品酒的风韵，甚至能让你在无形中便放弃对伏特加的所有戒心，把烈酒当作白葡萄酒那样一饮而尽，烧灼感从喉咙口一直到达胃里，毫不留情，决不客气。一杯下肚，已烧得我面红耳赤。

反观卡巴耶娃似乎一杯喝完刚有兴致，斟满第二杯酒才是真正的开始。沉默也随之被她好听的哈尔滨话打破："周秉坤，你酒量不行！刚喝了一杯，就害羞得像个小姑娘。我第二杯喝到现在，还没有什么感觉。就像你们掌握的高炉技术完全不行，没办法和我们比！甚至连轴流风机的关键技术都还没有掌握，就想一步登天，把先进的高炉运转起来，真是有点天方夜谭！"她的开场白，就像是谢列莫夫斯基教给她说的，毫无新意。

但我听了她的话，总算是明白了她摆下这"鸿门宴"的真实用意。随即想起了"一般的女人不喝酒，女人不喝一般的酒，喝酒的女人不一般"这句话。我客气地回应她说："伏特加这样的烈性酒，我还是有生以来第一次尝试。此前，我最多只喝过一种度数很低的绍兴黄酒。所以，暂时还喝不过你。但是，我发现，即使是第一次尝试这样烈性的酒，我仍然没有被醉倒，不过是脸红而已，当然还可以继续喝。这也可以证明，我有能力去尝试第一次驾驭先进的高炉，第一次用好轴流风机，第一次用我们自己的开炉方案，将我们自己建的先进高炉开好、开顺。最多是要多尝试几次而已。"说这话的时候，我已在心里反复告诫自己，面对挑战，怯懦没有用，跌软没有用，自卑更要不得。说完又觉得还不够，于是，接着补充道："当然，万事开头难，尝试成功的前提是满足必需的条件，就像你今天请我喝的伏特加，需要你慷慨地将资料、图纸及技术传授给我。"

然而，当我提出"传授资料、图纸及技术"的要求后，卡巴耶娃似乎显得心事重重，甚至有点局促不安。

她试出了我的酒量，然而，我却猜不透她此刻的心事。她听我点破其"要害"时的局促不安，竟与她开始时的热情豪放、坦率好客截然不同。这种表现上的天壤之别，正说明问题之所在，其背后，似乎正有一股逆流在涌动着。

不过，当我们为了避免尴尬，不约而同地将话题转向文学和艺术之后，我们之间短暂的难堪气氛也就烟消云散了。

记得她突然问我，有没有看过《钢铁是怎样炼成的》这本书。我的回答当然是肯定的。她告诉我，在她们国家，并不是搞钢铁的人才看这本书，而是很多年轻人都喜欢，特别是喜欢书中保尔和冬妮娅（林务官的女儿）的爱情。

我告诉她，我也非常喜欢这一段，且知道，因为解救朱赫来，保尔自己被关进了监狱，而后愚蠢的敌人却又把他错放了。出狱后的保尔慌不择路，跳进了冬妮娅家的花园。由此，冬妮娅喜欢上了热情、倔强、个性刚强的保尔。当然保尔也被清纯、漂亮、整洁、文雅的冬妮娅深深吸引。是哥哥阿尔焦姆把保尔送到喀查丁参加了红军，当上了骑兵，勇猛地挥舞着马刀，纵横驰骋。战斗之余，保尔还喜欢读《牛虻》《斯巴达克思》等小说，有空还讲给战友听。是激烈的战斗，使他头部受伤，被送进了医院。出院后，保尔住进了冬妮娅的亲戚家。因为一只眼睛失明，他不能再回前线，但他仍然投入各种艰巨的工作中，仍然与冬妮娅相爱。但是，就是因为阶级地位和观念的差异，当他带着穿着漂亮整洁的冬妮娅参加工友的聚会时，遭到了工友的讥讽和嘲笑。保尔意识到冬妮娅和自己的阶级属性不同，竟然下决心断绝了他们之间的感情。我坦言，每每读到此，都会为他们留下惋惜的眼泪。因为我认为，爱情应该超越阶级，如同钢铁是在忍耐一切的磨难中锻打炼成的一样，无论是不幸的命运，还是痛苦的煎熬，只要有爱，你就要坚持、忍耐，忍住一切不幸和痛苦，在烈火中炼成钢。

我的话显然引起了卡巴耶娃的共鸣。她也坦言，每当读到面临饥饿、寒冷、疾病、伤痛折磨的保尔在抢修铁路的现场，巧遇下车查问停车原因的冬妮娅。看着曾经的恋人依旧漂亮、纯真、有教养，却已形同陌路，相对无语，百感交集……常使她潸然泪下。她甚至说，如果自己是冬妮娅，一定不会放弃对保尔的爱。

窗外，梧桐雨淅淅沥沥地弹奏出美妙的音响；室内，伏特加酒点燃的烈焰穿透了两个年轻人的胸膛。卡巴耶娃的话，让我感觉到了她的纯朴和善良。实际上，每个国家的人都有自己的兴趣爱好，兴趣爱好相同或者相近的人，不论国别，都很容易走到一起，也非常容易建立感情。共同的兴趣爱好此刻就在我和卡巴耶娃的心灵上架起了一座桥梁，再借助着酒的催化作用，我们之间的情感也在迅速升温。

我这人最大的毛病就是酒后话多。此刻竟然情不自禁地将父亲为了祖国的解放，不惜牺牲自己的故事，大哥——一个极像保尔·柯察金的人，为了保家卫国，牺牲在朝鲜战场上的故事，都一一讲给了卡巴耶娃听，也不管她是否能够理解。

不过我至今仍记得，在她那双专注而美丽的大眼睛里，立刻便写满了感同身受的同情和感动。如果说，从女人的面部表情去推敲她的内心可能是不准的，尤其像卡巴耶娃这样高贵而优雅的女人，其面部表情也许变化很小、很微妙，若单纯地看她的表情很难判断她的感受。但是，就是在那一刻，我能从她眼睛里看到光，神采奕奕的光。这种代表心情愉悦、动情动意的眼神是藏不住的，那藏在心底的欢喜正从她的眼神里一波波地跃动出来。

果然，在接下来的时间里，我退缩到了完全洗耳恭听的位置。

卡巴耶娃一边慢慢地喝着伏特加，一面也打开了她的话匣子："卫国战争发起的第三天，我的父亲告别了妻子儿女应征入伍，在斯大林格勒保卫战中，他负伤被俘，在德国集中营里受了两年的非人折磨，最后死在那里。德国法西斯与在南京实施大屠杀的日本法西斯一样的残暴。而父亲离家之后，朝思暮想的妻子，也就是我的母亲，亦在 1942 年时，就被敌机炸死了。他们唯一的儿子，也就是我的大哥，是在战争胜利的那天早上，壮烈牺牲在柏林前线。我大哥的遭遇与你大哥的情况非常相似，都是牺牲在胜利的前夜。而我作为战争的遗孤，是国家将我养大的……"

聆听一个美女的倾诉，本该是最好的享受。但那一刻，我不知道为什么，心情却是越加沉重。借酒浇愁的我不由自主地又喝下去了满满一杯伏特加。顷刻间，我像是遇到了一个红颜知己，整个人都一下变得热情起来。我确信，她十有八九也对我动了真情。因为她在听我痛诉家世之后，并没有故意岔开话题，或者直接说："我的父亲、大哥却没有你所说的经历。"反而明确告诉我，我们两家人，虽然国别不同，但承受的苦难和经历的遭遇却极为相似。这不就摆明着是在告诉我，我们不仅兴趣爱好相同，而且我们同病相怜，如同一家人般亲热吗？！

想到此，我便急不可耐地直言相求说："我已被你的叙述深深打动了。非常感谢你把这一切告诉我。从今往后，你已不再是孤儿，我愿是你异国他乡的兄弟亲人。你愿意接受吗？"就是这么一个亲情之问，令我万万没有想到的是，后来竟然引发了一个大大的国际事件。

当时，卡巴耶娃显得也很激动，不仅感动落泪，还给了我一个深情的拥抱。在我们为了兄妹友谊再干一杯后，她连我提出的将做工精良的轴流风机的图纸、资料、技术都传授给我的要求，亦是满口答应了。

窗外静悄悄的，梧桐雨已然停息。我借着酒劲，继续深情地向卡巴耶娃说着《钢铁是怎样炼成的》，说着保尔到烈士墓前凭吊战友，感慨万千，发出了感人至深、振聋发聩的豪言壮语："人最宝贵的是生命……人的一生应该这样度过，当他回首往事的时候，不因虚度年华而悔恨，也不因碌碌无为而羞耻……"说着我们都在为完成父兄留下的遗志而拼命工作，你们是"老大哥"有义务帮助"小老弟"尽快摆脱贫困，完成工业化改造……到后来，我也不知道，她是不是喜欢听我讲的话，或者还愿不愿意继续和我讨论文学、奥斯特洛夫斯基，反正我慢慢觉得屋子里越来越静，越来越静……

直到第二天太阳出来，天已大亮后，我才从宿醉中慢慢醒了过来。

我完全不知道，为什么我会睡在充满香水味道的大床上，且盖着粉色的丝绸被子。我惊慌失措地从床上爬起来，却发现房间里空无一人。昨晚喝酒的餐桌上放着早餐——牛奶、面包、煎蛋，且还有一张信笺和一摞图纸，以及一个笔记本。

我等不及吃早餐，便展开信笺来看。

周同志：

本应以兄妹相称，却不知道你的年龄。但知道了你的父兄与我的父兄都是为祖国献身的英雄，也就很好了。是你让我改变了对你们工作的看法，且对你们"改变一穷二白面貌，实现工业化改造"的愿望深表同情和理解。但是为此我与谢列莫夫斯基已经发生了争吵，谢列莫夫斯基不允许我帮助你们江钢厂。他的话对我来说就是最高指示。现在形势正在发生变化。谢列莫夫斯基和我，恐怕很快就要接到上面的指示回国。所以我想私下违反谢列莫夫斯基的指示，尽我所能帮助你们一下。轴流风机图纸是我私下收藏的一套，我私人的笔记本里记下了全部的技术要求和数据，非常有用，请你珍藏，不可外泄，尤其不可被谢列莫夫斯基知道。善自珍重，后会有期！阅后销毁！

这张信笺，既像是一份合作备忘录，又像是一份私下的约定，让我又欣喜，又感动。

从那以后，我便将笔记本时刻带在身上，既认真学习，又潜心研究。只用了不长的时间，我就掌握了有关高炉开炉、轴流风机运转的核心技术，为后面的各项开炉工作做好了充分的准备。

当然，俗话说："要想人不知，除非己莫为。"没有不透风的墙。一个月后，谢列莫夫斯基就发觉，自己原来独掌的技术图纸和资料，竟然都被江钢厂的技术人员掌握了。一天，他拿出一沓偷拍的照片指责洪厂长，说江钢厂违反了专家组给厂里制定的规定：没有经过专家组的允许和认可，江钢厂的工程技术人员，不得擅自阅看、抄袭、复制有关图纸资料，且严正申明，他要彻查此事。

洪厂长在阅看了他偷拍的江钢厂技术人员私下传阅的一些用于学习培训的资料后，说："这些资料，本该由你谢列莫夫斯基同志亲自传授给我们江钢厂的技术人员，你完全大可不必去偷拍，或来我这里无端地指责我。"谢列莫夫斯基却蛮横地说："这些资料和图纸，我根本没有向任何人传授，一直就锁在保险箱里，如果没有人去偷，绝不可能泄露出去。"

"这就怪了，既然一直锁在保险箱里，那又会是什么人，能够潜入你们住的外宾招待所行窃呢？"

"我有充分的证据显示，你们的周秉坤技术员有一天晚上就曾来到招待所卡巴耶娃的房间，彻夜没有离开。"

洪厂长闻言，倒是吃了一惊，立刻让谢列莫夫斯基交出证人和证言。

谢列莫夫斯基就喊来了卡巴耶娃，让她做证。卡巴耶娃倒也干脆，说我是她请去的，那晚由于我喝醉了酒，就在她那里睡了一晚上。至于什么核心图纸资料，他并没有得到。

谢列莫夫斯基疑惑地问卡巴耶娃："你们关在一间房间里整整一个晚上，又喝酒，又聊天，会什么事情都没干？鬼才相信呢！"

卡巴耶娃倒是出奇地坦率，说："信不信由你们，我卡巴耶娃不在乎。若偏要说我们发生了什么事，那也不过就是男欢女爱的很正常的事，是我单方面爱上了周秉坤。我知道你担忧的是我将技术资料泄露了。但是，我要郑重地声明，我卡巴耶娃是个爱情至上主义者，我需要的是周秉坤这个男人，其他事情都跟周同志无关。"

卡巴耶娃的话，既让洪厂长吃惊，也让谢列莫夫斯基吃惊。

但谢列莫夫斯基仍然坚持要将我拘押审查。洪厂长在不得已的情况下，只有向上级请示。其实，当他看到谢列莫夫斯基提供的那些照片时，心中多少已是略有所悟了。我一定是为了顺利开炉，争取到了新的同盟者——卡巴耶娃，并从她那里得到了技术上的帮助。但是，至于我怎么做到的这一点，洪厂长亦是非常困惑。

上级的回复很快就下来了。大意就是，这事非同小可，因为涉及两国间的友好互助关系，必须接受谢列莫夫斯基的要求，尊重苏联专家的意见，既要查清楚我有没有窃取苏联专家的技术资料，又要查清楚我在对待苏联女专家时，是否存在作风问题！

身陷囹圄

既然如此，洪厂长自然是无话可说，立刻就指示厂保卫科，将我拘押审查，先关起来再说。

突如其来的变故，自然让我措手不及。我连毛巾、牙刷都没有准备，就被关进了保卫科专门为我准备的那间小黑屋。说它黑，是因为保卫科的人怕我撬窗逃跑，把窗子都钉死了，搞得这间原先的小库房里乌漆麻黑的，连大白天都要开灯，否则我连交代材料都没办法写。

郝秀云一听到消息，就赶去质问宋主任："为什么关押周秉坤？"

宋主任冷笑一下说："那你要去问周秉坤本人，你不是与他很要好吗？关押周秉坤的决定是厂部做出的。我听说，是谢列莫夫斯基揭发了周秉坤。周秉坤既涉嫌窃取苏联专家的技术资料，又涉嫌与苏联女专家乱搞。不论涉及哪一方面的问题，都是一起严重的国际事件。你最好不要过问，否则要小心，掏不到蜂窝和蜂蜜，反被蜇了手。"

郝秀云相信我的为人，知道我绝不会犯这么严重的错误，于是去问洪厂长。洪厂长倒不紧不慢地反问说："你来得正好，我正要问你这是怎么回事。"

说完，就将谢列莫夫斯基拿来作为证据的一摞照片，扔到了郝秀云的面前。郝秀云看完照片说："这正是我们准备开炉所急需的一些技术资料。没什么特别呀！"

"再怎么急需，也不能去偷窃啊？"

"偷窃，从哪儿偷？谁去偷？"

郝秀云不解地问，得到的却是洪厂长一副无可奉告的表情。

于是，她便再次走进外宾招待所，走进谢列莫夫斯基的房间。她以找谢列莫夫斯基请教一些技术问题为借口，一见面，便直截了当地说："前几天，你把我喊到这里来，对我准备的开炉方案提出了严重的质疑，认为我们缺乏轴流风机、开炉规范等许多技术图纸和技术资料，完全不具备开炉的条件，一旦开炉，必然发生重大事故，且要求我们无限期推迟开炉。我已经反复申明，我们已经做了充分的准备，包括技术储备和培训，希望在开炉问题上得到你的支持。但你却固执己见，对我所言毫不理会。万般无奈之下，我才给你看了一些我们已经准备好的技术图纸和资料。令我没有想到的是，在我为你烹饪中式晚餐的时候，你竟然进行了偷拍，且以此举报了周秉坤。这是为何？"

谢列莫夫斯基闻言，耸了耸肩，面带微笑地说："我既感谢你为我烹饪的可口中餐，又感谢你给我看的那些技术资料。否则，我真是对你们中国人的计谋一无所知呢！早年拜读过你们的《孙子兵法》，如今方才领教了你们的兵不厌诈。"

郝秀云看着谢列莫夫斯基说话时狡黠的笑脸，发现印象中的谢列莫夫斯基，突然有了180度的转变，简直判若两人。便知道自己再怎么恳求也将是徒劳无功的，于是只好转到另一栋小楼上找卡巴耶娃。她觉得，也许两个女人之间更好沟通一点。

不承想，她推门进去，正看见卡巴耶娃穿着宽松的睡袍，独自在餐桌前喝酒。见到郝秀云进来，她忙起身，要给郝秀云也倒上一杯同饮。郝秀云立刻就制止了："你还有这份闲心，你难道不知道，周秉坤已经因为你而被抓起来了吗？"郝秀云焦急而又愠怒地质问。

"那又怎么样？他在我这里住了一晚，难道就有了男女关系问题？竟然还抓了人，简直是笑话！我知道你郝秀云很喜欢这个小弟。其实，我们什么也没干。用你们的话说，他就是个正人君子。"

"那你为什么不去为他申辩，让保卫科释放他？"

"这点我做不到。你比我更清楚，按照你们的法规，我如果被牵扯进去，问题会变得更加麻烦。原谅我的莽撞，好心办了坏事。我也正为他的事情心烦意乱呢！如果有可能，你帮我将这些罐头和饼干带给他，且听听他的想法。"

郝秀云带着罐头和饼干去找了洪厂长，倒没有废多少口舌，便得到洪厂长的恩准，让她进入了那间"临时拘留所"，见到了我——这个已经被传言定性为窃贼和流氓的周秉坤。

郝秀云一见到我，就看见我直愣愣地盯着她手里提的罐头和饼干，双眼像饿狼一样放着绿光，就知道我已是几天没吃没睡好了。于是，忙帮我打开罐头，取出饼干，看着我狼吞虎咽地大口吃着，忍不住心痛地啜泣起来。我猛吃一气，待饥饿感压住后，才发现郝秀云在为我流泪，不由得放开食物，转而劝她，千万别为我难过，说："反正我们技术资料都有了，高炉开炉就剩下确定时间。正所谓万事俱备只欠东风。你这个大炉长，就等着大显身手了。"

郝秀云闻言，忍不住破涕为笑，说："人家真心为你身陷囹圄而难过，你倒是一副没心没肺的样子。你就不怕给你定个跨国窃取技术、耍流氓的大罪，关你一辈子？事情已经弄到这步田地，我哪还有心思开炉？"接着，她便将谢列莫夫斯基怎么找她训话，她怎么将已掌握的技术资料，在无意中向谢列莫夫斯基交了底，谢列莫夫斯基又怎样偷偷拍照取证，其后又是怎样向厂部告发，导致我被抓的情况，一五一十地都告诉了我。

我这才恍然大悟。为了表明我的清白，我首先向郝秀云坦诚，绝无耍流氓之事，并将自己受到卡巴耶娃的邀请，怀着想请教一些技术难题的想法到卡巴耶娃的住处，却没有回避她的劝酒，因为没酒量，又不想推辞，所以喝得酩酊大醉，倒在卡巴耶娃的床上睡了一晚上的情况，也都和盘托出了。但我特别强调了一点，就是那烈性的伏特加绝没有白喝。就在第二天早晨，卡巴耶娃便将我们急需的开炉的技术难题的答案，全部都给了我。虽然她要求我必须做到保密，且绝不外泄，但我为了最终实现顺利开炉，还是毫不犹豫地将它悄悄复印，转发给了郝秀云和其他需要这些技术资料的骨干。最后，我对郝秀云说："其实，我在复印资料时，就已经预料到会有今日之灾祸。所以，我有思想准备，你也不必为我难过。"

郝秀云听了我的话，一方面为她对我的一些误解，向我当面道歉；另一方面又很想听听我下一步的打算，尤其是打算怎么给谢列莫夫斯基一个交代。

我只好老实说："面对谢列莫夫斯基那一副老谋深算的样子，我一时还真没有什么好办法。即使他把此案办成一个铁案，坐实我的罪过——窃取他们专家的技术资料，我也只能认罪。因为我不想就此出卖卡巴耶娃。"我的话讲得很坚决，但郝秀云听后却是若有所思。

后来我听说，郝秀云找出几件家里祖传下来的古董，作为礼物送给卡巴耶娃，只要求卡巴耶娃去向谢列莫夫斯基自首，并以此证明我的清白。其实，她这样一搞，还就真把我们几人之间的关系搞复杂了。那卡巴耶娃本就是一时冲动之举，既然已经看见了这个冲动的严重后果，她当然是再也不敢引火烧身了。所以，她婉言谢绝了郝秀云送去的礼物，同时也回绝了她提出的要求。所以说，郝秀云也是好心办坏事，不仅没有帮我脱困，反而将我的案子办成了死案。

其实，我当时虽然身陷囹圄，但暗自思忖，我为高炉开炉扫清了技术上的障碍，也算是为了成功必须要付出的代价。记得父亲曾经说过，人没有牺牲就什么都得不到，为了得到什么东西，付出同等的代价也是值得的。我唯一担心的是，绝不能让母亲知道我的情况，绝不能在我们"光荣人家"的门脸上抹黑。

几场梧桐雨过后，炎热的夏天也就告以尾声了。我在小黑屋里关得已是几近麻木了，高炉开炉也是一再搁置。追查技术资料外泄，谢列莫夫斯基仍旧抓着不放。洪厂长被他催烦了，索性一走了之，躲到北京去开会了。唯有郝秀云还是隔三岔五地到小黑屋里来看我，每次来总要带点吃食给我解饥，还陪我说说话。

直到有一天，洪厂长突然从北京回来了，宋主任在厂门口迎接他。

当洪厂长听宋主任汇报说，我还在保卫科严格关押着，竟立刻勃然大怒，斥责宋主任不该这样对待我，称我是为高炉开炉不惜牺牲自己的一个好人。

洪厂长的发怒令宋主任一时猝不及防，竟一下子愣住了。他本意是想向洪厂长表功的，却不知道洪厂长在北京已经从冶金部的领导那里，得到了"发展工业以钢为纲"的最新指示。为了尽快实现已建成的先进的高炉的顺利开炉，洪厂长已下定决心，无论如何要顶住苏联专家的压力，使用江钢厂自己的技术力量，排除一切干扰，尽快完成高炉开炉生产的目标。由此，他在回厂的路上就已经暗下决心，要重新起用我。

重任之下，势必用人不疑，这是每个合格领导者都应遵循的原则。这才是洪厂长对宋主任极为不满的原因。他甚至对曾下令保卫科关押我的做法，已产生了深深的愧疚与后悔。所以，他在回厂后的第一时间里，就带着宋主任等来到了小黑屋，命令看守的两个同志立刻将我释放。当我茫然不知所措地走出来时，他竟一步上前拉住我的手说："让你受委屈啦，小周同志，是我错怪了你。"

我当时的感觉，就像是一步从黑暗迈进了光明，被阳光瞬间晃花了双眼。不由自主地将手从洪厂长那里抽了回来，挡在眼前。洪厂长因为背光站立的缘故，当然就误会了。似乎觉得我是要拂袖而去，以表达"我绝不原谅你"的愤怒。于是，为了掩饰难堪与尴尬，洪厂长指桑骂槐地斥责宋主任，说："你为什么一直关着周秉坤不放？难道你不知道他做的一切，都是为了我们能够早点开炉，早点结束全省没有钢铁生产的历史吗？难道你不知道，他家里、他的母亲，会多么着急吗？"

洪厂长连珠炮似的发问，竟把宋主任噎得一句话也说不出来。

洪厂长绝对想不到，我那时心里只想着赶快回家报个平安，只担心母亲这么长时间看不到我，是否已急得犯了病。至于洪厂长所言的宋主任不肯放人、高炉开炉技术等当务之急，我早已是安之若素，坦然视之了。

谢列莫夫斯基听说洪厂长释放且重新起用了我，倒并没有去洪厂长那里去兴师问罪，因为他经过自己的调查确认，技术资料的泄密，没有卡巴耶娃的"叛变"，我是绝不会得手的。当然，谢列莫夫斯基用他自己的爱情观判断，是卡巴耶娃爱上了中国的工程师周秉坤所致。所以，后来他还专门为此质问了卡巴耶娃，质问她为什么帮助中方的工程师周秉坤，且扬言，要将卡巴耶娃爱上中国工程师，且为中方提供技术情报的丑事传回国内，将她的前程和未来完全毁灭。但卡巴耶娃完全不予理会。

卡巴耶娃痛苦地对我说："我自己会对我做出的事情负责，绝不后悔，也绝不会受到良心的谴责。因为我的良心告诉我，我应该帮助你，也应该帮助你们一穷二白的国家。"我听了她说的话，主动掏出带来的酒，将两人面前的大杯子统统倒满，然后碰过，各自一饮而尽。算是向她致以满满的敬意，也算是为她践行。因为我从洪厂长那里已经得到确切的消息：谢列莫夫斯基等已经收到苏联国内的通知，所有来华的苏联专家，马上都要回国了。谁也不知道未来的事情和发展。

在火车将要开动的最后时刻，卡巴耶娃突然开启车窗，伸手拉住了我，边流着难舍的眼泪，边说："我承认，我的确是爱上了你，请你也永远不要忘记我的名字，卡巴耶娃。"接下来，她还试探地问我能不能去她的国家。这个问题，问得太大，也太唐突，就在我尚在考虑是该摇头还是该点头的时候，火车已经开动了，只在我眼中留下了卡巴耶娃非常失落的表情。

当我回头准备返回时，恰好看见了郝秀云那咄咄逼人的目光，这让我才想起她也是来给苏联专家送行的。郝秀云毫不客气地质问我："你和卡巴耶娃手拉手，难舍难分地说了什么？"

我当然知道，外交关系上从来就讲究内外有别的道理，所以赶忙跟她主动道歉，说："很对不起，我不知道你就在我身后，若是知道，我就应该把那些道别的客套话，放大了声音讲，让你都能听得一清二楚的，也就没事了。"我这样说，其实就是不愿再多做解释。

郝秀云却说："我在旁边隔得远，虽然听不清楚你们在说什么，但从动作上看，我已经明白了几分。"

我一听她说确实没有听见我们说话的内容，心中就坦然了许多。于是，忽悠她说："既然你已经看到了卡巴耶娃分别时的动作，那么言传不如意会，你自然也就不需要我再赘叙什么了！"

郝秀云听了我的辩解，似乎认定我和卡巴耶娃之间一定发生了什么说不清道不明的事情，拦住我不放，还想要我做出更多的解释。

然而，恰在我们僵持不下之时，突然听到广播里原来正在播放的苏联歌曲，全部中断。嗣后，便全部改播中国歌曲了。郝秀云和我从开始疑惑不解，到后来恍然大悟，苏联专家全部撤走的真实原因是，国家与国家间的关系出现了重大变化。

在高炉开炉投产仪式上，我告诉前来参加剪彩的市委书记："你们知道吗，这位忙前忙后、巾帼不让须眉的女同志叫郝秀云，是江北钢铁厂乃至全国各个钢铁厂有史以来的第一个高炉女炉长呢！"

市委书记看着我充满柔情和敬佩的眼神说："看得出，你这个高炉男值班长，对她有点意思呢！我看你也是仪表堂堂的帅小伙，应该主动去关心帮助她，让这个干练的女能人扎根在江北钢铁厂，当个高炉上的巾帼英雄！哈哈哈！"

市委书记的一席话，说得我面红耳赤，也春心荡漾。

我说："我这么瘦条条的，哪能和她女汉子比。"

"小伙子怎么能这么自卑，婚姻讲究的是志同道合，情投意合嘛。你说的胖瘦，正好匹配嘛！"书记打趣地说。

真是说者无意，听者有心。市委书记的一席话，不知什么原因，给我留下了极深的印象。以至于我以后因恋爱等问题失眠的时候，这位市委书记的话语便会在脑子里首先蹦出来，一瞬间，就有无限的感慨涌上心头。

郝秀云一声令下："点火！"市委书记手中的火炬首先被点燃，并被他高擎在手中。接下来，书记用手中的火炬分别点燃了洪厂长、宋主任、我、余老八等手中共计10把火炬，再由我们这10人将火炬共同伸向高炉炉口。仅仅在短短的一瞬间，原先铺垫在炉膛里的木材、轻燃料、焦炭等便统统剧烈地燃烧起来，伴随轴流风机吹来的强大的热风，一股犹如山呼海啸般的力量在炉内骤然升腾起来，炉内的温度和压力，也随之节节攀升！

炉膛内温度越来越高，500摄氏度、550摄氏度、600摄氏度、650摄氏度、700摄氏度、750摄氏度、800摄氏度、850摄氏度、900摄氏度、950摄氏度、1000摄氏度……

压力越来越大，1公斤、2公斤、3公斤、4公斤、5公斤、10公斤、15公斤、20公斤……

各种数据从几个方向传来，向站在高炉控制室内仪表盘前的郝炉长汇集、反馈着。郝炉长清秀的面容则变得越来越严峻，连呼吸都变得急迫粗重。她看似镇定自若地下达着一个个调节控制的指令和要求，实则局促不安已经到了压抑的地步。俗话说，当局者迷，旁观者清。我就站在她的侧后方，虽一言不发，却看得一清二楚。

突然，一个炉前工来汇报，1号炉口煤气窜漏。郝秀云深知高炉煤气极易造成一氧化碳中毒，她一边命令1号炉口附近的人员疏散，一边组织佩戴防毒面具的人员去堵漏。但紧接着又有炉前操作工来汇报，3、5、7、9号风口处也出现煤气窜漏！郝秀云同样命令相关人员加快疏散，增加戴防毒面具的人前去堵漏。

但是，宋主任此刻已经站在郝秀云面前，挥动大手，神情严厉地连声呼喊，其声音却被风机的轰隆声、热风的呼啸声淹没，郝秀云不得不疑惑地看着他，料定情况不妙。果然，他又喊了起来："停炉，立刻停炉！不许你们这样蛮干！你们要为你们的蛮干付出代价！"

站在宋主任旁边的余老八，此刻也不顾一切地冲到郝秀云的跟前，指着她的鼻子说："郝炉长，我可是说过，女人上高炉晦气，你偏就不听，这下应验了吧！你现在要我来给你擦屁股了吧！这会儿漏这么多，炉内压力这么大，煤气这么浓，哪里堵得住？防毒面具也不够了，上去就是送死，上一个死一个！我看只能减风减压，退下来，停炉再说！"

郝秀云此刻也知道，如果命人上去堵，确实凶多吉少！但退下来就意味着此次开炉失败，甚至会造成部分熔化的铁矿凝结在炉缸内，连下次再开炉都会困难重重！怎么办？她心急如焚、满头大汗！恰被余老八全看在眼里，不由得幸灾乐祸起来，并对冷静地站在旁边的我说："我早就说，女人头发长、见识短，不能上高炉吧！现在好，不听老人言，吃亏在眼前了吧！"

余老八的话充满封建迷信，固然不值一提。但是，就在那一刻，我倒是想起了谢列莫夫斯基的断言："我可是有言在先，提醒你们不要操之过急，中国现有的技术条件，还不能驾驭这样比较先进的高炉，我奉劝你们，再老老实实地等上20 年吧。"

难道谢列莫夫斯基的话，我们必须当真吗？那一刻，我似乎已经完全没有心思来回味谢列莫夫斯基的警言，想得更多的反而是秉乾大哥的话。

大哥的话就是这样鞭策着我，令我毫不犹豫地拉起余老八就往炉台上冲。余老八还没来得及喊出"你不要命，我可要命"的话，就被我拉上了炉台。我边走边对余老八说："人最宝贵的就是生命，谁都不能草菅人命行事！我命你迅速召集炉前工开个碰头会，必须想出好的办法，既要保证人员安全，也要保证开炉成功！"

在碰头会上，我将所有的会议程序统统都精简了，也不做动员和总结，就只是对每一个参会的炉前工，一个个依次问过去："你有什么办法？你建议怎么做才行？"终于有一个人说："我曾在土高炉上看到漏煤气时，为了人不被熏倒，就索性将漏出的瓦斯气点着了。"

我闻听此言，脑子里竟然灵光一现，说："我知道大炼钢铁各地都搞了不少土高炉，由于条件限制，往往都是冒烟冒火，简陋不堪的。"说完，一转头，命令余老八说："你马上安排人用火把将各个煤气漏点统统点着！"余老八说："这不是放火生事吗？土高炉上的办法难道能用在我们这先进的高炉上？"

"这就是以毒攻毒的办法，是形势将我们逼出来的办法，试试看吧，而且要快！"我斩钉截铁地说。

就在郝秀云急得就要发出减风减压的指令时，我一个大步跨进了高炉控制室，来到郝秀云身边，凑近她报告说："险情已经解除！各煤气漏点都已经点燃，虽然喷着蓝色的火苗，但已经没有一氧化碳中毒的危险，余老八正带着炉前工在一个一个地处理漏点。你现在完全可以按照开炉方案，进入下面的操作程序，使整个高炉系统都平稳地运行起来就可以了！"旁边的宋主任听闻后，竟然气得拂袖而去。临走还气呼呼地丢下一句话："简直胡闹，太不讲科学！"

郝秀云却是感激地看着我，深深舒了一口气，发自内心地说了一声："太好了！我真要好好地谢谢你！"

我马上调皮地逗她说："真的？那你用什么谢我呢？"

郝秀云脱口而出："我再请你吃肉包子！"

我却说："帮了你这么大的忙，至少请我喝两杯吧，至于下酒菜嘛，镇江酱菜、镇江糖醋萝卜头也都行吧！"

"你怎么变成了酒鬼？是不是卡巴耶娃的伏特加让你上了瘾？"

"你就这么小心眼？如果没有卡巴耶娃的帮助，我们开炉也不会这么顺。至于伏特加嘛，我是再也不敢碰了。我这个恶名在外的酒鬼，也就能喝点花雕之类的黄酒了。你只要请我喝两杯黄酒，保准就把我这个大男人的心拢住了！"

"果然不出我所料，你至今还在为卡巴耶娃说好话，就是还想着她的好，一点不顾及我的感受！"

"什么感受？难道你吃醋了？"

"不跟你说了！你这个人就是这么不识趣，不记得大姐对你的一片心意。等我有空了，我一定给你织件厚毛衣。南京这里，冬天又冷又潮，回到宿舍还没有暖气，等你穿上毛衣，你就知道什么是暖在身上，爱在心里了。"

我看着郝秀云，见她竟一口气把话说到这个份上，就知道她是把我们之间的姐弟情当爱情了，忍不住满心欢喜地说："我逗你玩呢！帮助你本身也是帮助我自己。其实，这也是我值班长分内的事情，不用你谢，也不用你请我喝酒！方便时，我请你到家里，让你见见我亲大姐，她的脾性倒是和你很像呢！"我自己知道，我的这番话其实说得有点避重就轻，特别是郝秀云在话里有意点明的感情问题，我有意绕过去了，因为我当时在思想上缺乏准备。但我没有料到郝秀云会在不久的将来，亮出破釜沉舟的决心。

高炉开始了正常生产。每到夜晚，通红、灼热、耀眼的铁水就照亮了江面，使得江水从此分外鲜活、柔软、曲折，它可以渗透、冷却、蒸发、淬火，循环注入钢铁生产的每一个环节，如同甘霖滋润着钢厂的每一寸土地。

没有江水的滋润，就没有铁水的奔流和钢花的怒放。如果你仅把长江理解为给来来回回运送物资的船只提供了便利，那就错了。中国有五大水系，从南到北依次是钱塘江、长江、淮河、黄河、海河，这五条水系都是东西走向，分隔的各部分之间政治、经济、文化、物产、气候等都有巨大的差异。长江是中国水量最丰富的河流，形成了地域最广的水系。

水的力量人类永远不能低估。中国有个成语——南橘北枳，说的是淮河以南种的橘子，到了淮河以北就变成了枳，一河之隔，水土不服，就变成了另外一个东西。河这边的方言到了对岸，那边的人可能就听不懂。在南京这里，一条大江之隔，江南的"城里"人，都讲南京话，到了江北这里，很多人都讲六合话，形成颇具特点的地域文化。

高炉上也有不少六合人，在炉前铺铁水沟，砸铸铁块。工作环境极热，常年保持在60摄氏度以上。这些炉前工出汗多，喝水多，每个人都备有一个"霸缸"，就是大号的茶缸子。霸缸是铁制的，杯身里外镀了一层釉。一年四季，大家都用它泡大碗茶喝。泡这种茶，要的就是大梗大叶的粗茶，否则淡而无味。钢铁人都信"什么样的人享受什么样的生活"这句话，认为炉前工就是这种粗茶淡饭的品位。

郝秀云当了炉长之后，给炉前工带来的第一个福利，就是从家乡带来的，最适合高温岗位上用的粗茶。如同雪中送炭，茶立刻被在场的人一抢而空。连她的挎包也差一点被抢了去，急得她大喊："你们都讲点涵养好不好？让我自己也留点慢慢品尝！这毕竟是我父母亲的一点心血，一旦给你们泡完了，我以后就没处去找了！"。

郝秀云这个女炉长，正是用这种福利赢得了男工友的拥戴，指挥调动他们，他们竟然都很服帖，因此高炉开炉后，一炉接一炉的一千多摄氏度高温的铁水，出得也还算正常。但没过多久，我发现一个问题，就是我拿着技术报表去请宋主任审阅的时候，总是扑空。我询问厂领导，外国专家已经走得没踪影了，我被关押的事情，为什么还得不到一个公正的答复？

那天正好是星期天，表姐夫王志文来探望母亲。我就忍不住向他打听外国专家为什么突然全部撤走的情况，因为我知道，这是一个关系到两国之间关系的大问题。王志文听说此事竟涉及我所在钢厂高炉的生产，才不得已向我透露了一点内部的消息，他说："此事说来话长，从50年代初开始，根据两国的友好协定，他们向我国派出了大批专家，支援我国的各项建设，帮助我国初步建起了一批自己的冶金企业。但不幸的是，因为老一辈领导人与世长辞，继任者又向我方提出了设立军事基地、租用军港的无理要求，被我方断然拒绝后，两国间的分歧日渐加深。于是苏联下令召回专家，停止对华援助就成了他们的报复手段。这当然也是意料之中的事情。"

　　我闻言，不由得再次恍然大悟，对表姐夫王志文说："我从第一次见到谢列莫夫斯基，就已经感觉他'老大哥'的恶劣态度，似乎对我国的人和事都充满了鄙视，甚是看不起。好在我们自己将高炉开成了，今后看来也不能再指望他们了，还是按毛主席说的，自力更生，艰苦奋斗，走自己的路吧！"

　　"国与国之间的关系，就是这么复杂，加上再有些领导人，将自己的利益置于国际关系准则之上，将自己的霸权思维置于别国的主权之上，所以使这种复杂的关系更是剪不断理还乱！说不定裂痕也会有愈合的那一天，因为两国人民终究是希望友好合作、和平相处的。不过，我们这个从半殖民地半封建的境地建立起来的新中国，要想彻底摆脱这种来自外部的影响，依旧任重道远。我有点不祥的预感，那就是，外国专家撤走之后，整个国家的工农业生产都会受到很大的影响，中国人是否又要陷入一个艰难的时期也需要我们拭目以待呢！"

艾丝美拉达

　　我到钢厂工作三年后，弟弟周秉辰也参军去了山东，一去就当了一名汽车兵。在那个骑上自行车已显得高人一等的年代，他早早就握上了方向盘，这使他很是得意。

　　我与弟弟秉辰朝夕相处的时候，会常常拌嘴，甚至也打架，但是，一旦秉辰真的走了，我却又感到了孤独。尤其是星期天，我在家休息，便会时常走进秉辰的房间，坐在他那张破沙发上默默地吸烟，望着四周墙壁上秉辰涂抹的色彩缤纷、线条怪异的现代派壁画。

　　那年月，物质条件差到温饱已难维持，于是人们便只能更多地将眼光放在精神享受上。李晓燕这块唱歌跳舞的好料子，当然就受到了众人的追捧。其时，她因为读书差劲，加之李清泉的国民党军医身份，进不了大学，就托关系，想办法，进了一家街道小厂。她平日活不重，常有闲，唱唱跳跳很自在。不久，就在那些大婶大妈群里，赢得了一个"艾丝美拉达"的外号。为啥这样叫她？因为她好打扮，黝黑的皮肤光洁细腻，乌亮的大辫子，衬托出蛇一样的腰身和浑圆优美的臀线，且"狐朋狗友"多。街道小厂里的那些大妈，喜欢将那些有事没事都来找她搭讪的小年轻，一概称为她的狐朋狗友。当然，她天然的美貌和腰身，就像《巴黎圣母院》里的艾丝美拉达，早就惹得月牙湖这里的一帮小纰漏馋涎欲滴了。

　　就连路口开代销店的刘老板那样一把年纪的老货儿见了她，也不免眼睛溜光。刘老板的儿子刘栓子也常常乘机向她大献殷勤，趁刘老板大意之时，把铺里的东西赊给她。有一次搞得栓子的哑巴媳妇桂花，当着李晓燕的面，朝栓子跺脚吐唾沫，却不敢直接为难李晓燕，至于原因嘛，月牙湖这里的邻里都心知肚明：桂花的儿子叫狗子，天生体质偏弱，常常头痛脑热生个小病，还都是请李清泉李医生看好的。

李清泉怕老婆、宠女儿又都是众人皆知的。

久而久之，李晓燕就被惯出了坏毛病，她往往拿了不要钱的东西，不但不知耻，反而特高兴。一高兴，就情不自禁地吹口哨，偏偏吹的那首曲子，又是谁听了都入迷的《莫斯科郊外的晚上》。这样就麻痹了众人的神经，换来了对她的一再纵容，让她每每微笑地看着天空和树林，大大方方、旁若无人地溜达进刘老板家的铺门。

所以那帮看过《巴黎圣母院》这本法国小说的小杆子，便管李晓燕叫起了"艾丝美拉达"。一传十，十传百，也就家喻户晓了。

起初，邻里间称呼李晓燕为"艾丝美拉达"时，我还不以为然，认为这不过是个戏称而已，无非是说她漂亮性感吧。谁知越到后来越是不堪，竟成了骂她是资产阶级流氓阿飞的代名词。真让我百思不得其解。考虑到弟弟秉辰入伍前托付我，照顾好阿燕，我不得不再次请教表姐夫王志文。王志文的答复从宏观到微观，深入浅出，完全出乎我的意料。他先说："这事肯定跟你所熟悉的苏联专家撤走、国与国之间关系破裂有关，正是在这之后，国内思想理论界，口诛笔伐资产阶级、修正主义路线，这才导致人们将李晓燕的穿着打扮与资产阶级思想错误关联。"接着他又耐心地对我说："凡事要以小见大，要透过现象看本质。宣传思想理论界展开的关于走修正主义、资本主义道路的论战，势必会向全社会波及，那个'艾丝美拉达'的绰号，就必然归入贬义之列，成为流氓阿飞的代名词。我想现在还只是开始，以后还会变本加厉。你务必提醒她有所收敛才是！你若有时间，一定要看一看毛泽东主席早年间写的《中国社会各阶级的分析》那本书。"

就在我上门去提醒阿燕时，才发现李清泉的私人诊室也因为沾上了姓"资"的问题，被勒令关闭了。这让我想起战国宋玉的那篇《风赋》里说"风起于青蘋之末，浪成于微澜之间"，意指风从地上产生出来，开始时先在青蘋草头上轻轻飞旋，最后会发展为劲猛彪悍的大风。大风是自小风发展而来。大运动、大影响、大思潮也是从那些微细不易察觉之处源发的。这是否预示着一场风暴即将席卷而来呢？

李大夫已经无可奈何地走进了附近卫岗镇上的联合诊所。他下巴和颈项上的赘肉消失了，每天骑着那辆破旧不堪的日本制造的自行车上下班，见人就老远哇啦哇啦地打招呼。有时车把上挂着青菜和巴掌大的猪肉，满面兴高采烈地傻笑，他是不甘于寂寞和清贫的人。他有不少经常求诊的老病号，商家叫回头客，都是些老头、老太太，他按时替他们诊治，并注射各种针剂，收点微薄的诊治、注射费用。他这一手别人都不管，想管也管不了。只不过，他从不多收钱。他说做生意要做得厚道，加之其医术还算高明，求诊的病家自然也就多一些。由此，他也才能将一家人的生活维持下去。

这几年，李晓燕的哥哥李晓贻俨然长成了孔乙己。苍白的脸面，稀疏泛黄的胡子，满身的油腻，黄巴巴的面容总带着几分饥色，与孔乙己如同孪生兄弟。他说起话来慢条斯理，且喜半生半熟地引经据典，让听的人往往感到莫名其妙。

他在月牙湖边上一间早点店里工作，具体讲是炸油条。他自称信奉儒学，别人喊他"孔乙己"，他颇为得意，曾跟我愤愤不平地说："月牙湖里那票纨绔小儿懂得什么？哼，孔乙己，他们不配。君子勿视小人。妈个头！"可是他很不争气，有一次饭碗差点敲掉，原委是他偷了店里的油和芝麻被人捉住，幸亏李清泉和李太太厚着脸皮去说情，店主任这才放了一马，饶了阿贻。但从此以后对阿贻监督更加厉害。他唯一解脱的办法，就是到我这里来一边谈文学，一边喋喋不休地大骂那群市井小民。有一次和我小酌之后，他面红耳赤，强睁开一对大眼睛，向我母亲问安，向刘妈致谢，搞得大家面面相觑。我不得不送他到楼下，他敲敲秉辰的门，自言自语地道："秉辰快回来了，我要做大舅子了。"又返身问我："说……秋天走，春天回？已经五月了，怎么还不回？"

"嗯。快了，快了！"我只能这样回答他。

"秉辰会娶她吗？"他再问。我忍无可忍地拍拍他同样精瘦的肩胛说："阿贻，你喝多了，胡说八道的毛病总是改不了！"

阿贻却仍不以为然地说："我那妹子你还不晓得吗？水性杨花。秉辰走了快五年了吧，又已经是五月了。"我不由得沉默了。

阿贻却又补了一句："也不全怪她……混饭吃不易……又是个爱穿着爱打扮的人。谁让她腰身像蛇呢。"我冲他低低骂道："你他妈真混账！"阿贻这才打了个嗝，笑笑，径直走了。

我不由得想起去年月牙湖这里风传李晓燕的风流韵事。不知母亲和刘妈听到没有。对此，我只能装聋作哑，因为我在钢厂里也曾被别人误解过，甚至被拘押过，所以算是见多识广，不以为奇了。

但那个身材颀长，面相白皙，戴着金丝边眼镜，风度倜傥，举止潇洒的家伙，老在我头脑里转来转去。近来，这人常到月牙湖这里找李晓燕，使得李晓燕又成了众人议论的焦点。一想到弟弟秉辰临入伍时的嘱托，我就像一座随时要喷发的火山，有点实在难以忍受的感觉！

若不是春天的到来，让一切都变得温和，我恐怕早就爆发了。然而，春天一来，春困上头，春眠不觉晓的懒散让我感觉昏昏沉沉的，既像是引发了神经衰弱头晕的毛病，又像是引起了春烦秋燥的心理疾患，让我把一切都看淡了。就连在高炉上捅铁口时，面对扑面而来的滚滚热浪和上千摄氏度的高温，我也能泰然处之。细想下来，周秉辰在已经五年的军旅生涯里，也只回来过一次，而且并没有提到过阿燕。照此看，也许他已经淡化了昔日的情感，那也是未可知的。所以，我又何必"皇上不急太监急"呢？

三月初，周秉辰写信回来，告诉家里，五月他将复员回宁。想到相依为命的兄弟俩又要厮混在一起，我打心眼里高兴和快乐。

去年年底，长江大桥顺利通车。因为在建设这座公路铁路两用的双层大桥时，使用了我们江钢厂"抓革命，促生产"研制的一些结构钢，所以我也荣幸地参加了通车剪彩仪式。远远看见桥头堡顶端巨大的三面红旗造型，巍然耸立，再联想到自此后，来往于大江南北的人不再需要花很多时间乘坐渡轮过江又是多么的便捷，便对欢庆的人群中喊出的"热烈庆祝毛泽东思想的伟大胜利"非常认同。

从此后，我就可以骑自行车快速地经过大桥，往返于家和江钢厂之间了。

在大桥通车前，因要摆渡过江，上下班在路上要耗费很长的时间，所以我一般要几个星期才回家一次，以至于突然被关押了两个月，之后回到月牙湖边的家里，只谎称厂里忙，耽搁了一下，就消除了母亲的疑虑。那时候下班后就窝在职工宿舍里喝酒、打牌，外加学习毛主席语录。而今，大桥通车，我每天都可以骑一辆永久牌自行车从江北回到市区，回到中山门侧月牙湖边的家里。对一时陌生了好几年的美丽的河湾和三角草地，又重新找回了那份亲近的感觉。即使晚饭后散步，也会不由自主地走到月光倒影的湖水边，听鸟雀啁啾声在绿草丛中出没，获得那种久违的温馨而又舒畅的精神慰藉。

我常伫立在河岸边，望着湖面上倒映的星云在游动，深不可测，变幻不定，如同当年和父亲、大哥同行此地时所见。如今，我自觉身体和心理上已经与大哥一样成熟，但我却不能保证，自己已经按照父亲和大哥的嘱咐完成了他们的遗愿。我虽然尽了自己最大的努力，在为国家做着事情，还帮助政府和表姐夫抓住了叛徒特务肖聪明。我的想法和行为，也越来越受到表姐夫王志文的认可和赞许。王志文甚至愿意耐心细致地与我一起分析和探讨国际国内的形势和走向。让我对周围发生的一切，都能形成自己独立的判断，把纷繁复杂的社会投来的光影，在我的脑海中形成确定的、持久的、把握得住的、纯粹理智的逻辑思维。仅从王志文让我阅读《中国社会各阶级的分析》这本书便可以看出，他对我正在走向成熟这一事实，是充分认可的。

这天下班回家，我在月牙湖边碰到了阿贻。阿贻说，晚上要给我看一个他写的短篇，声称是关于爱情的。我反诘阿贻，有没有跟姑娘调情过。阿贻自然不会扯谎，且神秘地告诉我："袁家兰兰近来喜欢到我家，来找阿燕帮助裁剪衣裳，老跟我搭讪，还笑呢。我趁阿燕不备，偷偷地捏她的手，兰兰不叫不喊，却用嘴朝阿燕指指。喂，我，你琢磨一下，是不是对我有点意思？"我当然知道这是什么意思，但对照表姐夫说的话，又觉得这种情调正为一些人所不耻，便很矛盾，于是胡乱作答："她即使有那么一点意思，也是用努努嘴示意你，你一身的油呛味，让她如何靠近你？"

"哦……原来如此啊！炸油条的，难道就不能有像沸油一样的激情？就为了这，我也要写一个短篇，就叫《沸腾的情感》或者叫《甜蜜的激情》……反正名字可以待定，你觉得呢？"

我毫不客气且带讽刺地回答他："你是不是得了花痴病？"

"我，你怎么骂人？我因为痛苦……才跟你讲的。唉，言者谆谆，听者藐藐。"他兀自摇头击掌，"知吾者莫如己矣。我这'少年维特的烦恼'啊！"

我扪心自问，倒也有点心动，便又安慰他："我这几天心思不顺。过一阵吧。啊？我们共同来……修饰稿子，看能否把激情点燃起来。如果中稿还赚点稿费花花。"阿贻这才转忧为喜，忽然畅意而低声地说："这次我准请客，糖醋鳜鱼总好了吧？"

我朝他脸上吹口气："小子，我早听腻了！时至今日，老子连鱼腥都没闻到呢！"

阿贻赌咒发誓，说："这次说话算数，王八蛋不诚心。只是我暂时囊中羞涩，孔夫子也穷过的，后来才食不厌精，脍不厌细，后来才有了孔府名菜。后来……"他顿了一下，若有所思，"还说食色，性也。你凭良心讲，听了他的话，后来朝中当大官的，哪个不是左拥右抱、妻妾成群？你总说，我的话是上不了桌面的，可是不能昧心讲话。中国人，但凡掌点权……就会假模假式的，连我们店主任，鸟大一点的职位，女人给他捏了一把，他居然会笑得像开花哩！我都跟他计较不得，真是非礼勿听、非礼勿视、非礼勿言呢。"

阿贻愤愤不平，越说气越大，他以前是个好孩子，只是去年他在店里小偷小摸被抓之后，变得牢骚渐盛，加之到了青春期的年龄，更常显出躁动不安的情绪。末了，他掷下一句话，彻底暴露了他此刻烦躁的心情："枯燥死了，就他妈几部胡话连篇的电影，臆里巴怪的，看不到真的爱情。"我未及搭腔，阿贻弓着身子走了。就像是只大虾米，永远直不起身板。相反，阿燕却太挺，一穿高跟鞋就前凸后翘的。

挨到傍晚，我才算是心情好了些，晚霞挺美，恰有几道不同色彩的光照还没有完全糅合到一起，杂乱而缤纷。我在阳台上远望，心里想着此情此景，似乎与站在江边高炉上看到的一样美。

大姐的两个小孩小林和小兵坐在桌边下军棋。小兵嘴里不停地唱着："学习雷锋好榜样，忠于革命忠于党……"而小林心不在焉地一边下棋一边抱怨刘妈，为啥红豆粥还没做好。"二舅，你望天干啥？"小兵问我，但我却不愿搭理他。"二舅，天上有仙人吗？"小兵又问。我本想训他一顿，可是忽然记起了什么，似乎自己小时候也问过同样的问题，既清晰又模糊的记忆，勾起我心里那么一点点酸楚。于是我耐心地答复他："你去看《西游记》就都知道了。"

晚霞依然绚烂，林子里的景色依然如故，我忍不住自语道："去年今日此门中，人面桃花相映红。人面不知何处去，桃花依旧笑春风。看来，山河依旧，物是人非，变化的是人而非物。"

"你叽咕什么，二舅？"小兵天真而放肆地问我。

"山河依旧，物是人非，要是你大舅还在，该多好！"我盯着紫金山主峰头陀岭，那儿正巧有一大片青兮兮的乌云在浮动。

"啊，红豆粥的香味出来了。"小兵叫道，压根儿没接我的话茬，"啊，葱油煎饼的香味也出来了。"

这时，我的眼前突然一亮。阿燕的身影在月牙湖的石板路上出现了。她白衣黑裙，急急地走着，头发绾成髻。五月黄昏的光彩绘在她身上，动人心魄。连周围的语录牌和一座高大的工农兵的雕像似乎也比平时光彩夺目了许多。她微笑着，显得从容自如。她丝毫不觉得自己与周围环境有什么不协调。她朝路口走去，不一会儿消失在丛林之中。

她真大胆。在黄军装、语录牌方兴未艾之际，已经穿上了休闲飘逸的衣裙。

我突然产生了一种莫名的冲动，想起与她一样，有着连脏兮兮的工作服都遮掩不住美丽身材的女炉长郝秀云。这是一种青春的诱惑，一种美的牵引，让我禁不住赶紧下楼。当我走到路口时，已经看不见她的影子。倘若我能看到她，也许我会聚精会神地目送她远去。然而，正因为不知她的去向，我反而决定去寻找她，这让我一时觉得很有趣。

因为我曾经多次看见她和那个身材颀长、面皮白净的家伙在河湾附近闲逛。我便要试一试自己的运气，看看自己的判断是否正确。我背负着弟弟的嘱托，渴望知道她的私生活和秘密。我没有走梧桐树夹道的陵园大道，而是拐进了草木杂芜的山坳。春天长出的拉拉藤，此刻藤蔓上的锯齿正锉划着我的衣裳和脚腕，我因触到了原始而蛮荒的气息，反而不再介意脚腕上轻微的疼痛。

临近河湾时，最后的霞光浑厚而恬淡，仿佛掩隐着一个神奇的天国。林间浓浓的暮色给各种秋虫的鸣叫提供了最好的掩护，却让我越发感到焦渴难耐。

我下到河湾，看见几对依偎细语的情侣，又不好走近细看，只能从他们的背影上辨析，那不像阿燕他们。

河边太静，一阵莫名的烦恼夹着强烈的欲念向我滚滚袭来，随之太阳穴的神经猛烈地抖动起来，一个声音对我说："你也像余老八那样封建吗？竟然学会了盯阿燕的梢！她是特务吗？盯到又怎么样，盯不到又怎么样？你何不到阿贻那里去看他写的小说《甜蜜的激情》，也许那里面反而有青年男女的真实情感。"我终于开始懊恼没有去阿贻那里消磨晚间宝贵的时光。

兰兰是不错的，阿燕也是不错的，她们都是很可爱的女孩子，只不过时下的政治气候，以及批判资本主义、修正主义的革命态势，对她们这样出身和成分不好的人，势必造成无形的压力，遭到社会上的普遍歧视。如果把国运比喻为一艘大船，此刻大船正经历着狂风巨浪侵袭，而船上每个人的命运，势必无一例外地要随这艘大船载浮载沉，船上像阿燕这样的弱女子，难免受到摧枯拉朽的风浪无情的冲击。这便是我在读了《中国社会各阶级的分析》这本书以后的真实想法和肤浅的理解。

我开始相信王志文的分析：由两国间的纷争引发的从友到敌、从友好合作到相互对立的巨变，必然导致国内两种思想的对立和博弈，其结果便是又一场革命。而这场革命，终将波及每一个普通人，就像阿燕这样的弱女子。

照理说，我和弟弟秉辰与李晓燕，从小青梅竹马，一起长大，即使算不上两小无猜吧，也应该是知根知底的，但在某种社会潮流和革命舆论的影响下，我也逐渐改变了对她的看法，由纯真无邪转向了放荡不羁，由美丽可爱转向了水性杨花。

回首月牙湖周围的景色依旧美丽，晚霞依旧令我为它动容。此刻，就像是又看见了弟弟秉辰参军临走时，丢给我的最后的眼神，像被一层黄昏时漫上来的紫色的雾气笼罩，让我辨不清哪是真情，哪是梦境与回忆。

我独自在河湾耽搁到月朗星稀的时刻。微风杂糅着水腥气，摇曳着树叶沙沙地响，想到母亲会因为我的晚归而怨怼，我便加快脚步向那条林间小路走去。那是一条归家的捷径。丛林深处还是有点幽暗吓人。心中的烦恼并未因凉爽的夜风而收敛。我不由得再向远处的三角草地望去，一排栀子花与冬青树把我与河湾的坡地隔开，星光下它们幽暗发亮，耳畔一阵轻轻的絮语，却如一道电流突然贯穿了我的全身，令我气闷心跳，浑身燥热。

絮语从我右前方的栀子花丛前传来——是阿燕的声音，我极为熟悉的声音。只不过她的声音不再像平时那般放肆而明亮，而是变得娇羞、哀怨、激动。可以想象，她此时依在那家伙的肩头，美丽、羞涩和无奈。秉辰是否也享受过这般艳丽的夜晚？享受过这番醉人的情趣？她为啥不忠贞地等着他？即使此刻我的良心还不允许自己把阿燕说成流氓阿飞，但我已经开始憎恶她大大咧咧、放荡不羁的情感。难道她就是一颗只消一点温暖便破土而出的情种，一个水性杨花的女人吗？

我悄悄地靠近他们，猫身躲在栀子花丛后面。

我听见男子低低而激动的话音，还有阿燕娇羞的作答，甚至连他们急促的呼吸声我都能听见。

"阿燕，昨天你在我家听《梁祝》又哭了……"男子的声音传来，"我们不能老是这样。"

"你想怎样？"阿燕说。

"我想娶你！"男子的声音。

"你知道我的家庭，知道我的屈辱，还愿娶吗？"

"为什么不能？我不在乎！"

"周秉辰他也不在乎。他快回来了，我一直在等他，我不能把自己劈成两半。"阿燕说。

"可是，这两年都是我对你好……"

"是的，因为你帮我报仇。但其他的，就是欲念，就是怜悯，反正说不清……有时我把你当成周秉辰，有时我需要人陪，你呀……也憨，也笨，把这都当成了爱情。"

"可是，我是一直喜欢你的，你比我身边的护士小姐更迷人，她们扭扭捏捏，装模作样。而你率性而为，直来直去，情真意切。"

"那是你误会了，护士小姐对你才是真有情意，现成的多好，为啥不抓一个？"阿燕说。

报仇？我听不懂。但我能感觉阿燕的语调里又充满了放浪和随意。

"你竟然说这种话，当心我掐死你。"男子急促地说，鼻子里喷出气息声。

"请便吧，反正你已经帮我复了仇，并赶走了几年的孤寂，眼看秉辰就要回来了。"阿燕的声音像唱歌。我能想象她在撇嘴微笑，如同醉后的酒意阑珊。

"你要跟周秉辰好，我祝愿你幸福。你要是跟其他人好……你就必须回到我这里来。"

这小子竟知道秉辰的名字，亏他还有一份良心，我想。

"他要是不要我呢？"阿燕不无沉重地说，"因为我的家庭成分、我的名声，早就被那帮混混搞臭了。"

"你……你确实如同《白蛇传》里的小青，又混又滑。"男子气愤地说。

"侯医生，你骂吧，反正我也算对得起你啦！"

他是医生！姓侯！好一个玩弄女人的老手。瞧我怎么来收拾你！

"阿燕……我指天发誓，我可以不管你的家庭出身，但你必须听我的……我们虽然好过……但绝不是占你便宜。我……真的喜欢你。"男子的声音几乎带着哭腔。

"夜深了，已经看不清老天的面孔。我们约会逛街，吃饭喝茶，谈不上谁占谁的便宜。过去的就过去了。你是大学本科生，堂堂的外科大夫，找一个老婆不费事，何必纠缠我？"

"可你亲口说过只要帮你复仇就喜欢我。骗人的蛇精！"男的几乎在吼。

"可是他临走前发誓要爱我一辈子……倒霉的是他离开了我这么久……但我却一直忘不掉他，他脾气耿直，力大如牛，却没有想得到我，可是你却……"阿燕的话语低低的，声声撞击着我的心。

"那家伙就是周秉辰？"男子问。

"地道的当兵的种！绝没有你戴副眼镜的文绉绉样！"阿燕说，"你松开我吧……太晚了。以后我们只当是朋友一场，没有过卿卿我我那回事。"

"早知今日，何必当初。你今天约我出来就是为了抹去刻在心上的那回事吗？"

"别那么文雅诗意，从来就没有刻上过。忘掉你那副急吼吼的狼狈样子吧！我爱周秉辰。懂吗？要知道，他若回来了，准会揍死你。"

"你是阿燕……不……你是艾丝美拉达！一个名副其实的骚货！"

"所以我得等我的卡西莫多！"

间隔了几秒钟，我听见了一记响亮的耳光，而后是长久的沉默。也不知道是谁打了谁。

我赶忙离开栀子花丛，心里诅咒着阿燕。我要当面问问她：这就是你对秉辰的爱情吗？

我守候在月牙湖路口，看见那个侯医生和阿燕分手后，我截住了她。

"阿燕！"我逼近她。她愣了一下才应声："是秉坤哥吧。"

我开门见山地说："刚才你们的讲话我都听到了。你解释一下吧。"

阿燕冷冷地哼了一声，说："你是趴在树丛底下偷听的？一个当哥哥的，也干这档子事！难道我还有必要解释吗？"我更加恼怒："你就这样爱秉辰的？那戴眼镜的是谁？报了谁的仇？"

阿燕反诘我说："你是秉辰吗？我有义务告诉你吗？"

我说："我代表秉辰问你，你必须老实告诉我！"

阿燕轻蔑地撇撇嘴："怪不得月牙湖的女娃都讨厌你。告诉你，我还不是秉辰的老婆，我代表自己不回答你，请你让开。"

我竟然被她一把就推开了，让在道旁，呆呆地看着她的背影消失在夜色中。

三天后的傍晚，我下白班从厂子里骑车回来，经过卫岗街，阿燕突然喊住我，她手上拎着菜篮子。被阿燕一喊，不知为什么，我反倒感到猝不及防，就像是条件反射一般，立即跳下了车。阿燕红着脸来到我跟前，有意识地撩撩额发，两片薄嘴唇抿起一笑，即令我脚下又如同踩了棉絮一般的不踏实。

"秉坤哥，你同情我这样家庭背景的人吗？"她问我。

"同情你？"我睁大眼睛望着她。

"其实，我不要你同情。"她正眼瞧着我，"我们家那些事是上辈人做下的，不应该株连殃及下一代吧？……你跟你妈妈讲了我和侯医生的事吗？"

"侯医生？没有！"

"不准备出我的丑？"

"当然。阿燕，你可别没事挑事！"

"哦。我没那胆气。秉坤哥，好歹你替我遮着点……我不想认错，我也没有错。我还得……在月牙湖生活下去……而且不想像坐牢那样，夹着尾巴儿做人。爸爸那顶坏分子的帽子，我们全家其实都有份。只有秉辰说过，他不在乎。秉辰在外面服役的日子，我是真难挨呢！"

"阿燕，"我说，心里早软了几分，"其实，有很多事情，要自己去把握。男怕入错行，女怕嫁错郎，你总听说过吧？秉辰在外服役，你就要管好自己。人家女孩，都把头发剪成了'三八式'的齐耳短发，你却偏偏要'小刘海，大波浪'；人家女孩，都把裙子换成了工装裤，你却偏偏要穿个连衣裙到处招摇，岂不是送小辫子给人家抓吗？批判'封、资、修'和'破四旧'的浪潮，不掀翻你，还掀翻谁？若不是那晚偷听了你讲的话……我几乎也要把你当作流氓阿飞了。过去那个纯洁可爱的阿燕哪里去了？"

阿燕闻言，竟笑了："刚才拦你，就是想解释，现在看来已经不用了。不过，以前那个扎独辫、系蝴蝶结、跳猴皮筋的阿燕已不再有了，就像只给我画猫的秉辰也不复存在了。我已经想明白了，人长大了，就需要相爱了。我对秉辰的爱，虽然无法言喻，却可以用心去感受，用行动去证明。"

"是吗……你还是那个阿燕吗？"我突然觉得自己变得笨嘴拙舌，完全不能像表姐夫王志文那样，深入浅出，把道理说清说透。也许，男女间相爱，就是这样说不清道不明吧。

"我当然还是我……我不想活在别人的恶语中伤里！"

"那你就要根据潮流，做出改变。我想秉辰很快复员了，我们家会再增加一块光荣的小牌牌。你应该像别人议论你的，改邪归正，老实做人，才对得起秉辰和我们周家。"

"又是对我们这种出身不好的人的偏见……与其如此，那还不如让秉辰好好揍我一顿呢！"阿燕接着又说，"揍一顿也好，揍两顿也罢，反正打得越狠越痛快，只要让他消了气，我们和好如初就行！"

"干吗要揍你？如果是我……我也绝不在乎你的过去。况且他也不知道。"

"把柄在你手里，你捏不捏我，我可不知道。"

"干吗要捏你？你那件事让外人知道了，我们兄弟俩才会感到窝囊，脸上无光，在月牙湖这里抬不起头来。"

"秉坤哥，那晚我的话不知轻重，你该不会记仇吧？"

我摇摇头。阿燕又说："阿贻和兰兰好上了。你知道吗？兰兰又白又文静，卫岗镇那帮小纰漏成天围着她转，像苍蝇，赶也赶不开。这情种偏偏看中我那位宝贝哥哥。你瞧，这就叫爱的缘分。"

"能成，"我说，"阿贻老实，兰兰心好，是一对，算得上门当户对呢。"

阿燕叹口气："什么门当户对，真是讽刺。只要生下的崽不是娘娘腔就阿弥陀佛烧高香了。那年，秉辰临走前的一天晚上，我们去胜利电影院看《黑暗中的罗密欧与朱丽叶》，秉辰为那犹太姑娘死在纳粹枪口下哭了，一直哭到月牙湖路口。道别吻我的时候，他的泪水还凉了我半边脸。就凭这点，秉辰是条汉子。可阿贻像个女娃，可是，不知怎么的，兰兰中了邪……会委身于阿贻，成了浓情蜜意的一对，其实我明白，两个同样出身的年轻人，同病相怜，相爱相携并不坏，真的。在别人眼里，我比兰兰要更花、更浪、更不堪，真不知道秉辰能不能原谅我，放我一马？"

"这个谜，只有等秉辰回来，由他自己揭晓。"我平静地说，"他在部队这座大熔炉里，经受的教育和锻炼，比你我都要多得多。"我心里又想：阿燕啊，要想人不知，除非己莫为。你这个在别人眼里的骚货，此刻说得轻巧，怕是到头来难挨了！

"可是我现在已经感觉到了紧张。"阿燕又说，"居民委员会主任经常带人半夜三更到我家搜查，说是查卫生，查四防，闹得鸡犬不宁。其实还是查坏分子有没有响应修正主义，搞阶级斗争新动向，搞破坏！"

"他们半夜三更来？"

"你奇怪吗？当然，你们家，他们是绝不会怀疑和打扰的。你们家是军烈属、光荣你家都占全了，标准的革命家庭。而我家、兰兰家都是不光彩的家庭……其实我爸爸不过是一名国民党的军医，过去和现在都是个靠行医挣饭吃的人。从来不指望蒋光头搞'反攻大陆'，更不指望修正主义来搞复辟。秉辰走了之后，人们看我的眼神，比看坏分子的好不了多少，我很孤独烦闷，一不小心才……干了对不起秉辰的事情。"

"你若知道是上了人家的当，就要痛改前非，与过去一刀两断。"

阿燕摇摇头："也许是因为感觉成分不好，就只能破罐子破摔，混吃等死。现在厂里的一班老妇女污蔑我是'破鞋'，把街道上对我的印象都搞坏了。厂长整我，我干到现在还是个初级工，想起来，我就恨他，让我倒了血霉。我有时候想，像黄厂长这样表面上道貌岸然、实际上一肚子坏水的人，还不知道干过多少无聊、犯罪的事情！我十年的书都算是白读了！自己的身子，自己做不了主，任由别人拿捏！管着你的人，拿着'龙生龙凤生凤，老鼠生儿打地洞'的血统论当幌子，揪住你出身不好的'小辫子'，戕害你全家！"

听了阿燕的话，我无言以对，也不知道怎么劝解和安慰她为好。总觉得自己在厂里面参加的政治学习还少，还没有办法从理论的高度做出解释。似乎此刻站在我面前的，再也不是一个天真纯情的阿燕——那个欢蹦乱跳的丫头片子，而是一个地道泼辣的妇女了。可是她又是不同于一般的"艾丝美拉达"式的妇女，她有棱有角，滚烫又冰冷。她身上那些横竖不均、粗细不等的棱线看起来很不协调，却又无法挑剔哪根线条过粗，哪根线条过细，仿佛根本就该如此。存在的就是合理的吧？

新婚之夜

　　"红雨随心翻作浪，青山着意化为桥。天连五岭银锄落，地动三河铁臂摇。"江北钢铁厂由于认真贯彻了"以钢为纲"的方针，硬是靠自力更生，逐步度过了外国专家撤走、自然灾害肆虐的最艰难的时期，依靠"国家的定量"也能维持温饱，大家干活也比以前有劲多了。高炉在郝炉长手里，逐步转入正常生产，那一千多摄氏度高温的铁水，每天都在余老八等炉前工面前哗哗地流淌。他们忙得大汗淋漓之时，就像水牯牛那样，大口地喝着郝秀云提供的大碗茶，没个够。

　　当时，企业抓革命、促生产面临的最大问题，就是工人的劳动强度大，高炉的生产条件非常简陋。工人编顺口溜："小事故天天有，大事故三六九。"炉前工虽然是三班倒，但一有事故，就几天几夜下不了高炉。身为炉长的郝秀云更是如此。如果那时有"女汉子"一说，郝秀云当之无愧会被贴上"女汉子"的标签。

　　每天上班，郝炉长都是来得最早，走得最迟。遇到处理事故，深更半夜回宿舍也是家常便饭。郝秀云最担心的突然停电事故，竟然也是常有发生。搞冶炼的都知道，高炉的"心脏"就是那台耐高温耐高压的大风机，只要"心脏"一直转，不停跳，那高炉就是一个大活人，而一旦停电，风机停转，"心脏"停跳，高炉就立刻休克，就死了。烧风口，坐料，冻炉缸随之而来，一场大事故也就从天而降。但是，那时落后的供电条件，往往叫你是越怕什么，就偏偏越来什么。突然电就停了，一下子能烧坏十几个"风口小套"，你如果抢修不及时，高炉一周边都能喷出巨大的火焰。害得郝秀云这个端庄俊秀的漂亮妞，也顾不得许多，只能亲自登上炉台，指挥余老八等炉前工抢换"风口小套"，抢修风管铁口。为了尽快处理险情，她啥也顾不上，赴汤蹈火，来回穿梭，也只用手套遮住脸，就从"火焰山"上一跃而过了。恰巧有一次，被亲临炉台的洪华厂长看到了。洪华厂长等她处理完事故回到控制室时，让人拿来一面镜子，开玩笑地说："秀云，你快照照镜子，看看你的漂亮脸蛋到哪里去了？"

郝秀云照了镜子才发现，自己的头发燃焦了，眉毛烧掉了，自己竟然没有察觉。女人都是极其爱漂亮的，一看之下，自然就忍不住暗自垂泪了。这下，反倒让素来怜香惜玉的洪厂长于心不忍了。于是，不久之后，经过他的提议，厂长办公会一致决定：调任郝秀云同志为厂技术质量科科长，由我顶替她的炉长一职。当年，对于这个安排最高兴的莫过于余老八了。他逢人就讲："我早就说过，让周秉坤当炉长吧，你们还不信！现在怎么样，改弦更张了吧。我今天还要再次未卜先知一下，爷们周秉坤来干炉长，这炉子自然乖乖听话，以后大吉大利大顺的好日子就要到了。"

余老八这人，从表面上看，是个甩大料的货，就是那种没心没肺、凡事大大咧咧的人。其实，他的心比谁都细。技术八级，是因为他活做得细；张口闭口"女人头发长见识短"，是因为他在家里外一把手，烧的菜总比媳妇烧的好吃。还别说，他的预言还真管用。自从我当了炉长后，高炉上天天放高产，利用系数上去了，事故也降下来了。而且，因为铁水充足的带动，炼钢和轧钢也都捷报频传，带动整个江钢厂都"放了卫星"。

当然，这并不是靠余老八的预言或是我的运气好，主要还是得益于国家经济的恢复和发展。我坚信，钢铁工人都是很能吃苦的，只要外部的水、电、油气供应条件稍有改善，立刻就能打出"石油工人一声吼，地球也要抖三抖"的气势。

我从当上炉长的第一天起，便干劲十足，觉得距离父亲和大哥的要求又近了一步。干起活来，心情明快而轻松。就连有时候来现场检查工作的洪厂长，都忍不住指着我对身边的人说："这个年轻人，有技术，有理想，是个可造之才。"

后来，有人告诉我，洪厂长这句话传到宋倪敏主任的耳朵里，引得他心情很是不爽，背地里说："这小子假积极，就是为了要爬到我的头上去。"

我闻言，倒是没有当回事。然而，不久之后，洪厂长真找我去谈话了。他谈话的方式仍像一个军人，一见面就如同久别的战友重逢那样，握住我的手，紧紧地握住。

"小周，已经两年了，你坚持了整整两年。毛主席说，一个人做点好事不难，难的是一辈子做好事。你能兢兢业业在高炉上坚持两年如一日，就绝不是像有些人说的，假积极。现在我看出来了，你是好样的。"

我被洪厂长握紧了手，一副受宠若惊的样子，一副要犯傻的样子，一时也不知道该说什么。"你不错，你不错，你真的不错！"洪厂长的话里似乎都有了敬重的意思。

在和洪厂长握手之后不久，洪厂长就在总厂办公会上举荐了我，让我担任炼铁分厂的厂长。在任命大会上，当干部科的人宣读完任命书后，洪厂长郑重地说："周秉坤是一个优秀的青年，也是一名合格的钢铁战士！由他担任炼铁分厂厂长，我一百个放心！"

接下来的领导工作，仍是一段漫长的过程。可是，因为背负着父亲和大哥的嘱咐，我日复一日、默默无声地坚持干下去了。第二年，我还被市政府授予了先进工作者的称号。所有这些对我来说都是名副其实、当之无愧的！

我的先进事迹还被洪厂长推向了总厂。介绍事迹时，洪厂长有一段铿锵有力的话："周秉坤是我们江北钢铁总厂的骄傲，他在炼铁高炉上坚持出满勤，并且坚持超负荷地为革命工作，每年 365 天，一天不落，连大年初一也不休息。这种兢兢业业、持之以恒、踏踏实实、不掺一点水分的精神，对满怀豪情、一心一意地埋头拉车、奔向共产主义的人都是一种激励和鞭策。"

听说我当上了炼铁分厂的厂长，母亲最高兴，虽然她并不知道这个官衔有多大，但已开始为我张罗婚姻大事。

母亲那一阵子仿佛一反常态，再不像以前那样，养养神，做做祈祷，倒像是喜鹊报春那样，忙着到处托人为我介绍对象。母亲急着将我的婚姻大事摆上周家的议事日程，从主观上讲，我二十多岁的年龄，在当时已算老大不小了；从客观上看，也是由于我当上了令人羡慕的炼铁分厂的厂长。虽然瘦长，长相倒也说得过去，大脸、大骨架子，整天精神饱满，一副必将革命工作干成功的样子。

介绍人第一次把一个梳着两根油亮大辫子的女子带进了老周家。因是领了母亲的"圣旨"，我也只能乖乖地待在家里奉陪。抬眼看，这女子长相真是不错，眼睛大大的，皮肤白净，头发在额前留着好看的刘海。母亲请她坐下后，介绍人首先介绍女子："潘美凤，三点水加个番字的潘，这个姓不太多。南京木器厂的工人，虚岁二十，喜欢文艺，歌唱得挺好。小凤，不行你就唱两句！"

潘美凤轻轻嗯了一声，音调上挑，是拒绝的意思。

介绍人便又回过脸来，介绍我："这小伙子叫周秉坤，小凤，我跟你讲过的，虚岁二十六，江北钢铁厂炼铁分厂厂长，共产党员，先进事迹都上过报纸的。"

我闻言，只能再抬脸看对方一眼，觉得她跟郝秀云也差不多，便不敢再多看了。在女人面前，我不知为什么总有点自卑。

那叫潘美凤的女子却胆大，盯着我，一双美目既有雏马的好奇，又有家猫的温柔，同时兼有梅花鹿的警惕。她直瞪瞪地看着眼前这个优秀的男儿，竟一点也不觉得这种事情有什么值得害羞的。

母亲积极地隐退了。走之前，她开明地对介绍人说："要不，你就……让他们自己谈谈？"介绍人心领神会，简单地把话引向正题后，也就退身而出了。

天不热，月牙湖面飘过来的空气里，弥漫着一股淡淡的青草味和栀子花的香味，这是老周家特有的气味，但我身上已经出汗了。我规规矩矩地坐在板凳上，双膝并拢，两手分别放在两个膝盖上，似乎比向洪厂长汇报工作还拘谨。相比之下，有着文艺天赋的潘美凤要比我随意一些，她身体微侧，两腿斜斜地并拢在一起，坐成一副女人味十足的模样，一只手在不停地、漫不经心地抠着另一只手的指甲。

憋了好一阵子，我才终于说话了："你……你是共青团员吗？"

"还不是呢。"女子说，声音非常好听。

我顿住了，又是好一阵子，才又问："那你……你写入团申请书了吗？"

女子动了一下两条腿的方向，把身子侧向另一边，漫不经心地说："想写呢，可……可是我怕不够格。"

我闻言，心生"难道和阿燕一样，成分不好"的疑问。于是，就紧张地把视线挪向她。她已经不玩指甲了，但一双手仍不停歇，又换成了别的花样，摆弄起了自己额前那好看的刘海，一缕一缕地捏直，再小心地弯上去，像手工劳动者小心地对待就要完工的工艺品。一双眼睛随着手的动作，朝额头上看，自然且动人心魄。

第二天，介绍人上门来征求母亲的意见。

介绍人说："女方对你儿子挺满意的，说你儿子这人蛮好，羞羞涩涩的，一点当领导的架子都没有。"

母亲挺高兴，言谈中不免透出得了实惠的心思："我看也行。白白净净的，以后生个娃，像小庆荔，不会丑。"

可我不想让介绍人对母亲再把话说下去，便飞快地把话接过来："算了吧。我看……算了吧。"

谁也不曾料到，我会说出这样的话。介绍人诧异地问："干吗……她不好？"我忸怩着，不讲话。

"她还不合你意？她怎么就不合你意了？"介绍人追问。我僵住，干脆一句话也不说。

恋爱问题其实就像一层薄纸，只能轻轻触碰，不能捅得太深。介绍人问不下去了，只好带着疑惑，气愤地去女方那里回话了。

母亲也是同样，一片狐疑。她不可能知道他儿子的真实想法。因为我的挑剔，这个名叫潘美凤的女子，在周家的生活里便如昙花一现，甚至连昙花一现都谈不上，此后便泥牛入海，没了消息。

……在接下来的短短两个月时间里，我又先后和三个女子见了面，但情形同样是那么糟。人家女子对我都比较满意，很快就把话递过来，表示同意相处。可我总是挑剔得很，当面不说，等介绍人过后来征求意见了，我才嗫嚅着表示拒绝，也说不出个所以然来。几个介绍人都很生气，对母亲说："你家宝贝儿子太古怪了，他好像……不知好歹，他都这么大年纪了，还这么挑三拣四，他的事，以后再别找我们了！"

满是苦衷的母亲，只有傻傻地向人赔笑，一副无可奈何的模样。

后来，母亲把他的苦衷告诉了大舅，大舅倒是热情，对我母亲说："我来帮你和外甥谈谈，看看他怎么想的。"

母亲当然是求之不得，马上就说："帮我看看，我是真急呢！"

大舅的想法很容易被人理解。他认为我无非就是自己有了心上人，于是对介绍来的女子，一概拒绝。

于是，他便找了个星期天，赶到月牙湖这里来，要和我正式面谈。

见面后，他直奔主题，说是要我老实交代，自己在外面是不是已经有了对象。

他问得郑重其事，庄重而又严肃，让我拘谨得不知如何回答为好。如果原原本本地告诉他，我心里面倒是有个中意的郝秀云，但我又没有把握，那郝秀云心里是否有我呢？

就在我吞吞吐吐，不知如何回答时，母亲在旁边竟扑哧一声笑起来，声音爽朗得好像知道了我的底细。然而，令母亲万万没有想到的是，一贯自卑羞涩的我，竟然毫不羞涩地开口了，且是直接表明，自己心中确是有人了："她叫郝秀云……我已经喜欢……喜欢她很长时间了。"

"看来我没有猜错，既然你跟她交往有年头了，那你总该说说她的情况，让我们也好把把关吧？"大舅用长者的口气笃定地说。

我觉得，既然事已至此，躲得了初一，也是躲不了十五的。于是，我就将我所了解的郝秀云的情况，都向两位长辈和盘托出了。

"她大你三岁，也就是已经快三十岁了……你也愿意？"母亲的问话，往往都是这么击中要害，且一针见血，"这么大你也同意？你脑袋里到底哪根筋搭错了，谈对象竟然选个比自己大这么多的！前面那四个女子，撇开别的因素不谈，只论长相就各有千秋，总比在高炉上男人堆里出大力的要娇嫩得多吧。可你偏偏选这个叫郝秀云的女子，且是在高炉上烤出来的黝黑皮肤，练出来的粗壮身架，一米六九的个头，体格丰满，一张圆脸，天庭饱满。这脸和身子的搭配，横看竖看都不耐看。难道就因为她也是党员？"母亲数落了半天，最不能接受的，还是郝秀云比我要大三岁。

我据理力争地回敬她说："俗话说，女大三，抱金砖嘛。"

母亲却不屑地说："那都是老辈人的说法，是没本事男人的自我解嘲。你堂堂正正的，长得又那么好，个人条件也那么好，何至于到了需要自我解嘲的地步？"

母亲情急之下，转而求助大舅，让他帮助劝劝我。

大舅反而说："知子莫如母啦，你怎么连自己的儿子都不了解？你儿子从小就受到他父亲和大哥的影响，有志气，有理想。现在他是党员，又是干部，他在择偶方面，当然最讲究政治方面的条件，那郝秀云恰好也是党员，自然情投意合咯。"

原来如此，母亲完全没有想到，聪明反被聪明误，大舅没去说服外甥，反而将自己说得服服帖帖。她有点后悔了，也有点忍耐不下去了，于是挥着手，大喊着说："我不同意！告诉你吧，秉坤，我反对，我坚决不同意！"

但是，我却给了她一个坚定的眼神。那眼神告诉她，我将义无反顾、我行我素地去做自己想做的事情。

由于我的自以为是和执拗，郝秀云，这个丰满而结实的女子，终于迈着一双大脚，走进了老周家的生活圈。最初的，也是唯一的爱情，就这样在我的生活里风平浪静地展开了。接下来，就该说一说江钢厂新建的职工宿舍楼了。

20 世纪 70 年代初，江钢总厂抓住发展钢铁生产的新机遇，打出了产量的新水平，也赢得了好的效益。洪厂长便按照职工解决住宿的迫切要求，有计划地兴建了一批新的职工宿舍楼。在那以前，职工的住宿条件很差，房子也就是在江边用毛竹加泥坯墙搭起的工棚，夏天四面漏雨，冬天四边漏风。最不堪的就是探亲的家属来了，只能在两个棚户中间，用拾来的旧木板、树枝和稻草，和着黄泥搭起坯子，掩耳盗铃般进行遮挡。然而，一干起那事来，快活得山摇地动，谁还顾得了被人偷看或偷听了去。

于是乎，那些枕边的悄悄话常常不胫而走，在茶余饭后广泛流传，搞得当事人很是被动，当然也将牢骚怪话甩进洪厂长的耳朵里。现在，终于有了新建钢厂职工宿舍的钱，能够为钢铁工人解除后顾之忧，洪厂长当然是积极支持。立刻在钢厂离马路边最近的位置，划出一块平整的场地，用红砖灰瓦外加水泥预制板，盖起了几栋三层的楼房。每层的过道都连着十间房间，每间也就七八平方米，前面带一个两平方米左右的小隔间，可充作厨房。当然，这条马路也是通往大桥和市区最近的道路。来过的人都会发现，每户的房间都收拾得简朴而整洁。从户主的创意上看，他们通行的都是一种过好小家小日子的实惠做法。

也正是这批新盖的职工宿舍，为我和郝秀云的新婚之夜提供了一个保障和潇洒的平台。

我的恋爱经历，如果拿现代审美观点来看，几乎没有任何美感可言。我把精力全部放在工作上，没有休息日，没有浪漫的爱情生活，没有浪漫的爱情之旅，甚至连花前月下都不曾有过。总而言之，我是连浪漫的念头都几乎没有产生过的。在我眼里，郝秀云就是我的革命同志，现在又和我这个志同道合的革命同志走到了一起，难道还需要那些诸如花前月下一类的繁文缛节吗？那是没必要的。所以，在向母亲和大舅表明了心迹，以及将郝秀云带回家拜了婆婆之后，又经历了一个月例行公事般的恋爱之后，我甚至都没有去探望郝秀云的父亲，我们这一对革命同志，就水到渠成地去领了结婚证，从法律角度完成了结婚。当年的结婚远不像如今这样，大摆宴席，铺张浪费，尤其是像我们这样的一般工薪阶层，能把亲友召集起来，小范围地简单聚一聚，喝点喜酒，发点喜糖，已算是奢侈了。郝秀云与我经过反复商量，最终决定，在靠近南化公司的西厂门街上的上海饭店办一桌酒。

然而，就为了这点事，革命同志差一点就志不同道不合了。对郝秀云来说，她就是要据理力争这一桌酒席，实在是盼望已久的，她觉得这是一对志同道合的革命同志，取得的第一项非革命性的成果。

我则说："我们不去饭店吧，在家里办。我们俩向刘妈学着做菜，简单做几样，越简单越配得上我们'光荣人家'的门牌。"

郝秀云说："怎么能不在外面办呢？你母亲可是坚决反对我进家门的。干吗要那么简单？难道，你也和你母亲一样不看好我们在一起！"

我说："我不是这个意思。在家里办，简单一点，符合母亲'不张扬'的一贯主张。"

郝秀云说："你母亲本就反对，我们再不张扬，你是不是想草草收场啊？结婚是事关女人明媒正娶、一生幸福的一件大事，与不张扬，完全背道而驰。现在日子好过了，我们俩都能挣钱，像我们这种情况真还不多见呢！经济状况也不是不允许。好好办几桌，正正经经地结婚，有什么不好？"

"反正，我就是觉得不好。"

"我没觉得不好。我觉得蛮好。"

经过艰苦的谈判，我们最终敲定，仍旧在饭店办，但只办一桌。受请之人，是经由我严格筛选的，就像组织部门选拔干部一样。新郎新娘是少不了的，郝秀云的父亲、我的母亲、大姐、大舅夫妇，再就是炼铁分厂的代表宋倪敏主任和值班长余老八，一共九个人。

郝秀云对这份名单表现出极度的不满情绪。她在家排行老小，上面还有哥哥和姐姐，可这份名单，把她的哥哥姐姐全给漏掉了！这到底是什么意思！

郝秀云说："我哥我姐也是至亲，既然办婚宴，就该把他们都请来，不请来，他们今后会饶得了我吗？这是看不起我们兄妹呢！"

我紧板着一张脸，颜色像猪肝，说："他们都插队在农村，来一趟路途那么远，要多花多少钱，你这是背着中央大搞铺张浪费，搞不正之风呢！属于要批判和打击的范畴。"我说的话，虽然言不由衷，但在当年却是紧跟形势、掷地有声的。

就连郝秀云听了这话，也觉得事情已经上纲上线，说得相当严重了。于是只好听凭我的主张，只办一桌，九个人参加。

当年的上海饭店，当然是徒有虚名，不像现在的大上海饭店这般豪华。店堂再大，店门都不往大处开，只比普通住家的门大出一倍。对开的木门漆着鲜红的油漆，要不是门口的白墙上"上海饭店"那四个红漆大字比较醒目，两层楼的饭店，打门前经过也不会引起人们的注意。虽然是两层楼，但饭店没有包间，楼上一个大通间，楼下一个大通间，透明得很，亮堂得很。吃饭就是吃饭，任何想搞阴谋诡计的，都不敢将这里当作得逞的场所。

或许正是应了只搞阳谋、不搞阴谋这一办店思路，整个晚上，空荡荡的楼上只有我们这一桌喜宴，而这一桌，也正好可以堂而皇之地安排在大厅的正中央。

郝秀云陪着父亲一出场，便赶忙介绍我认识。我自知理亏：与郝秀云相处这么长时间了，竟然还是第一次当面向岳父大人请安。于是，连声道歉说："爸爸，我早就该去拜访您了，都是因为忙工作给耽误了，实在是对不起！"说完，就主动伸出手去，幻想着，只要两人把手这么亲切一握，自有一笑泯恩仇的结果。然而，似乎郝秀云将她父亲的手拽住了，老人家不仅没有伸出响应的手，甚至连一个回应的微笑都没有给我，只是揶揄着说："哦，哦，工作忙，因为工作忙。反正我们那里，当'红卫兵'的当'红卫兵'，搞'停课闹革命'的搞'停课闹革命'，闲得很呢！"

我闻听此言，便知道气恼的老丈人，暂时还不会被我一句"爸爸"就收买。于是，不由得上下打量他：中等的个子，佝偻着腰，脸上布满深深的皱纹，仿佛岁月有意刻在他的肌肤上，要向外人诉说他坎坷的人生经历，略往内凹的眼睛里，藏满沧桑与睿智，仿佛能看透人的所有虚伪，尤其能看透我刚才说的"工作忙给耽误了"完全是托词。我不由得心里一阵发虚，不知如何作答。

好在郝秀云赶忙又将她父亲领到我母亲的跟前，给他们又互相做了介绍。听了郝秀云的介绍，岳父大人给出了一个中肯的评定："亲家母含辛茹苦将四个儿女培养成人，真是很不容易啊！"

母亲闻言，只是平淡地说道："听说亲家母去世得早，你一个人将三个孩子拉扯大，更是不易呢！"然后招呼大家落座。

"喝点我从家乡带来的花雕黄酒吧！"母亲一坐下，就客气地提议。母亲当然不是第一次踏进这种饭店，所以，她的一举手一投足都显得从容和大方。反之，郝秀云的父亲是从镇江的乡下老家赶来的，他在当地教书，于是便显得有几分局促，对母亲的提议，只是连声说："花雕好，花雕好，黄酒好喝。"

反而是郝秀云显得很出趟，毫不在乎地说："今天是我和周秉坤大喜的日子，应该热热闹闹的，老爷们都要喝白酒，不醉不归！"

我一看，这是媳妇要和婆婆对仗啊，知道她是要借题发挥，便劝阻各位男士说："别听新娘的乱呛呛，我第一个不能喝白酒，要喝就喝花雕！"

"你敢说你不能喝白酒？哦，俄罗斯女郎叫你喝，你连伏特加都敢喝！换到我叫你喝你就尿了，我倒真要怀疑你是行还是不行了！"郝秀云说完，满脸醋意地看着我笑。她完全没有料到，她这句让我记仇的话，会在洞房花烛之夜遭到何样的报复。

坐在我对面的宋主任，听郝秀云说男士都要喝白酒，好像求之不得，立刻起哄说："那就都喝点白酒！"

唯有大舅不动声色，以征询的眼光看看我，然后甘做和事佬地说："那就让晓珍妹与她儿子，今天的新郎，喝点花雕酒，我用白酒来替他们敬敬亲家公和各位钢厂来的领导。"

于是，大舅当仁不让地给郝秀云的父亲、宋主任、余老八等斟了白酒。而我也赶忙给母亲和自己倒上了花雕酒。我知道郝秀云刚才说的话里带着刺，心里同时也在泛酸，因此坚持不喝白酒。我对郝秀云说："你不要故意挑事。我长到这么大，除了与卡巴耶娃喝过一次白酒之外，几乎从来都是滴酒不沾的。"

"酒真是好东西，你与卡巴耶娃只喝了一次，就忘不掉了！我可是忍受不了！今天我们结婚，你必须全听我的，这才能证明，你的心已经被我拽回来了！"

郝秀云这话一出口，一下就把这喜庆的场面弄尴尬了，不热闹了。

宋主任私底下动过郝秀云的心思，曾视我为情敌，只可惜被我占了先，于是一直就耿耿于怀。后来乘着关押我之时，又想借题发挥，将我这个情敌彻底打垮，一了百了，遂了自己的心愿。不承想却在洪厂长面前碰了一鼻子灰，从此就有点怀恨在心。当然，这些陈芝麻烂谷子的事，直到好些年后，我才最终搞明白。当时我只是觉得，他见了这种尴尬的场面，反而变得更加活跃，喝五吆六，点兵点将地劝起众人酒来。一会儿指着郝秀云说："新娘子不喝喜酒，等于洞房不睡一个枕头。"一会儿又指着我的鼻子说，"新郎不喝喜酒，揭不开新娘的红盖头。"

　　我一听，就知道宋主任在使坏，不但明确表态，我是绝不喝的，而且按住郝秀云的手说："你也不要喝，别管他说出多少花花肠子的规矩来，我们可没有这么多讲究。"

　　谁知那郝秀云却被他的激将法惹恼了，不仅一定要喝，动作还显得比男人还麻利，抓起桌上的空酒杯，操起白酒瓶，给自己倒上了满满一杯白酒。

　　这一招算是立竿见影，一下子把一桌人都给吓住了。就见郝秀云举杯在手，挑战似的对宋主任说："敢不敢和我一起干掉这杯白酒？……最多，也就是一口干掉嘛！"

　　那宋主任一看自己是搬起石头砸了自己的脚，如果不喝，这脸面还往哪里搁！于是硬着头皮，一口气把酒喝了个一干二净。要知道，那年月还没有流行精巧的酒具和小巧的酒杯，饭店里提供给爷们的，都是清一色的喝茶用的玻璃杯，一杯少说也有三两五。

　　见宋主任豪爽地一干而尽，大家岂有不高兴的道理，满桌人一声喝彩之后，便都纷纷给自己把杯里倒满，黄酒、白酒各取所需。

　　郝秀云当然没有像宋主任那么傻，只是象征性地抿了一口。因为，她还真没有喝过白酒。此时小抿一口，感觉这洋河大曲的味道很不错，真的很香、很甜，好像比糖水还要好喝一点。在唇边抿时，有点口舌生香，喝进嘴里，随即生出一种深入味觉深处的甜蜜蜜的带劲的感觉。

　　"好了好了，可以喝的，可以放开来喝了！"郝秀云的父亲开心地说。于是在大家的撺掇、怂恿之下，我和郝秀云端起酒杯，先敬了我母亲，又敬了郝秀云的父亲，接着又敬了大舅等一圈人。

三杯酒下肚，郝秀云的脸上早已红成一片，她的皮肤本来就黑，黑里透红，那颜色就格外与众不同，很耐看了。

　　大舅兴致极高，说："现在该你们夫妻对饮了，新郎你倒满，也给新娘再倒一杯。"

　　初尝酒味的郝秀云，这时候已是酒往上冲，很有点不能自持的样子。她没有推托，爽快地给自己斟满一杯，然后走下座位，主动挪到我面前，要给我倒酒。她脚步不甚稳健，拿着酒瓶走到了我的身后，想讲话，嘴唇动了动，可能是被酒精噎了一下，一时没能讲出来。

　　我正襟危坐，一脸严肃兼厌恶的样子，正色道："你看你，脸红红的，走路都走不稳了，像个什么样子！"

　　郝秀云有点发蒙，一时跟不上我的思路。觉得自己刚才还为这人喝伏特加而指责过他，怎么刚过了一会儿，就被他反咬起来？

　　"你自己看看，看你都成什么样子了！你哪还像是一个共产党员？！共产党员就是你这种形象吗？你好好看看，哼，女炉长的好形象，一下子就全被你糟蹋光了！"我半扭着脖子，侧脸朝向郝秀云，严肃得像是天要塌下来一样，"你别来劝我！你好好想一想吧！"

　　我的变脸恰如阴晴不定的夏日，明明艳阳高照的晴天，一个响雷过后，叫人猝不及防地就下了一场梧桐雨，瞬间把所有人都给淋了个透湿。

　　郝秀云站在我身后，一时整个身子也僵住，酒劲似乎也一下子过去，醒了大半。

　　大舅是见过世面的人，但这一刻，连他也不知道该说什么了。母亲本就对郝秀云不甚满意，此刻便"啊，啊"的，像是对我发出的不满表示赞同，而郝秀云的父亲，只落下一脸的尴尬和愠怒。唯有宋主任幸灾乐祸，乘机向郝秀云射出一种怜香惜玉的目光，示意她别理会我。郝秀云父亲的愠怒，是有点怪罪我的意思，他的怪罪里大约包含着两层意思：一是哪有你这么说媳妇的，看看，说成了这个结果，下面看你小子怎么收拾？二是你们毕竟在一个单位工作，平日里抬头不见低头见，这也太缺少人情味了，看把我闺女搞的，多难堪！

　　我大姐当然也是见过世面的，且知是我理亏，在新婚喜宴上竟讲出这么无情无义的话来，她再不出来为弟弟打个圆场，似乎已经说不过去了。于是，她绕到郝秀云身边，向她赔上了笑脸，脸上的肌肉夸张地扯开，嘴角弯曲，向上翘起，说："我大弟就是这么一个认死理的人，他其实是看你喝那么多酒，心疼你罢了。"

郝秀云不知道自己是怎么回到座位上去的。

婚礼酒宴就在这种僵硬的局面下维持着，像一场看不见的战争，不仅把我大舅的笑脸打得僵直，也把满桌的人打得落花流水，只有我例外。从我脸上，你看不出任何不合时宜的、别扭的感受。

是不是宋主任还有更大的阴谋，在后面等待着我和郝秀云呢？我当时真不知道。但是，不管怎么说，更大的不快，他似乎早已为我们准备好了。那一刻，他正静静地守候着，耐心地、不动声色地守候着，并预计着即将在新房里继续上演的好戏。

当然，这种洞房花烛夜的好戏，就只能局限在我和新娘之间了。我不妨循着新娘的思路去想，从看见自己父亲对我的冷淡，到看见我当众严厉批评她，如果我不是早就酝酿好了要羞辱她的阴谋，接下来的情形，又拿什么来做解释呢？

接下来的情形，当然就是发生在洞房内的，就在我升任了炼铁分厂厂长后，分到的钢厂新建的宿舍里。打通的两间房内，外间充作客厅，里间充作新房。七八个平方米的新房，陈设虽较简陋，一张双人床却是有模有样的。床边两只摞在一起的大木箱，下面那只还是母亲为我结婚特意购买的，上面那只是郝家的陪嫁之物。房间虽不大，却已经比普通职工的要宽敞许多；设施虽简单，看上去却充满了温馨。

郝秀云低着头，脸颊红得像两朵彤云，是被酒液烧出来的。当然也可能是新婚的情绪所致。虽然经历了上海饭店里的不愉快，但与新婚的第一夜相比，与人生的第一次相比，那点不愉快又能算得了什么？

其实，就算是感觉到了父亲最后拂袖而去的明显不快，郝秀云依然想尽快去新房，心里面一直存有的对卡巴耶娃的那股子醋意，此刻已经转化为一种欲念和渴望。也许，年近三十的女人都有这种欲念和渴望，想想比自己小三岁的新郎，郝秀云的欲念便更加强烈。反正一进了新房，就是自己又一次的解放，再不用去看那瞧不起自己的婆婆的脸色，周秉坤便尽在掌握，掀不起大浪。只要自己循循善诱，便能克服爱的一切障碍。这就是郝秀云心里的如意算盘。

而知情达理的母亲也是一个通晓之人，知道小夫妻这一夜应该怎么过，而且并不想因为自己对儿媳妇的成见，影响到她日后抱孙子。于是，喜宴一散，她便应付式地向儿媳妇交代了几句，然后就拉上女儿，坐上大舅从银行里借来的轿车，一溜烟开往长江大桥，回市区的家里去了。

　　喜宴终于结束了。将亲朋好友送走，回到新房的便只剩下两个新人。按照惯例，此刻应是最浪漫、最富有诗意的激情时刻，但就因为在酒席上的不愉快，导致两人一旦面对面独处，却似乎反而放不开手脚了。

　　郝秀云知道，一般男大女小的婚姻，新婚之夜，都是男士强吻、强抱，主动出击；而女大男小的婚姻，就会有所例外，女士要争取主动。当然，女士的主动就要比男士的复杂得多。比如，先是羞答答地营造气氛，再是娇滴滴地制造浪漫，而后才能施展温柔的手段将男士拿下。

　　然而，在那"扫除一切害人虫"的革命年代，这一切都被打上了"资产阶级情调"的标签，受到了无情的批判。谁若敢再越雷池一步，便是重蹈覆辙。于是，郝秀云在对形势进行了认真的判断后，拨响的如意算盘便是，先聊一会儿以前在高炉上的战友之情，再聊两段入党后的共同经历，聊到双方都把友情、亲情表露到脸上来时，再……

　　谁知道，郝秀云的话，就好像是对牛弹琴，我越听越不耐烦，忙着去小厨房洗脸、洗脚去了。待一切收拾停当，我对郝秀云说："我先睡啦，你也早点睡吧。"说完，就准备去关灯。

　　"等等！我还没漱洗，等我上了床了，你再关灯不迟。"

　　郝秀云说完，便也轻手轻脚地去厨房漱洗去了。等漱洗完毕，她又为我倒好一杯温水，然后轻轻地碰一下我的胳膊，意思是说："你快喝点，别一会儿口干舌燥的。"

　　老实说，这阵子我已经消气了。事实上，我自始至终也没有把在上海饭店不好的情绪带回来；我好像一直在考虑某个重大问题，好像炼铁分厂正发生着一件关乎工厂命运的大事，关乎国家命运的大事，我必须要在这一时刻思考，并且必须要拿出处理意见。所以，我早早地漱洗一下就上了床。她这一叫我喝水，就被我误解了，以为是在提醒我，刚才喝了那么些酒，势必会口干舌燥。可那又是谁挑起的斗酒之事呢？这一想，倒又把我引得气恼了。直到数年后，我才知道，男人出了大力之后，是很需要水来滋润的。这才是她真正的用意。

郝秀云等我喝完水，便快捷地、悄没声儿地过去，小心地把门都插上，插了门，她又小心地、仔细地拉好窗帘，却没有立刻就上床，钻进被窝，而是丝毫也不考虑如何入眠或是准备入眠地在床沿上坐下来了。

这个秋天，因了婚姻突奔而至，令人激动，令人心魂不定。坐在床沿上的郝秀云，那一刻显得文静异常，与平日那个说话中气十足、有意无意会暴露出表现欲望的党员、炉长相比，真是判若两人。一个人的性格总是多面化的，哪怕是拘泥于一种性格的人，到了结婚这一天，尤其是作为一个女人，她也会安静下来，万川归海，万流归一，她会静静地等待着，静如处子，以被动的姿态，等待着那件将要发生的事情不可避免地发生。那盏罩着倒碗形灯罩的十五瓦的白炽灯泡，灯绳长长的，从房顶上拉下来，透出纤细悠长而又美丽的宁静。郝秀云眼里含着眼水，目不转睛，随着我身体的移动而来回游移。也许是她年纪大一些，所以并不惧怕那件事情的发生，相反，她还希望那件事情尽快地到来，尽快地发生。论年龄，她比我整整大了三岁。她不仅真实地需求某种事情的到来与实现，而且还负有某种义务，平心而论，郝秀云对我这个小男人还是非常中意的。即使再为卡巴耶娃的事件顶真，别的几乎找不出什么缺点，出身于烈士之家、光荣人家，根正苗红，思想好，上进心强，年纪轻轻就当上了分厂厂长，除了办事过于急躁，那也是年轻气盛所致。

我终于从床上坐起来，拉住了郝秀云的手，让她心跳开始加速。随着接下来灯光的熄灭，一个人旧的一页就要翻过去，继之而来的，将是一个女人的另一页，崭新的一页。郝秀云低眉顺眼，想象着，真有点迷乱，眼前似乎有一阵风，吹落了满树如米粒般大小的桂花，撒满一地金黄，犹如酒香醇厚扑鼻，叫人喜爱，叫人又有那么一点儿陶醉。

我们虽然手拉着手，但毕竟一个半躺，一个坐着，若是拥抱，中间还隔着好大一片空隙，仿佛有个无形的身子将两个人隔离开来。是那个叫卡巴耶娃的外国妞吗？

两个人谁也不说话，静默着。时间在静默中悄悄流逝。当那醉人的酒气从郝秀云身上完全消散之后，郝秀云瞧见我歪过了身子，却不是歪向自己这一边，而是歪向了床头那边。她看见我掀开枕头，从枕头下面拿出一本红皮书，然后重新坐直，坐成了上课的姿势。

这时，她也听到我说话了："秀云，你今天喝了不少白酒。"

她清清楚楚听到了我的话，却不知道我说这话的意图何在，因此只是轻轻地嗯一声，并没有接话。

于是她便看见我开始翻动手中的那本红皮书，动作娴熟。很快，我的双手就在红皮书的某一页上停了下来。

我侧过脸来，注视着郝秀云，神情庄重而严肃又不失耐心地说："秀云，我感觉着，你现在啊，思想已经很成问题了，变化很大！你好像已经脱离了我们无产阶级，变成了资产阶级的害人虫。"

郝秀云头脑忽然发晕，略感不适，像是有点醉酒，且支持不住。"你忘了，忘了我们'钢铁赶英超美的目标'还没有实现，忘了亚非拉还有许多受苦受难的人，需要我们多产钢铁来帮助他们。今晚，我们就应珍惜这大好时光，多学一学毛主席的著作。"

我挪一挪屁股，朝她坐的床沿凑近一点儿，因为那盏十五瓦的白炽灯泡，正好在我们两个人的中间位置。

郝秀云不知道该说什么了，一句话都说不出来。本来她是打好了如意算盘，且做好了准备，要引领我走进这个充满神秘感的新婚之夜的。可现在，整个颠倒过来了，她的小男人引领着她，在这样一个动人的秋天的夜晚，学起了红皮面的毛主席著作。

许多年以后，当郝秀云被动地追忆这段往事的时候，她还清楚地记得，那天晚上，她和她的小丈夫头挨着头，不是耳鬓厮磨，而是在灯下认真学习毛主席著作。她记得很清楚，那是毛泽东同志早期的一篇文章——《中国社会各阶级的分析》。那文章很长，虽然写作年代久远，但仍具有现实意义，需要耐心地学，耐心地体会，才能吃透里面的精神。

郝秀云又能怎样呢？她已经变成资产阶级的害人虫了，她还敢怎样？她还敢不跟着自己的小丈夫认认真真地学习吗？

学完那篇文章，已是深夜。

但我意犹未尽，放下毛主席著作，又站起身，从箱子旁边的那摞书里抽出一本小册子，郝秀云看清了，是关于刘青山、张子善贪污堕落问题的学习资料。很明显，我还要继续学习！果然，我坐回到书桌旁，打开那本小册子，翻开其中的一篇文章，小声地朗读起来。我的动作与神情叫人怎么说呢？完全是一个称职的企业领导的做派，既叫人羡慕，又令郝秀云同志无端地反感。我越是如醉如痴、忘乎所以，她就越是忍无可忍。

"我……我走了！我，我要回家去了！"郝秀云再也忍耐不下去了，忽然放开嗓子喊道。

事后，郝秀云果然请了病假，跑回镇江的家里，在父亲身边住了很长时间。正是因为她的离去，引起了我的反思。虽然因为革命形势的发展，早请示，晚汇报，学习"红宝书"，已经成为钢厂里班前会、班后总结会、理论学习会上的必修课，就连我们为新婚准备的脸盆、茶缸上也都印上了毛主席他老人家的话，尤其是枕巾上印的"千万不要忘记阶级斗争"、床单上印的"在大风大浪中前进"。但我仍然第一次感觉到了，自己对郝秀云的做法不近人情，既伤了她的心，又毁了我们间的情，一种非常不祥的预感也揪住了我的心。

那时，宋倪敏主任其实要比我更勤快，不仅学得勤，口号也喊得勤。天天高喊着"放高产，抓革命，革命加拼命"的口号，常常不顾生产的需要，组织大家搞停产学习，俨然以革命领头人自居，颐指气使。为此，我和他之间便难免发生冲突。

高炉上出了安全事故，明明是因为有人听了宋主任盲目冒进抢产量的煽动，违反了安全生产规则所致，然而赶到现场的宋主任却是大喊："这里走资派有没有？是不是有阶级敌人在破坏？"

余老八就赔着笑脸说："这高炉上哪有什么走资派？"

宋主任的手突然一伸，都快指到余老八的鼻子上了，问："你怎么知道没有？"吓得余老八连声说："有，有，有。我就是走资派！"

明眼人都知道，余老八是拿宋主任开涮，有意这么说。

不承想，宋主任却大喊一声："你是不打自招，就是走资派。就是事故的制造者！"

吓得余老八连连摆手说："不是，不是，我可不是。"

那宋主任一看余老八矢口否认，便更是神气了，竟然下令叫人先将余老八绑起来再说。恰在这时，我来到了事故现场，一眼就发现了发生事故的症结，就是盲干，就是严重违反安全生产规程。于是我喝令宋主任住手，说道："什么人给你的权力，动不动就要抓人？毛主席教导我们说，没有调查就没有发言权。你这样胡作非为，就不怕遭到报应吗？"听了我的呵斥，众人也都认为我说得对，于是纷纷指责宋主任，先指使盲干，后移花接木、推卸责任，实在不应该。那时，我还是厂长，宋倪敏仅是主任，自然唯唯诺诺，连连向余老八认错，颜面尽失。由此之后，他对我便是怀恨在心，且发誓要报仇。

连宋主任都没有料到的是，急转直下的形势，让他很快就得到了报仇的机会。不久之后，江钢厂成立了革命委员会，鉴于宋倪敏同志在阶级斗争中的坚定果敢，他竟被某些激进的人推举担任了厂革委会副主任一职。从此，他变得更加积极，常常召开"钢厂阶级斗争新动向"的讨论会，用他敏锐的嗅觉四处捕捉新的动向。

郝秀云病休结束后，回到厂里来上班，也许是我把她伤害得太深，她竟住进了单身宿舍。

记得深秋的那一天，我约她到江边散步。

天高气爽，江风阵阵。大江边耸立着的高炉、焦炉，以及炼钢、轧钢的厂房横亘俯卧着，与舒缓流淌的江水相得益彰，就如高山流水刚柔相济，别有一番风景，似乎谁也离不开谁！

极目远眺，江水拍打着岸边的青石，发出不知道是水还是石头的音乐，似与岸上的高炉、焦炉、炼钢炉在对话，天长地久，海誓山盟，既温存又激越。

也许，就是应了这江水的暗示，郝秀云的心情似乎豁然开朗，看我的眼神里竟然充满了柔情。让我这个心事重重、察言观色、几次欲言又止的人，都鼓足了勇气，瞬间驱散了笼罩在我们头顶的阴云。我为自己在新婚之夜的唐突向她做了深情的忏悔，并鼓足勇气说："谢谢你给我织的毛衣，时时穿在身上，就像你时时陪伴在我身边，暖在我心里！小弟依恋姐姐，早已是悔不当初。请姐姐给小弟一个改过自新的机会！"当然，这话一出口，连我自己都感觉到，实在是自卑得够呛。

　　果然，郝秀云毫不客气地说："不用谢，姐姐关心弟弟理所应当，它也许就是我给你的爱的承诺吧。"

　　我松口气，感慨地说："我真不知道该怎么感激你！"

　　"不用感激的，工作上你给了我无私的支持，相信在生活上你也会承当起丈夫的责任！"

　　人生就像这平静的江水，有时也有急流险滩，也会激起浪花和波澜。但是，一旦风浪过去，便依旧会恢复平静。

变故

我们这个小家庭的变故，就是从那一夜开始的。

我和郝秀云从江边散步回来后，已经和好如初，她又搬回了我们的新房。对我们来讲，不是小别如新婚，而是小别后就是新婚。

入夜，就在我准备拉熄电灯之际，郝秀云已经争取主动，羞答答地靠了过来，并用那双肉嘟嘟的手捧住了我的脸。我不好意思地反抓住她的两只手，不想让她就此揉搓我的面颊。她却娇滴滴地把嘴唇也压了上来，让我几乎喘不上气，连心跳都在加速。我边推边说："秀云，姐你慢点……我还有话没对你说……"

"你是不是还要背一段'下定决心，不怕牺牲'给我听？姐都明白。乖弟弟听姐话，躺着别动，让姐教你……"

闻听此言，我不由得放弃了挣扎，反而成了悉听尊便静静等待的那一个了。事实证明，此事也讲个长幼尊卑的道理。她年纪大，全不怕那件事情的发生，甚至渴望那件事情尽快到来，所以准备远比我充分。我静如处子，以被动的姿态，迎接那件事情不可避免地发生，再看着郝秀云含情脉脉的眼睛，随着她在我身体上来回游移，慢慢地闭上眼……似乎让我更加享受。

随着接下来灯光的熄灭，旧的一页终于翻过去了，继之而来的，将是我们人生崭新的一页吧？我们当时就是这么想象的，幻觉甚至让我们都有点迷乱……时间在静默中悄悄流逝。

此后的那段时间，我们乐不思蜀，甚至忘记了郝秀云回镇江老家的真正原因：她那当老师的父亲，由于对"停课闹革命"讲了几句牢骚话，就被戴上了"坏分子"的帽子，下放到农场去劳动了。什么耕田、插秧、薅草、割稻，繁重的田间劳动，已把他改造成了一个老农民，苍老、疲惫，一身的疾病。

当我了解实情后，甚至轻描淡写地安慰郝秀云，说："不用怕，还有我！只要我们两颗心彼此相伴，珍惜今生，'风吹浪打就胜似闲庭信步'，平凡的日子也能绽放耀眼的钢花。"这些话，我当时说得轻松自如，但多年以后，我却觉得既羞愧又后悔。因为此话，彻底暴露了我涉世不深、年轻幼稚的毛病。

当时，仅和钢铁厂隔着一堵墙的大街上，已是红卫兵到处走，大字报到处贴，标语到处刷，红红火火，轰轰烈烈，随时都有波及厂里的危险。为了最大限度地维护企业秩序，稳定生产，我不得不安排余老八带一些人组成护厂队。却不承想，竟然就"阻碍"了宋主任的革命战略。

于是，既为了报复前仇，又为了彻底收拾周厂长，在宋主任的授意下，一个阴谋开始正式实施了。

其实，我尽力维护铁厂的生产秩序，不仅因为我是厂长，有这个责任，同时也是为了铁厂的员工。因为我知道，他们每天出大力，流大汗，从事琐碎而繁重的劳动，无非就是为了多攒点钱，拿回家维持一家老小的基本生活。但我眼见革命浪潮汹涌而来，一浪高过一浪，大有势不可当，将每个人都席卷而去之势，却明显感觉到自己势单力薄，无力回天。真不知道自己还能维持多久！

记得我们再次沿江边散步时，我还把新写的一首《我依旧渴望燃烧》的诗朗诵给她听："一支铁的马队 / 已从炉膛急速奔出 / 扬起火的鬃毛 / 卷着热辣辣的心情 / 投向亲人的怀抱 / 尽享驰骋的欢笑 / 万朵钢的花苞 / 开放出我们的自豪 / 氧的催化 / 火的爱抚 / 裂变成大工业的细胞 / 生命在冶炼中成熟 / 把阳光清风拥抱 / 振兴中华大业 / 岂容人们一味写大字报 / 一心一意搞钢铁吧 / 为了这个目标 / 我依旧渴望燃烧……"

连我自己都说不清，为什么要写这篇诗歌，又为什么要朗诵给她听。这是我对她的表白还是倾诉？唯一可以证明的是，我对社会上正在发生的变故，感到忧虑。尤其是郝秀云，听完我的朗诵，心头也不免被阴霾笼罩，竟是沉郁不语，一言不发了，令我也茫然不知所措起来。沉默不语中，我们走完了十里江堤，虽不宽敞，却可以容我们就这样漫无目的地走下去。

夕阳西沉，暮色笼罩下来，就在我们快要走到南厂门码头的时候，我竟大发感慨，对郝秀云说："这几年虽然不是很安生，但毕竟还是在向前发展。早些年，我们到厂里上班，只有在江南岸的下关码头乘船，顺流而下，渡到这江北岸的南厂门码头，再走上个把小时才能到厂子里，一趟要折腾大半天。而今，长江大桥通车了，我们回市里去，骑上自行车，不过一个半小时就到家了。变化真大呀！"

郝秀云闻言，不由得停下了脚步，说："变化是很大，连人都是一样。"

我想了想，问："谁？" "宋倪敏。"郝秀云出人意料地回答我。

"你是说，他从原来的炼铁分厂高炉车间主任，变成了现在的厂革委会副主任？他嘛，本就是个见风使舵、见机行事的人，哪里有权有势，就往哪里钻营吧。"

"他还不仅如此，我想来想去，觉得此事已不必向你隐瞒。"

"你这么实在开朗的人，难道还会有什么事对我隐瞒？我真想不出来。"我自信地说。

"其实，这事我本来是不愿告诉你的。就是我才从家里回厂，住单身宿舍那段时间，厂革委会宋主任找过我……说调我到厂办去做秘书……还要给我提高待遇……本来觉得没什么，就答应了。也没告诉你。谁知去办公室工作才知道，就是做他宋主任的秘书。整天地替他整理材料，写发言稿批判这个，批判那个。本来这也没什么，外面大字报看多了，觉得这也就是跟跟形势，走个过场，装个门面而已。然而，前两天，办公室另外一个长我几岁的大姐，突然好心提醒我道，让我别与宋主任走得太近。我问为什么，那个大姐起初还有点吞吞吐吐、含糊其词地不想说。最后被我问急了，才告诉我，这个宋主任夸大其词的说法，你千万不要信。他就是个讲的比唱的还好听的人。其实，包藏了什么祸心，还未可知。此人不懂技术，却善于钻营仕途，自然灾害时，就不惜向组织上告发自己老婆的'反动言论'，其实都是些夫妻间的私房话，不过是议论在灾害肆虐时，有地方饿死了人，大食堂吃光了'家底'之类的牢骚话。由此，他宋主任却是大义灭亲，站稳立场，成功取得组织的信任，得到了提拔，而且还与老婆划清了界限，办理了离婚手续，也方便了他以后平步青云，满世界去找女人！"

我却说："现在外面这么乱，大字报满天飞，什么传闻没有？也许你这位大姐是个爱传小道消息、爱聊八卦的人吧。我觉得，他宋倪敏在高炉上当主任时，还说得过去，虽是那种见风使舵的做派，倒还不会去害人吧，尤其是那个'丈夫揭发自己妻子'的大义灭亲的说法，令人难以置信呢！"

郝秀云听了我的解释，似乎有点哭笑不得，但还是反复提醒我："害人之心不可有，防人之心不可无。在处理与宋主任的矛盾时，还是要反复考量，慎之再慎！知人知面不知心，从来就是古训嘛！"

月亮升起来了，又大又圆，洒下一地银霜。我不禁脱口而出："但愿人长久，千里共婵娟。"郝秀云马上接口说："人有悲欢离合，月有阴晴圆缺，此事古难全。我作为大姐，一定要保护和照顾好你这个小弟，这便是我对你承诺的底线！"

其实，后来在与王志文交谈时，他也提醒我说，时下风云变幻，革命的浪潮波及全国每个角落。这一切都是不以人们的主观意志为转移的，我们都需要提高警惕才是，大浪淘沙，难免会有人浑水摸鱼，为自己捞取好处，这需要我们睁大眼睛！

他们的提醒，直到变故瞬间降临时，我才猛然惊醒，但已猝不及防，悔之晚矣。

那年冬天，似乎天冷得特早，刚过立冬，就降下第一场雪。南京这里，又潮又冷，还没有暖气。所以，晚饭后，夫妻两个早早钻进被窝，抱团取暖，便是一天中最温馨的时刻。那天，我和郝秀云自然也不例外，就在我们抱团取暖的效果逐步显现，周身温暖如春，开始要坠入梦乡之际，房门却突然被敲响了，而且是一下两下越敲越响。初时，我以为是分厂又发生了事故，急忙穿衣起床。待到打开房门，才发现是厂革委会主任宋倪敏带着办案组的七八个人，就那么顶着星光和黑暗，站在了门前，虽不算凶神恶煞，倒也气势汹汹。

我连忙喝问："究竟发生了什么事情，需要你们半夜三更地闯进我家，硬把我从床上叫起来？"

宋主任却是不慌不忙地当场宣布："根据群众揭发，检举你周秉坤，早在十年前，便已经和外国的修正主义分子勾结，并禁不住修正主义美女蛇的诱惑，与之沆瀣一气，罪大恶极。现经厂革委会批准，予以逮捕归案！"说完，他还向我出示了一张盖有厂革委会大印的拘捕令。

我的回答也很干脆："这些历史旧账早有结论，我的所作所为都是为了企业，我问心无愧。拘捕我，这是谁给你们的权力？公检法都不会像你们这样给我妄下结论，你们难道是无法无天了吗？"

"公检法都靠边站了。现在这里是厂革委会掌权，就是我说了算！把他铐起来，带走！"宋主任冷笑着说，似乎此地已经没有人再敢惹他。

我却偏不信这个邪，大喊一声："你们这是欲加之罪，何患无辞！看你们谁敢铐我？"

郝秀云闻讯已从床上爬了起来，也站到我的身后，就像要给我助威。此时，那跟宋主任来的七八个人，也都冲进了房间，乱哄哄地挤了一屋子人。上蹿下跳，不一而足。

我本着擒贼先擒王的道理，不由分说，一把抓住宋主任的衣领，挥着拳头说："宋倪敏，你真是不讲义气，难道忘了一起在高炉上战斗的日子？要想擒我，斗争我，不妨一对一来吧！"

"一对一来？"宋主任想都不想说，"我可没那么傻！否则，我今天就不会带这么多人来了。"

我抓紧对方的衣领，毫不示弱。郝秀云却已经哭起来，且边哭边喊："秉坤，你别打！别跟他打！你打不过他！他早有谋划，且带了那么多人来！"

她的哭喊声就像是一阵寒风，撕裂了我像窗纸一样脆弱的心，让我猛然松开了手。

就在我一愣神的时候，宋倪敏突然踹了我一脚，将我踹倒在了地上。虽然那一脚踹得不重，我跌得也不太疼，但地上被这帮人带进来的雪水，马上就像许许多多的小虫子一样，找着空子钻进了我的衣服，贴上了我的屁股，贴在我最嫩最嫩的肉上。我的整个身子顿时凉透了，冷透了。

我从来都没有想过自己被人打倒在地的模样，但是今天我尝到了滋味。看着他们那穷凶极恶的样子，真叫人害怕！他们拳打脚踢，大打出手，似乎要置我于死地。就在我大喘粗气之时，他们七手八脚地给我戴上了手铐，动作幅度太大，搞得我出奇地痛。

我已经只有招架之力，再无攻击之招了。但我仍然申辩说："我是烈士后代，家里是光荣人家，你们竟敢无缘无故抓人，搞非法拘禁，就不怕触犯宪法吗？"

宋倪敏却依旧冷笑地回答："真是天大的笑话。你在十年前与国外修正主义分子勾结干坏事，那可是里通外国的叛国罪，罪该万死，我们拘你，你还竟敢拒捕，更是罪加一等，这只是开始，以后还要判你刑，毙了你！"宋倪敏在说这话时，就像是一只疯狗，眼睛红红的，满脸杀气。说完又让人用破布堵上了我的嘴。

郝秀云听他讲出这样似乎要大开杀戒的话，已是心急如焚。竟然当场就对宋主任哀求起来，说："我郝秀云愿意代秉坤向你求情，只要你宋主任答应，不再追究他当初蒙受的不白冤屈，我愿意接受你的任何要求。"

我看着郝秀云向宋主任求情，已是一句话也讲不出来。只是突然发现，她身材匀称，不高不矮，扎两条乌黑油亮的大辫子，眼睛水灵有神，真的跟电影《春苗》里演春苗的那个李秀明一模一样。

我最后还是被他们押走了，再次被他们关入了那间小黑屋，真有点十年一个轮回的感觉。

在小黑屋里，我静下心来，反复思考宋倪敏给我定下的罪状——里通外国的叛国罪，让我真是百口莫辩，不由得惊出一身冷汗，加之小黑屋里又潮又冷，那张唯一的木板床上除了草垫和草席，连一床薄薄的棉被都没有，不一会儿工夫，我就已经感觉到四肢都被冻得麻木了。我不由得暗自思忖，时值隆冬，他们这样处置我，是要让我自生自灭吗？生存的本能让我对门外的看守高喊："你们想冻死我吗？我有何罪，你们要这样对待我？我要找洪华厂长！"

不知宋主任从哪里找来的看守，起先不理不睬，后来骂骂咧咧，最终还是被我搞烦了，对我说了实话："告诉你吧，你们总厂那个洪厂长，也是走资派，因为曾包庇纵容你，正在接受审查、批判，日子恐怕比你还难过呢！"我看这个看守，话倒是说得通情达理，于是，改用商量的口气对他说："这天实在是太冷，你总不能眼睁睁地看着我被冻死吧！"

那看守闻言，似乎动了恻隐之心，不大的工夫，便不知从何处寻来一床棉被给我，总算让我盖上后，感到了些许的温暖，慢慢地平复了自己的心情后，渐渐地进入了梦乡。在梦里我突然听到父亲对我说，这个世界的最大真实之一，就是人间疾苦，每个人都要经历炼狱，否则无以为人。父亲言毕自是飘然而去，而我也忽感如释重负，一觉就睡到第二天的天大亮。醒来后，看守告诉我，我半夜里呼噜打得震天响，害得他在外间都没有睡好。没想到，十年前的一次冲动外加一瓶伏特加，竟然能在十年后把自己再次拖进一种无法摆脱的绝境之中。真是造化弄人。

一转眼，我又在小黑屋里待了两个多月，每天除了吃饭睡觉，就是写交代材料。但是，不论怎么深刻交代，上纲上线，交到宋主任那里，又总是被斥为不够深刻，发还重写。当然，谁也经不起这样几次三番地折腾，到后来，我索性来个消极怠工，老子我不写了！不过，虽说是不写交代了，我也总是要找点事做的。想来想去，我给郝秀云写了一封信。

秀云：

你好，见字如面。我被秘密关押已经有些时日了，我知道你看不见我一定也是心急如焚，日子很不好过。我真是恨啊！十年过去了，那件事却还一直罩在我的头顶上，压得我喘不过气来，也一定压在你的心里。他们就这样活生生地给我定了里通外国的叛国罪，让我百口莫辩。其实，我从父亲和大哥那里继承下来的一颗爱国之心，永远跳动，永远鲜红，永远不会变色。对这帮欲加之罪何患无辞的人来说，我是问心无愧的。但我对你秀云来说，却是有愧的，正是卡巴耶娃与那瓶醉倒我的伏特加，让你心里堵了十年。对你我是有愧之人。现在，既然我已经身陷囹圄，且面临重罪判罚，为了你将来不再生活在阴影里。我们离婚吧！请你无论如何都要答应我，我实在不想拖累你。

周秉坤

另外，我还起草了一份离婚协议书，并且郑重地签上了大名。

之后，我便将信和离婚协议书，一起偷偷地交给了那个好心的看守，托他转交给郝秀云。当然对外要严格保密，以避串通口供之嫌。

看守后来偷偷告诉我，他负责任地为我完成了任务，并说，郝秀云拆看了信件后，让他转告我，耐住性子等待，她一定拼尽全力解救我，甚至不惜付出自己的一切！直到后来，我才明白她此话中的真正含义，但悔之已晚。

就在上面放下话来，说要将我解送司法机关，以叛国罪论处的前夜，宋主任却突然大驾光临，来到了关押我的小黑屋，连我都吃了一惊。他那一双小眯缝眼，盯着我看了半天，才用那小人得志的口气对我说："你终于知道我的厉害了吧？不过，我真没想到，你个反革命重罪犯，竟然还有人舍命要搭救你，什么都舍得！还说，这世界上有种爱叫放手。怎么办呢？多亏遇到我这个心慈手软的，就算是救人一命胜造七级浮屠吧！我现在决定释放你出去，但回去后，必须老老实实地待在家里，读书学习，改造思想，没有厂革委会的批准，绝不许外出串联和乱说乱动。"

我急迫地打断他，问："我能到炼铁厂去上班吗？"

"上什么班，简直胡说，你难道还没有认识到你犯罪的严重性吗？厂革委会已决定将你开除了！"也许是为了尽快返回家中探望母亲，也许是想尽快见到秀云，反正我一听到他将我释放，就连继续申辩的话也不想再跟他多讲，只是整了整仪容，就毫不客气地拂袖而去了。

记得那天正是一个星期天，我回到月牙湖家里，正看见管段户籍警红鼻子老王和居委会主任陈实领着几个坏分子在月牙湖边上，竖语录牌，刷红标语，感觉他们为了革命工作连轴转，已经不再需要休息日了。栓子也在人群中看热闹。这群坏分子中有李清泉和袁妈妈。

她们选址，挖洞，埋语录牌，李清泉一改内科大夫的文静样，竟然干得很卖力，还笑呵呵地跟着红鼻子老王和陈实说笑，还不断地指挥其他坏分子干活。仿佛这群人原本就是他的老朋友。每埋设一块语录牌，他都要后退几步，用他躲在镜片后面的突出的大眼睛，一只睁一只闭地打量着语录牌是否埋正，显得那么滑稽可笑。他的热情远超红鼻子老王和陈实，那二位不过是一副例行公事的面孔。

袁妈妈是一副无可奈何而又麻木不仁的神态，她孱弱、文静、抑郁，犹如一截枯焦的木桩立在人群旁边，二位管事的也不搭理她。反正你来了就行，动不动手干是另一回事。这些坏分子，在过去都还称得上是月牙湖这里的头面人物。

"哦……又竖红牌子了！"娃娃们欢快地叫道。

"小团团，勿好叫红牌子，叫领袖语录牌，是最最敬重的东西！"李清泉纠正道。说话时他眼睛盯着红鼻子老王。对于陈实，李清泉倒也不把他摆在眼里，居委会主任，不就是过去的保甲长吗？况且陈实过去得过他不少好处。不过表面上，李清泉对陈实还得装出些讨好的媚态。

"陈主任，令外孙……咳嗽好点了吧？"

哑巴刘桂花和栓子前几天带狗子去镇上诊所让李清泉给看过病。狗子十五岁了，刘老板和陈实把他看成宝贝龙蛋。陈婆子常挂在嘴边的一句话是："谁说栓子没鸟用？跟哑巴配了个能开口的小子！"

“嗯，这几天好点。”陈实应了，面孔却板着。

“哦，阿弥陀佛，大家放心，令孙大号叫啥？以后若微有小恙来诊所，我也好请教说话。哎呀呀，小团像树，眨一眼老母鸡变鸭，一下子比我都高了，陈主任，侬顶顶福气！”

“叫陈大贵。”栓子嘴快，回说道。

陈实瞪了栓子一眼。

“噢哟，迭个名字好！大贵，大富大贵，将来一定有出息，当解放军，我老早就说过迭格小团额骨头高。嘻嘻！大贵、大贵，灵、灵、灵！”

“小名叫狗子。桂花他参说名贱命贵，大名贵了，小名就要贱。以后就叫狗子。顺嘴顺耳哩。”栓子眉飞色舞地说，颇为狗子得意。

“哎哎，哪能敢叫狗子，使不得。小团还要注意。吃淡点，早晚生梨冰糖煨汤，半凉了给小团喝。”

“李清泉，你鸟话多哩！”红鼻子嚷着，整整风纪扣，正正大盖帽，“这个月你的改造汇报啥时送来？”

“就送，就送。王同志，侬放心好了，笔画画的事情，省事来兮。”李清泉诚恳地微笑，脑门上汗气腾腾的。

“娘的！”红鼻子的正宗山东腔出来了，“给我好好挖！狠狠地挖，深刻！不深不行！”

“格是当然。”李清泉满有信心地说。

“娘的！四眼驴！”红鼻子老王叫道。

“啥？迭个勿来斯！”李清泉直摇头。

“袁老太，你怎么老站着不动手？”红鼻子老王发狠地说。

袁妈妈木然地抬起头，红鼻子老王瞅着她继续嘟囔着：“老娘们中看不中用，难怪多少男人都被做空，做得越多空得越快。”还是陈主任看看她孱弱、文静、抑郁，犹如一截枯焦木桩的样子，动了恻隐之心，无端地就生出来一些同情。

革命不是请客吃饭，不是做文章，不是绘画和绣花，是要清除修正主义和资产阶级思想的一场狂飙，狂风暴雨的来临，对每个人的善恶，往往也是最好的试金石，有人就像逮到了机会，上蹿下跳，无恶不作，利用“破四旧”徇私舞弊，借机把金砖、银元宝等悄悄地往自家拿；有人借批斗"修正主义当权派"，挟私报复，下狠手，往死里整！而像居委会陈实主任这样的"粗人"，虽然没有文化，却不乏良知，如果用"人之初，心本善"来形容，那就是这类人善念犹存。

所以接下来，他主动替袁妈妈分担了她的工作，又挖坑，又铲土，又埋语录牌，忙得满头大汗。下午的日头火辣辣的，很耀眼。陈实关照坏分子都休息一下，说是牲口还得喘口气。吸着烟。牌子是二角五分一包的古亭牌，烟味浓烈刺鼻，吸着吸着烟梗就开了花。李清泉看准苗头，敬了红鼻子一支"大前门"，他不客气地接了。李清泉又敬了一支给陈主任，但陈主任坚持要抽自己的古亭牌。袁妈妈老脸皮厚地让陈实给其他几位坏分子都发一支古亭牌，自己也装模作样地吸了一支，可是刚吸两口便咳嗽，便落泪，只能傻笑地望着大家。栓子见李清泉对他没动静，厚着面皮说："老子当主任，我是主任的儿子……你不打一梭子？"

李清泉赶紧敬烟给栓子，说："大意了，大意了，失敬失敬。"但烟还没有递出去，就被陈主任挡住了。陈主任呵斥儿子说："你这是仗着老子的主任，敲竹杠。晓得伐？不行的，你要抽就抽我的古亭牌！"

栓子却回说："你那二角五分一包的古亭牌，呛死人，送我都不要！"一甩手背过身去。

我在旁边实在忍不住了，也等不及了，便对陈主任说："我要帮李医生请个假，让他帮我母亲去看个病！"我一回到家就发现，仅仅两个月不见，母亲的身体竟然大不如前了。她一见到我，只是说回来就好，回来就好。其他一句追问的言辞都没有。足见她对市面上乱哄哄的情况心知肚明，见怪不怪了。

红鼻子老王瞧着我嘟囔着说："这恐怕不行，他今天劳动改造的任务还没有完成。"

李清泉马上拉过我细问："你妈妈是不是这阵没量血压，又高上去了？她今天是不是头又有点晕了？上趟开的药是不是又吃完了？"我忙回答说："是的，是的！"

陈主任知道，二十多年来，我母亲一直请李清泉看病，他开的药效果也好，我母亲信他，服他。于是他马上帮助我，也向红鼻子老王央求，希望给李医生放行。

"已经大下午了，让我替老太太看看吧？"李清泉说完盯着红鼻子老王，投去探询的目光。

　　既然陈主任都有意帮忙，红鼻子自然也愿意做个顺水人情，便把手一甩："李清泉你现在就去吧，老人家也是光荣奶奶，她的病不能大意！"

　　我听了真有点不知所措，受宠若惊，但心里面更感激陈主任。一来自己母亲的病情，我更清楚，也更关心；二来我找李清泉还有一件急事。当然，我用找李大夫给母亲看病这个借口，也是顺理成章之事。

　　陈实忙加重语气对李医生说："老太太有病不能耽搁，你该常去看看，不要等到我来请才好。"

　　袁妈妈嘴角上此时挂出一丝轻蔑的笑意。她闲居在家，楼下的几间屋租了出去。两间房客，一家夫妻俩当老师，一家夫妻俩是职员，主客之间关系融洽。每月可收十几元房租。伟伟和力力孬好也有了职业。伟伟在一家小工厂当车工，力力在影剧公司当美工。兰兰尚养在闺中。伟伟和力力均未成家，袁家过去毕竟也算官宦人家，袁妈妈箱底多少有点私房，再者袁家在香港和海外还有几位亲戚好友，不时地寄点外汇来。故此，袁家的日子过得还不错，在经济上似乎比李家宽松得多。不过，迫于当时的形势，关于香港和海外亲戚好友不时寄点外汇来一事，袁妈妈只是私下与我的母亲讲过，对外人是绝对保密的。

　　因此，陈实也才敢在李清泉面前拿大，却不在袁妈妈面前摆架子。在众人面前他实在要开口，甚至管袁妈妈叫袁妈，而私下里跟袁妈妈说话时称她为袁太太。袁家的被子、褥单至今还是陈婆子偷空去洗。按照惯例，陈婆子去袁家拆洗被子，照例是要吃早饭的，不过是烧饼油条和稀饭。一天，陈婆子见桌边放了一瓶益母膏，便顺手拧开盖子，把益母膏涂在烧饼上大嚼，连说好吃好吃，兰兰见了哭笑不得，说："陈婆子，那不是果酱。那是……嘻嘻。"话未完，被袁妈妈瞪了一眼，扯扯兰兰的衣角，止住了。兰兰把事说给阿贻听："反正她老娘们，早就无妨了，没见过这种馋嘴的。"我听了也觉好笑。可也别说，陈婆子由于在月牙湖居民工作中积极肯干，加之她是堂堂的主任夫人，居然当上了居委会的治保主任，手底下有几个老头老太，算是她的兵，她泼辣、粗野，但与陈主任一样，心善、心好，也讲道理，所以能管点事。查四防，查卫生，巡逻，居民上开什么会，陈婆子忙得不亦乐乎，每月多挣十几元钱，相当光彩。不过别人家的马桶她照样倒，只是越倒越少而已，一旦没人家或不敢请她干活了，她反而觉得收入锐减，浑身不自在。她放出话，声称自己贫下中农出身，祖宗八代都是卖苦力混肚子的，如今共产党让她陈婆子翻了身，还愁没饭吃？此时陈实已是党员，算起来，他还是退休前入的党，所以一退休便当了居委会主任。后来，连带着陈婆子也叫兰兰帮她写一份入党申请书。入党申请书写好后，陈婆子送到街道党委书记的手上。书记知她不识字，发现是别人帮她写的，又都是大话套话，没有一点申请者本人的认识，所以看后自是哭笑不得，只好当面安慰她几句鼓励的话，打发了她。

我拉着李清泉快步往家里走。背后还听见红鼻子老王在大声咋呼："好啦！月牙湖的语录牌算是满哩！明天刷红漆，写黄字标语。"

侯麻子

我并没有把李清泉领到家，而是拐了几个弯，走到僻静处便站住了。李清泉很纳闷，忍不住问我究竟有啥事。我反问他："阿燕在家吗？我这阵因为被一些陈芝麻烂谷子的破事绊住了，没有关心到她。"

"她昨天上班后就没回家。这丫头……唉，管不住了。我李清泉家教勿灵啊。都是她姆妈惯出来的。我，我李清泉在月牙湖和夫人都算头面人物，顶顶有本事的内科大夫。如今好了，成了顶顶的'臭豆腐'。"

他很激动，委实可怜，他摘下眼镜用手绢揩着，准备再叹苦经，我当即对他说："'臭豆腐'也不错，闻着臭，吃起来香嘛。"我因为自己这段时间的经历，对阿燕也越加同情起来。

"香什么香啊？也许要更臭了！"

"这是怎么回事？"

"阿燕出事了，你难道不知道？她用刀刺伤了人，现在关在治安大队管的监牢里。你会不知道？"

"什么治安大队？"

"我也搞不清楚，大概就是红卫兵以后又出现的'红袖章'组织，是治安联防大队的代称，受革委会委托行使管理权，辅助公检法维护社会治安，现在正起着大作用，但人员的成分却很复杂。"

"哪能……哪会呢？我最近因为自己的事，还真是不知道。你当父亲的，就没有设法去看看她？"

"我这个自顾不暇的坏分子，只有夹着尾巴老实待着，哪里还敢往治安大队去，自己往枪口上撞！"李清泉说完，甚至痛苦地一跺脚，把眼镜都掉下地了。

那两只眼睛金鱼似的凸出来，太阳刺得他眼冒金星，眼泪也出来了，忙蹲下身，慌慌张张地摸眼镜，也没摸到。

我把眼镜拾起递给他。他一下子瘫坐在地上，两脚直划，身子扭动，活像小孩撒泼，口中念念有词："老天爷！哪能这样寻开心！搞白相，勿是这样搞法的！让伊娘晓得，勿要晕倒？伊本来心脏勿莱斯，冠心病一发作勿要翘辫子？格是好嘞！一家门完结，上世作孽呀！反动派辰光阿拉吃喝嫖赌就少沾，更没有做过伤天害理的事体，顶多是交际场上应酬一下，碰嚓嚓跳几圈舞。我……侬看我哪能有办法？老小老小，人一老跟小囡一样。阿呜！"

他竟耍起了赖，可是，我又不便发火，便劝他不要哭闹，让人看见事情会闹大，更难堪。他站起来默不作声，不住地揩眼睛，擦鼻涕。我当机立断，约他第二天去治安大队看阿燕，也就是他的阿囡。还嘱咐他捎上点被褥之类，冬天还没过去，千万别把阿燕冻坏了，且关照他先不要把阿燕的事告诉李妈妈，叫他随便对她扯个谎。他摇摇头，说："阿燕的事对姆妈是不好骗的，再说这谎话哪有骗法？我也想不出适当借口，只好听天由命吧。"

唉！李晓燕，你竟会动刀刺人。

次日上午，十点钟左右，我还窝在温暖的棉被里，忽然，管公用电话的李老头叫我去接电话。我赶忙从床上爬起来，赶到公用电话的亭子间，抓起听筒，就听到一个陌生男子的声音："请问是周秉坤吗？"

"是我，你是谁？"我非常诧异。

"我是侯凯。"

"侯凯？我不认识你。你……"

"朋友，我就是和阿燕……认识的侯凯。我有急事找你。"

其实我的反应很快，一接电话，再听到对方说出姓名，便立即判定，对方就是那个戴眼镜的白面书生。我故作镇定，但心里又慌又莫名的惊诧。我与姓侯的从未打过照面，可是为什么这姓侯的却知道我？毫无疑问是阿燕告诉他的。急事？他与我之间有啥急事？鬼知道。我想着，心里更忐忑不安起来。

"请说吧。简短点。"

"阿燕出事了，你立即到工人医院外科找我。请马上来。"

简短得吓人的通知！我还觉得没头没脑，对方已经挂了电话。

我反正已经被开除，正赋闲在家，虽然是一个受监管之人，倒也没有人来干涉我的自由。于是，我骑上车就直奔工人医院。姓侯的早在大门口等我，一见到我，也不寒暄，一把牵着我的手就到了他的宿舍，关上房门，显得神色忧虑且严肃。乘着侯医生还没有说话之际，我第一次这么近距离地正面打量他，约莫一米八的个子，显得清瘦，额头很大，镜片后面的小眼睛眨动频繁，颌骨长而刚健，鼻子直而高，两片薄嘴唇带有女性的魅力。

我们又彼此互相审视了片刻。侯凯才说："昨天下午，阿燕所在的那个街道小厂里的一个搞政工的大妈，奉厂长之命找阿燕谈话，不知怎么的谈崩了，吵了起来，那人骂她，骂了什么不知道，阿燕顺手拿起桌上的大剪刀捅了那个大妈一刀。上帝保佑，只是刺穿了胳膊，假如刺在胸腹处，我这个外科大夫生意就来了。下面的事很简单：阿燕被抓到治安大队，其实也就是过去的公安分局，现情况不明。"说完，他又一本正经地自我介绍："我叫侯凯，姓侯的侯，不是猴子的猴，凯旋的凯。"说完，他像是征求意见那样，一本正经地看着我。

"我本就不想把你当猴子。你是怎么知道我的电话的？"我不客气地问。

"今天上午八点多，一个小姑娘直接到医院找我，告诉我这件事。阿燕还是有朋友的，你不必追问了。老兄，不管你对我和阿燕什么看法，我有必要把她的情况和盘托出，毫无保留，别那样看我，我不坏。"

"得去看她！"我避开他的目光，接着又告诫他，"否则她会自杀。"

"谁去？"侯凯问。"她父母，或者……你和我。"我答道。

"你去见她吗？"侯医生没有把握地再问。

"一个男子汉如果怕麻烦而逃避责任的话，那么……他便不值得爱！"

侯医生无奈轻蔑地一笑说："就像一个瘤子，该割去。我才干两年。可我的手术做得漂亮。"他似乎是想告诉我，他前途远大，不应该为此受影响。并有意识地把两个手掌伸在面前，手指张开，一心一意地观赏着自己的手指，显出颇为得意的神情，而刚才那种严肃有余、忧虑过分的神态完全消失了。我暗忖：这家伙玩世不恭，生性反常，假里带真，真里带假，而且博闻广见，很难对付。

我发现他的床头边是一张白色的医用写字台，玻璃台板下压着许多大小不一的照片，不少是彩色的。有人物照，也有风景，如果这些照片是他拍的话，那么他的摄影技术和审美情趣算是高的。桌上还摆了几摞书。我瞥见许多熟悉的书名，如《战争与和平》《故事新编》《草叶集》《彷徨》《呐喊》《莎士比亚十四行诗》《静静的顿河》《屠格涅夫中短篇小说选》《红楼梦》《郭沫若文集》等。还有不少大部头的医学书籍，把写字台靠墙的空当全部占了，而且摆得好高。不仅书桌上一尘不染，整个小房间也收拾得干干净净，床对面的墙壁上挂了一幅16开的精美油画，好眼熟，仔细一瞧，原来是《红衣少年》，那是英国画家托马斯·劳伦斯的杰作。显然这张画是从某个杂志上撕下来的。秉辰曾经临摹过一幅，现在仍挂在他的房间里。画作以红色为主色调，人物、衣饰、神情、色彩，浑然天成，委实令人喜爱。

我索性走近那张小小的画，细细欣赏。侯凯在我背后说："青春难耐的人，从这幅画作中可以找到安慰和宁静。人性啊，只有在童年时，才保留着真、善、美的温馨，犹如空谷幽兰，自然芬芳！一旦青春萌动，便是充满欲望，有多少激情，便伴生多少虚妄、多少孽缘与罪恶！"

我回过头盯着侯凯的眼睛，发现他竟泪眼模糊。挺漂亮的刘海挂在前额，一副十足的悲天悯人之状。我们平静地互望，谁也不移开视线。"我要为它作诗！"侯凯嘴唇一翘说。

"一首好诗，亦如这画。"我说。侯凯点点头："我们应该是不属于这个年代的人，朋友，你不觉得我们生活在闷罐子里吗？你不觉得现在一方面是万马齐喑，另一方面又是莺歌燕舞，热闹得过头了吗？"

我心里暗忖：他究竟是什么样的人？老实说他并不是在做戏，这点，我看得出来。但他离癫狂的小布尔乔亚的无病呻吟似乎还差一截。要想学马雅可夫斯基或郁达夫，他还早哩！可是，我也明白，凭自己的水平，在各方面还真不如侯凯，侯凯刚才那几句话，实在是模糊得叫人猜不透他究竟是啥意思。

侯凯见我沉默，就在房间里来回地踱着方步，那对小眼睛透过晶蓝的镜片，不时向我投来咄咄逼人的光芒，使我很不舒服。不过，我毕竟知道培根说的"知识就是力量"那句经典名言。对知识的崇敬，使我尽量相信眼前这位外科大夫是个正派而有思想的人。当年，人们习惯上用"有思想"或"没思想"来评价与概括一个人。就像许多知识青年，为了消除"三大差别"，以及给陷入经济困难的国家排忧解难，主动插队落户到边远山区和农村，投身于上山下乡的大潮之中，被大家称为"有思想的人"，他们倒也并不是为了赶时髦，而仅仅是出于为国分忧的想法，到广阔天地去接受贫下中农再教育而已。

"你看过《人民日报》发表的《关于中小学毕业生参加农业生产问题》的社论吗？"侯凯冷不丁地冒了一句。

"我当然看过。"我说，"社论中说，从事农业是今后中小学毕业生的主要方向，也是他们今后就业的主要途径。这难道和阿燕的事情有关吗？"

"既有关，也无关。我是想说，很多知识青年都插队落户到农村去了，而我们这些留在城里的人，应该感到幸运。她阿燕受了点委屈，就要拿刀伤人，那赵树理、秦兆阳、老舍、曹禺，这些著名的作家，都不同程度地挨了批，又当何解？又到哪里去申冤？"

我闻言，也激动起来："是的，就拿赵树理的《三里湾》来说吧，说它散布资产阶级人性论，宣扬修正主义思想，真他妈的狗屁不通！老赵是土生土长的晋军首领，手一弹便掉土疙瘩，土得真、土得实、土得纯。他的作品反映了新中国成立前后山西农村人民的风土人情和对新生活的向往。哪一点与资产阶级人性论，和修正主义的改良派挂得上钩？"

"别激动。老兄，牢骚太盛防肠断！少安毋躁。"侯凯说完，再伸出一支食指压在嘴唇上"嘘"了一声。

我粗声地喘着气，回头看着《红衣少年》，似乎想从这幅画上得到一些安慰。然而那个红衣翩跹、慵懒大方、嘴角含着纯情微笑、眼睛凝视远方的少年，却只是用泰然自若的眼神步步紧逼，不给我丝毫的喘息之机。尤其是那种贵族少年矜持和高傲的坐姿，超凡脱俗于世外，好像要藐视一切被世俗困扰的人群，让我忍无可忍。

"一个不懂人性的医生不是好医生。"侯凯像煞有介事地说，满头乌发线条本已格外柔顺，他却还不住地用手拢着，"鲁迅和郭沫若弃医从文，便是欲通过文学来阐释人性，终成为一代文学大家。我敢断定几十年内中国再出不了类似一流的作家。许多应景的作品难免堕入俗气，而'高大全'之作，又极尽吹捧之能事，肉麻不堪。文学要摈弃流俗，首先就要从我们的独立思考开始，现在可好！连我们医院都是大红标语满堂，我们的外科主任前几天也挨了批，让他停职写检查。为什么？"他伸出漂亮的食指朝我勾了几勾，"老先生叫手术室护士揭了那标语，重新挂上手术室制度。我很难过，这老先生是我的老师，我在医院实习期间，满以为能跟他好好学习一番。可是他对我说，你阑尾手术做得挺利落，这就够了，现在连我都没资格做大手术了。医院，这就是医院，缺乏的不是好医生，缺乏的是对于医学、对于医生的尊重，缺乏的是对于科学的尊重！时至今日，我心中的委屈还不知道往何处去诉！"

我开始掰响手指关节，因为侯凯的议论，已讲得我头昏脑涨，实在没有耐心听下去了，因为我惦记着李晓燕。为此，我开始东张西望，还打了一个长长的哈欠。"我真傻！竟被你几句话绕晕了，忘记了此来的初衷，本是为了解决阿燕的困境！"我从椅子上立起，"阿燕处，还是我去吧！有什么消息我会及时告诉你。"

侯凯闻言，反显出依依不舍的样子，说："我的电话号码是4034，住院部。一个月内我不在门诊。噢，我想你是不是再待会？"

我迟疑了一会儿说："我们的谈话太飘，没有太多实际意义，我们接近的速度也太快，该打住了。"

"血流得太快，是吗？聪明人往往如此，只有俗不可耐的人才会出现低血压。"

侯凯说完，为自己的幽默笑了。他吹了声口哨，双臂从上到下划了一道弧："我们冲杯咖啡，添点新的兴奋点，不能老板着面孔活，我侯麻子是医院里出名的乐天派，男女老少都爱跟我逗。"

两个护士小姐先是在窗口探了探头，一串鲜活的笑声便传进房间。"嘭、嘭、嘭。"她们敲了门后又喊道："侯麻子！能进来吗？"

"不怕我嘴里有烟味就滚进来。"

侯凯对我做了个鬼脸，嬉皮笑脸地看着门。

她们进来了，穿着白大褂和白力士鞋。房间里顿时充盈着一阵馨香，我明显地感到身体在膨胀、在发飘，不自在起来。但我显然并不服输，壮着胆子问二位小姐："侯医生白净净的，不麻，怎么叫他侯麻子？"

"嘻！"一位小姐甩了甩小辫，"每次聚餐，侯医生总要亲手献上一道菜——

麻婆豆腐，比四川酒家烧得棒多啦！医院里哪个没吃过侯医生的麻婆豆腐？所以大家都叫他侯麻子，你刚认识侯麻子吧？"她说完，把手中一个鼓鼓囊囊的包往侯凯床上一搁。

我点点头，算是有所领悟。侯凯却说："喊我侯麻子是关爱我。爱称嘛，就是爱嘛，二位小妹对吧？"

"侯麻子，不跟你胡扯。"小辫子妞嗲兮兮地说，"给我们拍几张，怎么样？"

"又心血来潮？"侯凯眉毛一扬，朝我眨眨眼，跷起二郎腿一边微笑，一边品味着二位小姐的芳容。这家伙难道对阿燕也这么轻狂？可也别说，他是本科出身的医院外科大夫，近一米八的个头，身材匀称，举止潇洒，英俊的脸庞配着一副夹白金秀郎架眼镜，加上他博学广闻，谈吐大方，爱好广泛，所以非常迷人，在这短短的接触中，我竭力抵抗着他的吸引，欲罢不能。侯凯又继续说："前几天不是刚替二位小妹拍过几张吗？再拍，就得裸一点了。"

"哎呀，要死。"另一位短发姑娘捶了侯凯几下，"资产阶级、修正主义的要坚决打倒！"侯凯开心得头一缩，避过姑娘的粉拳。姑娘又说："说正经的。我们要拍几张穿黄军装、手拿语录的照片。怎么样？帮个忙！"

"好吧。"侯凯拖长腔调说，"我成全你们。偏要穿黄军装啊？这他妈的也要赶时髦？拍就拍吧，找革命伴侣用得着，管用哩！外人一瞧，呵，多革命的俊小姐啊！"

侯凯拿出一架苏制卓尔基相机，我顿时就想到了表姐夫王志文，他的相机也是卓尔基牌的，所以一见如故，心里倍觉舒服和亲切。小姐们脱下白大褂，穿上军衣军裤，手拿"语录红宝书"，特地将其紧靠在胸前，各人照了一张，又合影了一张。侯凯照完，长吁了一口气，说是弄不懂为啥拍这种照，本来好端端、亭亭玉立的标致小姐挺自然的，干吗弄得不自在。他又私下对我说："别看我给她们拍这种照，但我绝不会要她们当老婆，只当是哄着玩吧。我心里还是喜欢阿燕。"

我注意到，这两个女护士似乎是听见了侯凯的讲话，却连脸都不红，只是临走对他做了个鬼脸，骂道："侯麻子，你放心，没人想当你老婆。臭侯麻子！"

侯凯闻言，竟若无其事地朝我耸耸肩，双手一摊，说："亏她们遇到我，大家玩得开心，没关系，我这个人不计较，护士小姐中她们两个有点滋味。不过，我有时想躲开，可我是大忙人。噢，不，不，别那样看着我。那是看犯人的眼光。顺便说一句，我不好色，只重感情。"

"要想人不知，除非己莫为。"我提醒他。

侯凯鼻子里一哼，说："当今之世，给你加个莫须有的罪名，能避开吗？就像阿燕。谁让我碰到她。哼，说得轻巧……男人最缺少的就是这点——钟情！"

我觉得，他讲的莫须有的罪名，又勾起了我的愤怒和委屈，便忍住气，想再套套他的话："你怎么……和阿燕好的？"我差点说成，你怎么勾搭上阿燕的？这倒并不是我顾及他的面子，而是仍把他看成自家人。

侯凯居然大言不惭地和盘托出，他说，有一次在门诊值班，大概是下午四点，窗外下着小雨，已经没有了病号。他在看《参考消息》，一段极有趣的关于尼斯湖怪兽的科学小品吸引了他。他叼着烟卷，沉浸在吞云吐雾的仙境之中，诊室门边站着一个人影，他掉过头一看，是位形容憔悴的姑娘，且神情有点呆滞。他放下报纸请她进来看病。因为快下班了，得赶快把最后这一个病人打发走。那姑娘缓缓走近他，不肯坐下，精神似乎有点恍惚。问她看什么病，她仅问有没有女医生吗。他脸色一沉，说："要尊重医生，在医生面前没有男女之别，只有病人。"她竟然转身缓缓地走开了。

出于一个医生的责任感，他上前喊住了阿燕。阿燕迟疑地走过来，满面无可奈何的羞涩，把一份新病历单和挂号条，轻轻地放在他面前的桌上。他问阿燕是不是第一次来看病。阿燕点头。他问阿燕是不是想做人流。阿燕摇头说不是！他告诉阿燕，到医院里偷偷做人流的姑娘，大都是临下班时才来见医生，而且神色、行为、举止几乎与她一样。所以他很有把握地认为，阿燕就是来做人流的，只是脸皮薄，不敢承认而已。出于好意，他叫阿燕第二天上午来，他会请一位女医生，妇科的何主任，给阿燕做人流。阿燕先是拼命摇头，后来又默默点了点头。他自然就认为阿燕接受了自己的安排。于是，第二天上午就请何主任给阿燕做手术。哪晓得，下午一上班，何主任就来找他算账了。何主任责问他是怎么给阿燕看的病，简直就是草菅人命，驴唇不对马嘴。侯凯赶忙为自己辩解说："她竭力隐瞒自己的隐私，不让男医生给她看。"

"什么隐私？完全是犯罪！"何主任的话让侯凯吃了一惊。侯凯联想到这些年，"防修反修"的斗争愈演愈烈，公检法都受到了冲击，社会管理一时陷入了半真空的状态，犯罪现象确有抬头之势，便觉事态严重，不可小视。于是，立即将"暂停门诊"的牌子摆出去，并关严诊室的房门，请何主任详细道出实情。

其实，何主任对侯凯介绍的情况——帮助阿燕做人流，本也是深信不疑的。直到阿燕脱掉了衣裤，暴露了下身以后，何主任才发现事情要比人流更复杂百倍，甚至牵扯到刑事犯罪。因为，经检查，何主任确定，阿燕没有怀孕，急需诊治的是下身的撕裂伤。何主任毕竟是身经百战的妇科专家，立刻就以法医的口吻，询问创伤形成的原因，并郑重地告诉患者，这不是常规的病诊，患者必须如实说明受伤的经过和实情，医师才可以妥善诊治，否则一切严重后果只能由患者自己承担。阿燕面对询问，先只是痛哭流涕，几次欲言又止。架不住何主任的心理攻势，一波强似一波，何主任晓之以理，动之以情，阿燕才最终吐露了真情。

原来，阿燕所在的街道小厂是个钣金加工厂，有个黄厂长，新中国成立前，年轻时，在街道地头上也算个地痞，新中国成立后，凭着自己曾磨剪子、戗菜刀积累的一点钣金工的手艺，坐上了这个街道小厂厂长的位置，手下管着几十个老大妈、老妇女，加工的垫圈、垫片在南京城还小有名气。黄厂长也有吃有喝，养得肥头大耳、肚大腰圆。

阿燕因为家庭出身不好，无奈进了这个街道小厂。第一天进厂就发现，小厂好见大领导，厂长亲自迎上前，拉起手就使劲摇。黄厂长的欢迎词说得也妙："李晓燕同志来得好，新鲜血液不能少，全厂年龄数你最小，相貌数你最好。以后就跟我跑供销！"

但从此阿燕的噩运也就开始了。阿燕但凡到厂长办公室去办事，只要没有其他人在场，黄厂长总是要用一些荤话俚语挑逗她，一来二去，看她无动于衷，黄厂长就开始小触小摸，动手动脚起来，但也都一次次遭到了阿燕的拒绝，一直没有能够得逞。

直到周秉辰参军去了部队，加上这些年"造反派"冲击了公检法，社会管理出现了半真空状态，黄厂长觉得时机成熟，有机可乘了。他放肆地揣摩：阿燕家庭成分本就不好，欺负她料定也没人会管。于是，经过策划，他色胆包天、丧心病狂地对阿燕下了狠手，利用厂里面年终搞聚餐之际，串通几个老妇女，将阿燕灌得半醉，随即遣散众人，褪去衣裤，就来了一个饿虎扑食，意欲霸王硬上弓。令黄厂长猝不及防的是，就在他刚要得手的最后时刻，阿燕受到刺激后，竟从半昏半醉的状况下觉醒过来，瞬间就拼出了神圣不可侵犯的力气，把黄厂长一脚踹到了地上。同时，下身的一阵剧痛，也使阿燕从半醉的状态下，完全清醒过来。阿燕挣扎着回了家，才发现自己下身受了伤，她羞于将伤情告诉别人，所以只是简单用碘酒做了消毒处理，本想伤好一点就去找黄厂长算账！没想到，仅仅两天后，伤口已经发炎，剧痛难忍。黄厂长更是倒打一耙，诬蔑她是"破鞋"、勾引厂领导，殴打厂领导，并将流言蜚语散播到了整个街道，害得厂里几个老大妈借探望之名来到她家，将她骂了个狗血喷头。她是在心灰意冷、万般无奈的情况下，才独自一人硬撑着到了医院。

侯凯听了何医生的介绍，对阿燕的遭遇既同情又怜悯，同时认为自己误解了李晓燕。他通过病历上留下的信息，主动联系上了阿燕，还主动登门给她换药诊治，在疗伤诊治和心理抚慰上给了她很大的帮助。当阿燕身体恢复健康后，侯凯就向阿燕提出了交朋友的请求。阿燕的回答很干脆："士为知己者死，女为悦己者容。你若追求我，先帮我报仇！"

对黄某这种渣男，侯凯当然痛恨万分，但要报仇谈何容易！起先，侯凯并不敢轻易承诺。然而天无绝人之路，就在侯凯考虑是否找一帮人狠狠教训一下这个"色魔黄"时，黄厂长倒主动找上门来了。当然，他不是来找侯凯决斗的，因为他压根就不知道侯凯与阿燕的关系。那他又是为什么找到医院来的呢？问题出在他自己身上。人们都说："人在做，天在看。天作孽，犹可违；自作孽，不可活。"黄厂长也许是作恶多端，噩梦附体，思虑过度，神经衰弱，焦虑失眠，阴阳失调。总之他面对侯医生，自述自己的病情是，低烧不退，浑身无力，失眠多汗，心悸衰弱。

侯凯立刻就想到了惩治这个恶人的最佳办法——让他背上梅毒等性病感染者的恶名，从梅毒螺旋体抗体阳性＋开始，让他成为"过街老鼠"。侯医生给黄厂长开具了一系列检查单据，什么血液、精液、尿液、唾液等，而后略施小计，串通了院里的几个哥们，在各液中确定了螺旋体抗体阳性＋，将"色魔黄"诊断为梅毒病毒携带者，且具有传染性。侯凯在做了一些前期"功课"之后，约谈了黄厂长，严肃认真地指出，他前两年出差到南方沿海大城市时，去了一些不洁且下流的场所，因此给自己种下了祸根。直讲得黄厂长唯唯诺诺，点头哈腰。这时，侯凯才亮出了撒手锏——确诊黄厂长为梅毒螺旋体抗体阳性＋的化验单。然后告诉他，从一期梅毒进展到二期梅毒需要 2—8 周的时间。通常会表现为低烧不退、浑身无力、失眠多汗、心悸衰弱等种种症状，在接触部位出现单个无痛性结节，然后迅速发生溃疡，形成一个典型的硬下疳，与 HIV 感染的病人出现免疫缺陷的临床表现极为相似。他现在出现的低烧不退、浑身无力、失眠多汗、心悸衰弱等种种症状，就是梅毒造成的机体免疫力低下带来的结果。他将与院内的性病防治、免疫医疗专家一起，为黄厂长制订专门的治疗方案，黄厂长要花很多钱，用进口的特效药，要有特殊的营养条件及暂时隔离的措施。生活习惯上更是要洁身自好，始终禁欲！一席话讲得黄厂长既心服口服又心惊肉跳，一再表示，自己愿意交钱，愿意配合治疗，愿意从此洁身自好，规规矩矩，只要能保住自己的小命就好。

当年，艾滋病刚在世界各地出现，患者死亡率极高，为数众多的恐艾者谈"艾"色变，而国人只知道其与梅毒等性病有关。侯凯正是利用了这个特点，惩治了被他称为"色魔黄"的黄厂长，将其吓得肝胆俱裂、一夜白头，为阿燕报了大仇。

于是，阿燕为了兑现承诺，答应了与他交朋友的请求，他们开始了幽会。起初，侯凯是出于同情和闲情逸致，跟一个漂亮的有心理创伤的小姐幽会，让他觉得特别浪漫有味。在阿燕的脸上，他可以时不时地看到一种忧郁而高雅的表情。他承认在医院里没有一个护士小姐具有这样内敛的气质，也没有一个护士小姐肯跟他这样的"情种"诚心单处。即使到他宿舍来有事或闲聊，找乐的小姐也必是两三人相约一起来。因此他结识阿燕后，感到一切都很新鲜，仿佛生活突然开阔了许多、精彩了许多。渐渐地，他离不开她了，开始主动、频繁地约她，与之逛街，游公园，看电影。他发现阿燕不仅生性活泼，嗲得自然、纯情，令他在其深情的目光里越陷越深，不能自拔。侯凯还发现，阿燕虽不懂医学，但除此之外的知识却懂得不少，尤其是文学和音乐。她对人生和社会的深刻见解更令他吃惊，心里常会蹦出"很有思想"的评价，在这些方面她都胜过医院里那些医护小姐。

我闻言，方知这一切的来龙去脉。更加相信表姐夫王志文所言：革命浪潮汹涌，必是大浪淘沙，人性的善恶得以充分地暴露、碰撞、火拼，而后才会有因果相报、凤凰涅槃、浴火重生和人间正道。

我问侯凯，是否清楚阿燕和秉辰的关系。侯凯说："清楚！"

我便直言相告说，秉辰很快就要复员回来！侯凯则耸耸肩，双手一摊说，那就让位好了，皇帝也有让位的时候！

听了这话，我反而冲动起来，猛地敲击桌子，一个茶杯随之摔碎，茶汁洒了一地。我像弹簧一样蹦了起来："你这是寻求新鲜刺激，绝不是真爱，甚至是从来就没有真爱过阿燕，还有着乘人之危下手之嫌！"

"你小子咋的？没他妈半点幽默感！如果你是法国人就不会动气。算了，我不会跟你决斗。就当我是细胞癌变。"侯凯玩世不恭地说。

"你不是文盲，但却是文痞加流氓！"我骂道。

"嘻……文痞不还是作家？你别肉麻吹捧嘛！我要是流氓，这整个医院就没有正人君子了！"

我走出医院的宿舍时，侯凯仍在后面吼道："小子，还没人敢跟我拍桌子的！"

冤案

　　两天之后，我和李清泉、李妈妈到治安大队拘留所探望阿燕。李清泉因本身有顶"帽子"在头上，未进拘留所大门，膝盖早打了弯，慢悠悠地赖在后面，李妈妈催他快走，他傻傻地点头，反而站在街边不住地用手抹额头上的汗。李妈妈急得直跺脚，骂他："老东西，吭啥用，还说是见过世面的人！"李清泉不理老太婆，在街边茶摊上买了一杯清茶，喝了几口，又仰起头，对着太阳嗽了几嘴，噗的一声喷出来，他头上瞬间起了个小小的彩虹，连说："噢，喉咙清爽，喉咙清爽，适意。"

　　传达室的门卫，见来了二老一少，大包小包拎了东西，早就明白了我们的身份，于是厉声问我们是干什么的。李妈妈倒也冷静，脸皮厚，大大方方地嚷着是看女儿的。门卫问有没有派出所和单位的证明，有没有带户口本，李妈妈说没有。于是门卫把我们轰了出来。

　　第二天又去，李妈妈把派出所和单位的证明以及户口本恭恭敬敬地交给了门卫，门卫瞄了一眼，喷了一口烟圈，官腔十足地说："今天不是接见日，即使是接见日，也要有拘留人员填写的接见通知单才可接见。"李妈妈问："什么接见通知单？"那门卫说："她会寄给你们的，上面规定具体日期，四样文件齐全才准见！你女儿真行啊！小娘们敢用剪刀捅人。咱拘留所还是头一遭见哩！"于是这次接见又泡汤。出了拘留所大门，李妈妈狠狈地跺了一脚，吐了一大口唾沫："臭瘪三，摆在十七年前，给老娘倒洗脚水，老娘还嫌邋遢咧！"

　　吓得李清泉也跺脚，一把拉了李妈妈快走，连说："我喊侬老娘好伐？侬饶了我好吧？迭格啥场合？都是吃公检法硬饭的，侬再硬，硬得过这些牢头吧？勿要弄得大家都下不来台。侬反正地下一横当老娘，穷夹里我李清泉要吃霉头。走吧，孬种就孬种好了。饭有得吃，衣有得穿，太平点就是福分！"

"侬啊……一辈子硬旺不起来。几次来，侬开口了伐？像个瘪三似的立在一边鬼鬼祟祟的，侬……侬还像个做爷的？要不是侬惯阿燕惯得勿像腔……有今朝迭个局面伐？老娘老早就看侬勿莱斯，勿是东西。"李妈妈脚步加快，骂骂咧咧的。

"好了，好了，我李清泉勿是东西，侬老娘跟阿拉勿是东西好半世人生。哼，侬以为我怕他们？君子跟小人有啥计较。迭帮东西啥货色？好跟我李清泉平起平坐？大丈夫能屈能伸。迭帮……迭帮丘八、阿土生，本事吭啥，纯光会哇啦哇啦！"

我说不出心里是啥滋味。不吭气地跟在这对老人后面走，明知是受到侮辱，却又呐喊不出。

没几天，李家收到阿燕的信，内容很简单，要被褥和换洗衣服、卫生纸、餐具、肥皂和一些吃食。李妈妈一应俱全地准备下。待到接见那天上午，我和李清泉、李妈妈又去了。刚到大门口，看见侯凯蹲在路边望呆。侯凯一见我们立刻精神抖擞。我问他怎么知道我们要来。他指指传达室门口挂的小黑板，上面竟写着接见日期，所以他等在了这里。李妈妈问我他是谁，我只能回答说，他是阿燕也是我的老朋友。侯凯不自在地点点头，口中直喊："李伯伯、李伯母好。"喊得还很热乎。李妈妈叹气说，阿燕朋友也真多。

我们送验了四样文件后，被领到一间空荡荡的大房间，房间里只有一张乒乓球台。四周墙壁贴满标语——"坦白从宽，抗拒从严""千万不要忘记阶级斗争""改恶从善，重新做人"等，还有一块布告，细一看，原来是《拘所监视制度》。一名男看守仔细检查完了李家带去的东西，向里面打了声招呼，一名女看守才把阿燕带了出来。

阿燕站在乒乓球台一端，他们站在另一端。李妈妈终于忍不住哭了。李清泉却一言不发，脸色灰暗。阿燕见到侯凯和我，眼睛睁得很大很大地看着我俩，我感到她的眼光很怪异，叫我不寒而栗。我心想：怎么啦？阿燕，你是不是吃了许多苦？蒙了，才不认识我俩！过了片刻后，阿燕的目光移向父母，对他们俩便视若无睹了。

我觉得很怪，阿燕被关了几天，肤色反而变得白了起来。脸庞消瘦了一些，有点憔悴的样子。头发依旧归拢成一条粗大的独辫子，额前自然形成的刘海和鬓发显得更长、更乱，也使她整个人更透出令人怜爱的灵秀。

女看守粗略地又检查了一遍东西，叫阿燕收了，只是零食减了一半。李妈妈心疼女儿，央求看守，准许阿燕收下全部吃食。女看守声称，少收点吃食算是讲革命人道主义了，这里的伙食不赖，不信问李晓燕。李晓燕出人意料地撇嘴一笑，哑着嗓子说："妈，这里是吃得不错。吃食全带回去吧。"她不知为什么，把"是"字拖得很长。

"你们看，是吧？她自己讲了，不要带了。"男看守忙说。

李妈妈掩面哭泣。看守呵斥说不准哭，要开导人犯认罪服法。

李晓燕便说："我犯啥法？我是自卫。"

"你还不老实？"女看守说。

"就是因为老实才进来的。他侮辱我，企图占有我，还派个同谋来找我谈话，我申辩了几句，她竟打我耳光，我急了才捅她的。我已经跟预审员讲了。犯法的是那个畜生，不是我。一切都会真相大白的。"

"好了，好了。你去跟预审员谈，我们不管。我们没请你谈案情。呃？还有话说啊？"

"秉坤哥，你去我厂里调查，替我上诉，替我申冤。你的笔头派用场啦！还有侯凯，你该为我再报仇，为我再说话！"

阿燕被女看守连推带搡弄走了。我们也被轰出了拘留所。自然，吃食一点都没让收。刚出大门，侯凯问我："敢不敢替阿燕说话？"

我点点头，心里一热。侯凯托托眼镜，边走边咬牙关，那长而轮廓分明的颌骨显得更加刚健。分手的时候，侯凯没有和两位老人道声再见，只是喃喃自语："侯麻子又自寻麻烦了，唉，阿燕。胸腔手术……难啦！"

纸包不住火，阿燕的事很快在月牙湖不胫而走，传得沸沸扬扬，因为传闻是黄厂长通过几个老妇女有意散布的，意图是歪曲事实，所以大多数接续八卦的人，均持幸灾乐祸的态度，反认为像阿燕这样不正经的姑娘，不倒霉才怪呢！这次治治她也好，瞧她平时那副傲气、那副假正经的骚笃笃的眉眼，连走路屁股头扭得都跟别的女人不同，幅度太大。

陈婆子那天到周家帮忙拆洗被子，说起这事来眉飞色舞。刘妈正色制止她：

"陈婆子你不要嚼蛆。阿燕还是个姑娘哩。"其实刘妈并不完全清楚阿燕的真实遭遇。陈婆子说:"啊哟哟,你以为阿燕还是黄花闺女?早就不是真货啦。姑娘家屁股头怎的那么大?再说……嘻嘻,那男人怎么敢光天化日之下欺负她?那好姑娘是随便能欺负的吗?我做姑娘的时候,栓子他爹几次想吃我的'豆腐',我就骂得他想死。姑娘家不守规矩,男人就上哩!"

我拿眼狠狠瞪她,她却无所谓,依旧唾沫星四溅讲下去。

但陈婆子突然打住了话头。我发现,原来是母亲站在了她的背后,并唤了声:"陈婆子!"陈婆子慌张应了声,说宋太太有何吩咐,解放都快二十年了,她对母亲的称呼竟一直未改。母亲一反平时的温和,冰冷冷地道:"你现在是治保主任,工作忙,以后就不想麻烦你了。有刘妈料理就行了。"

母亲这话很有分量。陈婆子脸色红一阵白一阵,立刻辩解说:"我服侍宋太太十几年,宋太太待我也好。别人家我回了不少,忙不过来。要说是宋太太,我陈婆子做牛做马一辈子心甘情愿,哪里敢拿大?"

母亲摆摆手,叹了口气:"不必讲了,陈婆子你的情我领了。日后如一时缺点什么尽管来商量……只是,"母亲眉头一皱,"阿燕家也算和你家是老邻居,大家在月牙湖这里多年相处也不容易,请老陈和你多担待点。"

母亲的口气是决绝的,话虽软,音却硬。我还很少见母亲如此敢正面得罪人。我心中不由得为母亲叫好。母亲转身回房,陈婆子讪讪下楼。刘妈说:"我早就劝太太少跟那陈婆子啰唆,无奈太太心软耳朵根硬,哪里肯听人劝?这次不知吃了什么醒鬼魂的汤,独断了。唉,跟了太太十多年,这才知道她是当太太的,不容人还价。"

我折进母亲房间,看见母亲木然地立在窗前,便缓缓地挪动步子,走到母亲身后,小心地喊了声:"妈妈。"

母亲转过身,我不免一愣,因见母亲竟已潸然泪下,花白的云鬓有点零乱,呈现飘逸状,仿佛她刚经历一场灾难。

"我知道是我儿进来了。"母亲说。

"妈妈,你真好。"我说。

"傻儿子,哪有不好的妈妈。"母亲拉住我的双手,"让妈妈好好看看你。"

自从我成人之后，母亲还从来没有这样亲热过我，这反倒使我不自在起来，便说："妈妈，我现在不是请了长假，常在家陪你吗？"

"唉……越是在家待一段，走后就不知道何时再回来……我儿才最像家义。"妈妈暗暗自语，嘴角一撇，不知是笑抑或是哭，"你吃东西老呷嘴，讲也无用，偏不改，跟你爸的毛病一样。"

房间里恬淡的氛围似乎跟梦境一般。不久前，我被关在小黑屋内，便是做了一个如此清丽、动人心魄的梦，回忆了许多日渐朦胧的过往。隐隐地觉得那梦里有父亲和母亲，他们相互依偎，我和秉辰则偎依着他们。今日母亲把我当成孩子亲热起来，使我再一次体会到母爱的温暖。人若是不长大，也许不失为一件好事，这样便可以长久地被母爱照拂着。假如真如母亲所言，连我也离开了母亲，母亲身边便一个子女都没有了，那真是不知道让她怎么去活了。瞧着母亲那含怨似哭的微笑，我心里一紧，终于悟出许多亲情难离的真谛！我紧紧地握住母亲的手，生怕这温馨的瞬间即刻消散于无形。母亲仍慈爱地盯着我的脸，仿佛要从我脸上的表情，读懂我悸动不安的内心。

而后，母亲又缓缓地对我说："你生下来的时候只有一丁点大，一称四斤多一点，不啼也不哭，索性只剩一点气息。没想到你也长成了大人，哪个都不如你鬼精，懂阿妈的心思。只是块头小，力气单，吃不了苦。妈不能一辈子跟着你活……唉，你太娇，像女娃娃，吃不得苦的。"

"妈妈，"我说，"我一到钢厂就在高炉前工作，每天炼铁，出铁，烟熏火烤一身汗，啥苦没吃过？且众人都知道，世间三样苦：打铁，撑船，磨豆腐。只要经历一样，也就算是能吃苦的人了。"

"妈妈只是随便说说，我们是革命家庭，个个敢作敢为，敢于担当，自然无啥苦吃不得。你小小年纪也帮你父亲报了仇！但你仍要记住，一辈子都要学你父亲和你大哥的为人，跟毛主席、共产党走。不是毛主席、共产党我们一家人能活得下来？始终勿要忘记侬父亲是怎么死的。我这辈子本信耶稣基督，后来笃信毛主席。"

"妈，你说得对！耶稣基督是神话，编出来的。毛主席是真的，是该笃信的！"

"现在社会上很乱，什么'红卫兵''造反派''斗私批修'，妈不管，妈反正信毛主席，信了，心里安逸。人哪能不信点什么？你父亲、你大哥都是有信仰的人，所以他们干革命，不怕死！你现在当工人，也要信科学，你爸当年说过，要培养你们成为对社会有用的人。社会要发展，国家要富强，你们千万不要相信'停产闹革命'，不生产，把国家搞穷了。秉坤，将来你们这代人要吃大亏呢。"

"妈妈，你说的吃亏是什么？"我问。

"还是听你大姐从朝鲜战场回来说的。她说我们志愿军在朝鲜战场上，因为只有小米加步枪，没有美国佬的飞机加大炮，吃了很多亏，死了很多人，连你大哥也不例外呢！她对你到钢铁厂工作，举双手赞成呢！中华民族从来就是与人为善，心地善良，但美国佬不是这样想呢，你落后，他就一定会打你！我们还要争口气，为你大哥等牺牲的同志报仇呢！"

听了母亲的教诲，我本该严肃，却不知为什么反而忍不住掉泪了："妈妈，你是第一次向我说大道理呢！就像我们曾经在教堂看见的布道。听了你的话，我为现在赋闲在家惭愧呢！"

"你这小囝，哪能这样讲话，妈妈向儿子说说心里话总不会错，因为妈妈这几天为李晓燕惋惜呢。也许倒并不是因为她曾经跟秉辰要好，谈过恋爱。关键是，表面看她人有点吊儿郎当，其实我听讲，她在厂子里面，工作上本是一把好手呢。本来是可以为国家做事情的人，这下子却被毁掉了，想想就让人心痛！"妈妈撇撇嘴，做出嗔怒状，让我真有点刮目相看。

"原来你虽然大门不出，二门不迈，却是眼观六路，耳听八方哩！政治风云变幻，有人乘机捞一把，欺负像阿燕这样家庭出身的人，她那个厂长就不是个东西。我知道妈妈心里跟明镜似的，是非分明呢！"我说。

"我儿，你也是拣好听的说，鬼精灵！"妈妈推开我，兀自坐到沙发上，"替我沏杯茶来。"

妈妈的嗜好是喝龙井茶，很讲究，须是杭州梅家坞出的，这大家都知道。所以子女孝敬她的也都是龙井茶，家里藏了不少。茶叶罐都是用蜡封好的，吃完一罐再开一罐，那龙井也必是清明前后购买的。水是瓦罐子煨好备在那里的。要先倒水，后投叶子，头道泡开，先倒掉，再倒二次沸水。如是，汤清叶嫩，暗香袭人。母亲一边吹，一边眯眼嗅，眉眼从紧锁到舒张开，方知她始得茗香。如此几番，方轻啜入口，在舌前滚几滚，再饮入喉。

我最爱替母亲沏茶，更爱看母亲品茗，此时的母亲可爱极了。我以为自己的母亲该是世界上最慈爱、最美丽的母亲之一。她这习惯，因没人干涉，便保留始终。她常说做姑娘时就爱喝茶，足见'冰冻三尺非一日之寒'的茶道功力之深。

可惜今日母亲茶兴不浓，只啜了几口便轻轻合上杯盖，一手捏着杯把，一手托稳杯碟，款款地将茶杯搁在茶几上，问我："阿燕的事严重吗？"

"不太严重。"我答，"进去一下子，能了？"母亲又问。

"难讲。"我只得照实回说。

"唉，多事之秋啊。阿燕人虽不糊涂，却做了不少糊涂事，受人欺侮，人家骂她，是真不该骂的呀，秉辰就要回来了，这账哪能算法？算勿清啊，怎么说阿燕也不坏呀。"

"我想找表姐夫王志文，打打关节，他原在区政府里有熟人，请他疏通疏通，从轻发落阿燕还是可能的。"

"志文是老实巴交的死人头。嗯……这样吧，你明天把你表姐昭信叫来，就说我寻她说话。"

母亲托腮闭目，不一会儿竟打起瞌睡来。楼下传来小孩子唱语录歌的声音："革命不是请客吃饭，不是做文章，不是绘画绣花，不能那样雅致，那样从容不迫，文质彬彬，那样温良恭俭让。革命是暴动，是一个阶级推翻另一个阶级的暴烈的行动。""动"字拖得很长，高亢激昂，是小孩直着喉咙穷吼出来的。

我料定，孩子们已经没有新花样可玩了，连老花样——玩火柴盒大小的画片，小孩子们叫"洋片"的，也没有了。因为内容被定性为"封、资、修"。"官兵捉强盗"也不许玩了，因为"强盗"是被压迫阶级，官兵岂能去捉？至于适合儿童看的电影更是没有了，因为连大人感兴趣的电影、戏剧都被封杀了。怎么办呢？就直着嗓子穷喊叫吧，兴许还能让孩子们发泄一下爱闹的天性，只要别憋着就好。

听母亲说了阿燕的事，昭信表姐面有难色。于是母亲不再央求她帮忙，说了几句无趣的闲话。昭信表姐见母亲无精打采，便起身告辞了。

我当机立断，第二天只身去找王志文，因他在市教育局当局级干部，也管人的思想教育。我径直闯进了表姐夫的办公室。王志文见我闯进来，虽满脸不开心，但又不便推辞，只能和我寒暄了几句，还让我坐下喝了一杯水。我见办公室里恰巧无人，于是开门见山地说："王志文，我来求你帮一次忙，也是妈妈求你的，就是阿燕的事。"

王志文摆摆手，叹口气道："让我去说情？恐怕不行。"

"你能行。"我口气坚决地说，"区政府里有你不少老同事，你去说说情，减轻一点对阿燕的处理，完全可以办得到。"

"你在命令我吗？"

"是天理、人情，命令我们这样干！"我毫不让步。

"法不容情！你难道不知道？人情要讲阶级，天理要归国法！"王志文驳斥了我，"我是共产党员、国家干部，我无权替亲友开脱。再说，我不是管政法工作的，国家的王法不能乱来！"

"阿燕有冤情。"我继续说。还把阿燕在被人侮辱的情况下，出于无奈才捅伤那个家伙的前因后果讲了半天。王志文还是无动于衷，我只好摊牌："阿燕是秉辰的未婚妻！"

"已经不是了。"王志文说，"就算是秉辰的老婆，我也无能为力。这丫头已经触犯刑律。据我所知公检法三家已经立了案，案子正在办。没进拘留所的门，我认为还有一点回旋的余地，进了铁牢门，神仙都头疼！我又是不管政法的外系统干部，姑妈叫我说情……这情跟谁说？公安局局长我不认识，而且也受了冲击，其他还要拐许多道弯……难啦！"

"你已经问过这件事情了？"我问。

"那是当然，案子很快就要定了。"王志文点上烟，吸了几口，"机关里最近学习任务很重，成天批判'修正主义走资派'，中央文件又不断发下来，搞得人昏头昏脑的。"

"你干吗和我说这些？"我叫起来，"阿燕的事你帮不了就算了，我们不难为你。"

"唉，你呀，缺少政治敏锐性。"王志文摇头叹气，烟雾在他头上绕着圈圈。

回味王志文的话，我不禁脊梁骨飕飕地冒冷气。阿燕的案子难道被上纲上线了？那就真是命悬一线、危在旦夕了。看王志文的态度，显然已问过阿燕的事。

难道因为解放初期为了谭思杰的事，受过党纪和行政处分，相当长时期里抬不起头的经历，他变得谨小慎微，世故怯懦了？

我忽然想道："何不找昭信表姐？她在市妇联工作，为受害的妇女伸张正义乃是妇联的天职。可是昭信表姐上次为什么在母亲面前，表示对阿燕爱莫能助呢？"

阿燕在拘留所一定日子难挨，那里的滋味，我其实在小黑屋里也已经尝过了。若有什么不一样，仅从想象便可得出苦不堪言的结论。何况阿燕生性活泼好动，喜欢过自由自在的日子，其时她的痛苦更是可想而知。她也许正翘首以待，指望我们帮她一把哩。

出了教育局，我抬腕看表，刚到九点半。

我火急火燎地赶到工人医院，搁下自行车，奔到外科病房找侯凯。值班护士告诉我侯医生正在做手术。无奈，我只好在病区的走廊上来回踱步。几位匆忙走过的医生，向我投来矜持的一瞥，像说："这人怎么在医院散步？真够讨厌的。"我立时感觉身上火辣辣地发痒。而那些颇有姿色的身着白色医护服的护士，匆匆而过，一路洒下银铃般美妙的嘻哈之声，又让我倍感年轻真好，自由真好，阿燕要像她们一样该有多好！

我为阿燕的事已经托请了太多的人，而侯凯却似乎埋头工作，不管不问，我不由得脱口骂道："狗日的侯麻子，你真耐得住性子，置阿燕生死于不顾！"

我又转到手术室门口。刚吸完一支烟，侯凯开门出来，眼睛无神地盯着我，点点头，兀自拖着沉重的步子走向医生值班室，我跟了进去。侯凯一屁股跌坐在椅子上，喃喃地说："给我一支烟吧。"我帮他点着，他连着猛吸几口，烟雾和着满腔的疲劳，从口中缓缓吐出。一支烟抽完，他摘下蓝色的手术帽，恶狠狠地掼在桌上："侯麻子又上了一道坡，胃切除，干净利索。妈的，不玩命轮不到这活，浑身解数拼上了。上帝保佑。"他耸耸肩，画了一个十字，"晚上陪我喝白兰地，正宗拿破仑老家的。再叫两个小护士来，轻松轻松。"

我不耐烦地摸摸长长的光下巴，恶狠狠地盯住他："你倒是还真有闲心。怎么你打算放弃阿燕，再另觅新欢吗？"

"鱼有鱼路，虾有虾路，酒是一个冤大头送的，当然，现在咱们成了朋友啦，要一起喝。噢，干吗板着脸？说吧，阿燕的事怎么样，是不是不顺利？"侯麻子很随意地发问。

"阿燕的案子就要定了。"我说，"情况很不妙，弄不好要吃官司。"

"你表姐夫那里怎么说？"侯凯眉心打了个结，不耐烦地问。

"无能为力！"

他从椅子上蹦了起来，拳头挥挥："婊子养的，他怎么能无能为力？阿燕好歹是他老婆表弟的未婚妻，他能不插手？阿燕分明冤枉，'色魔黄'若再落到我的手里，非阉了他的那玩意儿！"

"你还有法子吗？"

"法子？"他反诘，"干吗一准吃定我？侯麻子点子多，都他妈是没发酵的点子。"他细细地品尝着烟味，喉结不住地翻动，歪着屁股放了个长屁，"整整一个上午没排气。集中啊，要集中排！这可是人命关天的大事，噢，少安毋躁，让我动动点子……哦，我想起来了，你们家这么大一个光荣人家，就不认识什么大干部、大人物？"

经侯麻子点醒，我终于想到了红梅阿姨，她已经很久没有到周家来了。

我再次找到表姐夫王志文，开门见山地说："你若不愿意帮助李晓燕，我就去找红梅阿姨，凭她的地位和关系，一定能查清李晓燕的冤情，还她一个公道！"

没想到王志文却是一声叹息说："南京城解放后，陈红梅曾到组织部门任职，后任市妇委书记。若放在过去，找她比找妇联都要管用。但60年代后期，陈红梅阿姨已经调任上海市，后又调杭州市等地工作，早就离开南京了。多年没有联系，你扪心自问，这时候你再去找红梅阿姨，是想解决问题呢，还是找她麻烦呢？"

王志文一席话把我问得哑口无言，只能又回到医院来找侯麻子。

这次是"二进宫"，我便知道不能再逼他太紧，只能知趣地先找些废话与他扯扯再说，什么福尔马林味刺鼻啦，医院树多啦，语录牌挺鲜艳啦，护士小姐为啥个个水灵啦，等等。蓦地，侯凯突然蹦了起来，激动地吼道："闭起你的臭嘴，我想到一个人！"我还真给吓了一大跳。只见他飞快地看表，嚷着："该死！县官不如现管！侯麻子我怎么没想到他！跟我走，找他去！"

我丈二和尚摸不着头脑，只好硬着头皮跟他走。其时已经11点多，医院已经下班，不少医生护士脚步匆匆、兴高采烈地奔向食堂。他风风火火地向医院职工单身宿舍走。单身宿舍在一个朝南的小山坡上，是一幢白色的二层楼，上了楼向右拐，侯凯一脚踹开了第三个房间，抱着的一男一女慌忙地松开了手。

男的骂道："侯麻子，狗日的不敲门！"

侯凯似乎是见多不怪，急吼吼地说："笨蛋，谁让你们不闩门！这档活儿有不闩门干的？还好没看见不该看的。我就不啰唆了，孟老弟，帮个忙，只帮一次，下次再找你，我就是个王八蛋。"

"又欠了风流债？"那个孟老弟说。身边那女的，倒也大方，理理头发，抹抹如花的脸面，笑嘻嘻地瞅着我。我呢，也只好硬着头皮冲她笑，心想：女的如此大方，我又何必忸怩呢？

"介绍一下，"侯凯说，"未来的作家，我的好朋友周秉坤。"他右手掌挺直向孟老弟和我各戳了一下，又喊了声"嗳……"，冲我嚷道，"孟彤，跟你一样，血流得快的家伙，比你多点灵气。我们医院的保卫干事，职业军人，一本正经的吊膀子户头。"又指指那女的，"汪小惠，化验员，大保卫部部长未来的夫人——现在也就提前算是正式夫人吧。好喽，"他推开手，耸耸结实的肩膀，"这就算是介绍完毕，大家成了朋友啰。"

"侯麻子，嘴上积点德好吗？老那么粗野的，不好！"汪小惠嗲声嗲气地嗔怪侯凯。

"算了，算了，小惠，光高雅不成世界，你去替我们买饭去。挑好吃的买，给，"侯凯掏出饭票，"足够了。可也别他妈吃大户，多少替我省点。"

汪小惠拎了饭屉出去。侯凯立即向孟彤讲了阿燕的事。他绘声绘色地诉说，阿燕怎么怎么的聪慧，怎么怎么的有思想，怎么怎么的被人欺侮，怎么怎么的像《复活》中的马斯洛娃，怎么怎么的受冤下狱，并声称阿燕是他的表妹。孟彤的脸渐渐地变得刻板起来，说："果真是受冤枉的话，我去求老头子，也许有救。不过你表妹这么多，你侯麻子的话可有实在否？"

"剖给你看好吧？"侯凯做了个开膛的动作，"阿燕真是我表妹，上次那位是我姨表妹。活该我侯麻子尽缠上躲不掉的事，没办法，心地善良嘛，这病根没治啦。噢，你还有几瓶青岛啤酒！真是我有口福啦。孟老弟你拿过来，咱们一醉方休。晚上我请你。哎呀呀，你知道侯麻子今天有多高兴？平生第一次在活人身上做了胃切除！漂亮！"他双手各打了一个响榧子，"那就他妈的说定，晚上在我宿舍会餐，聚它一下，麻婆豆腐当然不能少，再弄几个菜。今天几号？"他突然伸长颈脖子问。

"干吗？"孟彤反问。

"问你几号哩！"侯凯嗓门加大。

"5号。"我说。

"啊，没关系，12号关饷，老子还有二十块，够混。不行回家找老娘哼哼。"

"侯麻子，这个忙我只能说尽力相帮，帮到什么程度难讲，那小姐是不是你表妹，我不关心，她委实可怜，让人同情。这样吧，下午你陪我去找老头子，他曾是你的病人，咱们一起搭档把双簧演好。"

"OK！"侯凯喊道，"太沉闷了，来段音乐，一边喝酒一边听音乐，过过神仙日子。"

侯凯开了电唱机，放了一张唱片。

"你变成鸠山大队长了！"孟彤快活地打趣，"八格牙路的侯麻子，你的死啦死啦的。"

"不！"侯凯高举青岛啤酒，"现在的和花姑娘的咪西咪西的！"

汪小惠拎了沉甸甸的饭屉闯进房间，佯作怒容："侯麻子，什么花姑娘咪西咪西的？狗蛋说清楚，不说清楚一脚踹你滚。"

"嗐，咱俩的账好算，"侯凯诡笑："来吧，快放下，彤彤和我都饿坏了，快，我这里还有位朋友。惠惠，别装腔作势，二十秒就叫你破涕为笑，信不？"

他说来就来，果真翻白眼，吐舌头，两手托着腮帮子，还摇头晃脑的。逗得汪小惠扑哧大笑，前仰后合，差点翻了手中的饭屉，骂道："这枯燥的年岁，怎么出了你这么个活宝，算是咱工人医院的福气！哎哟哟……活宝、活宝，该死！好了别闹了，搭桌子喂狗肚子吧！"

喂狗肚子？我也是狗肚子？这文质彬彬的小姐嘴真粗！我麻木不仁地立着，脸上必定是那副既受委屈又尴尬的样子，汪小惠碰了我一下，甜甜地一笑："作家别愣着，坐下喝吧，男人不骂不喝，越骂越喝得痛快。咱医院里人随和，打闹找趣儿常事一桩！"

我听到了一口好听的京腔。原来是个京油子外加丫头片子，跑到南京城来施展魔力了。我知道求人办事的规矩，强迫自己即使逢场作戏，也要做到客随主便、入乡随俗。

　　老贝的《A大调第九奏鸣曲》在响着，孟彤说这曲子不够刺激，要换老施的《蓝色多瑙河》。我说："这曲子忒好，怎么不够刺激？"它像火一样的热情，铁一样的坚强，是火与铁的结合。就像我们钢铁厂，坐落在大江边，大江东去，铁水奔流，它既舒缓、沉着、严峻，也委婉和深情，真是一首充满活力的欢乐而炽热的好曲子。

　　汪小惠击掌鼓噪："嗬！我这张片子算是碰到了知音。孟彤没半点音乐细胞，自唱片拿来后，他只听过一次，老贝碰上他，那就只能认倒霉。真是个'南京大萝卜'，不识货的家伙。作家，还是你有两把刷子。"

　　"不要作家、作家的……我下辈子也当不了作家，我也没有什么音乐细胞。"我腼腆地说道，"我也有这张唱片，是在中山东路外文书店碰巧买的。瞎猫碰上死耗子罢了。"

　　"好，瞎猫。"汪小惠指指侯凯，又指指我，"死耗子，还有你，我的小彤彤。咱们咪西吧。"

　　我暗对侯凯说："这丫头有点东邪西毒的劲。"

　　侯凯挤挤眼："带刺的玫瑰，孟彤手快已经采了，真够他消受的！"

　　"叽咕啥？"汪小惠丹凤眼吊起，薄薄的嘴唇半抿半张。

　　"没叽咕什么。"侯凯说。

　　"想做花爷讨便宜？哼，狗蛋！哪天抠你色眼。"汪小惠很快活地夹菜吃，筷子指着侯凯鼻头，"今天晚上内二科几个丫头想溜溜脚，你来哦。"

　　"在哪？"侯凯问。

　　"在她们宿舍。床揭掉，桌子搬搬开。"汪小惠说。

　　"瘾大哩！"侯凯用肘捣捣孟彤。孟彤说："屁股都磨不开！除非跳布鲁斯，贴着面揉。"侯凯抢着应道："好啊，好极了。地方越小越带劲。有味。"

　　汪小惠佯怒道："狗蛋净不想好事。瞅你美得快活，偏不让你得逞。改在三楼理疗科小会议室，那地方偏僻，晚上老家伙和正人君子走不到那旮旯。窗帘一拉，鬼也不知干啥，喂，就这么定了。侯麻子，你可得好好教她们。"

我听出了道道，小心翼翼地问："都什么时候了，你们还跳舞？"

"怎么？别看现在大字报满天飞，造反派可劲闹，可是又有谁能说得清这场运动的真相和本质？又有谁说过不许跳舞？红卫兵可以跳'忠字舞'，我们就可以跳布鲁斯。"汪小惠打量着我说。

我低头思忖片刻，既想不出反驳她的理由，又生出一分好奇：难道这些从医的，不仅给人医病，也想给世道开刀做手术？而且还是用的这样叛逆的手法！于是，只能抿嘴笑笑。侯凯却插嘴："小惠，你瞧不起人呢！秉坤可是个交际舞老手啦！"

"那好，晚上缺男的，你来跳吧。"汪小惠说，"可别忸忸怩怩，大方点。来哦？"

她的北京话，总将"来"念成"赖"，带点滑音的味道，特别糯的音，很是中听。我就冲她的语音，也巴不得来参加。当然，也是为了阿燕的最终开释。于是，爽快地应道："好的！"

侯凯闻言，也起哄说："只怕你们嫌他吼，润滑油、医用手套要多准备点。"

"你呀，哪里是准备跳舞，完全是准备脱光了手术，像一条没调教好的野狗。"汪小惠笑骂侯凯。但瘦白干练的侯凯却毫不介意，反嬉皮笑脸地对我说："医院就像修道院，不开心怎么行。别看这些护士小姐一本正经，你要是大胆上，她们才不在乎哩。"

我其实多少知道一点，那年头，由于几个爱唱高调的理论权威，用其一套禁锢思想文化的说教，使小说、电影、戏剧创作濒临枯竭，文化生活处于极其枯燥乏味的状态，市面上连四大名著和普希金、托尔斯泰等的世界名著也没了踪影。但是，凡事总是物极必反，普通老百姓却未必买账，他们一方面通过各种渠道寻找着各种书和唱片，来填补贫乏的精神文化生活；另一方面又用自己的方式，千方百计地反其道而行之。特别是那些具有反叛精神的年轻人，他们就利用一切场合，组织了许许多多的地下舞会，鱼龙混杂，林林总总，真可谓是对思想文化禁锢的一种反讽和戏谑。

侯凯为什么要找孟彤来帮阿燕？这点说来话长，他俩既是莫逆之交，又是俗话说的玩得很够"哥们"的兄弟，都挺讲义气。孟彤在部队里当过卫生员和医助，而且是党员，在一次意外的车祸中，他摔折了两根肋骨，转业到南京工人医院工作，凭他那点医术，在市级大医院里，是不够资格胜任医生的。他是正排级，刚巧够上干部资格，于是主动要求到保卫科当了保卫干事。这是个闲差，大事管不了，小事有其他干事管。孟彤乐得成天快活胡混。但凡跳舞、下棋、溜旱冰、喝酒、摄影、拉手风琴、涂抹几笔书画、游泳、谈天说地闲聊、开摩托等，孟彤虽不说样样精通，可也都能拿得起来。侯凯也是个玩家，他不仅精于摄影，而且天南海北、天文地理、文学艺术，甚至做爱技术皆能谈得令你头晕，叫你不得不佩服此君确有两把刷子。孟彤预言过："侯麻子乃将相之才，国内外科专家之林必有其位，卫生部部长若找助手，亦必他无疑。"所以孟彤奉行"养兵千日，用兵一时"的用人之道，对侯凯交办的事，尤其言听计从，赴汤蹈火，在所不辞。

在工人医院，他俩与年轻人皆相处得宽松和谐。孟彤从不拿保卫干事、干部子弟的架子，医院里哪位医生、护士小姐大意出了点小纰漏，他想方设法也要保下来，然后大事化小，小事化了，其法道自有其父母亲授之。

孟彤的父亲是省公安厅的一位局级干部，据说是管劳改的。母亲在一所大学任党委书记。虽说当时也受着运动的冲击，但瘦死的骆驼比马大，毕竟他家在省市里盘根错节的关系还很庞大。侯凯找孟彤帮忙就是找准了这个"命穴"。我得知这个情况后，即为阿燕有希望在近期内出拘留所而高兴。

侯凯甚至对我讲，晚上来吃饭时，也许就能听到好消息。

托关系

　　傍晚六点整，我再次来到侯凯的宿舍。数了数，侯凯、孟彤、汪小惠，还有两位陌生的女护士，加上我三男三女，一共是六个人，挤了一屋。他们有的在看画报，有的在听音乐。白瘦干练的侯凯与体态丰腴性感的汪小惠站在一起时，总是会形成很大的反差。但此刻他们两个却凑在一起忙饭菜。那样子倒显出十分的互补和般配。天色未全暗，一盏二百瓦的电灯开得雪亮，油画《红衣少年》在灯光映衬下，精彩无比，令观画的人都恨不能亲他一口。

　　侯凯边干活边咋咋呼呼的，一副兴高采烈的样子。看来他这人本就好客，也很大方。两张医用条桌，已经拼在房间正当中，上面铺着绿色塑料布，佳肴美酒置放整齐，高脚酒杯在灯光下闪闪发光。

　　因为掌厨，侯凯的大脑门给人油晃晃的感觉。此刻他嘴角挂着喜气和得意，说明麻婆豆腐已经出锅，辣气油香正催得人馋涎欲滴。

　　侯凯吆喝着："侯麻子露脸啦……"将麻婆豆腐端了出来。

　　众人齐喝彩，都捏起调羹准备动嘴，侯凯慌忙把手捂在菜碗上方，斥道："吼什么？等何医生来。"

　　"原来是向她献殷勤！"汪小惠说，"请我们是假，请她是真，可人家早是孩子妈了。"

　　"醉翁之意不在酒。"孟彤打趣说。

　　"孟老弟，你够了。别吃着碗里盯着锅里。"

　　孟彤哈哈大笑，又说："锅里有才盯哩！"

　　女客们齐说侯凯刻薄，也说孟彤的话不规矩。汪小惠手指差点戳到孟彤鼻子："老毛病又犯了是吧？"

我猜想，那位将到的何医生，定是位风流出众的医生，思想也比一般小姑娘要开放，能跟侯凯交往的女人定是卖弄风情的好手……

门开处，众人的说笑戛然而止，也打断了我的思路。大家的视线不约而同转向房门口。我只觉得眼前闪过一道白光，一个亭亭玉立的少妇已经站在面前，与大家微笑着打招呼。只见她着白衬衫、黑裙，脚穿一双白力士鞋。乌黑的发辫盘在脑后，自然曲鬈的刘海和云鬟蓬松零乱。"如果她黑一点不就是阿燕吗？"我思忖。

侯凯引她走到桌边，对我说："她就是替阿燕诊治过的妇产科何医生，何主任。"我不由得恍然大悟，先前的猜想即刻被自己推翻。

汪小惠把她摁到椅子上，说："大家都在等你，麻婆豆腐烫嘴才好吃。"侯凯嚷着要罚她三杯酒，她莞尔一笑，嘴唇撇了撇，望着汪小惠。汪小惠呵斥侯凯，叫他别胡闹。孟彤的双眸格外添了光彩，话不但变多，而且奉承得几乎失态。

何医生却并不理会，端起酒杯就一饮而尽，把那二位先来的女护士竟看得愣住了。本来她们一直在叽叽喳喳、哆里哆气地私下议论，这会儿却已消声屏息，惊讶地看着新到的何医生，连称"好酒量"！

侯凯高喊一声："共同举杯，开吃！"大家立刻闻风而动，举杯动筷，边喝边吃，谈笑风生起来。他们谈的与病医有关的，我半句也未听懂，而那些略带荤腥的调侃，少儿不宜、有违视听的，却嗡嗡地强行灌进我的耳朵。我赶紧让孟彤换了张唱片，让施特劳斯《蓝色多瑙河》的音乐声，瞬间盖过众人的喧嚣。开头段含情脉脉、情意绵绵，略带羞涩，极其礼貌优雅，勾人心魂的跳跃音符，使我立刻想到了父亲曾带我去过的中山陵侧的音乐台，以及那里爬满藤蔓的环形棚架。月光下，四周的各种树木闪着缤纷的银辉，音乐声响起，暗夜不再寂寥，而变得柔情万种。

一阵令人烦躁不安的轰响突然间闯进这欢乐的小房间。

汪小惠尖着嗓子喊："真邪乎！快关窗！"

原来，外面的扩音喇叭在大唱"红卫兵之歌"！

我这才看清那位少妇何医生，皮肤白皙细腻，比之郝秀云偏瘦偏高。胸脯不如郝秀云挺拔，两肩好像有点塌，只有右颔下那块红疹倒很特别。我还注意到她的背稍有点佝，一口南京城南人的浓腔稠音，柔绵甜润中带着凝滞。她时而轻咳几声，表明她仍是个柔弱纤巧的女子。只是她清澈的大眼睛，长长的时而扬起的睫毛，和纤长灵秀的手指，稍稍弥补了她外貌上的缺陷，而且把她从小家碧玉的类型中区别开来，给她的美赋予了一种超出古典的风韵。我想，即使一百个漂亮的姑娘聚在一起，我都能一眼就认出她。因为是她救治了阿燕，所以从见到她的第一眼起，我便对她心生好感。

整个晚餐充满欢悦。吃到一半时，侯凯关闭大灯，只开了一盏小瓦数的荧光灯，房间里变暗的同时，大家的情绪反而愈加浓烈，甚至雀跃欢呼起来。我凝视窗外摇曳的树影，觉得夜色格外昏暗朦胧，我想，眼前的这些年轻人，为什么与外面的"造反派"迥然不同？在场的年轻人似乎都在有意躲避运动浪潮的冲击，宁可充作"逍遥派"，享受这短暂的欢悦。他们渴望在这种"世外桃源"，感受瞬间的心灵撞击和情绪的悸动。但关于"防修反修"的一切变故，似乎与他们毫无关系。但我却是备受煎熬，感觉烦躁不安，我比任何时候都盼望侯凯、孟彤他们能帮助阿燕，出于一种朋友间的义气，伸手拉她一把。

想到这里，我开始沮丧，情绪低落。大家似乎忘记了我的存在，他们只顾互相说话、取乐，压根儿不理会我的心思在救人而不在寻欢。

然而，恰在这时，刚与我认识的何医生，大约发现我总用眼睛瞅她，且眼神中带着疑问，于是，趁着旁人不注意之时，坐到我的身边来。我不由得注意到她扬眉、噘嘴，朝我示意，她那块显眼的红疹和下面的胸脯也在鼓动起伏。这都表示她有很重要的话要和我说。我于是干脆邀请她一起来到屋外的走廊上。

我们刚站定，她就问我："李晓燕是你妹妹吗？"我回答说："她不是我的妹妹，而是我弟弟的恋人，且是从小青梅竹马一起长大的。"她接着问："你弟弟知道她的情况吗？"我说："你如果是说经你诊治而暴露出来的情况，那他是一点也不知道。而且，我也打算永远向他保密。"她叹口气说："真是太惨了，我从医这么些年，还是第一次遇到这种情况。这是严重的犯罪！你弟弟这两年，难道就对她不闻不问？阿燕也没有报警？"

我老实回答说："我弟弟当兵去了，一走就是好几年。阿燕不仅没报警，反被恶人先告了状，现在正被拘押，恐还要被判刑。我现在知道了，侯凯请你来，一定是为了让你说服孟彤，请他父亲帮助开释阿燕。"

"这我当然知道，侯麻子从来都是无事不登三宝殿的。但我要说的是，我从医这么些年，工作中遇到许多被欺负被侮辱的女性，真不知道去何处为她们伸张正义。难道人性就是以满足自我为主要目地，以自私为核心吗？难道由此滋生出的虚荣心、爱炫耀、出风头、贪得无厌、得寸进尺、不劳而获、侮辱女性等，就得不到老天的惩罚吗？"

何医生的话句句叩击我的心灵，却也让我难以作答。就在我搜肠刮肚寻找答复她的语句之时，侯凯却到屋外走廊上来喊我们了："你们竟躲到这里来私聊了，真让我好找。现在晚餐结束了，我们要转移阵地了。"

我问侯凯："阿燕的事，你和孟彤说了没有，办得怎么样？"

侯凯却说："你看今天何主任都大驾光临了，还怕说不动孟彤？先转移阵地，再争取新的战果！"

侯凯说笑着，带着大家又往寻欢作乐的下一个地点走去。我虽然已疲惫不堪，但还是紧随其后。为了解救阿燕，我将初来时的畏难情绪一扫而光。

我硬着头皮，随他们来到了一座新的大楼里。

大楼外面是黑黢黢的树影，月光洒在身上半明半暗，给人清凉滑爽的感觉。进入楼内却似一下沉入水底，伸手不见五指。汪小惠叫大家别说话，脚步儿放轻点。于是我们仿佛成了一批偷渡者。侯凯不知跟谁在说："牵着我的手。"一个声音说："妈的头，干吗搂我？"汪小惠说："哥儿们、姑奶奶都悠着点，别乐过了头！"

我不知上了多少层台阶，跟着众人七转八转终于停住。听见钥匙开锁的声音，"咔嚓咔嚓"了半天才打开。不知哪位随手开亮了灯，眼前立刻雪亮一片。我闻到一阵阵阴森森的福尔马林的气味扑面而来，于是头脑嗡嗡作响，勉强跨进了一间宽大的房间。窗帘早已拉得严严实实，不多的几张桌椅已挪到一边。磨石子的地面锃光瓦亮。我本能地用鞋尖在地上蹭了蹭，暗叫："好滑，棒极了！"

孟彤将预先藏好的四速电唱机拎了出来。片刻之后，《彩云追月》的乐声响了起来，这是一首典型的探戈舞曲。侯凯紧紧地搂着汪小惠带头跳了起来，他们胸脯紧贴，疯搂在一起，陷入了旁若无人的境界。孟彤搂着何医生紧随其后上场，却似乎缺少默契。首先感到不自在的是何医生，明眼人都看到，她的身子在尽力朝后移，像要摆脱孟彤的控制，但由于被孟彤搂得太紧，反而使她圆实的臀部翘得更起。这只能算是一点序幕，没有人会大惊小怪。随着舞曲的节奏，一切都将顺其自然。

侯凯和汪小惠就像是老搭档，舞步娴熟，舞姿优美，一边跳，一边还小声说笑。孟彤和何医生，既像是在磨合，又像是在教学，孟彤的舞步太花哨，何医生的舞步太夸张，自然难以合拍。不过他俩倒并不介意，似乎将推搡视作调情，将拉扯当成爱意，仍是眉开眼笑。可以看出，这个小小的"桃花源"就是他们躲避风云变幻、动荡不安年月的一座"逍遥岛"。

当晚，连我在内，男舞客只三位，女舞伴是四位。一曲舞罢，侯凯对孟彤说别冷落了旁边的两位。于是二位男客去拉那二位早就跃跃欲试的小护士。曲子依然是《彩云追月》。汪小惠递给我一块口香糖，说："干吗愣着？带何医生跳。她的舞其实挺棒的！"

此时，何医生却装着未听见，抿起嘴，微笑中透出些许矜持，悠闲地欣赏着两位小护士笨拙、呆板的舞步。我挨近她身边，硬着头皮挤出一句话："我……看这首探戈挺棒的。"

她脸侧向我，她身上成熟女性特有的香气随之包围了我。这香气大约是肉体和化妆品混合的产物，让我有点意乱神迷。我关照自己要入乡随俗，不要自作多情，于是，站着看她如何回应。

她说："事先没配过舞，就跳福克斯吧。你看呢？"

她终于用那种少有的温柔的眼神看我。"那好，就跳中四步。"我说。

"小周行啊。"汪小惠边插话，边意味深长地笑笑。

何医生的手温热、绵柔，令我不敢重握。我右手轻轻搂着她的背，隐约觉得有一圆形小物件硌着。她耳语般地提醒我："你手往下挪挪。"

"哦。"我"哦"一声的同时，已经猜到那圆形小东西定是胸罩上的纽扣。

她说："我已经说服孟彤，孟彤也已经和他父亲通了电话，且已经在过问此事，或许一会儿就会有确切的消息，要多点耐心，不要着急。"

听她这么一说，我突然发现，我们的舞步，竟在很短的时间里就协调起来了。彼此沉默、相互避开的视线，让我们的舞蹈更加专心致志。我的舞兴突然勃发出来，胆子放开后，便带她做了几个探戈式的转身动作，她配合得也很默契，而且她的切分、停顿步，点得又准又自然，我猜想，我们在静止时的西班牙式的造型姿势，一定很潇洒。

我又想到了阿燕，她的舞也是我和秉辰带出来的，而她竟能青出于蓝而胜于蓝，此后跳探戈和华尔兹，在城东一带，竟是首屈一指。我再和她跳时，更觉其舞步娴熟，与自己配合默契，点子踩得天衣无缝。秉辰甚至夸阿燕的乐感，连专业舞蹈演员也要逊色三分。真不知道她和这个该死的侯麻子跳起来，会是一种什么情况。

汪小惠又换了一张唱片，嚷着："小周，你的探戈舞技亮出来了，搞个地道的西班牙探戈，给大家看看如何？"

我问何医生："行吗？我们反正是第一次跳，舞步不要整得太复杂吧。"

"嗯。"她简单地"嗯"了一下。其实我希望能和她有一段柔情蜜意的下文，但没有！她的嗓音其实很好听。不过，我们毕竟已经配合默契。我于是兴趣盎然起来，感到浑身轻松，更加显出洒脱和自如。

《嫉妒探戈》的乐曲在空中响了起来，一段极其舒缓、柔情、细腻绵绵的，由小提琴、圆号奏出的引子，使人飘飘欲仙。引子结尾是钢琴奏出的跳跃音符的琶音，如一阵水波漾过。接着各个声部奏起，响板击出了如串串珍珠落玉盘的探戈节奏。我再次邀她入舞，一个舒展的后退步、起步造型后，连着三个向前大跨步。我心里为她暗暗叫好：配合得这么默契、这么规范，肯定拜师学过舞厅探戈，受过专业的训练。侯凯停下舞步，高声嚷道："好一个周秉坤！狗日的漂亮！"

汪小惠忙说："小子，别乱嚷嚷，当心外面听见，悠着点乐。"

我如梦初醒，回到当下的现实，似乎刚刚察觉他们从事的"地下活动"，与外面造反派的喧嚣，是完全的反其道而行。我无奈地和何医生不约而同地停下舞步，望着大家。

侯凯伸伸舌头，孟彤用手当刀抹抹脖子。一个小护士嬉笑着望望严实的窗帘，又望望搂着她的侯凯，无可奈何地等他重新起步。而另一个护士小姐干脆站着大嚼口香糖，左手却仍搭在孟彤的肩上。

就在大家面面相觑、不知所措之际，我却听见身边的何医生一反常态决绝地说："都是胆小鬼！尼采说上帝已死。世间从来就有苦难，却没有什么救世主。

每个人只能'勇敢地成为你自己'，'受苦的人没有悲观的权利'。"何医生此言一出，大家就像被注射了一剂'强心剂'，立刻开始继续跳舞，且兴致丝毫不减。此时，我心里也滋生出一股强烈的表现欲，我想用舞姿告诉各位："虽然我许多时候没跳了，但今天定要叫你们见识见识，什么是真真的探戈！让你们好好地过过眼瘾。山外有山，天外有天，高手在民间，钢铁工人能出苦力，也会跳交际舞，就是这么牛气。"

我专心致志地听音乐，舞步随着音乐旋律和伴奏的交错节奏不断变化，我还力图把探戈的切分音原汁原味地跳出来。此时何医生紧紧地贴着我跳，对我的夸张动作毫不计较。我已经能听见她轻微的娇喘声。她的身子仿佛一下子变得异常绵软、轻捷。诚然，她的舞步偶尔也有失误，但第一次跟我跳探戈，就配合得如此娴熟，令我感到十分愉悦。特别是几个晃步和旋转步，她掌握得恰到好处，动作一完成，总是紧贴我做下一个动作，何医生富有弹性的乳峰时常撞击在我的胸脯上，而她的额发几乎一直撩着我的额头和脸颊，我也毫不避让，让她更是无所顾忌。我俩跳得十分惬意，并配合默契。跳舞时，渐入佳境的舞伴大约都需要如入无人之境般，进入忘我的境地，才能最终收获跳舞的妙趣吧。

下一首曲子是《最后的倾诉》，我俩倚窗休息，看别人跳中四步，何医生挨着我很近，眼光明亮，唇边挂着笑靥。我主动打破沉默："侯凯常带你来这里跳舞？"

"噢，没有。他们是常偷着跳，但我今天却是为阿燕而来。"她坦然一笑。

"这地方好，秘密，查不到。"

"没准，说不定哪天给查了，抓起来关几天，但孟彤他老爸可以解救他们解脱。不过，他们也都抱着玩一天算一天的想法。"

"你们真有点像那些玩世不恭的'逍遥派'。不过，这地方环境倒是幽雅，空气清新。"我找不出合适的话茬，于是随口说，"住在这里一定能医好我的头痛病。"

何医生嫣然一笑："幽雅什么？楼下斜对面那小门里就是太平间，大抽屉里躺着几个被'造反派'批斗致死的'修正主义分子''走资派'什么的，连尸首都没人来认。以至于空气中……满鼻子福尔马林的味道。你刚才说什么，头痛病？"

"嗯，就是那种，"我经考虑后才说，"因亲人接连离世，精神受到刺激，失眠抑郁，久而久之导致的类似偏头疼的头痛，非常痛苦，切身感受就是突然头两侧太阳穴跳，跳到后来就头痛，不断地痛，犯起来连颈脖子后面都发麻，心里发紧，肚子发酸。"

"还有哪些症状？"她耐心往下问。

"还有……"我噎住。她抿嘴一笑，撩撩刘海，"还有满嘴胡说，我当了这些年医生了，还没听过你说的这种病。"

"好呀，原来我的病未必是器质性的病变。"我反倒欣喜万分。

"什么意思？我说得不对吗？"她反诘我。

"我亲身感受，你说得对哩。孟彤那里有消息来吗？"

何医生咧开嘴，喜悦地说："好消息，孟彤他爸已经发了话，应该很快就能解决。"

《最后的倾诉》曲终，翻过来奏响的是《山楂树》，这是一首由外国民歌改编而成的中速华尔兹。我记得60年代初，那个金秋季节，白俄罗斯民间歌舞团来南京人民大会堂演出，昭信表姐买了几张票请大家去看演出。表姐夫王志文和大姐、母亲和刘妈、舅舅和舅妈都去了，巧的是秉辰因公出差返宁，也和阿燕去看了。其中有一个女声小合唱便是这首《山楂树》，故而，我一听到这音乐，便动了真格的感情。于是邀何医生再跳，她沉默了一会儿，然后说："俄罗斯，俄罗斯的《山楂树》。娜塔莎·罗斯托娃！今后也许就听不到了！"

我反应也快："这里没有娜塔莎，也没人敢做罗斯托娃，但是《山楂树》属于人类优秀文化园中的一朵小花。不论国与国之间的关系如何变化，不论'防修反修''打倒走资派'的运动如何如火如荼，人们终究不会抛弃这些优秀的文化精品。"她闻言，赞许地点了点头，与我一起滑进舞池，她不仅颇有政治头脑，而且华尔兹比探戈跳得还要好，身子轻巧灵活，我带她旋转极其轻松。这时大家也都在转着，谁也不注意谁。

"任何人都应该懂得历史上，从大乱到大治的世事轮回之道。不论当下的运动搞得如何轰轰烈烈，终究会回归理性，终究会有拥有大智慧的人站出来，扭转乾坤。因为，中华五千年文明长存，其间总不乏孔子、孟子这样的圣贤、智者。"

何医生喃喃地说。

我颔首说："运动使人更趋成熟，更具有自己独立的思考和见解，我既赞同你的宏论，又赞赏你的才气。"

"告诉你，我讨厌这种娘娘腔的奉承话。难道你就没有别的自己的观点？"

"我听表姐夫王志文说，治乱世需用猛药，需有能人，现在就说'大乱到大治'还为时尚早！我们钢厂工人对'造反派'搞'文攻武卫'的做法都很不满。都抱着'暴风骤雨终将平息'的信念，坚守在高炉上，保证生产不停，以此为国分忧，为家解愁。而我却连阿燕蒙冤这样的小事都解决不了，只有徒叹自己人微言轻、渺小无为吧！还是跳舞吧，不知哪天还能这样痛快地跳。噢，步子小点，抬头挺胸，别离我太远。对，好，棒极了。"我使劲喊出，"这样带你才不费力。"

"别一直转，我吃不消了！"何医生甜甜地提醒我。

我右脚一个大滑步，停止了旋转，她的舞步也戛然收住，左腿也做了一个漂亮的大滑步。

于是，我们按旋律和节奏左右荡步，开始了边跳边休息的步子。这样的舞步便于我们进入深聊。

"你刚才说，阿燕蒙冤你却无能为力是怎么回事？"

"说来话长，我自己其实也背着冤情，不过就是十年前，我通过外国专家卡巴耶娃，为厂子里解决了一些技术难题和技术参数。好端端的事情，就因为我当时喝醉了酒，就成了生活作风问题，一些别有用心的人，便以此给我上纲上线，安上了'里通外国'的卖国罪，将我开除了。"

"那需要不需要我请孟彤的父亲再帮帮你的忙，给你平反昭雪？"

"不必麻烦了，我的事情没有从牢狱中捞阿燕那么复杂。只是因醉酒有点百口莫辩而已。加上厂革委会中的个别人，一朝权在手，便把令来行，胡作非为，想置我于死地罢了。我相信清者自清，时间是最好的良药，可以治愈人世间一切伤痛。正义终将战胜邪恶，我们终将迎来黎明。"

"哦，是这样，那你放心，我会督促孟彤尽快帮助阿燕开释！你舞步跟谁学的？挺规范的。"何医生接着又问。

"表姐和舅舅，60年代市直机关大院，每周两次舞会，热闹非凡。大家经济条件虽不算好，但日子倒过得比较轻松。不像现在捂灯熄火，偷偷摸摸。哎，你的舞步轻灵纤巧，蛮有味道，是跟谁学的？"

"我爸。"她说，"还有我妈。"她的眼睛突然虚眯起来，脸色转暗。

"你叫啥名字？"

"何静茜。你呢？"

"我，周秉坤。"

"你喜欢听《梁祝》吗？"她接着问。

我思忖，阿燕多亏她帮忙说服孟彤，这才有了希望。由此，对她格外感激。在仍然按节奏荡步的同时，便顺着她提出的有趣的话茬，说："啊，《梁祝》，太好了，听一万遍都是不厌，连我妈妈都经常听，尤其爱听上海音乐学院何占豪、陈刚1958年创作的小提琴协奏曲《梁祝》。"

"妈妈？你妈妈？"她嘟囔道。长长的睫毛扬起，眼光怪异。我不由得万分纳闷：干吗如此大惊小怪？于是说："妈妈先前爱听越剧，还会唱几段。家乡的戏嘛。所以她也爱听《梁祝》。"

"你是浙江人？"

"嗯，你呢？也是浙江人，我看得出。"

何静茜眼睛忽闪着，显出那么温婉、那么疲惫的神情："何以见得？"她的声音格外柔细。这时，我才发现她娇巧可爱的本真面目，便说："你生得小巧玲珑，清秀端庄。完全是古越地女娃的味道。"

"没想到，钢铁厂的也能这样胡调？"她说，"算你有眼力。西子湖畔是我的故乡。"她轻咳了几声，又说："父母亲是喝西湖水长大的，那灵秀的基因传给了我。可我是个北方侉姑娘。你猜不到吧？要不要我说几句徐州话你听？标准的徐州话。"

她抿嘴调皮地一笑，说："吃饭叫剋饭，小姑娘叫妞。"她还真的说了几句地道的徐州话，惹得我惊喜不已。

"怎么回事？"我给搞蒙了。

"我生在徐州。那时我爸还被关在国民党南京监狱，就是老虎桥监狱，我妈在徐州做地下党工作。小惠说你爱写小说，将来我提供你材料，你可以写一部美丽动人的爱情故事。"

"你大概跟我差不多大？"我放肆地问。担心她会像那些希望青春永驻，忌讳别人询问年龄的女人那样，驳得我下不来台。

但她竟没有，而是坦率地说："算你有眼光，我早过了而立之年了。"她说完继续眯眼看着我，似乎在说，现在知道了我的年龄，该敬而远之了吧？

"真看不出……你比实际年龄年轻多了。"我的话有点乱，"也难怪，当医生的会保养，再加上打扮得当，外人是看不出的。"

"别学侯麻子那腔调。想当年在医学院，我可是他的师姐。现在医院里，若不是我力挺他，他也得不到那么多上手术台的机会。"她接着说，"我今天讲得太多了。也许平时没地方发泄。"她轻叹一声，文不对题地添加道："奶奶还在徐州农村。有两年多没见她老人家了。"

我眼睛直眨。连她都看出了其中的问号，便说："父母的故事，称得上平凡而悲壮。我爸说，如果不是老乡掩护，不是党在暗中保护，早没我了。你今天就不能搂着我跳舞了！侯凯的事，则是我怕见淋漓的鲜血，于是尽力把他推上手术台，我比较适合干临床。"

我忽然明白了侯凯的用意，他在帮我和孟彤牵线的同时，也还不忘报答何静茜这个师姐在外科业务上给他的帮助。他是借花献佛，拿我给何静茜配舞，只为了让她舞尽兴、舞快乐而已。想到这里，我不由得停下舞步，走到窗边，借休息之名，吸起了香烟。一支烟尚未燃尽，就觉得太阳穴一阵猛跳。

"你怎么突然没了兴致，躲这里干吗？"

"我头痛病犯了？"

"是不是我的话刺痛了你？"

"我想起了我的父亲。"

"他怎么样？"

"在雨花台的黄土下面，做了永远坚贞不屈的地下党人。"

她低下头，手指不住地揉搓着衣角，就像现了徐州妞的原形。

过了一会儿，她徐缓地抬起头，美丽睫毛下面的双眸，那本是纯情的眼神，竟渐渐转入了悲哀。她精致的鼻翼由于惶惑而翕动着，越发显得身子羸弱。直觉告诉我她还是个多愁善感、不谙世情的女人。

何静茜忽地干咳了几声，一只手掌还揉着胸脯。一个不祥的念头闪过我的脑际，难道不该让她跳得如此累？我看她那块红疹旁边忽隐忽现的蓝色的血管在一涨一缩地颤动，仿佛那血管里流淌的不是血，而是冰冷的蓝色的梦魇。

这之后，我们沉默地看别人跳舞。再两支曲终，大家虽意兴还很高珊，但都已觉疲惫。汪小惠呐喊一声："歇吧！"于是大家作鸟兽散。汪小惠邀何医生到她的宿舍歇息。何医生瞅着孟彤，说要回家，爸爸和弟弟等着。而侯凯邀我去他宿舍过夜，我再问侯凯，孟彤的父亲有没有回话。侯凯答，这还用问，有何医生出面，当然十拿九稳。于是我说，我不打算去他宿舍，妈妈在家等我。侯凯讥笑我婆婆妈妈的，没男子汉味。孟彤说，侯麻子有家也不高兴回，自己弄间宿舍住，天马行空，独往独来，好不自在！

汪小惠刺侯凯一句："所以这匹野马办事就方便多了。"

侯凯马上回敬道："跟孟老弟学的。"汪小惠不理他，只是若无其事地笑，关照我送何医生走，因为她今天没骑车来，夜里公交车少，难等。这其实也正中我下怀，我巴不得地答应了。侯凯也不忘朝我翻眼做了个鬼脸。出了医院门，何静茜关照我，沿珠江路朝中山路蹬。

何静茜坐在自行车书包架上，一只手扯着我的衣裳。夜风拂面，凉爽宜人，我故意慢悠悠地蹬着。过了长江路，我问她住哪条街。她没说。我就边蹬边和她说话。我告诉她，自己不但喜欢跳舞而且还会游泳和溜冰。我向她诉说家庭的情况，情不自禁地唱道："平安夜，圣善夜，万暗中，光华射……"她问我："怎么会唱这歌？"

我说："在圣保罗教堂学的。小时候，我和弟弟还参加过唱诗班！"

她拍我一下："你吹牛！"我只好说："不信有啥办法，你们这些女娃就是不相信人，难服侍。"她说："干吗好好地要人服侍？"

我说："我骑车你坐车，不是服侍你吗？"她不吱声。我忽觉心情愉快，不由得唱起了《解放区的天是明朗的天》，她竟伏在我背后跟着唱。我问她："你妈教你的？"

"嗯。"她答。

"你妈呢？"我再问。

"在徐州云龙山下，永远当了……地下党。那儿的黄土很松软，妈妈不会感到沉闷……"

何医生的话音虽然越来越弱，我却感到了兴奋，就像觅到了知己，同样烈士后代的身份，拉近了我们两颗心之间的距离。

到了新街口，她轻巧得宛如猫似的跳下车。说声再见，扭头便走。我赶忙跳下车，推着车跟上她。她问："你不往自家赶？"我说："不急，我必须将你安全送到家！"

月牙儿吊在新街口广场上空，它旁边钉着一粒稍稍亮一点的星。

偶尔有自行车闪过。清丽的夜色中听得见夜行人的脚步声，缓缓地与我俩接近了。哦，原来是一对忘了时间的情侣。安全岛上梧桐树的枝叶纹丝不动，因为刚经历了一场梧桐雨，每片巴掌大的树叶上，都有晶莹的水珠在悄然落下，将路灯的白光映射成七彩的光晕。特别是圆形广场和四周的高杆路灯冒出的白里夹红的光雾，忽闪忽闪似要喷薄而出。如果你把周围的大字报、大标语统统忽略，便会有一种"春风沉醉的夜晚"的感觉涌上心头。

朦胧中我扪心自问，是否在做梦。迷人的夜晚，异性相伴左右的温馨感，是我久已期望的，如今实实在在地到来，却又恍恍惚惚地令我不安。她令我想起与郝秀云在一起的那些美好时光。有时候，我几乎分不出真假和虚实。一边是轰轰烈烈的运动，一边是温情脉脉的情感。即使不说话，我也能感觉她的身姿飘逸在侧。我们顺着中山东路往中山门方向静静地走，到了一个街口，她回转身，半怨半恼地说："你呀……回吧。"

"我送你到家门口。"我固执地说。

"何必呢？这算是哪一出戏？"

我无言以对，看她的背影默默地拐进小街。路灯青绿绿，犹如梦幻般。小风吹着她的黑裙，隐隐约约地远去了。可是一会儿，她竟折转来，身影越来越大，也越来越清晰，并终于靠到我面前。我反而显得手足无措，精神恍惚起来。她说："哦，我想起了你说的头痛病，我算是信了，要治，改天我帮你找个好大夫。不过，今天我的女儿在家一定等急了。"

听闻此言，我在一瞬间恢复了平静。女人的话往往就是这样既体贴又有心计，又有分寸，她提起她的女儿，无非是告诉我，她有家室，有女儿，万不可有自作多情的非分之想。她说话时双眼射出的咄咄逼人的目光更印证了这点。

这时，即使又闻到她的发香，都无法再让我流露出点滴感情，就像这灰暗的小巷已让人一眼望穿，又像这纹丝不动的树梢，阻隔了沁人心脾的凉风的流泻。我唯一指望她能伸出手给我再握一下，但就连这点都令我很失望，她只淡淡地说声"再见"，便彻底消失在了小巷的黑暗深处。我又异想天开，盼望她再折回来，跟我沿着梦幻般的大街，一直逛到黎明。然而她的背影已经悄然而迅疾地消失了，只在空荡黑暗的小巷里留下一片静寂。

我慢慢地骑车返家，大街白漫漫的，我叼着烟卷边行边思索。从新街口到中山东路，出中山门，沿着高大的明城墙，向月牙湖的家里行去。

因为阿燕的事情终于有了下落，我倍感欣慰，心里也很高兴。

当然，这一夜留给我的记忆很充实，今生今世我也不会忘记。渐渐地，我觉得连白漫漫的路面也变了样，是那种我从来未见过的宽阔和平坦，一直通向光明。它似乎是要告诉我，不要灰心丧气，希望就在明天！

此后几天，侯凯没来找我，我自然也不想去找何静茜何医生。我自感那夜的交际已打通了这个物以类聚、人以群分的复杂社会的关关节节，且结识了不同思想不同阶层的各类人，并在配合默契、约定俗成的音乐舞蹈中，找到了许多共同的语言和情感。由此，已经不需要再费口舌多言。尤其是何静茜那待人接物的温文尔雅、风度翩翩，似乎可以征服这人世间的所有张扬跋扈、为所欲为，使这一切回归理性和自然。

果然，这天早晨，从菜场回来的刘妈不仅拎回来一篮子新鲜蔬菜，而且带回来一个好消息：阿燕从拘留所出来了。

在这件事情上，一向料事如神的刘妈，即使想破了脑壳也想不出，为什么犯了伤人重罪的阿燕会如此轻而易举得以释放。而我却知道它的前因后果，反而心底坦荡如砥，暗自偷乐了一番。

那一刻，我最想把这个好消息告诉郝秀云，于是，厚着脸皮，不顾自己被开除的身份，硬是重回钢厂闯到厂长办公室，想给郝秀云一个惊喜。谁承想，我竟没有见到郝秀云，却见到了郝秀云曾经向我提过的，那个年龄稍长郝秀云的大姐。她高高的个子，留着一头乌黑秀丽的短发，目光锐利，精神矍铄，给人以干练有力之感。问明我的来意，便是满口应承，答应我一定将郝秀云的情况一五一十全部告诉我。

但是，她也提了一个不算太苛刻的条件：找一个远离钢厂、地处偏僻却干净而上点档次的酒店，请她吃餐饭。我自然只能答应。而且，我考虑自己的身份，也特别怕在此遇到宋倪敏，说不定自己一时失控，会出现什么后果呢！所以当即接受了大姐的私聊方案。

晚餐时，我们在约定的鸡鸣酒家再次见了面。吃客很少，我们又挑了一个角落，因此显得很安静，且利于我们交流对话。

我点了一笼蟹黄包，两碗大肉馄饨。

大姐问我，为什么选择这里。我回答她，我记忆深处隐藏着关于父亲为新中国而牺牲的事迹，其中就有父亲在这里与地下党支部书记接头的故事。她又问，那你是不是已经预料到，我今天告诉你的真相，也会有点凄婉和悲壮。我老实说，我选这里，没有象征和预料，只有往最坏处打算的准备。因为我还被关在小黑屋里时，就已经给郝秀云写了信，且附上了我签好字的离婚协议书。

大姐闻听此言不再犹豫，说："这就对了，你的这个证明正好遂了宋倪敏的心愿。他一直打着郝秀云的主意，当了厂革委会副主任后，便想尽办法将郝秀云调到身边当秘书，以便自己有机可乘。直到借着运动之际，翻出你和外国专家卡巴耶娃的旧账，上纲上线，给你扣上'里通外国'和'修正主义分子'的大帽子，将你拘捕扣押。他本打算经过刑讯，录下口供，给你定案，再转交公检法，由此置你于永无出头之日的绝境，却不承想，郝秀云为保你，以死相拼。宋倪敏乘机便向她提出与你离婚、与他结婚的最终条件。正是你写给她的离婚协议书，让她在万般无奈之下，选了自己最不愿意的选择。在你那份签了名的离婚协议书上，也签上了自己的名字。宋主任拿到后，立刻动用手中的权力，给你们办理了正式的离婚手续，且与郝秀云入了洞房，然后也就兑现诺言把你释放了。当然，为了让你不再找他翻案，他将你做了开除处理，且还让你背着有历史问题、要受监管的坏分子的名声。"

大姐的一席话，讲得有根有据，待听完，我血脉偾张，拍案而起。我急迫地说："请告诉我，郝秀云现在在哪里？我要亲口问她，是宋主任逼她所为，还是我们之间从来就没有真正相爱过？"

　　大姐看我情绪如此激动，也不禁摇头叹息说："你现在恐怕是没办法找到郝秀云了。全厂人都不知道她去了哪里，就连我这个和她最接近、类似闺密、无话不谈的人，也只是知道她作为工农兵大学生，厂革委会给她出具了证明，送她到东北的一所大学去深造了。"

　　闻听此言，我不禁悲痛欲绝地喊道："郝秀云啊，你真不该为了开释我，就违心地牺牲掉自己一生的幸福啊！"直到这时，我才真正明白了，她托小黑屋看守转告我的话"我一定拼尽全力解救你，甚至不惜付出自己的一切"的含义。我从口袋掏出一张便笺，想写首诗以表心情，结果只写了：你以伤痛作嫁衣／却让上帝给我传递消息／上帝传递时，就准备好了风雨／消息抵达，我眼里却流不出泪滴……

　　许多年以后，当我再次反省自己第一次婚姻的失败时，不知为什么，我耳边回响着的竟是新婚之夜郝秀云"我要走……我要回家"的喊声。由此，我认为，正是我在新婚之夜的唐突，注定了后面离婚的结局。

秉辰归来

秉辰回来了，经过部队这个大熔炉的锤炼，不仅结实了体魄，而且脱去了全部的稚气。从门口进来的瞬间，全家人几乎认不出他了。是秉辰吗？黝黑消瘦的面庞颠覆了全家人的记忆。如今的他，粗壮、敦实，先前稚嫩的儿童般的微笑，已被干练成熟的沉默替代。络腮胡子已经长得又软又密，浓眉在眼眶中遮出一片阴影，让人觉着他有自己的思考和判断。厚实的胸膛、不匀称微驼的背、宽阔方正的肩膀、过膝的长臂和略带威严的目光，都叫人难以正视。我不知为什么，尤其不敢正眼瞧他。我惶惑，禁不住想起阿燕，真不知道阿燕的消息会对他产生怎样的影响。

我望着秉辰，竟多了一丝陌生感。茸茸的胡须更使他的脸庞灰黑，透出紫气。我搞不懂，本来奶油小生式的秉辰，哪能会发生如此大的转变？母亲倒不以为然，在饭桌边，在她不打盹时，抑或是其他什么场合，都会不厌其烦努力地观察心爱的儿子。刘妈因为秉辰的归来而变得兴趣盎然，絮叨倍增，常人前人后地提醒别人，秉辰越大越像先生，这使我猜想秉辰的遗传基因是不是有克隆的成分。

母亲不催秉辰刮胡子，即使胡子老长，母亲也不催他刮。秉辰的邋遢，不时引起刘妈的烦恼与反感。五月里，鲥鱼肥，芦蒿香，刘妈拿出母亲教她的好手艺，经常把这两样菜端到秉辰面前，问他："香吗？""香！"秉辰温顺地回答。深情地盯着蒸鲥鱼和碧绿绿的芦蒿。刘妈又问："清爽吗？"秉辰眨眨眼："清爽！"刘妈双手叉腰，泼辣地叫道："清爽什么？小伙子家胡子像狗毛，娶不到妈妈！"经此次饭桌上的戏谑之后，秉辰才稍许勤快了点，每周能马马虎虎地刮刮胡子了。

背着秉辰的面，母亲也有唠叨，说当兵吃苦回转来，蛮开心的人，竟会迁了三分。刘妈理直气壮地为秉辰辩护，竟把满腔怨气一股脑儿甩给了阿燕。甚至骂她是小妖精，说属蛇的和属羊的根本不相配。母亲斥道："刘妈又瞎三话四，啥格羊蛇勿配？侬道理说清爽，阿燕哪里不能了？我看蛮好的小姑娘嘛。就是事体拎勿清。唉，那样家庭的女囝子总吃亏。"刘妈说："还小姑娘呢，都二十三岁了，搁在乡下，早抱娃了。蛮好的姑娘搞得阿屎臭。害得我秉辰痴不痴、呆不呆。太太，瞒是瞒不下去了，索性丑事跟秉辰说穿，省得日后出大丑。妈妈的，周家没得对不起李家的事。凭秉辰娶不到好妈妈，阿燕虽让人破了身，到底水灵，也不愁嫁的。两清爽，日后邻居照来往，没啥账好牵扯！"

母亲阴着脸，喃喃地说："什么破身，你知道是怎么一回事？贞节牌坊早没人讲！唯独几十年的邻居一场……上下左右难交代。人……难做，哪里能选样清爽？也罢……让秉辰自己定吧。"刘妈自觉理亏，说："那不是会有闲话？"母亲回答："啥格闲话？皇帝背后骂昏君哩。阿燕可怜见的！"

说完，母亲狠狠白了刘妈一眼。刘妈不在乎地笑笑，说："罢就罢，闲话越说越少。本来阿燕就可怜，月牙湖风流女人也多哩！"

秉辰在回来的头几天，与我还说些闲话，后来话便趋少。晚餐时他爱喝几杯白酒，饭量不大，独爱吃绿色蔬菜，荤菜吃得很少。他很孝敬母亲和刘妈，下班回来时常捎些两位老太太爱吃的东西。礼拜天，大姐和姐夫带小林、小兵来吃饭，全家人团聚。秉辰这才有点开心，去路口刘老板的代销店买些炮仗给外甥玩。他立在一边看小林、小兵放，鼓励他俩别怕，要拿出男子汉的勇敢样。他捏起一个天地响"乒乓"放了一回。两个外甥居然跟他学样放。"乒乓"巨响中甥舅大笑。

运动在不断深入，市直机关似乎上班就不大正常了，因此表姐夫一家每周也至少有一天来吃饭。有一次晚餐，全家在说闲话，独独秉辰埋头喝着老白干。姐夫郭亮，用巴掌把嘴一抹，带着山东式的官腔问秉辰："秉辰，你在山东哪个地方当兵？"

"潍县。"秉辰瓮声瓮气地回答，依旧阴沉着脸，津津有味地喝他的老白干。

"潍县？"郭亮双眸突地闪光，浓眉倒竖，"喝过潍河水？"

"甜滋滋的，清冽哩！"秉辰平添兴趣，也换了"奶油"的山东腔，"俺们部队营房扎在河滩边。夏天下河洗澡，鱼从裤裆钻，碰家伙哩。打牙祭尽他妈的啃鱼。瞅俺这肉，"他搁下筷子，忽地掀开衬衫，对胸膛咚咚地擂一阵，哈哈大笑，亮晶晶的涎水拖挂在扭歪的嘴角，嘟囔着，"吃鱼长的！腥哩！三榔头夯不倒。"

"哈！好！俺添了个山东兄弟！梁山好汉哩！"郭亮击掌，纯正的山东腔，跟他名字一样，亮出来了。

母亲笑道："秉辰粗了。跟他爸一样，南腔北调学得像。噱头很足哩。"

刘妈说："活脱脱是先生样。"

大姐朝刘妈使眼色。母亲赶忙低头吃菜。我逗小林、小兵出个洋相来解闷，小兵便人来疯起来，拿起鸡毛掸子当枪，对着小林胡喊："俺是大名鼎鼎李玉和，鸠山鬼子快投降！"小林忙做鬼脸高举双手："八路爷的大大的饶命，俺的投降投降的。"乐得众人嘴都合不拢。大姐嗔道："活宝。蒜瓣瓣的侉种。"姐夫郭亮闻言，似有不悦，抹抹嘴上酒珠说："侉种怎的？当年山东兵团尽侉种，打涟水下苏南，过长江解放南京，侉种一马当先，抗美援朝打美国鬼子，叱咤风云，跟你结缘哩！"他沉浸在骄傲的回忆中，连话音里也透出几分光彩。接着又问秉辰："潍河滩上有个小潍庄在不？"秉辰回答："在，满地红高粱，穷得叮当响。大闺女黑裤子扮老乡！"说完，做了个掖裤子的滑稽动作，又逗得众人大笑。刘妈说："老式裤子都这样，老法人爱穿，冬天里暖和哩。"秉辰顶道："大姑娘穿像什么话？以为小疝气哩！"刘妈放荡地开怀大笑："秉辰学歪了。"

众人敛了笑，郭亮低下头，用手指画着桌上的酒水，怏怏不悦，且含混不清地兀自叽咕道："十八年俺没去。按理该变了，咋还这样？1948年4月俺们和国民党新七军，在小潍庄拉锯作战十几天，死人摞成工事，浑身沾腥，眼见尽是血红。外人以为四月天地里冒高粱呢，娘的！"这真是格外纯正的胶东话，满屋人都觉得好听。

秉辰插一句："还是红高粱好，肥地、酿酒、当柴烧。"

郭亮苦笑笑，说了一句莫名其妙的话："往后，这机关里班还不知咋上呢！部队里好多战友，都去当军代表了。"

母亲提醒秉辰："酒少喝，烟少吸。军代表一出动，这社会上就不会像现在这样乱了。"

秉辰懒懒地抬起醉眼："山东当兵养成的习惯，怕是改不了了。"

郭亮闻言，又斟满他俩的杯子。我便说："我们高炉上的规矩，感情深，一口闷！

酒管够，头不昏。"

郭亮却说："不昏如喝水，一杯过过嘴，军装已穿过，喝酒还怕谁？秉辰，来，俺们再干一场。"于是两人仰脖一饮而尽。

郭亮重重地搁下杯子，拍了秉辰一巴掌："真想再干一场！"大姐忙劝阻："行了！少灌点。"

秉辰仗着酒劲突然说："阿燕能来几杯，她比其他丫头棒。"说完，脸一沉，左掌蜷起四指，独剩大拇指竖着，认真观赏。似乎那微弯的大拇指上有什么灵气，吸引到他了。刘妈喊起来："姑爷，歇吧，给你盛饭。"郭亮点点头。饭上来，他扒拉扒拉几口就光了，一抹嘴，坐到一边去打嗝。刘妈替他端来一杯茶，说："姑爷，清清神。"郭亮惬意地接过，微微含笑。

五月的夜晚，微凉而温馨。我示意姐夫郭亮再陪大家闲聊，给众人讲讲打仗的故事。郭亮便不厌其烦地又讲起自己抗美援朝的经历。其中有几个情节，他早就讲过许多遍，但此刻仍讲得津津有味。

我记得，在郭亮刚成为我的姐夫时，讲的许多战斗故事很能吸引我。而现在，除了对郭亮在朝鲜战场上与大姐邂逅、相识、历经生死的故事记忆犹新之外，其他情节已经再也品不出什么新的感觉了。可惜他却津津乐道、乐此不疲，因为他酒后话多的毛病总是改不掉。

秉辰复员后的工作还是令人羡慕的，他被分配在一家军工厂开汽车。遇到以前的同学，他总是得意地告诉他们，自己开的是捷克达塔拉十吨车，十个轮子可以随地面形状自动调节角度。他留着毛茸茸的胡子，威武雄壮地坐在驾驶室里，斜叼着烟卷的样子，有股子桀骜不驯的野性。他开车忒猛，风驰电掣，疾如赛车，常年的全神贯注，给他额上刻下几道抬头纹。

五月复员回来时，正值花团锦簇、青春萌动的季节。可是阿燕的事令他沮丧不已。那天晚餐后，他一个人待在阳台上抽烟解闷，呼吸夜气。大姐一家走了之后，他下楼回到自己的房间，这间房姨妈曾住过，这时便成了秉辰的画室兼居室。我跟了下去，对他说："你该去看看阿燕。虽说是就要放手，可还是应该看她一次。"

秉辰对我喷了一口烟，顺手摔坏一只茶杯，说："你把它复原，我就去！"

我简明扼要地说："她也是受害者。"

"她是受害者？"秉辰勾头勾脑乜斜着看住我说："她的确是受害者！她也是不自重的荡货！懂吗？"他几乎在吼叫，"别以为我是呆子，我什么都知道。栓子跟我都讲了。"

"栓子是泼皮，你怎么能信他的话？"

"那你要她吧！"

"放肆！"我也吼了起来。

"别装模作样，不计较的话，女人就是那玩意儿。谁先沾了属于谁，第二个再沾已经没味了！"秉辰一面打着饱嗝一边说。

我闻言，忍无可忍，转身冲出他的房间。只听嘭的一声，房门在我身后重重地关上了。

家和万事兴，为了家中天下太平，谁都闭口不再提阿燕的事。李清泉依然定期来给母亲看病、开药。秉辰不理睬这位落魄的大夫。李清泉只好厚脸佯笑，说一通关于医学上的话，关照母亲自我保养的要领，说顶顶要紧的是知足常乐，想得开，放松神经，摆正心态："我两个肩胛老松。每天早夜深呼吸，甩甩胳膊，顺顺气。"他这样介绍着自己的养身之道，可他并没有再发福，却已两鬓如霜。

月牙湖这里不乏秉辰的朋友，常跟他来往的有阿贻、力力、伟伟。栓子偶尔也来串门，跟秉辰下象棋，用香烟下注，小来来。别看秉辰记恨阿燕，对阿贻却很好。阿贻有两个绰号——孔乙己、堂吉诃德，这两个绰号都是以前秉辰首先叫响的。

李晓贻或者就是孔乙己和堂吉诃德的混合物。一年四季浑身油邋邋地着深蓝色中山装。领口扣得死牢，板板地包着细颈子，夏季偶尔穿件打过补丁的深蓝色衬衫，但决计不穿背心，领口扣好，不卷袖子。皱巴巴的裤子下面，一双因油而老化翘起的三截头黑皮鞋，鼻梁上架一副深度的近视眼镜，右边镜脚裹着橡皮膏，左边镜脚有蜡烛烘烤鼓出来的疙瘩。马桶箍的发式，稀疏焦黄的胡子。他听说秉辰复员回来，第一个前来拜晤老朋友，但秉辰却对他这副尊容不习惯，足足瞧了两分钟，然后吹了声长长的口哨，问："从咸亨酒店来？还是自西班牙来？"

"那两位老哥托我问候你。秉辰，你变成鲁智深了。"阿贻倒也能打趣，"光阴荏苒，久别重逢，沧海桑田，足见人情弥坚。"

"咳，鸟样！狗屁不通！"秉辰用他结实有力的臂膀，重重地拍阿贻的肩头。阿贻抗不住打击的身体，随之朝下就矮了矮，并无精打采地眯了眯眼，郑重而又勉强地说："君子之交，君子之交。聚聚，聚聚。"他望望渐渐发暗的天色，摸摸稀疏的胡须。

秉辰自然理解这聚聚是啥意思，便说："好，聚聚，晚上喝酒，晚上我叫妈弄几个菜。一醉方休！"

晚餐时，阿贻果然前来，开始不大好意思地笑笑，且紧张地搓着手。镜片后面的金鱼眼似乎格外突出，脸上飞起红晕，精神抖擞。刘妈看见他，却是嘴中念念有词，叽咕的意思无非嫌阿贻脸皮太厚，又来蹭饭。阿贻自然不傻，但也只能假装听不见，在客厅落座后，便拿出他道貌岸然的姿态，正襟危坐地昂着头。仿佛自己的身份非同寻常。我深知他的病根，也就不便说他。恰巧此时母亲走了出来，阿贻因了秉辰的关系，也对母亲极为孝敬，随即就站了起来，只见他立正、垂手、弯腰、点头，神情虔诚地念道："伯母好，阿贻特来拜望您老人家。"

母亲见状，也不免笑着说："还是阿贻懂规矩！现如今红卫兵满世界'破四旧'、砸烂孔家店的当下，还真不多见呢！"接下来，她老人家自然对阿贻格外关照，把好菜都往他碗里夹。

阿贻毕竟遗传了些许艺术细胞。文学、绘画、音乐样样皆通，当然是纸上谈兵，嘴上的功夫更胜一筹。他知道秉辰爱绘画，于是和秉辰讨论绘画。"秉辰，你是有天才的，你该画下去。开车是赚工资。你该画，对，该画。"他这样庄重地引开话头。秉辰一听到他谈画，便立即兴趣盎然。小林附着我耳朵，小声说："二舅，孔乙己在等饭。"我笑了，善意地瞪了小林一眼。

刘妈唤一声："菜好了，吃饭吧。"阿贻庄严地望望深浓的窗外，用手按住喉结，咽了一大口唾沫，秉辰说搭桌子。阿贻便立即相帮着搭桌子，很认真、很自主的样子。搭好桌子，他还要检查一下桌子腿稳不稳，然后他才摆椅子。菜上来，我扶母亲从房内出来，对阿贻说："阿贻，你们慢慢吃，母亲她们在里屋吃。"阿贻回以羞涩的一笑，然后他坚持要我坐上席，秉辰坐主席，他坐下席。秉辰说："哎，鸟样。哪里来这么多恶习。"阿贻声称这是席礼，古已有之，遵古而仪嘛。刘妈说："这算什么席，等秉辰娶妈妈再请你坐席。"阿贻点头，连说："也是，也是，今日不过聚聚。"

母亲也许是听到了刘妈说的秉辰娶妈妈之事，突然从房内走出来问我："怎么好长时间没有见你将媳妇带回家来了？"

我一时语塞，但转念一想，事已至此，越瞒越被动，还不如坦白，争取主动为好。于是，就将自己十年前曾与外方专家卡巴耶娃喝醉、留宿，给郝秀云造成了心理阴影，由此，婚后便总是矛盾不断，以至于造成最后分手的结果，一一和盘托出了。当然，我采取的是避重就轻的交代方式，但是，就算用了这种大事化小、小事化了的坦白陈述，母亲听了仍是满面惊诧，摇头叹气地对我说："婚姻非儿戏，哪能说离就离了。我是嫌她年龄比你大太多，才讲了'娶这种女人到家里来，有你苦头吃'的话。但再怎么也没料到，你们这么快就会过不到一起去。辰光短的来，好像是过家家了嘛！"

我听了母亲的话，当然也不知道怎么回答为好，只能带点自我解嘲地说道："都是我不好，既不会哄媳妇，维系夫妻感情，又过分相信姆妈的话，还怕吃苦，所以就放手了。"

"这样说来，还是姆妈的话说得不好，把你们拆散了！唉，真是想不到！"母亲说完话，叹完气，很伤心地回里屋去了。

这边的一桌人，因为都没怎么与郝秀云接触过，所以对我离婚的事情似乎无动于衷。反倒是阿贻似乎有所触动，多了一句嘴，说："我妹阿燕和秉辰，青梅竹马，两小无猜，情投意合呢！"

大家本来被我说离婚的事情一时打断了食欲，正要重新下箸动杯。听了阿贻这么一说，反倒是都停了手，一起把眼光扫向了秉辰。

唯有始作俑者阿贻，反而不紧不慢地夹了块炒鳝丝，徐徐地送入嘴中，闭眼慢慢嚼，山羊胡子一牵一牵，如和尚入定。回过神来，睁眼，文静地把筷子搁在小碟上，摩挲着尖下巴，迸出两个字："嗯！好！"

秉辰刚刚议论了一番自己的车子达塔拉，接下来就听到我这个做哥哥的离婚的事情，紧接着又听阿贻说起阿燕，便知道那阿贻是话里有话呢。无非就是想告诉他秉辰，你哥的婚姻黄了，你和阿燕情投意合的缘分，绝不能再重蹈覆辙。

说者有心，听者更该有意，然而，一时还没有想好怎么说的秉辰，偏偏就不接阿贻的话茬，仍说自己的车子达塔拉："我和达塔拉也是情投意合呢。真是一辆带劲的好车。"

"嗯，你开的那车我见识过。好！配你开，气派！像毕加索的画，怪诞、气派、不俗。"阿贻见秉辰只想谈车，便也随和地谈回了车。

秉辰话锋一转，又从毕加索的怪诞、气派、不俗谈起了画。一桌人也都态度谦和地专心致志地听秉辰讲话，眼睛盯着桌上的菜不下筷，只喝酒。阿贻他酒量大，饮而不醉。就在杯子快见底时，他抓过酒瓶，郑重其事地用另一只手点点桌面："真正的绘画不存在了。没有艺术家自由创作的好环境。瞧，现在还有什么好作品出来？不只绘画，还有文学，有好作品吗？你们说，这是革'封、资、修'的命，还是扼杀艺术……"

趁我和秉辰，洗耳恭听他的下文，他突然压低嗓门，用他低分贝的如老公鸭的嗓音说："对不起，我再来点，恶习，恶习。杜康害死人。"于是替自己斟满。我知道，当这杯酒喝完时，他定会换另一个话题开讲。因为他的脸开始红了，就像是人遇到窘态时的腼腆。

秉辰和我已经没什么话好说了，阿贻却开始吟诗——《将进酒》，特别是那句"五花马，千金裘，呼儿将出换美酒，与尔同销万古愁"。他老兄念得摇头晃脑，异常开心。并连说："聚饮乃天下快事！唔，你们不能喝慢点吗？你看，杯子都空了！"我和秉辰笑着互望。秉辰说："阿贻，劝君更尽一杯酒！你自己尽管喝吧，能灌多少灌多少，我看你有多大的量！"

阿贻算得上是周家的老食客了，故对他的吃相，大家都毫不介意。酒足饭饱后，他踱到母亲卧室的房门口，恭敬地说："周伯母，大姐，我要告辞了。"大姐笑笑点点头。母亲说："不急，阿贻，吃好了没有？吃好了到客厅再坐坐。"阿贻说："吃好了。谢谢。"于是复入客厅。

茶泡好了，大家吸着烟。有八分醉的阿贻一边打嗝，一边呷茶，瘦长的腿跷着，端足了架子，显得派头十足。让人再也想不到他平时和面、炸油条的样子。此时，他话匣子大开，从大写意的形神谈到工笔画的勾勒，从齐白石师法陈衡恪、吴昌硕谈到达·芬奇和米开朗基罗，从巡回展览派现实主义的精美谈到毕加索的抽象和马克思、恩格斯关于奇异、荒诞艺术的归宿。最后他讲到驴，声称那是世界上最难画的动物，因为那驴脸上有虔诚、老实、忍受的最鲜明的写照，他表达的这个观点恰与秉辰的观点一致，于是两人异口同声地喊出了"黄胄万岁"！

小兵问阿贻："阿贻，你是大画家？"

他手捧茶杯，舌头在唇上转了一圈："哼，明知故问。我是炸油条的大家。"话音落地，他的脸也变得绯红。炸油条的画家让两个孩子更加好奇，于是穷追猛打，继续问他，缠他。几个回合下来，他终于招架不住，不耐烦地摘下眼镜，用衣角揩揩，不再予以理睬。小林、小兵其实并不讨厌阿贻，只是喜欢逗他玩罢了。大姐则经历过枪林弹雨，对娘娘腔的男人自是不屑一顾，因此对阿贻必是冷冰冰的。刘妈本就嘴碎，自从阿燕进了拘留所之后，她对阿贻的态度也变坏了，常常冷言相讥，没一句好话。阿贻毕竟"和面"的功夫到家，水多了加面，面多了加水，对任何讥讽只当是"良药苦口利于病，忠言逆耳利于行"，统统服下去算数。

阿贻常带些自画的小品给小兵、小林，多半是些风景画和静物画。他总把这些画贴在硬纸板上，背面题了字，签了名，剪了花边，才拿过来。一次，他替小林、小兵各画了一张漫画，虽不像，但很滑稽。背面的题字是"小知音小林惠存""小知音小兵惠存"。他对两个小孩说："从小要培养艺术细胞。懂得鉴赏真、善、美，爱一切美好的东西。懂吗？小家伙。""那你有艺术细胞吗？"小兵问。"有，就是染了油呛味！"他说。

"那你想干什么？"小林问。

"干什么？难道当民间艺术家不好吗？现在这样的生活不好吗？"阿贻若有所思，便学习佛家参禅入定，深深吸，浅浅吐，调匀呼吸，喃喃自语："观自在菩萨，行深般若波罗蜜多时，照见五蕴皆空，度一切苦厄。舍利子，色不异空，空不异色，色即是空，空即是色……"

小林忙问："你叽咕什么？我一点也听不懂。"

"哦……是吗？慢慢悟吧。佛境！梵语！"他神秘地凝视空洞的上方，眼中似无人，亦无物。我和秉辰只因把他当作知交，所以对他的自言自语、自说自话，一概置若罔闻。

小林、小兵终于将画各聚成一本，交由阿贻装帧制作成画册，加上封面，精致非常。

阿贻的性格是最有自知之明的，秉辰回归之初，他曾经为阿燕的事向秉辰赔不是，秉辰一听，顿时勃然作色，闷不作声。他和阿贻的交情就此疏远了些。有时阿贻来玩，秉辰对他也会爱理不理的，我若看不过去，便会主动找话与阿贻说："我听表姐夫说，世间发生的很多事情，是不以人的意志为转移的。比如两国关系由好变劣，外国某些大人物突然倒向西方，背离马列，引发国内两派势力斗争加剧，亲者痛仇者快等，都是不以人的意志为转移的。何况你和你妹妹阿燕，背负着家庭不光彩历史的影响，无依无靠，哪能不遭人白眼，蒙受屈辱呢！"

　　"是的，'走资派'被批判了，'四条汉子'被批判了，'无标题音乐'被批判了，外国名著、西洋油画都被扫荡了，何况我妹妹这样的小人物，我真是无能为力了。"阿贻说，"报纸上批判的火力越来越猛，各大专院校先后停课闹革命，学生以上街闹事、贴大字报为主流。哼，这些不珍惜上学机会的大学生，总有一天要后悔哩。"

　　"你后悔吗？"我诧异地问，"你没上大学，是怎么体会到的？"

　　"人家是秀才不出门，便知天下事。"阿贻说，"我是秀才行千里，石城任我游。这里听听，那里看看。不是吹的，凭我的本事，至少可以揣摩上级高层之动向。我说秉坤，你这样赋闲在家，也要关心关心国家大事才好，不能只是纠缠在个人恩怨里头，不关心国家命运呢！"他直呼了我的名字，"你不能再闭目塞听！据传，国际的局势已经发生新的变化，毛主席亲自批准邀请美国乒乓球代表团访华后，中国恢复了在联合国的席位，中美关系也有所改善了。现在街上如火如荼的热闹情况，看来不会再持续多久了！"

　　我闻言，不由得细细回味，觉得阿贻说得对，我该到江北钢铁厂去活动活动，争取恢复职务，早日回到"抓革命，促生产"的行列中去。转念又想，这"落拓货"倒不乏政治敏锐性呢，平时谈电影，谈名人，谈国际上发生的事情，皆头头是道，赛如"包打听"，说得你大眼瞪小眼。今天听他一番不俗的议论，倒觉他竟也颇有几分觉悟。

　　秉辰冷不防插一句："孔兄，你烦烦自己吧！尽替古人担忧。"即刻让谈兴正浓的阿贻猝不及防，硬生生被秉辰打断了话头。直到他慢慢适应了秉辰猛踩刹车的职业习惯，对秉辰的态度无所谓时，秉辰反倒变得沉默无语了。

秉辰回来后，给了阿贻两套军装、两双解放鞋。这行头那时正是时髦货，阿贻得了，先是惊讶，后是喜欢，继而便是一大堆恭维话，反复声称，还是秉辰够朋友。他穿了崭新的军装，在月牙湖嘚瑟显摆，连那微驼的背部都挺直了。栓子问他新军装是从哪里混来的，他正色道："屁话！你混套给我看看？阿贻正人君子，岂能像你偷鸡摸狗。妹婿送的，我还嫌肥哩！"此话传到秉辰的耳朵里，他摇头苦笑道："不怪孔乙己，又酸又能吹。阿燕倒不像他，只是太骚并不下贱！"

据说阿燕被释放后，是在深夜里偷偷溜回月牙湖的，没人去接她。只有栓子和卫岗镇的几个小纰漏撞见。第二天，大家就都知道了，连上街买菜的刘妈也知道了。由此，平静的月牙湖又起了一阵涟漪。小纰漏巴她回来，可又觉得这样从轻发落她，实在不太过瘾。只有我知道，定是孟彤父亲的话起了作用。管段户籍警红鼻子老王在召集坏分子训话时，顺便把阿燕也叫去训了一顿。阿燕想不通，回来吊在梁上，幸亏被李妈妈救了下来。这以后，阿燕没有再上班，也不出门。鲜活乱蹦的阿燕硬是像幽灵似的隐没了。月牙湖这里的几个长舌妇，把阿燕议论了一阵，好歹只是个'贱'字，再往下，委实亦无新鲜处，便把兴趣转移了。

一锅冷水总是慢慢煮沸的。

母亲几次劝秉辰去看看阿燕，都未奏效。秉辰还反问母亲，难道允许这样的儿媳妇进门吗？母亲说，不该这样对待阿燕，不做儿媳妇，你秉辰也该去看她，不枉几十年邻居一场。刘妈也蓦然改变了态度，可怜起阿燕来，她把阿燕上吊的事讲了出来。

隔了几日，红鼻子老王路过周家楼下，当时正是傍晚，家人坐在树荫处喝绿豆粥。大姐和两个外甥也在，一片夏日黄昏的安宁气氛。秉辰搁下碗，站了起来，唤道："老王，请你过来一下。"

红鼻子不敢不买账，周家那可是响当当的革命人家。他便微笑着走了过来，喷着满口酒气。秉辰挨近他，个头比他高出半个头。

"刚喝了？"大姐劈头问一句。

"刚喝了！"红鼻子的胶东腔像低音大喇叭。发红的眼睛里，流露出酒后微醺的迷茫。他以为秉辰跟他套近乎，悄悄地凑到跟前。

"我没喝，陪我再来喝几盅。"秉辰说。

"老四，我喝好了，改日吧。"

"喝了多少？"

"弄了两盅，二两吧！"

"二两？"秉辰脸色一沉，"我以为你灌了二斤马尿哩！看你鼻子又潮又红，哪里有半点公安的形象？"

"咦，老四……干吗骂人？"红鼻子丈二和尚摸不着头脑，"这是啥意思？呃，你说？"

母亲和其他人，也不知秉辰哪里来的脾气，都慌了。没等母亲劝阻，秉辰吼道："我早就想问问你，谁家是坏分子？你说话少呃啊呃的。没人买你的账。"

"好啊，周秉辰，你想造反？"

"造反又怎么样？你敢扒老虎皮，我就敢揍你。"

母亲和大姐几乎同时喝住秉辰。刘妈回过神，忙把秉辰拽住。红鼻子逼问道："说清楚！说清楚！我在月牙湖干了几十年还没人敢骂我。"

秉辰嚷道："你凭什么把李晓燕喊去训话？她父亲是坏分子，她不是坏分子，你逼得人家上吊，差点玩完，你偿命吗？"

红鼻子反应过来了，也扯大嗓门高喊："她是释放人员，喊她训话是所里安排的，干你什么事？"

"我喜欢她！"秉辰一字一顿地叫，两眼都发直了。他这一声叫，叫得院场上顿时鸦雀无声。母亲和大姐面面相觑，刘妈咧着嘴，愣愣地看着秉辰，小林和小兵默默地捧着粥碗，我感到浑身发热，太阳穴猛地战栗般跳动，旁边看热闹的人，用怪异的目光瞅着秉辰。红鼻子老王掏出烟卷，抖呵呵地划了三根火柴，才点着烟。

秉辰坐到矮凳上继续喝粥吃烙饼，大家看他吃。

僵持了一会儿，红鼻子老王对母亲说："老太太，对不起。我是公事公办，身不由己。"

母亲没说什么。当然，面对这混沌的人世，她也说不出什么。等红鼻子老王悻悻然走了之后，大姐对秉辰说："秉辰，你今天有点反常，话说得冲口了吧？在部队里这五年的教育难道白受了？"

秉辰朝大姐勾头勾脑地翻翻眼，搁下粥碗，骑车出了月牙湖。刘妈眼泪汪汪，兀自叹息，喃喃叽咕："秉辰发憨了……到底可怜阿燕的。"可母亲却担心红鼻子老王会不会把账算到李家头上？

粽叶情缘

我重回江钢厂，一脚就踏进了那间曾被当作新房的宿舍房。房内陈设依然如故，除了落满了灰尘，并没有太大变化。一切都说明，郝秀云在最后离开时，似乎难舍难离，精心收拾了一番。我住下后，第一个得到消息来看我的，竟然是余老八。他对我说："厂革委会本就是个临时的管理机构，由于新的形势发展，恐怕是长不了的。你就耐心地住着，我随时将新的消息告诉你。"

那时候，长江要比现在宽展许多。站在江北岸打眼望去，水天一色，弥眼的苍茫；往近处看，是大片的江滩、大片的苇地。秋天落水时，滩涂暴露无遗，一派苍凉；夏天涨水时，江水一望无际，一派蛮荒。几十年以后，江钢厂已在这滩涂和苇地上，通过吹填的方式，开发了一块陆地。原先的江滩和苇地，已成了新炼铁厂几座特大型高炉的栖身之所。

然而，在那时候，大片的江滩，大片的苇地，还是当地人发财的一块宝地，春天的芦蒿、端午的粽叶，皆出自那里。当地人都希望通过采芦蒿、摘粽叶卖钱，在那点微薄的薪水上再增加一点收入，弥补入不敷出时的亏空。

这年夏天端午节前，余老八看见我在宿舍闷得慌，为了给我解闷，也拉我加入了打粽叶的行列。粽叶就是包糯米粽子的苇叶，宽而厚，有一股肉劲。打粽叶须会游水，有时还需要铤而走险地游到江心。但余老八知道我水性好，且在前些年的 7 月 16 日，为纪念毛主席 18 次畅游长江而组织的活动中，与我一起扎上武装带，背上枪，划到中流击水处，顺利完成了一次由数百人参加的武装泅渡。所以他毫不犹豫地就拉上了我。

江边浅水的粽叶早就被人打光了，想有好的收获，只有往深苇地里走，那里充满了危险与不测。每年的这时节，为了打粽叶把命丢在苇地里的也不乏其人。

真是要钱不要命！但是，我们并不怕，而且我们也不是为了钱。

那天是端午节的前一天，余老八下班后没事，就喊上我去江边的苇地。其实到了这一天，即便打到了粽叶，回来洗干净、捋顺了，再拿到街上去卖，天也早已黑尽。这时候的粽叶想卖出去已不可能，所以真正为赚钱的人，这天已经不会去了。

余老八拿挑战的眼光看着我，说："去不去？最后一天，芦苇滩里没人了，尽由我们耍！"我闲人一个，看他这样善解人意，岂有不去的道理，便说："去。不去……能干啥？我现在光杆一条，就是冒险也是好玩、刺激！"我感激地看他一眼，反倒领头先走了。

那是梧桐雨后清丽的下午，天上白云一团一团，像新出的棉花絮。长江边的黏泥地上处处泥泞，踩满了新鲜的、深深浅浅的脚印。近处，苇叶在轻风里沙沙作响，响得温柔、好听；远处，江水无声地流动，有江鸥在空中滑翔，一副自由自在缺心少肺的样子。

互相叮嘱着小心，我们两个人拨开苇子，试探着脚下的深浅，朝深苇地里一步步蹚过去。

心思都集中在喜悦的收获上，不多时，我们两个人已渐渐分开，隔得远了。这是滩苇的腹地，奔流的江水就在不远处，但是隔着苇叶看不见。危险围裹着四周，无所依托，大腿以下全被淹没在江水里。

当我拨开一大片苇子，准备继续深入的时候，我的眼里突然生发出一种别样的感觉。那是一道白光，令人惊悸的白光。我的眼睛仿佛亮了一下。我本能地将视线右移，但立刻，我就被那白亮的东西震慑住了。不是普通意义上的发怔，而是震惊。

竟然是一个女人！

我望着女人，眼睛像是被针猛地刺了一下，蓦然便感受到一种难以言说的痛楚。

一个仰躺着的女人，躺在已被压倒的一大片苇叶上，身体的一部分浸在水里。赤着脚，两腿分开，呈弯曲状。双手空握着，一双胳膊往上挑，像被俘的士兵。黑布长裤和花布短裤头全都从腰部褪下来，卷曲着，纠缠不清的样子，一直褪到膝盖处，浓黑的阴部因之而暴露无遗。上衣同样被撩起，撩得急迫、蛮横，一直撩至脖颈处，沾抹了新泥的双乳因之也呈现开来，呈现出脏兮兮的两座峰。

一个不知死活的女人。

这是一幅怎样的画面啊！暴力，类似阿燕经历过的，仿佛还在眼前！

张扬的一幕令我胆战心惊，仿若灵魂出窍，剩下的躯壳像是冰块撞上了烈火，刹那间就要倾覆下去，以至于化为乌有。我除了听工人医院妇产科何主任描述过，哪里见过这种赤裸的女人？从来也没有！我盯着女人，盯着女人的身子，身体震颤着，忍不住地喊叫起来："啊！啊！啊！"

被这异常的喊声唤起警觉的余老八，在不远处本能地大声回应："秉坤！秉坤！……我来了！你挺一挺！你挺一挺！"拖泥带水，费了很大的劲，一时也没能走到我身边。

余老八身上的冷汗热汗已分不清了。他知道，他的工友周秉坤一定是被鳄鱼或水怪咬住了手脚，死神正拽扯着工友的半截身子，狰狞地把他拖向黑暗。如果换一个人也好了，换一个健硕的人，也许还有生还的希望：可那瘦弱的周秉坤，腿脚肉本就不多，再给水怪撕去了半拉，是死是活，已难卜定。余老八跌跌撞撞、好歹挪到了我跟前。

当他凑近我身体，看清眼前这一切的时候，态度顿时冷淡下来，竟然以平淡的口吻说："这有啥的？这没啥呢。"

我泥塑般地怔在那里，好像忽然间就变成了失语者。

我知道自己的失态出于何种原因，不是因为恐惧，不是因为怕见死人，而是因为联想到了阿燕的遭际。望望余老八，再侧脸偷窥面前的女人，我脸上的惊悸始终不减。余老八似乎明白了我惊悸的原因，用不屑的口吻说："不就是因为见到了女人的裸身吗？有什么嘛。"此刻，我只好把目光完全交给余老八，交给余老八那张经历过世面的瘦脸了。

余老八拨开苇子，安静地、不以为意地走过去，踩在倒塌下去的苇子上。他俯身摸摸女人的脸，又试试女人的鼻息，然后把手掌平搁在女人的奶子上——那是心脏部位。过了一会儿，他转过身来，咧嘴一笑，说："是活的，没死。"

我不言语，目光跟定余老八脖颈以上的部位。

余老八挺直身，低着头，身子不动，长时间地、居高临下地俯视着女人。我体验到了羞愧的滋味。在一个完全裸露的女人躯体面前，余老八的背影显得那么放肆。此人曾经是那样地看不起女人。

"孽种多呀！这叫啥日子？"余老八终于感叹道。

他开始为女人整理衣裤。他是老练的，动作上完全是一副知深知浅的样子。简单地拉扯好衣裤，他扶起女人的上半截身子，两手从女人的腋窝下插进去，指使我上前一步，转过身，准备把女人架到我的背上。这个决定把我吓住了。我何曾背过这样年轻、鲜嫩的女人！我傻傻地站着，不敢俯就。

"没啥，还活着。"余老八以为我怕了。

但余老八马上就想到了我现在是一个光棍，怕是缺少摆弄女人的经验。他叫我按照他刚才的动作把女人架住，我小心地触摸着女人的身子，照他的要求做了。把女人架到他的肩膀上去。起风了，苇地里一片沙沙声。余老八背起女人，一手抓紧女人的胳膊，一手拨着前面的苇子，费劲地、很不利索地朝堤岸沙地的方向走。我肩上搭着粽叶，紧跟着……一脚深，一脚浅，好歹出了苇地，路好走了，但余老八已经累得再也挪不动步子。他停下脚，狠喘一口气，然后蹲下身，准备把背上的女人放下来。

"就搁这吧，怪沉呢。"他说。

"搁这？……"我扶住他的身子，那意思很明显，不想让他把女人搁在这里。

"搁这！咱只能管她不被淹死，还能管天管地呀！"

"……被狗叼去咋办？"

"那你讲咋办？"

"先背着。要不……先背回家。"我恳求着。

"你让我背回家？那我不被家里那只母老虎吃了！"余老八惊叫起来。

"……那背我家去吧。"我说。

"背你家？……你那个新房，自己还没焐热呢，背回去，算咋回事？"

"既然救了，好事只能做到底……否则那咋办？别人爱咋说咋说！"

简单的几句对话，余老八自以为洞悉了我的心事。是的，那时我和郝秀云离婚已有年头了，且是三十出头的年纪，换了任何人都会往那个方向想。

我虽天生得瘦弱，但正当壮年，怎么说都还是有股子蛮劲的；只是还没有在如此状态下接触过女人的身体，完全没有背女人的经验，一时还不敢贸然地从余老八的背上把女人接过去。不过我的这几句话，却如有神助，让命运之神伸出充满灵性的大手，改变了这个女人的一生。当然，也改变了我的命运。

这女人就是江巧云，后来成了我的妻子。

不过，那天我将她背回自己住的职工宿舍时，根本还没有要娶她的意思。因为就是在这里，曾有过一段失败的婚姻，而且还是发生在两个极其熟悉的人之间。如今，还很陌生的两个人竟想弄成个一见钟情的故事，多少还是有点不切实际的。而且，当时我心里面还装着郝秀云，仅就这么一点就不允许我这么快再组建一个新的家庭。然而，当那个女人在我家中那张唯一的大床上苏醒过来以后，我看着她红润而秀气的脸庞，却不知为什么，会燥热难耐。我想到了自己前面失败的婚姻，也想到了应该再成个家。但我还是觉得，这事发生得太突然、太不可思议，得好好想想再做决定。

我把这个想法告诉余老八。余老八说："我才不相信你那套坐怀不乱的说辞。你现在咋样她都行，你救了她的人，她得感恩，得跟你结婚。"

"你说得像是跟谁做了一笔买卖。我不想乘人之危，一切等她完全恢复了，再由她自己决定。"我斩钉截铁地说。

平心而论，我第一眼看见她时，由于联想到阿燕，所以在我心里，一直充满了对她的同情和怜悯。

从那晚起，我就把唯一的大床让给了她，自己则在外间的沙发上凑合。白天，我还要买菜烧饭伺候她。直到她身子骨有了力气，能够下地为止。不过，她对我无微不至的照料并不领情。只是告诉我她叫江巧云，安徽和县乌江镇人，芳龄22岁，其他问题，比如家里还有什么人，为何会落难至江心漂泊而来等，都是一问三不答。令我没有想到的是，我的问题还没得到答案，她反倒警觉地问起我来了："这里是你的家吗？"我答："是啊！那为什么只有你一个人住，窗子上还贴着喜字？"我答："我是先结了婚，又离了婚嘛！你老婆和你离婚，是因为你打她吗？"我没好气地说："你看我有这么凶吗？离婚都是因为家暴吗？我们离婚的原因很复杂，一两句话是说不清的。"她的连珠炮式的问题，让我很是犯难。甚至觉得自己背回来一堆麻烦事。

果然，就从这间房子里突然睡进了一男一女两个人起，说不清的关系、道不明的来龙去脉，立刻就引起了左邻右舍的猜疑和议论，渐渐地变成了流言蜚语。余老八甚至带话来，说是厂子里有人议论，真是十年一个轮回，周秉坤的老毛病又犯了。

"咋办？我这是又遇到头疼事了。"我问余老八。

他看着我，一脸鄙夷和坏笑，说："你自己做了什么好事，偷着乐。反倒来问我咋办？那……该咋办咋办咯！"

我反正是没招儿了，只能破罐子破摔，随便别人怎么说去了，我总不能撵她走吧？反倒是江巧云似乎过意不去了，那晚睡上床后，便挤在一边，留出半边床来，让我躺下睡。我说，我还不想就这么早早地睡，还要到外面去抽支烟再睡。其实，我还是不好意思跟她一床睡。如此，两人都没那个意思，这不是让外人更有话说了吗？毕竟男女授受不亲，哪有没结婚就同床共枕的道理？

我到外面溜达一圈，又抽了一支烟，才回到堂屋的沙发上囫囵地睡下。就在我已经迷迷糊糊要睡着的当口，睡里间屋的江巧云，竟然从床上爬起来，抱着被子来到沙发边上，推推我，说："周大哥，你到床上去睡吧，我来睡沙发。"

我说："你刚遭了难，身子骨还没有好利索，怎么能睡沙发。"

"那我们就一起到床上去睡。"她讲得那么坚定、那么不容置疑，倒让我难以推辞了。

我想了想，还是说："告诉你吧，我们就现在这样分开睡，外面都说得沸沸扬扬，如果我们再一起睡，那还不让唾沫星淹死啊！"

"人性的善恶就是这样，你看穿它，也就那么回事，清者自清，浊者自浊；你看不穿它，就会被套牢，就会故步自封，越陷越深，沦为精神囚徒。"

她的话真让我吃惊，我甚至觉得，这小妹似乎把我这哥都看穿了。

"那我就听你的，上床去睡。但哥绝不占你便宜，我们保持距离睡，可以吗？"

见江巧云点头认可后，我才卷起沙发上的铺盖，来到里间屋内，在大床上与她一起躺下。那晚，我不知道自己是怎么进入梦乡的，只是第二天早晨醒来时，差点就把江巧云当作了郝秀云。因为我将她背回来后，手忙脚乱地给她擦洗了一下，当时我还在她腿部的伤口上擦了金霉素药膏，然后就急急忙忙地到衣柜里拿了几件郝秀云留下的旧衣服给她套上。所以，天亮眼一睁，看见旁边的，简直就是活脱脱的一个郝秀云。直到伸出去的手猛然触到她的耳垂，才发现异样，但为时已晚。被弄醒的江巧云，转过脸来，报以甜甜的微笑，说："有你在边上，睡得真香！"

晚上我与余老八喝酒时，把这话告诉余老八，余老八说："你把这瓶洋河大曲喝完，老子告诉你点泡妞的诀窍。"我知道余老八对我说的是真心话，而且，心里本就高兴，于是敞开来就把酒喝了。

余老八便说："她这是对你有意思呢！不过，她毕竟受过伤，而且还伤得不轻。你就不能急，要慢慢来，让她先喜欢上咱这地，再喜欢上咱这人，那就十拿九稳了。"

我说："我今天本以为是酒逢知己千杯少，遇上人了，只要放开来喝，就一定能得到真经真传。没想到，你要我喝酒，给的秘诀也就是现在年轻人时髦的'恋上一座城，爱上一个人'而已。承蒙赐教，我会慢慢来的。"

余老八闻言，打开了第二瓶洋河大曲，往我的杯子里斟酒，且笑着说："实不相瞒，因为老婆管得严，我这个人呢，平时也不大喝酒。不过真喝起来，慢也行，快也行，管他那么多干什么，喝就是了，多大的事。这就是我的为人处世之道。"

既然余老八都这么交代了，我岂有无动于衷的道理。所以在接下来的那段时间里，我就领着江巧云坐车过大桥，先到东郊风景区去玩，既去了中山陵，又去了灵谷寺，还去了明孝陵和梅花山。那时候，各大景区都是全心全意为人民服务，不用买门票，也没有什么收费项目。就是尽我们玩，尽我们游历。玩到肚子饿了，在路边小卖部买块鸡蛋糕，买个茶叶蛋，吃起来也特别香。但是江巧云还总说，我为她花了不少钱。

接下来的一段时间里，我又带她去了玄武湖，游了秦淮河，进了贡院科举考场，逛了夫子庙，还吃了咸水鸭、鸭血粉丝汤、小笼包、糖煮藕等许多特色小吃，唯独没敢带她到月牙湖边的家里去。

隔了几天，我对她说："你从家里出来这么长时间了，家里人找不到你，也不知你是死是活，该多着急。你应该回去了。"

她却用安徽话说："我不想回去，晚上我给你烧几个菜，让你也尝尝我的手艺。"

我这才回过味来，原来这阵子，一直是我亲自烧饭给她吃，照顾她，就像照顾自己的亲妹妹。好在这里离菜场近，采买也方便。即使从景区玩了回来，顺便在菜场剁点盐水鸭也是现成的。

于是，那晚我便悉听尊便，让她就着煤球炉烧了一顿饭。看她忙前忙后的样子，让我想起闲不住的郝秀云，曾经也是如此勤快。

当端起饭碗，品尝着她烧的萝卜烧肉、油渣炖青菜、鸡蛋汤时，我突然有了幸福、惬意和满足的感觉……

然而，几天过下来，我心中的忐忑不安反而与日俱增。因为我知道，郝秀云委身于宋倪敏完全是为了救我，违心地与他做了一个交易，一旦目的达到，她一定会想尽办法敷衍他，甚至想办法远离他，弄个工农兵大学生的名额，就远赴东北去读书。他们的婚姻，没有爱，更没有感情，当然也走不远。一旦宋倪敏看清真相，且对郝秀云失去耐心，甚至恼羞成怒，拿出他玩人、整人的惯用手法，定不会轻饶了她。那时，宋倪敏一定会毫不犹豫地带人来，给这间曾经的新房贴上封条。

于是，过了几天，我不得不再次劝江巧云回家去。

江巧云不等我把话说完，就边哭边说："周大哥，我以后都听你的，只要你不赶我走，我天天给你做饭、洗衣、拖地、擦桌椅。我已经走投无路了……"

我听她讲到走投无路，心里已经清楚了八九分，再联想到她是安徽和县乌江镇的人，便更明白她死里逃生的缘由。那地方在南京上游几十公里，她一定是遭了恶人的毒手，后又被丢进了大江，顺流而下漂到了南京这里的江面上，遇到八卦洲头的阻挡又拐进了北岔江江边的芦苇滩，直到被我和余老八发现而得救。

我看她越哭越伤心，反倒于心不忍，说："我绝没有要赶你走的意思，我也不想打听你走投无路的原因，我只是想跟你说实话，我是一个被厂里开除的人，总有一天我要被人从这房里赶出去的，到那时你说怎么办？"

我本以为这个理由总可以说服她了，却不承想，她反而伸出双臂，一把就搂住了我的腰，说："假如房子被封了，我就和你一起去流浪。你到哪里，我就去哪里，我们生死相依。"

我一听，这还了得？这不就是赤裸裸地向我示爱吗！

我当然不敢再接她的话往下说了，否则，要不了十句话，就一定会聊到何时结婚的话题了。我只好第一次轻柔地对她说："我的好妹妹，哥不赶你走了。以后，哥到哪里，就带你到哪里！你把手松开，我们收拾一下，该睡觉了。"

刚刚立秋，南京闷热异常，气温一直保持在 36 摄氏度以上，老天爷虽然吝啬雨水，但还不忘记，每天傍晚时分，都给这六朝古都来上一场十几分钟的梧桐雨。不过是顶着夕阳，匆匆飘来几朵积雨云，带来几缕凉风，紧接着便是电闪雷鸣，一阵急雨纷纷落下，十几分钟之后便雨过天晴，彩虹现身，映衬着万千梧桐叶上垂落的水珠，晶莹闪烁。马路上的热浪滚滚而去，此前被烤化的柏油路面悄然恢复原状。

我的预料有时候还是很准的。果然，没过多久，宋倪敏就带人来封了我们的门。当时，我们出去买东西了，回来一看傻了眼。我便对巧云说："你看，我对你说的不错吧？门被人封了，我们没地方住了！"

不承想，江巧云反诘我说："你看，我对你说的也不错吧？你到哪里流浪，我就陪你到哪里去，我们生死相依！"

我此刻已是无语了，只能揭了封条，进屋取了一些日用品和被褥、衣物，打成一个行李卷，背在肩上，带上巧云妹妹返身向大桥方向走去。

我一路上都在思考，路漫漫其修远兮，吾将往何处去呢？直到车子过了大桥，进入市区，抵达新街口终点站时，我才下决心回家，向母亲"投案自首"。

傍晚时分，我带着江巧云，终于来到了中山门外月牙湖边。

南京这个"火炉"有个特点，就是入夜后反而比白天要热。于是无奈的人们只能把凉床搭在室外，入夜后就睡在屋外。月牙湖这里的人也不例外，纷纷将床移到露天底下。以往，我总劝母亲留在室内睡，说："老妈，你年纪大了，要防止夜露伤身。"

母亲却说："这么热的天，我也顾不得什么体统了，穿着祥云纱短衫裤，摇着芭蕉扇，还热得受不了，你说我怎么办？"刘妈倚老卖老，干脆大裤衩子、汗衫子随便穿，袒胸露背地坐在当院。周家本有一台老掉牙的西门子电扇，母亲总会让我拿到房前庭院里，开启摇头功能，让邻居都来吹。刘妈拿出消暑的绝招：绿豆稀粥一天熬两锅，让大家就着什锦小菜，顿顿吃得清爽满足。秉辰因为不敢下河游泳，一天要冲好几次凉。我在高炉上习惯了高温，倒还能对付，平日只要在家，必带小林、小兵去河湾游泳，有时连大姐也跟去，带看衣服，带戏水。

当日，我因为带着江巧云，就希望大家最好不在露天乘凉，给我一个平静归家的缓冲时间。然而天不遂人愿，偏偏大家都在外面乘凉。看见我领着一个俏丽的小妹突然地出现在面前，刘妈自是眼尖嘴碎，当即就好奇地对着母亲问："太太，你看少爷带着个漂亮的小妹回来了，这是什么名堂？"没人回答她。母亲虽然听见了她的问话，除了不耐烦地吧嗒吧嗒地扇扇子，也没有回答她。只有那条大草狗原来趴在树荫下，伸长变得焦黄的舌头哈气，这刻却立起身子，昂起头，"汪汪汪"狂吠起来。刘妈赶忙喝止这畜生，说："叫什么叫，连少爷也不认识了，想挨揍吗？"

毋庸置疑，是儿子回来了！看清楚来人真容的母亲，不由得一阵欣喜。

转眼又是数月不见，甫一相见，哪能不高兴呢！平心而论，母亲当时虽见我不明不白地带了一个小姑娘回来，心存疑虑，却宁可信其善缘，而不愿再杞人忧天。我和郝秀云离婚之事，一直让她耿耿于怀。如今，思儿心切的情绪，早已让她望眼欲穿。只要我平安归来就菩萨保佑了，哪还有闲心多管闲事呢？有关我的一些传闻，其实早已通过各种渠道传入母亲的耳朵，只是因为爱子护短的思维定式，才让她只相信那些好话，自动屏蔽掉那些流言蜚语。由此，也才成功地保证了自己的睡眠，没有坠入神经衰弱的深渊。

此刻，远处正好飘过来一串咣当咣当的声音，母亲知道，那是卖馄饨的云锣声。那个两面可敲的小铜锣，上下连在一起，类似拨浪鼓的敲打，发出乐器般清脆的声音。挑馄饨担子的人，不时晃动着这玩意儿，招徕吃客。听到这卖夜宵的声音，母亲心里总会感到如同回归了寻常生活的静谧。于是，她让刘妈去买两碗馄饨，且让我和江巧云在小饭桌前坐下。

不一会儿，刘妈就把两碗馄饨放在了我们面前。也许是赶了一天路饿了的原因，我们三两口就把馄饨吃了个一干二净。

母亲这才开口问："这个小姑娘怎么称呼？"

我还没来得及张口，巧云已经回答道："我叫江巧云，长江的江，灵巧的巧，白云的云。"

母亲又问："多大了？哪里人？为什么来到这里？"

巧云马上答道："22岁，安徽和县人。"至于第三个问题，她回避了。我看见母亲用狐疑的目光盯着她不放，只好代为回答："她在家遭了难，为避难，才来到了这里。"

巧云一看我把第三个问题代答了，知道已是回避不了，于是又补充说："我们那里搞运动，不太平，兵团的大小头目上蹿下跳，不仅贴大字报，刷大标语，搞大串联，还胡作非为，祸害女人。不如南京这里，普通老百姓过着自己的小日子，自得其乐。其实，作为老百姓，就想过好自己的小日子，宁可当'逍遥派'，也不想被卷入运动。我们一家人，都被搞惨了！"

巧云的一番话，说得母亲连连点头，开口道："这个小姑娘说得对呢！南京人对新生活充满希冀，对市面上的混乱早已不满，都把希望寄托在毛主席身上，希望他给我们带来个清朗的世界。什么'破四旧''立四新''搞运动'，都必须以人身安全、天下太平为条件呢。"

最后，经过我的说和，母亲爽快地接纳江巧云暂时住在我们家。当夜，就让刘妈在她的房间搭了一张床，让江巧云睡。

阿燕释放回家之后，因体质很弱，便很少在月牙湖露面。秉辰宁可受着感情上的煎熬，也没有去李家看她。红鼻子老王也很少再来月牙湖这里转悠，后来更是变得日渐懒散，上岗时甚至只穿警裤，上身着一件圆领汗衫，也不太管事了。几个平时缺少调教的小纰漏，见到他也不再畏惧，反而深感轻松，并抓住时机，在卫岗镇附近扩大了自己活动的区域，亦叫势力范围。

那时，刘老板代销店的生意也不好做，既缺货源，又少人手。原来做杂活的栓子，刘老板也管不住了。主要是陈栓子已经不满足在刘老板手下吃饭度日，零打碎敲，不死不活的，对哑巴老婆早已没了兴趣，连跟她睡觉都觉得没劲。反倒是外面运动的场面吸引了他，那些批斗"修正主义走资派"的场景，让他觉得就像是在批斗自己的老板，为他出气。栓子对多次挨刘老板耳光的事情怀恨在心。要不是端人家的碗受人家的管，盖人家的被子受人家的罪，沾人家的女儿受人家的侮，栓子早就不干了。他父母看他懒散的样子，也都不敢管他。虽然刘桂花对栓子还是一往情深，但他最后还是撂挑子走人了。

其实，陈实也知道儿子太没出息，懒骨头做苦生活，讨了便宜受点苦也算活该，所以从不过问。有时栓子懒劲上来，赖在铺子前井台边闷坐，眺望远处的紫金山发呆。桂花挨近他，温情而抱怨地做着只有栓子才懂的手势。她"啊，啊，啊"的，像慈爱的母兽对兽崽表示母爱那样，不断地对栓子表露出抚爱。有一次，我还亲眼看见了栓子对桂花的粗暴态度：他撩开搭在他肩上的哑巴的纤手，连说："去，去，去，烦死了。"桂花急得嗷嗷叫，瞪着眼瞅我，那眼分明在说："你看，他个尿包，不谙世事，不谙人情，分明就不是东西。"

自从栓子离开刘老板的代销店，整天都出去闲逛，看大字报和批斗之后，江巧云就主动来到店里帮忙，一来二去，倒成了刘老板的得力助手。刘老板也就顺理成章地让她顶了栓子的缺。

没几个月，江巧云就与桂花成了无话不谈的好朋友，其实，这也不难，她们之间自有不言自明的诀窍，只要桂花"啊，啊，啊"地叫完，巧云立刻就心领神会，用手势回答她，桂花看了，定会哑然失笑。由于她俩默契的配合，常常引起店里顾客捧腹大笑。由此，竟招来了许多慕名而来的顾客，也让刘老板的生意日渐好转。为了感谢江巧云，刘老板甚至将代销店里到的时鲜货弄一点送来给母亲，并常在母亲面前夸赞江巧云心灵手巧、勤快能干。这让母亲很是开心，一时间甚至忘记了她是个落难而来的外乡人，待她就像自家人一样。

那天，在外晃荡的栓子突然跑来告诉我说："我在新街口遇见了一个人。"我问他："是谁？"他答："你去看了就知道了。"

我们来到新街口，广场上人头攒动，嘈杂之声震耳欲聋。孙中山铜像下人群更加密集，那里有许多学生在演讲。他们嗓子已经叫哑，可是仍然在虔诚地、拼命地、痛苦地演讲着。有一个演讲者口角泛出的泡沫中夹着红血丝，还竭力祈求人们相信：今天不搞革命，修正主义、资本主义复辟近在眼前，红色中国危在旦夕，仿佛维苏威火山爆发在即，马上就要吞没一切，世界末日就要来临，人们哪！赶快起来自救吧！自救的唯一方法就是"破旧立新"。把每个人的灵魂浸在酒精和福尔马林里消毒，涤荡"四旧"最微小的尘埃。

栓子却指着不远处的那个，正用哑声哑气的声音叫喊"冰棒！冰棒！马头牌冰棒！清凉解暑，四分钱一支"的男孩说："就是他。"

那声音好熟悉，我不由得辨认他，十七八岁的年龄，穿着肮脏的白背心和蓝色短裤，留着小平头，哦，我终于认出来了，随之脱口而出地喊道："谭庆荔。"

我的喊声并没有打断他的叫卖，沉重的冰棒箱架在一个简易的可折叠的木架上。直到栓子跑上前，又连喊两声："庆荔！庆荔！"

谭庆荔这才回过头来，认出了我们，于是，也欣喜地叫道："我哥！我哥！"

约莫有三年未见到他了，我感觉他就像是突然从地下冒出来的一样，真让我悲喜交集。但是，我却搞不懂，庆荔怎么会卖起了冰棒？姨妈和他的继父又怎么啦？难道他继父养不活他？

陈栓子拉我挤到庆荔跟前说："小狗日的，我们终于又见面了。"我瞪了栓子一眼，觉得他用小狗日的代指庆荔，简直是太粗鲁。但栓子似乎毫不理会，竟直嚷天热口渴，让庆荔给他根冰棒吃。

"庆荔。你怎么卖起冰棒来了？"我问。

"混呗，糊口！"谭庆荔嬉皮笑脸地说，"卖一天，赚个十块八块跟玩似的，哥，你家还住那里？"

我点点头，又问他："你家还住下关？姨妈好吗？"

"挪了地方，搬到三岔河去了。我妈老生病。现在我做小生意混混。没钱花，难过。"

"怎么？你爸呢？"我疑惑地问。

"哪个爸？"庆荔脑门上渗着细密的汗珠。他头发焦黄，眼角竟出现依稀可见的鱼尾纹。他的肩膀瘦削，颈子细长，两只招风耳的耳缘黑皱。从凹陷的眼窝、突出的额头，微微翻起而厚实的嘴唇上布满灰黄的绒毛看，他极像早已被押解回原籍劳改的谭思杰。只有那对忽闪的大眼睛里，才露出些许少年的稚气。他见我一时语塞，便若无其事地说："死了。一个人上西天喝酒去了。喂，来根冰棒，赤豆的。"他给我一根，又递给陈栓子一根。栓子剥开纸头就吃冰棒，嘴巴咂咂地响。

"怎么？你爸死了？"我吃惊地问。

"姓王的死了。"谭庆荔又吆喝了一声"卖冰棒！"，然后说。

"冰棒，马头牌冰棒！"然后他又若无其事地说，"老家伙一天两遍酒，酒精钻进头里，脑出血，蹬了腿。公家给了几百块钱。原来的公房不让住，我们搬了家。三岔河那地方好，一年四季都好混。白天卖冰棒，卖西瓜，冬天可贩鱼。城里人不问价，老子我想怎么卖就怎么卖！"

"庆荔，你生意做了多长时间了？"

"有一年了吧！"他答得很干脆，稚气的脸上竟流露出一丝骄傲。他使劲用木块敲着冰棒箱，又飞快地做了几笔生意。

"你把地址告诉我，改天我去看姨妈。"我说。

"三岔河街八号，咳，不是大公馆！是他妈的木棚房子。"

谭庆荔又在嘶哑地叫卖，挺起劲，也挺快乐。

我却心寒了。自从姨妈改嫁搬出去之后，她很少到月牙湖来。最初的几年，我还常到下关姨妈家玩。为了追踪那个叛徒、特务，还持续了一段时间。每次去，老王对我还算客气，招待得蛮周到。我和小庆荔厮混得也很熟，随着特务的落网，以及此后岁月的无情流逝，周家众人和姨妈的来往都逐渐减少。三年以前，姨妈带庆荔到周家来玩过一趟。其时，话已很少，客套却多。庆荔已是一个挺精灵的十五岁少年。想不到仅仅几年光景，他们的变化却是如此巨大。

人群摩肩接踵，把马路和人行道全占了，喊口号的声音震耳欲聋。那里面有多少人是真正发自肺腑？恐怕屈指可数。绝大多数人，除了起哄凑热闹，就是像栓子这样，糊里糊涂地想借此抒发自己心中的怨气。此刻，他已吃完一根冰棒，吮吸完手指上残余的甜味，便也加入其中，喊起了连自己都搞不清楚指向的"批判打倒"的口号。他因为羡慕谭庆荔的赚头，甚至提出要庆荔帮他忙，也弄点冰棒卖卖。庆荔倒也爽快，竟一口答应了。演讲的大学生已经口干舌燥，吼叫着让卖冰棒的小伙子，将冰棒送过去。庆荔赶忙对我说："哥，我要给他们送冰棍，支持革命行动，就不能陪你们了，反正街上每天都这么热闹！"

"他们连钱都不付，你还给他们送？"我问。

"搞革命运动的，也都是穷学生，我算是支持他们吧。"庆荔答。

庆荔话音未落，已经背着沉重的冰棒箱挤进了围观的人群。几个大学生也迎过来拿冰棒，庆荔利索地拿给他们，但说："喂，你们一个人一根就够了，我做的是小本生意，赚了钱要给老妈瞧病的！"

"轰轰烈烈的运动已经席卷全国，谁还管你的生意？"一个大学生回答，"你这家伙也真是昏头！国家大事倒不如你老妈的病重要？"

"我关心卖冰棒，做生意吃饭。"庆荔只能向说话的人做了个鬼脸。

"做生意？你只知道做生意！"另一个大学生审视谭庆荔，"有人要里应外合，勾结修正主义、资本主义搞复辟，让红色江山变颜色，就要利用你们这些做生意的人。我问你，你什么成分？"

谭庆荔机灵且老实地回答："工人阶级成分。"他想到了死去的继父老王，那可是典型的工人阶级的一分子。不过，他说这话时的神态，却是继承了亲生父亲的广西式的眍眼珠子的遗传基因，眨巴眨巴眼睛，话就自然而然地流露了出来。

问话的大学生再审视了谭庆荔一遍："为啥卖冰棒？"

"老子死了，害臌胀病，"庆荔拍拍干瘪的肚皮，"屁放不出，硬胀死的，前年腊月十五日我妈戴的孝。不信你去问。我家住中华门外八道圩。咳，冰棒！马头牌冰棒，清凉解暑顺气哩！"

两个大学生倒傻得可爱，竟没有听出来，他是在拐弯抹角地骂人瞎放屁。于是又拿了几根冰棒，走进演讲圈继续他们的说辞。栓子问："听人讲下河洗澡被钉螺扎了就得臌胀病，你老爸常下河洗澡？"

庆荔朝我挤挤眼："没这回事，我是骂他们成天放屁，所以才活着，还能吃冰棒！"把陈栓子笑得前仰后合，差点就岔了气。

我听了却笑不出来。因为我脑海中那个又白又胖、谁见了都爱捏一把的小庆荔已经不见了，而出现在面前的庆荔，瘦猴脸，配上脆薄干焦的犹如萝卜干似的招风耳，活脱脱就像其父谭思杰刻在我心底里的那些活跃在桂南山清林幽的雷公冲溶洞中的猴子。如今的谭庆荔已经变成了油腔滑调的小贩子，他的亲生父亲却不知是否还活在原籍的劳改农场？估计他早已经与姨妈和庆荔断绝了音信，我不由得这样想。

新街口孙中山铜像下的环形广场，因为地处市中心，便成了演讲者宣传的主阵地。传单纷纷扬扬地飘落，旗子五彩缤纷，标语光怪陆离。

一场巨变发生以来，早已使人无法揣摩，喘息不定，只要是头脑容易发热的人，一般都无法抑制自身的狂热和盲从，他们不敢怀疑那些神圣的东西里往往隐藏着荒诞，总把一些理论家的"绝对正确的"观点奉为圣旨。从遥远年代开始就潜伏于人们灵魂的忠贞、顺服和宿命，又引导人们满怀着对新生活的希冀，将他们紧紧追随。还有更多的人，甚至怀着不切实际的热望，以为"大破才有大立"，结尾定是安居乐业的圆满结局。许多都还来不及细想的人，莫名其妙地就已被裹挟其中，到了不能自拔的地步，也成了助纣为虐的帮凶。

我因为接受了表姐夫王志文的教诲，对周围躁动不安的人群抱着漠视的态度，本想早早离开，却因舍不得离开庆荔而迟疑不决。我不仅把庆荔看成自己的小兄弟，而且因他所勾起的对往事的回忆，已经令我陷入一发而不可收的愁绪。最后，我为了宽慰庆荔，对他说我过几天再去看看姨妈。可庆荔反而面有难色，那尴尬的表情，显出与他的年龄极不相符的暧昧和羞愧。

"哥，你暂时别去我家。"

"为什么？"我感到迷惑，其实，我内心并没有去看望姨妈的打算。

"你还是别去……"庆荔递给我和栓子一支烟，飞马牌的。他自己也吸了一支，那抽烟的姿势非常老练。喷出一串烟圈，他小声说："老妈又有了相好的，那大胡子是码头上的，满身烟味酒气。每次来都带许多吃的喝的，他让我吃喝够，捏捏我的颈子，关照我出去玩，到哪混都行，就是不要早归家。当然他会给我钱。我懂，我就外出寻快活。反正老狗日的钱，胡乱花完算数。哥，你想……你能去吗？"说完，他换上诚挚的表情看着我，脸上先前的羞愧之色已经荡然无存。

我不由得默然，且不知所措，耳畔只有一句俗套的话在提醒：人穷志短，人厄命贱。栓子问："那么我做生意的事呢？"庆荔说："你没有家？"栓子说："有女人有小孩，不自在，不快活。想出来混混玩。"庆荔说："贱骨头。小生意不好混，狗日的你看。"他指指额头上一块不太明显的青印子，"老子我前几天给人揍了。等着瞧吧。他请老子吃中饭，老子定要还他一顿晚饭。这叫来而不往非礼也。"栓子还要纠缠不休，庆荔已经换上猥亵的姿态，厚嘴唇丑陋地撇到一边，放荡地一笑："你女人水色不错吧？哈哈，叫她去卖呗！"他神经兮兮地直晃头，样儿很快活。栓子大约明白了庆荔的意思，赶忙解释说："我女人是个哑巴，开不了口。"

如果说刚才我对庆荔的话，还感到一点同情的话，那么现在我简直惊讶得目瞪口呆了。庆荔见我惊悚地打量自己，便又挤挤眼，耸肩一笑说："昨天我弄了套崭新的黄军装，好行头，帅气。过几天我请你们吃馆子，穿了给你们看。"我开始明白，庆荔已经成熟为缺少调教的一匹野马，已不可理喻了，便冷笑笑，与他告辞。刚挤出人群没几步，背后又听见他在尖叫："冰棒！马头牌冰棒！"人在江湖会因为各种原因跟生活妥协，严重者甚至不惜作践自己，如同庆荔现在沦落为了小痞子，令我十分痛心。这也许是一种退缩、一种让步、一种用无奈换取生存安全感的方式，我无法用好坏来评说。

江巧云

通过谭庆荔知道了姨妈的近况，我心中颇为不安，一回到家，便向母亲一吐为快，母亲听了也是无可奈何，唯有叹气而已。不过转回来却把江巧云夸赞了一番。我问母亲："是不是有什么打算？"

母亲却说："现在倒还没什么打算，只是你老大不小了，三十出头了还是单身，将来老了都没个陪你喝酒的人……你看这小江……若能来我们家我们家，现在住得还宽敞，且还安静……"

我闻言，立马回道："你还说没什么打算，这话里话外，已经把巧云全盘算好了。"

母亲闻言，也是开心地笑了，说："那你觉得合适吗？"

我干脆地说："人合适，但年龄我比她大了八九岁，不合适！"

母亲说："男大八，看着发。男的大点，更成熟、更稳重、更有经验，夫妻更和谐。这是好事。"

我说："那江巧云若是嫌年龄差距太大，不答应呢？"

"那你拿出身上的零钱，去买半只盐水鸭、半斤兰花干、半斤油炸花生米回来，我再叫刘妈炒几个大菜，我们像样地请她吃顿饭，征求一下她的意见再说。不过，我们毕竟是军烈属家庭，即使她答应了，我们还是要把她的家庭和出身搞搞清楚。"

正如母亲预料的那样，晚饭后，当我私下向巧云征求意见时，巧云竟拉住我的手，羞涩地连连点头说："我愿意，我愿意，我其实早就对你说过了。"

当我再追问她家庭情况和出身时，她却是犹豫再三，陷入了沉默。就在我等得失去耐心，准备和她说，你要实在不想说，我也不勉强你的当口，她却语气沉重地向我说出了一切。

她们老家在安徽和县农村，祖上传下来几十亩地。新中国成立后，解放军在村里，首先是建立了农会和民兵组织，农会和民兵全部贫农和雇农组成，但是这样有一个问题，贫农和雇农基本上都不识字。为了工作方便，就挑一些识字的中农积极分子加入农会，其中就有她的父亲。因为她父亲小的时候读过私塾和洋文，在当地也算是识文断字的文化人。

在解放军的主导下，她们村开始土改和定成分。刚开始的土改，并不是把农民的土地都收掉，然后按人头重新分，而是在各家原有土地的基础上，进行多退少补。即把地主、富农多余的土地没收掉，分给贫农、雇农，而中农的土地基本上都不动。中农还分为上中农、中农、下中农三种，上中农即富裕中农，是要没收一部分地给贫农的。

定成分，就是按人均土地的多少定的，并不是说这家土地多就是地主，还要看人口多少，是否雇用过长工，自己是否劳动。

江巧云的父亲是兄弟三人，已组成了三个家庭，总共继承了祖上传下来的几十亩地，因此平均到每个人的地并不比别人多多少，而且家里劳力多，除了农忙，一般也不雇用长工帮忙，自己劳动，自食其力，本不应该被定为地主、富农，顶多定个上中农。然而，就因为他们家的地都是良田，而一些贫农的地都不好，都是山上的薄地，收成不好，家里人口又多，平时要靠帮富人打短工度日，他们都想分到江家的水浇地。因此在定成分时，便将江家定为了富农，分走了江家十几亩水浇地。江巧云的父亲当时虽然心痛那些被分走的好地，却并没有在意"富农"那顶帽子，且觉得做农民的，谁不想富裕呢？田少了，自己识文断字，就去当教书先生呗，剩下的田地留给老二、老三种嘛！自己做个眼界较宽、很开明的乡绅，那又何乐而不为呢？

于是，他向农会自荐，当上了当地新学堂里的人民教师。江家都觉得，他算是谋了职业正途，为江家光了宗，耀了祖。

时光在不经意间流逝，转眼便过去了十多年。一场运动席卷而来，矛头对准了地、富、反、坏等"黑五类"。其中那"富"字，恰指富农。当地一些有怨愤的年轻农民也乘机喊着"打倒黑五类"的口号，到各生产队批斗大、小队干部和定过性的地主、富农。

夏日里，暑假期间的一天，江巧云的父亲正躺在藤椅上闭目养神，见有响动，老人家睁眼又闭眼，用芭蕉扇朝屋里一指："姆妈，百合绿豆汤好嘞伐？喉咙出火哉。姆妈，咦，啥事体这大声？快点弄好伐？"

姆妈就是江巧云的母亲，从水稻田里忙完农活回来后，当时正在边熬绿豆汤边看着闲书。受了丈夫这个教书先生的影响，她也成了一个爱看书学习的农妇。身材也比一般农妇瘦弱。听到丈夫的呼唤，她细声柔气地说："好哉，好哉，侬勿要心急。冷冷哦。"

然而，令他们始料不及的是，一群年轻人已经破门而入，冲了进来，将这里原来怡然自得的宁静彻底粉碎。江巧云的母亲这才明白，刚才丈夫说的"啥事体这大声"是指这些来人的脚步声。

巧云的父亲迎上去，一双大脚拍打在地砖上吧嗒吧嗒地响，头上顶一块湿漉漉的毛巾，嘴上叼着半截香烟，含糊其词地问："怎么回事，这样急匆匆进来？"

来人中一个领头的说道："喂，你是富农成分，没忘吧？"

"这是农会给我划定的，我当然没忘！"

"那好，我们找的就是你这样没忘的，想搞复辟的'五类分子'。"

"我可不是什么坏分子，我也从来没想过什么复辟！"

那领头的又说："还嘴硬，给他戴上高帽子，让他先游街，再蹲牢。干脆把他裤头也脱掉，让他在光天化日之下现出'黑五类'的原形。"

当江巧云的母亲端着烧好的绿豆汤出来时，恰看见这帮人将自己的丈夫赤条条地架出去游街了。

接下来连续不断的几场批斗，将江巧云的父亲斗得奄奄一息。而她的母亲也由于悲愤交加、忧心忡忡而一病不起。

那时候，江巧云正插队在安徽芜湖白茆镇大江村。她是在乌江镇中学毕业后，响应"上山下乡，到广阔天地锻炼"的号召来到这里的。她选择到这里插队，还因为这里的沿江生产队的队长曾与父亲有过交往。

数年前的一天，这拨十八九岁的男女知青，披着一身细雨来到临江公社。汽车先是开进公社大院，并未停下来，只是象征性地围着中间的空场地绕了一圈，从一些贴着被雨打湿的红纸标语墙边上经过，就开了出来。各奔东西，送知青去了各自所要去的大队。

　　江巧云所在的车子于泥路上东倒西歪地行驶了半个多小时，终于在沿江生产队的队部门前停下来，知青们纷乱地下车，一起拥进阴暗的大队部，听大队长讲话。大队长堆起一张表情生硬的脸，拘谨地笑，热情是有了，但是不洋溢。他只简单地讲了几句，主要是背诵了两段毛主席语录，就吩咐来接人的各个生产队的队长，把大家的行李分别搬到来接人的拖拉机上。知青们分别坐上拖拉机，由于天冷，大家哆哆嗦嗦，互相道别，然后在细雨中各自走人，一头扎进了沿江边的犄角旮旯。

　　分到沿江生产队的四男三女七名知青，按生产队长老刁的安排，分别住到七户农民的家里。沿江生产队这一年是第一次接纳知青，仓促得很，没有现成的知青住房，只能把大家疏散到农民家。江巧云被老刁安排的这一家姓倪，夫妻两个，加一个三十岁的呆儿子。江巧云后来知道，这是这对夫妻近亲结婚所致。江巧云还了解到，老刁把她安排在智障者家，是事先考虑好的。智障者不通人事，不会惹麻烦。如果换上别的一家，像江巧云这么漂亮的女子，在农村很难保证不出事，老刁不放心。起初，江巧云想，这老刁毕竟与父亲有过交往，所以给予她照顾。她却不知道，老刁对她另有打算，想还给倪家一个人情。

　　江巧云第一次见到老刁时，看他满面笑容，皱纹在脸上层层叠叠，堆出一个大的喜核桃样。其实岁数不算大，虚五十吧，硬是被皱纹堆老了。他总是挽着裤腿，走路一冲一冲的，冷天也不例外。老刁喜欢骂人，当然是泛泛地骂，没有明确目标。他在拼命敲响挂在树上的那一截铁轨召集社员上工时，见大家总是迟迟不愿意出门，就会扯着嗓子骂："吃起饭来如狼似虎，干起活来四郎探母！都是一帮懒东西！"他不厌其烦地重复着这句话，用那口浓重的乡下土腔。江巧云开始不习惯，后来听惯了，就在背地里笑，笑出一股暖意。

　　老刁登门来，对倪氏夫妇说："我们这地方，鬼多，搭个梯子都想上天！我把这娃儿交给你们，你们要多长一只眼，晚上早关门，把门闩紧了睡觉。把娃哄好了，是我给你们带来的福气呢！"

　　倪家是半截砖墙半截土坯墙，坐北朝南的三间两头房，中间是堂屋。左右两间都只有一扇门，朝着堂屋开。前门口是一片平地，东边搭起一间厨房，西边沿着山墙搭了一间茅厕，地上挖两个坑。

知青们来了后，走动一多，倪家也热闹起来。不仅男知青来，生产队里有两个在江钢厂工作的男青年，大概是觉着自己吃计划粮了，条件蛮优越，也经常来倪家串门。串门的目的当然是明确的，只是暂时说不出口。倪氏夫妇早已洞悉了这些人的意图，他们刻板地履行队长交代的任务，不仅不给同生产队的小工人好脸看，就是男知青也不给好脸看。只要他们一来，夫妻俩必定就有一个夹在其中，时刻注意着小青年的动向，就像是公安局常年聘用的侦探。

倪家夫妻的过分举止，弄得年轻人很扫兴，常常是乘兴而来，悻悻而归。不多时，男知青都没了兴致。而那两个小工人，在得知江巧云是出生在地、富、反、坏的家庭之后，顿时也感到了害怕，再也不敢来倪家了。

江巧云本就喜欢清静，这一来倒好，大家都不登门了，真的是落得了清静。

唯有看见倪家长得非常高、非常瘦的呆儿子时，感觉他的眼神特别让人瘆得慌。江巧云比他小十岁，但江巧云发现他看自己的眼光却像是比自己还小十岁的稚童。他不喊"江巧云"，不喊"小江"，而是喊"姐姐"，喊的时候嘴角往上撇，肌肉在笑，但眼睛不动，声音一拖能拖半天，让江巧云起了一身的鸡皮疙瘩。

起先，江巧云认为倪伯倪妈的人情味很足。一开始，倪家夫妇住的是西边那间屋，让呆儿子住东边屋。江巧云来了，夫妻俩忙不迭地向老刁保证，说坚决响应队长的号召，要处处为知识青年着想，让组织上放心。老刁不费吹灰之力，就把呆儿子安排进了倪家夫妇住的那间屋，让他们一家三口合住一间。这样，江巧云就享受了特殊待遇，单住一间。

那几个月，江巧云风光得很。这么好的条件，其他六名知青想也不敢想！有一名男知青住在一户农民家，居然和农民的三个儿子挤在一间屋里！逢着礼拜天，有知青赶回家打一两顿牙祭，在家里除了抱怨还是抱怨，说乡下日子怎么怎么苦，农活怎么怎么累。唯有江巧云，非但不觉得苦，不觉得累，农村倒像是成了她理想的归宿，没有运动，没有批斗，比自己家里安生。她喜欢上那地方了，在那大江边提前实现了行为上的放逐和思想上的解脱。

春天刚一过去，倪氏夫妻就在堂屋搭了一张床，把呆儿子支到了堂屋里。儿子毕竟大了，虽说是个呆子，跟父母住在一处也是不像样的。倪氏夫妻向江巧云这么解释。

夏天沿江边一带凉爽宜人，即便是一个局外人，来到那地方，都会充满了神往。呆儿子仿佛是个田园诗人，每日悠哉游哉，充分享受着沿江边的田园风景和夏日过堂风的清凉。确实妙不可言、美不胜收，美妙得无法用笔在纸上描绘清楚。也就是说，任何文字性的描述，对于深藏于沿江边的风景来说，都显得矫情，显得矫揉造作。然而在那时候，20世纪的70年代，人们只懂得革命，只知道斗争，没有人去感知或体味近在眼前的风景，只有倪家的呆儿子例外。

而就在那样的日子里，江巧云反而异乎寻常地感觉自在。除了累一点儿、苦一点儿，还有什么过不去的坎呢？论小环境，一家四个人，其实是三加一的关系，都很单纯；论大环境，要是站在大江边，打眼望去，是真正的广阔天地。乡里乡亲关系虽然纠缠得厉害，但也不算复杂。

所以，无论是大环境还是小环境，对江巧云来说，都是不可多得的。她借此机会，也读了许多书，懂得了许多道理。

然而，正是在那个夏天，倪氏夫妇已经开始绞尽脑汁，为他们的呆儿子规划着理想的未来。而在他们的规划里，是要把江巧云当作不幸的牺牲品。

当然，开始时江巧云对此是一无所知的。她只是发现这对夫妻经常对自己指指戳戳，窃窃私语，感情像是比以前更要好。女人有时还会伸出一双粗糙的手，拉着她的手臂，抚摸来，抚摸去，有点嘘寒问暖的意思，却又说不出一句关心的话。男人则常常冲着江巧云傻笑示好，那模样，都有点像他的呆儿子了。有两次，女人见江巧云下了工，困得眼皮直打架，就执意不叫江巧云点煤油炉做饭，而是和他们一同吃饭。当江巧云要付钱和付粮票的时候，女人却说："小江你太外气了，真是太外气了。"男人则一个劲地摆手，态度是坚决不收。

天看着就凉了。离冬天还早，倪家女人就当着江巧云的面和男人商量，要对住宿做新的调整。

"冬天就要到了，堂屋哪能再住人呢？过堂风太大了！"女人对男人说，"我家雨春呆是呆，可他也是人呀，是人就不能让他受罪。"

"打不走的家狗，总要有个安身窝。是要想一点办法。"男人说，"小江的身子骨重要，雨春的身子骨也重要。手心手背都是肉嘛！"女人又说。

江巧云觉得这女人虽然平时不大会讲话，可跟她丈夫在一起的时候，话讲得还是挺周正的。夫妻俩一唱一和，已表现得这么为难，江巧云夹在中间，就很难堪了，不知该怎么帮他们出主意，只好悄悄地拿着锄头，先去上工了。

等江巧云晚上下工回来，倪家的格局已经发生了变化。呆儿子的床已被人从堂屋搬到了东边的屋里，也就是江巧云住的那间屋。两张床平行，中间隔了一米多宽，就在这一米宽的空间拉一根绳子，往绳子上搭一道帘子，算是把一间屋隔成了两块。那帘子实际上是一条破毯子，上面千疮百孔，伤痕累累，使人产生充满残酷的、不安定的联想。

江巧云目瞪口呆，一时手足无措，不知道该怎么办了。在别人的篱下生活，还有什么道理可讲？

头三天，江巧云整夜睁着眼，听外面的风声，听毯子那边的动静。

失眠的滋味很不好受。失眠的时候，眼皮打架，头脑却清醒，何况江巧云这样的失眠，简直就是人为的自我折磨。睡意一阵阵地袭来，可刚要入睡，另一种意识马上就救世主似的降临在屋梁上，警告着她："别睡，千万不能睡，要是睡着了，出了事，可就再也恢复不到现在这种状态了……"

担惊受怕地过了三个黑夜，当她确信呆子真的不懂人事了，才安稳如死地睡了一大觉。

然而，江巧云发现，解决了失眠问题，更大的问题又接踵而来。队里嚼舌头的人多，很快就有流言蜚语纷纷传到她耳朵里。有说雨春他妈的，说她真是精明，人家知青娃儿上山下乡，倒是叫她白捡了便宜。有为江巧云打抱不平的，说雨春他妈真是瞎搞，明摆着是欺负人嘛，欺负人家城里来的女娃！从表面上看，他们像是打抱不平，但实际心理，是嫉妒雨春他爸为自己修艳福呢。队长老刁听见后，倒是出面干涉了。

老刁开门见山："雨春他妈，你这不是拿屁股往人家女娃脸上靠吗？吃三年稀粥，你就想买一头黄牛啊！你家雨春是什么？他是牛粪！那牛屎插上一朵花，那成什么样哪！"

"哟，看你刁队长说的，看你刁队长说的。"倪家女人嘴笨，只会重复这一句话。

倪家男人尴尬地笑，一边说："我也知道他是牛屎牛粪，那你刁队长帮着想想办法，这泡牛屎，我该把他往哪儿放？"

老刁说:"这你还问我?船多不碍港,车多不碍路。你们俩的那间房子,就不能腾出点地方给他睡吗?我告诉你们,雨春虽然是个呆子,不通人事,可跟你们睡在一起,你们晚上也要克制,少弄那事!"

倪家男人也有过人之处,即刻接话:"我克制不了啊。你刁队长晚上不如克制克制,就让雨春住到你和富贵他妈的房子里去。也不要大,加半张床就行。"

老刁被他一句话噎住,笑了,是无可奈何的笑,妥协道:"人家娃儿在你家,你不要起孬心眼,留个越俎代庖的后手,千万要好好待她。"一边说,一边就退出门去。

倪家夫妻得了队长老刁的默许,心安理得,反而不在乎别人议论了。

过些日子,天真的冷了,倪家女人又过来和江巧云商量:"我家雨春,你看他,呆是呆,可他也是个人呀!光垫稻草肯定不行,要想个办法。"

江巧云看着她,也不知道她用意何在。

可到了下工,江巧云回来一看,中间那个伤痕累累的帘子已经没有了,成了呆儿子床上的垫单。

江巧云能说什么呢?那是人家的房子,人家的垫单。所有财产,都是人家的。

……冬去春来,端午节一天天临近。江巧云手背上那紫萝卜似的冻疮,早已消退,一双手一日比一日秀气。太阳暖洋洋的,倪家东边的茅厕被温暖的阳光照晒着,发出一阵阵臭骚味。倪家女人就在这一阵接一阵的臭骚味里纳鞋底,晒太阳。

中午的时候,倪家女人见江巧云吃完了饭,出门去上工,便一把拉住她的手,把她拉坐在旁边的小板凳上,开始扯闲篇。女人问:"小江,你今年多大了?"江巧云说:"十九。"

女人说:"那虚岁该是二十了!要是虚两岁,就是二十一了。"江巧云点头。江巧云要去上工,心思不在倪家女人身上。

倪家女人盯着江巧云,从她的头脸看起,往下一直看遍了全身,直到看得连她自己都有点忸怩了,才说:"小江,我看你就嫁了吧,嫁过来,也方便了。"

江巧云一时没听懂她的话的意思,听她一副水到渠成的口吻,不由得吃惊,望着她,半天才问:"我嫁?……嫁给谁?"

"嫁给我家雨春啊!"女人也感到惊讶,对江巧云的不予配合感到惊讶,似乎有点委屈，嘴一撇，一副埋怨的意思："你和雨春住一屋，谁不知道？谁都知道的。"

江巧云像是触了电，惊恐万分，猛地抽回手，一下子就被吓住了，吓得魂飞魄散，连身子都微微抖了起来。

女人见她这样，反而觉得很奇怪，只好把悬着的一只手收回去，一边继续低头纳鞋底，一边颇多疑问地说："小江你怎么啦？……你不愿意？……你这女娃也真是的，不懂事啊！你爸是'黑五类'，被批斗得只剩一口气了，你妈呢又病恹恹，你说，以后谁来管你？谁还敢要你？我们家不怕！我们家既然敢收留你住下来，还有什么怕的？你……你怎么还不愿意嫁呢？"

江巧云仓皇地站起来，返身奔回去，奔进她和呆子同住的房间。

她不晓得自己返身进屋的目的何在，只是茫然无绪，心扑通扑通乱跳。当她关紧房门，倚靠在门上的时候，泪水已经止不住地溢满了一脸。

江巧云哭得极其伤心。那是压抑的哭，不发出一点儿声音的哭。倪家女人只顾低头纳鞋底，看不见；如果能看见的话，她会看到江巧云哭得一脸妩媚。

……江巧云一连哭了好几天，想起来就哭。

倪家夫妇很快就注意到江巧云那双红肿的眼睛了。他们怎么都不能理解。他们不晓得，一个"黑五类"分子的女儿怎么还会这样矫情？她算什么哟？一个"黑五类"的女儿还能有什么自尊？还有资格哭得这么伤心吗？

倪家夫妇完全没有被江巧云这样无休无止的抽泣哭寒了心。反而加快了实施那个蓄谋已久的计划，先是把江巧云孤立起来，给她住的那间房间的门上加了锁，限制她的人身自由。然后，两个人合谋着，忙里忙外，一会儿添置这样东西，一会儿添置那样东西，准备着操办喜事。

当然，江巧云从他们的一举一动中也早看出了端倪，知道他们是想趁热打铁，在一切准备就绪后，趁着"他们两个早住在一起了"的流言蜚语正盛之际，来个"生米煮成熟饭"的既成事实。在当地农村，人们对领不领结婚证倒是并不在意，在意的是你办没办喜事。只要办过事，就一准认定你为夫妻，不得再有反悔。

江巧云眼见着办喜事需要的东西越来越齐备，便知道，决定着自己人生命运的日子越来越临近了。此刻，哭泣已经毫无用处，求饶更不可能打动这对孤注一掷的老夫妇。最重要的是，让独处一隅的自己怎样摆脱倪家的掌控，远离这里困窘的氛围，寻找属于自己的人生，即便日子过得再苦，劳作再累，也能无怨无悔，心情愉悦。

于是，一天深夜，她撬开了那间房间原本被倪氏夫妇钉死的后窗，跳了出去，慌不择路地向旷野里猛跑。一会儿工夫，就听到了追来的倪氏夫妇的喊叫声。正是这既疯狂又绝望的叫声，让她肝胆俱裂，向前狂奔起来。直到来到江边，她才知道，自己犯了方向性的错误，此刻已是前无去路，后有追兵，一下子身临绝境。她甚至恨自己，早没有练一身好的水性。然而，若叫她再返回去，她就是死也不答应。就在追来的倪氏夫妇离她还剩下最后五十米的当口，她不顾一切地愤然跳入了波涛翻滚的江水之中，只留给倪氏夫妇一个凄婉的背影。

因为不谙水性，江巧云并没有向对岸游出多远，在呛了几口水之后，便失去了知觉，也就随着江水顺流而下了。以后的事情……似乎也被人救起过，但这人不怀好意……后来又将她丢入江中，直到漂至芦苇荡……见到救命恩人，其他就不怎么记得了。

听完江巧云的话，我不知为什么，竟落泪了。我不知道怎样和母亲说，却下决心，要娶她，要爱她，要保护她。她过去几年的插队生活，对她来说可能是一种煎熬，如今或许她是刚刚看到生活的希望，而我正是那个可以给她带来希望的人。

好在我用避重就轻的方法向母亲汇报后，母亲只是叹口气，说："唉，天底下竟有迭种事体，听了都让人心痛呢！这婚事就这么初步定下来了。你去问问小江姑娘，要不要回去和父母通报一声？"

我把母亲的意见告诉了江巧云，她高兴得立刻就收拾东西，要动身回家去一趟。

我用自行车载着江巧云，把她一直送到长江路上的长途汽车站，让她在这里坐车到安徽和县。回转时，我骑着车，顺着中山东路走。才出了中山门，耳边就传来了鸟雀的啁啾声，它们冲破树林间的寂静，把我带回了恬静幽美的月牙湖边，让我的身心仿佛重新回到了宁静的田园。

在路口，我竟然迎面撞见了阿燕。阿燕主动喊住我，且可怜巴巴地靠近我，让我不得不停下车，用一只脚踩着松软的土地。

"我，我求你件事。"阿燕羞答答地说，那声音和表情仿佛是个涉世不深、不谙风情的少女。

而那会儿，却正赶上我心情大好之时，便说她："你不用这么吞吞吐吐的。什么事要我帮忙？尽管说！"

"我想见秉辰……"她观察似的盯紧我的眼睛。

"唔，找他好了。"

"我……想约他出来谈谈，今晚七点半在三角草地等他。我……怕见伯母。"

"怕啥子？"我说，"我妈前几天还提到你。"

"不怕啥……我实在累得慌。说不清……反正，"她抬起头，又说道，"这……是为了爱情。你曾经说过爱情是至高无上的。我没那么高尚的德行。可我明白，我爱秉辰，秉辰他也爱我。真的……我约他，只要你带话，他准出来。"我发现，她比先前更黑、更憔悴，也更易引起人们对她的怜爱。

"好吧，我答应你。"我说，"他是犟点，不是小时候的秉辰了。"

"好歹见一次。心死了，也就算了。"她说，"其实……侯凯也不像你想象的那样坏。"

"我知道。干吗还要提他？还念及他的旧情？"

"我已经知道，我被放出来，是他帮了忙。"

"那也不一定。"我说，"人心思定。毛主席他老人家英明，一定会扭转乾坤，让社会重新安定。"其实，我讲这个话，还是听到了一些好的消息，比如，中国恢复了在联合国安理会常任理事国的合法席位；周总理在1964年《政府工作报告》中提出"四个现代化"建设后，近期又再次提出；等等。

"那我的事情也可以解决了？"阿燕问。

"那是当然！"我盯着她布满血丝的眼睛。那眼睛再也不如先前的清澈明亮。

"那我和秉辰也能和好如初？"她继续问。

"那要看你们的良知，如何引导你们相爱、相知。相信善有善报，恶有恶报吧，这世间总是善良的人更多。"

"我是善良的人吗？"她反问我。

"当然是。不过，社会上有些人，并不因为你善良就会放过你，只要你放松警惕，他们就会让你付出惨痛的代价。"

我说这话时，感觉自己太阳穴的部位猛地又跳了一下。

我一回到家，便把秉辰喊到阳台上，把阿燕约他在三角草地会面的事告诉了他。他冷冷地哼了一声，说："是她亲口讲，让我到那里去与她约会吗？"

我素知秉辰的脾气说一不二，便肯定地点点头，说："我可是把话带到了，去不去由你自己拿主意。我不想让阿燕空等一场，再次陷入失望或绝望！"

我转头望向窗外，此刻，紫金山顶，烟岚迷漫，草木森森，乌云集聚；空气中更加湿闷，一场梧桐雨将至。刘妈又在喊："天灵灵，地灵灵，老天爷，唯你行。日头一出天地新，风吹雨打日月行！"

翌日，余老八突然登门拜访。一见面，便迫不及待地对我说："郝秀云遭了宋主任的暗算了！"

我说："自从我和她曾经住过的那间新房被宋倪敏贴了封条，我就知道，他一定是对郝秀云恼羞成怒了。"

"是的。郝秀云从东北大学毕业回厂后，宋倪敏本以为他终于可以如愿以偿，占有年轻漂亮的郝秀云了，却不承想，郝秀云对他变得极为冷淡，甚至常常不理他。久而久之，失去了耐心的宋倪敏便开始对她大打出手，搞起了家暴，导致遍体鳞伤的郝秀云在忍无可忍的情况下，向上级机关告发了宋倪敏在担任厂革委会副主任期间，挟私报复你，打击陷害那些不受政治干扰、坚持发展经济、搞活生产经营的基层领导和职工等种种劣行。由此，两人成了冤家对头。就在前几天，我突然得到消息说几天郝秀云遭了宋倪敏的暗算，现在生死未卜。考虑到你们曾经夫妻一场，所以，我特此前来求助，看看能否一起去帮帮她。"

就在我一时还举棋不定时，母亲反倒劝我说："一日夫妻百日恩，不管怎么说，你总该去帮帮她，这可是做人的本分！"

我听完母亲的吩咐，若有所悟，便反问母亲，自己该怎么做。

母亲和刘妈商量了一会儿，关照我去把郝秀云接来。刘妈插嘴说："那可怜的女人，说不定已经为那个姓宋的指使的流氓所害，坏人从来不会善罢甘休。你可叫上秉辰和你一起去，他当过兵，身大力不亏，四五个流氓都不是他的对手。"

母亲不满地瞅刘妈一眼："秉辰有啥特殊的本事？只是人家落难，我们应该帮她罢了。"

刘妈说："我也是这个意思。我们是共产党的光荣人家。有护身符在呢！谁敢动我们家？试试看！"

我带上秉辰和余老八赶到江钢总厂时，已是中午时分。

我们在总厂办公室找到了正在吃午饭的那位大姐。大姐问明我们前来的用意，便说："你们还真找对人了，郝秀云的情况还就只有我知道。"

我便急不可待地问："她在哪里？我们要去接她！"

"郝秀云被宋倪敏定了个诬蔑厂革委会革命干部、散布反动言论的罪名，被一群不明真相的人抓走了。"

我再问："她被抓走后，关在了哪里？"

那位大姐让我们将办公室的门关严后，才很神秘地告诉我："听说，宋倪敏为了掩人耳目，将她关在一座寺内。寺内住持早被造反派赶走了，这座寺院便成了他们的据点。"

我谢过那位不愿透露自己姓名的大姐，急急忙忙地就要前去救人。临走时，那位大姐紧紧拉住我的手说："你也不要过分焦虑。为了恢复安定团结的局面，上面已有精神传达下来，拨乱反正、重回正轨的时候就快到了。我同情郝秀云，早就看透了，宋小人得势终归不能长久。还是毛主席说得对，人间正道是沧桑。"大姐的话，说得既解气又添力，尤其是她给宋倪敏取的"宋小人"的外号，说明宋的所作所为已经引起了公愤，不得人心。

我们赶到毗卢寺的时候，已是下午。我们找到几个看守询问，都说这里没有这个人。我不甘心，将其中一个说话相对和气的看守拉到僻静处，又往他衣兜里塞了一卷钞票，那个看守才悄悄告诉我，前几天这里是关了一个叫郝秀云的女人，但昨日，她由于受不了把她剃成光头的凌辱，乘看守不注意之时，从二楼跳下，头碰在地上流了很多血，被送到火葬场去了。我问他是哪个火葬场，他便不知道了。

我们兄弟俩迈着脚步沉重地出了毗卢寺。推着自行车没走多远，后面追上来一位老者，清癯面孔，山羊胡子，白衣黑裤，喊住我们俩，自称是寺内烧饭的。他说那个从楼上跳下来的女人被送到了清凉山火葬场，让我们去那儿找，或许能有收获，说完便匆匆而去。

我得知这一噩耗后，顿觉天旋地转，即刻便要去寻她的尸首。秉辰闻听了郝秀云的遭遇，或许是联想到了阿燕之事，长期沉默寡言的他，突然变得很激动，且主动对我说："我套件军装去，用我们部队上的话叫'活要见人，死要见尸'，我们一定找到她。我们到火葬场，可以称是她的亲戚，来领取尸体的，看他们怎么交代。"

　　我觉得秉辰说得有理，便让他赶快换上军装，一起赶往清凉山火葬场。

　　老远便看见焚尸炉后面那根大烟囱，气汹汹地指向老天，一连吐出几股浓烟。我向管理人员询问郝秀云的事。管理人员想了想，声称近来自杀者是有一些，且有男有女，大多没丧主，尸骨烧完之后扒出骨灰随手扔了，并指指火化间外面一个小山坡下的骨灰堆，说是你们要的话，可以扒点去。

　　我和周秉辰走到小山坡前默立。那堆骨灰，灰白中略带斑斑炭点。我们视线在那堆悲哀物上移来移去，努力辨认她的骨殖在哪。

　　秉辰蹲下来，木里木咕地捧起一小撮骨灰。久久地凝视，喃喃地说："酥，真酥……无影无踪……人呢？"说着说着，潸然泪下。而后，他两掌向下一翻，骨灰飘落。他说声："走吧，一路走好，远去天堂吧。"

　　回来时路经清凉山公园，周秉辰对我说："哥，进去看看。"

　　"好，看看。"我答。于是我俩跨下自行车，再推车上石阶，进园。寺门匾额上"清凉寺"三字依稀可辨。进寺门两侧有几间古朴的小屋，均已破败，屋前杂草丛生，倒是左侧三株高大的玉兰花树，苍凉中反见生气。

　　我和秉辰顺左侧石板小径上山，石板路尽头是一座小门楼，门额上书"古扫叶楼"，左右两侧皆种小片青竹，只是干细叶黄。进门楼右拐上不几级石阶为"半亩园"。又往上走几步，到"读画轩"，门紧闭，像人去楼空的亭子间，窗棂皆破，朝内窥探，见正中原来的长条案桌、两侧的高脚案几，皆被打翻在地，案桌前的红木八仙桌和两张太师椅均被砸散，说明此处也遭遇了造反冲击。地上散落着许多古字画的碎片，说明他们并不知道这些文物的价值。我想，若是昆山客龚贤早知今日之境况，大约要懊恼，当初何必要在此筑半亩园呢？

　　于是循原路往回走。本已心灰意懒，发思古之幽情，却鬼使神差让我俩又从右侧的山径转上了山寺的后殿。其寺殿如困兽伏卧，第一道门楼前有几个年轻人在练摔跤，见我们便喝问："干什么的？"

秉辰穿着黄军装，一副威武军人状，也就气壮如牛地答："你们自己不会看吗？"年轻人弄不清底细，不再言语。我们便直上崇正书院，书院内外皆晾有衣裳，院内贴满字迹拙劣的标语，正中还挂了一幅像，左侧还挂着一幅天安门城楼的彩印画，城楼下的人群在拼命向上挥手。

有一个年轻人再问秉辰是干什么的，秉辰没好气地仍回道："自己看。"双方都觉没趣，于是，丧气敛声。我们稍看之后，便也原路返回了。秉辰忍不住骂道："小炮仔仔！"

出清凉寺，大门两侧石狮破败不堪，虽仍安稳地蹲在那儿瞅人，但早没了一丝威严。秉辰拍了左侧石狮一下，呐喊道："成看门狗了吧？人去楼空还看个什么劲！"

离开这六朝胜迹，迎面撞见一个醉汉，约莫四十来岁，一脸大胡子，赤膊，右手抓衣，左手提空酒瓶，摇摇晃晃，鼻子的两孔尤为突出，着宽大的蓝布衫，三折入裤也掩不住他鼓鼓囊囊的下身。醉汉在高唱京戏："当阳桥，一声吼，喝断了桥梁倒水流……"秉辰问我："这狗日的唱那出？"我哪里有心思，便随口回道："大概是《法门寺》吧。"其实是《三国志》里，张翼德横矛当阳桥前的一句。秉辰呸了一口："法门寺？哪里还有法门？王道成了霸道！"

却不承想，此言一出，竟冲撞了大胡子醉汉，他一下横在我们面前，偏要讨个说法："谁是狗日的？"我忙解释，这位小兄弟说的是气话，因为现在有人无法无天，逼死人不偿命！醉汉似乎猛然酒醒，问："死的是你们什么人？"我说："一个女同事，三十多岁年纪，被造反派剃了光头。"醉汉一拍大腿，说："是有这么一个光头女子，在往焚尸炉里推时，坐了起来，当场就吓坏了火葬场两个火化工。还是我听说后大着胆子把她抱回了家。"

我听到大胡子醉汉的一番醉话，将信将疑，想："也许郝秀云此刻已投身崇山书院，就在扫叶楼中端坐，亦如她在钢厂高炉操作室内曾指挥若定一样。"我不由得回头一望，清凉山古朴犹在，一阵西北风刮来，犹如穿堂风之阴冷，令人急忙缩颈，驻足，却瞥见火葬场的烟囱又在冒出黑烟。我终于忍不住哇的一声哭出来。秉辰一把抱住我，说："你以为那些坏人会一直逍遥在世不死？其实是，不是不报，时候未到，时候一到，一切都报，哥，你要相信我！"

天渐暗，秋凉可感。回首望清凉山似有雾霾笼罩，肃杀、缥缈。

我们随醉汉去了他家，竟然与郝秀云劫后重逢，不禁悲喜交加。随即将她送进了工人医院，直到伤痛痊愈。为了吸取教训，从工人医院出院后，我立刻将她送回了镇江老家她父亲的身边。

那天回到月牙湖时，已是万家灯火、树影幢幢、竹林飒飒。母亲问及郝秀云，秉辰抢先回答："她到老家与她父亲团聚去了。"母亲眉宇舒展："可怜见，上帝保佑，大家太平。"我想，她在父亲的庇护下，终于可以暂时太平了。

几天后的一个傍晚，我在三角草地散步，看见何静茜朝月牙湖缓步走来，我迎上去问她来这有什么事。她说："我因父母的原因，离开医院旬月，回来后听说了你前妻郝秀云的遭际，很是不安，特来看望。不承想，你却在此散步，说明心情已有好转！"

"郝秀云为了解救我，不惜牺牲自己的一切，若不是她命不该绝，现在也许已经离开了这个世界。"我无可奈何地说。

"越是这样，我们对她的帮助就越重要！"何静茜坦诚地说。我颇为感动，认为她既是一个救死扶伤的医者，也是一个具有社会良知和觉悟的女性。

转眼又到了金风送爽的金秋时节。月牙湖到中山陵，早已经是赤橙黄绿青蓝紫的缤纷世界，其中尤以金黄为主基调。金黄的梧桐叶铺满大地的每个角落，金黄的桂花香透全城的大街小巷。这就是大自然赋予的秋天的美丽，六朝古都至今千年不改。这季节也是城中亲朋好友互相走动的大好时光。表姐宋昭信夫妇近来就常到家里来串门，每逢星期天更是必来。大姐的两个孩子郭小兵、郭小林，亦都有了小大人的样子。

表姐夫王志文本来就是话不多的人，现在更加沉默。每次来，不是坐在客厅独自看报，就是和小家伙们下军棋。他的塑料拎包里塞着许多的报纸，从官方大报到各地的小报。他看报的瘾头特别大，从早上看到晚上。甚至连吃饭时间，手边也不离报纸。昭信说他看报看呆了，变成了"报蠹头"。他却冲她说："不看报，不懂世道，自身难保！你懂什么？"

秉辰自从解救郝秀云回来后，似乎对阿燕的态度大有转变。不仅对阿燕的邀约随叫随到，而且把那些将阿燕称为"阿飞"的，一概视为流氓。我赞许和鼓励他说："普希金说过，谁能不迟不早地成熟，逐渐对生活的冷酷不幸学会忍受，谁就是幸福。"

然而，没过几天，秉辰突然听阿燕说，她爸要把她嫁给一个五十多岁丧偶的老头。她坚决不同意，但她爸却说，他已经收了那人许多钱，说这钱足够他花到百年终老，再不用出去低三下四给人下跪讨生活了。他求阿燕看在自己含辛茹苦的养育之恩的份上，必须答应他的请求。

秉辰闻讯，急得直跺脚，回家来请大家想办法。母亲说："问你昭信表姐去，她管妇联，一定有办法。"

秉辰向昭信表姐说了此事，她也很着急，说："现在已经是新社会了，他李大夫还想变相地卖女养老，在自家院里起火！真是冥顽不化的老顽固！你拉上阿燕，就去对他说，老老实实安生点，若是还敢像解放前那样，做那逼良为娼卖女换钱的事，那就不单单是他们家里的事了。"

秉辰素来听昭信表姐的话，也服她这帖良药。于是，他按照母亲的嘱咐，把刘妈也带上，去了阿燕家。一进门，刘妈就毫不客气地指着李清泉说："啊唏唏！七月半还真出鬼！我听说，你也想做个卖女换钱的老鬼头，真是作死呢！告诉你吧，我们家秉辰真死心眼，偏偏就喜欢你家的阿燕，这是你李大夫一辈子治病救人都修不来的福分呢！我家两个姑爷都是共产党，阿燕嫁过去，谁还敢再难为她？当真王法被狗吞肚里去？"

"刘妈，你老人家不可乱讲哦！我什么时候想卖女儿？我给她找个有钱的人家那是为她好，从此有个依靠，虽说年纪大一点，毕竟是过来之人，更知道疼老婆吧！"李清泉勉强地辩解道。

"是我乱讲，还是你乱来？这话评到玉皇大帝跟前老娘也不在乎。把姑娘往火坑里送，跟过去扬州把女儿卖到琼花堂里去当窑姐，有什么两样？阿燕这么个好姑娘，谁作兴把她弄到这地步？你说，你说，你是想学旧社会吗？这样没有人性，拿人当牲口！必是不得人心，不得长久！现在共产党坐天下，怎么会容你这么干？"

"呜……"那李大夫被刘妈这么劈头盖脸地一通训斥，竟然哭起来。老实说，刘妈这一闹腾，竟闹得大家都哑口无言了。

　　所以说，姜还是老的辣。母亲给秉辰出的这个主意，确是"唯才是举，吾得而用之"的好办法。从此之后，李大夫再也不敢打歪主意，而是服服帖帖地认可了周秉辰这个准女婿，家庭又复归平安。阿燕一家人都在等待着一段天作之合的美满婚姻，给他们带来和平安宁的日子。

　　那日傍晚时分，大姐和姐夫郭亮来了。在此之前，他们已把小林和小兵送到家里歇夏。他们在家里歇夏，已是这几年的习惯。一来，南京东郊这一带，山林起伏，草木森森，最是凉爽；二来，母亲极喜欢小孩，两个外孙又亲昵外婆；三来，家中事无巨细皆由刘妈调理仔细，她其实也极疼孩子，一生没有生养，更是饱含恋犊之情。时至今日，在孩子面前她已俨然以祖母的姿态出现，每到傍晚，小兵、小林若贪玩不归，她便到月牙湖附近的林子里或者河湾边把他们寻回来，领上楼，当着大人的面，劈头盖脸地训斥一顿，说是玩疯了夜里尽来尿。"来尿"是扬州土话，即尿炕。

　　晚间的绿豆粥煨得黏糊糊的，清香缭梁，加上葱花烙饼和盐渍黄瓜，大人小孩无不喜欢。郭亮呼噜呼噜地喝粥，大口大口地吃烙饼，整瓣整瓣地吃蒜头，"吧唧吧唧"嚼得震天响。大姐用肘捅捅他："你能不能自觉点？吃起来别像猪样！"姐夫抹抹嘴："1949年4月23日进南京，第一顿喝的就是绿豆粥，就驻扎在孝陵卫。"大姐说："你又来了。谁听你的陈芝麻烂谷子。"

　　"老话？现在就有人忘记了过去！分不清什么是敌我矛盾，什么是人民内部矛盾，把这两种不同性质的矛盾一锅煮，全当修正主义、资产阶级、走资派统统吃掉，岂有不乱的道理？过去，我们不论搞什么斗争，都要发动和依靠群众，还搞统一战线，所以我们才取得了胜利。"

　　王志文插嘴："官当久了，再忘记过去，就会犯官僚主义、教条主义的毛病，是要有人出来管一管了。"

　　郭亮说："连我这样的大老粗，也觉得该拨乱反正收一收了！"

　　大姐对他不满地白了一眼，似乎在说，就你那点文化基础，打仗还凑合，审时度势还差了十万八千里呢。

　　我却从他们的对话中感觉到，平静安适的生活即将回归，过去每遇周末晚餐时，客厅里那种觥筹交错、欢声笑语的融洽气氛，也许就快要回归了。

刘妈却说："周家的姑爷和哥儿都是好酒量，所以才能干大事，今日何不来个一醉方休？"回头又对秉辰说："早些年，你每次喝到意犹未尽时，我刘妈总会护你说，秉辰，这盅酒刘妈替你喝。你多吃毛豆米炒小公鸡，发育长身体，早长成人早报恩，那是为你好。今日就不用了，反正都是要娶媳妇的人了，你也放开来喝吧！"

秉辰笑憨憨的，从脸上一直红到颈脖子，双手捧起酒盅送到刘妈面前："刘妈你先喝，我今天先敬您！"

刘妈应了一声，似乎讨到许多快活，一仰脖灌下去。

母亲说："喊得真亲。该。"

刘妈说："秉辰，听话噢，我喝完了。这就替你盛饭。"秉辰点头，顺手也把杯里的酒一饮而尽。

母亲看着他们亲热的样子倒有几分羡慕，竟忍不住说："我从来就护着秉坤儿，别人劝他酒，我就替他挡驾。前次结婚时，为这事，我差点得罪了亲家公，惹得郝秀云不开心。这次他与江巧云办喜事，我一定让他一醉方休！"

母亲的一番话，令坐在一旁的郭亮有点羡慕嫉妒，便嚷嚷着："我也来说个好消息凑热闹吧。"

姐夫郭亮说的好消息，就是他们一家即将南归。

原来，刚解放那会儿，郭亮由陆军转到海军工作，在青岛海军基地供职。如今已调至江苏江阴一处舰船修造基地任职，举家迁至离南京不过一百多公里的江阴。交通方便了，他们以后每月都会不定期地回到南京城月牙湖边来。母亲早已把两个外孙当宝贝似的终日拢在身边，这下子，就更方便"乖乖长、乖乖短"地疼不够了。

大姐自脱掉军装后，仿佛就变回了做姑娘时的心态，除了冬季，都以各色裙装示人。姐夫依旧保留着军人的风采，甚至还习惯走到青青的高坡上，伫立良久，抬眼目视前方，默视着潺潺的河湾，似乎那河湾里正停着几艘鱼雷快艇在修造。暮色中升起的雾气，迷漫了他棱角分明且威严的面容。我猜想，在他心中，大约永远会回荡着那首遥远而悲壮的《志愿军军歌》，正是伴着这首军歌的血与火的岁月，他们走到了一起。一个横刀立马，叱咤风云；一个救死扶伤，天使降临，都是最可爱的人。

自解放初起，我们这个光荣人家引以为傲的家风、家教、家训，就一直守护着整个家庭，欢乐和痛苦交织成一条色彩斑斓的锦带，贯穿着父兄的嘱咐：相信共产党人为人民谋幸福，为民族求解放的初心永远不会忘，不论风云如何变化，岁月多么艰难，只要有共产党在，老百姓就有主心骨，日子就会一天天好起来。

成婚

　　母亲在月牙湖的仁慈和厚道得到男女老幼的赞佩。即使讨饭上门的人，她都会让他们果腹而去，更别说街坊邻居手头拮据时向母亲开口，母亲皆有求必应，慷慨相助。她似乎在履行父亲生前的一个承诺，又似乎在为众晚辈做出表率。反正刘妈常说，先生的阴德和太太的慈悲定会感动上苍，举甘露水来回报。要不子孙何以满堂？日子何以幸福安详？秉辰何以方面大耳？我秉坤何以灵秀聪慧？姑爷何以能做大官？对此说法，经历过丧夫丧子之痛的母亲，当然是大不以为然，还特别关照刘妈勿要一说就是官呀官的，刘妈听了也不以为然，说："官有啥不好，自古至今官府就是好，消灾避难。"

　　母亲笑了，说："你说到哪里去了？周家人向来不做出格事，又是革命家庭。唯有反动派会给我们带来灾难！"

　　郝秀云的坎坷经历，使我们一家人都改变了对阿燕和江巧云的看法。母亲更是从心存疑虑的排斥，转变为悲天悯人的接纳，且同意了我们兄弟俩与之联姻。

　　那段时间，我已经开始默默地等待，至于是等待形势出现重大转折的消息，还是江钢总厂恢复我职务，让我去厂里上班的消息，我一时还说不清楚。但是，我相信，冬天一到，春天也就不远了，这个日子也不会离得太远了。我站在窗前，常常会看见两朵既沉重又飘逸的云，本来是越飘越近，后来反而被风吹散了，一朵独自飘到紫金山的后面，深沉而凝重地休息去了。我想，如果可能，当她回眸望一望月牙湖，望一望秋风中沙沙作响的竹林，会做何种念想？也许她会说，生活并没有支离破碎，也不是想象中的完美无缺。生活就是现实，就是存在，是集悲喜、忧烦、快乐于一身的样子，那其中的狂喜、悲伤、恬静、安适，原本就是一个不可分割的整体。

那段时间，江巧云在代销店干得越来越好。她帮助刘老板从安徽引进来砀山梨、六安瓜片茶叶、臭鳜鱼等，赚了不少钱。

　　那天，刘老板又拿了不少东西来孝敬母亲，母亲没有什么东西回赠给刘老板，便请刘妈加了几个菜，留他吃个便饭。饭桌上，刘老板提议用古人配字饮酒的办法来解闷。偏巧母亲在明朝冯梦龙写的书里看到过这种玩法，便应允了。

　　刘老板便说："是我提议的，我就做一回东。只要我能说出配对的道道，便是有缘，两人都要罚饮酒。"

　　江巧云本不想喝酒，就想也不想，在手心里写了一个"江"字，而我却是随便在手心里写了一个江水的"水"字。刘老板看过说："有篇《万事足·巧计进妾》，'只听得语低低，声细细，帐儿摇，床儿响，一会颠狂，借车过水，美不可量'。这'江''水'正好与'借车过水'一样，对上姻缘。"

　　大家一时不解，便问这"借车过水"是什么意思。

　　母亲反倒抖起书袋，说："这可是表示男女和欢，那可是最佳的姻缘呢！"于是，大家立刻起哄，不仅让我和江巧云都喝了酒，还逼着我抱了江巧云一下。其实这种男人和女人间的测字游戏本是极平常的事，却引出我和她的宿命，缘分就是这样可遇而不可求的，一刹那，我把她抱在了怀里，她没有吃惊，没有讶异，只有感动，她似乎已经准备好了所有的勇气。

　　晚餐过后不久，刘老板就走了，没有继续留下来品茗和闲谈，却似乎给母亲留下了一桩心事。她坐在客厅西窗下的一张藤椅上，看似闭目养神，实则在静思劳神。这时谁也不会去打扰她，她也不会理睬任何人。我猜想，她正在为我的婚事操心。

　　秉辰吃过晚饭也走了，且没有骑车。我站在阳台上目送他朝月牙湖南岸走去。我明白他不会走远，不过是去河湾和三角草地等处找阿燕约会和散心了。

　　刘妈在厨房水龙头旁洗衣服。她不仅洗母亲的衣裳，也洗我和秉辰的衣裳。如果我和秉辰自己动手洗，她会说："这像什么话？自打先生、大公子在时我就洗到如今了，还差这么一件两件。"

　　不过有时她也发点牢骚："一个个没良心，嫌我刘妈老了，拿我不吃劲。哼，翅膀硬了都飞了。飞也好，哪个要巴结你们。娶妈妈吧，哼，没得这么宜当！"

母亲就和颜悦色地对她说："秉坤、秉辰的衣裳让他们自己洗，别惯坏了！不学做点，自己照应自己，日后哪里能办大事？他们总归是要走的。"

有一次过衣裳时，秉辰一句话不说，赤着上身，就呼啦呼啦地相帮她。过完了还要晾，刘妈就劈手夺过，说："秉辰，过衣服的水，还浑哩！真是王小二帮忙越帮越忙。"说完刘妈又过了几遍，才加重语气说："衣不过清，日后难洗，人无净心，日后难理！周家人向来从里到外都干干净净，走出去做人做事才体面。以往陈婆子料理，粗人一个，哪里做得好生活？害得周家人出门不鲜亮，这都是做下人的责任。"这个理论从刘妈嘴里说出来，倒真如同她仔细利索地洗衣裳，水声哗哗响，落地有声音，话净、理净、人净。就跟十多年前一样，她的两条胳膊依然白净有力，只不过随着岁月的流逝，她的经验之谈越多，两鬓出现的银丝也越多了。

我离开客厅走到厨房门口瞧她，她也侧头瞧我，问："秉辰哪里去了？"

"河湾。"我回。"这事怪他心眼死。"她甩甩手上的水珠，"他发脾气，赌狠，其实骨子里还是爱她的。"接着她又说："但凡男人对女人恨，女人就有福气。都说打是疼，骂是爱，若是男人在女人被人作践时，屁都不放，那就坏事了，女人就不如条狗，失宠了！阿弥陀佛，认命吧。"

我困惑地盯着她。"懂吗？"她的语气很急迫的样子。

"一点都不懂。刘妈。"我的回答却很平淡。

"你呀，胎毛没干透。"她继续有条不紊地洗衣裳，"我家何秃子几十年从不跟我发狠。那时还没到你家来，我们住在下关，靠他做小生意糊口。街坊上有个把油头小光棍欺我……那阵子年轻水灵……何秃子明知人欺我，不但不护我，连问都不问我一声，连一点醋味都闻不到。这种人也叫男人？"她叹口气，洗衣的动作显然也慢了下来，"坤宝，我倒有个主意，先说给你听，有机会再跟秉辰讲。讲通了，再跟太太、大姐她们说。"

"主意？什么主意？"我不解其意，且估计她老了，手上虽能做，脑筋已经不清爽，有时难免瞎七搭八，胡言乱语。

她先是嘿嘿一笑，掠了掠散在额前的几根银丝，然后狠劲地甩甩手上的水珠，仿佛要把一切烦恼和不安抛尽，决绝地说："干脆你们兄弟俩同时把阿燕和巧云都娶过来！"

"阿燕和巧云，一起娶过来？"我明知故问。

"秉辰对阿燕不假，阿燕对秉辰也不假。假就假在这混账的被扭曲的世道，坏就坏在那个欺负阿燕的下流坏。你对巧云有意，巧云对你上心。你们做啥拿别人的罪恶惩罚自己，叫自家有情人难成眷属，两面悬心？叫人家吃了苦头，还要受尽磨难？救人救到底，干脆明媒正娶把阿燕和巧云都娶过来。我看哪个小娘养的敢到周家来闹。这不两全其美，上下左右喜欢？隔年给太太和我抱俩大白胖孙子享享天福。要死要活痛快活，做啥有气不吐憋着活？坤宝，对不对？"

没想到刘妈说出的是这主意，正合我的意思。我由于同情江巧云的遭际，到爱上江巧云，已是心之所系。那秉辰自从目睹了郝秀云的惨痛经历，对阿燕也生出了诸多的好感和怜悯。我们都不想再被感情上的痛苦折磨下去。我甚至想，选个良辰吉日，就毫不犹豫地将巧云娶过来。什么不正经、不本分、出身不好、反革命家庭，这一切都统统见鬼去吧！重要的是青梅竹马，两小无猜，重要的是患难中见真情，见爱情。彼此爱得深，爱得弥坚，这是男女结合的唯一理由。只要彼此确定要爱，那么无论经过多少曲折和痛苦，也无论对方有多少过错，都有理由继续追求下去。我在心里对自己说，爱只在于自心，不在取悦于人。只有懂得爱情，才能真正懂得人生。

"你说话呀！"刘妈几乎在喊。

"我一定要说服秉辰，说服母亲。"我口气坚定地回答。

"阿弥陀佛！"她哈了一大口气，"你去寻秉辰谈谈，弄个真心实意的女人不容易！"

"你不是讨厌阿燕吗？"我问。

"唉，那是恨铁不成钢啊，我不会看走眼，阿燕是个正经姑娘，小时候就乖巧机灵讨人喜，嫁过来会好的。这阵子搞运动，就好像鬼子又要打进中山门，又要忙'跑返'。玉皇大帝怎么把人捏成这个鸟样。我和太太一样，命苦。这辈子活得不容易，人世太难。你看他郭亮姑爷前几日晚饭时那副脸，铁板。人大概再不相爱相和谐，就要发疯了。"刘妈说着说着，就又开始胡说了。

"坤宝！"母亲在客厅唤我。我缓缓走到客厅，站在母亲身旁。她问我："秉辰还没回来？"我答："是的。"她又问我："刚才刘妈哇啦哇啦喊的啥？"我心中不由得咯噔一下。难道妈妈都听到了，明知故问？她耳聪目明，慈祥归慈祥，老人家还挺精哩！于是我便说刘妈没喊啥，不过因为自来水开不大，水流少，发了点牢骚。母亲睁开眼，问："这几天城里是不是一天比一天太平？"

我明白母亲问话的用意，便说："是的。上面好像有精神传达下来，要搞安定团结了。动乱总是不得人心！"

母亲又问："坤宝，那我们家里是不是也应该大喜临门哪？"

我说："你一定是听到我们的对话了！"

母亲叹口气说："唉，我等着太平盛世到来，转眼就已到花甲之年。毛主席、共产党的话，就是你父亲的话，一定要听，勿会错。好日子要来了，你也该再次考虑一下自己的终身大事了！"我赞同地"嗯"了一声。

母亲端起茶碟，掀开茶盖，噘着嘴，轻吹浮叶。她吹呀吹的，犹如竭力要把满腔的怨气吹出来。我瞧着她。感觉已过花甲的母亲依然不失端庄灵秀之美，岁月沧桑，让她越见柔韧、慈爱、宽容、平和。尤其是她的眼神，瞧起人来总是那么温柔和善，即便对待她不屑的人亦是如此。在我的记忆中，母亲从没对别人发过脾气，更没有粗言恶语，对我们晚辈就更不消说了。母亲一生惧怕苦难，但她却在苦难中一步一步挨了过来，提心吊胆的生活伤害了她的身体，使她在四十多岁时就得了心脏病。疾病使她不能受惊吓，然而，她却在几次过度的惊恐考验中，泰然自若地一次一次顶了过来，没有倒下。岁月的艰辛也越加体现出人性的韧性！

我把母亲的话说给秉辰听，且告诉他，母亲和刘妈都改变了对阿燕的看法，都同意他娶晓燕。秉辰说："亏她们有了这样的认识，我今后应该多听母亲的话，不再让母亲为自己难过了。我马上去告诉阿燕。"

入夜，母亲先走进侧房，看看俩外孙的蚊帐有没有掖好，又无声无息地退出，轻轻地带上房门，见我坐在客厅愣神，便嘱我快去睡觉。

我说，我还不困。母亲其实也无睡意，踟蹰一会，便说："刘妈刚才说了秉辰和你的事！我都听见了，我赞同呢，你们准备起来吧！"

"妈，你同意啦？让我们筹办起来？"我明知故问。

"也罢，秉辰回来你跟他也说说，就说妈讲的，只要他对阿燕还有情义，就不要让阿燕再难受，再拖下去了。"说完，母亲深情地凝视墙壁上的毛主席像。闭眼静默片刻。嗣后，她便无声无息地回房休息了。

我把藤椅搬下楼，放在靠近台阶的一株广玉兰树下。以前父亲常和我们坐在树下稍事歇息，大家听大哥讲梁山好汉的故事。秉辰依偎在父亲的怀里，不住地摸他的大胡子，父亲就"啊呜啊呜"学老虎叫。现在这大胡子却长到秉辰脸上去了。所以，我时常会凝望秉辰的脸，并劝他别刮胡子。男子有一副大胡子，该是美须公的模样。秉辰说："月牙湖寻不到我这样漂亮的大胡子。"但他依然时常刮掉。好在要不了几天，胡子还会长长。

草丛里秋虫嘶鸣。尤其是那金铃子，喓喓喓的叫声挺能让人宁静，也会给秋夜增添几多深沉。夜幕凝固了，星儿离开不远，就似举手可摘，又像我梦中的幻星，越看越呆板，越瞧越觉得众星上下层次不分。

四周模糊一片。树林、竹林唯存幽静，却难免归于阴森。我蓦地想起，小时候刘妈带我们去夫子庙飞龙阁戏院看扬剧《张郎休妻》的事。我自始至终都觉得，不论在何时，人们都绝不应该将优秀传统文化抛弃，因为它维系着民族的根须和血脉。人的伟大，不仅是因为可以上天入地，从浩瀚宇宙到微观世界，拥有高级的思想，而且可以知行合一，在适应和改造世界的同时，绝不与这个世界发展的自然规律背道而驰。不论现实如何残酷，我都相信真理终将战胜邪恶。

脚下的草地依旧是那样松软与坚实，黑黢黢的天空依旧是那样安宁。宁杭公路上偶尔有汽车驰过，月牙湖边这几幢小楼依然静静矗立。

白露以后，天凉了，地凉了，身体的燥热却并没减弱。忽然，我本能地觉着背后有人，回头一瞧，一个慢吞吞的暗影朝我移来。我喊了声："妈。"

母亲已走到我的身边，我站起来扶母亲坐在藤椅上。母亲说："今夜隔壁头刘妈的鼾声特别闹猛。勿晓得哪里纠缠她。"

我说："我们让她闲了半辈子。"

母亲说："坤宝，勿好这样讲的。我们也苦了她半辈子。"

我站在母亲的侧旁，让母亲安然静息下来。我深知母亲的习惯，从我记事起，就经常看见母亲独坐养神。父亲和大哥牺牲之后，母亲更常常独坐沉思，一坐就是几个小时。她没有叹息，也没有烦躁，只是一会儿闭目养神，一会儿睁大美丽的眼睛，瞧着生机盎然的月牙湖，露出对斗转星移、春花秋月变化的疑惑和诧异，但双眸却是笃定清澈的。大姐就说过，母亲像是修道院出来的。听这话，母亲莞尔一笑："我哪里够资格。勿要亵渎修女。"大姐怅然失色，一声不吭地低下头。

"这庭院原先并不茂盛。"母亲宛如对黑夜中的花草树木倾诉，"那年搬过来，你父亲说树少花少，请了花匠，买了树苗，造起这好地方。两棵广玉兰是老的，原来就粗大，如今并未见长多少。你和秉辰倒长大了。"

我感觉到秋夜的暗露在浮动，便劝母亲上楼休息。她全然不理，继续说："中秋节一家人总是在庭院里看月亮的。奇怪！八月十五总是好天气，苍天也慈悲为怀，让一家人得以团聚呢。家义他总是爱喝绍兴花雕。秉乾从小好酒量，大了也是好人品。坤宝你要记着。"母亲终于没忘记我的存在。

母亲又问："秋天青蒿疯长，是吗？"我答："庭院里没有青蒿啊。"

母亲没作声。我明白她又闭目养神了。她突然提青蒿干吗？我正在纳闷，母亲又自言自语："青蒿，青蒿，《诗》云，呦呦鹿鸣，食野之蒿……终归是青的，青青的。《本草纲目》李时珍曰，可治疟疾寒热之症……就由它去吧。"母子的心灵息息相通，我终于悟出母亲提青蒿的用意，不过是顺其自然之谓，于是禁不住心头一热。

又过了片刻，母亲叫我扶她上楼。她是不用劝的，凡事她皆有自己的主张、自己的行为方式。我把母亲扶上楼，她说："你候秉辰。"于是我又下楼，坐在藤椅上，一边默默吸烟，一边仰望星空。

脊梁骨滑爽，飕飕地凉。我已感身心疲惫，便也闭目养神。嗞嗞作响的蓝色的幻觉，化成巨大的橘红色的铁流。继而，"沙沙沙"变成了"咯咯咯"，很轻微，只有我才能察觉。石板小径泛着灰白的夜光，动人极了，仿佛世界本是这般清爽。因为混沌一片，所有的景物融为一体，它们匍匐在大地上，让你眼前只见灰白的光。因此我感到孤独、单调、清爽，开始怀念高炉生产时，那耀眼滚烫的铁水的激情，怀念铁水在眼前奔腾流淌的气势。这不啻是一种上天神妙的暗示，告诉我：重返钢厂的日子不远了。

我精神上来，瞌睡收敛。于是集中精力看那石板小路。亲缘关系是否有特殊的灵性？多少次父亲或秉乾大哥的脚步声就这般响过。在月光下，在晶蓝的冰雪地上抑或是乌沉沉的阴雨日子里，母亲和我站在草坪上，冀望这沙沙的脚步声。这是哪一夜？怎么如此熟稔？我还隐隐记得那时临近解放，解放大军正雄赳赳、气昂昂地渡过长江。

此刻却是秉辰的脚步声，也有着军人踏步的铿锵。

石板小径最近端两旁是幽暗得令人发怵的竹林，秉辰的影子就出现在那里。这影子同样也只有我才能看得出。秉辰终于走到我的面前。

"去河湾的？"我问。

"栓子和根生今晚运气好，"秉辰蹲下说，"下了不少钩，钩钩有。足足十多条黄鳝。"他把一串东西朝地上搁。

"本事真海，比你都能整了。"我说。

"所以我左右开弓给了他们两巴掌。"他平静地说，仿佛在叙述一件理所当然的事。

"为了阿燕？"

"当然。不该为她吗？其实也为了哑巴桂花。江巧云现在对哑巴可好了！"

"他们认输了吗？"我担心地问。

"栓子。"秉辰猛力吸烟。烟头忽明忽暗，如天上的星儿。他添油加醋道："小子胎气，揍不叫，打不倒。倒也能吃得消我这蒲扇巴掌，嘴角淌血，过瘾。我没骂他，对他说继续逮黄鳝。末了，他反而送了我七八条大的。喏，"秉辰拎起那串在月光下黄闪闪发亮的黄鳝，"明天叫刘妈露露手艺。新鲜哩！"他嘿嘿地笑。

看看时间太晚，我迫不及待地问秉辰："你把好消息告诉阿燕了吗？"

"是的，我先去了她们家。一进门，也许是因为兴奋，心里乱哄哄的不知道怎么开口。"秉辰说，"她则坐在床边，也是始终低头不语。让我只看见她眉毛浓浓、睫毛长长、皮肤黑亮亮的。真邪门，总让人觉得喜欢。"月色下，秉辰的眸子尤显灼亮。

"不管怎么，你要把家里人的决定告诉她：不论外面流言蜚语怎样骂她，我们老周家不信别人的谗言。就相信她是个好姑娘。"我说，"阿燕倔起来跟你一样，脾气更硬，讲话也冲。你不用话解开她的心结，传达我们一家人对她的真意，恐怕会弄巧成拙，让她不高兴呢！"

"我没拿她当外人，我一直拿她当妹妹。"秉辰继续说，"所以这次，我对她说了真心话。我说，我不是可怜她……我根本是爱她。任何一个姑娘都不会让我像对她那样动心。只有她……阿燕……让我见了就激动，就想吻，就想搂，就想跟她讲一切……想跟她亲热……哥，你知道我的心……"秉辰说着，竟激动地哽咽起来。

然后秉辰一把抱住我继续说："接着，我就把家里的决定和她都说了。而且告诉她，我们家可不管什么家庭背景。母亲和刘妈都希望我娶你。你听了高兴吗？然后，我就见她直点头，说'高兴，高兴'！"

我说："看把你也高兴的。既然已是万事俱备，只欠东风，那我们就要赶快准备起来才是。"

"大家都说好了，难道还要准备什么吗？"

"哥是过来人，太知道要准备什么了！比如新房，比如婚宴。只有都准备得妥妥帖帖，方可迎娶新人入洞房。"

"真要这么麻烦吗？"

"那就看你是不是真心爱阿燕，想对她好了！我反正是要对江巧云好，要为她精心准备的！"话虽这么说，其实，当时我心中也是没数的。

翌日天刚亮，母亲就走进我睡觉的房间，我赶忙起身，边揉眼睛，边问母亲："有何见教？"母亲不由得暗自好笑，摇摇头说："这真是，皇帝不急太监急。我这里可是一夜困不着觉，一大早就想问问你，你们兄弟俩商量好了没有？"

我只好老实回答："秉辰是只知道开心，至于要准备什么，他是一概不知道。而我虽是想了一夜，还有很多不知道。"

"秉辰就是这个脾气，起先，大家说他倔，后来人们又说他'木古'，当然这是南京的方言。再后来，便都觉得他迂和木讷了。我们先不管他。我倒是要听听你究竟还不知道什么？都给我说说看。"母亲说。

"不知道婚房在何处，不知道婚宴如何办……"我话音还没落，刘妈倒已经搭上腔，说："秉辰有车，让他到汤山林场去拖车木料回来，再请个木匠师傅到家里来打两套家具。自己动手，把秉辰和你的房间都粉刷一下，再到你们钢厂找两根大角钢，请个电焊师傅来做两张双人床。婚房就都妥帖了。至于婚宴嘛，就在家里摆两张八仙桌，我来请个厨子，烧个两桌大菜，也就像像样样地搞起来了。"

"刘妈说得对，老周家没孬头，个个都是有本事的，这点小事情还能难得了我们？"母亲说。

秉辰大约听到了我们的讲话，不知何时已经坐在了一旁，边喝着冷茶，边仰在沙发上，吃着母亲为他煎的荷包蛋。听到刘妈如是说，不由得连连点头称是。母亲觉得自己絮絮叨叨了一阵，如今诸事已都安排妥当，这才重新回房睡觉去了。

秉辰吃完荷包蛋，嘴巴抿几抿，顺手把罩住半边脸的头发往后一拢。带着一半疲惫、一半泛着青光的脸庞，迈着大步走出了家门。他要开车去汤山林场拖木材，来家打沙发、五斗橱、桌椅板凳，凑出两套家具，填充两间婚房。一丝喜气正在他脸上逐渐形成。

"秉辰你早去早回，不要让我们为你担心。"我说。

"帮我倒一大壶水，带着路上喝。"他瞪着兴奋的眼睛，用一溜喜悦的目光射向我。天哪！这是秉辰吗？！他完全像换了一个人，青春的热情正洋溢在他全身。

此后，我们兄弟俩在刘妈和江巧云的帮助下，整整用了两个月的时间，请木匠师傅来家用榉木打出两套结实的家具，并将两间新房粉刷修葺一新，且在窗玻璃上贴上了江巧云剪裁的大红喜字。

母亲看后，满面喜气地对秉辰说："你该去阿燕家，把新娘子接来看看了。"

秉辰闻言，竟然怕自己磨不开面子，定要拉上我和江巧云一起去。

由此，我和江巧云随着秉辰，第一次踏进了位于凤凰西街上阿燕的家。那是一幢与我们周家一模一样的小楼。不过，她家只占据了小楼的一部分，住在楼下最里面一间。

我们几个不速之客走进小楼，沿着楼下的甬道往里到底，敲响那扇旧木门。只见李清泉慌慌张张地开了门，见了我们，现出一脸的惊讶之色，张口就问我："秉坤兄弟，是为你姆妈的身体来请我出诊吗？"

我向他笑笑，说："哪能总为了请你去看病呢！我们今天来，可是为了阿燕的喜事呢！"

他听我如是说，大约立刻就回想起了被刘妈无端训斥的场景，于是，立刻像被霜打的茄子一样，蔫头耷脑地拐到自己住的左手边那间大房间里去了。而秉辰知道，右手边两个小房间才分别住着阿燕和阿贻。李大夫这些年，虽然有点穷困潦倒，住房倒还宽敞。阿燕的房间在前，紧靠大门。我们刚进楼时，看见阿燕的窗户紧闭，窗帘拉严，好像人去房空，无人居住。

我们随李清泉先走进他住的房间，秉辰乖巧识趣地向未来的岳父大人连声问好，且将丰厚的见面礼一一呈上。李大夫见我们除了问候，完全没有兴师问罪的意思，这才放心，惧色收敛，礼让一番。使我们大惑不解的是，他的房间里竟养了几只大公鸡，一个个红冠竖起，雄赳赳、气昂昂、咯咯咯地踱着将军步，仰头观望我们。我心想：搞啥玩意儿？李太太这么一个爱干净的人，难道竟能忍受这脏兮兮的一地鸡毛和粪便？你李先生的生计尚无着落，却有心饲养大公鸡玩？不过，后来我才知道，那时候，许多私人诊所，都在施行一种"鸡血疗法"，说是定期往血管里注射鸡血，便能延年益寿，包治百病，笃信的人还不少。

李清泉"噢去，噢去"地把大公鸡吆喝到一边。也别说，那几只鸡真听话，果然钻到大棕棚床底下。李清泉拈了十几粒米，小心翼翼地撒在鸡群中，并自言自语道："吃吧，多养点血，阿拉勿亏侬。阿鸡阿鸡帮帮忙。米吞吃了，勿要浪费，作孽。"

我以为李清泉的神经有了毛病，便与秉辰交换了一下眼色，意思是让他冷静。秉辰则还以撇撇嘴、耸耸肩的动作，表示自己随他去，既来之，则安之。

这时阿贻已闻声而来，他似乎没睡醒，且没吃饱，满面饥色和疲态。见了秉辰，脱口便说："来一支。"秉辰掏出南京牌香烟，抽一支塞给他，阿贻蓬头垢面，山羊胡子老长，趿着黑色的塑料凉鞋，鞋襻断在一边拖拉着。秉辰说："头发太长了，去理理吧，快成阿飞了。"阿贻摘下眼镜，揉揉金鱼似的泡泡眼："我倒想做阿飞。可惜，"他拍拍干瘪的肚子，"比他妈孔乙己还不如。"秉辰说："阿燕在家吗？"李清泉哭丧着脸，说："半条命，在房间里。"

秉辰不响，立即走到阿燕房门外。

秉辰敲了半天门，里面不应。秉辰急了，用肩臂使劲向门撞去，门撞开了。秉辰冲了进去，我和李清泉、阿贻、江巧云紧跟其后。

阿燕床上的蚊帐放下了，床前一排白塑料拖鞋，我觉得很像郝秀云曾穿过的那双。一股发霉的清凉气息扑鼻而来，秉辰虔诚地拖着步子挨到床边，回头对李清泉睁大眼睛，似有怨恨地望望他。李清泉却已掩面而泣了，唯有阿贻麻木地喷着烟圈。我再次用眼神示意秉辰，绝不要放弃。秉辰也用坚定的眼神告诉他：阿燕的难事由我承担！

只见秉辰慢慢掀开帐子，用帐钩把两边帐门钩住。

阿燕仰在床上，乱发蓬散在枕头周围，眼皮红而浮肿，紧紧抿着发白的嘴唇，下巴瘦而尖，整个脸庞毫无光泽。上身穿一件粉红色的短袖衬衫，下身是一条玄色绸裙。要不是那高耸乳峰显示出蓬勃的青春活力，简直像一具僵尸。我不由得心中一阵绞痛：这还是曾经的艾丝美拉达吗？她生病了吗？

秉辰因为多少有点思想准备，所以并不显得过分吃惊，只是伫立在床边，脸上虽一阵阵抽搐，却没有声音从他那紧紧咬住的嘴唇间发出。我主动走近细瞧，发现阿燕双眸呆滞地望着帐顶，宛如等待着死亡的降临。秉辰轻轻抚摸着阿燕的秀发呼唤了她几声，她仍然一动不动，连眼皮都不眨一眨。泪水终于从秉辰的脸颊上滚落下来，他突然伸出强有力的双臂，喊了一声："阿燕，我来了！"将她紧紧抱在怀中。

秉辰把阿燕抱在怀中出了门，回首对李清泉低沉地说："我不愿她再回来忍受你无休止的精神折磨！不过，我今天还要喊你一声李伯伯。不！从现在起我喊你岳父。"

李清泉呆愣了，阿燕呆愣了，而我的心在哭泣，我心里面多少有点明白，郝秀云在委身于宋倪敏后，精神上要忍受多大的折磨。这亦是导致她跳楼自杀的原因之一吧！

秉辰抱着阿燕，昂首挺胸地走在月牙湖边的大道上，顿时引起一片惊讶和唏嘘。阳台上、窗口、路边都竖着几个莫名其妙张望的人头。还有不少人跟在后面瞧热闹，其中不乏那些曾对阿燕恶语相加、口出污秽的年轻小纰漏。阿燕猛地抱住了秉辰的颈子，把头埋在秉辰怀里，身体一阵剧烈地抽动。秉辰满含笑容向周围的人不住地点头，眼眶里却盈满泪花。连我心中也为秉辰暗暗叫好，此时此刻我真想放一串鞭炮，予以庆贺。

母亲在刘妈的搀扶下走到门口，惊讶地看着向家门涌来的人群，不知发生了什么事。秉辰抱着阿燕走到母亲身边说："妈！我把你的儿媳妇接来了！"

大姐本来是坚决反对这门亲事的，看到事已至此，只好长长地叹了一口气，跟秉辰说："弟弟，但愿你们能够幸福。""姐姐，会的！"秉辰坚定地回答。

第二天，秉辰和阿燕，我和江巧云，在母亲的催促下，到街道办事处登了记，领了结婚证。

刘妈说要好好办一办喜事，多请一些人来热闹热闹。秉辰说："算了吧，刘妈，这是我和阿燕、哥和巧云的事，干吗要让外人来沾光？依我说，连领结婚证都是多余的，不领也没关系。难道我和阿燕、哥和巧云的结合，还需要别人的恩准？笑话！"

"我不是这个意思，我是想让那些人看看，阿燕在咱们家是有地位的，看还有哪个今后还敢说三道四？"刘妈说。

母亲也说，大姐的婚事，是在部队上办的，月牙湖的人不知道。这次秉坤和巧云、秉辰和阿燕的婚事，非好好办一下不可，不为周家的体面，也要为巧云和阿燕着想。母亲先把两枚钻戒诚挚地给了我和秉辰，嘱我们在婚礼上给巧云和阿燕戴，而后又把自己贴身带的金十字架项链亲自戴在秉辰的颈子上。这三件饰品皆是父亲和母亲的爱物，母亲平时非常珍爱。秉辰说他就喜爱十字架，它不仅珍贵，而且还可以赐予他幸福。现在金十字架如愿以偿地戴在了自己的身上。他谢母亲说："妈，为了儿子的幸福，您真是可以不顾一切的。"母亲则说："这项链能帮你守住爱，圈住心。为此连娘都不要它了！"

秉辰笑着说："妈！您尽管放心，十字架项链会代表你全部的爱守住我的心！"

婚礼如期举行，那天舅舅、舅妈、大姐和昭信两家都赶来了。秉辰和我的朋友也来了好多，其中，母亲不仅从安徽请来了江巧云的父母，还把李清泉和李太太也请来了。李清泉和李太太见了母亲，双方先是尴尬得不行。李清泉赶紧笑眯眯地请罪说："先前我是有眼不识泰山，多有得罪了老夫人。还望看在阿燕你儿媳妇的面子上，看在我多年为老夫人诊治的面子上，高抬贵手，原谅我的大不敬，我给您叩首了！"说完，就做出要下跪的姿态。

母亲见了，真是吓了一跳，连声说："不作兴，不作兴！今日大喜，你是亲家，又不是新郎，哪里就轮得到你来拜天地？！你省省吧，从今往后，多多行善积德，善待你女儿吧！恭喜贵小姐今日大婚之喜！"

李清泉闻言，先是一愣，随即收了叩首的架势，点头哈腰地回答："同喜，同喜！"

这时郭亮和王志文走了过来应和道："对对！今天是大喜的日子，大家都要沾沾喜气，共同皆乐，一醉方休。来，干！"

"干！干！"语音落处，便是一阵觥筹交错。

我和江巧云各端着一杯酒，秉辰和阿燕也各端一杯酒，一同走到母亲面前，说："妈！您把我们拉扯大，为我们操了一辈子的心。今天是您两个儿子的大喜之日，是道道地地的双喜临门。这第一杯酒应该由您来喝！"

母亲却收敛了笑容说："这第一杯酒应该敬敬你们的爸爸，我来代他喝。"说这话时，眼里分明含着泪水。话音落处，母亲已将杯中酒一饮而尽。接下来的第二杯酒，母亲又提议敬大哥，还是由她代喝。直到第三杯酒，她才同意让我们来敬她。待大家都喝完这杯酒后，母亲又提议让我和秉辰敬敬刘妈。于是，我们又倒满第四杯酒，来到刘妈面前，说："刘妈，平时您最疼我们，也为我们吃了不少辛苦，这第四杯酒应该由您来喝！"刘妈赶紧接过酒杯，眼里闪着泪花，说："刘妈盼这杯酒已经多时了，今天终于盼到了，就是死也瞑目了。"

阿燕赶紧拉拉刘妈的衣襟，轻声地说："刘妈！"刘妈恍然大悟："噢！对，对，今天是你们的大喜日子，不能说不吉利的话。"刘妈一边擦眼泪一边说，"我一高兴说话都走了岔。"

这时有人提议让新郎新娘再倒酒，顿时得到大家的一致赞成。我和秉辰各穿了一身崭新的蓝色中山装，显得英俊、潇洒。江巧云和阿燕各上身穿粉红色衬衫，下穿玄色绸裙，显得俊俏、妩媚，婀娜多姿，还都有点消瘦的脸颊羞涩、绯红，难掩做新娘的喜悦之色。待大家的酒都满上之后，我们便来到各位来宾的面前一一敬酒。

当我和江巧云端着酒杯来到江巧云的父母面前，欲给他们敬酒时，却被江巧云的父亲伸手挡住了。江伯父竟把因身体欠佳而一直坐着的老伴也拉了起来，对我感激地说："我们要先敬敬女儿的救命恩人呢！"

我连说："不敢当，不敢当！都是巧云她命大福大，再加上我们有缘罢了。今天是我们大喜的日子，我要改口叫阿爸、阿妈，感谢你们培养了一个好女儿，今天又把她嫁给了我。我敬你们一杯酒，喝完从此就是一家人。我会一生一世待巧云好的！"

这时，又有人提议让两个新郎给大家散喜烟，再由两个新娘点烟。又是一致通过的赞成声。我和秉辰只好又忙着散烟，江巧云和阿燕则忙着点烟。有的人故意使坏，把火柴吹灭，嚷着烟没点着，结果一盒火柴划光，才点了七八根烟。烟还没点完，又有人提议让新郎新娘唱支歌。当时社会上正风靡的是毛主席诗词歌，我和秉辰都会唱，张口就来："我失骄杨君失柳，杨柳轻飏直上重霄九。问讯吴刚何所有，吴刚捧出桂花酒！"江巧云和阿燕却不会唱，接不上。江巧云和阿燕会的，我和秉辰又不会。我就做主为大家点了一支工人老大哥唱的歌，巧云和阿燕一商量，还都会。于是，四人就为大家合唱了一首《咱们工人有力量》。

婚礼一直持续到夜深人静时，人们才渐渐散去。

这一夜我也是异常激动，因为我认为我和巧云、秉辰和阿燕的结合，都是幸福的，都是历经磨难方成正果的。只有经历了挣扎和艰辛，才能真正理解爱情的价值与重要性。爱就像是一位导师，引导着我们跋山涉水，攀登险峰，创造出人与人之间的互敬互爱，以及尊重与公允。只有懂得爱的人，才配拥有幸福的人生。

记得解放初，母亲在耶稣受难十字架像的对过墙壁上挂了一幅毛主席像。大哥回家探亲看到这情景忍俊不禁。大姐说："劝过几次了，要么把耶稣像挂到房间去，要么把毛主席像挂到房间去。她拗哩！"大哥也劝，说客厅里最好挂一张像。

母亲说："那就挂毛主席的像。毛主席像挂在客厅，醒目。毛主席是真实的圣人，不论何时都是他带给我们幸福的人生。"说完，她就把耶稣基督像请到房间里去了。

此后，在客厅，我就看见母亲常给毛主席像鞠躬，犹如此前在耶稣像前那么虔诚，口中还念叨着"……家义……秉乾……"

直到现在，毛主席的像仍在客厅里高悬，连造反派看见了都肃然起敬！没人再质疑她的决定，甚至都认为她这个老太太办事情有前瞻性。别看她从来不发脾气，居委会也好，派出所也罢，都不敢冒犯她，其实是都认可她的做派和果敢。

结婚后，我和秉辰都不约而同地想到了作为丈夫应承担起的养家糊口的责任。从蜜月开始，我就开始为复工复职做着准备，找来一本《现代化高炉管理》，认真地钻研起来。

而秉辰更是人逢喜事精神爽，在阿燕的帮助下，把自己的新房又改造了一番。母亲和大姐要将对过的一个房间也腾给他。秉辰硬是不要，说任何一个房间都住不惯，说他跟阿燕住在这间房里非常幸福美满。

他们把大房间用块蓝色帘子一分为二。后半部是他夫妻俩的卧室，前半部是他的画室。画室的门是天蓝色的。门楣上饰有蛇形图案。一走进画室，只见四壁上画有各种既像机械又像人体的图案。这些图案宛如树枝和变形的颈子、头、身躯和脚，弯弯曲曲。但有的线条雄浑粗壮，色彩不但鲜艳，而且冷热明暗对比强烈，令人感到光怪陆离中有一种升腾的活力。

画室内靠窗左边一个角落里立着几个长颈瓶子。瓶里盛着亚麻仁油、核桃油等油画颜料。在右边一个角落里，放置着一张小木桌，桌上堆了不少本色坯布、木板、木条、厚纸板，小木桌旁的地板上搁着一个长方形带拎把的木工工具盒，盒中有长短不一的各种钉子，一些破碎不齐的骨胶，几张砂纸以及斧子、凿子、锤子和刨子。一把细齿锯戗在桌腿边，桌下地板上散乱地放着许多支用过的软管油彩，好似一支支五彩缤纷的大牙膏。

画室中央是一个大画架。画架的四边用活动羊角旋钉坚固，可随时按需要调节尺寸。画架的旁边有一蓝色的小塑料桶，桶里浸泡着画笔。画架上拴着一个小木盒，里面放着许多炭笔和各种铅笔。两块调色板扔在画架下面。

这奇特的新房还有一个奇特之处：蓝色的窗帘一天到晚拉严。这倒不是秉辰和阿燕结婚之后才如此。秉辰习惯蓝色，他要求只要可能，一切都应是蓝色的。所以新房的天花板和四周墙壁的上半截，都是蓝色的形态各异的花。可是我却觉得那些花画得忒狂忒浑，缺乏纤秀之美，就如秉辰其人。

新房里没有多少家具。朋友来聚，把小木桌挪到画室中央，再搬几把椅子便解决问题。秉辰不喜欢把朋友往楼上带，他又极喜欢朋友来聚聚，随便围坐即可。秉辰结婚后，阿贻、袁力力、袁伟伟、袁兰兰等朋友仍经常来玩。大家清茶一杯，天南海北，聊得有滋有味。聊得最多的是艺术、文学、绘画、摄影、雕塑、音乐、书法、电影等，无所不谈。但重点议论的是文学和绘画。这些朋友有的是秉辰的，有的是我的。后来大家都成了朋友。他们把秉辰的房间当成了谈论艺术的沙龙。而我却知道，秉辰重操旧业，是在追逐童年时的梦想。所以常常会搞得废寝忘食，早饭一吃完，就钻进他的卧室兼画室，忙到吃晚饭还不见他出来，引得心疼他的阿燕埋怨不已。

我对阿燕说："让他去涂抹吧，反正油画的凹凸块面，最能排遣他心中些许的不快。至于画得好不好又何妨？每个活在人生大画布上的人，都在自觉和不自觉地涂抹着自己人生的画面，只要是自然的，就一定是生动的，就一定是他心灵的真实流露，就一定有别于那些假、大、空的欺世盗名的东西。"

自从大姐夫调来江阴，他们一家也经常从江阴赶回来陪母亲。秉辰对面的一大一小两间房，本是为大姐夫妇准备的。这套房间甚至比他们在单位的公寓房还要宽敞、舒适。里面的老式家具也是新中国成立前家里就有的。我忽然感觉，老周家又恢复了人丁兴旺的热闹气氛。

阿燕自从嫁过来，便算作革命家庭的一员，立刻受到了各方面的保护，没有人再敢来骚扰她，不消一个月，又变成了美丽、漂亮、丰腴的'艾丝美拉达'。爱使她又回到了过去充满青春活力的时候。她善做家务，里里外外一把手。刘妈说阿燕像她养的。母亲则把阿燕当宝贝，关照她少做家务，多注意自己的身体。自从阿燕嫁过来后，母亲的眉宇舒展了许多，成天跟阿燕说话解闷。两个小男孩也跟阿燕挺热乎，他们仍然喊阿燕，而不喊舅妈。这倒不是孩子眼光大，因为喊舅妈拗口，不好意思。由此，窗户似乎更显明净，地板也更显光洁。阿燕的胆子也变大了，不再怕月牙湖的人说三道四。她每天早晨都骑车去买菜，说起话来既甜润温和又理直气壮。

可也真怪，秉辰和阿燕的结合只在月牙湖掀起一阵微澜，还未及阿燕完全鲜亮复活，闲言碎语便已烟消云散了。连月牙湖的碎嘴大王陈婆子，人前背后对阿燕也是一片褒奖之词。有几次闯到周家，竟主动要替家里拆洗被子，却遭到了母亲的婉言谢绝。陈婆子对母亲说："我老早就说过，阿燕是个能做的贤惠姑娘，多亏秉辰下狠心把阿燕娶了回来。"幸好秉辰不在家，要不陈婆子准被他轰了出去。阿燕不理睬陈婆子，直拿眼瞪她。

人的感情是处出来的。不管大姐先前对阿燕有多少成见，待阿燕嫁过来之后，大家和睦相处，再见识了她那种贤惠、勤劳的品格，大姐也就渐渐转变了对阿燕的看法。至于阿燕，不论周围人摆什么面孔，多么冷淡，她也学会了逆来顺受。

当然，大姐毕竟有知识，参加过抗美援朝，为人正直、心地善良、坦荡达观，又是国家干部，绝不会恃强凌弱作践人。与其说她对阿燕的生活作风有成见，不如说她因秉持正统道德观念对李家的阶级出身保留了看法。但也没办法，阿燕嫁过来，弟弟秉辰爱得发狂，夫妻和美恩爱，全家人亦欢喜，就连舅舅和昭信也说阿燕讨喜。再者，阿燕确实贤惠，本质不坏。生米煮成熟饭，喷喷香！她就是不想吃，也忍不住要尝，自己工作在外，家里的事还得弟媳妇来扛！大姐清楚，自己与阿燕的关系已成家庭和睦的关键，尤其不能使老太太生气。于是，大姐审时度势，大度地做出了让步，很快地转变了对阿燕的态度，使两者的关系融洽起来。

大姐的态度也决定了郭亮的态度，昭信表姐的态度也左右着王志文的态度，不用说，他们也都来了个180度的转变。郭亮说："秉辰在部队没提干，当了五年兵，连党员都不是。他要娶阿燕，我们管这摊子事做啥？这叫萝卜青菜各有所爱。俺就是喜欢啃大蒜大葱。"大姐一听这话火了，训斥道："你又喝多了！净讲浑话！"别看郭亮长得魁梧粗壮，标准的军人风范，说起话来蛮冲，但在大姐面前，改不了惧内的毛病，听到大姐的训斥，他只好无奈地苦笑，回头对母亲说："大姐一会儿红脸一会儿白脸，像秋天地里的红高粱，俺怕呢！"这话一出口，连阿燕也忍不住笑了。秉辰不解，报以眉飞色舞的傻笑。他自娶了阿燕，心满意足，家里人怎么说都成，而且还都是当作好话来听。

秉辰一扫过去的暮气，一天刮一遍胡子，还抹点雪花膏之类，烟酒皆减量，成天嘻嘻哈哈，笑话不离嘴。厂子里上班还没恢复正常，他每天骑车到厂里点了卯便溜回家，跟阿燕躲在屋里不知搞啥名堂，也许他作画时需要阿燕红袖添香。有时阿燕在楼上做事，秉辰在楼下喊，母亲和刘妈就将阿燕轰下楼。刘妈说："黏哩！阿燕不愧是'爱死没话说'，把秉辰调教得服服帖帖。"母亲抿嘴笑而不语。知道刘妈不会说艾丝美拉达，只会说爱死没话说。

除夕之夜

　　立冬已过，全家人都穿起了厚毛衣。初冬凛冽的寒风把街两旁的梧桐树吹得枝叶凋零。就在我甚是担心钢厂的高炉和生产时，余老八给我带来了好消息，他说："党的十一届三中全会召开了，重新确立了解放思想、实事求是的思想路线，作出把党和国家的工作中心转移到经济建设上来，实行改革开放的历史性决策。江钢总厂为此召开了全体职工大会，会上不仅传达了中央的文件，而且宣布了对宋倪敏做出的'双开'的决定。真是大快人心。洪厂长特地让我来请你回厂上班呢！"

　　我听完他的话，一时惊讶得说不出话，他却接着说："把工作中心转移到经济建设上来，实行改革开放，这是新中国成立以来党的历史上具有深远意义的伟大转折，标志着党胜利地完成了指导思想上的拨乱反正。这是不是意味着，我们又可以在一起甩开膀子大干一场了？！"

　　我赶紧回答说："是的，是的。我们又可以大干一场了！你看我连对高炉施行科学管理的书都准备好了！"说完，我就向他举了举手中的《现代化高炉管理》一书。

　　从此后，每天清晨，我又成了月牙湖这里起得最早的人了，因为我要骑上一个多小时的自行车才能到达江钢厂。每当推开窗户，闻到一阵新鲜的青草混合着湖水发出的味道，我总是觉得月牙湖又迎来了新的一天，且是洋溢着新的活力的一天。

　　早晨从家到厂，下午从厂回家，我又重新登上高炉，开始了"炉火照天地，红星乱紫烟。赧郎明月夜，歌曲动寒川"的生活，这生活看似琐碎平凡，但心情上却是大不相同，以往那种受压抑的、戴着枷锁跳舞的感觉，竟然一扫而光，就像是大江大河那样自由奔放。

我重新履职后提出的炉长负责制的改革方案，也得到炼铁分厂广大员工的支持，所以很快就得到大家的积极响应，劳动热情空前高涨，你追我赶，比学赶帮，高炉上不仅恢复了正常的出炉和生产，而且高炉利用系数也是屡创新高，天天敲锣打鼓地向总厂送去报捷的大红喜报。严冬季节，数九寒天，高炉上竟是热火朝天，铁水流淌，滚滚热浪，耀眼夺目，万道金光。

有人说，四十来岁的男人事业辉煌，三十来岁的女人情意绵长，这似乎就是给我们这对夫妻下的定义和褒奖。我觉得，我们既懂得了爱，也懂得了如何将其珍藏。

我正是在年届不惑之后，在又一春的境遇中，思想得以解放，身体焕发青春，行为通达自恣，真正体验到了爱的绵长。夫妻间有说不完的话。那种浓情蜜意的时间，竟然持续了一年时间，才慢慢平静下来。平静以后的爱，也许更能称得上是爱。然后，她对我说："我想要孩子了，你不抽烟，很好，我希望你把酒也戒了。"我问她戒多久，她说："这你应该懂，时间不会太长。"我很听话，那段时间真的戒了酒。然后，大约过了两个月，巧云真的怀孕了。

比起当年我和郝秀云结婚时的日子，现在真是好过多了。我在家里的这套住房，比巧云在她父母那儿的住房还要宽敞。结婚后，我主要住在城里，有时，为加夜班或搞抢修，我也会住在原来的那间宿舍里。后来，因为生意上的关系，巧云在为代销店采购咸板鸭时，认识了江北一位人称"大萝卜"的养鸭专业户。那"大萝卜"是个老牌的中专毕业生，五十多岁，经营着江北近郊的几十亩水塘，专门利用江水放养鸭子。每年到了鸭子上市的季节，他挣了钱，也不乱花，也不存起来，全都捐献给一所聋哑学校，甚至连名分都不要。巧云把他那里作为主要的进货渠道以后，就连他资助聋哑学校的事情也知道得一清二楚。有一次，巧云就问他为什么要这样做。他说："有个革命家叫彭湃，你听说过吧？人家彭湃当年为了实现共产主义，回到家乡就闹着要分家产，家产刚一分，他就把自己的一份全部拿出来，分给了当地农民。我光棍一人，我要钱有什么用？"巧云说："既然要钱没用，那你干吗还拼命挣钱？"他说："我有这个技术，不挣也浪费了，闲着也是闲着。"问他下一步有什么打算，他说："这两年养鸭子的人很多了，生意难做，钱一捐出去，身上又空了，就想在这里附近再找间房子，联系业务也方便。"

那日，我正好为了高炉上的抢修没有再赶回城里。所以巧云离开"大萝卜"之后，便也来到我住的那间宿舍，说是来陪陪我。其实，她想帮帮"大萝卜"，她认为，南京话里的"大萝卜"，都是指那些老实得近乎木讷的人。巧云她见到我后，便说："我看'大萝卜'人不坏，境界也高，我们这里正好两间房，多出的外屋可以腾出来，先借给他用，这样我今后跟他的生意也更好办一点。"

我开玩笑地对她说："怪不得你生意做得好，原来是你有前瞻性，为以后做准备呢！"

她倒是毫不客气地说："那是当然，以后我若是怀孕，这生意上的事情，就只能靠老关系来帮衬了。我们都是成年人，都有自己的世界观，人家大把大把地捐钱，我们不过是借出去一套房子，也算是从长远打算吧。"

没想到，好心自有好报，就在我们把房子借给"大萝卜"不久，巧云果然就怀孕了。

当巧云肚子隆起来的时候，我便常常陪着她，在中山门外通明孝陵的那条梧桐大道马路边的人行道上散步。一半是臃肿，一半是优雅。母亲说，岁数大了，生孩子肯定难度大，所以要多活动，多走。

我瞧着巧云优雅的步态，不禁从内心深处洇透出一种幸福的感觉。这也许就是相濡以沫的爱情吧。

有时候，爱情不是靠语言就能传达的，它永远是一种感受，在心的深处。两个人的时候，我喜欢揭开巧云的孕妇衫，仔细观察并抚摸她的肚皮。由于下一代的牵累，她的腹部皮肤已经明显地被拉扯开来，就像熟瓜一样，现出一道道清晰的妊娠纹。瓜已经熟了，只等着蒂落。这时候，我会探过头去，将耳朵紧贴在她的脐下，像个顽皮的孩童，小心翼翼地获取里面的信息。

巧云和她母亲眼见着都忙碌起来，忙的全是琐碎之事——买奶瓶啦，买小软鞋啦，买小摇铃啦，缝尿布啦，缝小衣服啦，等等。甚至连吸奶器都想到了。巧云还要去做定期检查，定期做 B 超。她的身体状况和胎儿的状况都健康正常，但她还是担心，担心孩子难生。我宽慰她说，听妈妈的，多出去散步，多走，多呼吸新鲜空气。

逢到休息日，我会带她到紫金山去，沿着盘山道，我陪她慢慢地散步。她则步履蹒跚，行动缓慢，但因为我们有的是时间，所以我们的散步多少也有了一点儿游览的意味。我会告诉她，南京解放的前夜，我曾经在山上待了一整夜。傻乎乎地想找到那个藏着大山洞的山坳，想穿过那个山洞到江南岸的燕子矶处，再由那里渡江到江北去寻找父亲和大哥。江巧云问我："那你找到了吗？"

我说："我至今也没有搞清楚在哪里，恐怕是上了大哥的当了！"

话刚说完，我和巧云不由得都笑了起来。

从紫金山天文台那里下山，我们又散步到玄武湖。

玄武湖的历史最早可追溯至先秦时期，六朝时成为皇帝操阅水师的场所，并被辟为皇家园林，南岸建有华林园、乐游苑等皇家宫苑。北宋时，江宁府尹王安石废湖还田，玄武湖因此消失二百多年。元朝时，经过两次疏浚，玄武湖重新出现。明朝时，设为后湖黄册库，系皇家禁地。清末举办南洋劝业会时，开辟丰润门（今玄武门），玄武湖成为游览区。从 1938 年起，玄武湖就已经作为公园正式对外开放了。

玄武湖大体呈菱形，湖泊被五洲（环洲、樱洲、菱洲、梁洲、翠洲）分为三大块，北湖（东北湖、西北湖）、东南湖及西南湖，北湖水较浅，西南湖水最深，东南湖其次，湖内由湖堤、桥梁和道路连通。玄武湖属于浅水湖泊，水源来自紫金山北麓，主要入湖沟渠有七条，并与护城河、金川河、珍珠河相通。也就是说，与我们住地的月牙湖也是相连通的。

我忽然想到了父亲和大哥，他们用自己的生命给这片土地换回了安宁与和平使我们这些生活在这片土地上的人，拥有了现实与希望。他们像天上的繁星，在黎明到来前的暗夜里划过天空，发出信念和理想的光，为我们照亮前行的道路。他们一定隐身在天际的某个苍穹，至今仍用亲切的目光在注视着我们的生活和人生。

历史与现实，就是这样清晰地在我大脑中时空交替、腾转挪移着。

我不由得想起，党的十一届三中全会刚开过，南京降下了当年的第一场雪。傍晚时分，紫金山已经白了头。一夜过后，天亮时再看，不仅是月牙湖，连中山门里门外，皆是银装素裹。

天气特别冷，零下 10 摄氏度左右的温度，一直延续到春节以后。屋檐口的冰挂，仿佛银闪闪的长剑。月牙湖这里的许多树都冻裂了皮。湖面上结了厚厚的冰盖，大胆的小孩都敢在上面行走。南京就因为刚过长江，算江南，所以家家户户都没有暖气，冷得连大姐和姐夫来月牙湖这里与他们孩子相聚的次数也变少了。

偶尔来一次，郭亮定会把孩子们聚在客厅，烧起大火炉，让大家围着取暖。解闷的方法就是领着大家，背诵毛主席的"老三篇"和语录。开始时，小家伙背得结结巴巴。但小孩毕竟记性好，几次三番一背，就能将"老三篇"背得滚瓜烂熟了。至于一篇篇短小精悍的语录，他们甚至可以达到倒背如流的水平，得到母亲的交口称赞。看着小家伙颇为得意的神态。母亲便说："聪明，还真聪明哩。秉坤和秉辰做小囝的辰光也没有你们这么聪明呢。"大姐教唱的几首语录歌，小家伙不仅一学就会，还学会了跳"忠字舞"，唱歌跳舞竟然都学得像模像样。他们身穿小号的黄军装，戴上黄军帽，又缠着刘妈用红布做成红旗，再用黄油彩在红旗上画了五角星。小家伙便举着又跳又唱起来，逗得大家哈哈大笑。

唯独秉辰看了很不开心，对大姐说："大姐，现在都改革开放了，干吗还让孩子跳这种舞？"

大姐说："这又怎么啦？你看了不顺眼？"秉辰说："不是顺不顺眼，而是让我想到了阿燕的遭际，痛心呢！"

大姐不以为然："反正唱唱跳跳！让孩子对文艺有点印象，开发智力也有好处，将来他们长大了，唱什么，跳什么，自由他们自己去做选择。比如你小辰光，父亲、母亲也都是这样教育你的。"

阿燕在旁边装着没听见，继续逗小林他们唱歌跳舞。秉辰没好气地冲阿燕嚷："你不嫌这闹心？"阿燕立即停了唱，默不作声立到一旁。

母亲说："秉辰，小囝玩小囝的。你小辰光还拉着两个小姑娘的衣裳一起跳呢。你父亲当初以为生下来的是个小丫头，不承想生下来的是个憨小子。"

刘妈说："你小时候，牵出去玩，没有一个不说这小姑娘漂亮呢。哪个晓得，现在成了大胡子。"经众人这么一调解，秉辰也不便再说什么，只能傻笑了。

小林觉得有大人给她撑腰，便朝秉辰直翻眼："什么烂舅舅？"

大姐朝他瞪瞪眼，说："怎么这样跟舅舅说话？欠揍了是吧？"

王志文说："现在提倡安定团结，整顿恢复，文化艺术百花齐放、百家争鸣的好日子，恐怕就要到来了。"

舅舅也附和着说："志文、昭信他们消息来得快，不会错的！"

舅舅话音刚落，刘妈反应也快，抢着说："王志文、昭信就是这样的人，办事利索呢！"

舅舅见自己的话这么受欢迎，便接着说："解放前国民党税多，不仅巧取豪夺，还与百姓争利，当个银行襄理，就是'老鼠进风箱两头受气'，日脚真不好过。今日，共产党办事处处想着下面的百姓，女儿、女婿带上去的建议，桩桩落实，以后会一天更比一天好的。"

母亲说："家兴哥，勿要急，毛主席、共产党说话总是算数的。你们信息灵通，常来这里聚聚，也帮我们多了解一些国家大事。"

大姐是解放初期参加革命的党员，尤其关心局势发展。听说了改革开放带来的变化，自然喜不自胜，对郭小林、郭小兵的训斥也大为减少，也不再让他们仅是背"老三篇"和语录，而是给他们增加了唐诗宋词的背诵任务，且让他们活学活用，边背诵边立在窗前看野景：千山鸟飞绝，万径人踪灭。孤舟蓑笠翁，独钓寒江雪。联系月牙湖这里的冬景——雪后初晴、残荷倒影、翘梅凌寒，应有尽有，岂不正是感同身受，情景交融呢？！

秉辰也恢复了去厂里面点卯，出勤。开着车子满城窜。阿燕则担起了照顾全家的责任。我则一头扎进江钢厂，经常十几天不回家。那天，我好不容易休假回来拿点换洗的衣物，母亲问我："秉坤，你怎么十几天都不回家？"我回："忙呗。"

母亲摇摇头，又问："忙什么？"我补上一句："忙大事，厂里正在搞企业整顿。"母亲说："你们整的新名词，我搞勿懂呢！"

我于是解释说："就是大舅上次来说的，中央很重视拨乱反正的做法，决定进行大刀阔斧的整顿。要在整顿基础上，大力发展经济，使全国各方面工作都得到尽快的恢复，走上正常的轨道。而我们企业就是这次整顿和发展经济的主战场，不搞好不行呢！"

母亲没想到，我本只是个能在场面上应酬、喝喝酒的爷们，现在也能一下子讲出这么多道理。倒有点刮目相看呢。

母亲听了很是开心，竟愿意重操织毛线的旧业。不过，毕竟年老眼花，织了拆，拆了织。一件未织好，又起头织第二件，最后是件件没着落。想来，她还是在家做姑娘时干过这些活，且是一把好手。久而久之，也就练出来一股倔强的耐心，办事变得沉稳，且有主见。

春节又要到了，市面上东西仍紧缺。为了过一个开心年，辞旧迎新，母亲让刘妈抓紧采购年货，这本是老规矩。阿燕要跟去，刘妈不准，因她身子渐笨，路又滑。母亲反倒说不要娇惯身子，才怀孕三个来月，稍稍走动可以锻炼身体。

秉辰寻来竹子，劈成篾条，给外甥扎灯笼玩。几个人扎得废寝忘食，忘记了吃饭，还有滋有味。灯笼的骨架扎成后，再糊上五颜六色的彩纸，上画孙悟空、猪八戒、哪吒、圣诞老人，还有一个洋娃娃似的小姑娘。小林问："三舅，这个小女娃是哪个？"

"小阿燕。"秉辰刮了下小林的鼻子："漂亮吗？"小林点点头，说："漂亮"。郭小兵说："没出息。"秉辰也刮了郭小兵一下鼻子："你懂什么？小麻雀。"阿燕在旁暗自好笑。

扎灯笼还是过去读小学时手工课老师教的。秉辰扎得比我好。别瞧他粗憨憨的，心眼也不如我活，可手挺巧。他扎的风筝是月牙湖这里小孩最羡慕的玩意儿。他还用纸折成什么船啦、飞机啦、大炮啦、白鹤啦、狗啦……出于这缘故，外甥更喜欢和他玩，我也自叹不如。

刘妈寻出年糕模子，蒸起年糕来。年糕样式颇多，元宝形的，各种花卉形的，各种动物形的，各种人物形的，还点上红绿，好吃也好看。没想到刘妈心血来潮，在这喜气盈门的冬天，还嫌不够，还要再费力劳神地蒸出花色年糕来增添更多喜庆气氛。刘妈和阿燕还炒了炒米，做了猪头膏，炒了什锦素菜。冬令腌腊咸货是南京城南人家冬储的首选，年景不好，自然不能和往年相比，但为了满足母亲的心愿，今年尽量地多储备了一点，光看样子就觉得蛮丰盛，年能过得不错。母亲满意地认可后，第一个就关照刘妈，备一篮子杂色年货叫阿燕拿回家。

浓浓的年的气氛，按时来到了月牙湖这里，来到了老周家。

晚餐时，大姐叫我给她斟白酒，我犹豫了一下。母亲说："给她斟，勿要憋着她，抗美援朝时，她和你郭大哥还不知喝了多少呢！"

大姐笑笑，证实母亲的话说："那时，零下 30 摄氏度，不喝酒早冻僵了，哪能打败美国佬呢？"

秉辰便对我说："你们为啥总限制我喝？在部队上时，我们也都是一醉方休的。"母亲叹口气，说："部队锻炼人，秉辰能耐也真大了！"

大姐抿了几口酒，脸面渐渐舒展开来。刘妈本也陪在大姐身边慢饮，这时，她便叫阿燕也陪一杯，因她素知阿燕能饮几杯。大姐说："阿燕不能喝。别为我伤了腹中侄儿。"阿燕妊娠后，反应较大，一直不舒服，也就抱歉地一笑了之，低头慢慢地吃饭。

大家一通贴心窝子的话，竟把刘妈的眼泪说下来了，母亲也沉不住气，高兴激动得热泪盈眶。阿燕搂着母亲欢喜落泪。母亲却忍住泪水说："这是啥事体？你们爸和秉乾儿走时就料到，周家跟着共产党走，横竖都合着道理。家义和我一辈子积德，与人为善，虽然他为革命牺牲了，但华夏大地上还有无数的共产党人，共产党的道理也不是随便说说的，是经历大风大浪考验的，是什么灾难都能撑得过去的。你们过好自己的日子，娘就心胸舒坦，一切都能顺其自然。中国的事情就会一天比一天办得更好。"

我发现，母亲显得特别激动，这么多年来这还是第一次。过去，她受着父亲的影响远远超过受基督教教义的启示。她原本掺杂了道、释、儒等中国传统文化影响的观念中，又增加了父亲和大哥带给她的革命思想。每年清明，全家去雨花台祭扫，母亲都不仅在父亲和大哥的遗像前上香，还要坐下来与他们说上许多肺腑之言。母亲照例穿一身黑衣裳，拿着一束鲜花，默默地立一会儿，再坐下来，絮絮叨叨地把每年发生在周家人身上的事情，简明扼要地说上几段，但绝不让眼泪夺眶而出。因为母亲认为，男儿有泪不轻弹，他们也不喜欢看见自己流泪。所以，遵循他们的意愿，才是对逝者最大的尊敬。

从腊月二十九起，刘妈和阿燕就忙开了，母亲把过年一应要办的事情都交由刘妈安排置办。阿燕打下手，尽力相帮着。

秉辰买了许多鞭炮、天地响、花铳、火老鼠给孩子过年放着玩。十几盏扎好的灯笼也挂将起来，门口挂了两盏五角红星灯。母亲关照我，把门额上的两块五角星光荣牌擦干净。

那牌子分别是新中国成立后的第二年和第五年挂上去的，是南京市人民政府派出专人来挂上的。牌子是圆形白底，红五星的中央是白颜色的"军"字或"烈"

字。周家那两块牌子便是，一块"军"字，一块"烈"字，赫然醒目，好不光荣。刘妈常为这两块牌子感到骄傲，说那是"护身符"，比"姜太公在此百无禁忌"还派用场。一切凶神恶煞、黑白无常，见此都会退避三舍。

老天爷为了给人间增添乐趣，连降几场鹅毛大雪。把月牙湖这里覆盖在冰雪世界里，树林、竹丛白蜡蜡的，瘦削苍凉。紫金山仿佛白皑皑的冬眠的巨兽，间或露出几处黛青的皮肤。小孩子用小板凳当雪橇玩，几个小孩子用绳结牢在前面拖，一个小孩坐在反过来的小板凳上。他们玩得很快乐，雪原上回荡着银铃般的欢笑声。

这天是大年夜，本该是热闹的团聚之夜，我却在高炉上忙了一天，一直忙到入夜时分，才往家里赶。冬天的夜晚，黑夜与白雪交融，配着刺眼的黄色的路灯光，给我照亮着前行的路。我骑着自行车歪歪扭扭、一刺一滑地往家里走。中山门外的月牙湖已经封冻，湖面的薄冰泛着白光。四周真的很静，静到了极致。可是，这天晚上，外面却连一点鞭炮声，甚至人语声都听不见。虽然家家都灯火通明，但我还是能听见，自行车行驶在雪地上的咔嚓声。这声音诡异而又恐怖，时时提醒我即将人仰马翻的危险，让我从心到肝都为之打战，远处的灯火也急剧地摇晃，仿佛等候的家人也感受到了我的烦躁与不安。"真好，世上所有的人都团圆了，就剩我一个独行者。"我自嘲地想，"算啦，还是继续赶我的路吧！反正这除夕夜，除了家的温暖，再也没有什么能够让我分心走神的了。"

我继续孤单地骑行，一直到家家户户都出来欢腾守岁。烟花欢跳着冲上天，绽开一朵朵色彩斑斓的礼花。我扶住车把手，呆呆地盯着烟花，不知不觉，泪水竟沾湿了双颊。我强扭过头，擦干泪水，继续顽强地在雪地里骑行。我鼓励自己：此刻温暖的家已经不远，他们为我准备了满满的关爱，正望眼欲穿。雪深处，我不得不下车推行，深一脚浅一脚地走向那条石板小路，走向我温暖的家。

我终于到家了，感受到了家的温暖，进门时，迎出来的媳妇巧云，看见我面颊上冻成寒霜的泪水，心痛不已，连连发问发生了什么事情。当听我回答是因为路滑摔了几跤，因为身上摔得酸痛而不禁落泪时，便连连娇嗔地责怪我，说："为什么这么不小心？大家都在等你吃团圆饭呢！"

我知道，这个除夕之夜，舅舅、舅妈、大姐一家，都要来周家吃团圆饭。其浓浓的暖意，令我即刻想起了王安石的那首《元日》："爆竹声中一岁除，春风送暖入屠苏。千门万户曈曈日，总把新桃换旧符。"王安石只用了区区二十八个字，就抓住了春节最重要的风俗特征，让浓郁的春节气氛跃然纸上，有景，有情，有意境，有哲理。我知道，王安石写下《元日》之时，恰恰是在皇帝宋神宗的全力支持下，正要励精图治地实施他的各项改革计划，来一展他的宏图大志。这与当前的改革开放新政实施在即，何其相似！

雪停了，天空虽阴沉，却显得更加深邃。暗夜中的月牙湖，已是万家灯火。刺骨的寒风中夹裹着饭菜的香气。此起彼伏的炮仗声，揭开了过年的序幕。序曲自除夕之夜开始了。

万家团圆，欢聚守岁。除夕年夜饭，南京人总要吃得既讲究又奢侈。但在当年，这个讲究也就是多搞几个菜，这个奢侈也就是鸡鸭鱼肉都能有点。要放到现在来看，除夕那顿年夜饭的丰盛程度，也不过就和一日三餐差不多。但是，人都讲究个物以稀为贵，在当年，就因为平常都吃不上鸡鸭鱼肉，只有到了年夜饭这天才能大快朵颐，所以才越发觉得过年就是好，吃得开心得不得了！就因为一年到头才做上一件新衣服，所以才不会觉得母亲"不要弄脏弄破了"的叮嘱是讨人嫌的唠叨。母亲还关照我们兄弟俩，不要随便开口说话，尤其不能诌出什么不吉利的话来，败了一年的好兆头。客人来了，须装模作样地讲大人话。外出拜年就更不用说了，一举一动都要按家中调教好的去做。连吃饭都有许多讲究，看着一桌鱼肉蛋菜不能乱动筷子，要跟着大人说"年饱"，实则眼饱肚中饥，只好另外再见缝插针地去摸点零食。

除夕夜，新婚数月的阿燕显得特别开心。她亲自下厨房露了几手，炒了什锦菜，内有芹菜、荠菜、千张丝、豆干（切丝）、豆腐果（有的地方叫油豆腐）、菠菜、雪菜、酸菜（酸芥菜）、笋、胡萝卜、慈姑、藕、黄豆芽、黄花菜、金针菇、木耳、香菇等十多样。什锦菜类似大杂烩，却可以讨个"和顺长久"的好彩头。这里面的每样蔬菜，都有说法：黄豆芽形似如意，寓意"事事如意"；荠菜、芹菜分别和"聚财""勤快"谐音，寓意"招财进宝""勤劳致富"；胡萝卜是橘红色的，有"洪福齐天"的含义；藕片取其形状，意为"路路通顺"；黄花菜代表"花样年华"；香菇体现"和和美美"；冬笋象征雨后春笋节节高；就连豆制品千张，也寄托着人们"千秋百代，世世兴旺"的美好心愿。阿燕炒的什锦菜，油而不腻，酸甜爽口，有着特别的香味，她还做了松鼠鳜鱼。全家人都没想到，她的烹饪手艺这么棒，刘妈反倒成了她的下手。阿燕做一个菜，她就端一个菜上桌，手脚并用，才一时赶得上趟。郭亮满嘴酒气地向阿燕招手："阿燕，来。"阿燕正好随端汤上桌的刘妈端上来一盘松鼠鳜鱼。姐夫郭亮问："都跟谁学的，有这么好的手艺？"阿燕眉飞色舞地回答："从小在家看来的呗。"郭亮搛了一块松鼠鳜鱼，边嚼边品尝，放下筷，情不自禁地拍了一下阿燕手背："嗝！甭提多棒！这个浇头！"

阿燕忙缩回手："郭亮哥，好吃就多吃点。"

大姐在一旁察言观色，立刻就发现了姐夫的失态，虽不动声色却面带愠容地向丈夫瞄了一眼，对阿燕说："别忙了，快到我这里来吃点东西，当心饿着肚里的孩子。"

今年的年夜饭，母亲没有再留空席、空筷、空酒杯。她大约闹明白了，父亲、大哥他们不论在与不在，一家人的心永远都是同甘共苦同欢乐的。此时，全家人不论谁在与不在，天涯共此时，都是难得地相聚了，不过是有人显形有人隐形罢了。只是在开席前母亲特地问了刘妈："秉乾今晚不知吃啥菜？露华和庆荔一家可安好？"刘妈回："哪里能不好？都安好呢！老太太，您就放心吧。"母亲笑笑："唉，是我牵挂惦记，多烦心呢。"

酒过三巡，郭亮故作神秘地提问："前几年，有个人逃往外国去了，知道吗？"我回答说："当然知道！"

"那这一事件的发生，标志着什么，知道吗？"他问得晦涩深奥。

我当然就老实回答他："这我就不知道了。"

"客观上是宣告了，把'防修反修''防止资本主义复辟'搞成群众斗群众的做法是荒唐和错误的。"他用自己的理解，武断地下了结论。

我闻言后，倒在自己的理解层面上似有所悟，好像也一下子明白了造成阿燕和郝秀云悲惨遭遇的根源。我思忖，造反派搞的"怀疑一切，打倒一切"，残酷迫害像阿燕这样的普通群众，也许都来源于此吧。

秉辰和阿燕乘机点起蜡烛，插在以前留下来的铜质枝形蜡烛台上，关了电灯。于是饭桌中央的烛台，成了除夕夜宴的灯标，不仅给守岁的众人亮起了"心灯"，而且给每个人送去了诸多祝福和快乐。几个小孩高兴地拍手乱喊起来。大家的面孔被烛光映得通红透亮。

昭信说："秉辰，亏你想得起来，那时姑父就爱这样。"

母亲不以为然，说："秉辰就是像他。秉坤像我。"

秉辰兴冲冲地拿筷子敲起碗碟，用不成体统的男中音唱起："平安夜，圣善夜。万暗中，光华射。照着圣母，也照圣婴。静享天赐安眠。"

大家就跟着唱。只有郭亮不会唱，只会按节奏敲酒瓶。

母亲说："前几天圣诞节没捞到唱。逃勿脱，补上了。"大挂钟敲了十二下。我们迎来了农历新年。大姐一家都回楼下房间休息了。

我偕江巧云、秉辰携阿燕和刘妈送走了舅舅一家。房间里立刻安静下来，连自来水龙头没有关紧发出的滴答滴答的水声，都听得一清二楚。当热闹过去以后，你会觉得这世间原本就应该是安静的。

窗帘被拉得严严实实。我猜是母亲替我拉严的，她怕我和巧云冻着。母亲是永远都把我当小孩子的。现在江巧云又怀孕了，母亲和刘妈也就把她当大熊猫来保护了。凭良心讲，她们在暗地里，在阿燕和江巧云之间，为阿燕着急关心的同时，显得特别照顾巧云。母亲甚至常跟我叽咕："坤宝，巧云这个女娃，经历过生死，你要多上上心呢。秉辰的阿燕，不仅有我们疼她，还有他李大夫照应得好呢。你呢，我不可能跟你过一辈子的。你不比秉辰懒，每天早起赶到厂里做事，什么也都认真去做，但今后也要学会照顾家，照顾媳妇呢。"

趿上棉鞋，我悄悄靠近窗，慢慢地拉开窗帘。惊奇地发现夜光下的雪野，有一种朦胧的美丽，分不清形状的高低和景物的远近。似乎保持这种朦胧和糊涂，一样可以是美丽的，就像人世间距离产生美一样，我从心底认同这一切。多么奇妙的景致，如此的熨帖。多么微妙的人世，那般的情深而又淡漠。白天的喧嚣和动荡，仿佛一下子都埋在了纯洁的白雪之下。大自然超人的力量，把一切的狂暴跌宕瞬间掩埋。我伫立窗前，看着旋转飞舞的雪花，似乎已经感觉到，有一股温暖的春风，正沿着长江两岸缓缓地吹拂过来。一群鸽子飞过来，飞进我的视线，绕到头顶，又远去了，飞向了蓝天的最纵深处。

我和秉辰在门前扫清走道上的积雪，看见雪路中吱嘎吱嘎地行来一辆自行车。

骑车人身裹黑色旧呢大衣，头戴护耳蓝棉帽，手戴无指棉手套，口捂大口罩。车把上挂着一只破旧的黑公文包和一只半死不活的大公鸡。秉辰正在皱眉纳闷，我说："没错，是你那位宝贝丈人。"话刚说完，车停，那人跳下，动作倒还算灵活。

果不其然，是李清泉。秉辰未及避开，便喊了声："李伯伯。"

我也只好跟着喊了一声。李清泉拉下口罩，乐呵呵的，好像不曾有过烦恼。开口第一句话便是："恭喜！恭喜！秉辰，我恭喜你们过个好年。"他压根没拿我们当晚辈待。

我说："李伯伯，过年喊阿贻过来玩，你也来。"他眯眼笑，感激地连连应道："好，好，好。你们也到我家去玩。阿燕结婚后，按理我应该请亲家宋太太上寒舍一叙。实在是……事体多，家中羞涩，也就不便了，原谅，原谅。"

秉辰好奇地盯着那只倒挂金钩的大公鸡。我的视线也移到那只大公鸡上。心想：若是给阿燕产后补养，该是老母鸡才对。若是过年给只大公鸡，又嫌太寒酸了。李清泉也看出我俩的疑惑，面孔一红，酒气直喷，说："多谢宋太太，上趟叫阿燕送了不少年货来。实在勿好意思亲自上门道谢，请秉辰小婿代我向你娘谢一声。"秉辰问："这大公鸡过年吃的？"

李清泉来了劲，跺跺脚，揉揉膝关节，神秘地说："嗬，迭格大公鸡学问大哩，你们年轻勿懂的！特别是医学上的事。最近我得了一份清朝皇宫的秘方，秘方？懂吗？就是清宫御医的秘方，勿得了啊，这方子是为慈禧太后专用的。现在我得了，哈哈，算我走运。"他拍拍公鸡，公鸡"咯咯"叫了两声。他添油加醋道："鸡血疗法。治盗汗遗精，延保青春，增加性机能等，皆能用鸡血疗法治好。每日肌肉注射新鲜鸡血5毫升，连续三个号头一个疗程，效果灵得不得了。我许多老病家都乐意接受鸡血疗法。赚头大，蛮好。"

秉辰听了这话眉头打结，站在雪地里浑身不自在。我也被说得不尴不尬。秉辰是直性人，有话憋不住，便用关心的口气说："李伯伯，你内科医术挺好。何不发挥专长，待在诊所里吃安稳饭？你讲的鸡血疗法，好像有点江湖庸医的味道。"

李清泉戴上手套，颈子缩了缩，双手一摊："格是有啥办法？诊所又冷又小，屁股都磨不过来。一天看不了几个病人，薪水二十几块洋，糊口都不够。我三天不吃肉，东南西北都分不清。哪能有办法？勿想死，总得动脑筋。乱世性命不值钱，我现在眼乌子里，瞎七搭八看的全是钱。有饭吃勿死就是幸福。"他沮丧地乞怜地望着我们兄弟俩。我发现他的气色比前些时候好多了，面孔比同龄人相比显然更红润，且皱纹少。看来他一直注意养身之道，很会保养自己。他这种富态的落魄样，委实令人可怜。他继续说："好在现在天下太平，不斗牛鬼蛇神了，不斗坏分子了。三十年河东，三十年河西。我们这票货色，头上的紧箍咒算是松了点，就混混吧。"

楼上窗口刘妈在喊："李先生，上来坐坐吧。"李清泉一看是刘妈，立马赔上笑脸，清清嗓子，脆声说："噢哟哟，刘妈。给宋太太和刘妈拜个早年。"刘妈说："也给你拜个早年。上来坐一会嘛。"李清泉犹豫不决。阿燕出现在窗口，未等李清泉答应，阿燕略带犹豫地说："爸，我初三回去看您。关照阿贻少喝点酒。"李清泉顿时收敛了笑容，点点头，跟大家告辞而去。

我们兄弟俩铲完雪，上了楼，秉辰没好气地责怪阿燕："你应该下楼请他上来，哪怕是坐一会儿，喝杯热茶也好。他是你爸爸。"阿燕没回嘴，委屈地低下头来。母亲说："亲家公也没有心思。他是个极懂规矩的人。今天是年初一，他怎么肯上来？过了初五，办一桌，请他和阿贻来吃饭，这事就妥了。"

北风吹，雪花飘，年来到。这话真灵。待到年初一夜饭时，屋外又飘雪花，纷纷扬扬，这使家里格外温暖，格外温馨。

天已擦黑，事先母亲就叫我把客厅里的灯泡换成大的。两盏一百瓦的灯把客厅照得雪亮。周家逢过新年总是要点大灯泡，这习惯由来已久。我和秉辰把沉沉的八仙桌抬到客厅中央，铺好大红桌布，置放好椅子。大姐亲自置放好小碟、筷子、调羹。我把四速电唱机搬到客厅角落的大茶几上，放起广东音乐《步步高》。母亲温情脉脉地对刘妈说："上菜吧"。刘妈学着上海腔，怪叫道："阿拉上菜哉！周家多子多福多积德！"秉辰用竹竿挑着一挂鞭炮，伸到窗外放起来，郭小林、郭小兵都争着抢，秉辰说："多着哩！三舅先放。不要争，每人放一串。"郭小兵不依。大姐说："秉辰，你就不能先让郭小兵放？他最小，还做舅舅哩。"秉辰说："好，郭小兵你来吧。"郭小兵双手握着竹竿，高兴得不得了。秉辰又对窗外斜放了几个天地响。这时东邻西舍都放起炮仗，一时间，月牙湖这里又热闹了起来。

刘妈先上冷盘，巧云和阿燕也跟着上菜，她们把头发都绾成一个高髻，髻上扎着红绸，腰上各系一条白围裙，丰腴的身材，泛着红光的脸庞，十足的美少妇样。母亲一直眯着眼睛，注视着巧云和阿燕的一举一动。

冷盘上好，母亲关照大家坐下开席，我换了张唱片，《喜洋洋》的乐声响起。刘妈对巧云和阿燕说："姑娘都坐下吃吧。陪大姐喝几盅。"

巧云和阿燕都是第一次在周家过大年初一，未免腼腆拘束。大姐一把拉住阿燕的手，亲昵地说："阿燕，不要忙了。瞧你身子慵懒的，想必刚怀上，三月内必要调养好！来跟姐姐坐坐。"阿燕坐在大姐旁边，秉辰挨着阿燕。母亲坐在上首，我和巧云挨着坐下首，两个小孩也上了桌，正好凑满八仙桌。母亲叫刘妈拿把椅子靠她坐，唤了几次，刘妈才应道："太太，你们先吃起来，我把砂锅端起就来，今夜定要再和两位哥哥碰几盅。"

除夕夜，客厅曾放两桌也不嫌挤。今天年初一，舅舅、舅妈都没来，一桌刚好坐下。母亲说："一桌就一桌，吃吧，横竖是过新年。"

秉辰大声嚷："刘妈，来来来，今天新年第一天，一醉方休不夜天，喝完喝尽才算数。"刘妈端了盘烧全鱼上桌，鱼上盖着大红喜字，是她亲自剪的。刘妈搁好鱼盘，冲秉辰说："那可使不得。你秉辰醉倒，阿燕能饶了我？今晚主要陪秉坤和巧云喝几盅。"秉辰说："咳，不拿我当儿子了。"刘妈说："哪能瞎说的？我还要抱孙子哩！"这一老一少逗乐子，引得满堂嬉笑。

客厅里暖气益然，喧闹不已。不知外面雪住了没有。大概月牙湖这里的人都关起门来吃新年第一餐夜饭，因而炮仗声反而收敛了。仿佛屋子外是一个与周家无关的静寂世界。仿佛那层曾笼罩着四野的令人窒息的阴影，已经被融融的温情全部驱散了。悲伤和忧愁的人们，总是不放过每个欢乐的时机，大家为过新年制造着愉悦的氛围，谁也不提那些不开心的事，任何不幸的事都把它放下吧。这就是平头百姓的处世习惯，你叫他难得糊涂，随遇而安，可以；叫他知足常乐，小富即安，也行！

但我注意到，大姐的表现还是略有反常。她平时对孩子挺严，从不宠惯他们。虽说极少打骂孩子，但训斥孩子却是家常便饭。可今天她任由孩子怎么哄闹也不闻不问。下午郭小林把郭小兵推了个跟头，郭小兵额头上起了个小包。这在平常，小林少不了挨一顿痛骂，说不定还要挨两巴掌。但今日大姐却一声没吭，眼睁眼闭，就过去了。只是替小兵用热毛巾焐了一会，说："小东西，真淘气。"郭小林有好一阵不敢吱声，像小鬼一样躲在一边佯装看书，不时拿眼偷看大姐。大姐只当没看见。嘻嘻哈哈，帮刘妈和阿燕做这做那。刘妈说她是郭呆子帮忙，越帮越忙。大姐急了，说："当真我错嫁了姓郭的，凡做事，都成了郭呆子帮忙，越帮越忙！不会做，你们容我学，学不好再教我嘛！"其实大家没人计较她，都想方设法让着她。

刘妈更是摸透了大姐的脾气，她来周家做保姆时，大姐还是小丫头片子哩！

酒一直喝到半夜，大家微醉，皆兴奋无比，忘却了烦恼。大姐竟也放开了酒量，一直喝着白酒，白皙的脸颊染上了红晕，原本整齐的发髻也飘散开。此刻，她也顾不了许多，竟叫刚怀了孕的阿燕也来几盅，并说："当年入朝参战前，在吉林丹东那里的老乡家，一个生养了才几个月刚在喂奶的小媳妇，亲自出面招待我们这些前来的女志愿军战士，喝当地出产的米酒，竟用上了大碗。当看到我们这帮女战士一脸疑惑，便解释，她们这里的风俗就是，妇女怀孕后，产妇满月后，都要喝些酒，以帮助稳胎和下奶！"说得阿燕竟信以为真，拿起了酒杯。母亲好歹拦住，说："大姐，你喝多了，怎么变成小孩，像秉辰一样，不懂事了。"刘妈说："还不要说，这姐弟俩还真像。"母亲说："只有秉坤，还算灵秀，其他哪个都不像我。"我趁酒兴，半憨半狂地说："小时候你们就讲我是抱来的，你们白捡了一个儿子。今天反而要给我正名？"刘妈赶忙说："坤宝，那是诳你玩的。你瞧你这眼、这鼻、这瓜子脸，哪一处不像你娘？嗯？"

传来一阵隆隆的像打雷的声音，好似有人踏上楼梯，母亲耳朵挺尖，她向来最怕不速之客光临，便对刘妈说："好像又有人上来了？"我说："看看去。"刘妈说："十二年前狂风大雨的夜晚也是这样闯进了人，难不成今晚又有人来？老娘还真不信邪。"说着，她搁下酒杯起身去楼梯口看个究竟。还没等她走到楼梯口，门就被风吹开了。刘妈喊道："怕是春雷炸响了！"

诞生希望

转眼又是冬去春来，春尽夏至。随着气候的转暖，我们散步的范围也越来越大。

我总是一边走着，一边向大肚子巧云介绍南京东郊风景区的前世今生。我说江南江北，因为中间横着一道长江，限制了南京的发展。搞了这么多年，人们才突然醒悟过来，要发展周边，以周边带动整个城市的发展。这才是大手笔！我说从现在开始，我们江北也将要加快建设，再也不会是小打小闹了，它将成为城市总体发展的一部分，原来是郊区，现在也确定为市区了。市政府打算投资几百个亿，重点建设江北重化工业区和现代化冶金工业区。

末了，我说："我们江中间的八卦洲在两千多年前，就已在江中间，名字叫'青沙洲'呢，你信不信？"她说："你怎么知道？"我说这是历史，《史记·项羽本纪》中有记载，公元前209年，项羽率领江东八千子弟渡江北上抗秦时，就经过这个青沙洲渡到江北岸，并在江北的古棠邑那里，留下了一座赫赫有名的霸王山，且告诉她，历史总归是要让人知道的。所谓的沧海桑田，就是大自然的力量。

转眼间，巧云的预产期终于到了。

就在我和巧云热烈地准备着，准备迎候下一代呱呱来世的时候，阿燕的预产期也快要到了。

我思虑再三，觉得最为稳妥的，还是把江巧云和阿燕都送到医院去待产。于是便赶往工人医院，去找侯凯侯医生帮忙，请他转托妇产科何主任，为巧云和阿燕接生。

一见面，我便发现侯医生已不再像先前那样英俊潇洒了，头发剪得短短的，面露倦色。不过，他见到我，还是很高兴的样子，我们亦如老朋友般握手寒暄，仿佛从来就没有过任何芥蒂。

侯凯问我："几个月未见，怎么变得满面春风，喜气洋洋？"

"总厂洪厂长给我恢复了名誉，恢复了职务，我已经回到厂里工作了。改革开放，以经济建设为中心，哪个厂子不是热火朝天地大干快上？当然也就没有时间来你这里聊天了。"

"那你今天为什么就有空来我这里呢？我实话跟你说，要咨询，先去挂号；要看病，先去排队。扯闲篇，免谈！"

"我知道大名鼎鼎的侯医生每天和我忙生产一样，忙得都快脚不沾地了。所以，我即使偶尔有空想找你玩，又怕撞不到你，一直也就没有联系。实在很抱歉！"我回说。

"我又不是神出鬼没之人，走得了和尚走不了庙。医院是我单位，我就不信哪个吃五谷杂粮的不把我当回事，不联系我呢！"回头他又自嘲地笑笑，摇摇头，"不联系我更好，多一事不如少一事，这是古训呢。噢，告诉你，我就是爱发点牢骚，跟小娘们哄哄玩。有啥？那是我侯麻子的福气呢。"说完，他轻轻地吹了一声口哨。

"何医生还在妇产科？"我问。

"当然。"他指着窗外街上走过的孕妇问，"是不是阿燕要生了？"

我说："不仅是阿燕到了预产期，我的爱人江巧云也到了预产期。"

"这真是出乎我的预料。"侯凯说，"你们怎么喜酒也没请我喝，连喜糖都没有请我吃？"

"这是我的疏忽，有情后补吧！我只是想请何医生把她们收下来。这我就可以放心地忙厂里的工作了！"我用检讨的口吻说。

"噢……"他愣了一下，似乎想到了什么，"看我怎么和她说？"

"她待人最是诚恳，这有什么不好说。我看，还是你听到阿燕怀孕且要生产，心里不好受吧？"我略带嘲笑的口吻说。

"你别自作多情了，我早就名花有主了，且还是很不错的女孩。只是何医生的丈夫最近出了点状况。他是部队上的一个营级军官，在浙江支左时，为了抢救一个落水的儿童，献出了自己宝贵的生命。他们夫妻感情一直很好的，何医生由此在精神上受到了很大的打击。若再找她办事，我还有点张不开口呢！"他很是为难地说。

"侯麻子，你愿意帮就帮，不愿意帮就算，也不用找借口。我自己找她去说！"我说，"一谈到阿燕，你就犹豫不决，你小子心虚呢。"

"这年头搞事业不成。"他突然又忧郁起来，"我虽是外科医生，但我兴趣在医院管理。唉，我还想进步呢。你根本就不懂！谈阿燕，我心虚什么？"

"你曾经当过第三者。"

"那只是一时被爱冲昏了头脑，并没有既成事实。"

"我弟弟，他记着你呢！"

"我应该再帮他们一下，以弥补我过去的唐突，对吗？"

"随你。"我说。

"我不是第三者。"侯凯说，"我真没那么坏！"

"谁能最终原谅你？只有我弟弟和阿燕吧！你自己看着办吧！"

"那好吧。我来和何医生说。让她一定帮你们！"

"这就对了嘛！你转告何医生，我对她的遭遇深感惋惜和同情，请她务必节哀自重！"

我之所以把这么重要的任务交给侯凯，正因为我参透了人性中的爱恨与善恶。我知道，只要他心中还残留着对阿燕的爱意，就一定会将任务完成得漂漂亮亮的。

后来的事实，果然不出我所料，何医生很快就将巧云和阿燕安排进了工人医院妇产科的待产室，虽然不是单人间，房间内却有单独的卫生间，环境也非常整洁，且护士小姐还专门告知，产妇临产的开指过程中皆有助产医师陪护。不需要家属操心费神。要知道，那年月，医疗资源还是非常稀缺的，广大农村地区的产妇，别说是待产了，就是临产了，都没办法住进医院，而是靠着接生婆的一把锈迹斑斑的剪刀来接生的。何医生的这个忙，确实帮大了。就在临产的前两天，也是何医生及时发现了胎儿脐带绕颈发生窒息的险情。

当我得到胎儿窒息的消息，发疯般赶到工人医院妇产科手术室门前时，正好遇见何医生疲惫不堪地从里面走出来。我像遇到了救命稻草般，紧紧抓住她的双手，急迫地问："怎么样，孩子怎么样，大人怎么样？"

何医生倒是显得很平静，用舒缓的语气回答说："你难道没有听见婴儿的哭声吗？很响的。开始，发现胎儿脐带绕颈，发生了窒息，确是非常的危险，后来，果断实施剖宫产，就保了她们母子平安。这孩子恐怕先憋住了气，一巴掌下去，哭声特别响呢！"

"何医生，你抢救了我孩子的生命，我都……不知道怎么感谢……你好了！"我激动得几乎有点语无伦次。

但何医生却只是微笑着，重复说："不用谢，这都是我应该……"

就在这个时候，产房里一声婴儿的啼哭响亮地打断了我们的对话，接着一个护士开门出来说："何主任，那个叫李晓燕的产妇也生了。顺产。"我赶忙问："是男孩还是女孩？"护士答，是个女孩。我不由得自言自语道："世间真有这样的巧事，龙年，我得了儿子，秉辰得了女儿，龙凤呈祥呢！"

其时，窗外正好传来隆隆的雷声，伴随着闪电，将从紫金山巅吹过来的阴云分割破切，疾风吹动雨水瞬间将整个南京城区域覆盖。一场梧桐雨席卷而来，把人们从沉睡中唤醒，把黎明湿润清新的空气散播到城市的每个角落。也不过就是一袋烟的工夫，雨过天晴，阴云消散，一轮红日露出笑脸，空气变得更加清新，天空变得更加湛蓝。更有万千梧桐树叶上滴落的雨珠，正编织成一首首动听的音乐，对人们发出无声的召唤，似乎在祝福人们世事平安……

朱 宏

2024 年 1 月 12 日